KB060019

야코프의
천 번의 가을

THE THOUSAND AUTUMNS OF JACOB DE ZOET
by David Mitchell

Copyright ⓒ David Mitchell, 2010
Korean Translation Copyright ⓒ MUNHAKDONGNE Publishing Corp., 2018

This Korean edition is published by arrangement with Curtis Brown UK
through Duran Kim Agency, Seoul.
All Rights Reserved.

이 책의 한국어판 저작권은 듀란킴 에이전시를 통해
Curtis Brown UK와 독점 계약한 (주)문학동네에 있습니다.
저작권법에 의해 한국 내에서 보호를 받는 저작물이므로
무단 전재 및 무단 복제를 금합니다.

이 도서의 국립중앙도서관 출판예정도서목록(CIP)은
서지정보유통지원시스템 홈페이지(http://seoji.nl.go.kr)와
국가자료공동목록시스템(http://www.nl.go.kr/kolisnet)에서 이용하실 수 있습니다.
(CIP제어번호: CIP2018035527)

야코프의
천 번의 가을

THE
THOUSAND AUTUMNS
OF
JACOB DE ZOET

데이비드 미첼 장편소설

송은주 옮김

문학동네

사랑을 담아
K, H 그리고 N에게

일러두기

1. 주석은 모두 옮긴이주다.
2. 본문 중 고딕체는 원서에서 이탤릭체나 대문자로 강조한 부분이다.

차례

등장인물

유럽인

야코프 더주트 네덜란드 동인도회사 사무원

위니코 포르스텐보스 상관장

다니엘 스닛커르 전 상관장 대리

멜히오르 판클레이프 차석 상관장

페터 피셔 사무원

폰커 아우베한트 하급 사무원

뤼카스 마리뉘스 의사이자 식물학자

앤설름 레이시 셰넌도어호 선장

콘 투미 ┐

비보 헤리츠존 │

이보 오스트 │ 직원 및 일꾼

핏 바르트 │

아리 흐로터 ┘

노예

이그나티우스

웨

샤코

도르사이

모세

큐피도

필란더르

에일라튀 마리뉘스 선생의 하인
윌리엄 피트 원숭이

일본인
아이바가와 오리토 산파
마에노 의사
오가와 우자에몬 통역관
오가와 미마사쿠 우자에몬의 아버지
에노모토 교가 번의 영주이자 시라누이 산사의 승정
슈자이 사무라이이자 도장 운영자
시로야마 나가사키 부교
가와세미 시로야마의 첩실
도미네 대신
고스기 도신
한자부로 야코프의 담당 통역
세키타 ┐
고토 │
이와세 │
고바야시 │ 통역관
요네키즈 │
호리 │
아라시야마 ┘

시라누이산
오타네 구로자네의 약초상
스자쿠 승려
겐무 승려
지메이 승려
지리쓰 사미승

마보로시 사미승
이즈 비구니 주지
사쓰키 식모
야요이 ┐
가게로
기리쓰보
우메가에
하쓰네
아사가오   시라누이 산사의 비구니들
사다이에
사와라비
하시히메
미노리
유기리
호타루 ┘

군함 포이보스호
존 팬핼리건 함장
로버트 호벨 대위
아벨 렌 중위
탤벗 준위
커틀립 소령
내시 선의
윌리 목사
웨츠 항해장
월드론 포병대장
모프 웨슬리 화약 운반책
치그윈 사환

자바섬의 바타비아항은 네덜란드 동인도회사(네덜란드어로는 Vereenigde Oost-Indische Compagnie, 혹은 줄여서 VOC라고 부르는데, 문자 그대로 '연합동인도회사'다) 본부였고 나가사키로 항해하는 VOC 선박들의 출항지이면서 귀항지였다. 2차대전중 일본이 인도네시아 제도를 점령했을 시기에 바타비아는 자카르타로 개명되었다.

소설 전체에서 일본식으로 날짜를 표기할 때는 음력을 이용했다. 연도는 일본 연호를 사용했다.

일본인 이름은 책 전체에서 성을 앞에 표기했다.

신부를 위한 춤

―

간세이 11년
1799년

I
나가사키가 내려다보이는,
첩실 가와세미의 집
✦
오월 아흐레 밤

"가와세미 님?" 오리토가 냄새나고 끈적거리는 요 위에 무릎을 꿇는다. "제 말이 들리시나요?"

정원 너머 논에서 개구리들이 만들어내는 불협화음이 고막을 때린다.

오리토는 땀에 푹 젖은 첩의 얼굴을 물에 적신 천으로 닦아준다. "몇 시간 동안 거의 말을 못하셨어요." 하녀가 등을 들고 있다.

"가와세미 님, 제 이름은 아이바가와입니다. 산파예요. 제가 도와드릴게요."

가와세미가 겨우 눈을 뜬다. 간신히 조그맣게 한숨을 내쉰다. 눈을 감는다.

진이 다 빠져버렸군. 오리토는 생각한다. 오늘밤 죽음을 두려워할 기운도 없을 정도로.

의사 마에노가 얇은 면으로 된 막 건너편에서 속삭인다. "아이의 태위를 내진으로 확인해보고 싶었다만……" 늙은 의사는 조심스럽게 단어를 고른다. "……금지되어 있는 것 같더군."

대신이 말한다. "분명히 말씀드립니다. 남자는 절대 마님 몸에 손대서는 안 됩니다."

오리토가 피 묻은 천을 들춰 보니 과연 들은 대로 가와세미의 질에서 태아의 축 처진 팔이 어깨까지 튀어나와 있다.

"이런 태위를 본 적이 있나?" 마에노 선생이 묻는다.

"예. 아버지가 번역하신 네덜란드 책에 나온 판화에서요."

"그 말을 듣게 되길 얼마나 바랐는지 모르네! 윌리엄 스멜리*의 『관찰』 말인가?"

"예. 스멜리 박사님은 '탈수脫手'라고 불렀지요." 오리토가 네덜란드어로 말한다.

오리토가 점액으로 범벅이 된 태아의 손목을 잡고 맥을 찾는다.

마에노는 이제 네덜란드어로 묻는다. "어떻게 생각하나?"

맥이 잡히지 않는다. "아기는 죽었어요." 오리토 역시 네덜란드어로 대답한다. "그리고 산모도 곧 죽을 거예요. 아기를 빼내지 못한다면요." 그녀는 가와세미의 부푼 배에 손끝을 대고 튀어나온 배꼽 주위의 불룩한 부분을 살핀다. "아들이었군요." 그녀는 가와세미의 벌린 다리 사이에 무릎을 꿇고 앉아 좁은 골반을 살펴보며 부풀어오른 음순의 냄새를 맡는다. 엉긴 피와 배설물이 뒤섞인 엿기름 같은 냄새가 나지만 부패한 태아의 악취는 맡을 수 없다. "죽은

---

* 스코틀랜드 출신의 산부인과 의사(1697~1763). 영국 최초의 남자 산파로 분만 메커니즘에 대한 연구를 통해 안전한 출산과 산과의 과학화에 기여했다.

지 두어 시간 된 것 같아요."

오리토가 하녀에게 묻는다. "양수가 터진 게 언제죠?"

외국어를 듣고 놀란 하녀는 여전히 말문을 열지 못한다.

"어제 아침, 진시였어요." 하녀장이 차가운 목소리로 대답한다.
"그후 곧바로 산통이 시작됐어요."

"그러면 아기가 발차기를 마지막으로 한 건 언제였습니까?"

"오늘 정오께였을 거예요."

"마에노 선생님, 선생님께서도 아기가"─오리토는 네덜란드 용
어를 쓴다─"'횡태위'라고 보십니까?"

"아마도." 의사는 네덜란드어를 사용해 대답한다. "하지만 내진
을 해보지 않고는……"

"아기는 이십 일 이상 늦었어요. 자세를 돌렸어야 했는데요."

"아기는 쉬고 있어요." 하녀가 여주인을 안심시킨다. "그렇지요,
마에노 선생님?"

"그 말이……" 정직한 의사가 망설인다. "맞을지도 모르지."

"아버지 말씀으로는," 오리토가 말한다. "우라가미 선생님께서
출산을 봐주고 계셨다고요."

"그러기야 했지." 마에노가 투덜댄다. "안락한 진료실에 앉아
서. 아기가 발차기를 멈추자, 우라가미는 자기와 같은 재능을 지닌
사람만이 알아볼 수 있는 풍수학적 이유로 아기의 영혼이 이 세상
에 나오기를 주저하고 있다고 했네. 그러니까 출산은 어머니의 의
지에 달린 문제라나." 굳이 이렇게 덧붙일 필요는 없다. 그 사기꾼
은 제 평판에 해가 될까봐 이렇게 명망 높은 남자의 아이가 사산된 일에
는 나서지도 못해. "그래서 도미네 대신이 부교님을 설득해 나를 부

른 거지. 나는 팔을 본 순간 그 스코틀랜드 의사를 떠올리고 자네의 도움을 청했고."

"아버지와 저 둘 다 선생님께서 신뢰해주셔서 얼마나 영광인지 모릅니다." 오리토가 말한다……

……그리고 저주받을 우라가미, 체면을 구길까봐 꽁무니를 빼다니. 그녀는 생각한다.

갑자기 개구리 우는 소리가 뚝 멈춘다. 마치 소음의 장막이 걷힌 듯 네덜란드 배가 무사히 도착한 것을 축하하는 소리가 나가사키에서 들려온다.

마에노가 네덜란드어로 말한다. "아기가 죽었다면 빼내야겠군."

"그렇지요." 오리토가 하녀장에게 따뜻한 물과 수건을 부탁한다. 그리고 첩실이 잠시라도 정신을 차리도록 레이던 소금병을 열어 코밑에 갖다댄다. "가와세미 님, 이제 곧 아기를 받을 거예요. 우선 내진을 할게요."

다음 순간 밀려온 진통으로 첩실은 대답하지 못한다.

격렬한 통증이 잦아드는 동안 구리 냄비 두 개에 담긴 따뜻한 물이 준비된다. "솔직히 털어놓으세." 마에노 선생이 네덜란드어로 오리토에게 제안한다. "아기가 죽었다고. 그리고 태아를 꺼내려면 팔을 절단해야 한다고."

"우선 손을 넣어서 태아가 몸을 웅크리고 있는지 뒤로 젖히고 있는지 알아볼게요."

"팔을 잘라내지 않고도 알아낼 수 있다면"—마에노는 '절단'이라는 뜻으로 말한다—"그렇게 해보게."

오리토는 오른손에 평지씨 기름을 바르고 하녀를 부른다. "수건 한 장을 두껍게 접어주세요…… 예, 그렇게요. 마님의 이 사이에 물릴 준비를 하세요. 그렇게 하지 않았다가는 마님이 혀를 깨물 수도 있어요. 옆으로 공간을 좀 남겨두세요, 숨을 쉴 수 있게요. 마에노 선생님, 검사를 시작하겠습니다."

"자네가 내 눈이고 귀네, 아이바가와 양." 의사가 말한다.

오리토는 태아의 이두박근과 어머니의 파열된 음순 사이에서 손가락을 움직이며 가와세미의 질 속으로 손목까지 밀어넣는다. 첩이 몸을 떨며 신음을 흘린다. "미안해요." 오리토가 중얼거린다. "미안해요……" 손가락이 양수로 젖은 따스한 막과 피부와 근육 사이로 미끄러져들어가고, 산파는 개화되었으면서도 야만스러운 땅, 유럽에서 온 판화를 머릿속에 그려본다……

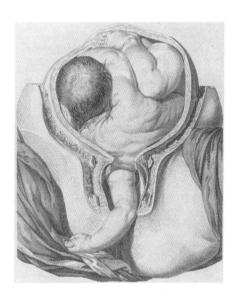

몸을 젖힌 자세의 횡태위라면 태아의 척추가 뒤쪽으로 너무 심하게 휘어 중국 곡예사처럼 정강이 사이로 머리가 보일 것이다. 그때는 태아의 팔을 절단하고 톱니가 달린 겸자로 시신을 토막내어 소름 끼치는 조각들을 하나씩 다 빼내야 한다는 사실을 오리토는 되새긴다. 스멜리 박사는 자궁 안에 조금이라도 조각이 남아 있으면 곪아서 산모가 죽게 된다고 경고한다. 그러나 태아의 무릎이 가슴을 누르고 있는 웅크린 자세의 횡태위라면, 팔을 톱으로 잘라내고 몸을 돌려서 눈구멍에 갈고리를 걸어 머리부터 몸 전체를 끌어내야 한다고 읽었다. 산파의 검지가 아기의 오톨도톨한 등뼈에 닿아 맨 아래 갈비뼈와 골반뼈 사이를 더듬다가 조그만 귀와 콧구멍, 탯줄, 새우만한 음경에 닿는다. "웅크린 자세예요." 오리토가 마에노 선생에게 알린다. "하지만 탯줄이 목에 감겨 있어요."

"탯줄을 풀 수 있을 것 같나?" 마에노가 네덜란드어로 말하는 것을 잊어버린다.

"해봐야지요. 수건을 물려요." 오리토가 하녀에게 이른다. "자, 지금요."

가와세미의 이 사이에 수건을 물리자, 오리토는 손을 더 깊이 밀어넣어 엄지손가락을 태아의 탯줄에 걸고 네 손가락을 태아의 턱 아래쪽으로 넣어 머리를 뒤로 밀어젖히고 얼굴과 이마, 정수리 위로 탯줄을 끌어올린다. 가와세미가 비명을 지르며 오리토의 팔뚝에 뜨거운 오줌 방울을 뚝뚝 흘리지만 이제 첫 단계를 끝냈을 뿐이다. 올가미가 풀린다. 그녀는 손을 빼고 알린다. "탯줄을 풀었어요. 선생님이 갖고 계신가요?"—적당한 일본어 단어가 없다—"겸자요."

"가져왔네." 마에노가 의료도구함을 툭 친다. "만약을 대비해서."

"아기를 꺼낼 수 있을 것 같아요"—그녀는 다시 네덜란드어로 말한다—"팔을 절단하지 않고서요. 피를 적게 흘릴수록 좋지요. 하지만 선생님이 도와주셔야겠어요."

마에노 선생이 대신을 부른다. "가와세미 님의 생명을 구하는 걸 돕기 위해 부교님의 명령을 무시하고 막 안으로 들어가서 산파와 힘을 합해야겠소."

도미네 대신은 위험한 진퇴양난에 빠진다.

마에노가 말한다. "부교님의 명령을 어긴 건 내 책임이라고 하시오."

"선택은 제가 합니다." 대신이 결정을 내린다. "하셔야겠다면 하십시오, 선생님."

나이답지 않게 민첩한 노인이 끝이 굽은 집게를 들고 막 밑으로 기어들어간다.

하녀는 낯선 도구를 보고 놀라 소리를 지른다.

"'겸자'요." 의사는 그 이상의 설명 없이 짧게 대답한다.

하녀장이 막을 들어올린다. "안 돼요, 그런 꼴은 보고 싶지 않아요! 외국인들은 토막을 내고 저미면서 '의술'이라고 하지만, 그건 정말 생각도 할 수……"

마에노가 으르렁거린다. "내가 하녀장에게 어디에서 생선을 사야 할지 조언을 할까?"

오리토가 설명한다. "겸자는 자르는 데 쓰는 게 아니에요—산파의 손가락처럼, 돌려서 끌어낼 때 더 꽉 잡으려고 쓰는 거예요……" 그녀는 다시 레이던 소금병을 사용한다. "가와세미 님, 이 도구를 쓸 거예요." 그녀가 겸자를 쳐든다. "아기를 꺼내기 위해서요. 겁먹지 마세요. 가만히 계시고요. 유럽인들은 흔히 쓰는 도구랍니다—공주랑 왕비들까지도요. 아기를 부드럽게, 확실하게 빼낼 거예요."

"그렇게 해주세요……" 가와세미의 목소리가 목에 걸려 제대로 나오지 않는다. "해주세요……"

"감사합니다. 그럼 제가 부탁드리면 힘을 주세요……"

"힘을……" 그녀는 더는 신경쓸 수 없을 만큼 지쳤다. "힘……"

도미네가 안을 힐끔거린다. "그 도구를 몇 번이나 써보셨소?"

오리토가 처음으로 대신의 으스러진 코를 알아챈다. 그녀 자신의 화상 못지않게 외모를 심하게 망가뜨리는 흠이다. "자주 쓰지요. 환자가 고통스러워한 적은 한 번도 없어요." 이러한 '환자'가 속을 파내고 아기 대신 기름칠한 박을 넣은 수박이었다는 것은 마에노와 그의 제자만 아는 사실이다. 오리토가 가와세미의 자궁 속에 손을 넣는다. 일이 제대로만 된다면 손을 넣는 건 이번이 마지막일 것이다. 손가락이 태아의 목을 찾아낸다. 머리를 자궁경관 쪽으로 돌리다 놓치고 다시 더 꽉 잡을 데를 찾아서 다루기 힘든 사체를 세번째로 돌린다. "자, 지금이에요, 선생님."

마에노가 튀어나온 팔 옆으로 겸자를 깊숙이 밀어넣는다.

지켜보던 사람들이 헉 놀란다. 가와세미의 입에서 바싹 마른 외마디 비명이 터져나온다.

오리토의 손바닥에 겸자의 휘어진 날이 느껴진다. 그녀는 태아의 부드러운 두개골 주위로 날을 움직인다. "날을 조이세요."

부드럽지만 단호하게 의사가 겸자를 조인다.

오리토가 왼손으로 겸자 손잡이를 잡는다. 저항은 곤약처럼 부

22

드럽지만 단호하다. 여전히 자궁 속에 있는 오른손으로 태아의 두 개골을 감싸쥔다.

마에노 선생의 깡마른 손가락이 오리토의 손목을 감싼다.

"뭘 기다리시는 건가요?" 하녀장이 묻는다.

"다음 진통." 의사가 대답한다. "곧 시작될 걸세……"

가와세미의 호흡이 새로운 고통으로 거칠어지기 시작한다.

"하나, 둘," 오리토가 숫자를 센다. "자, 힘줘요, 가와세미 님!"

"힘주세요, 마님!" 하녀장과 하녀도 격려한다.

마에노 선생이 겸자를 당긴다. 오리토는 오른손으로 태아의 머리를 산도 쪽으로 민다. 하녀에게 아기의 팔을 잡고 끌어당기라고 한다. 머리가 산도까지 오자 오리토는 저항이 점점 심해지는 것을 느낀다. "하나, 둘…… 지금이에요!" 음핵 귀두를 꽉 누르자 작은 사체의 머리칼이 엉켜붙은 정수리가 나온다.

"나왔어요!" 가와세미의 짐승 같은 비명소리 속에서 하녀가 헐떡이며 외친다.

아기의 머리가 나온다. 점액으로 번들거리는 얼굴도……

……미끌미끌하고 끈적거리고 생명 없는 나머지 몸도 나온다.

"오, 하지만…… 오." 하녀가 중얼거린다. "오. 오. 오……"

가와세미의 찢어질 듯한 흐느낌은 신음소리로 낮아졌다가 잦아든다.

그녀도 알고 있어. 오리토는 겸자를 내던지고 생명 없는 아기의 발목을 잡고 들어서 철썩 친다. 기적이 일어나리라는 희망은 없다. 그저 배우고 훈련받은 대로 할 뿐이다. 열 번을 세게 내려치고서야 멈춘다. 아기의 맥박은 뛰지 않는다. 입과 코 가까이 얼굴을 바짝

갖다대보아도 숨결이 느껴지지 않는다. 분명한 사실을 굳이 말할
필요는 없다. 배꼽에서 탯줄을 칼로 잘라내고 생명 없는 몸을 물로
씻긴 다음 요람에 누인다. 요람이 관이 되었군. 강보는 수의가 되었고.
그녀는 생각한다.

도미네 대신이 바깥의 하인에게 지시를 내린다. "부교님께 아드
님이 사산되었다고 알려드려라. 마에노 선생님과 산파가 최선을
다했지만 운명이 정한 바를 바꾸기에는 역부족이었다고."

오리토는 이제 산욕열을 살핀다. 태반을 꺼내야 한다. 익모초를
회음부에 바른다. 파열된 항문에서 나오던 피가 멎는다.

마에노 선생이 천으로 둘러친 막에서 물러나며 산파에게 자리를
내준다.

새만한 크기의 나방이 들어와 오리토의 얼굴로 날아든다.

나방을 쫓다가 그녀는 구리 냄비에 든 겸자를 건드린다.

겸자가 냄비 뚜껑에 부딪혀 덜그럭거린다. 요란하게 덜그럭대는
소리에 방으로 들어오려던 작은 짐승이 놀라 가냘프게 운다.

강아지인가? 오리토는 당황해서 생각한다. 아니면 고양이?

정체를 알 수 없는 짐승이 아주 가까이에서 다시 운다. 요 밑인가?

"저것을 쫓아버려!" 하녀장이 하녀에게 말한다. "쫓아버리라고!"

그 짐승이 다시 운다. 그제야 오리토는 그것이 요람에서 들려오
는 소리임을 알아차린다.

말도 안 돼. 산파는 애써 희망을 밀어내며 생각한다. 그럴 리가 없
어……

그녀가 강보를 들추자 바로 그 순간 아기가 입을 벌린다.

아기는 한 번 숨을 들이마신다. 두 번, 세 번. 아기의 쪼글쪼글한

얼굴이 일그러진다……

　……그리고 갓 태어난 새빨간 얼굴의 폭군이 몸을 떨며 생명을
향해 울부짖는다.

II
나가사키항에 정박한 셰넌도어호,
레이시 선장의 선실
✦
1799년 7월 20일 저녁

다니엘 스닛커르가 주장한다. "저 눈 째진 거머리들로부터 우리
가 매일같이 당하는 굴욕에 대한 정당한 보상으로 달리 얻을 수 있
는 게 뭐가 있소? 스페인인은 '무급 하인은 자기 몫을 챙길 권리
가 있다'고 하지요. 이번만큼은 분하지만 스페인인의 말이 옳소.
오 년 후에도 여전히 우리에게 보수를 줄 회사가 있을지 어찌 알겠
소? 암스테르담은 무릎을 꿇었소. 우리 조선소는 가동되지 않고 제
조소에는 일이 없고 곡물 창고는 약탈당했소. 헤이그는 파리가 조
종하는 끈에 매달려 활보하는 꼭두각시들의 무대이고, 프로이센의
자칼과 오스트리아의 늑대들은 우리 국경선을 비웃고 있소. 하느
님 맙소사, 캄페르다윈에서 당한 후로 우리는 해군 없는 해양 국가
가 되고 만 거요. 영국인이 희망봉과 코로만델, 실론까지 힘도 안
들이고 다 손에 넣었다고. 이제 자바가 크리스마스에 잡아먹으려
고 살찌워놓은 거위 같은 다음 먹잇감이라는 사실은 불 보듯 훤한

일이오! 이렇게라도 하지 않으면"—그가 레이시 선장에게 입술을 삐죽거린다—"양키 양반, 바타비아는 굶주리게 될 거요. 이런 시기에 유일한 보험은 창고에 든 팔 수 있는 상품뿐이오, 포르스텐보스 씨. 그게 아니라면 대관절 당신이 왜 여기 있겠소?"

낡은 고래기름 등이 흔들리며 쉭쉭 소리를 낸다.

포르스텐보스가 묻는다. "그게 당신의 최종진술이오?"

스닛커르가 팔짱을 낀다. "당신의 약식재판 따윈 침을 뱉어주겠소."

레이시 선장이 요란하게 트림을 한다. "마늘 때문이오, 여러분."

포르스텐보스가 사무원에게 말한다. "우리 판결을 기록해둘 까……"

야코프 더주트가 고개를 끄덕이고 깃펜에 잉크를 찍는다. "……약식재판."

"1799년 7월 20일 이날, 나가사키 데지마 상관商館의 차기 상관장인 나 위니코 포르스텐보스는 네덜란드령 동인도제도 총독 P. G. 판오베르스트라턴 각하가 부여하신 권한으로, 셰년도어호 선장 앤설름 레이시의 입회하에 위에 언급한 상관의 상관장 대리 다니엘 스닛커르의 죄를 다음과 같이 밝힌다. 철저한 직무유기……"

스닛커르가 주장한다. "나는 내 직책에 따르는 모든 직무를 수행했소!"

"'직무'라고?" 포르스텐보스가 야코프에게 멈추라고 신호를 보낸다. "당신이 매음굴에서 창녀와 놀아나는 동안 우리 창고들은 다타서 잿더미가 되었소! 당신이 일간 기록부라고 부르는 그 거짓말투성이 서류에는 빠져 있던 내용이지. 일본인 통역관이 우연히 흘린 말이 아니었더라면……"

"내가 저희들 꾀에 넘어가지 않는다고 내 이름에 먹칠을 하는 그 뒷간 생쥐들!"

"불이 났던 밤에 데지마에서 소화 펌프가 사라진 것이 '당신 이름에 먹칠'을 한 일이오?"

"아마 피고가 등나무집에 가져갔을 거요. 자기 호스가 얼마나 두꺼운지 여자들한테 보여주려고." 레이시 선장의 말이다.

스닛커르가 반박한다. "펌프는 판클레이프의 책임이었소."

"당신네 차석한테 당신이 그를 얼마나 충실히 변호했는지 말해주겠소. 다음 죄목은, 더주트 군, '옥타비아호의 선하증권에 상관의 관리자 세 명의 서명이 없는 것.'"

"아, 맙소사. 그건 단순한 행정상의 실수였을 뿐이오!"

"부정직한 상관장들이 회사를 속여먹는 백여 가지 '실수'지. 그래서 바타비아가 삼중 허가 절차를 고집하는 거요. 다음 죄목, '개인적인 화물에 회사 공급을 유용.'"

"그건 순전히 거짓말이야!" 스닛커르가 분개해 침을 뱉는다.

포르스텐보스는 발치에 있는 여행용 가방에서 동양풍의 도자기상 두 개를 꺼낸다. 하나는 도끼를 들고 목을 칠 자세를 취한 사형집행인이고, 또하나는 내세를 보는 듯한 눈빛으로 양손이 묶인 채무릎을 꿇은 죄수다.

스닛커르는 여전히 뻔뻔스럽다. "어째서 나한테 이따위 것을 보여주는 거요?"

"당신의 개인 화물에서 2그로스*가 발견되었소. 아리타 도자기

---

* 수량을 나타내는 단위로, 1그로스는 144개.

상 24다스라고 기록되어 있었지. 죽은 내 처가 일본 물건을 무척 좋아해서 나도 조금 안다오. 어디 한번 볼까요, 레이시 선장. 자, 빈 경매소에서 이것들이 얼마나 값이 나갈지 따져보시오."

레이시 선장이 생각해본다. "개당 20길더?"

"이 작은 것들만 해도 35길더요. 금박 입힌 고급 창부와 궁수, 귀족 들은 50길더고. 2그로스면 얼마겠소? 낮게 잡아서—유럽은 전쟁중이라 시장이 불안정하지—개당 35길더로 하고…… 2그로 스를 곱해보시오. 더주트?"

야코프의 주판이 옆에 있다. "1만 80길더입니다."

레이시는 놀라 "휘유!" 하고 감탄을 내뱉는다.

포르스텐보스가 말한다. "회사 비용으로 물품을 구입하고 선하 증권에는 '상관장 대리의 개인 도자기'로 기록해놓으면 상당한 이 득을 취하겠지. 물론 목격자도 없고, 스닛커르."

"신이 전 상관장의 영혼을 돌보시기를." 스닛커르가 말을 바꾼 다. "그분이 에도에 사절단으로 가시기 전에 나에게 그것들을 유산 으로 남기셨소."

"그러니까 헤메이 씨가 에도에서 돌아오는 길에 자신이 죽을 것 을 미리 알았단 말이오?"

"헤이스버르트 헤메이 씨는 보기 드물게 신중한 분이었소."

"그러면 우리에게 그 보기 드물게 신중한 유언장을 보여주시오."

스닛커르가 입을 훔친다. "유언장은 화재에 불타버렸소."

"증인이 있소? 판클레이프 씨? 피셔? 원숭이?"

스닛커르가 지긋지긋하다는 듯 한숨을 내쉰다. "이건 유치한 시 간 낭비요. 십일조를 떼어가고 싶으면 맘대로 하시오, 하지만 16분의 1 이상은 안 되오. 그렇게 나오면 내 저 빌어먹을 것을 차라리 항구에 내버리고 말겠소."

홍청대는 소리가 나가사키에서 흘러들어온다.

레이시 선장은 양배춧잎에 황소 같은 코를 푼다.

야코프가 닳아빠진 깃펜으로 거의 다 받아적는다. 손이 아프다.

"궁금한 것이 있는데……" 포르스텐보스는 어리둥절한 표정이다. "……'십일조'가 무슨 소리야? 더주트 군, 좀 가르쳐주겠나?"

"스닛커르 씨가 뇌물을 드리려는 겁니다."

등이 흔들리기 시작한다. 연기가 피어오르고 쉭쉭거리더니 이내 원래대로 돌아온다.

하갑판에서 선원이 바이올린 음을 고르고 있다.

포르스텐보스가 스닛커르에게 눈을 깜박거린다. "내 정직함을 팔라는 거요? 스헬더강에서 버터 바지선들을 상대로 불법으로 돈을 뜯어낸 그 썩을 항구 관리자처럼?"

스닛커르가 으르렁거린다. "그럼 9분의 1. 하지만 그 이상은 안 돼."

"고발장을 마무리하게"—포르스텐보스가 사무원에게 손가락을 튕긴다—"'회계 감사관에게 뇌물 제공 시도'도 넣어서. 그리고 판결은 이렇소. 어디 그런 식으로 눈을 굴려보시오, 스닛커르. 당신에게 좋지 않을 테니. '첫째, 다니엘 스닛커르의 직책을 박탈하고 1797년부터 지급한 급료 전부—그렇지, 전부—를 회수한다. 둘째, 바타비아에 도착하는 즉시 그의 행동에 대한 책임을 물어 다니엘 스닛커르를 올드포트에 투옥한다. 셋째, 그의 개인 화물은 경매에 부치고 그 수익금으로 회사에 변상한다.' 이제야 관심을 보이시는군."

스닛커르는 더는 맞서지 못한다. "나를 거지로 만들려는군."

"이 재판은 회사에 기생해 제 배를 채우는 모든 상관장들에게 본
을 보이려는 것이오. '다니엘 스닛커르에게 정의의 심판이 내려졌
다.' 이런 판결이 그들에게 경고가 될 거요. '그리고 너희들도 정의
의 심판을 받게 될 것이다.' 레이시 선장, 이런 지저분한 일에 참여
해줘서 감사하오. 비스케르커, 스닛커르 씨가 부디 선원 선실에서
해먹을 찾아내기를 바라게. 그는 자바까지 뱃삯을 내는 대신 초짜
선원으로 일하면서 규율을 따라야 할 거야. 그뿐 아니라……"

스닛커르가 탁자를 뒤엎고 포르스텐보스에게 달려든다. 야코프
는 자기 후견인의 얼굴로 날아드는 스닛커르의 주먹을 보고 막으
려 끼어든다. 불타오르는 듯한 공작 깃털이 그의 눈앞에서 빙빙 돈
다. 선실 벽이 90도로 회전하고 바닥이 그의 갈비뼈에 쿵 하고 부
딪는다. 입안에서 느껴지는 쇠맛은 분명 피다. 끙끙대는 소리와 씨
근대는 숨소리, 신음소리가 시끄럽게 오간다. 야코프가 힐끗 올려
다보니 스닛커르의 명치에 일등항해사의 강력한 일격이 떨어지려
는 순간이다. 바닥에 누운 사무원은 부지불식간에 딱한 마음이 들
어 움찔한다. 스닛커르가 비틀거리며 바닥에 쓰러진 순간 선원 두
명이 더 뛰어들어온다.

하갑판에서 선원이 바이올린으로 〈검은 눈의 트벤터 아가씨〉를
연주하고 있다.

레이시 선장은 블랙커런트 위스키 한 잔을 따른다.

포르스텐보스가 기운이 다 빠질 때까지 은 손잡이가 달린 지팡
이로 스닛커르의 얼굴을 후려친다. "이 왕풍뎅이 같은 놈을 족쇄를

채워 당신 갑판에서 제일 더러운 구석에 처박으시오." 일등항해사
와 두 선원이 신음하는 그를 질질 끌고 나간다. 포르스텐보스가 야
코프 옆에 무릎을 꿇고 앉아 그의 어깨를 두드린다. "나를 위해 나
서줘서 고맙네. 자네 코를 많이 다친 건 아닌가 걱정이군……"

야코프의 코에 느껴지는 통증으로 보아 부러진 게 아닌가 싶지
만, 그의 손과 무릎에 끈적하게 묻은 것은 피가 아니다. 그것이 잉
크임을 알아차리고 사무원은 몸을 일으킨다.

깨진 잉크병에서 남색 시내처럼 흘러나와 삼각주를 만들며 뚝뚝
떨어지는 잉크……

판자의 갈라진 틈새로 뚝뚝 떨어지면 목마른 나무가 들이켜는
잉크……

야코프는 생각한다. 잉크, 가장 비옥한 액체여……

III
나가사키항,
셰넌도어호 옆에 정박한 삼판선*
✦
1799년 7월 26일 아침

모자도 쓰지 않고 푸른 연미복 차림으로 더위에 시달리는 야코프 더주트는 북해의 파도가 악에 받쳐 돔뷔르흐의 제방으로 돌진하고, 물보라가 목사관을 지나 처치 스트리트를 따라 요동치던 열 달 전의 일을 떠올린다. 목사관에서 숙부가 방수 처리가 된 캔버스 가방을 그에게 주었다. 가방 속에는 사슴가죽으로 장정한, 여기저기 긁힌 시편이 들어 있었다. 야코프는 숙부가 한 말을 웬만큼 기억 속에서 되살릴 수 있다. "조카야, 이 책의 내력은 너도 여러 번 들어봤을 거다. 고조부님께서 베네치아에 계셨을 때 역병이 덮쳤지. 고조부님의 몸에 개구리만한 크기의 가래톳이 섰지만 이 시편으로 기도를 하셨고, 하느님께서 치유해주셨다. 오십 년 전 할아버지가 팔라틴에서 군복무를 하실 때 매복자들이 할아버지의 연

---

* 배와 배, 혹은 배와 육지 사이를 오가는 작은 거룻배.

대를 기습했는데, 이 시편이 머스킷 총 탄알을 막아주었지." 숙부
가 아직도 구멍에 박혀 있는 납탄환을 손가락으로 매만진다. "그러
지 않았더라면 할아버지의 심장이 갈기갈기 찢어졌을 거다. 말 그
대로 나와 네 아버지, 너와 헤이르티어 모두 이 책이 아니었더라면
이 세상에 존재하지도 않았을 거다. 우리는 가톨릭 신자가 아니다.
부러진 못이나 낡은 누더기 따위에 마법의 힘이 있다고 믿지 않지.
하지만 이 신성한 책만큼은 맹세코 우리 가계와 관계가 있다는 걸
너도 잘 알 거다. 이 책은 조상님이 주신 선물이자 후손에게서 빌
린 것이다. 앞으로 너에게 어떤 일이 일어나건 절대 잊지 마라. 이
시편은," 숙부는 캔버스 가방을 어루만졌다. "이건 네가 집으로 돌
아올 열쇠다. 다윗의 찬송은 성경 안의 성경이다. 그것으로 기도하
고, 그 가르침을 늘 잊지 않는다면 엇나가는 일은 없을 게다. 그 책
이 네 영혼을 살찌울 수 있도록 그것으로 네 생명을 보호해라. 이
제 가거라, 야코프. 하느님이 너와 함께하실 거다."

"'그것으로 네 생명을 보호해라.'" 야코프는 나지막이 웅얼거린
다……

……그는 생각한다. 그것 때문에 지금 큰 고민에 빠진 거지.

열흘 전 셰넌도어호가 파펜부르크섬에 정박했다—섬의 높은 곳
에서 몸을 던진 참된 신앙의 순교자들을 위해 붙인 이름이다. 레이
시 선장은 모든 기독교 성물을 통 속에 넣고 단단히 못질해 일본
인에게 넘겨주라고 명령했다. 그 통은 쌍돛대 범선이 일본에서 떠
날 때만 돌려받을 수 있었다. 차기 상관장 포르스텐보스와 그의 직
원들도 예외는 아니었다. 셰넌도어호의 선원들은 십자가상을 내주
느니 차라리 불알을 내주겠다고 투덜거렸지만, 일본인 검사관들과

무장한 경비병들이 갑판을 수색하자 십자가와 성 크리스토퍼 상을 구석으로 숨겼다. 통에는 레이시 선장이 일본인에게 내주기 위해 가져온 묵주와 기도서가 가득했다. 그러나 더주트의 시편은 그 속에 없었다.

그는 가슴이 조마조마하다. 숙부님과 교회와 하느님을 어떻게 배신할 수 있겠어?

시편은 그가 깔고 앉은 선원용 사물함 속 다른 책들 사이에 잘 넣어두었다.

그는 스스로를 다독인다. 그리 위험할 리는 없어…… 시편에 기독교 저서라는 것을 알아볼 만한 표시나 삽화는 전혀 없다. 네덜란드어 통역관들은 실력이 형편없어서 예스러운 성경의 언어를 알아보지 못한다. 야코프는 이성적으로 따져본다. 나는 네덜란드 동인도회사 직원이야. 일본인이 나에게 내릴 수 있는 최악의 벌이 뭐겠어?

야코프는 알지 못하지만, 실은 두려워하고 있다.

십오 분이 흐른다. 포르스텐보스 상관장이나 그가 데리고 있는 두 말레이인에게서는 어떤 신호도 없다.

야코프의 주근깨투성이 창백한 얼굴이 베이컨처럼 튀겨지고 있다.

날치 한 마리가 허공을 가르며 날아가 수면을 스친다.

"도비우오!" 사공 한 명이 뭔가를 가리키며 다른 사공에게 외친다. "도비우오!"

야코프가 그 단어를 되풀이하자 두 사공이 배가 흔들릴 정도로 웃어댄다.

그들의 배에 탄 이는 개의치 않는다. 그는 셰넌도어호 주위를 빙빙 도는 경비선들을 주시하고 있다. 낚싯배, 포르투갈 무장 상선처럼 다부지지만 양옆이 불룩한, 해안을 따라 항해하는 일본 화물선, 수행하는 배 여러 척을 대동하고 나온, 하늘색 바탕에 검은색 무늬가 있는 깃발을 늘어뜨린 귀족의 유람선, 바타비아의 중국 상인들 배와 비슷하게 생긴 뱃머리가 뾰족한 범선도……

나무의 회색과 진흙의 갈색으로 이루어진 나가사키는 푸르른 산들의 쫙 벌어진 발가락 사이에서 스며나온 것처럼 보인다. 해초, 폐수, 셀 수 없이 많은 연통에서 흘러나오는 연기 냄새가 바다를 뒤덮고 있다. 논들이 삐죽빼죽한 산 정상에 거의 닿을 정도까지 산을 에워싸고 있다.

미친 사람이라면 자기가 반쯤 깨진 옥그릇 속에 있다고 상상할지도 몰라. 야코프는 생각한다.

해안선을 따라 자리한 땅이 앞으로 일 년간 그가 살 곳이다. 높은 성벽으로 둘러싸인 부채 모양의 인공섬 데지마는 바깥쪽 외곽 길이가 이백 걸음, 폭은 팔십 걸음 정도 되고, 암스테르담처럼 물속에 잠긴 토대 위에 세워졌으리라고 야코프는 추정한다. 한 주 동안 셰닌도어호의 앞돛대에서 교역지를 스케치하면서, 그는 지붕을 스물다섯 개쯤 헤아렸다. 번호가 붙은 일본 상인들의 창고, 상관장과 선장의 거처, 지붕 위에 망루가 있는 차석 상관장의 집, 통역관 조합, 작은 병원. 네덜란드 창고 네 곳—로스, 렐리, 도른, 에이크—중에서는 도른과 에이크만이 포르스텐보스가 '스닛커르의 불'이라고 부르는 화재에서 살아남았다. 렐리 창고는 다시 짓는 중이지만 잿더미가 된 로스 창고는 부채가 해결될 때까지 기다려야 할 것이다. 육지 문 앞에 놓인 돌다리가 바닷물이 들고 나는 펄로 된 해자 건너 데지마와 해안을 이어주고 있다. 회사 삼판선들이 짐을 신고 내리는 짧은 경사로 꼭대기에 있는 바다 문은 교역 철에만 열린다. 바로 옆에 세관이 있어서, 상관장과 선장을 제외한 모든 네덜란드인이 금지된 품목을 갖고 있나 수색을 받는다.

그 목록 맨 위에 있는 것이 바로 '기독교 성물'이지…… 야코프는 생각한다.

그는 스케치로 돌아가 목탄으로 바다에 음영을 넣기 시작한다.

호기심이 동한 사공들이 어깨 너머로 들여다본다. 야코프가 그림을 그들에게 보여준다.

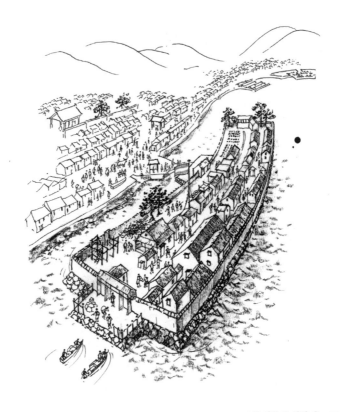

더 나이든 사공이 나쁘지 않은데, 하는 듯한 표정을 짓는다.

경비선에서 들려온 고함소리에 둘 다 놀라서 제자리로 돌아간다.

삼판선이 포르스텐보스의 무게로 흔들린다. 그는 여윈 사람이지
만 오늘은 일본에서 가루로 된 만병통치약으로 귀하게 여기는 '유
니콘', 즉 일각고래 뿔 때문에 비단 프록코트가 불룩하다. "내가 뿌
리 뽑으려 하는 것이"—차기 상관장이 자기 옷의 부풀어오른 주머
니를 주먹으로 툭 친다-"바로 이런 광대짓이야. 뱀 같은 고바야
시한테 내가 따졌지. '그냥 법대로 화물을 상자에 넣으면 되지 않
나. 법대로 배로 날라서 법대로 개인 경매에서 팔면 되는 거 아닌
가?' 그랬더니 그가 뭐라 대답했는지 아나? '선례가 없습니다.' 그
래서 내가 그랬지. '그럼 선례를 만들면 되지 않나?' 그러니까 마치
내가 제 자식의 아비라고 나서기라도 한 듯이 나를 노려보더군."

일등항해사가 그를 부른다. "노예도 함께 해안으로 데려가시겠
습니까?"

"소와 함께 보내게. 스닛커르가 데리고 있던 흑인이 그동안 내
시중을 들어줄 걸세."

"알겠습니다. 그리고 세키타 통역관이 해안까지 배를 태워달라
는데요."

"그 바보놈도 내려주게, 비스케르커……"

세키타의 풍만한 뒤태가 상갑판 난간 너머로 불쑥 나타난다. 그
의 칼집이 사다리에 걸린다. 시종이 이런 사고에 대한 벌로 맵게 한
대 맞는다. 주인과 하인이 안전하게 자리잡고 앉자, 포르스텐보스
가 멋진 삼각모를 살짝 들어 인사한다. "좋은 아침이네, 세키타."

세키타는 알아듣지 못하고 고개를 끄덕인다. "아, 우리 일본인,
섬사람은……"

"정말이네. 온통 바다로군. 짙푸른색이 끝없이 펼쳐져 있어."

세키타는 또다시 달달 외운 문장을 되풀이해 읊는다. "키 큰 소
나무는 깊은 뿌리입니다."

"무엇 때문에 우리가 당신에게 두둑한 보수를 주면서 부족한 돈
을 낭비해야 하나?"

세키타는 생각에 잠긴 듯 입술을 오므린다. "안녕하십니까?"

저놈이 내 책을 조사한다면 걱정할 게 하나도 없겠는데. 야코프는 생
각한다.

포르스텐보스가 사공들에게 데지마를 가리키며 명령을 내린다.
"출발!"

굳이 그럴 필요도 없고 청하지도 않았는데 세키타가 그 명령을
통역한다.

사공들은 거친 숨소리가 섞인 뱃노래에 맞춰 물뱀이 헤엄치듯
노를 '빗자루처럼 쓸면서' 삼판선을 움직인다.

포르스텐보스가 궁금해한다. "저놈들 이런 노래를 부르는 거 아
니야? '우리에게 네 금을 다오, 오 구린내나는 네덜란드놈들아.'"

"통역이 있어도 신뢰하는 사람은 없습니다."

"저자에게 그건 너무 관대한 표현이군. 하지만 고바야시보다야
저놈이 낫지. 지금이 우리가 잠깐이라도 사적인 대화를 나눌 마지
막 기회일지 몰라. 일단 뭍에 오르면 우리의 형편없는 화물로 감당
할 수 있는 한까지 교역 철 수익을 올리는 데 온 힘을 집중해야 하
니까. 더주트, 자네가 할 일은 따로 있네. 1794년 이후에 이루어진

회사 거래와 개인 거래 양쪽의 장부를 모으도록 해. 관리직들이 무엇을 얼마나 사고팔고 수입했는지 알아야 우리가 다뤄야 할 부정의 범위가 어느 정도인지 알 수 있지."

"힘닿는 데까지 최선을 다하겠습니다."

"스닛커르를 감옥에 넣은 것은 작정하고 한 일이지만, 데지마의 모든 밀수꾼을 똑같은 식으로 다룬다면 우리 둘 말고는 아무도 남지 않을 걸세. 그러니까 정직하게 일하면 승진으로 보상해주고, 도둑질에는 불명예와 투옥으로 벌을 준다는 것을 보여줘야 해. 그래야만 이 악폐를 일소할 수 있을 걸세. 아, 저기 판클레이프가 우리를 맞으러 오는군."

차석 상관장이 바다 문에서 경사로를 걸어내려온다.

포르스텐보스가 인용구를 읊는다. "'모든 도착은 특별한 죽음이다.'"

사십 년 전 위트레흐트에서 태어난 차석 상관장 멜히오르 판클레이프가 모자를 들어 인사한다. 가무잡잡한 얼굴에 턱수염이 자라 해적 같다. 친구라면 그의 가느다란 눈을 '기민하다'고 표현할 것이고, 적이라면 '메피스토펠레스 같다'고 할 것이다. "안녕하십니까, 포르스텐보스 상관장님. 데지마에 온 걸 환영하네, 더주트 군." 악수를 하는 그의 손아귀 힘이 돌멩이도 으스러뜨릴 것 같다. "분명히 '유쾌한' 체류가 될 걸세······" 그는 야코프의 코에 막 난 상처를 알아차린다.

"감사합니다, 판클레이프 차석 상관장님." 뭍에 올라와 걸으니 바다에 익숙해진 야코프의 다리 아래에서 단단한 땅이 출렁인다.

쿨리*들이 벌써 그의 사물함을 내려 바다 문으로 나르고 있다. "저, 제 짐에서 눈을 떼지 말아야 해서요……"

"그래야겠지. 얼마 전까지는 하역 인부들을 매로 다스렸지만 부교가 쿨리를 매질하는 것은 일본 전체에 대한 모욕이라며 금했다네. 이젠 저놈들을 통제할 수가 없어."

세키타 통역관이 삼판선의 뱃머리에서 경사로로 뛰어내릴 타이밍을 놓치는 바람에 무릎까지 물에 빠진다. 마른땅으로 올라온 그는 부채로 하인의 코를 후려치고는 "갑시다! 갑시다! 가요!" 하고 외치며 서둘러 세 네덜란드인의 앞장을 선다.

"'이리 오라'는 뜻으로 하는 말입니다." 판클레이프 차석 상관장이 설명한다.

바다 문을 통과하자 그들은 세관으로 안내된다. 여기에서 세키타가 외국인들의 이름을 묻고 늙은 기록관에게 큰 소리로 말해주면, 그가 더 젊은 조수에게 되풀이해 불러주고, 조수가 이를 서류에 기록한다. '포르스텐보스'는 보루스 덴보슈로 음역되고, '판클레이프'는 반쿠레이후로, '더주트'는 다즈토로 개명된다. 검사관한 팀이 셰년도어호에서 내린 치즈와 버터 통을 꼬챙이로 찔러보고 있다. 판클레이프가 불평한다. "저 무뢰한들은 닭이 더컷** 한두 개라도 숨기고 있나 싶어서 보관된 달걀까지 깨뜨려본다니까." 건장한 경비병이 다가온다. "몸수색꾼한테 가게. 상관장은 면제되지만 직원들은 아니니까." 차석 상관장이 말한다.

---

* 육체노동을 주로 하는 외국인 노동자.
** 중세시대 말기부터 20세기까지 사용된 유럽의 금화 혹은 은화.

젊은이들 여럿이 모여든다. 이번주에 셰넌도어호를 방문했던 검사관과 통역관처럼 똑같이 이마의 털을 밀고 상투를 틀었지만 의복은 덜 근사하다. 판클레이프가 설명해준다. "지위가 없는 통역들이라네. 세키타를 위해 일을 해주고 환심을 사보려는 거지."

몸수색꾼이 야코프에게 뭐라고 말하자 그들이 합창한다. "팔 들어! 주머니 열어!"

세키타가 그들을 조용히 시키고 야코프에게 명령한다. "팔을 드시오. 주머니를 여시오."

야코프는 그 말대로 따른다. 몸수색꾼이 그의 겨드랑이를 더듬고 주머니 속을 뒤진다.

그는 야코프의 스케치북을 찾아내 잠깐 살펴보고 다른 명령을 내린다.

"신발을 경비병에게 보여주시오!" 제일 잽싼 통역이 말한다.

세키타가 콧방귀를 뀌며 말한다. "이제 신발을 보여주시오."

야코프는 하역 인부들까지도 하던 일을 멈추고 구경하고 있다는 것을 알아차린다.

어떤 이들은 부끄러운 줄도 모르고 사무원을 손가락질하며 외친다. "고모, 고모."

"자네 머리카락을 말하는 거네. '고모'는 유럽인들에게 흔히 붙이는 별명이지. '고'는 '붉다'는 뜻이고, '모'는 '머리카락'이라네. 사실 우리 중에도 당신 같은 머리색은 드물지. 진짜 '붉은 머리 야만인'은 좋은 구경거리가 될 만해."

"일본어를 공부하십니까, 판클레이프 차석 상관장님?"

"그건 금지되어 있지만 첩들한테서 조금씩 언어듣지."

"아시는 것을 저에게도 좀 가르쳐주시면 정말 감사하겠습니다."

"나는 선생 노릇을 할 정도까지는 못 되네. 마리뉘스 선생은 마치 흑인으로 태어난 양 말레이인들과 자유로이 대화를 하지만, 일본어는 배우기가 어렵다고 하더군. 통역이 우리에게 가르쳐주다가 걸리기라도 하면 반역죄로 기소될 수도 있어."

몸수색꾼이 야코프의 신발을 돌려주고 새로운 명령을 내린다.

"옷을 벗으시오!" 통역이 외친다. "옷을 벗으시오!"

"옷은 입고 있게!" 판클레이프가 응수한다. "사무원들은 옷을 벗지 않네, 더주트 군. 저 더러운 개똥 같은 놈들이 우리 존엄성을 빼앗으려는 거야. 오늘 저놈 말대로 따랐다가는 일본에 들어오는 사무원은 죄다 최후의 심판일까지 그대로 따르게 될 걸세."

몸수색꾼이 항의한다. 합창소리가 높아진다. "옷을 벗어!"

세키타 통역관은 난처한 상황임을 알아차리고 슬쩍 빠진다.

포르스텐보스가 주위가 잠잠해질 때까지 지팡이로 바닥을 쿵쿵 친다. "안 돼!"

몸수색꾼은 불만스럽지만 이 부분은 양보하기로 한다.

세관 경비병이 야코프의 사물함을 창으로 툭툭 치며 뭐라 말한다.

"열어주시오." 지위가 없는 통역이 말한다. "큰 상자를 여시오!"

네 시편이 든 상자로군. 야코프의 내면에 있는 밀고자가 조롱하듯 속삭인다.

속이 뒤틀리지만 야코프는 명령대로 상자를 연다.

경비병 한 명이 무슨 말을 하자 통역들이 옮긴다. "물러서시오, 뒤로 물러서시오!"

스무 명이 넘는 사람이 호기심에 찬 얼굴로 목을 죽 빼고 들여다보는 가운데 몸수색꾼이 뚜껑을 열고 야코프의 리넨 셔츠 다섯 장, 모직 담요, 양말, 단추와 버클 주머니, 닳아 해진 가발, 깃펜 한 세트, 누렇게 바랜 속옷, 소년 시절 쓰던 컴퍼스, 윈저 비누 반 토막, 아나가 리본 머리끈으로 묶어서 넣어준 편지 스무 통 남짓, 면도날, 델프트 자기 담뱃대, 금간 유리잔, 2절판 악보 한 부, 좀이 슨 암녹색 벨벳 조끼, 백랍 접시, 나이프와 스푼, 그리고 맨 아래에 있는 오십여 권의 각종 책을 꺼낸다. 몸수색꾼이 아랫사람에게 뭐라 말하자 그가 세관 밖으로 달려나간다.

"당직 통역을 데려올 겁니다. 책을 살펴보라고요." 통역이 말한다.

야코프는 갈비뼈가 쿡쿡 몸을 찌르는 것 같다. "세키타 씨가 정밀 조사를 하지 않으시고요?"

판클레이프가 씩 웃자 그의 수염 사이로 갈색으로 물든 이가 드러난다. "정밀 조사라고?"

"검사 말입니다. 제 책 검사요."

"세키타의 아버지가 조합에서 아들에게 자리를 사주었지만"—판클레이프는 입 모양으로만 '기독교'라고 말한다—"에 대한 금지가 저 돌대가리들한테는 워낙 중요해서 말이야. 책은 더 실력 있는 사람이 확인하지. 아마 이와세 반리나 오가와 집안 사람 중 한 명이 올걸."

"오가와 집안 사람은 누굽니까?" 야코프는 침도 제대로 삼키기 힘들다.

"오가와 미마사쿠는 일급 통역관 네 명 중 한 명이라네. 그의 아들 오가와 우자에몬은 삼급이고." 한 젊은이가 들어온다. "아! 호랑이도 제 말 하면 온다더니! 아침부터 따뜻하군요, 오가와 씨."

이십대 중반의 오가와 우자에몬은 솔직하고 영리해 뵈는 얼굴이다. 지위가 없는 통역들이 모두 고개를 조아린다. 그는 포르스텐보스와 판클레이프에게, 그리고 마지막으로 새로 도착한 사람에게 인사를 한다. "뭍에 오르신 것을 환영합니다, 더주트 씨." 그의 발음은 훌륭하다. 그는 야코프가 동양식으로 고개 숙여 인사하는 바로 그 순간 서양식으로 악수를 청한다. 야코프가 손을 내밀자 이번에는 오가와 우자에몬이 동양식으로 인사를 한다. 이 짤막한 장면에 세관에 있던 사람들이 즐거워한다. 통역관이 말한다. "더주트 씨가 책을 많이 가져오셨다고 들었습니다…… 여기 있군요……" 그가 상자를 가리킨다. "……정말 많군요. '과다한' 책이라고 하나요?"

"몇 권 안 됩니다. 적지 않다고 할 수는 있겠지요." 야코프는 신경이 곤두서서 토할 것 같다.

"제가 좀 가져가서 봐도 되겠습니까?" 오가와는 대답을 기다리지도 않고 열성적으로 책을 챙긴다. 야코프에게 세상이 그와 시편 사이의 가느다란 터널로 좁아진다. 『사라 뷔르헤르하르트』* 1권과 2권 사이에서 시편이 보인다. 오가와가 얼굴을 찌푸린다. "정말 책이 많군요. 시간을 조금만 주십시오. 끝나면 전갈을 보내드리지요. 괜찮겠습니까?" 그는 야코프의 망설임을 잘못 이해한다. "책은 모두 무사할 겁니다. 저 역시"—오가와가 가슴에 손을 얹는다—"애서가니까요. 이 말이 맞는 표현인가요? 애서가?"

---

* 1782년 네덜란드 작가 아혀 데컨과 베트여 볼프가 함께 쓴 네덜란드 최초의 장편 소설.

계량장의 태양이 낙인을 찍는 쇠도장처럼 뜨겁게 느껴진다.

이제 내 시편이 발각되는 건 시간문제야. 꺼림칙한 밀수꾼은 생각한다.

일본에 상주하는 직원 몇이 포르스텐보스를 기다리고 있다.

대나무 양산을 들고 상관장을 기다리던 말레이인 노예가 고개 숙여 인사한다.

상관장이 말한다. "레이시 선장과 점심시간까지 접견실에서 업무 전반에 대해 이야기할 걸세. 몸이 좋지 않아 보이는군, 더주트. 판클레이프 씨가 구경을 시켜주고 나면 마리뉘스 선생한테 피를 좀 뽑아달라고 하게." 그는 차석 상관장에게 고개를 끄덕여 작별인사를 하고 자기 사택으로 간다.

계량장에 두 사람의 키를 합친 높이의 회사 삼각 저울 하나가 자리를 차지하고 있다. "오늘은 설탕 무게를 재고 있다네." 판클레이프가 말한다. "저 정크선이 실어온 거지. 바타비아에서 자기네 창고에 남은 찌꺼기를 약간 보내왔거든."

작은 광장은 백여 명이 넘는 상인, 통역, 검사관, 하인, 첩자, 가마꾼, 짐꾼 들로 북적인다. 야코프는 생각한다. 그러니까 저 사람들이 일본인이로구나. 그들의 머리색─검은색에서 회색까지─과 피부색은 네덜란드인보다 더 균일하고, 옷과 신발, 머리 모양은 계급에 따라 엄격하게 정해져 있는 듯하다. 열다섯에서 스무 명 정도 되는, 거의 다 벗다시피 한 목수들이 새로 짓는 창고의 골조 위에 앉아 있다. "진에 전 핀란드놈들보다도 게을러터진 것들……" 판클레이프가 중얼거린다. 범포로 만든 조끼를 입은 분홍빛 얼굴에 검은색과 흰색 털이 섞인 원숭이가 세관 지붕에서 구경을 하고 있다. "자네도 윌리엄 피트를 보았군."

"뭐라고 하셨습니까?"

"그래, 조지 3세의 수상 이름이지. 저 원숭이는 다른 이름에는 절대 대답하지 않아. 예닐곱 철쯤 전에 어떤 선원이 저 녀석을 데려왔는데, 녀석은 주인이 배를 타고 떠나는 날 사라졌다가 그다음 날 데지마의 자유민으로 다시 나타났다네. 저기 저쪽의 야만스러운 원숭이로 말하자면……" 판클레이프가 설탕 상자들을 열고 있는 주걱턱에 변발을 한 노동자를 가리킨다. "……비보 헤리츠존이라고, 우리 일꾼 중 한 명이지." 헤리츠존은 조끼 주머니에 귀한 못을 넣는다. 설탕 자루들이 일본 검사관과 열일고여덟 살쯤 되어 보이는 눈에 띄는 외국인 젊은이 옆을 지나 운반된다. 그의 머리색은 천사 같은 금발이고 입술은 자바인처럼 두툼하고 눈은 동양인처럼 쭉 찢어졌다. "이보 오스트라네. 아비가 누군지도 모르는 사생아인데 메스티소* 피가 잔뜩 흐르지."

설탕 자루들이 회사 삼각 저울 옆의 가대식 탁자에 도착한다.

세 사람이 무게 재는 것을 지켜본다. 한 명은 통역이고, 둘은 이십대의 유럽인이다. "왼쪽이," 판클레이프가 가리킨다. "페터 피셔인데, 브라운슈바이크 출신의 프로이센인이고……" 피부가 땅콩색인 피셔는 갈색 머리가 벗어지기 시작했다. "……회사와 계약을 맺은 사무원이지─하지만 포르스텐보스 상관장님이 자네 역시 그렇다고 하셨으니, 우리로서는 사무원이 너무 많아 탈이라네. 피셔와 같이 있는 사람은 콘 투미라고, 코크 출신 아일랜드인이야." 투

---

* 라틴아메리카의 백인과 인디오의 혼혈.

미는 반달 같은 얼굴에 상어 같은 미소를 띠고 있다. 머리는 짧게 깎았고 범포로 대충 지은 옷을 입었다. "지금 이름을 기억하려고 애쓰지 말게. 셰년도어호가 떠나면 어차피 서로 알고 지낼 시간은 충분하니."

"우리 중에 네덜란드인이 아닌 사람도 있다고 일본인이 의심하지는 않을까요?"

"투미의 망할 억양은 흐로닝언 출신이라 그렇다고 할 거네. 회사에 파견할 순혈 네덜란드인이 충분했던 적이 언제 있었던가? 특히 지금은"—그 단어를 힘주어 말하면서 다니엘 스닛커르의 투옥이라는 민감한 문제를 암시한다—"이판사판이야. 투미는 우리 목수지만 계량장에서는 검사관 일까지 겸하지. 매의 눈으로 감시하지 않으면 지긋지긋한 쿨리들이 눈 깜짝할 사이에 설탕 자루를 빼돌리거든. 경비병들도 마찬가지야. 뭐니뭐니해도 장사치들이 제일 약아빠진 놈들이고. 어제도 웬 놈이 자루 속에 돌멩이를 슬쩍 집어넣고는 제가 그걸 '찾아냈다'면서, 그걸 '증거'로 내밀며 포장재의 평균 무게를 낮추려 하지 않았겠나."

"이제 제 일을 시작할까요, 차석 상관장님?"

"먼저 마리뉘스 선생에게 피를 좀 뽑아달라 하고 나서 안정이 되면 시작하게. 마리뉘스 선생은 롱 스트리트—이 거리라네—끝에 있는 월계수 옆 진료소에 가면 있을 걸세. 찾기 쉬울 거야. 데지마에서는 고주망태가 되지 않는 한 길 잃을 일은 절대 없다네."

"내가 우연히 여길 지나 다행입니다." 열 걸음쯤 걸었을 때 뒤에서 쌕쌕거리는 목소리가 들려온다. "데지마에서는 눈 깜짝할 사이

에 길을 잃어버리거든요. 저는 아리 흐로터라 합니다. 당신은"─
그가 손가락으로 야코프의 어깨를 톡 친다─"제일란트에서 온 용
감한 야코프 더주트 씨지요, 오 저런, 저런, 스닛커르가 당신 코를
부러뜨렸고요?"

아리 흐로터가 활짝 웃는다. 그는 상어가죽 모자를 썼다.

"제 모자 마음에 드시나요? 트르나테섬 정글의 보아뱀가죽이랍
니다. 어느 날 밤에 이놈이 내가 원주민 처녀 셋이랑 같이 살던 오
두막으로 기어들어왔지요. 처음엔 이렇게 생각했어요. 옳거니, 여
자들 중 하나가 나를 살살 만져주는구나. 하지만 천만에, 그놈이 나
를 꽉 감고 내 갈비뼈를 세 대나 부러뜨렸지 뭡니까! 뚝! 뚝! 뚝! 남
십자성 별빛 덕에 그놈이 내 눈을 똑바로 노려보는 것이 보였어요.
그런데 더주트 씨, 그놈이 상대를 잘못 골랐지. 내 팔은 뒤로 꽉 조
여 움직일 수 없었지만 턱은 자유로이 놀릴 수가 있어서 그놈 머리
를 꽉 깨물어줬답니다…… 뱀의 비명소리는 절대 잊지 못할 거예
요! 놈은 나를 더 꽉 조였지요. 하지만 나를 끝장내지는 못했어요.
그래서 내가 그놈 경정맥을 찾아서 이로 완전히 꿰뚫어버렸지요.
고맙게도 마을 사람들이 뱀가죽으로 옷을 만들어 입혀주고, 나를
트르나테섬의 군주로 추대했답니다. 그 뱀은 정글에서 공포의 대
상이었거든요. 하지만……" 흐로터가 한숨을 내쉰다. "……선원
의 심장은 바다의 장난감 아닙니까, 예? 바타비아로 돌아갔더니 모
자상이 내 옷으로 개당 네덜란드 은화 열 푼 하는 모자를 만들었지
요…… 하지만 내 모자가 꼭 필요한 젊은이를 환영해주기 위해서
라면야, 이 마지막 남은 것도 내놓을 수 있어요. 이렇게 멋진 모자
가 네덜란드 은화 열 푼, 아니, 아니 아니, 여덟 푼, 아니 니켈화 다

섯 푼이면 당신 것이 되는 겁니다. 거저나 다름없지요."

"모자상이 당신의 보아뱀가죽 옷을 상어가죽으로 형편없이 바꿔놓았군요, 쯧쯧."

"당신은 카드놀이를 하면 틀림없이 지갑이 두둑해져서 자리에서 일어나겠군요." 아리 흐로터는 즐거운 기색이다. "우리 대부분은 저녁에 내 초라한 숙소에 모인답니다. 모험도 약간 하고 우정도 쌓고. 잘난 척 거들먹거리는 위인은 아닌 듯하니, 당신도 오지 않겠어요?"

"저 같은 목사의 아들은 상대해봤자 지루할 겁니다. 전 술은 거의 못하고 도박은 더 못하니까요."

"영광스러운 동양에서 도박꾼 아닌 자가 누가 있겠어요? 배 타고 나온 놈들 열 명 중에서 여섯은 원하던 바를 이루어 살아남겠지만, 넷은 늪을 무덤 삼아 가라앉겠지요. 6대 4이니 형편없이 낮은 확률이지요. 그건 그렇고, 외투깃에 보석이나 더커툰*을 꿰매 붙이면 열한 명은 바다 문에서 붙잡히고 한 명만 간신히 통과한답니다. 그놈들이 구멍이란 구멍은 어찌나 샅샅이 잘 뒤지는지, 당신 구멍도 가만두지 않을 거요, 더주트 씨. 내가 뭐든 값을 최고로 쳐드릴 수 있는데……"

야코프는 네거리에서 발을 멈춘다. 그 앞으로 롱 스트리트가 구불구불 이어진다.

"저게 보니 앨리예요." 흐로터가 오른쪽을 가리킨다. "방파제 길로 가는 길이지요. 저쪽은," 흐로터가 왼쪽을 가리킨다. "쇼트 스

---

* 16~18세기에 사용하던 네덜란드 은화.

트리트고. 육지 문 쪽이죠⋯⋯"

⋯⋯육지 문 너머엔 봉쇄된 제국이 있겠지. 야코프는 생각한다.

"저 문들은 우리한테는 절대 열리지 않아요, 더주트 씨. 어림도 없지요. 상관장, 차석 상관장, 마리뉘스 선생은 가끔 저 문을 지나가지만, 우리는 안 돼요. '쇼군의 인질'은 일본인이 우리한테 붙인 별명이랍니다. 대충 상황이 그래요. 하지만 들어봐요." 흐로터가 야코프를 앞으로 몰고 간다. "내가 취급하는 건 보석이랑 주화만이 아니에요, 들어보라니까. 바로 어제만 해도," 그가 목소리를 낮춘다. "셰넌도어호를 타고 온 한 지체 높은 고객이 고향에서라면 운하에 떠 있어도 건져내지 않을 낡아빠진 백파이프를 순도 높은 장뇌 결정 한 상자랑 바꾸겠다고 했어요."

미끼를 흔들고 있군. 야코프는 생각한다. 그리고 대답한다. "전 밀수는 안 합니다, 흐로터 씨."

"당신한테 법을 어겼다고 죄를 묻느니 내가 먼저 죽을 거요, 더주트 씨! 그냥 알고만 있어요. 보통 나는 수수료로 판매액의 4분의 1을 받아요. 하지만 당신처럼 영리한 젊은이라면 10분의 7은 챙길 수 있을 거요. 내가 혈기왕성한 제일란트 사람을 특히 좋아해서 말이지. 당신의 매독약도 거래할 수 있다면 정말 기쁘겠고요" — 흐로터는 중요한 얘기를 아닌 척 슬쩍 전하려는 듯 심상한 투로 말한다 — "우리가 얘기하는 중에도 나를 '형제'라 부르는 장사꾼들이 종마 거시기 서는 것보다 더 빠르게 가격을 후려칠 테니까요, 더주트 씨, 우리가 얘기하는 중에도, 응?"

야코프가 발을 멈춘다. "제가 수은을 갖고 있다는 건 어떻게 알았습니까?"

"내가 좋은 소식 하나 전해줄 테니 잘 들어봐요. 쇼군의 수많은 아들 중 한 명이," 흐로터가 목소리를 낮춘다. "올봄에 수은 치료를 시작했어요. 그 치료법이 여기에 알려진 지는 이십 년쯤 됐지만 사람들이 신뢰하지 않았거든. 그런데 이 군주의 자식이 어찌나 매독에 썩었는지 푸르딩딩해졌지 뭡니까. 그랬는데 네덜란드 매독약과 신의 가호로 완치되었답니다! 그 이야기가 순식간에 좍 퍼졌지. 그래서 여기 약제사들이 앞다투어 그 기적의 영약을 찾고 난리가 났어요. 그런데 당신이 여덟 상자를 가지고 오지 않았습니까! 나한테 협상을 맡겨주면 모자를 천 개는 살 수 있게 해드리지. 당신이 직접 나섰다가는 그자들이 당신 껍질을 벗겨서 모자를 만들 겁니다. 친구."

야코프는 다시 걸음을 뗀다. "제 수은에 대해 어떻게 알았습니까?"

"쥐 덕분에요." 아리 흐로터가 속삭인다. "쥐 말이오. 가끔 한 번씩 쥐새끼들한테 부스러기를 좀 뿌려주거든. 그러면 그치들이 이런저런 소문을 물어다주지요. 자, 어떻소? 여기가 병원이에요. 동행이 있으면 먼길도 금방이라니까. 그럼 우리 합의 본 겁니다. 내가 즉시 당신 대리인 노릇을 해주리다. 계약이라든가 뭐 그런 건 필요 없어요. 신사는 약속을 어기지 않는 법이니까. 자, 그럼……"

아리 흐로터는 네거리를 향해 롱 스트리트를 다시 걸어간다.

야코프는 그의 뒤에 대고 소리친다. "전 결코 당신하고 약속한 적 없습니다!"

병원 문을 열자 좁은 복도가 나온다. 앞쪽에는 천장의 열린 접이식 문으로 올라가는 사다리가 놓여 있다. 오른쪽에 있는 문은 수술실로 통한다. 널찍한 수술실에는 세월의 더께가 앉은 해골이 십자가에 못박힌 듯 T자형 프레임에 매달려 있다. 야코프는 오가와가 시편을 찾아내면 어떡하나 하는 생각을 애써 떨쳐내려 한다. 수술대에는 끈과 작은 구멍들이 있고 핏자국이 묻어 있다. 선반에는 외과의의 톱과 수술용 칼, 가위, 끌, 막자사발과 막자 등이 놓여 있다. 야코프는 거대한 수납장을 보고 의료용품을 보관하는 곳이겠거니 짐작한다. 그 외에도 피를 받는 그릇, 벤치, 탁자가 있다. 신선한 톱밥 냄새에 왁스와 약초, 간에서 나는 점토질냄새가 뒤섞여 훅 끼친다. 문 너머로 빈 침상 세 개가 놓인 병실이 있다. 물이 담긴 도기를 보니 목이 말라 야코프는 국자로 물을 떠 마신다. 물은 달고 시원하다.

도둑이라도 들면 어쩌려고 아무도 없는 걸까? 그는 의아한 생각이 든다.

노예인지 하인인지 한 젊은이가 빗자루질을 하며 나타난다. 맨발의 잘생긴 젊은이로, 질 좋은 흰색 윗도리에 헐렁한 인도식 바지 차림이다.

야코프는 자기가 왜 왔는지 밝혀야 할 것 같다. "마리뉘스 선생님의 노예인가?"

"선생님 밑에서 조수로 일하고 있습니다." 젊은이의 네덜란드어는 유창하다.

"그런가? 나는 새로 온 사무원 더주트네. 이름이 뭐지?"

남자의 인사하는 품새가 비굴한 데 없이 정중하다. "제 이름은 에일라튀입니다."

"어디 출신이지, 에일라튀?"

"실론섬 콜롬보에서 태어났습니다."

야코프는 그의 상냥함에 불안해진다. "선생님께서는 지금 어디 계신가?"

"위층 서재에 계십니다. 선생님을 불러드릴까요?"

"그럴 필요 없어. 내가 올라가서 만나뵙지."

"그러십시오. 하지만 선생님께서는 손님이 오는 걸 좋아하지 않으셔서……"

"아, 내가 뭘 가져왔는지 아시면 내치지 않으실 거야……"

접이식 문을 통해 야코프는 잘 꾸며진 긴 다락방을 엿본다. 방 가운데에 몇 주 전 바타비아에서 야코프의 친구 즈바르데크로너가 언급했던 마리뉘스의 하프시코드가 있다. 아마도 일본까지 여행해 온 하프시코드는 저것이 유일할 것이다. 방 저쪽 끝에 머리를 뒤로 묶은, 쉰 살쯤 되어 보이는 혈색 좋은 곰 같은 유럽인이 있다. 그는 밝은 빛 속에서 낮은 탁자를 앞에 두고 바닥에 앉아 불꽃 같은 오렌지색 난초를 그리고 있다. 야코프가 접이식 문을 두드린다. "안녕하십니까, 마리뉘스 선생님."

셔츠 단추를 풀어헤친 의사는 대답하지 않는다.

"마리뉘스 선생님? 드디어 뵙게 되어 기쁩니다……"

그러나 의사는 여전히 들은 척도 하지 않는다.

사무원이 목소리를 높인다. "마리뉘스 선생님? 방해해서 죄송합니다……"

"자네는 어느 쥐구멍에서 튀어나왔나?" 마리뉘스가 노려보며 묻는다.

"십오 분쯤 전에 셰넌도어호를 타고 왔습니다. 제 이름은……"

"내가 자네 이름을 물었나? 아니, 나는 자네 근본을 물은 걸세."

"돔뷔르흐 출신입니다. 제일란트의 발혜런섬에 있는 어촌이지요."

"발혜런이라고? 미델뷔르흐는 한 번 가본 적이 있지."

"실은 선생님, 미델뷔르흐에서 교육을 받았습니다."

마리뉘스가 웃음을 터뜨린다. "그런 노예 상인들 소굴에서는 아무도 '교육을 받지' 않아."

"어쩌면 제가 앞으로 몇 달간 제일란트 사람에 대한 선생님의 평가를 좀 높일 수 있을지도 모르겠습니다. 저는 톨 하우스에서 지낼 예정이니 선생님과 이웃이나 다름없지요."

"가깝게 살면 다 이웃이 된다던가?"

"저는……" 야코프는 마리뉘스가 왜 이렇게 노골적으로 적의를 드러내는지 의아하다. "전…… 그게……"

"이 한란은 염소 사료 속에서 찾아낸 거야. 자네가 머무적거리고 있으면 시들어버릴 걸세."

"포르스텐보스 상관장님께서 선생님이 피를 뽑아주실 거라고 하셔서……"

"중세에나 써먹던 돌팔이 수법을! 정맥절개술—그리고 그 기반이 되는 체액 이론—은 이십 년 전에 헌터가 다 무너뜨렸어."

하지만 외과의들은 다 사혈로 밥벌이를 하는데. 야코프는 생각한다. "하지만……"

"하지만 하지만 하지만? 하지만 하지만? 하지만? 하지만 하지만 하지만 하지만 하지만?"

"세상 사람들은 아직도 그걸 믿습니다."

"그러니까 세상 사람들이 다 돌대가리라는 거야. 자네 코가 부었군."

야코프는 뒤틀린 데를 만져본다. "예전 상관장인 스닛커르 씨가 주먹을 날려서……"

"싸움을 할 만한 체구가 아닌데." 마리뉘스는 일어서서 튼튼한 지팡이에 의지해 접이식 문 쪽으로 절뚝거리며 다가온다. "하루에 두 번씩 찬물로 코를 씻어주게. 그리고 헤리츠존에게 싸움을 걸어 뒤틀린 쪽을 내밀어봐. 그자가 자네 코를 평평하게 펴줄 테니. 잘 가게, 돔뷔르흐인." 마리뉘스 선생은 지팡이를 잘 겨누어 정확히 쳐서 접이식 문을 버티고 있는 받침대를 쓰러뜨린다.

사무원이 분개한 채 햇살이 눈부시게 내리쬐는 거리로 다시 나오자, 오가와 통역관과 그의 하인, 검사관 두 명이 그를 에워싼다. 넷 모두 땀에 젖어 있고 엄숙한 표정이다. 오가와가 입을 연다. "더주트 씨, 당신이 가져온 책에 대해 이야기를 좀 하고 싶습니다. 중요한 문제입니다……"

야코프는 밀려오는 메스꺼움과 두려움에 할말을 잃는다.

포르스텐보스 상관장님도 나를 구해주지 못할 거야. 그분이 나서줄 이유가 없지.

"……이런 책을 찾아냈다는 것이 너무나 놀랍습니다…… 더주트 씨?"

내 경력은 끝장이다. 자유도 잃게 되었고 아나도 잃었어…… 야코프는 생각한다.

죄수가 쉰 목소리로 간신히 입을 연다. "그러면 저는 어디에 투옥됩니까?"

롱 스트리트가 위아래로 출렁인다. 사무원은 눈을 꾹 감는다.

"투옥이라고요?" 오가와가 그의 말을 따라 한다. "제 짧은 네덜란드어 실력으로는 알아듣지 못하겠군요."

사무원의 심장이 망가진 펌프처럼 쿵쾅거린다. "이런 장난을 치다니 너무한 것 아닙니까?"

"장난을 친다고요?" 오가와는 더욱 당혹스러워한다. "그건 속담인가요, 더주트 씨? 더주트 씨의 사물함에서…… 아다무 스미스의 책을 찾았습니다."

야코프가 눈을 뜬다. 이제는 롱 스트리트가 출렁거리지 않는다. "애덤 스미스라고요?"

"'애덤 스미스'로군요. 죄송합니다. 『국부론』…… 아시지요?"

알다마다. 하지만 아직은 감히 희망을 품을 때가 아니야. 야코프는 생각한다. "영어 원서는 좀 어려워서 바타비아에서 네덜란드어 판을 샀습니다."

오가와는 놀란 기색이다. "그럼 애덤 스미스가 네덜란드인이 아니라 영국인입니까?"

"그가 들으면 기분 나빠하겠는데요, 오가와 씨! 스미스는 에든버러에 사는 스코틀랜드인입니다. 하지만 당신이 말씀하시는 책이 정말 『국부론』이 맞습니까?"

"다른 책이 뭐가 있겠습니까? 저는 네덜란드를 연구하는 난학자입니다. 사 년 전 헤메이 상관장님께 『국부론』을 빌렸지요. 저는," 오가와의 입술이 말할 준비를 한다. "'정치경제학 이론'을 일본에 소개하려고 번역을 시작했습니다. 하지만 사쓰마 번의 영주님께서 헤메이 상관장님께 많은 돈을 제안하셔서 제가 책을 돌려드렸습니다. 번역을 마치기 전에 책이 팔린 거지요."

눈부시게 밝은 태양이 타오르는 듯한 월계수 사이에 갇혀 있다.

야코프는 생각한다. 하느님께서 떨기 가운데서……

갈고리 모양의 갈매기들과 앙상한 연들이 새파랗게 빛나는 하늘을 어지러이 날아다닌다.

……"모세야, 모세야" 하고 부르셨다. 그가 대답하였다. "예, 말씀하십시오."

"책을 한 권 더 구해보려 합니다만"—오가와가 풀이 죽는다— "쉽지 않습니다."

야코프는 어린아이처럼 웃고 싶은 충동을 겨우 억누른다. "이해합니다."

"그런데 오늘 아침 당신의 책 짐 속에서 애덤 스미스를 발견했습니다. 얼마나 놀랐는지 모릅니다. 진심으로 드리는 말씀인데, 더주트 씨, 제게 그 책을 팔거나 유상으로 대여해주실 수 있을지……"

거리 건너편 정원에서 매미 우는 소리가 들려온다.

"애덤 스미스는 팔거나 대여할 책이 아닙니다." 네덜란드인이 말한다. "하지만 오가와 씨, 당신이 원하는 기간만큼 언제까지라도 기꺼이, 아주 기꺼이 빌려드리겠습니다."

IV
데지마, 가든 하우스 옆
변소 바깥

✦

1799년 7월 29일 아침식사 전

야코프 더주트가 그의 담당 통역인 한자부로를 보러 웅성대는 어둠 속에서 나온다. 한자부로는 두 검사관에게 심문을 받고 있다. 하급 사무원 폰커 아우베한트가 갑자기 나타난다. "저 녀석들이 당신 담당한테 당신이 뭘 쌌는지도 다 확인하게 똥까지 헤쳐보라 시킬 거요. 사흘 전에 나를 처음 염탐한 놈을 요절을 내주었더니, 통역관 조합에서 저 멀대 같은 놈을 보냈어요." 아우베한트는 자기 뒤에 선 멀대같이 큰 젊은이를 향해 턱짓을 한다. "저 녀석 이름은 기치베이인데 나한테 달라붙어 떨어지지를 않아서 '헤르페스'라고 불러요. 하지만 결국은 내가 저놈을 이기고 말 거요. 흐로터가 11월까지 내가 다섯 놈을 지쳐 떨어지게 하지는 못할 거라는 데 10길더 걸었어요. 아직 아침식사 전이죠?"

검사관들이 이제야 기치베이를 알아보고 그를 부른다.

"가던 길이었어요." 야코프가 손을 문지르며 말한다.

"빨리 가지 않으면 당신 커피에 일꾼들이 죄다 오줌을 쌀 겁니다."

롱 스트리트로 나선 두 사무원은 새끼 밴 사슴 두 마리 옆을 지나친다.

"크리스마스 만찬으로 먹기 딱 좋은 사슴고기군." 아우베한트가 말한다.

마리뉘스 선생과 노예 이그나티우스가 수박밭에 물을 주고 있다. "또 무더운 하루가 시작되는군요, 선생님." 울타리 너머로 아우베한트가 인사를 건넨다.

마리뉘스는 틀림없이 들었을 텐데 눈도 들지 않는다.

"자기 학생들은 정중하게 대하는데 말이에요." 아우베한트가 야코프에게 말한다. "자기가 데리고 있는 잘생긴 인도인한테도 그렇고. 판클레이프 차석 상관장님 말로는 헤메이 상관장님이 돌아가시기 전만 해도 다정한 사람이었대요. 학자 친구들이 물풀이며 죽은 불가사리를 가져다주면 꼬리를 흔들었다고 하더군요. 저 불평 많은 양반이 왜 우리와 함께 있는지 알아요? 바타비아에서는 프랑스 영사조차—프랑스 영사라고요, 잊지 마요—그를 '견딜 수 없는 버펄로'라고 불렀다는군요." 아우베한트가 목구멍 깊숙한 곳에서 끽끽대는 소리를 낸다.

한 무리의 짐꾼이 선철을 해안으로 나르려고 네거리에 모여들고 있다. 야코프를 알아보자 그들은 늘 그러듯 자기들끼리 쿡 찌르고 쳐다보며 씩 웃는다. 그는 이런 공격에 시달리느니 방향을 돌려 보니 앨리로 가기로 한다.

"실은 관심을 즐기는 거 아닙니까, 붉은 머리 양반." 아우베한트가 말한다.

"아니에요. 전혀 그렇지 않습니다." 야코프가 말한다.

방파제 길로 접어든 두 사무원은 곧 공동 식당에 닿는다.

걸어놓은 냄비들 밑에서 아리 흐로터가 새의 깃털을 뽑고 있다. 기름이 지글지글 끓고 갓 구운 팬케이크가 쌓여가고 무사히 여기까지 가져온 에담 치즈와 시큼한 사과가 공동 식탁 두 개에 나뉘어 놓여 있다. 핏 바르트, 이보 오스트, 헤리츠존이 일꾼들 식탁에 앉아 있다. 상급 사무원 페터 피셔와 목수 콘 투미는 직원 식탁에서 식사를 하고 있다. 오늘이 수요일이어서 포르스텐보스와 판클레이프, 마리뉘스 선생은 전망 방이 있는 위층으로 아침식사를 가져간다.

"당신들이 어디 갔나 궁금해하던 참이었어요." 흐로터가 말한다.

"우선 나이팅게일 혀 수프 주쇼, 마에스트로." 아우베한트가 모래투성이 빵과 썩은 내가 나는 버터를 쿡 찌르며 말한다. "그다음에는 아티초크가 든 크림을 곁들인 메추라기와 블랙베리 파이, 마지막으로 모과와 백장미 트라이플."

"역시 아우베한트 씨의 변함없는 익살이 있어야 하루를 시작할 맛이 난다니까." 흐로터가 말한다.

아우베한트가 유심히 본다. "그거, 당신이 손을 얹고 있는 데가 꿩의 똥구멍이오?"

요리사가 혀를 찬다. "질투는 일곱 가지 대죄에 들어가요, 안 그래요, 더주트 씨?"

"그렇지요. 맞아요." 야코프가 사과에서 핏자국을 닦아낸다.

"커피 준비해놨어요." 바르트가 잔을 날라온다. "맛있고 신선해요."

야코프가 아우베한트를 힐끗 보니 '내가 뭐랬소' 하는 표정을 짓고 있다.

"고마워요, 바르트 씨. 하지만 오늘은 안 마시려고요."

"하지만 특별히 만들었는데. 당신만을 위해서요." 안트베르펜 사람이 항의한다.

오스트가 입이 찢어져라 하품을 한다. 야코프는 사교적인 인사를 던져본다. "잠을 설쳤나요?"

"새벽까지 밀수하고 회사 물건 훔치느라 그러지 않았겠습니까?"

"나야 모르죠, 오스트 씨." 야코프가 빵을 쪼갠다. "정말 그랬나요?"

"당신은 육지에 내리기 전에 모든 답을 가졌을 거라 생각했는데."

"말을 삼가시오." 투미가 아일랜드 억양이 섞인 네덜란드어로 주의를 준다.

"저 사람은 우리 모두 위에 앉아서 옳으니 그르니 한다니까. 흐로터, 당신도 그렇게 생각하죠?"

오스트는 술의 힘을 빌리지 않고도 새로 온 사무원 앞에서 할말을 다 해버릴 만큼 무분별한 유일한 인물이다. 그러나 야코프는 판 클레이프조차 자신을 포르스텐보스의 첩자로 보고 있다는 것을 알고 있다. 식당 전체가 그의 답을 기다리고 있다. "배에 사람을 쓰고, 수비대를 유지하고, 오스트 씨 당신을 포함해 수많은 직원의 봉급을 주려면 회사는 이익을 내야 해요. 회사가 거래하는 상관들은 회계장부를 기록해야 하고요. 지난 오 년 동안 데지마에서 쓴 회계장부들은 다 쓰레기예요. 그 장부들을 서로 맞춰보도록 나에게 지시하는 것이 포르스텐보스 상관장님의 임무고요, 그 지시를 따르는 것이 내 임무지요. 그렇다고 해서 왜 나한테 '이스가리옷'*이라는 이름이 붙어야 한단 말입니까?"

아무도 대답하려 나서지 않는다. 페터 피셔는 입을 벌리고 음식을 씹고 있다.

아우베한트가 빵에 사우어크라프트를 퍼서 얹는다.

"갑자기 드는 생각인데," 흐로터가 새의 내장을 빼내면서 말한다. "장부를 맞춰보는 와중에 발견된…… 부정不正에 상관장님이 어떤 조치를 취할지에 모든 게 달려 있다니. '개구쟁이가 날뛰는 것도 이제 끝이다'인가, 아니면 엉덩이를 따끔하게 때려서 단호하지만 공정하게 맛을 보여주겠다는 건가? 그도 아니면 좁아터진 바타비아 감방에 처넣어 신세를 망치게 해주겠다는 건지……"

"만약……" 야코프는 '만약 아무런 잘못도 하지 않았다면 두려워할 게 전혀 없습니다'라고 말하려다 그만둔다. 여기 있는 모든 이들이 회사의 규칙을 어기고 개인적으로 거래를 하고 있다. "나는……" 야코프는 '나는 상관장님의 개인 고해신부가 아닙니다'라고 하려다 말을 삼킨다. "포르스텐보스 상관장님께 직접 물어보려 한 적은 있습니까?"

"나 같은 아랫것이 어떻게 감히 상관에게 캐묻겠소?" 흐로터가 대답한다.

"그러면 포르스텐보스 상관장님이 어떤 결정을 내리실지 기다려보세요."

대답을 잘못했군. 야코프는 뒤늦게 깨닫는다. 내가 말하는 것 이상을 알고 있다는 암시를 줬잖아.

---

* 예수를 배반한 유다의 성.

"그래요, 그래." 오스트가 중얼거린다. "그래요." 바르트의 웃음 소리가 딸꾹질소리 같다.

피셔의 칼 밑에서 사과 껍질이 완벽하게 한 줄로 떨어진다. "나중에 우리 사무실에 좀 들를 수 있겠소? 아니면 당신 친구 오가와랑 도른 창고에서 맞춰보는 작업을 더 할 거요?"

"저는 상관장님이 명하는 일이면 뭐든 할 겁니다." 야코프의 목소리가 높아진다.

"오? 내가 뭘 잘못 건드렸나? 아우베한트와 나는 그저 알고 싶었을 뿐인데……"

"내가……" 아우베한트가 천장을 쳐다본다. "한마디라도 했던가?"

"……우리의 소위 세번째 사무원이 오늘 우릴 도와줄지 말이야." 야코프가 대꾸한다. "'회사와 계약을 맺은' 사무원입니다. '소위'나 '세번째'가 아니고요. 당신이 '수석 사무원'이 아닌 것과 마찬가지로."

"오? 그러니까 당신과 포르스텐보스가 승계 문제에 대해 의논을 다 끝냈다는 거요?"

"아랫것들 앞에서 이렇게 옥신각신 다투면 되겠습니까?" 흐로터가 말한다.

상관장의 하인 큐피도가 들어오자 뒤틀린 식당 문짝이 부르르 떨린다.

"뭐하러 왔나, 이 검둥개 같은 놈아?" 흐로터가 묻는다. "밥은 벌써 다 먹었잖아."

"더주트 사무원님께 전갈을 가지고 왔습니다. 상관장님이 접견실로 오라십니다."

바르트가 늘 막혀 있는 코로 들릴 듯 말 듯 코웃음을 친다.

"당신 아침은 보관해둘게요." 흐로터가 꿩의 발을 잘라낸다. "아무도 손 못 대게."

"자, 이리 온!" 오스트가 보이지 않는 개에게 휘파람을 분다. "앉아, 일어서!"

"커피 한 모금만 마셔요." 바르트가 잔을 내민다. "기운을 북돋워줄 거예요."

"괜찮아요, 거기 섞여 있는 걸 좋아하지 않아서." 야코프가 가려고 일어선다.

"이상한 짓 할 사람이 누가 있다고." 바르트가 이해하지 못하고 기분 나쁜 표정을 짓는다. "그저……"

목사의 조카가 바르트의 손에서 커피잔을 쳐낸다.

잔이 날아가 천장에 부딪힌다. 파편이 바닥에 튄다.

구경꾼들이 깜짝 놀란다. 시끄럽게 지껄이던 오스트는 입을 닫는다. 바르트는 푹 젖는다.

야코프조차 놀란다. 그는 빵을 호주머니에 넣고 자리를 뜬다.

접견실 밖의 대기실에는 지진에 대비해 단단히 묶어서 벽 가득히 놓아둔 큰 유리병 오륙십 개에 회사의 한때 광대했던 제국으로부터 온 생물들이 전시되어 있다. 알코올과 돼지 방광, 납으로 썩지 않게 보존 처리된 그것들은 모든 육체는 썩는다는 사실보다—

제정신을 가진 성인이라면 누가 이 사실을 오래 잊고 있겠는가? ─ 불멸에는 엄청난 돈이 든다는 경고를 전한다.

약물에 담긴 칸디의 용은 아나의 아버지와 묘하게 닮은 데가 있다. 야코프는 로테르담의 응접실에서 그 신사와 나누었던 운명적인 대화를 회상한다. 아래에선 마차들이 지나가고 점등원들이 자기 구역을 돌고 있었다. "아나에게 들었네." 그녀의 아버지가 운을 떼었다. "이 상황에 대한 놀랄 만한 사실들을 말일세, 더주트……"

칸디의 용 옆에는 셀레베스섬의 독사가 입을 떡 벌리고 있다.

"……그리고 그에 따라 자네의 결점과 장점을 따져보았네."

할마헤라섬의 새끼 악어는 좋아 죽겠다는 듯 악마 같은 미소를 짓고 있다.

"대변貸邊 쪽을 보면, 자네는 선량한 성품을 지닌 꼼꼼한 사무원이지……"

영원히 없어지지 않을 악어의 탯줄이 알껍질에 붙어 있다.

"……아나의 애정을 악용할 사람은 아니야."

포르스텐보스가 할마헤라섬에 갈 뻔한 야코프를 구해주었다.

"차변借邊을 본다면, 자네는 사무원이야. 상인도 아니고, 해운업자도 아닌……"

디에고가르시아섬의 거북은 흐느끼는 것처럼 보인다.

"……하다못해 창고주조차 못 되고, 그저 사무원이지. 자네의 애정은 의심하지 않네."

야코프는 바베이도스 칠성장어가 담긴 병에 부러진 코끝을 갖다 댄다.

"하지만 애정은 푸딩 위에 얹은 자두에 지나지 않아. 푸딩 자체

66

가 부富이지."

칠성장어의 동그랗게 벌린 입은 면도날처럼 날카로운 V자와 W자가 이어진 제분기 같다.

"나는 자네에게 푸딩을 얻을 기회를 주고 싶네, 더주트―아나는 사람 보는 눈이 있으니 말이야. 동인도회사 책임자가 내 클럽에 오네. 자네가 말한 것처럼 내 사위가 되고 싶은 뜻이 간절하다면, 그가 자네에게 자바에서 근무하는 오 년짜리 사무원 자리를 주선해줄 걸세. 보수는 적지만 야심 있는 젊은이라면 출세할 수 있을 거야. 하지만 오늘 안에 답을 주어야 하네. 파드렐란딧호는 보름 후에 코펜하겐에서 출항할 예정이니까……"

"새 친구인가?" 판클레이프 차석 상관장이 접견실 문에서 그를 보고 있다.

야코프는 칠성장어에서 시선을 거둔다. "친구를 고르고 자시고 할 여유까지는 없어서요, 차석 상관장님."

판클레이프는 그의 솔직함에 콧소리로 감탄을 표한다. "상관장님이 지금 자네를 보자시네."

"동석하지 않으십니까?"

"선철이 알아서 운반되고 무게가 달아지지는 않는다네, 더주트. 불행히도 말일세."

위니코 포르스텐보스는 빌럼 1세의 그림 옆에 매달린 온도계를 힐끗 본다. 그의 얼굴은 더위로 붉게 달아오르고 땀으로 번들거린다. "투미에게 영국인이 인도에서 가져온 그 기발한 천으로 된 부채를 하나 만들어달라고 해야겠어…… 아, 그 이름이 생각이 안

나는구먼……"

"펑카* 말씀이십니까?"

"바로 그거야. 펑카, 펑카 왈라**가 줄을 당기는……"

큐피도가 눈에 익은 옥과 은으로 된 찻주전자를 쟁반에 받쳐들고 들어온다.

"고바야시 통역관이 열시에 올 걸세. 오래 미뤄졌던 부교와의 접견에서 지켜야 할 궁중 예법을 알려주려고 관리들 한 무리를 이끌고 말이야. 골동품 도자기는 이 상관장이 얼마나 세련된 사람인지 알려주는 표지가 될 걸세. 동양에서는 모든 것이 다 표지라네, 더 주트. 마카오의 그 유대인이 이 찻주전자가 어떤 귀족을 위해서 만들어졌다고 했더라?"

"그의 주장으로는 명나라 마지막 황제의 비의 혼수품이었다고 합니다."

"명나라 마지막 황제, 바로 그거야. 오, 자네도 나중에 우리와 같이 자리해주었으면 좋겠네."

"고바야시 통역관과 관리들과의 만남 말씀이십니까?"

"시라이였나…… 실로였나…… 그 부교와의 접견 말이야. 나를 좀 도와주게."

"시로야마 부교입니다. 저도 나가사키에 가는 겁니까?"

"여기 남아서 선철의 캐티***를 기록하는 쪽이 더 좋다면 말고."

"정말로 일본 땅에 발을 들이게 되다니……" 페터 피셔가 알면 부

---

* 과거 인도에서 사용하던 커다란 부채로, 천장에 매달아놓고 줄을 당겨 움직인다.
** 펑카 줄을 당기는 하인.
*** 중국, 동남아시아에서 사용하는 무게의 단위.

러워서 난리가 나겠군. 야코프는 생각한다. "……멋진 모험이 되겠습니다. 감사합니다."

"상관장에게는 개인 비서가 필요하다네. 자, 이제 집무실에서 아침 업무를 계속해볼까……"

접견실 바로 옆 작은 방의 접이식 책상 위로 햇살이 떨어진다. "그래서," 포르스텐보스가 자세를 바로잡는다. "상륙한 지 사흘째로군. 가장 머나먼 회사의 전초기지 생활이 어떤가?"

"아주 지내기 좋습니다"—야코프의 의자가 삐걱거린다—"할마헤라섬에 가는 것보다요."

"그런 미적지근한 찬사는 집어치우게! 제일 짜증나는 게 뭔가? 첩자들 때문에, 갑갑해서, 자유가 없어서…… 아니면 동향인들이 무식해서?"

야코프는 포르스텐보스에게 아침식사 때의 일을 말할까 생각해보지만, 그래봤자 얻을 게 없을 것 같다. 존경심은 위에서 요구할 수 있는 게 아니지. 그는 생각한다.

"일꾼들이 저를 좀…… 의심의 눈초리로 봅니다."

"당연하지. '금후로는 사무역을 금한다'고 선포해봤자 그들의 간계만 더 교묘해질 뿐이야. 당분간은 의도적으로 속을 감추는 것이 가장 좋은 예방법일세. 물론 일꾼들은 분개하겠지만 감히 나에게 분노를 터뜨리지는 못해. 자네가 좀 참고 견디게."

"저야 늘 후의에 보답할 수 있기만을 바랄 뿐입니다."

"데지마가 지루한 곳이라는 건 부인할 수 없는 사실이네. 교역철을 두 번만 보내도 은퇴할 수 있을 만큼 돈을 쓸어 담던 시절은 이미 다 옛날얘기가 됐어. 일본에서는 말라리아나 악어에 목숨을 잃을 일은 없겠지만 지겨워 죽을지도 몰라. 하지만 힘을 내게, 더 주트. 일 년 후면 우리는 바타비아로 돌아갈 거고, 자네는 근면과 충성에 대해 충분히 보답을 받게 될 걸세. 근면 얘기가 나왔으니 말인데, 장부를 복구하는 일은 얼마나 진행되었나?"

"장부들이 아주 엉망진창입니다만 오가와 씨가 큰 도움을 주고 있습니다. 1794년과 1795년 것은 거의 복구가 되었습니다."

"일본의 기록보관소에 의지하는 수밖에 없지. 하지만 우리는 더 긴급한 문제를 다뤄야 하네." 포르스텐보스가 책상의 잠금장치를 열고 일본 구리 한 덩이를 꺼낸다. "세상에서 가장 붉고, 아주 값진 것이지. 백 년 동안 우리 네덜란드인이 나가사키에서 바로 이 신부를 위해 춤을 추었던 거야." 그가 야코프에게 평평한 주괴를 던져주자 야코프가 그것을 솜씨 있게 받는다. "그러나 이 신부는 해가 갈수록 점점 더 야위고 침울해지고 있네. 자네가 계산한 바에 따르면……" 포르스텐보스는 책상 위에 놓인 종이 한 장을 들여다본다. "……1790년에 8000피컬*을 수출했네. 1794년에는 6000피컬이었고. 무능하다는 비난을 받기 전에 죽은 것 말고는 봐줄 만한 점이 없었던 헤이스버르트 헤메이는 수출량이 4000 아래로까지 떨어져 애먹었지. 스닛커르가 엉망으로 경영을 하던 동안에는 3200이라는 보잘것없는 수치까지 떨어졌고, 마지막 주괴 하나까지 전부 옥타비아호와 함께 사라졌다네. 어디인지 몰라도 그 배가 난파한

---

* 중국, 동남아시아에서 사용하는 무게의 단위. 1피컬은 100캐티로, 약 60킬로그램이다.

곳에서 말이야."

알멜로 시계의 보석 박힌 시곗바늘이 시간을 가리키고 있다.

"내가 출항 전에 올드포트를 방문했던 일 기억하나, 더주트?"

"예, 기억합니다. 총독님과 두 시간 동안 이야기를 나누셨지요."

"다름 아닌 네덜란드령 자바의 미래라는 무거운 주제를 놓고 토론했네. 지금 자네가 손에 든 것." 포르스텐보스가 구리 주괴를 턱짓으로 가리킨다. "바로 그걸세."

야코프의 얼굴이 금속에 비친다. "무슨 말씀이신지."

"다니엘 스닛커르가 그렸던 회사의 딜레마에 대한 우울한 그림은 슬프게도 과장이 아닐세. 그가 덧붙이지 않은 것은 바타비아의 금고가 텅 비었다는 사실이네. 동인도제도 위원회 밖에서는 아무도 그 사실을 모르니까."

목수들이 거리 맞은편에서 망치질을 하고 있다. 야코프는 굽은 코에 통증을 느낀다.

"일본 구리가 없으면 바타비아는 동전을 주조할 수 없어." 포르스텐보스가 손가락으로 상아 종이칼을 빙빙 돌린다. "동전이 없으면 원주민 부대는 정글 속으로 다시 사라져버릴 테고. 이건 피할 수 없는 진실이네, 더주트. 정부는 7월까지는 우리 수비대를 절반의 보수로 유지할 수 있네. 8월이 되면 첫번째 탈영병들이 생길 걸세. 10월이 되면 원주민 대장들이 우리 약점을 들춰낼 테고, 크리스마스 즈음이면 바타비아는 살육과 약탈이 판치는 무정부 상태가 되고 말 거야."

야코프는 자기도 모르게 마음속으로 그와 똑같은 파국을 그려본다.

포르스텐보스가 계속 말한다. "데지마 역사에서 모든 상관장은 일본으로부터 귀중한 금속을 더 얻어내려고 애썼네. 하지만 그들이 얻어낸 것이라고는 손이 부들부들 떨리는 절망과 지켜지지 않은 약속뿐이었어. 그러거나 말거나 교역의 바퀴는 굴러갔지만, 우리가 실패한다면, 더주트, 네덜란드는 동양을 잃고 말 거네."

야코프는 책상 위에 구리를 놓는다. "저희가 어떻게⋯⋯"

"그렇게도 많은 이들이 실패한 곳에서 성공할 수 있겠느냐고? 대담함, 호전성, 그리고 역시에 남을 편지로." 포르스텐보스가 책상 위로 종이와 펜을 밀어 건넨다. "초고를 좀 기록해주게나."

야코프는 필기판을 준비하고 잉크병 마개를 뽑고 깃펜을 적신다.

"'나 네덜란드령 동인도제도 총독 P.G. 판오베르스트라턴은,'" 야코프는 그의 후견인을 쳐다보지만 잘못 말한 것이 아니다. "'1799년 5월⋯⋯' 우리가 바타비아 정박지를 떠난 게 16일이었나?"

목사의 아들이 마른침을 삼킨다. "14일입니다. 상관장님."

"'⋯⋯1799년 5월 9일, 진정한 친구라면 일본제국과 바타비아 공화국 간의 고귀한 친목 관계에 대하여 감언을 하지도 않고 심기를 거스를까 두려워하지도 않고 서로 마음속 깊은 생각을 나눌 수 있을 것이기에, 고매하신 원로회의의 의원들께 따뜻한 인사를 보내는 바입니다.' 멈추고."

"일본인은 혁명에 대해서는 들은 바가 없습니다."

"그럼 여기서는 '네덜란드 주연합'으로 하지. '여러 차례 나가사키에 있는 쇼군의 신하들이 교역 조건을 수정하여 회사가 곤궁한 처지에 빠졌습니다⋯⋯' 아니야. '어려운'이라고 하지. '소위 "꽃 판매 대금"에 대한 세금은 고리대금업 수준입니다. 네덜란드 금화의 가치는 십 년 동안 3분의 1로 떨어진 반면, 구리 할당량은 보잘 것없는 수준까지 감소했습니다……' 여기까지."

힘을 너무 주어 펜촉이 찌그러진다. 야코프는 다른 것을 끼운다.

"'그러나 회사가 탄원을 해도 이런저런 구실만 돌아올 뿐입니다. 바타비아에서 쇼군의 머나먼 제국까지 오는 항해가 얼마나 위험한가는 옥타비아호가 침몰하여 이백 명의 네덜란드인이 목숨을 잃은 일로도 잘 알 수 있습니다. 정당한 보상이 없다면 나가사키 교역은 더이상 지속될 수 없습니다.' 문단 바꿔서. '암스테르담의 회사 중역들이 데지마에 관하여 최종 각서를 발표했습니다. 그 내용을 요약하면 다음과 같습니다……'" 야코프의 깃펜이 잉크 방울 자국을 무시하고 넘어간다. "'구리 할당량을 2만 피컬까지 늘려주지 않는다면'—수량은 이탤릭체로 쓰고 숫자를 덧붙이게, 더주트—'네덜란드 동인도회사의 중역 열일곱 명은 일본측이 더는 외국과 교역을 지속할 뜻이 없는 것으로 결론짓겠습니다. 우리는 즉각 데지마에서 철수하고, 우리 상품과 가축, 창고의 자재들을 치울 것입니다.' 거기까지. 이러면 닭장에 여우를 풀어놓은 꼴이 될 걸세. 그렇지 않겠나?"

"큰 놈으로 여섯 마리는 풀어놓은 꼴입니다. 하지만 총독님이 이런 협박을 하셨습니까?"

"아시아인은 불가항력을 존중하는 마음이 있지. 말을 듣도록 몰아대는 게 최선이야."

그럼 대답은 '아니요'군. 야코프는 생각한다. "일본인이 이것을 허세로 본다면요?"

"허세라는 냄새를 맡아야 허세라고 하지. 그러니까 자네도 이 술수에 관여하는 걸세. 판클레이프, 레이시 선장과 나 외에는 아무도 몰라. 이제 끝맺음을 하세. '2만 피컬의 구리 할당량을 위해 내년에 배를 한 척 더 보내겠습니다. 막부에서 2만 피컬보다 1피컬이라도 적은 양을 제안한다면, 그것은 사실상 교역의 나무에 도끼질을 하는 셈으로, 일본에서 하나뿐인 주요 항구는 썩어가게 될 것이고 세계를 향한 제국의 유일한 창은 벽돌로 덮일 것입니다.' 어떤가?"

"벽돌이라는 말은 여기에서는 널리 쓰이지 않습니다. '판자로 막힐'이 어떨까요?"

"그러게. '이러한 손실로 쇼군께서는 유럽의 진보도, 탐욕스러운 눈으로 쇼군의 제국을 살피는 러시아인과 다른 적들이 기뻐하는 모습도 보지 못하게 될 것입니다. 아직 태어나지 않은 쇼군의 후손들이 쇼군께 지금 이 시각 올바른 선택을 해주시기를 간청하고 있습니다.' 줄 바꿔서. '쇼군의 참된 동맹 등등, P.G. 판오베르스트라턴, 동인도제도 총독, 네덜란드 사자 기사단 기사.' 그 외에 생각나는 대로 아무 직함이나 다 갖다붙이게, 더주트. 고바야시가 오기로 한 시간까지 두 장을 필사해주게. 둘 다 판오베르스트라턴의 서명을 넣어서 말일세—되도록 그럴듯하게 진짜처럼 해주게. 하나는 이것을 함께 넣어 봉하게." 포르스텐보스가 그에게 네덜란드 동인도회사의 머리글자인 'VOC' 직인이 새겨진 반지를 건넨다.

야코프는 마지막 두 가지 명령에 깜짝 놀란다. "제가 편지에 서명하고 봉인합니까?"

"여기……" 포르스텐보스가 견본을 찾아낸다. "……판오베르스트라턴 총독의 서명일세."

"총독의 서명을 위조하는 건……" 야코프는 진짜 답은 '중범죄'

일 거라 생각한다.

"그렇게 겁먹은 얼굴 하지 말게, 더주트! 내가 직접 서명할 수도 있지만, 우리 수가 먹히려면 판오베르스트라턴 총독의 능란한 서체로 써야 하네. 내가 왼손으로 조잡하게 흉내낸 것 말고. 우리가 세 배로 늘어난 구리 수출량을 가지고 바타비아로 돌아가면 총독이 감사할 걸세. 의회에 한 자리 내달라는 내 요구도 물리칠 수 없을 테고. 그렇게 되면 내가 왜 충성스러운 비서를 저버리겠나? 물론 만약…… 자네가 양심에 찔리거나 불안해서 내가 요구한 대로 하지 못하겠다면…… 피셔를 부르면 간단히 해결될 일이네."

지금은 일단 해치우고, 야코프는 생각한다. 걱정은 나중에 하자.

"서명하겠습니다."

"우물쭈물할 시간이 없네. 고바야시가 올 거야"—상관장은 시계를 확인한다—"사십 분 후에. 그때까지는 완성된 편지의 봉랍이 식어 있어야 하네, 알겠나?"

육지 문의 몸수색꾼이 제 할 일을 끝낸다. 야코프는 두 명이 드는 가마에 오른다. 페터 피셔가 인정사정없이 내리쬐는 오후 햇살에 눈을 찌푸린다. "한두 시간 동안 데지마는 자네 것이네, 피셔." 상관장의 가마에 오른 포르스텐보스가 그에게 말한다. "지금 상태 그대로 나에게 되돌려주게."

"물론이지요." 프로이센인이 과장되게 얼굴을 찡그린다. "그러고말고요."

피셔의 찡그린 얼굴은 야코프의 가마가 지나가자 도끼눈으로 바뀐다.

수행단은 육지 문을 나서서 네덜란드 다리를 건넌다.

썰물이다. 야코프는 펄 위에서 죽은 개 한 마리를 본다……

……이제 그는 금지된 일본 땅 3피트 위에 떠 있다.

병사 두엇 말고는 인적이 없고 모래와 자갈이 가득한 드넓은 공터가 펼쳐져 있다. 판클레이프의 말에 따르면 이곳의 이름은 에도 광장인데, 독립심이 강한 나가사키 주민들에게 진정한 권력이 어디에 있는지 일깨워주기 위함이라고 한다. 한쪽에 돌로 경사지게 벽과 계단을 쌓은 쇼군의 망루가 높이 솟아 있다. 또다른 문을 통과해 수행단은 그늘진 도로로 들어간다. 행상이 소리를 지르고, 거지가 읍소하고, 땜장이가 냄비를 땡강거리고, 만여 개의 나막신이 판석에 부딪혀 요란하게 덜그럭댄다. 경비병들이 마을 사람들에게 옆으로 비키라고 고함을 지른다. 야코프는 아나와 누이 헤이르티어, 숙부에게 보낼 편지에 쓰려고 스쳐지나가는 인상을 하나도 놓치지 않으려 애쓴다. 가마의 창살 사이로 쌀밥, 하수 오물, 향, 레몬, 톱밥, 효모균, 썩어가는 해초 냄새가 풍겨온다. 쭈글쭈글한 노파, 얼굴이 얽은 수도승, 이를 새카맣게 물들인 여자 들의 모습이 스쳐지나간다. 그는 생각한다. 스케치북을 갖고 사흘만 여기에 머물 수 있다면 한 권을 다 채울 텐데. 토담 위에서 아이들이 집게손가락과 엄지를 눈가에 안경처럼 대고 "오란다*-메, 오란다-메, 오란다-메" 하고 떠든다. 야코프는 아이들이 유럽인의 '동그란' 눈을 흉내내고

---

* '네덜란드'라는 뜻의 일본어.

있음을 알아차리고는 런던에서 중국인 뒤를 줄지어 따라가던 부랑아들을 떠올린다. 그 아이들은 자기 눈을 쭉 잡아당기며 노래했다. "중국 사람, 샴 사람, 괜찮다면 일본 사람."

문이 π자 모양으로 생긴 비좁은 신사 앞에 사람들이 바짝 붙어 기도를 올린다.

석상이 줄지어 있고 매화나무에 꼰 종이가 묶여 있다.

근처에서 거리의 곡예사가 노래를 부르며 홍보를 한다.

가마들이 방죽을 쌓은 강을 건넌다. 물에서 악취가 풍긴다.

야코프의 겨드랑이, 사타구니, 무릎이 땀에 젖어 따끔거린다. 그는 서류철로 부채질을 한다.

처마에 붉은 등이 내걸린 위층 창에 한 소녀가 있다. 소녀는 목의 움푹 파인 곳을 천천히 거위 깃털로 간질인다. 체구로 보아 열 살도 안 되었을 듯하지만 눈빛만은 훨씬 나이든 여자의 것이다.

등꽃이 무너진 담 위로 만개해 있다.

무릎을 꿇고 토사물 웅덩이에 고개를 처박은 털북숭이는 거지인 줄 알았더니 개다.

잠시 후 수행단은 쇠와 오크로 된 문 앞에 멈춘다.

문이 열리고 경비병들이 안뜰로 들어가는 가마를 향해 인사한다.

창을 든 무사 스무 명이 작열하는 태양 아래에서 창술을 익히고 있다.

야코프의 가마가 길게 뻗은 처마의 그늘 아래 멈춰 땅으로 내려간다.

오가와 우자에몬이 가마 문을 연다. "부교쇼에 오신 것을 환영합니다, 더주트 씨."

긴 회랑은 그늘진 대기실에서 끝난다. "여기에서 기다리십시오." 고바야시 통역관이 그들에게 말하고 하인들이 가져온 방석에 앉으라는 손짓을 한다. 대기실 오른쪽으로는 화려하고 긴 속눈썹을 자랑하는 줄무늬 불도그가 그려진 미닫이문이 줄지어 있다. "아마도 호랑이일 겁니다." 판클레이프의 말이다. "지 뒤가 우리의 목적지입니다. 다다미 60장이 깔린 방이지요." 왼쪽으로는 국화가 그려진 더 수수한 문이 있다. 야코프는 방 두어 개 떨어진 곳에서 들려오는 아기 울음소리를 듣는다. 위로는 부교쇼 담과 뜨거운 지붕들이 보이고, 그 아래로는 탈색된 아지랑이 속에 셰넌도어호가 정박해 있는 만까지 내려다보인다. 여름 냄새가 밀랍과 신선한 종이 냄새와 뒤섞인다. 네덜란드인들은 입구에서 신발을 벗는다. 야코프는 판클레이프가 양말에 구멍이 나 있는지 확인하라고 미리 알려준 데 감사하는 마음이 든다. 그는 생각한다. 아나의 아버지가 나가사키에서 막부의 가장 높은 관리의 비위를 맞추려 하는 지금 내 모습을 본다면. 관리와 통역들은 침묵을 고수한다. 판클레이프가 입을 연다. "마룻장이 삐걱거리는 소리를 내서 자객을 막아주지요."

"이 지역에서 자객이 심각한 골칫거리요?" 포르스텐보스가 묻는다.

"요즘은 아마 아닐 겁니다. 하지만 오래된 관습은 잘 없어지지 않죠."

"왜 한 부교쇼에 부교가 둘인지 다시 한번 말해주겠소?" 상관장이 말한다.

"시로야마 부교가 나가사키에서 공무를 수행하는 동안 오마쓰 부교는 에도에서 지내지요. 그 반대일 때도 있고요. 해마다 바뀝니다. 어느 한쪽이 경거망동을 하면 다른 한쪽이 그를 격렬히 비난하지요. 이 제국의 모든 권좌는 이런 식으로 나뉘어 있고, 그래서 절대적인 권력을 가질 수 없습니다."

"니콜로 마키아벨리라도 쇼군에게 가르쳐줄 것이 별로 없겠군."

"과연 그렇습니다. 장담하는데 그 피렌체인은 초짜 취급을 받을 겁니다."

고바야시가 고매한 이름들이 오가는 데 대해 마뜩잖은 기색을 내비친다.

판클레이프가 화제를 바꾼다. "저기 받침에 걸린, 까마귀 쫓는 오래된 폭죽 좀 보십시오."

"맙소사." 포르스텐보스가 더 자세히 살펴본다. "포르투갈 화승총이로군."

"포르투갈인이 이 나라에 온 이후로 사쓰마의 한 섬에서 머스킷총이 제작되었지요. 나중에, 통솔력 있는 소작농 열 명이 든 머스킷 총 열 자루가 사무라이 열 명을 죽일 수 있다는 것을 알게 되자 쇼군은 제작을 축소시켰답니다. 이런 훈령을 내리려 했던 유럽 군주가 맞은 운명을 상상할 수 있겠지요……"

호랑이가 그려진 미닫이문이 열리고 코가 뭉개진 고위 관리가 나타나 고바야시에게 걸어간다. 통역관들이 머리를 조아리고, 고바야시가 포르스텐보스 상관장에게 그 관리를 도미네 대신이라고 소개한다. 도미네는 그의 행동거지만큼이나 냉담한 투로 말한다. "'신사 여러분'," 고바야시가 통역한다. "'다다미 60장 방에 부교님과 많은 조신들이 계십니다. 부교님께는 쇼군께 보이는 것과 똑같은 정중함을 보이셔야 합니다.'"

"시로야마 부교께서 마땅히 받으셔야 할 예를 표할 걸세." 포르스텐보스가 통역관을 안심시킨다.

고바야시는 안심한 기색이 아니다.

다다미 60장 방은 바람이 잘 통하고 그늘이 졌다. 오륙십 명의 관리—다들 중요한 인물로 보이는 사무라이—가 땀을 흘리고 부채질을 하며 정확한 직사각형으로 방을 빙 둘러앉아 있다. 중앙의 연단에 앉은 인물이 시로야마 부교인 듯하다. 쉰 살인 그의 얼굴은 높은 자리에 있느라 지쳐 보인다. 하얀 조약돌, 굽은 소나무, 이끼에 덮인 바위가 있는 볕이 드는 안뜰에서 남쪽으로 빛이 들어온다. 서쪽과 동쪽 창에 걸린 발들이 흔들린다. 목에 살이 찐 경비병이 외친다. "오란다 카피탄!"* 그는 네덜란드인들을 조신들의 직사각형 안에 놓인 주홍색 방석 세 개로 안내한다. 도미네 대신이 뭐라 말하자 고바야시가 통역한다. "이제 네덜란드인들은 예를 표하십시오."

야코프는 방석에 무릎을 꿇고 앉아 서류철을 옆에 놓고 절한다. 그의 오른쪽에서 판클레이프도 똑같이 하는 것이 보인다. 그런데 몸을 다시 세우고 보니 포르스텐보스는 여전히 그대로 서 있다.

"내 의자는 어디 있나?" 상관장이 고바야시에게 묻는다.

그 말에 포르스텐보스가 의도한 대로 나지막이 소란이 인다.

---

* '네덜란드 상관장'이라는 뜻의 일본어.

대신은 고바야시 통역관에게 퉁명스럽게 질문을 던진다.

고바야시가 붉어진 얼굴로 포르스텐보스에게 설명한다. "일본에서는 바닥에 앉는 것이 불명예가 아닙니다."

"그것참 감탄할 만한 일이군, 고바야시. 하지만 나는 의자가 더 편하다네."

고바야시와 오가와는 성난 대신을 진정시키고 고집스러운 상관장을 달래야 한다.

"부탁드립니다, 포르스텐보스 상관장님, 일본에는 의자가 없습니다." 오가와가 말한다.

"방문한 고관을 위해 하나쯤 급조할 수도 없단 말인가? 당신!"

포르스텐보스가 가리킨 관리가 숨을 헉 들이쉬더니 자기 코끝을 어루만진다.

"그래, 당신. 방석을 열 개 가져오시오. 열 개. '열'이라는 말 알아듣겠소?"

관리는 경악하여 고바야시와 오가와를 번갈아 쳐다본다.

"이봐!" 포르스텐보스가 잠시 방석을 들었다가 바닥에 내던지고 손가락 열 개를 들어올린다. "방석 열 개 가져오라고! 고바야시, 내가 원하는 것을 저 올챙이한테 말해주게."

도미네 대신이 대답을 요구한다. 고바야시가 왜 상관장이 무릎 꿇기를 거부하는지 설명하는 동안, 포르스텐보스는 인내하며 참아주겠다는 미소를 띤다.

다다미 60장 방은 부교의 반응을 기다리며 침묵에 빠진다.

시로야마와 포르스텐보스가 확대된 한순간에 서로의 눈을 마주본다.

이윽고 부교가 승자의 여유 있는 미소를 지으며 고개를 끄덕인다. 대신이 손뼉을 친다. 하인 두 명이 방석을 가져와 포르스텐보스가 만족감을 드러낼 때까지 쌓아올린다. 네덜란드 상관장이 동포들에게 말한다. "단호하게 나간 성과를 잘 보시오. 헤메이 상관장과 다니엘 스닛커르는 알아서 굽실거려 우리의 품위를 손상시켰고," 그는 엄청나게 쌓아올린 방석 더미를 손으로 탁 친다. "그것을 되찾는 일은 내 몫이 되었소."

시로야마 부교가 고바야시에게 뭐라고 말한다.

통역관이 말을 옮긴다. "부교님께서 이제 편안하시냐고 물으십니다."

"감사합니다. 이제야 얼굴을 마주보고 앉을 수 있게 되었군요, 동등하게."

야코프는 고바야시가 포르스텐보스의 마지막 말은 옮기지 않았으리라 짐작한다.

시로야마 부교가 고개를 끄덕이고 뭐라 길게 말한다. 고바야시가 전한다. "새로운 상관장이 되신 것을 축하드리고, 나가사키에 오신 것을 환영하며, 차석 상관장에게는 부교쇼에 다시 오신 것을 환영한다고 하십니다." 사무원에 불과한 야코프는 언급도 않고 지나간다. "부교님께서는 항해가 너무…… '분투를 요하는' 것이 아니었기를 바라며, 네덜란드인의 약한 피부에 햇빛이 너무 강한 것은 아니기를 바라신답니다."

포르스텐보스가 대답한다. "염려해주셔서 감사합니다. 하지만 7월의 바타비아에 비하면 나가사키의 여름쯤이야 애들 장난 정도라고 안심시켜주십시오."

시로야마는 통역된 내용을 듣고 오래 품어온 의심을 드디어 확인하기라도 한 것처럼 고개를 끄덕인다.

"부교께 내가 드린 커피가 입맛에 맞으셨는지 여쭤보게." 포르스텐보스가 명령한다.

야코프는 그 질문에 조신들이 서로 재미있다는 듯 힐끔거리는 것을 알아챈다. 부교가 대답을 숙고한다. 오가와가 통역을 한다. "부교님께서는 커피에서 별다른 맛을 느끼지 못했다고 하십니다."

"자바에 있는 우리 플랜테이션에서 일본인의 위가 아무리 밑 빠진 독 같아도 채워줄 수 있을 만큼 충분한 양의 커피를 생산할 수 있다고 알려주게. 다음 세대가 자기들의 조국을 위해 이 마법의 음료를 발견한 자로 '시로야마'의 이름을 칭송할 것이라고."

오가와가 알맞은 번역으로 전하자 부드러운 반박이 뒤따른다.

고바야시가 설명한다. "부교님께서는 일본인의 입에는 커피가 맞지 않는다고 하십니다."

"말도 안 되는 소리! 한때는 유럽에도 커피가 알려지지 않았지만, 이제는 우리의 위대한 수도 어느 거리에나 커피하우스가 하나, 아니 열 군데는 있다네! 엄청난 돈을 벌 수 있지."

오가와가 통역을 하기도 전에 시로야마가 비난하듯 화제를 바꾼다.

"부교님께서는 지난겨울 고국으로 항해하던 옥타비아호가 난파한 것을 안타깝게 여기십니다." 고바야시가 말한다.

"나가사키에 번영을 가져다주려고 애쓰느라 우리 회사가 겪은 고초로 우리의 대화가 흘러가다니 신기하다고 전하게……" 포르스텐보스가 말한다.

오가와는 피할 수 없는 곤란을 감지하면서도 어쩔 수 없이 그 말을 옮긴다.

시로야마 부교가 다 안다는 듯 오? 하는 표정을 짓는다.

"같은 화제에 대해 총독으로부터 긴급한 성명을 받았다네."

오가와가 야코프에게 도움을 청한다. "'성명'이 뭡니까?"

"편지입니다. 외교관의 메시지요." 야코프가 낮은 목소리로 대답한다.

오가와가 그 문장을 옮긴다. 시로야마의 손이 '달라'는 신호를 한다.

포르스텐보스가 높이 쌓인 방석에 앉은 채 비서에게 고개를 끄덕인다.

야코프가 서류철을 열고 조금 전에 위조한 P.G. 판오베르스트라턴의 편지를 꺼내 두 손으로 대신에게 내민다.

도미네 대신이 웃음기 없는 얼굴의 상사 앞에 봉투를 놓는다.

다다미 60장 방은 호기심을 감추지 않고 지켜본다.

포르스텐보스가 말한다. "고바야시, 이 선량한 신사분들께─부교까지 포함해서─우리 총독께서 최후통첩을 보내셨다고 경고하는 게 좋을 걸세."

고바야시가 오가와를 쳐다보자 오가와가 질문을 시작한다. "'최후통첩'이 뭡……"

"최후통첩이란 위협이오. 요구랄까. 강한 경고지." 판클레이프가 말한다.

"강한 경고를 하기에는 때가 아주 좋지 않은데요." 고바야시가 고개를 가로젓는다.

"하지만 시로야마 부교도 되도록 빨리 아셔야 하네." 포르스텐보스가 고의적으로 부드럽게 우려를 표한다. "에도막부가 2만 피컬을 주지 않는다면 우리는 이번 교역 철이 지난 뒤 데지마에서 철수하리라는 사실을 말이네."

"'철수한다'는 그만둔다, 끝낸다, 중단한다는 뜻이지요." 판클레이프가 되풀이한다.

두 통역관의 얼굴에서 핏기가 가신다.

야코프는 내심 오가와에게 동정심이 들어 몸을 꿈지럭거린다.

"제발, 그런 소식은 안 됩니다, 여기에서, 지금은⋯⋯" 오가와가 애써 침을 삼킨다.

도미네는 인내심이 다하여 통역을 재촉한다.

"부교를 기다리게 하지 않는 게 좋을 걸세." 포르스텐보스가 고바야시에게 말한다.

고바야시는 한 단어씩 더듬거리며 무시무시한 통지를 전한다.

사방에서 질문이 쏟아지지만, 고바야시와 오가와가 답을 한다고 해도 그들의 대답은 휩쓸려 떠내려갈 것이다. 이런 대혼란 속에서 야코프는 시로야마 부교 왼쪽으로 세 자리 떨어져 앉은 남자에게 눈길이 간다. 이유는 말할 수 없지만 그의 얼굴이 사무원의 마음을 어지럽힌다. 야코프는 그의 나이를 짐작할 수가 없다. 말끔히 민머리와 긴 청색 옷으로 보아 승려인 것 같은데, 고해신부라 해도 될 듯하다. 굳게 다문 입술에 광대뼈가 툭 튀어나왔고, 매부리코에 지적인 눈은 날카롭다. 책이 자기 의지로 독자의 주의깊은 시선을 피할 수 없듯이, 야코프는 그 남자의 시선을 피할 수 없다. 말없는 관찰자는 먹잇감의 소리에 귀기울이는 사냥개처럼 고개를 돌린다.

V
데지마, 도른 창고

✦

1799년 8월 1일 점심식사 후

무더운 날씨에 시간의 톱니바퀴와 레버가 부풀어오르고 휘어진다. 뭉근하게 끓어오른 어둠 속에서 야코프의 귀에 궤짝 속의 설탕이 쉭쉭거리며 녹아내려 덩어리가 되는 소리가 들리는 듯하다. 경매일이 되면 향료 상인들에게 헐값에 팔리든가, 그렇지 않으면 그들도 알고 있듯 셰년도어호의 화물창에 도로 실려 바타비아의 창고까지 소득 없는 귀항을 하게 될 것이다. 사무원은 녹차를 마신다. 씁쓸한 찌꺼기 맛에 눈살이 찌푸려지고 두통이 더 심해지지만 정신은 또렷해진다.

정향 궤짝과 대마 자루로 만든 침대에서 한자부로가 자고 있다.

달팽이가 지나간 자리의 점액 같은 것이 그의 콧구멍에서 불룩 솟은 울대뼈까지 흘러내려와 있다.

야코프의 깃펜이 종이를 긁는 소리가 서까래에서 들려오는 다르지 않은 소음과 섞인다.

리드미컬한 긁는 소리는 이내 톱질을 하는 듯한 작은 찍찍 소리로 덮인다.

젊은이는 생각한다. 수컷 쥐가 암컷 쥐를 올라타는구나……

귀를 기울이며 그는 여자의 몸에 대한 기억에 점점 사로잡힌다.

자랑스러운 기억도, 내놓고 얘기할 만한 것도 아니다……

이런 생각을 하는 건 아나에게 부끄러운 짓이야. 야코프는 생각한다.

……그러나 그 이미지들이 머릿속을 떠나지 않고 그의 피를 죽처럼 진하게 만든다.

지금 하는 일에 집중해, 이 당나귀야. 사무원은 스스로에게 명령한다.

그는 다니엘 스닛커르의 장화 한 짝에서 발견된 위조 영수증들을 통해 사라진 50릭스달러*를 좇는 일로 힘겹게 되돌아간다. 잔에 차를 더 따르려고 보니 주전자가 비었다. 그가 외쳐 부른다. "한자부로?"

소년은 꿈쩍도 하지 않는다. 발정난 쥐들도 조용해졌다.

"하이!" 한참 있다가 소년이 몸을 일으킨다. "다즈토 씨?"

야코프가 잉크 자국이 묻은 잔을 들어올린다. "티 좀 더 갖다줘, 한자부로."

한자부로는 눈을 가늘게 뜨고 머리를 문지르며 불쑥 내뱉는다. "네?"

"티 좀 더 갖다달라고." 야코프가 찻주전자를 흔든다. "차."

한자부로가 한숨을 내쉬고 몸을 일으키더니 찻주전자를 받아들고 터벅터벅 사라진다.

---

* 네덜란드의 옛 은화.

야코프는 펜촉을 날카롭게 다듬지만 이내 고개가 떨어진다……

……보니 앨리의 하얀빛 속에 서 있는 꼽추 난쟁이의 윤곽이 보인다.

그가 털북숭이 손에 쥔 것은 곤봉…… 아니, 뼈가 다 드러난 피 묻은 돼지의 긴 다리다.

야코프가 무거운 머리를 든다. 뻣뻣한 목에 경련이 일어난다.

꼽추가 으르렁거리고 쿵쿵거리며 창고로 들어온다.

돼지 다리짝은 실은 발목과 발이 붙은 채로 잘라낸 정강이다.

꼽추도 꼽추가 아니다. 데지마의 원숭이, 윌리엄 피트다.

야코프는 펄쩍 뛰며 일어나다 무릎을 세게 부딪힌다. 고통이 선명하다.

윌리엄 피트가 피 묻은 전리품을 들고 탑처럼 쌓아올린 궤짝을 기어오른다.

야코프가 무릎을 문지르며 묻는다. "도대체 저런 것은 어디에서 났지?"

조용히, 꾸준하게 바다가 숨쉬는 소리뿐, 대답은 없다……

……야코프는 떠올린다. 어제 떨어진 궤짝에 에스토니아인 선원의 발이 으스러지는 사고가 나서 마리뉘스 선생이 셰넌도어호에 불려갔다. 일본의 8월 날씨에 우유보다 더 빨리 상해가는 괴사한 상처를 보고 의사는 수술을 해야 한다고 했다. 오늘 병원에서 외과 수술이 이루어지니 의사의 제자 넷과 지역 학자 몇이 수술 과정을 지켜보고 있을 것이다. 도저히 있을 법하지 않은 일이지만, 윌리엄 피트가 그곳에 멋대로 밀고 들어가 다리를 훔쳐온 것이 분명했다.

달리 어떻게 설명할 수 있겠는가?

창고가 어두워 잠시 앞이 보이지 않는 상황에서 두번째 인물이 들어온다. 뛰어왔는지 가냘픈 가슴이 세차게 오르내린다. 푸른 기모노 위에 검붉은 피가 튄 앞치마를 둘렀고, 머릿수건에서 삐져나온 머리카락이 얼굴 오른쪽을 반쯤 덮고 있다. 높은 창에서 떨어지는 빛기둥 속으로 그 사람이 걸어들어오자 비로소 야코프는 그 추적자가 젊은 여자임을 알아본다.

세탁부나 통역관 조합에서 허드렛일을 하는 '아주머니' 두엇을 제외하면 육지 문을 통과할 수 있도록 허락받은 여자는 밤에 고용되는 기녀나, 보수가 더 좋은 관리직들이 더 긴 기간 한 지붕 밑에 데리고 사는 '처'뿐이다. 그런 값비싼 고급 기녀들은 하녀를 데리고 있다. 야코프가 추측하건대 이 방문객은 도둑맞은 다리를 두고 윌리엄 피트와 씨름하다 그의 손아귀에서 다리를 빼앗는 데 실패하고 창고까지 원숭이를 뒤쫓아온 하녀다.

목소리들—네덜란드어, 일본어, 말레이어—이 병원 밖 롱 스트리트에서 소란을 피운다.

그들의 윤곽이 문가에 나타났다 눈 깜박할 사이에 보니 앨리를 따라 달려내려간다.

야코프는 적당한 단어를 찾아 그의 빈약한 일본어 어휘를 뒤진다.

그녀는 붉은 머리에 초록 눈인 외국인을 알아채고는 헉하고 놀란다.

야코프가 네덜란드어로 애원한다. "아가씨, 저, 저, 저는…… 걱정하지 마세요, 저는……"

여자가 그를 자세히 살피더니 위협적인 인물은 아니라고 결론짓는다.

그녀가 평정을 되찾고 말한다. "나쁜 원숭이, 발 훔쳐요."

그는 처음에는 그 말에 고개를 끄덕였다가 이내 깨닫는다. "네덜란드 말을 할 줄 알아요, 아가씨?"

그녀는 대답 대신 어깨를 으쓱한다. 약간. 그녀가 말한다. "나쁜 원숭이―여기로 들어오나요?"

"예, 예. 그 털투성이 악마가 저기 위에 있어요." 야코프는 궤짝 위의 윌리엄 피트를 가리킨다. 그는 여자에게 깊은 인상을 주고 싶어서 성큼성큼 걸어간다. "윌리엄 피트, 그 다리 내놔. 나한테 줘. 줘!"

원숭이는 옆에 다리를 놓고 제 자홍색 성기를 쥐더니 정신병원의 하프 연주자처럼 훑으면서 잇새로 캑캑 소리를 뱉어낸다. 야코프는 정숙한 방문객이 염려되지만 그녀는 옆으로 몸을 돌려 웃음을 감추고 있다. 그 바람에 얼굴 왼쪽을 거의 다 덮은 흉터가 드러난다. 짙은 색 얼룩 같은 흉터는 가까이에서 보니 눈에 확 띈다. 야코프는 의아해한다. 저렇게 흉한 얼굴로 어떻게 기녀의 하녀가 밥벌이를 할 수 있을까? 너무 늦었다. 그는 여자가 얼빠진 듯 멍하니 바라보는 자신을 보고 있음을 알아차린다. 그녀는 머릿수건을 밀어젖히고 야코프 쪽으로 뺨을 돌린다. 그 몸짓은 이렇게 선언하는 것 같다. 자, 볼 테면 실컷 봐!

"저는……" 야코프는 부끄러움을 느낀다. "무례를 용서하십시오, 아가씨……"

그녀가 알아듣지 못할까봐 염려되어 깊숙이 고개를 숙인 채로 다섯을 센다.

여자는 머릿수건을 다시 묶고 윌리엄 피트에게로 시선을 돌린다. 야코프를 무시하고 경쾌한 억양의 일본 말로 원숭이를 부른다.

도둑은 엄마 없는 딸이 인형을 끌어안듯 다리를 꼭 껴안고 있다.

야코프는 더 좋은 인상을 줘야겠다고 마음먹고, 탑처럼 쌓아올린 궤짝 쪽으로 다가간다.

그는 옆의 궤짝 위로 뛰어오른다. "내 말 들어, 이 벼룩 끓는 노예……"

구운 쇠고기 냄새가 나는 따듯한 물줄기가 그의 뺨을 때린다.

따듯한 물줄기를 피하려다 그는 그만 균형을 잃는다……

……궤짝에서 굴러떨어져 땅바닥에 벌러덩 나자빠진다.

수치심을 느끼려면 자존심이 적어도 조금은 있어야지. 야코프는 통증이 가시는 것을 느끼며 생각한다.

여자는 한자부로의 임시 침상에 기대어 있다.

……하지만 나에게 자존심 따위는 남아 있지 않아. 윌리엄 피트한테 오줌 세례를 받았으니.

그녀는 눈을 누르고 몸을 떨며 소리 죽여 웃고 있다.

아나도 저런 식으로 웃는데. 야코프는 생각한다. 아나도 꼭 저렇게 웃어.

"나 미안해요." 여자는 숨을 깊이 들이쉬고 입술을 씰룩인다. "제…… 무리를 용서해주세요."

"'무례'입니다, 아가씨." 그는 물통 쪽으로 간다. "'례'라고 발음해야 해요."

"'무리에,'" 여자가 반복한다. "'례'라고요. 재미있진 않네요."

야코프는 얼굴을 씻지만, 그의 두번째로 좋은 리넨 셔츠에서 원

숭이 오줌을 씻어내려면 셔츠를 벗는 수밖에 없다. 여기에서는 불
가능한 일이다.

"괜찮다면," 여자는 소매 속을 뒤지더니 먼저 접은 부채를 꺼내
원당 궤짝 위에 놓고 종이 한 장을 꺼내 내민다. "얼굴 닦아요?"

"정말 친절하군요." 야코프는 그것을 받아 이마와 뺨을 두드린다.

"원숭이와 거래해요." 여자가 제안한다. "다리와 물건 거래해요."

야코프는 그 제안을 받아들인다. "저 짐승은 담배의 노예에요."

"담-배?" 그녀는 결심한 듯 손뼉을 탁 친다. "당신 있어요?"

야코프는 가죽 주머니 속 마지막 남은 자바산 담뱃잎을 건넨다.

그녀는 빗자루 끝에 매단 미끼를 윌리엄 피트 앞에 흔들어 보인다.

원숭이가 손을 뻗는다. 그러자 여자는 애원하는 말을 중얼거리
며 빗자루를 휙 치운다.

……드디어 윌리엄 피트가 새로운 전리품을 잡아채려고 다리를
놓는다.

다리가 땅으로 굴러떨어져 여자의 발치에서 멈춘다. 그녀는 승
리의 눈빛으로 야코프를 힐끗 보고는 빗자루를 버리고 농장 일꾼
이 순무를 줍듯 아무렇지도 않게 잘린 다리를 주워 든다. 잘린 뼈
가 피에 젖은 살집에서 삐져나와 있고 발가락은 지저분하다. 위쪽
에서 여닫이창이 달그락거린다. 윌리엄 피트가 전리품을 가지고
창문을 통해 롱 스트리트의 지붕 위로 달아난 것이다. "담배 잃어
졌어요. 정말 미안해요." 여자가 말한다.

"괜찮습니다, 아가씨. 다리를 찾았잖아요. 아, 아가씨 다리는 아
니지만……"

보니 앨리를 따라 질문과 대답을 외치는 소리가 오간다.

야코프와 방문객은 서로에게서 몇 걸음 물러선다.

"용서하세요, 아가씨. 그런데…… 기녀의 하녀인가요?"

"기-녀-하녀?" 그 말에 여자가 당황한다. "그게 뭐지요?"

"아…… 아……" 야코프는 대신할 말을 찾는다. "……창녀의…… 도우미입니다."

그녀는 천 위에 잘린 다리를 놓는다. "왜 창녀가 도우미가 필요해요?"

경비병이 문가에 나타난다. 그는 네덜란드인과 젊은 여자, 잘린 발을 본다. 그가 씩 웃더니 보니 앨리에 대고 뭐라 외치자 곧 더 많은 경비병과 검사관, 관리 들이 달려온다. 판클레이프 차석 상관장이 그 뒤를 따라 들어오고, 데지마의 점잔 빼는 도신* 고스기도 온다. 마리뉘스의 조수 에일라튀는 얼굴에 화상자국이 있는 여자와 마찬가지로 피투성이인 앞치마를 두르고 있다. 흐로터와 일본 상인이 잽싸게 상황을 훑어본다. 학자도 여럿 있다. 목수용 줄자를 들고 있는 콘 투미가 야코프에게 영어로 묻는다. "당신한테서 나는 이 빌어먹을 냄새는 뭡니까?"

야코프는 탁자 위에 반쯤 복구하다 만 장부가 다 보이게 펼쳐져 있다는 것을 기억해낸다. 그가 서둘러 장부를 감추기 무섭게 젊은 이 넷이 들이닥친다. 다들 의학도답게 박박 민 머리에 화상자국이 있는 여자의 것과 같은 앞치마를 두른 그들은 여자에게 질문을 쏟아내기 시작한다. 사무원은 아마도 이들이 마리뉘스 선생의 '학생'이리라 짐작한다. 침입자들은 곧 여자에게 무슨 일이 있었는지 얘

---

* 에도시대에 치안 업무를 담당하던 하급 관리.

기하라고 한다. 그녀는 윌리엄 피트가 기어올라갔던 궤짝 탑을 가리키더니 이번에는 야코프 쪽으로 손짓을 한다. 야코프는 이삼십 명이 일제히 자신에게 시선을 돌리자 얼굴이 붉어진다. 그녀는 일본어로 차분하고 침착하게 설명한다. 사무원은 원숭이한테 오줌 세례를 받은 이야기에 폭소가 터지리라 예상하지만 그녀는 그 이야기는 생략한 듯하다. 그녀의 이야기가 끝나자 다들 알겠다는 듯 고개를 주억거린다. 투미는 에스토니아인의 다리를 대체할 같은 길이의 나무다리를 만들기 위해 잘린 다리를 가지고 간다.

"내가 봤어." 판클레이프가 경비병의 소매를 잡는다. "이 못된 도둑놈!"

선홍색 육두구 열매가 바닥에 쏟아진다.

"바르트! 피셔! 이 빌어먹을 도적놈들에게 우리 창고의 출구를 알려주게!" 차석 상관장이 사람들을 문 쪽으로 몰아내는 손짓을 하며 소리지른다. "나가! 나가! 흐로터, 의심스러워 보이는 놈은 누구든 몸수색을 하게─아, 이자들이 우리한테 하듯이 말이야. 더주트, 우리 상품 잘 지키게. 그러지 않았다가는 상품에 다리가 돋아나 걸어가버릴 테니."

야코프는 떠나는 방문객들을 더 잘 살펴보려고 궤짝에 올라선다.

그는 화상이 있는 하녀가 노쇠한 학자 한 명을 부축해 햇살이 쏟아지는 골목길로 나서는 것을 본다.

그의 예상과 달리, 그녀가 고개를 돌려 손을 흔들어준다.

야코프는 그녀가 이렇게 남몰래 알은체를 해준 것이 기뻐서 마주 손을 흔든다.

그러다 문득 깨닫는다. 아니, 햇살을 피하려고 눈을 가린 거구나……

한자부로가 하품을 하며 찻주전자를 들고 들어온다.

이름조차 물어보지 못했어. 바보 같은 야코프. 야코프는 생각한다.

그때 여자가 원당 궤짝 위에 두고 간 접은 부채가 눈에 들어온다.

얼굴이 붉으락푸르락해진 판클레이프가 찻주전자를 들고 문지방에 서 있는 한자부로를 밀치고 나가며 마지막으로 자리를 뜬다. 한자부로가 묻는다. "일 생겼나요?"

자정 무렵 상관장의 식당이 파이프 담배 연기로 자욱하다. 하인 큐피도와 필란더르가 비올라다감바*와 플루트로 〈델프트의 사과〉를 연주하고 있다.

"애덤스 대통령이 우리의 '쇼군'이지요, 예, 고토 씨." 레이시 선장이 콧수염에 묻은 파이 부스러기를 털어낸다. "하지만 그는 미국인들이 선택한 인물입니다. 그게 바로 민주주의의 핵심이에요."

야코프는 통역관 다섯이 조심스럽게 눈짓을 주고받는 것을 알아차린다.

"위대한 영주들이 대통령을 선택한다고요?" 오가와 우자에몬이 자신이 이해한 대로 표현한다.

"영주가 아니에요. 아니지요." 레이시가 이를 쑤신다. "시민이에요. 우리와 같은 시민이요."

"그럼……" 고토 통역관의 시선이 콘 투미에게 가서 멎는다.

---

* 저음역을 담당하는 비올속의 악기로 16세기부터 18세기까지 유럽에서 널리 쓰였다.

"······목수도요?"

"목수, 빵집 주인, 양초 제조업자도요." 레이시가 트림을 한다.

"워싱턴이나 제퍼슨의 노예들도 투표를 합니까?" 마리뉘스가
묻는다.

레이시가 미소를 짓는다. "아뇨, 선생. 그들의 말이나 소, 벌, 여
자 들도 투표하지 않습니다."

하지만 어떤 어린 게이샤가 다리를 놓고 원숭이랑 씨름을 할까? 야코
프는 생각한다.

"사람들이 선택을 잘못해서 나쁜 사람이 대통령이 되면 어떡합
니까?" 고토가 묻는다.

"다음 선거가 있지요—사 년만 지나면. 투표로 물러나게 하면
됩니다."

"예전 대통령은 처형되나요?" 호리 통역관은 럼주에 취해 얼굴이
벌겋다.

"'선출된다'고 합니다. 사람들이 지도자를 선택할 때는요." 투미
가 대답한다.

"두말할 것도 없이 더 나은 시스템 아닙니까?" 레이시가 잔을
들어 판클레이프의 노예 웨한테 채우게 한다. "부패하거나 멍청하
거나 정신 나간 쇼군이 죽어 없어지기를 기다리는 것보다는요."

통역관들은 불안한 기색이다. 레이시 선장의 불경스러운 말을
이해할 만큼 네덜란드어가 유창한 밀고자는 없지만, 부교가 다른
통역관 넷 중 하나에게 동료들의 반응을 보고하라고 시키지 않았
으리라는 보장은 없다.

"민주주의는 일본에서는 피어나지 않은 꽃입니다." 고토가 말

한다.

호리 통역관이 맞장구를 친다. "아시아의 토양은 유럽과 미국의 꽃에는 맞지 않습니다."

이와세 통역관이 화제를 바꾼다. "워싱턴 씨, 애덤스 씨는 왕족의 핏줄입니까?"

레이시 선장이 손가락을 튕겨 노예 이그나티우스에게 타구를 가져오게 한다. "이렇게 뱃살이 나오지 않았던 시절에 나도 한몫을 했던 우리의 혁명은 미국에서 왕족의 핏줄을 깨끗이 몰아내기 위한 것이었죠." 그는 많은 양의 가래를 뱉어낸다. "누구나 위대한 지도자가 될 수 있습니다―워싱턴 장군처럼. 하지만 그의 자식들이 아버지의 자질을 물려받는다는 법이 있겠습니까? 신이 주신 재능을 이용해 성공한 자들보다 타고난 왕족들이 더 멍청이에 건달―'조지왕'을 들 수 있겠군요―인 경우가 많지 않습니까?" 그는 데지마의 숨겨진 영국 신민에게 영어로 넌지시 속삭인다. "모욕할 뜻은 없소, 투미 씨."

"그 말에 왜 내가 기분이 상하겠습니까." 아일랜드인이 말한다.

큐피도와 필란더르가 〈내 단 하나의 진실한 사랑을 위한 일곱 송이 백장미〉를 연주한다.

바르트가 취해서 고개를 푹 떨궜다가 콩 요리 접시에 얼굴을 박는다.

그 화상 흉터는 열기나 냉기를 느낄까, 아니면 무감각할까? 야코프는 생각한다.

마리뉘스가 지팡이를 잡는다. "실례하겠소. 에일라튀에게 에스토니아인의 정강이뼈를 맡겨놓고 와서. 전문가가 지켜보지 않으면 천장에서 지방질이 떨어질지도 모르오. 포르스텐보스 씨, 감사를……" 그는 통역관들에게 인사하고 절룩이며 방을 나간다.

레이시 선장이 히죽거리며 묻는다. "일본 법은 일부다처제를 허용합니까?"

호리가 담뱃대를 채운다. "일-부-다-처가 뭡니까, 차석 상관장님? 왜 허용 필요합니까?"

"자네가 설명하게, 더주트. 자네는 말을 잘하니." 판클레이프가 말한다.

"일부다처제는……" 야코프는 고민한다. "……남편이 여러 아내를 두는 것입니다."

"아. 아." 호리가 씩 웃고 다른 통역관들은 고개를 끄덕인다. "일부다처제."

"회교도는 아내를 네 명까지 둘 수 있답니다." 레이시 선장이 아몬드를 허공으로 던져 입으로 받아 먹는다. "중국인은 한 지붕 아래 일곱 명을 데리고 살 수 있고요. 일본인은 몇 명이나 개인 소유로 둘 수 있습니까?"

"어느 나라나 다 같습니다." 호리가 대답한다. "일본, 네덜란드, 중국, 어디나 다 똑같습니다. 이유를 말씀드리지요. 모든 남자는 첫번째 아내를 얻습니다." 호리는 음흉한 웃음을 흘리며 주먹과 손가락으로 음란한 손짓을 해 보인다. "아내가"—그는 손으로 임신한 배를 그려 보인다—"아시지요? 그다음에는 어느 남자나 지갑이 괜찮다고 말하는 한 아내의 숫자를 늘립니다. 레이시 선장님은 교역 철 동안 데지마에 처를 둘 계획입니까? 스닛커르 씨나 판클레이프 씨처럼요."

"나는 차라리 유명한 마루야마 유곽을 찾아가겠소." 레이시가 엄지손톱을 물어뜯는다.

"헤메이 전 상관장님은 잔치에 기녀들을 부르셨지요." 요네키즈 통역관이 떠올린다.

포르스텐보스가 험악하게 말한다. "헤메이 상관장은 스닛커르 씨처럼 회사 비용으로 많은 향락을 누렸네. 그래서 스닛커르 씨는 오늘밤 맛없는 저녁을 먹는 반면, 우리는 정직한 고용인에게 주어지는 보상을 즐기고 있는 걸세."

야코프는 이보 오스트를 힐끗 본다. 이보 오스트가 그를 쏘아보고 있다.

바르트가 콩이 잔뜩 묻은 얼굴을 들고 외친다. "하지만 그 여자는 정말로 제 숙모가 아닙니다!" 그러고는 여학생처럼 킬킬대며 의자에서 굴러떨어진다.

"건배합시다." 판클레이프 차석 상관장이 외친다. "이 자리에 없는 모든 숙녀들을 위하여."

술을 마시던 사람도 음식을 먹던 사람도 모두 서로의 잔을 채운다. "이 자리에 없는 모든 숙녀들을 위하여!"

호리가 진을 마시고 타들어가는 듯한 식도 때문에 겨우 입을 연다. "특히 여기 오가와 씨를 위해 잔을 듭시다. 오가와 씨는 올해 아름다운 아내를 얻었습니다." 호리의 팔꿈치에 루바브 무스가 덕지덕지 묻어 있다. "밤마다"—그는 말을 타는 시늉을 한다—"셋, 넷, 다섯 판을 뛴답니다!"

폭소가 터지지만 오가와는 살짝 미소만 지을 뿐이다.

"굶주린 사람한테 말술을 마시라고 하는 꼴이군요." 헤리츠존이 말한다.

"헤리츠존 씨, 여자가 필요합니까?" 호리는 배려의 화신이다. "제하인에게 데려오라 하지요. 원하는 걸 말씀만 하세요. 뚱뚱한 애? 날씬한 애? 호랑이? 새끼 고양이? 다정한 누이?"

흐로터가 불평을 터뜨린다. "우리 모두 다정한 누이를 좋아하지만, 돈이 문제지요. 나가사키에서 창녀 한 명 살 돈이면 샴에서는 매음굴 하나를 통째로 사서 진탕 놀 수 있어요. 포르스텐보스 상관장님, 회사에서 그쪽으로 보조금을 지급해주는 경우는 없습니까? 불쌍한 오스트 생각도 좀 해주세요. 여자의 위안을 조금이라도 맛보려면…… 공식적인 보수로는 일 년 치가 든단 말입니다."

"금욕적인 식단도 해로울 거 없네." 포르스텐보스가 대꾸한다.

"하지만 혈기왕성한 네덜란드인을 본능적 충동을 풀 수단도 없이 몰아붙이면 어떻게 되겠습니까?"

"네덜란드에 있는 아내가 그리운가보군요, 흐로터 씨." 호리가 말한다.

"'지브롤터 남쪽에서는 모든 남자가 독신이다.'" 레이시가 인용한다.

"나가사키의 위도는 물론 지브롤터의 북쪽이지요." 피셔가 말한다.

"자네가 유부남인 줄은 몰랐는걸, 흐로터." 포르스텐보스가 말한다.

"흐로터가 그 얘기는 별로 하고 싶어하지 않아서요." 아우베한트가 설명한다.

"음메거리는 웨스트프리슬란트 창녀입니다." 요리사가 누런 앞니를 핥는다. "그 여자 생각만 하면, 호리 씨, 터키인이 웨스트프리

슬란트를 기습해 그 창녀를 데려가게 해달라고 기도하게 된다니까요."

"그렇게 아내가 싫으면 이혼하면 되지 않습니까?" 요네키즈 통역관이 끼어든다.

"말이야 쉽지요. 소위 기독교인의 땅에서는요." 흐로터가 한숨을 내쉰다.

"그럼 애초에 결혼은 왜 했습니까?" 호리가 담배 연기를 내뿜는다.

"아, 얘기하자면 아주 길고 남부끄럽습니다, 호리 씨. 재미없을 테니……"

아우베한트가 나선다. "흐로터 씨는 지난번 귀향했을 때, 로몰렌 스트라트의 한 타운하우스에 사는 장래가 유망한 젊은 상속녀에게 구애를 했습니다. 그 상속녀가 이렇게 말했답니다. 상속자가 없는 자신의 병든 아버지는 신사다운 사위가 낙농장을 물려받는 모습을 꼭 보길 원하시는데, 슬프게도 어디를 보나 온통 자격 있는 독신남인 척하는 도둑놈 같은 악한만 우글거린다고. 흐로터 씨는 구애의 바다에 상어들이 들끓고 있다는 데 동의하고, 수마트라에 있는 자신의 플랜테이션에서 나오는 연수입이 집안 대대로 부자인 사람들에게는 못 미친다는, 젊은 식민지 벼락부자들이 감내해야 할 편견에 대해 이야기했답니다. 그 연인은 일주일도 못 되어 결혼을 했지요. 결혼식 다음날, 여관 주인이 청구서를 내밀자 그들은 서로에게 말했지요. '계산하세요, 내 사랑.' 하지만 정말로 끔찍한 것은 둘 다 그럴 수가 없었다는 것이지요. 신랑 신부가 똑같이 서로에게 구애하느라 자기가 가진 마지막 한푼까지 다 써버렸거든요! 흐로터 씨의 수마트라 플랜테이션은 증발해 없어졌고, 로몰렌스트라트의 집은 공모자의 무대장치로 드러났지요. 병든 장인은 알고 보니 아주 팔팔한 맥주 운반꾼이었다지 뭡니까. 상속자가 아니라 상식이 없었더라나요. 그리고……"

레이시가 껵 하고 트림을 한다. "미안하오. 데블드에그*를 먹었더니."

고토가 깜짝 놀란다. "판클레이프 차석 상관장님? 터키인이 네덜란드를 침략합니까? 그런 소식은 가장 최근의 풍설서**에 없었는데요……"

판클레이프가 냅킨을 턴다. "흐로터 씨가 농담을 한 겁니다."

"농담이라고요?" 진지한 젊은 통역관은 얼굴을 찌푸리고 눈을 껌벅인다. "농담으로……"

큐피도와 필란데르는 보케리니의 곡을 나른한 분위기로 연주하고 있다.

포르스텐보스가 곰곰이 생각한다. "에도에서 구리 할당량을 늘리도록 인가해주지 않는다면 이러한 방은 영원히 침묵에 빠지게 될 거야. 그 생각을 하면 누구나 점점 더 맥이 빠질 수밖에 없지."

요네키즈와 호리가 얼굴을 찡그린다. 고토와 오가와는 무표정한 얼굴이다.

대부분의 네덜란드인이 야코프에게 그 이례적인 최후통첩이 허세인지 물었다. 그는 아무도 그러지 않으리라는 것을 알면서도 상

---

* 맵게 양념한 달걀 요리.
** 나가사키에서 네덜란드, 중국 상인들을 통해 얻은 세계정세를 정리한 문서.

관장에게 직접 물어보라고 했다. 지난 교역 철에 옥타비아호에 실었던 화물을 잃은 탓에, 많은 이들이 떠나왔을 때보다 더 가난해져서 바타비아로 돌아가야 할 처지였다.

판클레이프가 베네치아산 유리잔에 레몬을 짜넣으며 말한다. "도른 창고의 그 이상한 여자는 누구였지?"

"아이바가와 양은 의사이자 학자의 딸입니다." 고토가 대답한다.

아이바가와. 야코프는 음절을 하나씩 차례대로 발음해본다. 아이-바-가-와……

"부교님께서 네덜란드 의사 밑에서 공부하도록 허락하셨습니다." 이와세가 말한다.

그런데 그녀더러 '창녀의 도우미'라고 하다니. 야코프는 그 기억을 떠올리고 움찔한다.

"수술중에도 그렇게 침착하다니, 독살범 로쿠스타 못지않게 희한한 여자로군." 피셔가 말한다.

"여성도 남성 못지않은 강인함을 보여줄 수 있습니다." 야코프가 반박한다.

"더주트 씨는 근사한 경구들을 출판해야겠군요." 프로이센인이 코를 후빈다.

"아이바가와 양은 산파입니다. 피에는 익숙해요." 오가와가 말한다.

"하지만 기녀나 하녀, 조합의 노파들 외에 여자는 데지마에 발을 들이지 못하도록 금지된 것으로 아는데." 포르스텐보스가 말한다.

"금지되어 있습니다." 요네키즈가 분개하며 맞장구를 친다. "선례가 없는 일입니다. 한 번도요."

"아이바가와 양은," 오가와가 목소리를 높인다. "산파로서 부유한 고객이건 돈을 낼 수 없는 가난한 사람이건 모두를 위해 열심히 일하고 있습니다. 최근에는 시로야마 부교님의 아드님을 받았습니다. 난산이라 다른 의사는 포기했지만, 그녀는 끈기 있게 애써서 성공했습니다. 시로야마 부교님이 기뻐하시며 아이바가와 양에게 보답으로 소원 하나를 들어주겠노라고 하셨습니다. 그녀의 소원은 데지마의 마리뉘스 선생 밑에서 공부하는 것이었지요. 그래서 부교님이 약속을 지키신 겁니다."

"여자가 병원에서 공부하는 것은 좋은 일이 아닙니다." 요네키즈가 외친다.

콘 투미가 나선다. "하지만 그녀는 피를 받는 그릇을 잘 들고 있었고, 마리뉘스 선생님과 네덜란드어로 얘기도 잘했고, 남자 동급생들이 뱃멀미에 시달리는 듯한 꼴을 하고 있는 동안에 원숭이를 쫓아갔습니다."

묻고 싶은 게 열 가지도 넘는데. 야코프는 생각한다. 할 수만 있다면 질문이 백 개도 넘을걸.

"곤란한 상황에 여자가 있으면 남자들이 자극받지 않습니까?" 아우베한트가 묻는다.

피셔가 진이 든 잔을 빙빙 돌린다. "그 여자는 얼굴에 베이컨이 한 조각 붙어 있으니 괜찮겠지요."

"그런 말은 삼가십시오, 피셔 씨. 부끄러운 줄 아셔야지요." 야코프가 말한다.

"그게 안 보이는 척할 수도 없지 않소, 더주트! 내 고향에서는 그런 여자를 '장님 지팡이'라고 불러요. 장님이 아니고서야 그런 여자를 건드릴 사람은 없을 테니까."

야코프는 델프트 자기 주전자로 그 프로이센인의 턱을 부숴놓는 상상을 한다.

초 한 자루가 다 타서 꺼진다. 밀랍이 촛대를 타고 흘러내리고 촛농이 굳는다. 오가와가 말한다. "확신하건대, 아이바가와 양은 언젠가 행복한 결혼을 할 겁니다."

"사랑의 묘약이 뭐겠소?" 흐로터가 말한다. "그건 바로 결혼이지."

나방 한 마리가 촛불 속으로 뛰어들었다가 파닥거리며 식탁 위로 떨어진다.

"가엾은 이카루스." 아우베한트가 맥주잔으로 나방을 바스러뜨린다. "언제 현실을 깨달으려나?"

✦

밤벌레들이 찌르르르, 딱딱, 콩콩, 딩딩, 드르르, 틱틱, 우르르, 온갖 소리로 울어댄다.

한자부로는 야코프의 방문 밖 작은 방에서 코를 골고 있다.

야코프는 모기장 안에서 시트를 감은 채 잠들지 못하고 누워 있다.

아이, 입이 열린다. 바, 입술이 만난다. 가, 혀뿌리가 올라간다. 와, 입술에 힘이 들어간다.

그는 자기도 모르게 그날 일을 몇 번이고 거듭해서 재현해본다.

자신이 보인 천박한 모습이 민망해 몸을 움츠리고 헛되이 그 장면을 이리저리 다시 고쳐 생각해본다.

그녀가 도른 창고에 두고 간 부채를 펼친다. 부채를 부쳐본다.

종이가 하얗다. 사북과 부챗살은 오동나무로 만들어졌다.

경비병이 나무 딱따기를 치며 일본 시간을 알린다.

이스트 같은 달이 반은 일본식이고 반은 네덜란드식인 창에 걸려 있다……

……유리창이 달빛을 녹인다. 창호지가 달빛을 분가루처럼 곱게 체 친다.

곧 날이 밝을 것이다. 1796년 장부가 도른 창고에서 기다리고 있다.

내가 사랑하는 사람은 아나야. 야코프는 중얼거린다. 아나가 사랑하는 사람은 나고. 번들거리는 땀 밑에서 또 땀이 흐른다. 그의 침대 시트는 푹 젖었다.

아이바가와 양은 그림 속 여인처럼 손댈 수 없는 존재야…… 그는 생각한다.

야코프는 하프시코드 소리를 들은 것 같다.

……평생 딱 한 번, 우연히 오두막 열쇠 구멍을 통해 엿볼 수 있는 그런 사람.

거미 다리 같은 음표들이 별빛에 빛나며 유리창에서 빙빙 돈다.

야코프의 귀에 하프시코드 소리가 들려온다. 의사가 긴 다락에서 연주하고 있는 것이다.

조용한 밤이라 소리가 놀라울 만큼 잘 퍼지는 덕에 야코프는 의사의 연주를 듣는 특권을 누린다. 마리뉘스는 학자 친구나 방문한 귀족이 연주해달라고 부탁해도 모조리 물리친다.

음악은 음악이 달래는 날카로운 갈망을 쑤석인다.

야코프는 생각한다. 도덕군자입네 하는 사람이 어떻게 저토록 신성한 연주를 할 수 있을까?

밤벌레들이 찌르르르, 딱딱, 콩콩, 딩딩, 드르르, 틱틱, 우르르, 온갖 소리로 울어댄다⋯⋯

VI
데지마, 톨 하우스 야코프의 방
✦
1799년 8월 10일 이른아침

빛이 여닫이창으로 스며들어온다. 야코프는 낮은 나무 천장에 퍼진 얼룩들이 그린 섬들을 항해한다. 밖에서 노예 도르사이와 이그나티우스가 가축들에게 먹이를 주면서 대화를 나누고 있다. 야코프는 그가 출발하기 며칠 전 있었던 아나의 생일파티를 회상한다. 아나의 아버지는 신랑감으로 괜찮은 젊은이 대여섯 명을 초대해 성대한 만찬을 베풀었다. 얼마나 공들여 차렸는지 닭고기에서 생선 맛이 나고 생선에서 닭고기 맛이 났다. 그는 비꼬듯이 '동인도제도의 대상인 야코프 더주트의 행운'을 빌며 건배를 했다. 아나는 야코프가 이를 너그러이 받아주자 미소로 화답했다. 그녀의 손가락이 그가 고셴버그에서 사다준 스웨덴산 흰색 호박 목걸이를 쓰다듬었다.

세상 반대편에서 야코프는 갈망과 회한으로 한숨을 내쉰다.

갑자기 한자부로가 외친다. "다즈토 씨, 뭐 필요합니까?"

"아니, 아무것도. 아직 이른 시간이야, 한자부로. 가서 더 자."

야코프는 코고는 시늉을 한다.

"자? 자 필요하세요? 아아아, 자라고요! 예…… 예, 잠 좋아
요……"

야코프는 일어나 금간 주전자에서 물을 따라 마시고 비누를 문
질러 거품을 낸다.

그의 초록색 눈이 얼룩덜룩한 유리잔 속 주근깨투성이 얼굴에서
그를 보고 있다.

무딘 칼로 수염을 깎다가 턱의 움푹 들어간 부분을 벤다.

튤립처럼 빨간 핏방울이 새어나와 비누와 섞여 분홍색 거품을
일으킨다.

야코프는 턱수염을 기르면 이런 곤란을 면할 수 있지 않을까 생
각한다……

……그러나 그가 결국 오래가지 못한 콧수염을 기른 채 영국에
서 돌아왔을 때 여동생 헤이르티어가 내린 판결을 떠올린다. "오,
콧수염에 램프 그을음 좀 묻혀봐요, 오빠. 그걸로 우리 부츠에 광
좀 내줘요!"

그는 신세를 망친 스닛커르한테 최근에 맞았던 코를 만져본다.

귀의 흉터는 그를 물었던 어느 개를 기념하는 것이다.

면도를 할 때면 가장 진실한 비망록을 다시 읽게 되지. 야코프는 생
각한다.

손가락으로 입술을 쓸며 떠나던 날 아침을 회상한다. 아나는 로
테르담 부두까지 마차로 둘을 데려다달라고 아버지를 설득했다.
"삼 분이네." 그는 사무장과 이야기를 하려고 마차에서 내리며 야

코프에게 말했다. "그 이상은 안 돼." 아나는 무슨 말을 해야 할지 알고 있었다. "오 년은 긴 시간이에요. 하지만 대부분의 여자들은 다정하고 정직한 남자를 찾느라 평생을 기다려요." 야코프는 대답하려 했지만 그녀가 말을 막았다. "해외에서 남자들이 어떻게 행동하는지 알아요. 어쩌면 그럴 수밖에 없겠지요─쉬잇, 야코프 더 주트─그러니까 내가 부탁하고 싶은 것은 그저 자바에서 몸조심하고, 당신 마음은 오직 내 것이라는 거예요. 반지나 로켓은 잃어버릴 수도 있으니까 드리지 않을게요. 하지만 적어도 이것은 잃어버릴 수 없겠지요……" 아나는 처음이자 마지막으로 그에게 키스해주었다. 길고 슬픈 키스였다. 그들은 떠날 시간이 될 때까지 창문과 배, 회색빛 바다로 쏟아져내리는 빗줄기를 바라보았다……

야코프는 면도를 끝낸다. 그는 얼굴을 닦고, 옷을 입고, 사과를 문질러 닦는다.

아이바가와 양은 기녀가 아니라 학자야…… 그는 사과를 베어 문다.

창으로 도르사이가 깍지콩에 물을 주는 모습이 보인다.

……불법적인 만남은 물론이고, 불법적인 로맨스는 더더욱 여기에서는 있을 수 없는 일이야.

그는 사과를 다 먹고 손바닥에 씨를 뱉어낸다.

하지만 난 그저 그녀와 이야기를 나누고, 그녀에 대해 좀더 알고 싶을 뿐이야…… 야코프는 확신한다.

그는 목에서 쇠줄을 벗어 열쇠로 사물함을 연다.

남녀 사이에도 우정이 가능할 거야. 동생과 나처럼.

진취적인 파리 한 마리가 요강 속 그의 오줌 위를 윙윙 날고 있다.

그는 거의 시편에 손이 닿을 정도까지 사물함을 깊숙이 뒤져서 묶어놓은 2절판 악보를 찾아낸다.

야코프는 악보의 리본을 풀고 첫 페이지를 살펴본다.

훌륭한 소나타의 음표가 오선에 포도처럼 매달려 있다.

야코프의 실력으로 악보를 보고 바로 연주할 수 있는 건 개신교 성가집이 전부다.

잘하면 오늘 마리뉘스 선생과의 관계를 개선할 수 있을지도 몰라……
그는 생각한다.

야코프는 데지마를 한 바퀴 가볍게 산책한다. 어느 쪽 길로 가도 거리는 얼마 안 되지만, 계획을 가다듬고 할말을 정리하기 위해서다. 갈매기와 까마귀들이 가든 하우스의 용마루에서 다투고 있다.

정원에 핀 크림색 장미와 붉은 백합은 절정이 지났다.

육지 문에서 공급업자가 빵을 나르고 있다.

깃발광장에서는 페터 피셔가 망루 계단에 앉아 있다. "아침에 한 시간을 놓쳤군요, 더주트 사무원." 프로이센인이 소리지른다. "이제 그 잃어버린 한 시간을 온종일 찾아야 할 거요."

판클레이프의 집 위층 창문에서 차석 상관장의 가장 최근 '처'가 머리를 빗고 있다.

그녀가 그에게 미소를 보낸다. 멜히오르 판클레이프가 곰같이 수북한 가슴털을 드러낸 채 나타난다.

"'그대, 다른 자의 잉크병에 그대의 펜촉을 찍지 말지니라.'" 판클레이프가 인용구를 읊는다.

차석 상관장은 야코프가 몰랐노라고 항변할 틈도 주지 않고 미닫이창을 닫아버린다.

통역관 조합 밖 그늘에 가마꾼들이 쭈그리고 앉아 있다. 그들의 눈이 붉은 머리 외국인의 뒤를 좇는다.

윌리엄 피트가 방파제 위에서 고래 갈비뼈 같은 구름을 물끄러미 바라보고 있다.

식당 옆에서 아리 흐로터가 야코프에게 말한다. "대나무 모자를 쓰고 있으니 꼭 중국인처럼 보이는군요, 더주트 씨. 일전의 그 건은 한번 생각해……"

"아뇨." 사무원은 이렇게 대꾸하고 계속 걸어간다.

도신 고스기가 방파제 길에 있는 자신의 작은 집 밖에서 야코프에게 고개 숙여 인사한다.

노예 이그나티우스와 웨는 염소젖을 짜면서 말레이어로 열을 올리며 말다툼을 하고 있다.

이보 오스트와 비보 헤리츠존은 말없이 서로 공을 던진다.

"멍멍." 그들 중 한 명이 야코프가 지나가자 이렇게 외친다. 그는 못 들은 척한다.

콘 투미와 폰커 아우베한트가 소나무 밑에서 파이프 담배를 피우고 있다.

아우베한트가 코를 킁킁거린다. "미야코에서 어떤 귀족 나리가 죽었다. 그래서 이틀 동안 망치질과 음악이 금지됐다는군. 여기는 물론이고 제국 전역 어디에고 일이 마무리된 데가 거의 없을걸. 판클레이프 차석 상관장님은 렐리 창고 재건축을 연기하려는 술수라고 욕하고 있지. 그래야 우리가 더 필사적으로 물건을 팔 테니까……"

나는 내 계획을 다듬고 있지 않아. 야코프는 인정한다. 나는 움츠러

들고 있어……

　수술실에서 마리뉘스 선생이 눈을 감은 채 수술대 위에 누워 있다. 그는 돼지같이 퉁퉁한 목 안쪽에서 바로크음악 가락을 흥얼거린다.

　에일라튀가 향기나는 기름으로 주인의 턱을 여성스러울 만큼 섬세하게 문지르고 있다.

　물그릇에서 김이 올라온다. 밝은 면도날 위에서 빛이 갈라진다.

　큰부리새가 바닥에 놓인 백랍 접시에서 콩을 찍어 먹고 있다.

　푸른빛이 도는 남색 테라코타 접시에는 자두가 쌓여 있다.

　에일라튀가 말레이어로 야코프가 왔다고 속삭여 알려주자 마리뉘스가 내키지 않는 듯 한쪽 눈을 뜬다. "뭔가?"

　"선생님과 좀 상의드릴…… 문제가 있어서 왔습니다."

　"면도 계속해, 에일라튀. 그럼 말씀해보시게, 돔뷔르흐인."

　"선생님과 단둘이 이야기하고 싶습니다만……"

　"에일라튀는 괜찮아. 우리의 작은 샹그릴라에서 그의 해부학과 병리학에 대한 이해는 나 말고는 따를 사람이 없지. 자네가 믿지 못하는 것이 큰부리새라면 몰라도?"

　"저, 그러면……" 야코프는 마리뉘스뿐 아니라 하인의 신중함 역시 믿는 수밖에 없다는 것을 인정한다. "선생님의 학생 중 한 명에 대해 좀 궁금한 것이 있어서……"

　"무슨 용무가 있나"―그가 다른 쪽 눈도 뜬다―"아이바가와 양에게?"

　"전혀 없습니다. 전 단지…… 그 아가씨와 얘기를 좀 나누고 싶어서……"

"그럼 왜 여기 와서 나와 얘기를 하고 있는 건가?"

"……엿보는 첩자 무리가 없는 데서 그 아가씨와 이야기하고 싶어서입니다."

"아. 아. 아. 그러니까 밀회를 주선해달라는 말이렷다?"

"그렇게 말씀하시면 모의를 꾸미는 듯한 냄새가 납니다, 선생님. 그런 게 아니고……"

"대답은 '절대 안 된다'이네. 첫번째 이유는, 아이바가와 양은 자네 아담의 가려운 데를 긁어주기 위해 세놓는 이브가 아니라 양갓집 따님일세. 두번째 이유는, 아이바가와 양이 데지마의 처가 '될 수 있다'고 해도, 강조하네만, 그녀는 절대……"

"저도 다 알고 있습니다, 선생님. 제 명예를 걸고 말씀드리지만 저는 그런 이유로 여기에 온 것이 아니라……"

"……그녀는 절대 그런 짓은 안 하네. 그리고 첩자들이 삼십 분도 채 지나지 않아 보고할 걸세. 그렇게 되면 나는 학생을 가르치고 나가사키에서 식물 채집과 연구를 할 힘들게 얻은 권리를 도로 빼앗기겠지. 그러니까 썩 꺼지게. 요즘 유행하는 것처럼 자네 불알에서 바람 좀 빼고, 마을 뚜쟁이 힘을 빌리든가 수음이라도 하든가."

큰부리새가 콩 접시를 톡톡 치더니 '로!' 혹은 그와 아주 비슷한 소리를 낸다.

"선생님," 야코프는 얼굴이 붉어진다. "제 뜻을 완전히 잘못 짚으셨습니다. 저는 결코……"

"실은 자네가 욕정을 느끼는 대상은 아이바가와 양조차 아니야. 그저 자네를 완전히 홀려버린 '동양 여성'이라는 속屬이지. 그래,

114

그래, 신비스러운 눈, 머리에 꽂은 동백꽃, 자네가 유순함이라고 생각하는 것들 말이야. 똑같은 달콤한 구멍에 빠진 자네 같은 얼빠진 백인 젊은이를 내가 얼마나 많이 본 줄 아나?"

"이번만큼은 잘못 생각하셨습니다, 선생님. 절대……"

"당연히 내가 틀렸겠지. 자신의 '동양의 진주'에 대한 돔뷔르흐인의 흠모는 기사도에 기반을 둔 것이니까. 같은 종족조차 내치는 저 흠이 있는 아가씨를 보라! 그녀의 내면의 아름다움을 홀로 경배하는 우리 '서양의 기사'를 보라!"

"안녕히 계십시오." 야코프는 너무 상처를 입어서 더는 버틸 수가 없다. "안녕히 계세요."

"벌써 가려고? 옆구리에 끼고 온 뇌물을 내놓지도 않고?"

"뇌물이 아닙니다." 그는 반쯤 거짓말을 한다. "바타비아에서 가져온 선물입니다. 저는 고명하신 마리뉘스 선생님과 우정을 쌓을 수 있으리라는 희망을 품었더랬습니다. 이제 보니 헛되고 어리석은 소망이었지만요. 바타비아 협회의 헨드릭 즈바르데크로너가 선생님께 악보를 선물하라고 권하더군요. 하지만 무지한 사무원 따위는 선생님께서 관심 가질 가치도 없는 존재라는 걸 이제 알았습니다. 더는 귀찮게 하지 않겠습니다."

마리뉘스가 야코프를 살펴본다. "선물을 받을 사람에게 뭔가를 원할 때에야 비로소 내놓는 게 무슨 선물이란 말인가?"

"처음 뵈었을 때 드리려고 했습니다. 선생님께서 접이식 문을 제 앞에서 쾅 닫아버리셨지요."

에일라튀는 물에 면도칼을 담갔다가 종이로 닦는다.

"가끔 내가 내 성질을 못 이길 때가 있기는 하지." 의사가 인정한다.

마리뉘스는 손가락으로 악보를 가볍게 친다. "작곡가가 누구인가?"

야코프는 속표지를 읽는다. "'도메니코 스카를라티의 걸작, 하프시코드 혹은 피아노포르테를 위한 곡…… 무치오 클레멘티의 소장품 중 우아한 모음집에서 선곡. 런던, 그리고 골든 스퀘어, 그레이트 펄트니 스트리트에 있는 브로드우드 씨의 하프시코드 제작소에서 판매."

데지마의 수탉이 운다. 롱 스트리트에서 시끄러운 발소리가 울린다.

"도메니코 스카를라티라고? 여기까지 먼길을 왔구먼."

마리뉘스의 말투가 너무 대수롭지 않은 듯 무심해서 진심 같지 않다고 야코프는 의심한다.

"다시 먼길을 돌아가야지요." 야코프가 돌아선다. "더이상 선생님께 폐를 끼칠 수는 없으니까요."

"오, 기다리게, 돔뷔르흐인. 부루퉁한 얼굴은 자네에게 어울리지 않아. 아이바가와 양은……"

"……기녀가 아닙니다. 저도 압니다. 그런 식으로 보는 게 아닙니다." 야코프는 마리뉘스에게 아나 얘기를 할까 하지만, 마음을 터놓기에는 의사가 그리 미덥지 않다.

"그럼 어떤 식으로 그녀를 본단 말인가?" 마리뉘스가 따져 묻는다.

"저는……" 야코프는 적절한 비유를 찾는다. "……표지가 근사한 책으로 봅니다. 그 안의 페이지를 조금만 보고 싶습니다. 그뿐입니다."

병상 두 개짜리 병실의 삐걱거리는 문틈으로 바람이 새어들어 온다.

"그러면 이런 거래는 어떤가. 세시쯤 다시 여기로 오면 병실에서 아이바가와 양이 자네에게 보여줄 페이지가 뭐가 되었건 정독할 시간을 이십 분 주겠네—하지만 문은 내내 열어둬야 하고, 아이바가와 양을 자네 친누이 못지않게 정중히 대해야 하네, 돔뷔르흐인. 그러지 않았다가는 내가 자네에게 하느님의 불벼락을 내리겠네."

"소나타 한 곡당 삼십 초라니 너무 헐하군요."

"그러면 자네와 자네의 한때 선물은 문이 어디 있는지 알고 있겠지."

"흥정은 없다는 말씀이군요. 그럼 안녕히 계십시오." 야코프는 밖으로 나와 눈부신 햇살에 눈을 깜박인다.

그는 롱 스트리트를 따라 내려와 가든 하우스로 가서 그늘에서 기다린다.

매미 우는 소리가 이 무더운 아침에 귀를 찢을 듯 격렬하다.

소나무 너머에서 투미와 아우베한트의 웃음소리가 들린다.

하지만 하늘에 계신 주여, 야코프는 생각한다. 저는 이곳에서 외롭습니다.

에일라튀가 그를 뒤쫓아오지 않는다. 야코프는 병원으로 되돌아간다.

"그럼 거래는 성사되었네." 마리뉘스의 면도가 끝난다. "하지만 내 학생들의 첩자가 모르게 해야 해. 오늘 오후 강의는 인간의 호흡에 대한 것인데, 실연을 통해 보여주려 하네. 포르스텐보스 상관장에게 자네를 실연자로 쓰게 해달라고 하겠네."

야코프는 생각할 겨를도 없이 말이 먼저 나간다. "좋습니다······"

"축하하네." 마리뉘스가 양손을 맞비빈다. "마에스트로 스카를라티, 자, 이리 주겠나?"

"······하지만 전달이 끝나야 보수를 받으실 수 있습니다."

"오? 신사로서의 내 말로는 충분치 않단 말인가?"

"세시 십오 분 전까지입니다, 선생님."

야코프가 기록보관소로 들어오자 피셔와 아우베한트는 입을 다문다.

"여기는 적어도 쾌적하고 시원하군요." 신참이 말한다.

아우베한트가 피셔에게 말한다. "난 무덥고 답답한데."

피셔가 말처럼 쿵쿵거리면서 자기 책상으로 돌아간다. 제일 높은 책상이다.

야코프는 최근 십 년간의 장부를 모아둔 책장 앞에서 안경을 쓴다.

그는 어제 1793년에서 1798년까지의 장부를 책장에 다시 꽂아놓았다. 지금 보니 그것들이 사라지고 없다.

야코프는 아우베한트를 쳐다본다. 아우베한트가 피셔의 웅크린 등을 향해 고갯짓을 한다.

"93년부터 98년까지의 장부가 어디 있는지 아세요, 피셔 씨?"

"내 보관소에 있는 것은 전부 위치를 알고 있소."

"그러면 어디에서 93년부터 98년까지의 장부를 찾을 수 있는지 좀 알려주시겠어요?"

"그게 도대체 왜 필요하오?" 피셔가 주위를 둘러본다.

"포르스텐보스 상관장님이 제게 맡기신 임무를 수행하기 위해

섭니다."

아우베한트가 네덜란드 국가 한 소절을 신경질적으로 흥얼거린다.

"오류는," 피셔가 이를 악물고 말한다. "여기"—프로이센인이 그의 앞에 장부 더미를 쿵 하고 놓는다—"우리가 회사에 사기를 치려고 해서가 아니라"—그의 네덜란드어가 더 엉망이 된다—"스닛커르가 장부를 제대로 기록하지 못하게 해서 생긴 거요."

원시인 야코프는 안경을 벗자 피셔의 얼굴이 흐릿하게 보인다.

"당신이 회사에서 횡령했다고 누가 비난하던가요, 피셔 씨?"

"지긋지긋해—알아듣겠소? 진절머리난다고!—이…… 이 끝도 없는 의심!"

방파제 반대편에서 약한 파도가 잦아든다.

"왜 상관장님이 나한테 장부를 고치라고 지시하지 않은 거요?" 피셔가 따진다.

"스닛커르 체제와 연관이 없는 감사관을 임명하는 게 앞뒤가 맞지 않습니까?"

"그러니까 나도 횡령을 했다, 이 말이오?" 피셔의 콧구멍이 커진다. "당신도 인정하시오! 우리 모두를 모함하려고 당신이 음모를 꾸몄다고! 어디 한번 아니라고 해보시지!"

"상관장님께서 원하는 것은 단 하나의 진실입니다." 야코프가 대구한다.

피셔가 검지를 곧추세워 야코프를 향해 흔든다. "내 논리의 힘으로 당신의 거짓말을 박살내주겠소! 경고하는데, 나는 수리남에서 사무원 더주트가 주판으로 셀 수 없을 만큼 많은 흑인을 쏴죽였다고. 어디 나한테 덤벼봐, 발로 짓밟아줄 테니. 그러니까 여기," 성질 더러운 프로이센인이 야코프의 손에 장부 더미를 안긴다. "'오류' 냄새를 찾아보시오. 나는 판클레이프 씨와 이야기하러 가봐야겠소―이런 철에도 회사를 위해 이익을 내야 하니 말이오!"

피셔는 모자를 눌러쓰고 문을 쾅 닫고 나간다.

"어떤 면에서는 칭찬이오." 아우베한트가 말한다. "당신이 그를 불안하게 만들었으니."

난 그저 내 일을 하고 싶을 뿐인데. 야코프는 생각한다. "뭣 때문에 불안해합니까?"

"96년과 97년에 '구마모토 장뇌'라고 표시된 상자 백이십 개가 배에 실렸소."

"그게 구마모토 장뇌가 아니라 다른 것이었단 말입니까?"

"장뇌는 맞아요. 하지만 우리 장부 14페이지에는 그게 12파운드짜리 상자라고 되어 있고, 오가와가 말해주겠지만, 일본 쪽 기록에는 36파운드짜리라고 되어 있지요." 아우베한트가 물병 쪽으로 간다. 그가 계속 말한다. "요하너스 판데르브룩이라는 바타비아 세관 관리가 초과분을 팔아요. 동인도제도 위원회 의장 판데르브룩의 사위지요. 꿀처럼 다디단 사기라오. 물 한잔하겠소?"

"예, 주십시오." 야코프는 물을 마신다. "그러면 당신이 내게 이런 얘기를 해주는 이유는……"

"처세의 일환이죠. 포르스텐보스 상관장님은 여기에 꼬박 오 년을 계실 것 아닙니까, 그렇죠?"

"그렇지요." 야코프는 어쩔 수 없이 거짓말을 한다. "저는 그분과 계약한 대로 일할 거고요."

통통한 파리 한 마리가 빛과 그림자를 오가며 느릿느릿 날아다닌다.

"자기가 결혼해서 잠자리를 해야 하는 상대가 포르스텐보스이지 판클레이프가 아니라는 사실을 피셔가 깨달으면, 내 등에 칼을 꽂을 거요."

"어떤 칼로 그런 짓을 한단 말입니까?" 야코프는 다음 질문이 뭘지 알아차린다.

"내가 스닛커르 편이 아니라고 보증해줄 수 있소?" 아우베한트가 목을 긁는다.

"상관장님께 폰커 아우베한트는 조력자이지 방해자가 아니라고 꼭 말씀드리겠습니다." 권력은 불쾌한 맛이 난다.

아우베한트는 야코프의 말을 따져본다. "작년의 개인 간 합의 매매 기록을 보면 내가 인도 사라사 50필을 가져왔다는 것을 알 수 있을 거요. 하지만 일본의 개인 간 매매 장부를 보면 내가 150필을 팔았다고 되어 있어요. 옥타비아호의 호프스트라 선장이 그 초과분 중에서 절반을 징발했어요. 물론 내가 그 사실을 입증할 수는 없지만 말이오. 선장 역시 할 수 없는 일이고. 익사한 그의 영혼에 신의 자비가 있기를."

통통한 파리가 야코프의 압지 위에 내려앉는다. "조력자이지 방해자가 아닙니다. 아우베한트 씨."

마리뉘스 선생의 학생들이 세시 정각에 도착한다.

병실 문이 약간 열려 있지만 야코프는 수술실 안을 들여다볼 수는 없다.

남자 네 명의 목소리가 합창하듯 울린다. "안녕하십니까, 마리뉘스 선생님."

"제군들, 오늘은 실습을 하겠네." 마리뉘스가 말한다. "에일라튀와 내가 준비할 동안 여러분은 각자 다른 네덜란드 교재를 공부하고 일본어로 번역하게. 내 친구 마에노 선생이 이번주 중으로 여러분의 작업을 검사해주기로 했네. 그 글들은 여러분의 관심사와 연관이 있네. 최고의 접골사인 우리 무라모토 군에게는 알비누스의 『인간의 뼈와 근육에 관하여』를 권하네. 가지와키 군은 장루이 프티의 암에 대한 글을 번역하게. 그의 이름을 딴 프티 요삼각이란 무엇이고 위치는 어디인가?"

"등 근육의 구멍입니다, 선생님."

"야노 군은 웁살라에서 내 옛 스승이었던 올로프 아크렐의 논문을 보게. 백내장에 관한 그분의 스웨덴어 논문을 내가 번역했지. 이케마쓰 군에게는 피부병에 관한 로렌츠 하이스터의 책 『외과수술』한 페이지를 주겠네…… 그리고 아이바가와 양은 존경스러운 스멜리 박사의 글을 읽게. 하지만 그 글은 문제가 좀 있어. 병실에 오늘 실습을 도와줄 자원봉사자가 기다리고 있네. 네덜란드어 어휘 면에서 아이바가와 양을 도와줄 걸세……" 마리뉘스는 육중한 머리통을 문 쪽으로 돌린다. "돔뷔르흐인! 여기 아이바가와 양이 있네. 충고하네만, 오라테 네 인트레티스 인 텐타티오넴.*"

아이바가와 양이 붉은 머리에 초록 눈의 외국인을 알아본다.

---

* '시험에 들지 않게 해달라고 기도하게'라는 뜻의 라틴어.

"안녕하세요, 아이바가와 양." 더주트의 목구멍이 바짝 마른다.

"안녕하세요, 돔-뷔르흐 씨?" 그녀의 목소리는 청아하다.

"'돔뷔르흐인'은…… 선생님의 가벼운 농담입니다. 제 이름은 더주트입니다."

그녀는 필기용 책상을 내린다. 그것은 다리가 달린 쟁반이다. "'돔뷔르흐인'이 재미있는 농담인가요?"

"마리뉘스 선생님은 그렇게 생각하십니다. 제 고향이 '돔뷔르흐' 거든요."

그녀는 납득이 잘 안 간다는 듯 으음 하며 말끝을 올린다. "더주트 씨는 아픈가요?"

"아…… 그게 그러니까…… 조금, 예, 그렇습니다. 통증이……" 그가 배를 문지른다.

"설사가 물처럼 나오나요?" 산파가 적극적으로 나온다. "냄새가 나빠요?"

"아뇨." 야코프는 그녀의 직설적인 화법에 당황한다. "저는…… 간이 아픕니다."

"간이라고요?" 그녀는 ㄱ을 아주 조심스럽게 발음한다.

"그렇습니다. 간이 아파요. 아이바가와 양은 무탈하지요?"

"예, 저는 아무 탈 없습니다. 당신의 친구 원숭이도 무탈하지요?"

"제…… 아, 윌리엄 피트 말입니까? 제 원숭이 친구는…… 지금은 없습니다."

"알아듣지 못해서 죄송합니다. 원숭이가…… 어떻다고요?"

"이제 살아 있지 않습니다. 제가……" 야코프는 닭의 목을 부러뜨리는 시늉을 한다. "그 못된 놈을 죽였습니다. 가죽을 벗겨서 새

담배 주머니를 만들었습니다."

그녀는 놀라 입을 벌리고 눈을 휘둥그레 뜬다.

야코프에게 권총이 있었더라면 자신을 쏘았을 것이다. "농담입니다, 아가씨! 원숭이는 멀쩡히 살아 있고 아주 잘 지내고 있습니다. 또 어딘가에서 도둑질을 하고 있겠지요……"

"맞았네, 무라모토 군." 수술실에서 마리뉘스의 목소리가 들려온다. "우선 피하지방을 끓여 없애고, 그다음에 색이 있는 밀랍을 혈관에 주입해서……"

야코프는 자신의 빗나간 농담을 후회한다. "저…… 책을 펴볼까요?"

그녀는 어떻게 하면 안전한 거리를 둘 수 있을지 고민중이다.

"아이바가와 양이 저쪽에 앉으십시오." 그가 침대 끝을 가리킨다. "글을 큰 소리로 읽다가 어려운 단어가 나오면 저와 같이 얘기하지요."

그녀는 그 제안이 만족스러운지 고개를 끄덕이고 앉아서 읽기 시작한다.

판클레이프의 첩은 새된 목소리로 말하고, 분명 그게 여성스러운 거라고 여겨지는 듯하지만, 아이바가와 양이 책을 읽는 목소리는 더 낮고 차분하고 침착하다. 야코프는 이를 구실로 화상자국이 있는 그녀의 얼굴과 신중하게 움직이는 입술을 자세히 본다……
"'이러한 바-발-생이 있고 나서……'" 그녀가 고개를 든다. "이게 무슨 뜻인가요?"

"발생이란…… 어떤 일이 일어난다는 뜻입니다."

"감사합니다. '……이러한 발생이 있고 나서, 라위스가 여성에 관해 쓴 모든 저술을 참고해보니…… 그가 태반의 조기 박리를 반대했음을 알 수 있었다. 그의 권위가 내가 이미 받아들였던 견해를 뒷받침해주었고…… 나를 자연스러운 진행 방식으로 유도했다. 탯줄을 분리하고 아기를 건넨 후…… 손가락을 질 속으로 넣고……'"

야코프는 그 단어를 소리 내어 말하는 걸 평생 한 번도 들어본 적이 없었다.

그녀는 그가 충격받은 것을 눈치채고 놀라 고개를 들었다. "제가 실수했나요?"

뤼카스 마리뉘스 선생, 야코프는 생각한다. 이 사디스트 괴물 같으니라고. "아뇨." 그가 말한다.

그녀는 얼굴을 찌푸리고 다시 읽는다. "'……태반이 자궁문에 있는지 만져보고…… 그런 경우라면…… 어쨌거나 저절로 내려올 게 틀림없다…… 잠시 기다려보는데, 보통 십 분, 십오 분, 이십 분 후면…… 후진통이 오기 시작하여…… 태반을 점차 분리하고 억지로 밀어낸다…… 부드럽게 탯줄을 당기면……'"—그녀는 야코프를 슬쩍 곁눈질한다—"'……질로 내려온다. 그러면 그것을 잡고, 질 외입구를 통해 끄집어낸다.'" 그녀는 고개를 든다. "다 읽었습니다. 간이 많이 아픈가요?"

야코프가 침을 꿀꺽 삼킨다. "스멜리 박사는 표현이 상당히…… 직설적이군요."

그녀가 얼굴을 찌푸린다. "네덜란드어는 외국어입니다. 단어들이 똑같은…… 힘, 냄새, 피를 갖고 있지 않아요. 산파 일은 나의……" 그녀가 인상을 쓴다. "……'수명', 아니 '소명'—어느 쪽인가요?"

"'소명'일 겁니다, 아이바가와 양."

"산파 일은 제 소명입니다. 피를 두려워하는 산파는 도움이 안 돼요."

"끝마디뼈, 중간마디뼈와 기절골……" 마리뉘스의 목소리가 들려온다.

야코프는 그녀에게 털어놓기로 마음먹는다. "이십 년 전 제 여동생이 태어났을 때 산파가 어머니의 출혈을 멈추지 못했습니다. 저는 부엌에서 물 덥히는 일을 맡았지요." 그는 자기 얘기를 그녀가 지루해할까 걱정하지만, 아이바가와 양은 그의 이야기에 조용히 귀기울인다. "내가 물을 충분히 덥히기만 하면 어머니는 살아나실 거야, 그렇게 생각했지요. 제 생각이 틀렸어요, 유감스럽게도." 이제 야코프는 왜 자신이 이런 개인사를 들춰냈는지 이해할 수 없어 얼굴을 찌푸린다.

큰 말벌 한 마리가 널찍한 침대 발치에 앉는다.

아이바가와 양이 기모노 소맷자락에서 종이 한 장을 꺼낸다. 야코프는 영혼이 벌레에서 성자로 상승해간다는 동양의 믿음을 떠올리고, 그녀가 높은 창으로 말벌을 내보내기를 기다린다. 그러나 그녀는 종이로 벌레를 으깬 뒤 조그맣게 뭉쳐서 정확히 겨누어 창밖으로 던져버린다. "당신의 여동생도 붉은 머리에 초록색 눈인가요?"

"동생의 머리칼은 저보다 더 붉답니다. 그래서 숙부님이 당혹해하셨지요."

이것은 그녀에게 또다른 새로운 단어다. "'당-호-카-셨다고요?"

나중에 잊지 말고 오가와에게 일본어 단어를 물어봐야지, 그는 생각한다. "'당혹하다', 당황한다고도 하고요."

"왜 숙부님이 여동생이 붉은 머리라서 당황하셨나요?"

"흔히 믿기를―미신이라고 할까요―무슨 뜻인지 아세요?"

"일본어로 메이신이라고 하지요. 선생님은 '이성의 적'이라고 합니다."

"미신에 따르면, 이세벨―그러니까, 음란한 여자입니다. 다시 말하면 매춘부지요―이 붉은 머리였다고 하거든요. 그렇게 묘사된답니다."

"'음란'? '매춘부'? 그건 '기녀'나 '창녀의 도우미'와 같은 건가요?"

"그런 말을 한 걸 용서해주십시오." 야코프는 귀까지 새빨개진다. "이제 당혹스러움은 제 몫이 되었군요."

그녀의 미소는 쐐기풀이면서 소리쟁이풀이다. "더주트 씨의 여동생은 고결한 아가씨인가요?"

"헤이르티어는 음…… 아주 사랑스러운 여동생입니다. 다정하고 인내심 많고 영리하지요."

의사가 설명을 하고 있다. "장골과 여기, 손목뼈는……"

야코프가 용기를 내어 묻는다. "아이바가와 양 집안은 대가족인가요?"

"대가족이었지만 지금은 작습니다. 아버지와 새어머니, 새어머니의 아들이 있어요." 그녀는 잠깐 주저한다. "어머니와 형제자매들은 모두 콜레라로 죽었습니다. 많이 전 일이에요. 그때 많이 죽습니다. 우리 가족만 아니고요. 많이, 많이 고통 있습니다."

"그렇지만 당신의 소명―산파 일 말입니다―은…… 생명의 기술이지요."

검은 머리카락 한 가닥이 그녀의 머릿수건에서 삐져나와 있다. 야코프는 그것을 갖고 싶다.

아이바가와 양이 대답한다. "옛날, 오래전에, 넓은 강 위에 큰 다리들 짓기 이전에 여행객들이 자주 빠져 죽습니다. 사람들이 말했어요. '강의 신이 노해서 죽는다.' 사람들은 안 말했어요. '큰 다리가 아직 안 만들어져서 죽는다.' 사람들은 안 말했어요. '우리가 모르는 것 너무 많아 죽는다.' 하지만 어느 날 영리한 조상들이 거미줄 관찰하고 덩굴로 다리 짜요. 아니면 빠른 강 위로 쓰러진 나무들 보고 넓은 강에 돌로 섬 만들어서 섬에서 섬으로 놓아요. 그런 다리 만들어요. 사람들은 더는 같은 위험한 강에 빠져 죽지 않아요. 아니면 사람들 많이 덜 죽어요. 여기까지, 내 나쁜 네덜란드 말이해하나요?"

"완벽합니다." 야코프가 그녀를 안심시킨다. "단어 하나까지 전부요."

"요즘은 일본에서 엄마나 아기, 아니면 엄마와 아기 둘 다 출산하다 죽으면 사람들이 말해요. '아······ 신들이 그렇게 하기로 해서 죽어.' 아니면 '나쁜 업 때문에 죽어'. 그것도 아니면 '오마모리─신사에서 쓰는 술법이에요─가 너무 싸구려라 죽어'. 더주트씨, 이게 다리와 똑같은 거 이해하겠어요? 많은, 많은 죽음 진짜 이유, 무지예요. 저는 무지로부터 다리를 놓고 싶어요." 그녀는 가느다란 손으로 다리를 만들어 보인다. "지식으로요. 이것은," 그녀는 경외심을 담아 스멜리의 교재를 들어올린다. "다리의 일부예요. 언젠가 저는 이 지식 가르쳐요······ 학교 만들어요······ 다른 학생들을 가르치는 학생들…… 그리고 장래 일본에서 훨씬 덜 많은 엄마들 무지로 죽어요." 그녀는 잠시 꿈꾸듯 생각에 잠겼다가 눈을 내리깐다. "바보 같은 계획입니다."

"아뇨, 아뇨, 그렇지 않습니다. 그보다 더 고귀한 열망은 상상도 할 수 없습니다."

"죄송하지만……" 그녀가 얼굴을 찌푸린다. "……'고귀한 절망'이 뭐지요?"

"열망입니다, 아가씨. 그러니까 계획이요. 인생의 목표."

"아……" 하얀 나비 한 마리가 그녀의 손 위에 앉는다. "……인생의 목표."

그녀는 나비를 쫓아낸다. 나비가 선반 위의 청동 촛대에 꽂힌 초로 날아간다.

나비는 날개를 접었다 펴고 또 접었다 편다.

"일본어로 이름이 몬시로초예요." 그녀가 말한다.

"제일란트에서는 저런 나비를 배추흰나비라고 부른답니다. 제 숙부님은……"

"'인생은 짧고 예술은 길다.'" 마리뉘스가 느릿느릿 움직이는 백발의 혜성처럼 병실로 들어온다. "'기회는 쏜살같고, 경험은……' 아이바가와 양? 우리의 첫번째 히포크라테스 격언을 마무리해주겠나?"

"'경험은 허위이니,'" 그녀가 일어나서 고개 숙여 인사한다. "'판단은 어렵다.'"

"구구절절 맞는 말이야." 그는 다른 학생들을 손짓으로 부른다. 야코프는 도른 창고에서 보았던 그들을 대강 알아본다. "돔뷔르흐인, 내 제자들을 만나보게나. 에도 출신 무라모토 군……" 제일 나이 많고 음침한 사람이 인사한다. "……조슈 번 출신으로 하기에서 온 가지와키 군……" 몸이 아직 덜 자란 젊은이가 미소 띤 얼굴로 인사한다. "다음은 오사카 출신 야노 군……" 야노가 야코프의 초록 눈을 힐끔 쳐다본다. "……그리고 마지막으로 사쓰마 번 사람인 이케마쓰 군." 어릴 때 앓은 연주창 자국이 있는 이케마쓰가 활달하게 인사한다. "제군들, 돔뷔르흐인은 오늘 우리의 용감한 자원자일세. 부디 환영해주게나."

"안녕하십니까, 돔뷔르흐인." 일제히 건넨 인사가 회칠한 병실에 울린다.

야코프는 자신에게 할당된 시간이 그렇게 빨리 지나가버렸다는 사실을 믿을 수가 없다.

마리뉘스가 길이 8인치 정도 되는 금속 실린더를 꺼낸다.

한쪽 끝에는 플런저가 붙어 있고 다른 쪽 끝에는 노즐이 있다. "이게 뭐지, 무라모토 군?"

나이들어 보이는 젊은이가 대답한다. "글리스터라고 부릅니다, 선생님."

"글리스터," 마리뉘스가 야코프의 어깨를 잡는다. "가지와키 군, 글리스터를 어디다 쓰지?"

"직장에 넣습니다, 그리고 주-지…… 아니, 주-사…… 아닌데, 다음이 뭐였더라? 주……"

"……입," 이케마쓰가 희극에서 방백을 하듯 힌트를 준다.

"……변비나 소화관의 통증, 기타 많은 병증에 처방된 약을 주입합니다."

"그렇지, 그렇지. 자, 야노 군, 항문으로 약을 투여하는 것은 구강으로 투여하는 것에 비해 어떤 이점이 있지?"

남학생들이 '항문'과 '구강'을 구별하고 나서 야노가 대답한다. "약이 몸에 더 빨리 흡수됩니다."

"좋아." 마리뉘스가 슬쩍 띠는 미소가 위협적이다. "자. 연기 글리스터를 아는 사람 있나?"

남학생들은 아이바가와 양을 빼놓고 자기들끼리 의논한다. 드디어 무라모토가 말한다. "모르겠습니다, 선생님."

"알 리가 없지, 여러분이. 일본에서 연기 글리스터를 선보이는 건 지금이 처음이니까. 에일라튀, 부탁하네." 마리뉘스의 조수가 팔뚝 길이의 가죽 튜브와 불이 붙은 배가 불룩한 파이프를 들고 들어온다. 그가 주인에게 튜브를 건네자 주인은 거리의 곡예사처럼 그것을 자랑스레 내보인다. "우리의 연기 글리스터로 말하자면, 제군들. 여기 중간쯤에 밸브가 있어서 가죽 튜브를 이 속으로 넣는다네. 여기를 통해서 실린더에 연기를 가득 채울 수 있지. 자, 에일라튀……" 실론인 하인이 파이프에서 연기를 들이마시고 그것을 가죽 튜브에 뱉는다. "이 기구로 고칠 수 있는 병이 '장중첩증'이지. 자, 다 함께 이름을 말해보세나. 발음도 못하는 병을 어떻게 고치겠나? '장-중-첩-증!'" 그가 지휘봉처럼 한 손가락을 휘젓는다. "하나, 둘, 셋……"

"장-중-첩-증," 학생들이 더듬더듬 발음한다. "장-중-첩-증."

"장의 한 부분이 안쪽으로 말려들어가는 치명적인 질환이지. 그러니까……" 의사는 바짓가랑이처럼 꿰맨 범포 조각을 들어올린다. "이게 결장이네." 그는 한쪽 끝을 그러쥐고 범포 튜브 속으로 집어넣어 다른 쪽 끝까지 밀어넣는다. "굉장히 아프지. 진단도 어렵고. 소화기 질환의 전형적인 세 가지 증후가 뭐지, 이케마쓰 군?"

"복부 통증, 서혜부 팽창……" 그가 세번째를 생각해내느라 관자놀이를 문지른다. "아! 혈변입니다."

"좋아. 장중첩증으로 인한 사망은," 그가 야코프를 쳐다본다. "속된 말로 '제 창자를 싸지른다'고 하는데, 아주 고통스러워. 라틴어로는 '미세레레 메이'라고 하는데, 옮기면 '신이여 자비를 베푸소서'라는 뜻이야. 하지만 연기 글리스터로 이런 문제를 바로잡을 수 있지." 그는 매듭지은 범포 튜브의 끝을 다시 푼다. "연기를 잔뜩 집어넣으면 장이 반대 방향으로 미끄러져나오는 거야. 즉 장이 원래 상태로 돌아간단 말이지. 돔뷔르흐인이 도와주겠다고 약속했으니, 내가 항문에서 식도까지 연기가 '인간이 측량할 수 없는 동굴을 통과하는' 모습을 보여줄 수 있도록 그가 큰볼기근을 의학에 빌려줄 거네. 그러면 돔뷔르흐인의 콧구멍으로 용 석상에서 향 연기가 나오듯 연기가 퐁퐁 새어나올 걸세. 연기가 거쳐온 악취나는 길을 고려하면 그리 달콤한 향기는 아니겠지만……"

야코프는 무슨 말인지 서서히 깨닫기 시작한다. "설마, 그런……"

"바지를 벗어주게. 우리는 모두―여성 한 명을 포함해―의학자니까."

"선생님." 병실 안은 기분 나쁠 정도로 서늘하다. "저는 절대 그런 일을 하겠다고 동의한 적이 없습니다."

마리뉘스가 절룩이는 사람답지 않게 야코프를 날렵하게 홱 뒤집는다. "신경과민을 다루는 방법은 무시해버리는 거지. 에일라튀, 학생들에게 기구를 검사하도록 시키게. 그러고 나서 시작하지."

"농담이시겠지요." 야코프가 90킬로그램에 가까운 네덜란드 의
사에게 짓눌린 채 씨근거린다. "하지만……"

마리뉘스가 몸부림치는 사무원의 바지 멜빵을 푼다.

"안 돼요, 선생님! 안 돼요! 농담이 너무 지나치세요……"

VII
데지마, 톨 하우스

✦

1799년 8월 27일 화요일 새벽

침대가 잠든 사람을 흔들어 깨운다. 침대 다리 두 개가 부러지면서 야코프는 바닥으로 굴러떨어져 턱과 무릎을 호되게 부딪힌다. 제일 먼저 떠오른 생각은 하느님 맙소사다. 셰넌도어호의 화약고가 폭발하는구나. 그러나 톨 하우스를 흔드는 경련은 점점 더 강해지고 빨라진다. 들보가 신음하고 회반죽이 포도탄처럼 후드득 떨어진다. 창틀이 튀어나오고, 흔들리는 방은 살구색으로 빛난다. 모기장이 야코프의 얼굴에 감기고, 감당할 수 없는 거친 경련은 세 배, 다섯 배, 열 배로 더 심해진다. 침대가 상처 입은 짐승처럼 방을 가로질러 몸체를 질질 끌고 간다. 야코프는 생각한다. 소형 구축함이 공격을 퍼붓나보다. 아니면 군함이거나. 촛대가 미친듯이 맴을 돌고 높은 선반에서 종이들이 빙빙 돌며 떨어진다. 저를 여기에서 죽게 하지 마소서. 야코프는 대들보에 깔려 머리가 깨지고 데지마의 흙바닥에 노른자 같은 뇌가 쏟아지는 모습을 그리며 기도를 올린다. 기도가 목사의 아들을 진정시켜준다. 초기 시편의 여호와께 바치는 목멘 기도다. 하느님, 주께서 우리를 버리시고 부수셨사오나, 이제 노여우신 마음을 돌이키소서! 기도에 응답하듯 롱 스트리트에서 기왓장이 박살나는 소리, 소와 염소 우는 소리가 들려온다. 땅이 갈라지도록 흔드셨사오나 이제 흔들리다 터진 틈을 메워주소서. 유리창이 가짜 다이아몬드처럼 산산이 깨지고 목재가 뼈처럼 갈라지고 야코프의 사물함이 파도치듯 흔들리는 나무판에서 내던져진다. 물병이 쏟아지고 요강이 뒤집히고 피조물 자체가 무로 돌아가고 있다. 하느님 하느님 하느님, 그는 애원한다. 멈추어주소서 멈추소서 멈추소서!

만군의 주께서 우리와 함께하신다. 야코프의 신이 우리의 피난처다. 셀라. 야코프는 눈을 감는다. 침묵은 평화다. 그는 지진을 가라앉힌 신의 섭리에 감사하며 생각한다. 주여, 창고! 내 수은 약제! 그는 옷을 잡아채고 쓰러진 문을 넘다 자기 잠자리에서 나온 한자부로와 마주친다. 야코프가 외친다. "내 방을 지키고 있어!" 그러나 소년은 알아듣지 못한다. 네덜란드인은 문가에 서서 팔다리로 X자를 만든다. "아무도 들이지 마! 알겠지?"

한자부로는 미친 사람을 달래듯 불안스레 고개를 끄덕인다.

야코프가 계단을 달려내려와 문을 열어 보니 롱 스트리트는 영국인 약탈자 한 부대가 쓸고 간 듯한 모양새다. 덧문은 산산이 부서지고, 기와는 박살나고, 정원 담은 완전히 무너졌다. 자욱한 흙먼지가 태양을 가리고 있다. 도시의 동쪽 높은 곳에서 검은 연기가 올라오고, 어딘가에서 여자가 목이 터져라 울부짖는다. 사무원은 상관장의 집 쪽으로 발걸음을 옮기다가 네거리에서 비보 헤리츠존과 마주친다. 그가 손을 흔들며 분명치 않은 소리로 말한다. "망할 프랑스놈들이 상륙했어. 온통 다 그 개자식들이야!"

"헤리츠존 씨, 도른과 에이크 창고를 맡아주세요. 저는 다른 창고들을 확인하겠습니다."

"당신," 문신을 한 덩치가 침을 뱉는다. "나와 협상하겠소, 자크 씨?"

야코프는 그를 지나쳐 걸어가 도른 창고의 문을 확인한다. 안전하다.

헤리츠존이 사무원의 멱살을 잡고 고함친다. "내 집에서 그 더러운 프랑스 손 떼고 내 누이한테서 그 더러운 프랑스 손가락 치워!" 그는 강하게 주먹을 날리려고 멱살 쥔 손아귀를 푼다. 제대로 겨냥했다면 야코프는 죽었겠지만, 헤리츠존이 제풀에 도리어 땅에 나자빠진다. "프랑스 개자식들이 나한테 덤볐어! 나한테 덤볐다고!"

깃발광장에서 점호를 알리는 종이 울리기 시작한다.

"종소리는 무시해!" 포르스텐보스가 큐피도와 필란더르를 양옆에 데리고 롱 스트리트를 걸어온다. "그 자칼들은 우리 주머니를 털 때조차 우리를 어린애들처럼 줄 세워놓을 거야!" 그가 헤리츠존을 알아본다. "다쳤나?"

야코프가 아픈 목을 어루만진다. "술에 취한 모양입니다."

"내버려둬. 우리는 우리의 보호자들에 맞서 방어 태세를 취해야 해."

지진으로 인한 피해는 심각하지만 재앙 수준은 아니다. 네덜란드 소유의 창고 네 곳 중 렐리는 '스닛커르의 불'로 인해 아직 재건 중인데, 건물 뼈대가 잘 버티고 있다. 도른의 문들은 말짱하다. 판클레이프와 야코프는 콘 투미와 셰넌도어호의 목수인 유령 같은 퀘벡인이 쓰러진 문을 다시 달 때까지 약탈꾼들에 맞서 피해를 입은 에이크를 지킬 수 있었다. 레이시 선장은 배 위에 있어서 지진을 느끼지는 못했으나 소리만큼은 신과 악마의 전쟁이 벌어진 듯 요란했다고 보고했다. 게다가 여러 창고에서 궤짝 수십 개가 바닥으로 굴러떨어졌다. 깨지거나 쏟아진 것은 없는지 모두 확인해야 했다. 기왓장 수십 개를 교체해야 했고, 새 도기도 필요했다. 무너진 목욕탕은 회사 비용으로 수리해야 했고, 부서진 비둘기장도 고쳐야 했다. 가든 하우스 북쪽 벽의 떨어진 회반죽도 다시 발라야 할 것이다. 고바야시 통역관이 회사 삼판선을 정박해둔 보트 하우스들이 무너졌다고 알리면서, 그의 표현에 따르면 "최상의 비용" 인 수리비가 얼마인지 옮겼다. 포르스텐보스가 소리질렀다. "누구한테 최상의 비용이란 말인가?" 그러고는 그와 투미가 직접 손실을 조사할 때까지 1페닝*도 내놓지 않겠노라고 맹세했다. 통역관은 화가 나서 냉랭한 얼굴로 떠났다. 망루에서 야코프는 나가사키의 모든 건물이 데지마만큼이나 가볍게 재난을 피하지는 못했음을 볼 수 있었다. 무너진 건물이 스무 채는 되었고, 네 군데에서 큰불로 인한 연기가 8월 말의 하늘로 피어올랐다.

에이크 창고에서 야코프와 웨는 넘어진 베네치아산 거울 궤짝을

---

* 옛날 네덜란드의 화폐 단위.

자세히 살펴본다. 마지막 거울 하나까지 전부 밀짚 포장을 풀어서 손상이 없는지, 금이 가거나 깨졌는지 기록한다. 한자부로는 쌓아 놓은 부댓자루 위에 몸을 둥글게 말고 누워 곧 잠이 든다. 아침 내내 들리는 소리라고는 거울을 한쪽에 내려놓는 소리, 웨가 빈랑나무 열매 씹는 소리, 야코프의 펜촉 긁히는 소리, 바다 문 너머에서 짐꾼들이 양철과 납을 뭍으로 옮기는 소리뿐이다. 평소 같으면 계량장 맞은편 렐리 창고에서 일하고 있을 목수들은 아마도 나가사키에서 더 급한 일에 매달려 있는 모양이다.

"이것참, 더주트 씨, 칠 년간 운이 없는 게 아니라 칠백 년은 재수가 없겠어요."*

야코프는 그제야 아리 호로터가 들어온 것을 알아챈다.

"계산을 잘못해서, 실수로, 온전한 거울 몇 장을 '깨진' 것으로 쳐도, 그 정도는 충분히 봐줄 만할 텐데……"

"사기를 치라고 은근히 꾀는 겁니까?" 야코프가 하품을 한다.

"들개들이 내 대가리부터 먼저 뜯어먹기를! 자, 우리를 위해 내가 만남을 주선했습니다. 자네는," 호로터가 웨를 힐끗 본다. "잠시 자리를 피해주게. 자네의 똥색 피부를 보면 신사분의 기분이 상할 테니."

"웨는 아무데도 안 갈 겁니다." 야코프가 반대한다. "그리고 그 '신사'가 누굽니까?"

호로터가 뭔가에 귀를 기울이더니 밖을 내다본다. "아, 제기랄, 벌써 왔구먼." 그는 벽처럼 쌓아올린 궤짝을 가리키며 웨에게 명

---

* 서양에는 거울이 깨지면 칠 년간 불운이 온다는 미신이 있다.

령한다. "저 뒤로 숨어! 엄청, 엄청 많은 돈이 걸린 일이니, 더주트 씨, 우리 흑담비 교우에 대한 당신의 감정은 잠시 접어둡시다."

노예 청년이 야코프를 쳐다본다. 야코프가 마지못해 고개를 끄덕이자 웨는 명령에 따른다.

"내가 여기 온 건, 음, 당신들 사이에서 중개를 하려고……"

요네키즈 통역관과 고스기 도신이 문가에 모습을 드러낸다.

두 남자는 야코프에게 알은체하지 않고 낯익은 이방인을 안내한다.

젊고 유연하며 위험해 보이는 호위무사 넷이 먼저 안으로 들어온다.

다음으로 그들의 주인이 들어온다. 연배가 있는 남자로, 걸음걸이가 물위를 걷는 듯하다.

하늘색 승복을 입고 머리는 빡빡 밀었는데, 허리띠에서 칼자루가 보인다.

창고 안에서 얼굴이 땀으로 뒤덮이지 않은 사람은 그뿐이다.

어느 희미한 꿈에서 저 얼굴을 보았더라? 야코프는 생각한다.

"교가 번의 영주이신 에노모토 승정이십니다." 흐로터가 말한다. "제 동료인 더주트 씨입니다."

야코프는 고개 숙여 인사한다. 승정이 입술을 오므려 알겠다는 표시로 살짝 미소 짓는다.

그가 요네키즈를 향해 뭐라 말한다. 매끄러운 목소리가 거침없이 흘러나온다.

요네키즈가 통역한다. "승정님께서는 당신을 부교쇼에서 처음 보았을 때부터 당신에게 신뢰가 갔고 친밀감이 들었다고 하십니다. 오늘 그 믿음이 옳았음을 아셨답니다."

에노모토 승정은 요네키즈에게 네덜란드어로 '친밀감'을 가르쳐 달라고 부탁한다.

야코프는 이제야 손님을 알아본다. 그는 다다미 60장 방에서 시로야마 부교 근처에 앉아 있던 남자다.

승정은 요네키즈에게 야코프의 이름을 세 번 되풀이하게 한다.

"다-즈-토." 승정이 따라 하더니 야코프에게 확인한다. "맞게 말했나?"

"영주님께서 제 이름을 아주 잘 발음하십니다." 사무원이 대답한다.

"승정님께서는 앙투안 라부아지에를 일본어로 번역하셨습니다." 요네키즈가 덧붙인다.

야코프는 예상대로 깊은 인상을 받는다. "영주님께서는 마리뉘스를 아십니까?"

승정이 요네키즈에게 자신의 대답을 통역하게 한다. "승정님께서는 마리뉘스 박사를 지란당*에서 자주 만나십니다. 네덜란드 학자를 많이 존경하신답니다. 하지만 승정님께서는 또한 많은 임무가 있어서, 화학에 모든 삶을 바치실 수는 없습니다……"

야코프는 지진으로 하루아침에 완전히 뒤집혀버린 데지마로 당당하게 걸어들어와 평소 겹겹이 둘러싸고 있던 첩자와 쇼군의 경비병 없이 외국인과 어울리기 위해 이 방문객이 어느 정도의 힘을 써야만 했을까 생각해본다. 에노모토는 내용물을 짐작해보려는 듯

---

* 1786년 오쓰키 겐타쿠가 설립한, 네덜란드 학문을 가르치는 교육기관.

엄지손가락으로 궤짝을 쓸어본다. 그는 잠든 한자부로를 보고 소년 위로 무릎을 꿇는 듯한 자세를 취한다. 한자부로가 입을 씰룩거리며 잠에서 깨어 승정을 보고는 꽥 비명을 지르며 바닥으로 몸을 굴린다. 그는 물뱀을 본 개구리처럼 창고에서 달아난다.

에노모토가 네덜란드어로 말한다. "젊은이들, 어서, 어서, 어서……"

에이크 창고의 이중문 밖으로 보이는 바깥세상은 흐릿하다.

승정이 손상되지 않은 거울을 만져본다. "이건 수은인가?"

"산화은입니다." 야코프가 대답한다. "이탈리아제입니다."

"은은 일본의 구리거울보다 더 진실이지. 하지만 진실은 깨지기 쉽다네." 그는 거울의 각도를 조정해 야코프를 비추고 요네키즈에게 일본어로 질문을 던진다. 요네키즈가 말한다. "영주님께서 네덜란드에서도 죽은 사람은 거울에 비치지 않는지 물으십니다."

야코프는 할머니가 하시던 말씀을 떠올린다. "할머니들은 그렇게 믿습니다, 예."

승정은 알아듣고 그 대답에 만족해한다.

"희망봉에 바수토라는 부족이 있습니다." 야코프가 조심스레 말한다. "그 부족은 악어가 물에 비친 사람의 모습을 물어서 죽일 수 있다고 믿습니다. 또 줄루족은 유령이 물에 비친 사람의 모습을 붙잡아 영혼을 먹어치울까봐 검은 물웅덩이를 피합니다."

요네키즈가 조심스레 통역해주고 에노모토의 대답을 들려준다. "승정님께서는 참으로 신기한 생각이고 그에 대해 알고 싶다고 하십니다. 더주트 씨는 영혼을 믿으시는지요?"

"영혼의 존재를 의심한다면 이상한 일이겠지요."

"더주트 씨는 인간의 영혼이 붙잡힐 수도 있다고 믿는가?" 에노모토가 묻는다.

"유령이나 악어 따위에게 붙잡히지는 않겠지만, 악마에게는 붙잡힐 수 있다고 생각합니다."

에노모토가 허 하는 소리를 낸 것으로 보아 자신과 외국인의 의견이 일치한 데 놀란 듯하다.

야코프는 거울에 자신의 모습이 비치지 않도록 물러난다. "영주님의 네덜란드어는 흠잡을 데가 없습니다."

에노모토가 돌아선다. "듣기가 어렵다네. 통역이 있어서 다행이지. 예전엔 스페인어를 하네—했네. 하지만 지금은 지식이 쇠했다네."

"스페인 사람들이 일본에 들어온 지가 이백 년이 되었지요." 야코프가 말한다.

"시간……" 에노모토가 천천히 상자 뚜껑을 들어올린다. 요네키즈가 놀라 소리를 지른다.

몸을 작은 채찍처럼 돌돌 감고 있는 것은 반시뱀이다. 성난 뱀이 머리를 들어올린다……

……두 개의 독니가 하얗게 빛난다. 뱀이 목을 뒤로 빼면서 공격 태세를 취한다.

승정의 호위무사 둘이 칼을 뽑아 들고 방향을 틀어 창고를 가로지른다……

……그러나 에노모토는 손바닥을 펴서 내리누르는 듯한 기묘한 동작을 취한다.

"뱀을 막아!" 흐로터가 외친다. "아직 값을 치르지도 않았는데……"

반시뱀은 승정의 손을 무는 대신 흐느적거리며 몸을 돌려 상자 속으로 도로 들어간다. 얼어붙은 듯 턱을 떡 벌린 채로.

야코프도 어느새 입을 떡 벌리고 있다. 흐로터를 힐끔 보니 겁에 질린 기색이다.

"영주님, 영주님께서…… 뱀에게 마법을 거셨습니까? 뱀을…… 잠재우신 겁니까?"

"뱀은 죽었네." 에노모토가 그의 호위무사에게 그것을 밖으로 내놓으라고 명한다.

어떻게 그렇게 한 거지? 야코프는 궁금해서 무슨 수를 썼는지 살펴본다. "하지만……"

승정은 네덜란드인이 놀라 어쩔 줄 몰라하는 모습을 지켜보며 요네키즈에게 뭐라 말한다.

요네키즈가 통역하기 시작한다. "승정님께서 말씀하시기를 속임수도, 마법도 아니라십니다. 유럽의 학자들이 너무 영리해서 이해하지 못한 중국 철학이라고 하십니다. 승정님께서…… 죄송합니다, 너무 어려워서요. 말씀하시기를…… '모든 생명은 기氣라는 힘을 가졌기에 생명이다.'"

"키?" 흐로터가 열쇠를 돌리는 시늉을 한다. "그게 뭡니까?"

요네키즈가 고개를 젓는다. "키가 아닙니다. 기입니다, 기. 승정께서 연구하시고, 교단에서 가르치는 것이…… 뭐라고 말해야 하나? 기를 다루는 법, 병을 치료하는 법 등등입니다."

"오, 그럼 뱀한테도 그 뭐라나, 제 몫의 그게 있겠군요." 흐로터가 중얼거린다.

승정의 지위를 고려하면 야코프는 사과를 해야 마땅하지 않을까 걱정이 된다. "요네키즈 씨, 영주님께 네덜란드 창고에서 뱀이 영주님의 안위를 위협해 송구하다고 말씀드려주십시오."

요네키즈가 말을 전한다. 그러자 에노모토가 고개를 가로젓는다. "물리는 건 끔찍하지만 딱히 심한 독은 아니네."

야코프가 말을 잇는다. "……그리고 제가 방금 본 것은 평생 잊지 못할 것이라고 말씀드려주십시오."

에노모토가 알듯 모를 듯한 흐으으음 소리를 낸다.

승정이 야코프에게 말한다. "다음 생에는 일본에서 태어나 신사로 오게. 그리고…… 미안하네, 네덜란드어는 어려워서." 그는 요네키즈에게 일본어로 한참을 얘기한다. 통역관이 순서대로 그 말을 옮긴다. "승정님께서 말씀하시기를, 더주트 씨는 영주님을 사쓰마 번의 영주처럼 강력한 영주로 생각해서는 안 됩니다. 폭 20마일, 길이 20마일밖에 안 되는 교가 번은 산이 아주 많고 읍내는 이사하야와 가시마 둘뿐이며, 아리아케 해안의 길을 따라 작은 마을들이 있을 따름입니다. 하지만," 다음 말은 아마도 요네키즈가 알아서 덧붙인 듯하다. "교가 번은 특별한 번이라 영주인 승정님의 지위가 높습니다. 에도에서 쇼군을, 미야코에서 천황을 뵐 수 있을 정도로. 승정님의 신사는 시라누이산 높은 곳에 있습니다. 승정님께서 말씀하시기를, '봄가을에는 아주 아름답고 겨울에는 좀 춥지만 여름에는 시원하다'고 하십니다. '누구든 숨을 쉴 수 있다면 늙지 않을 것이다'라고 하십니다. 또 '내겐 두 개의 삶이 있다. 위의 세계, 즉 시라누이산에는 영혼과 기도와 기가 있다. 아래의 세계에는 인간과 정치와 학자가 있고…… 약과 돈을 들여온다'고 하십니다."

"아, 드디어," 호로터가 중얼거린다. "더주트 씨, 이게 바로 신호요."

야코프는 무슨 말인가 싶어 호로터를 쳐다보고 승정을 보고 다시 요리사를 본다.

호로터가 한숨을 쉰다. "거래 얘기를 꺼내라고요." 그가 입 모양으로 말한다. "수은."

야코프는 그제야 알아듣는다. "죄송합니다만, 영주님." 그는 요네키즈를 쳐다보면서 에노모토에게 말한다. "저희가 오늘 도와드릴 일이 있을지요?"

요네키즈가 통역한다. 에노모토가 눈빛으로 호로터에게 질문을 넘긴다.

"실은 더주트 씨, 에노모토 승정님께서 우리 수은가루 여덟 상자 전부를 상자당 106고방*에 사고 싶어하십니다."

야코프의 머릿속에 제일 먼저 떠오른 생각은 '우리' 수은이라고? 였다. 두번째 생각은 '106?'

세번째 생각은 848고방이란 숫자였다.

"오사카 약제사들이 주는 값의 두 배요." 호로터가 그에게 일깨워주었다.

848고방이면 적잖은 금액이다.

잠깐, 잠깐, 잠깐, 야코프는 생각한다. 왜 그렇게 높은 값을 내겠다는 거지?

호로터가 에노모토를 안심시킨다. "더주트 씨가 너무 좋아서 말

---

* 에도시대에 사용하던 타원형의 금화.

이 안 나오나봅니다."

뱀으로 술수를 부려서 내 감각을 혼란시켰지만 지금은 침착해야 해……
야코프는 생각한다.

흐로터가 그의 어깨를 잡는다. "이보다 더 나은 거래 조건은 들
어본 적이 없다고요……"

……독점, 야코프는 추측한다. 승정은 일시적으로 독점을 하고 싶
어하는 거야.

젊은 사무원이 드디어 입을 연다. "여덟 상자는 안 되고 여섯 상
자만 팔겠습니다."

에노모토도 알아듣는다. 그는 귀를 긁으며 흐로터를 쳐다본다.

흐로터가 미소로 대신 답한다. 걱정하실 것 없습니다. "잠시만요,
영주님."

요리사가 야코프를 웨가 숨어 있는 곳 근처 구석으로 끌고 간다.

"이거 보쇼. 즈바르데크로너가 상자당 18로 판매가를 잡아놓은
거 다 알아요."

야코프는 깜짝 놀라 의아해한다. 바타비아의 내 후견인에 대해 어
떻게 알지?

"내가 어떻게 아는지는 중요한 문제가 아니고, 하여튼 알아요. 여
섯 배를 올려 받는 건데, 그런데도 그 이상을 바라는 거요? 더 좋은
가격이 나오지는 않을 테니 여섯 상자만 내놓지는 마쇼. 여덟 상자
를 다 팔든가, 아니면 아예 팔지 말든가."

"그렇다면 아예 팔지 않겠소." 야코프가 흐로터에게 말한다.

"말귀를 영 못 알아듣는군! 우리 고객은 아주 높으신 분이란 말이
오, 어? 부교쇼에서고 에도에서고, 사방팔방 힘이 안 미치는 데가

없어요. 대금업자에게 돈을 빌려주는 사람이고 약제사에게 약을 지어주는 사람이라고. 들리는 말로는, 심지어"—야코프는 흐로터의 숨결에서 닭의 간 냄새를 맡는다—"내년에 바타비아에서 배가 올 때까지 부교가 뇌물로 쓸 돈도 빌려준대요! 그러니까 가진 수은을 전부 주겠다고 내가 약속하면, 바로……"

"당신이 그에게 전부를 약속하지 말아야 할 것 같은데요."

"아니 아니 아니야," 흐로터는 거의 칭얼대다시피 한다. "이해를 못하는군요……"

"내 개인 상품을 가지고 계획을 꾸민 사람은 바로 당신이었어요. 당신 뜻대로 따르지는 않겠소. 그러니까 이제 중개수수료는 못 받게 되겠군요. 제가 이해 못한 건 뭡니까?"

에노모토가 요네키즈에게 뭐라고 말한다. 네덜란드인들은 입씨름을 멈춘다.

요네키즈가 헛기침을 한다. "승정님께서 오늘은 여섯 상자만 팔라 하십니다. 그러니까 오늘은 여섯 상자만 사신답니다." 에노모토가 계속 말하자 요네키즈가 고개를 끄덕이고 몇 가지를 확인한 다음 옮긴다. "더주트 씨, 에노모토 승정님께서 공공 금고에 있는 당신의 개인 계좌에 636고방을 넣어주실 겁니다. 부교님의 서기가 회사 장부에 입금이 기록됐다는 증거를 가져갑니다. 그러고 나서 더주트 씨가 만족하면, 하인들이 에이크 창고에서 수은 여섯 상자를 가져갑니다."

이렇게 빠른 진행은 전례가 없는 일이다. "영주님께서 먼저 물건을 보셔야 하는 것 아닙니까?"

흐로터가 말한다. "아, 더주트 씨는 아주 바쁜 몸이니 제가 알아서 우리 손님들께 견본을 보여드렸습니다. 판클레이프 차석 상관 장님께 열쇠를 빌려서……"

"예, 알아서 하셨군요." 야코프가 그에게 말한다. "그것도 아주 잘 알아서."

흐로터가 한숨을 쉰다. "한 상자에 106이면 좀 적극적으로 나설 가치가 있지 않소?"

승정이 기다리고 있다. "오늘 수은 거래를 하는 건가, 다즈토 씨?"

"할 겁니다, 영주님. 당연히 하고말고요." 흐로터가 상어 같은 미소를 짓는다.

"하지만 문서 작업과 뇌물, 판매 서류는……?" 야코프가 묻는다.

에노모토가 손을 휘저어 그런 곤란한 문제들은 허공으로 날려 버리라는 시늉을 한다.

흐로터가 성자 같은 미소를 짓는다. "내가 그랬잖소, 아주아주 높으신 분이라고."

야코프도 더는 반대할 이유가 없다. "그렇다면 예, 영주님. 거래는 성사되었습니다."

그 말이 떨어지기 무섭게 마음을 턱 놓은 흐로터의 입에서 한숨이 새어나온다.

승정은 차분한 표정으로 요네키즈에게 뭐라 말한다.

요네키즈가 옮긴다. "오늘 팔지 않은 것도 곧 팔게 될 겁니다."

야코프는 여전히 도전적인 태도다. "그렇다면 승정님께서는 제 마음을 저보다 더 잘 아시는군요."

에노모토 승정이 마지막 말을 한다. "친밀감"이라고. 그러고는 고스기와 요네키즈에게 고개를 끄덕이자 수행원들은 지체 없이 창고를 뜬다.

"이제 나와도 좋아, 웨." 야코프는 오늘 아침 지진으로 침대에서 떨어졌을 때보다 훨씬 더 부자가 되어 오늘밤 잠자리에 들게 되었는데도 뭔지 모르게 마음이 찜찜하다. 에노모토 승정이 약속을 지키는 사람이라야겠지. 그는 인정한다.

에노모토 승정은 약속을 지키는 사람이었다. 두시 반에 야코프는 예금증서를 가지고 상관장 숙소 계단을 내려간다. 포르스텐보스와 판클레이프가 증인으로 서명해줘서, 바타비아 혹은 발헤런섬 플리싱언에 있는 회사의 제일란트 사무소에서도 증서를 현금화할 수 있다. 총액은 그의 예전 직업인 선적 사무원의 오륙 년 치 봉급에 달한다. 그는 의료용 수은을 살 밑천을 빌려준, 바타비아에 사는 숙부 친구에게 빚을 갚아야 한다. 내 평생 제일 운좋은 도박이었어. 야코프는 생각한다. 하마터면 수은 대신 해삼을 살 뻔했는데. 아리 흐로터가 거래를 주선한 것은 분명 나쁘지 않았다. 하지만 아무리 따져보아도 수수께끼 같은 승정과의 거래는 이례적으로 이윤이 많이 남았다. 야코프는 예상해본다. 일단 상인들이 에노모토가 얻은 수익을 알게 되면 남은 상자는 훨씬 더 비싼 값에 팔릴 거야. 내년 크리스마스에는 위니코 포르스텐보스와 함께 바타비아로 돌아가야 할 것이다. 그때쯤 포르스텐보스의 별은 데지마에서 악명 높은 부정부패를 몰아낸 결과로 훨씬 더 밝게 빛날 것이다. 즈바르데크로너나 포르스텐보스의 동료들과 협의해 수은을 판 돈을 커피나 티크 목

재 같은 훨씬 더 큰 사업에 투자하면 아나의 아버지조차 놀라게 할
만한 수입을 올릴 수 있을지도 모른다.

롱 스트리트로 돌아가니 한자부로가 통역관 조합에서 또 얼쩡대
고 있다. 야코프는 귀중한 증서를 사물함에 넣어두기 위해 톨 하우
스로 돌아간다. 그는 잠시 망설이다 오동나무 손잡이가 달린 부채
를 꺼내 재킷 주머니에 넣는다. 서둘러 계량장으로 가니 오늘은 납
주괴의 무게를 재고 불순물이 없는지 확인한 다음 다시 상자에 넣
어 봉하는 작업을 하고 있다. 검사관의 차양 아래에 있어도 타는
듯한 열기에 잠이 오고 몹시 덥지만, 저울과 쿨리들, 상자의 개수
에서 한시라도 경계의 눈초리를 떼어서는 안 된다.

페터 피셔가 말한다. "출근을 하시다니 친절도 하시군."

신입 사무원이 수은으로 큰돈을 벌었다는 소식이 벌써 퍼졌다.

야코프는 마땅히 대답할 말이 떠오르지 않아 기록 용지를 받아
든다.

요네키즈 통역관이 옆의 차양을 지켜본다. 느린 작업이다.

야코프는 아나를 떠올린다. 그가 그린 스케치 속 모습이 아니라
실제 모습 그대로 기억해보려 애쓴다.

구릿빛으로 그은 쿨리들이 못을 친 상자의 뚜껑을 비틀어 열고
있다……

그는 생각한다. 부유해지면 우리가 함께할 미래는 더 가까워지겠지
만, 그래도 오 년은 여전히 길고 긴 시간이야.

야코프의 회중시계에 따르면 시간은 네시를 지나고 있다.

어느 시점엔가 한자부로가 설명도 없이 자리를 뜬다.

네시 사십오분에 페터 피셔가 말한다. "저것이 이백번째 상자요."

다섯시가 조금 넘었을 때 한 고위급 상인이 더위로 기절한다.

마리뉘스 박사를 부르러 즉시 사람을 보내고 야코프는 결정을 내린다.

야코프가 피셔에게 말한다. "잠시만 실례하겠습니다."

피셔가 짜증이 날 정도로 느릿느릿 파이프를 채운다. "잠시가 어느 정도요? 아우베한트의 잠시는 십오 분에서 이십 분이던데. 바르트는 한 시간도 더 되고."

야코프가 일어선다. 다리가 저리다. "십 분 뒤 돌아오겠습니다."

"그렇다면 당신의 '잠시'는 '십 분'이로군. 프로이센에서 신사는 빈말을 하지 않소."

야코프는 다 들리게 중얼거린다. "빈말이 되기 전에 가봐야겠군."

야코프는 분주한 네거리에서 오가는 일꾼들을 지켜보며 기다린다. 곧 마리뉘스 박사가 온다. 통역관 두 명을 대동하고 왕진가방을 든 채 기절한 상인을 보러 절룩이며 지나간다. 그는 야코프를 보았지만 알은체하지 않는다. 야코프도 그편이 좋다. 연기 글리스터 실험 말미에 목구멍에서 올라오던 똥냄새나는 연기 덕분에 마리뉘스와 우정을 쌓고픈 마음이 싹 사라졌다. 그날 겪은 굴욕으로 아이바가와 양까지 피하게 되었다. 이제 어떻게 그녀—그리고 다른 학생들—가 그를 지방으로 된 밸브와 살로 된 파이프로 이루어진 반쯤 벌거벗은 기구가 아닌 다른 것으로 보아주겠는가?

636고방이 다친 자존심에 좀 위로가 되지만…… 그는 인정한다.

학생들이 병원에서 나온다. 마리뉘스가 호출을 받았으니 강의가 중단되리라고 야코프는 예측했다. 양산으로 몸을 반쯤 가린 아이바가와 양이 제일 뒤에 있다. 그는 렐리 창고로 가려는 것처럼 보니 앨리로 몇 발짝 물러선다.

야코프는 스스로에게 재차 다짐한다. 나는 그저 잃어버린 물건을 원래 주인에게 돌려주려는 것뿐이야.

산파는 젊은이 네 명과 경비병 두 명과 함께 쇼트 스트리트로 들어선다.

야코프는 기가 죽었다가 이내 용기를 되찾고 뒤따라간다. "실례합니다!"

일행이 돌아본다. 아이바가와 양과 잠시 눈이 마주친다.

상급생 무라모토가 발길을 돌려 그를 맞아준다. "돔바가 상!"

야코프가 대나무 모자를 벗는다. "오늘도 무덥군요, 무라모토 씨."

그는 야코프가 자기 이름을 기억해준 것에 기뻐한다. 다른 이들도 인사를 한다. "더워요, 더워." 다들 열심히 맞장구를 친다. "더워요!"

야코프는 산파에게도 인사한다. "안녕하세요, 아이바가와 양."

그녀의 눈빛에서 묘한 장난기가 내비친다. "돔뷔르흐 씨, 간은 좀 어떤가요?"

"오늘은 훨씬 좋군요, 감사합니다." 그가 침을 꿀꺽 삼킨다. "감사합니다."

"아," 이케마쓰가 짐짓 진지한 척한다. "장-중-첩-증은 어떠십니까?"

"마리뉘스 선생님의 마법 덕분에 다 나았습니다. 오늘은 뭘 공부하셨습니까?"

"겨-루-핵입니다." 가지와키가 대답한다. "기침하면 폐에서 피

나오는 것 말입니다."

"아, 결핵 말이군요. 무서운 병이지요. 흔한 병이기도 하고요."

육지 문에서 검사관이 다가온다. 경비병 중 한 명이 불평을 한다.

무라모토가 말한다. "죄송합니다만, 저희더러 가야 한답니다."

"예, 저 때문에 지체하면 안 되지요. 저는 다만 아이바가와 양에게 이것을 돌려드리고 싶어서요." 그는 재킷에서 부채를 꺼내 내민다. "오늘 병원에 두고 가셨습니다."

그녀의 눈이 놀라 휘둥그레진다. 두 눈이 묻는다. 무슨 짓이에요?

그의 용기가 눈 녹듯 사라진다. "마리뉘스 선생님 병원에 두고 가신 부채입니다."

검사관이 도착한다. 그는 쏘아보며 무라모토에게 뭐라 말한다.

무라모토가 말한다. "돔바가 씨, 검사관이 '뭐냐?'고 묻습니다."

"아이바가와 양이 부채를 놓고 가셨다고 말해주세요." 끔찍한 실수를 저질렀군.

검사관은 별 반응이 없다. 그는 퉁명스럽게 명령을 내리면서, 학생에게 공책을 내놓으라고 하는 선생처럼 부채를 향해 손을 내민다.

이케마쓰가 통역한다. "확인하게 보여달랍니다. 돔바가 씨."

야코프는 문득 깨닫는다. 명령대로 했다가는 내가 그녀의 모습을 그려서 부채에 붙인 것을 온 데지마, 온 나가사키가 알게 될 거야. 존경심을 친근하게 드러내는 증표라 해도 오해를 살 것이 뻔하다. 사소한 추문을 일으키는 시발점이 될지도 모른다.

부채가 뻑뻑해서 검사관이 애를 먹는다.

야코프는 닥쳐올 일에 얼굴이 붉어진 채 뭔가—아무거라도— 기적이 일어나기만을 기도한다.

아이바가와 양이 검사관에게 조용히 뭐라 말한다.

검사관이 그녀를 쳐다본다. 그의 엄숙한 표정이 조금 풀어진다……

……그러고는 재미있다는 듯 콧방귀를 뀌고는 그녀에게 부채를 건네준다. 그녀가 살짝 고개를 숙여 보인다.

이렇게 간신히 위기를 모면한 야코프는 책망을 받은 기분이 든다.

아침에 있었던 지진의 나쁜 기억을 쫓아버리려는 듯 데지마와 해안 양쪽은 밤을 환히 밝히고 잔치로 떠들썩하다. 나가사키의 주요 거리마다 종이 등이 걸려 있고, 고스기 도신의 집, 판클레이프 차석 상관장의 처소, 통역관 조합, 심지어 육지 문의 경비병 숙소에서도 즉석 술판이 벌어지고 있다. 야코프는 오가와 우자에몬과 망루에서 만났다. 오가와는 외국인과 가까이 지낸다는 비난을 피하려고 검사관을 데려왔지만 이미 만취한 검사관은 사케 한 병이 더 들어가자 코를 골기 시작했다. 한자부로는 최근 아우베한트의 담당이 되어 혹사당하고 있는 통역과 몇 계단 아래에 앉아 있다. "내가 혼자 헤르페스를 해결했지." 아우베한트가 저녁 소집에서 자랑했다. 터질 듯한 보름달이 이나사산 위에 낮게 걸려 있다. 바람결에 검댕과 하수 냄새가 실려오긴 하지만 야코프는 기분좋게 선선한 산들바람을 맞는다. 그가 가리킨다. "저기 도시 위쪽에 모여 있는 저 불빛들은 뭐지요?"

"오봉 파티 때…… 뭐라고 해야 하나? 시체를 묻은 곳입니다."

"묘지 말인가요? 묘지에서는 절대 파티를 안 열지 않습니까?"
야코프는 돔뷔르흐의 묘지에서 추는 가보트 춤을 생각하고 웃음을
터뜨릴 뻔한다.

"묘지는 사자들의 문입니다." 오가와가 설명한다. "이승으로 영
혼을 불러내기 좋은 장소지요. 내일 밤, 영혼들을 집으로 인도하기
위해 불을 붙인 작은 배들을 바다에 띄웁니다."

셰년도어호에서 불침번을 서는 선원이 종을 네 번 친다.

"정말로 그런 식으로 영혼이 옮겨간다고 믿습니까?" 야코프가
묻는다.

"더주트 씨는 소년 때 들은 것을 안 믿습니까?"

하지만 내 것은 진실한 믿음이야. 야코프는 오가와를 안쓰럽게 여
긴다. 당신 것은 우상숭배고.

육지 문 아래쪽에서 관리가 부하에게 고함을 지른다.

난 회사의 고용인이야, 선교사가 아니라. 그는 새삼 자신을 일깨운다.

"어쨌거나요." 오가와가 소매에서 도자기 병을 꺼낸다.

야코프는 벌써 약간 취했다. "그런 것을 몇 병이나 숨기고 있습
니까?"

"저는 당직이 아니니까……" 오가와가 잔을 다시 채운다.
"……오늘 당신의 수익을 위해 마십시다."

야코프는 자신의 돈 생각에, 그리고 목구멍을 타고 내려가는 사
케 덕분에 몸이 더워진다. "나가사키 사람 전부가 제가 수은으로
얻은 수익이 얼마인지 아나보군요."

항구 건너편 중국 상관에서 폭죽이 터진다.

"아주 아주 아주 높은 동굴에 스님이 한 분 사십니다." 오가와가

산비탈을 가리킨다. "그분은 못 들었습니다. 아직은요. 하지만 진지하게 말하겠습니다. 가격은 자꾸 올라갑니다. 좋은 일이지요. 하지만 에노모토 승정에게 남은 수은을 팔아요. 다른 사람에게 팔지 마세요. 제발요. 그는 위험한 적입니다."

"아리 호로터 역시 그를 두려워하더군요."

산들바람을 타고 중국인들의 화약 냄새가 퍼져온다.

"호로터 씨는 현명합니다. 승정의 영토는 작아요. 하지만 그는……" 오가와가 주저한다. "……그는 많은 힘입니다. 교가 번의 신사 외에도 여기 나가사키에 거처가 있고, 미야코에도 집이 있습니다. 에도에서는 마쓰다이라 사다노부의 손님입니다. 사다노부 사마는 많은 힘입니다…… '킹메이커'라고 하지요? 에노모토 같은 어떤 가까운 친구라도 역시 힘입니다. 나쁜 적입니다. 부디 기억하세요."

야코프가 술을 마신다. "저는 네덜란드인이니 '나쁜 적'들로부터 틀림없이 안전합니다."

오가와가 대답하지 않자 네덜란드인은 조금은 덜 안전한 기분이 든다.

해변을 따라 만의 입구까지 죽 늘어선 불들이 점처럼 반짝인다.

야코프는 아이바가와 양이 그녀의 모습이 그려진 부채를 어떻게 생각할지 궁금하다.

고양이들이 단 아래, 판클레이프 차석 상관장의 지붕 위에서 밀회를 즐기고 있다.

야코프는 지붕들을 살피며 어느 것이 그녀의 집일까 생각한다.

"오가와 씨, 일본에서는 신사가 숙녀에게 어떻게 프러포즈를 합니까?"

통역관이 그 말을 이해한다. "더주트 씨는 '아티초크에 버터를 바르고' 싶군요."

야코프는 입에 머금고 있던 사케를 푹 하고 반쯤 내뿜는다.

오가와가 무척 걱정한다. "제가 네덜란드어를 실수합니까?"

"레이시 선장이 당신의 어휘를 또 늘려주었군요?"

"선장이 나와 이와세 통역관에게 '신사다운 네덜란드어'를 가르쳐줍니다."

야코프는 일단 그 문제는 넘어가기로 한다. "아내에게 청혼했을 때 먼저 아내 될 사람의 아버지에게 갔습니까? 아니면 반지를 주었나요? 아니면 꽃을? 아니면……?"

오가와가 잔을 채운다. "결혼식 전까지 아내를 못 봅니다. 우리 나코도*가 짝지어줍니다. 나코도를 뭐라고 해야 하나요? 결혼을 원하는 가족들을 아는 여자……"

"끼어들기 좋아하는 참견쟁이? 아니, 죄송합니다. 중매쟁이입니다."

"'중매쟁이'? 재미있는 단어로군요. '중매쟁이'가 우리 가족을 중매합니다, 아치고치.**" 오가와가 이쪽저쪽으로 손을 움직인다. "아버지에게 신부에 대해 설명합니다. 신부의 아버지는 가라츠에서 다목 염료를 취급하는 부유한 상인입니다. 가라츠는 여기서 사흘이 걸리지요. 우리는 가족을 조사합니다…… 미친 사람은 없는

* '중매인'이라는 뜻의 일본어.
** '여기저기'라는 뜻.

지, 숨겨놓은 빚은 없는지 따위요. 그녀의 아버지가 나가사키에 와서 나가사키의 오가와 집안과 만납니다. 상인들은 사무라이보다 계급이 낮지만……" 오가와가 손으로 저울의 접시 모양을 만든다. "오가와 급료는 안전합니다. 우리는 데지마를 통해 다목 염료 거래를 같이 합니다. 그래서 아버지가 동의합니다. 우리는 결혼식 날에 신사에서 다음번 만납니다."

달이 이나사산 위로 떠올라 있다.

"그러면," 야코프는 사케의 취기를 빌려 솔직하게 묻는다. "사랑은 어쩌고요?"

"'남편이 아내를 사랑하면 시어머니는 최고의 하인을 잃는다'고 하지요."

"기분 나쁜 속담이군요! 당신은 마음속으로 사랑을 갈망하지 않나요?"

"예, 더주트 씨가 진실을 말합니다. 사랑은 마음의 것입니다. 아니면 사랑은 이 사케와 비슷합니다. 마시면 기쁨의 밤이지요, 예, 하지만 추운 아침이면 두통에, 아픈 속입니다. 남자는 첩을 사랑해야 합니다. 그래야 사랑이 죽으면 쉽게, 상처 없이 '안녕' 합니다. 결혼은 다릅니다. 결혼은 머리의 문제입니다…… 지위…… 사업…… 혈연의 문제지요. 네덜란드 가족들은 같지 않습니까?"

야코프는 아나의 아버지를 떠올린다. "우리도 똑같습니다."

별똥별이 순간적으로 빛나다가 사라진다.

"저 때문에 당신 조상님들을 맞이해야 하는데 못하는 건 아닙니까, 오가와 씨?"

"아버지가 오늘밤 가족의 처소에서 의식을 합니다."

파인 트리 코너에서 폭죽에 놀란 소 울음소리가 들려온다.

"진지하게 말하자면," 오가와가 말한다. "저의 혈연 조상은 여기에 없습니다. 저는 시코쿠의 도사 번에서 태어났습니다. 시코쿠는 큰 섬입니다……" 오가와가 동쪽을 가리킨다. "……저쪽, 도사 번의 야마노우치 영주님을 섬기는 하급 무사인 아버지에게서요. 영주님이 저를 학교에 보내주셨고, 도사와 데지마 사이에 다리를 놓기 위하여 오가와 미마사쿠의 집에서 네덜란드어를 배우도록 저를 나가사키에 보내셨습니다. 하지만 그때 늙은 야마노우치 영주님이 돌아가셨습니다. 그의 아들은 네덜란드어 공부에 전혀 관심이 없습니다. 그래서 저는 '고립'되었습니다. 맞습니까? 하지만 오가와 미마사쿠의 두 아들이 십 년 전에 콜레라로 죽었습니다. 그해에 도시에 많은, 많은 죽음이 있었습니다. 그래서 오가와 미마사쿠는 가문의 이름을 계속하기 위해 저를 입양했습니다……"

"시코쿠에 있는 친부모님은 어찌되셨고요?"

"전통이 말하기를, '입양 이후에는 돌아가지 마라'고 합니다. 그래서 저는 돌아가지 않습니다."

"당신은……" 야코프는 가족을 여읜 자신의 처지를 떠올린다. "……그분들이 그립지 않았나요?"

"저는 새 이름, 새 인생, 새 아버지, 새 어머니, 새 조상들을 가졌습니다."

일본인은 불행을 자초하면서 희열을 느끼는 민족인가? 야코프는 궁금하다.

"제 네덜란드어 공부가 큰…… 위안입니다. 맞는 단어인가요?" 오가와가 말한다.

"예, 그리고 당신의 유창한 말솜씨를 보면 얼마나 열심히 공부하는지 알겠습니다." 사무원의 말은 더없이 진심이다.

"진보하는 것은 어렵습니다. 상인, 관리, 경비병 들은 얼마나 어려운지 이해 못합니다. 그들은 생각합니다. 내가 하는 내 일, 왜 게으르고 어리석은 통역이 똑같이 할 수 없지?"

야코프가 뻣뻣해진 다리를 편다. "저는 목재회사에 견습생으로 있던 시절 로테르담만이 아니라 런던, 파리, 코펜하겐, 예테보리의 항구에서도 일했습니다. 외국어가 얼마나 짜증스러운 것인지 잘 압니다. 하지만 당신과 달리 저는 사전도 있고 프랑스어 선생에게 교육도 받았다는 이점이 있었습니다."

오가와의 "아……" 하는 소리에 동경이 가득하다. "그렇게 많은 곳을 갈 수 있다니……"

"유럽에서는 그렇습니다. 하지만 여기에서는 육지 문 밖으로 한 발짝도 나갈 수 없지요."

"하지만 더주트 씨는 바다 문을 통과해 바다로 나갈 수 있습니다. 반면 저는…… 모든 일본인은……" 오가와는 한자부로와 그의 친구가 숙덕거리며 불평하는 소리에 귀를 기울인다. "……평생 죄수입니다. 떠나려는 모의를 하는 자는 처형됩니다. 해외로 떠났다가 돌아온 자는 처형됩니다. 제 귀중한 소원은 바타비아에서의 일 년입니다. 네덜란드어로 말하고…… 네덜란드 음식을 먹고, 네덜란드 술을 마시고, 네덜란드 잠을 잡니다. 일 년, 딱 일 년만……"

야코프에게는 새로운 생각이다. "데지마를 처음 방문했던 때를 기억합니까?"

"아주 잘 기억합니다! 오가와 미마사쿠가 저를 입양하기 전입니다. 어느 날 선생님이 말합니다. '오늘, 우리는 데지마에 간다.' 저는……" 오가와가 가슴을 부여잡고 경외심을 표현한다. "우리는 네덜란드 다리를 건너갑니다. 선생님이 말합니다. '이 다리는 두 세계 사이에 걸쳐 있으니 네가 건넌 것 중에서 가장 긴 다리다.' 우리는 육지 문을 지나고 이야기 속 거인을 봅니다! 감자처럼 큰 코! 끈 대신 단추, 단추, 단추가 있는 옷과 밀짚처럼 노란 머리! 냄새도 나쁩니다. 그 못지않게 놀라운 건 구론보*, 가지처럼 피부 검은 소년들 처음 봅니다. 그리고 외국인이 입을 열어 말합니다. 'Schffgg-evingen-flinder-vass-chen-morgengen!' 이게 제가 그토록 열심히 공부하는 똑같은 네덜란드어였습니까? 저는 그저 고개 숙여 인사를 하고, 인사를 합니다. 선생님이 제 머리를 때리면서 말합니다. '자기소개를 해, 이 바보 같은 놈아!' 그래서 제가 말합니다. '제 이름은 소자에몬이고 오늘 날씨가 온화하고 아주 잘 감사합니다.' 노란 거인이 웃음을 터뜨리고 말합니다. 'Kssffffkkk-schevingen-pevingen!' 그리고 사람처럼 걷고 사람만큼 키가 큰 놀라운 흰 새 가리킵니다. 선생님이 말합니다. '저게 타조다.' 그때 훨씬 더 큰 놀라움이, 집채만한 동물이, 해를 가립니다. 그 짐승이 긴 코를 뇨로뇨로** 양동이에 넣고 물을 마시고 뿜습니다! 오가와 선생님이 말합니다. '엘리펀트다.' 제가 말합니다. '조***?' 선생님이 말합니다. '아니, 이 바보놈아, 엘리펀트라고.' 그리고 우리는 새장 속의 앵무새, 말을 되풀이하는 앵무새와 탁자 위에서 지팡이와 공으로 하는

---

* '흑인'이라는 뜻의 일본어.
** '꿈틀꿈틀'이라는 뜻의 일본어.
*** '코끼리'라는 뜻의 일본어.

'당구'라는 이상한 놀이를 봅니다. 피 묻은 혀들이 땅바닥 여기저기, 여기저기 있습니다. 말레이 하인들이 뱉은 빈랑나무 열매 씹은 것입니다."

"데지마에서 코끼리가 뭘 하고 있었나요?" 야코프는 묻지 않을 수 없다.

"바타비아에서 쇼군께 선물로 보냈습니다. 하지만 부교님이 코끼리가 많은 음식 먹는다고 에도에 전갈 보내고, 에도에서 의논하고 안 돼, 합니다. 회사는 코끼리 도로 가져가야 합니다. 코끼리는 곧 수수께끼 병으로 죽습니다……"

망루의 계단을 달려올라오는 발소리가 들려온다. 전령이다.

야코프는 한자부로의 반응에서 나쁜 소식임을 직감한다.

"가야 합니다." 오가와가 알려준다. "포르스텐보스 상관장의 집에 도둑입니다."

"금고가 훔쳐가기엔 너무 무거워서," 포르스텐보스가 그의 사실私室에 몰려든 사람들에게 보여준다. "도둑들이 막무가내로 끌어내서 뒤쪽을 망치와 끌로 찌그러뜨렸어. 보게." 그는 쇠로 된 금고에서 티크 목재 조각을 빼낸다. "구멍이 충분히 크게 뚫리자 전리품을 끄집어내서 보기 좋게 탈출했다네. 좀도둑질이 아니야. 제대로 된 도구를 갖추고 있었네. 무엇을 노릴지 정확히 알고 있었어. 첩자와 망보는 사람이 있었고, 전혀 소리를 내지 않고 금고를 부술 기술도 있었어. 육지 문에서 눈감아준 자도 있었고. 즉," 상관장은 고바야시 통역관을 노려본다. "도와준 자가 있었다는 말이네."

고스기 도신이 질문하자 이와세가 통역한다. "마지막으로 찻주전자를 본 것이 언제였습니까?"

"오늘 아침. 큐피도가 지진으로 해를 입지 않았다는 걸 확인했네." 도신이 지친 한숨을 내쉬고 맥빠진 목소리로 말한다.

이와세가 옮긴다. "데지마에서 찻주전자를 마지막으로 본 사람은 노예입니다."

포르스텐보스가 외친다. "그걸 마지막으로 본 건 도둑놈들이야!"

기민한 통역관 고바야시가 고개를 갸우뚱한다. "찻주전자의 가치가 얼마였습니까?"

"정교한 솜씨로 옥에 은박을 입힌 것이라, 1000고방을 주어도 똑같은 것을 살 수 없을 거네. 자네도 직접 보았잖은가. 명조 마지막 황제의 것이었네―'숭정제' 말이네, 그렇게 부른다지. 무엇과도 바꿀 수 없는 골동품이야―틀림없이 누군가가 도둑놈들한테도 말해주었겠지, 썩을 놈들의 눈 같으니."

"숭정제는 회화나무에서 스스로 목을 맸습니다." 고바야시의 말이다.

"자네한테 여기에서 역사 수업을 청한 적은 없네, 통역!"

"찻주전자가 저주가 아니기를 진심으로 바랍니다." 고바야시가 설명한다.

"오, 그걸 훔쳐간 망할 개자식들한테 저주가 있기를! 찻주전자의 주인은 나, 위니코 포르스텐보스가 아니라 회사야. 회사가 바로 이 범죄의 피해자라고. 자네, 통역, 지금 고스기 도신과 함께 부교님에게 가세."

"부교쇼는 오늘밤 오봉 축제 때문에 닫습니다." 고바야시가 두 손을 마주 쥐며 말한다.

"부교쇼를 열어야 할걸!" 상관장이 지팡이로 책상을 내리친다.

야코프는 일본인들의 얼굴에 떠오른 표정을 읽을 수 있다. 말이 안 통하는 외국인, 하는 표정이다.

페터 피셔가 나선다. "데지마에 있는 일본인 소유 창고들을 수색해달라고 요청하시면 어떻겠습니까? 어쩌면 그 교활한 녀석들은 소동이 가라앉으면 보물을 밀반출하려고 기다리고 있을지도 모릅니다."

"말 잘했네, 피셔." 상관장이 고바야시를 쳐다본다. "고스기에게 그렇게 말하게."

통역관이 고개를 갸우뚱하는 품이 내키지 않는 듯하다. "하지만 선례가……"

"선례는 무슨! 지금은 내가 선례고 자네, 자네는"—포르스텐보스가 손가락으로 통역관의 가슴을 찌르며 말한다. 그 가슴이 전에는 단 한 번도 찔려본 적 없다는 데 야코프는 지폐 다발을 걸 수도 있다—"우리의 이익을 보호해준답시고 엄청난 돈을 받아가지 않는가! 당신들 일을 하란 말이야! 쿨리, 상인, 검사관, 그렇지, 통역들까지도 회사의 재산을 훔쳤어. 이런 행위는 회사의 명예에 대한 모독이네. 빌어먹을, 통역관 조합도 수색하게 해야겠군! 범인들을 돼지 몰듯 몰아가서 꽥꽥 비명을 지르게 해주겠어. 더주트—가서 아리 흐로터에게 커피를 큰 주전자로 가져오라 하게. 우리 모두 당분간은 잠자리에 들지 못할 테니……"

VIII
데지마, 상관장의 집 접견실

✦

1799년 9월 3일 오전 열시

포르스텐보스가 불평을 터뜨린다. "내 최후통첩에 대한 쇼군의
답은 나에게 온 것이라고. 어째서 둘둘 말아 통 속에 넣은 종이 한
장이 방자한 손님처럼 부교쇼에 밤새 있어야 하나? 어제저녁에 도
착했다면, 어째서 바로 나에게 전달되지 않은 건가?" 야코프는 생
각한다. 왜냐하면 쇼군의 공식 발표는 교황의 칙령에 버금가는 것이니,
마땅한 절차를 따르지 않으면 대역죄가 되겠지. 그러나 그는 입을 꾹
다문다. 최근 들어 자신을 향한 후견인의 태도가 점점 차가워지는
것을 느꼈던 것이다. 그 과정은 신중하게 이루어진다. 페터 피셔에
게 칭찬을 건네고 야코프에게는 무뚝뚝하게 한마디 던지는 식으
로. 하지만 한때의 '없어서는 안 되는 더주트'는 자신의 후광이 희
미해져가는 것이 두렵다. 판클레이프 역시 상관장의 물음에 대답
하려 나서지 않는다. 그는 오래전에 상사가 수사적으로 던지는 질
문과 진짜 질문을 구분하는 요령을 익혔다. 레이시 선장은 삐걱대

는 의자에 기대앉아 양손으로 머리를 받치고 잇새로 아주 부드럽게 휘파람을 불고 있다. 접견실 탁자의 일본 쪽에는 통역관 고바야시와 이와세와 수석 서기 두 명이 기다리고 있다. 이와세가 말한다. "부교님의 대신이 곧 쇼군의 전갈을 가져올 겁니다."

위니코 포르스텐보스가 무명지에 낀 황금 인장 반지를 노려본다.

레이시가 궁금해한다. "빌럼 1세는 침묵공이라는 자기 별명에 대해 뭐랍디까?"

괘종시계가 엄숙하게 큰 소리로 울린다. 사람들은 더워하고 말이 없다.

고바야시가 입을 연다. "오늘 오후 하늘이…… 불안정합니다."

레이시가 맞장구를 친다. "내 선실의 기압계를 보니 강풍이 불 것 같소."

고바야시가 정중하지만 멍한 표정을 짓는다.

"'강풍'은 해상 폭풍이나 돌풍, 태풍을 말하네." 판클레이프가 설명해준다.

"아, 아, '태풍'…… 우리는 다이후라고 합니다." 이와세가 알아듣고 대답한다.

고바야시가 빡빡 민 이마를 문지른다. "여름의 장례입니다."

포르스텐보스가 팔짱을 낀다. "쇼군이 구리 할당량을 늘리는 데 동의하지 않는다면, 데지마에 장례식이 필요할 거야. 데지마, 그리고 번드르르한 통역관 경력도 같이 끝장이라고. 고바야시, 자네가 의도적으로 입을 다물고 있는 것으로 보아, 회사가 도둑맞은 명나라 자기를 되찾는 문제는 전혀 진척이 없다고 생각해도 되겠나?"

"수사는 계속하고 있습니다." 상급 통역관이 대답한다.

"굼벵이 기어가는 속도로 말이지." 불만에 찬 상관장이 중얼거린다. "우리가 데지마에 남게 된다 하더라도 자네들이 회사의 재산을 지키는 데 얼마나 무관심한지 판오베르스트라턴 총독께 보고할 걸세."

야코프의 예민한 귀에 행진하는 발소리가 들린다. 판클레이프도 그 소리를 들었다.

차석 상관장이 창가로 가서 롱 스트리트를 내려다본다. "아, 드디어."

경비병 두 명이 문가에 양쪽으로 선다. 기수가 제일 먼저 들어온다. 그가 든 삼각기에는 도쿠가와 가문의 문장인 세 잎짜리 접시꽃이 그려져 있다. 도미네 대신이 아름다운 옻칠 쟁반에 존귀한 두루마리 통을 받쳐들고 들어온다. 포르스텐보스를 제외한 방안의 모든 사람이 두루마리를 향해 고개를 숙인다. 포르스텐보스가 말한다. "들어오시오, 대신, 앉아서 에도의 폐하께서 이 망할 섬을 불행에서 구해주기로 결정하셨는지 어쨌는지 알려주시오."

야코프는 일본인들이 감정을 억누르는 듯 얼굴을 움찔하는 것을 알아챈다.

이와세가 '앉으라'는 말을 옮기며 의자를 가리킨다.

도미네는 혐오스럽다는 눈빛으로 외국 가구를 바라보지만 달리 선택의 여지가 없다.

그가 옻칠 쟁반을 고바야시 통역관 앞에 놓고 고개를 숙인다.

고바야시도 그에게, 그리고 두루마리 통을 향해 고개를 숙이고 쟁반을 상관장 쪽으로 민다.

포르스텐보스가 한쪽 끝에 똑같은 접시꽃 문양이 새겨진 통을 들고 양쪽으로 잡아당긴다. 통이 열리지 않자 이번에는 돌려본다. 그래도 안 되자 잠금단추나 걸쇠를 찾으려 한다.

"죄송합니다만." 야코프가 속삭인다. "시계 방향으로 돌리셔야 할 것 같습니다."

"아, 이 망할 나라처럼 뒤죽박죽 엉망진창이로군……"

벚나무로 만든 환봉 두 개에 단단히 감은 문서가 나온다.

포르스텐보스가 그것을 탁자 위에 유럽의 두루마리 문서처럼 수직으로 펼쳐놓는다.

야코프는 두루마리가 잘 보이는 위치에 있다. 붓으로 유려하게 써내려간 한자 가운데 사무원이 알아볼 수 있는 단어들이 있다. 그가 오가와 우자에몬에게 해주는 네덜란드어 과외는 상호적인 면이 있어서, 지금 그의 공책에는 오백 개쯤 되는 한자가 쓰여 있다. 몰래 배우는 학생은 여기에서 '준다'를 알아본다. '에도'가 있고, 다음 줄에는 '십'……

포르스텐보스가 한숨을 쉰다. "당연히 쇼군의 신하 중에는 네덜란드어로 글을 쓰는 사람이 아무도 없겠지. 자네들 가운데," 그가 통역관들을 쳐다본다. "도와줄 사람이 있나?"

괘종시계가 일 분, 이 분, 삼 분을 센다……

고바야시의 눈이 두루마리의 글을 위아래로, 옆으로 훑는다.

그리 힘들거나 오래 걸리지 않을 텐데, 야코프는 생각한다. 시간을 끌고 있어.

통역관은 신중하게 고개를 끄덕이면서 읽어나간다.

상관장의 사택 다른 곳에서는 하인들이 제 할 일을 하고 있다.

포르스텐보스가 조급함을 드러내며 고바야시를 채근한다.

고바야시가 목에서 알 수 없는 그르릉 소리를 내고 입을 연다……

"실수가 없도록 한번 더 읽겠습니다."

야코프는 포르스텐보스를 보면서 생각한다. 시선만으로 사람을 죽일 수 있다면 고바야시는 고통을 못 이겨 비명을 지르고 있을 거야.

일 분이 지나간다. 포르스텐보스가 노예 필란더르에게 말한다. "물 좀 가져와."

야코프는 탁자의 자기 쪽에서 계속 쇼군의 두루마리를 들여다본다.

이 분이 지나간다. 필란더르가 물병을 가지고 돌아온다.

고바야시가 이와세를 돌아본다. "'로주'를 네덜란드어로 뭐라고 하지?"

동료는 잠시 생각하더니 '수상首相'이라고 대답한다.

고바야시가 말한다. "자, 전갈을 번역할 준비가 되었습니다."

야코프는 제일 날카롭게 깎은 펜촉을 잉크에 적신다.

"전갈은 이렇습니다. '쇼군의 수상은 총독 판오베르스트라턴과 데지마의 네덜란드인 상관장 포르스텐보스에게 진심어린 인사를 보낸다. 수상이 요청하는 바는……" 통역관이 두루마리를 유심히 들여다본다. "……최상급 공작 깃털 부채 천 개다. 네덜란드 배는 이 명령을 바타비아에 전하여 공작 깃털 부채가 내년 교역 철에 당도하도록 해야 한다."

야코프의 펜이 이를 요약하여 적는다.

레이시 선장이 트림을 한다. "아침식사 때 먹은 굴 탓이오……

신선하지가 않았나보군……"

고바야시가 반응을 기다리는 듯 포르스텐보스를 쳐다본다.

포르스텐보스가 물을 마신다. "구리 얘기를 해주게."

고바야시가 내 알 바 아니라는 오만한 태도로 눈을 깜박이며 말한다. "전갈에 구리 얘기는 전혀 없습니다, 상관장님."

포르스텐보스의 관자놀이에 혈관이 솟는다. "고바야시, 전갈 내용이 그게 전부라는 말은 말게."

"아뇨……" 고바야시가 두루마리 왼쪽을 살펴본다. "수상께서는 나가사키의 가을이 온화하고 겨울은 따뜻하기를 바란다고도 하셨습니다. 하지만 제 생각에는 '관련이 없습니다'."

"공작 깃털 부채 천 개라." 판클레이프가 휘파람소리를 낸다.

"최상급 공작 깃털 부채입니다." 고바야시가 뻔뻔스럽게 정정해준다.

"찰스턴에서는 그런 것을 '구걸 편지'라고 부르지요." 레이시 선장이 말한다.

"여기 나가사키에서는 '쇼군의 명'이라고 부릅니다." 이와세가 말한다.

"에도의 그 개자식들이 우리를 갖고 노는 건가?" 포르스텐보스가 묻는다.

"좋은 소식은 원로회의에서 구리에 대한 토론을 계속한다는 것입니다." 고바야시가 자기 의견을 낸다. "'안 돼'라고 말하지 않았다는 것은 절반은 '좋다'는 것입니다."

"셰넌도어호는 칠팔 주 후면 출항하네."

고바야시가 입술을 오므린다. "구리 할당량은 복잡한 문제입니다."

"반대로 간단한 문제이기도 하지. 10월 중순까지 데지마에 구리 2만 피컬이 도착하지 않으면 이 미개한 나라에서 세계로 열린 단 하나의 창은 닫힐 걸세. 에도에서는 총독이 허세를 부린다고 생각하는 건가? 내가 직접 최후통첩을 썼다고 생각하나?"

고바야시는 대답 대신 어깨를 으쓱한다. 흠, 그건 제가 어찌할 수 있는 일이 아니지요……

야코프는 깃펜을 내려놓고 수상의 두루마리를 들여다본다.

이와세가 묻는다. "에도에 공작 깃털 부채는 어떻게 답합니까? '예'가 구리를 도울 텐데……"

"내 진정은 기약도 없이 기다려야 한다면서," 포르스텐보스가 묻는다. "막부에서는 어째서 우리가 그렇게 행동하기를 바라는 건가?" 그가 손가락을 딱 튕긴다. "그 수상은 공작이 무슨 비둘기인 줄 아는 건가? 풍차 몇 개로는 그 고매하신 눈을 만족시킬 수 없단 말인가?"

"공작 깃털 부채는 수상님에 대한 존경의 표시입니다." 고바야시가 대답한다.

포르스텐보스가 하늘을 향해 불만을 토한다. "진절머리가 나는군. 이 망할 것들에 진절머리가 나"—그가 탁자 위의 두루마리를 주먹으로 쾅 내리치자 일본인들은 불경스러운 행동에 놀라 숨을 헉 들이켠다—"'존경의 표시'라고! 월요일에는 이러겠지. '부교님의 매부리의 조분석 청소부가 방갈로르산 사라사 한 필을 청합니다.' 수요일에는 '원로님의 원숭이 사육사가 정향 한 상자를 원합니다'. 금요일에는 '폐하의 이러저러한 아무개가 당신의 고래 뼈로 만든 커틀러리가 좋아 보인답니다. 그는 외국인의 힘있는 벗입니다'. 그런 식으로 농간을 부려 나한테는 다 깨진 백랍 수저만 남겠지. 하지만 우리가 도움을 필요로 할 땐 어디 가면 그 '외국인의 힘 있는 벗'을 찾을 수 있나?"

고바야시는 공감하는 척하면서 자신의 승리를 음미한다.

야코프가 이에 자극받아 무모한 도박에 뛰어든다. "고바야시 씨?"

상급 통역관이 애매한 지위의 사무원을 쳐다본다.

"고바야시 씨, 일전에 통후추를 팔 때 사건이 하나 있었습니다."

"우리 구리하고 통후추가 대관절 무슨 상관이란 말인가?" 포르스텐보스가 묻는다.

야코프가 상관을 안심시키려 한다. "주 부 프리 드 멕스퀴제, 므시외, 메 주 크루아 사부아르 스 크 주 페."*

상관장이 그에게 경고한다. "주 프리 디외 크 부 사베, 르 주르 아 데자 비앵 말 코망세 상 푸르 슬라 이 아주테 보트르 에드."**

야코프가 고바야시에게 말한다. "저기, 아우베한트 씨와 제가 중국 표의문자를 놓고 어떤 상인과 언쟁을 했습니다. 당신들은 곤지라고 부르던가요?"

"간지입니다." 고바야시가 대답한다.

"죄송합니다만 숫자 '십'의 간지 말입니다. 제가 바타비아에 있을 때 어느 중국 상인에게 숫자를 배운 적이 있어서, 현명치 못한 짓이었을지 모르지만 통역을 부르러 조합에 사람을 보내지 않고 제 부족한 지식을 이용했습니다. 그때는 감정이 격해졌는데, 지금

---

* '죄송합니다. 하지만 저를 믿고 지켜봐주십시오'라는 뜻의 프랑스어.

** '자네가 무슨 짓을 하려는지 누가 알겠나. 자네까지 나서서 거들지 않아도 이미 충분히 나쁘게 시작된 하루일세'라는 뜻.

172

와서 보니 당신네 동포를 부정직하다고 비난했던 것은 아닌지 염려됩니다."

고바야시가 네덜란드인에게 창피를 줄 새로운 기회에 코를 벌름거린다. "말싸움을 한 간지가 뭡니까?"

"저, 아우베한트 씨는 '십'의 간지가……" 야코프는 집중해서 압지 위에 서툴게 한자를 써 보인다. "이렇게 쓰는 거라고……"

千

"하지만 저는 아우베한트 씨에게 아니라고, 진짜 '십'은 이렇게……쓴다고……"

百

야코프는 서툰 솜씨를 과장하기 위해 쓰는 순서를 틀리게 한다. "상인은 우리 둘 다 틀렸다고 했습니다. 그가 쓴 것은"—야코프는 한숨을 쉬며 얼굴을 찌푸린다—"제가 보기에는 X자였거든요……"

"저는 그 상인이 사기꾼이라는 확신이 들어서 그렇게 말했던 것 같습니다. 고바야시 통역관께서 진실을 밝혀줄 수 있겠습니까?"

"아우베한트가 쓴 숫자는," 고바야시가 제일 위의 한자를 가리킨다. "'십'이 아니고 '천'입니다. 더주트 씨가 쓴 숫자도 틀렸습니다. 그건 '백'입니다. 이건," 그가 X자를 가리킨다. "틀린 기억입니다. 상인은 이렇게 썼습니다……" 고바야시는 서기에게 붓을 달라고 한다. "이게 '십'입니다. 두 획인 것은 맞지만, 하나는 옆으로, 하나는 위에서 아래로……"

十

야코프는 후회하듯 신음을 흘리며 각각의 글자 옆에 10, 100, 1000을 숫자로 써넣는다. "그럼 이것이 각각의 숫자에 맞는 글자지요?"

신중한 고바야시는 마지막으로 숫자들을 살펴보고 고개를 끄덕인다.

야코프가 고개를 숙인다. "가르침에 진심으로 감사드립니다."

통역관이 부채질을 한다. "더 물어볼 건 없습니까?"

"딱 하나 더 있습니다. 친절하게 가르쳐주신 숫자에 따르면 여기 쓰인 이 숫자는 백밖에 되지 않는데, 어째서 쇼군의 수상이 공작 깃털 부채 천 개를 요청한다고 했습니까?" 방안의 모든 눈이 두루마리 위의 '백'자 간지를 짚은 야코프의 손가락을 좇는다.

소름 끼치는 침묵으로부터 파문이 일어난다. 야코프는 하느님께 감사드린다.

"자, 딩동 종을 울려라. 고양이가 우물 속에 있네."* 레이시 선장이 말한다.

_____

* 영국의 오래된 자장가.

고바야시가 두루마리로 손을 뻗는다. "쇼군의 답신은 사무원의 눈을 위한 것이 아닙니다."

"물론 아니지!" 포르스텐보스가 불쑥 끼어든다. "그건 내 눈을 위한 거야. 내 눈 말이야! 이와세, 우리가 부채를 몇 개나 마련해야 하는지 확인할 수 있도록 자네가 이 편지를 옮겨주게. 천 개인지, 아니면 원로회의에 백 개, 고바야시와 그의 친구들을 위해 구백 개인지? 하지만 시작하기에 앞서 내 기억을 좀 되살려주게, 이와세. 쇼군의 명을 고의로 잘못 옮기면 어떤 벌을 받나?"

네시 사 분 전에 야코프는 에이크 창고의 책상에 놓인 종이 위에 압지를 덮고 누른다. 마지막 한 방울까지 땀으로 나가겠지만 그는 물을 한 잔 더 마신다. 그런 다음 압지를 치우고 제목을 읽는다. '부록 16호: 1793년부터 1799년 사이 발행된 선하증권에 기재되지 않은, 데지마에서 바타비아로 수출된 칠기류의 수량.' 그는 검은 책을 덮고 끈을 묶어서 서류가방에 넣는다. "이제 그만하자, 한자부로. 포르스텐보스 상관장님이 네시에 있을 회의 때문에 나를 접견실로 부르셨어. 이 서류를 사무원 사무실의 아우베한트 씨에게 갖다드려." 한자부로는 한숨을 쉬고는 서류철을 받아들고 우울한 표정으로 나간다.

야코프는 뒤따라나와 창고를 잠근다. 떠다니는 씨들이 후텁지근한 공기를 채운다.

햇빛에 그은 네덜란드인은 제일란트의 겨울에 내리는 첫눈을 생각한다.

쇼트 스트리트를 지나서 가면 그녀를 볼 수 있을지도 몰라. 그는 혼잣말을 한다.

깃발광장의 네덜란드 깃발이 움직임 없이 축 처진 채 아주 가끔 움찔거린다.

아나를 배신할 거라면 왜 손에 넣지도 못할 상대를 좇는 거지? 야코프는 생각한다.

육지 문에서 몸수색꾼이 밀수품이 없나 사료 수레를 뒤지고 있다.

마리뉘스가 옳아. 기녀를 사야지. 이제 돈도 있으니까……

야코프는 네거리를 향해 쇼트 스트리트를 걸어올라간다. 이그나티우스가 길을 쓸고 있다.

그가 사무원에게 의사의 학생들은 조금 전에 돌아갔다고 말해준다.

부채가 마음에 들었는지, 아니면 기분이 나빴는지, 보기만 해도 바로 알 텐데. 야코프는 확신한다.

그는 그녀가 지나갔을지도 모를 자리에 선다. 첩자 두엇이 그를 지켜보고 있다.

상관장의 사택에 도착하자, 아래쪽 길에서 나타난 페터 피셔가 다가와 말을 건다. "자, 자, 오늘 자네는 딱 암캐 위에 올라탄 개 아닌가?" 프로이센인의 입에서 럼주 냄새가 난다.

야코프는 피셔가 오늘 아침의 부채 건을 얘기하는 거라 짐작할 따름이다.

"하느님도 버린 이 감옥 같은 곳에서 삼 년…… 스닛커르는 자기가 떠나면 내가 판클레이프의 대리가 될 거라고 장담했어. 장담했다고! 그런데 네가, 너와 네놈의 수은, 네놈이 와서 그의 비단 안감 주머니에……" 피셔가 확신 없이 비틀거리며 상관장의 사택 계단을 올려다본다. "넌 잊어버렸지, 더주트. 난 힘없고 평범한 사무원이 아니야, 잊어버리고 있었지……"

"당신이 수리남에서 소총수였다는 거요? 우리한테 온종일 하는 얘기잖습니까."

"내가 마땅히 승진할 기회를 네놈이 빼앗아간다면 네놈 뼈를 모조리 부러뜨려줄 테다."

"오후보다는 술이 깬 저녁에 얘기하는 게 좋겠습니다, 피셔 씨."

"야코프 더주트! 난 적의 뼈를 부러뜨린다니까, 하나씩 하나씩……"

포르스텐보스가 며칠 동안 보여준 적 없는 다정한 태도로 야코프를 자기 책상 쪽으로 부른다. "판클레이프 씨 말로는 피셔가 자네를 괴롭혔다던데."

"불행히도 피셔 씨는 제가 그의 이해관계를 해치고자 전심전력을 다한다고 굳게 믿고 있습니다."

판클레이프가 진한 루비색 포트와인을 세 개의 잔에 따른다.

"……하지만 그가 거칠게 군 것은 흐로터 씨의 럼주 탓일지도 모릅니다."

"오늘 자네가 고바야시의 이해관계를 해친 건 부인할 수 없는 사실이지." 포르스텐보스가 말한다.

"그놈 뭉툭한 다리 사이로 꼬리가 그렇게 축 처진 건 본 적이 없다니까." 판클레이프가 동의한다.

새들이 지붕 위에서 발톱으로 긁고 툭툭 쳐대며 경고하듯 시끄 럽게 군다.

"자기 탐욕에 발목이 잡힌 셈이지요." 야코프가 말한다. "저는 그저…… 그를 쿡 찔러보았을 뿐입니다."

판클레이프가 껄껄 웃는다. "그자는 그렇게 생각하지 않을걸!"

"자네를 만났을 때 내 딱 알았지." 포르스텐보스가 말한다. "등 뒤에서 칼을 겨누는 놈들이 득시글대는 이 인간 늪에서 이자는 정 직한 영혼이로구나. 무딘 펜촉들 사이에 꽂힌 날카로운 펜이로구 나. 이자는 조금만 이끌어주면 삼십 년째 되는 해에는 상관장이 되 겠구나! 오늘 아침에 자네의 지략으로 회사의 돈과 명예를 지켰네. 판오베르스트라턴 총독께도 알릴 거네."

야코프는 허리 숙여 인사한다. 나를 수석 사무원으로 임명하려고 부른 걸까?

"자네의 미래를 위하여." 상관장이 말한다. 그와 차석 상관장, 사무원은 잔을 부딪친다.

어쩌면 요즘 상관장님이 내게 쌀쌀맞게 굴었던 것도 날 편애한다는 비 난을 피하려던 것일지 몰라. 야코프는 생각한다.

"고바야시에게 내리는 벌로, 에도에 이렇게 보고하게 했네." 판 클레이프가 흡족해하며 말한다. "오십 일 후면 상관은 구리 부족으 로 문을 닫을 텐데, 상품을 주문하는 것은 때 이르고 부적절한 일이 라고. 우리는 그놈을 겁주어 더 많은 사실을 인정하게 만들 거야."

빛이 별조각처럼 알멜로 시계의 베어링 위에 흩뿌려진다.

포르스텐보스의 어조가 바뀐다. "우리는 자네에게 더 중요한 임 무를 맡기려 하네, 더주트. 판클레이프 씨가 설명해줄 걸세."

판클레이프가 포트와인을 들이켠다. "비가 오건 눈이 오건 아침
식사 전에 흐로터 씨를 찾아오는 손님이 있네. 눈에 띄는 불룩한
자루를 갖고 오는 공급업자지."

"주머니보다는 크고 베갯잇보다는 작다네." 포르스텐보스가 덧
붙인다.

"그자는 일 분 후에 여전히 꽉 차고 눈에 띄는 똑같은 자루를 가
지고 떠나네."

야코프는 승진하는 게 아니라는 데서 오는 실망감을 감춘다. "흐
로터 씨의 사연은 뭡니까?"

"그 '사연'이 바로 판클레이프나 나를 즐겁게 해줄 테지. 자네도
언젠가 알게 되겠지만, 높은 자리에 있다는 건 자기 사람들과 거리
를 둬야 한다는 뜻이네. 하지만 오늘 아침 자네는 악한의 냄새를
기막히게 맡는 코를 가졌다는 것을 보여주었지. 자네 망설이는군.
이렇게 생각하겠지. 밀고자를 좋아할 사람은 아무도 없는데. 아, 자네
말이 옳아. 하지만 고위직으로 올라갈 사람이라면, 더주트, 판클레
이프와 나는 자네가 그렇게 될 거라 믿는데, 어느 정도 땅바닥을
기고 구르는 일쯤은 두려워하지 말아야 하는 법이야. 오늘밤 흐로
터 씨를 찾아가보게……"

야코프는 직감적으로 깨닫는다. 이건 내가 기꺼이 손을 더럽힐 의
사가 있는지 알아보려는 시험이야.

"전부터 요리사가 카드놀이에 초대했는데, 그걸 받아들이겠습
니다."

"봤소, 판클레이프? 더주트는 절대 '제가 꼭 해야 합니까?'라고
하지 않는다오. '어떻게 할까요?'라고만 묻지."

야코프는 아나가 자신의 승진 소식을 읽는 상상에 빠진다.

저녁식사 시간이 지나고 어스름이 내릴 무렵 칼새는 방파제 길을 따라 날고 야코프는 오가와 우자에몬과 함께 있다. 통역관이 무슨 말을 해서 한자부로를 보내고는 멀리 소나무가 무성한 모퉁이까지 야코프와 동행한다. 습기 찬 나무들 밑에서 오가와가 발을 멈추더니 친근하게 인사를 건네며 당연히 있으리라 예상했던 그늘 속의 첩자를 쫓아버리고 목소리를 낮춰 말한다. "온 나가사키가 오늘 아침 일로 떠들썩합니다. 고바야시 통역관과 부채 일 말입니다."

"아마 다시는 그렇게 뻔뻔하게 우리를 쥐고 흔들려 하지 못하겠지요."

"최근에 나는 당신에게 에노모토를 적으로 돌리지 말라고 경고합니다."

"당신의 충고는 아주 진지하게 받아들이겠습니다."

"충고 더 있습니다. 고바야시는 작은 쇼군입니다. 데지마는 그의 제국이에요."

"그럼 그의 알선에 기대지 않아도 되니 다행이군요."

오가와는 '알선'이라는 말을 이해하지 못한다. "그가 당신을 해합니다, 더주트 상."

"걱정해줘서 감사합니다, 오가와 씨. 하지만 저는 고바야시가 무섭지 않습니다."

"고바야시가 방을 뒤질지도 모릅니다." 오가와가 주위를 둘러본다. "도둑맞은 물건들을 찾으려고……"

어스름 속 방파제에 가려진 배 위에서 갈매기들이 소란을 떤다.

"……아니면 금지된 물건을 찾으려고요. 그러니까 당신 방에 그런 물건이 있다면 잘 숨겨두세요."

"하지만 저는 죄가 될 만한 물건은 갖고 있지 않습니다." 야코프가 항변한다.

오가와의 뺨 아래에서 잔물결이 인다. "금지된 책이 있다면…… 숨기세요. 마루 밑에 숨기세요. 아주 잘 숨기세요. 고바야시는 복수를 원합니다. 당신에게 벌은 추방입니다. 당신이 도착했을 때 당신 책을 수색했던 통역은 별로 운이 좋지 않았지만……"

내가 뭔가를 놓치고 있어. 야코프는 깨닫는다. 그게 뭐지?

사무원은 물어보려고 입을 열지만 이내 질문할 필요가 없어진다.

오가와가 내 시편에 대해 알고 있구나. 야코프는 깨닫는다. 내내 알고 있었어.

"얘기한 대로 하겠습니다, 오가와 씨. 다른 무엇보다도 먼저……"

검사관 둘이 보니 앨리에서 나와 방파제 길을 걸어간다.

오가와는 더이상 말하지 않고 그들 쪽으로 걸어간다. 야코프는 가든 하우스를 통해 빠져나온다.

콘 투미와 핏 바르트가 일어나자 촛불에 비친 그들의 그림자가 미끄러진다. 카드놀이 탁자는 문짝 하나와 다리 네 개로 즉석에서 만든 것이다. 이보 오스트는 담배를 씹으며 그대로 앉아 있고, 비보 헤리츠존은 타구에 침을 뱉지만 제대로 겨누지 못해 그릇에 빗맞는다. 아리 흐로터는 토끼를 맞이하는 족제비처럼 매력적이다. "당신이 내 호의를 받아들일 거란 기대를 접으려던 참이었소." 그가 널빤지 선반에 줄지어 늘어놓은 럼주 열두 병 중 첫번째 병의 마개를 딴다.

"진작부터 오고는 싶었는데 일 때문에 바빠서요."

"스닛커르 씨의 평판을 묻어버리는 건 꽤나 고생스러운 일일 테죠." 오스트가 대꾸한다.

"그렇지요." 야코프는 공격을 무시해버린다. "그럴듯한 위조 장부를 만드는 것도 고생스러운 일이고요. 당신 방은 꽤나 아늑하군요, 흐로터 씨."

"나는 개집 같은 곳에서 사는 것을 좋아한다오." 그가 윙크를 한다. "엥크하위전에서도 살 거야, 웅?"

야코프는 자리를 잡고 앉는다. "무슨 게임인가요, 여러분?"

"잭과 데블―우리 게르만 사촌들이, 웅, 하는 게임이오."

"아, 카르뇌펠* 말이군요. 코펜하겐에서 조금 해봤어요."

"놀랍군요." 바르트가 말한다. "당신이 카드놀이를 다 할 줄 알고."

"목사관 아들―혹은 조카―이 생각만큼 순진하지는 않다고요."

흐로터가 은닉처에서 못을 하나 꺼낸다. "이거 하나당 우리 봉급에서 니켈화 한 푼을 빼는 거요. 라운드를 시작하기 전에 못을 하나씩 단지에 넣어요. 한 라운드는 일곱 판이고, 제일 많은 판을 이긴 사람이 단지를 차지하는 겁니다. 못이 떨어지면 파하는 거고."

---

*15세기 초 독일에서 시작된 카드놀이.

"하지만 우리 봉급은 바타비아에서만 받을 수 있는데, 어떻게 이 긴 쪽에 돈을 주나요?"

"약간의 속임수가 있지요. 이거." 그가 종이 한 장을 흔든다. "누가 이겼는지 기록해놓은 거요. 판클레이프 차석 상관장이 진짜 급료 지불 장부에 우리 잔고를 조정된 금액으로 기록해요. 스닛커르 씨는 자기 부하들이 이런 즐거움으로 사기를 진작시킨다는 걸 알고 있어서 이런 관행을 봐주었거든."

"스닛커르 씨도 자유를 잃기 전까지는 환영받는 손님이었지요." 이보 오스트가 말한다.

"피셔랑 아우베한트랑 마리뉘스 선생은 안 오지만, 당신, 더주트 씨는 목사 집안 사람 같지 않네요……"

선반 위에 술이 아홉 병 남아 있다. 흐로터가 자기 카드를 쓰다듬으며 말한다. "그래서 아버지가 내 간을 진짜로 뜯어내기 전에 아버지한테서 도망쳤지. 그리고 암스테르담으로 갔어. 행운과 진짜 사랑을 찾아서 말이야." 그는 오줌 색깔의 럼주를 또 한 잔 따른다. "하지만 내가 본 사랑이란 다 돈을 내야 하는 것뿐인데다 급료는 밀리고, 행운은 냄새도 못 맡아봤지. 내가 찾은 건 배고픔뿐이었어. 눈과 얼음과 약자를 개처럼 먹어치우는 소매치기와…… 투자를 해야 얻는 게 있는 법이지, 나는 그렇게 생각하고는 내 '유산'을 석탄 수레에 써버렸는데 석탄배달부들이 운하에서 내 수레를 뒤집어버렸어―그래서 내가 소리질렀지. '여긴 우리 땅이다, 이 웨스트프리슬란트 똥개들아! 다시 목욕 시간이 되면 돌아와라!' 덕분에 독점에 대해 배우고, 얼음물에 푹 젖는 바람에 열병에 걸려 한 주 동안 숙소에서 꿈쩍도 못했지. 신발엔 구멍이 나고 먹을 것도 똑 떨어져, 냄새나는 안개 속에서 암스테르담 신교회 계단에 앉아 아직 도망갈 기운이라도 있을 때 먹을 걸 훔쳐야 할까, 아니면 그냥 이대로 얼어죽어서 다 끝장내버릴까 생각하고 있는데……"

"도둑질하고 도망가야지……" 이보 오스트가 말참견을 한다.

"실크해트를 쓰고 상아 손잡이를 단 지팡이를 든 웬 신사가 지나가다 다정하게 말을 붙이지 않겠나. '애야, 나 모르겠니?' 내가 그랬지. '모르겠는데요.' 그러니까 그 사람이 이러더군. '애야, 나는 너의 장래 성공한 모습이란다.' 나를 자기 교회로 끌어들이려고 음식을 주려는 건가 싶었지. 난 너무 굶주려서 죽 한 그릇만 준다면 유대교로라도 개종할 판이었지만, 그건 아니더라고. '고귀하고 관대한 네덜란드 동인도회사에 대해 들어보았겠지?' 내가 대답했어. '당연히 들어보았지요.' 그 사람이 말했지. '그러면 우리 조물주의 푸르고 은빛으로 빛나는 세계 전역의 재산을 용감하고 의욕 있는 젊은이들에게 주겠다는 그 회사의 눈부신 전망에 대해서도 알고 있겠구나?' 내가 드디어 알아듣고 대답했지. '그럼요, 선생님.' 그러니까 그 사람이, '나는 암스테르담 본부의 구인 담당자로 이름은 판에이스 공작이란다. 월급에서 반 길더를 선불로 받고 회사가 다음 소함대를 신비로운 동양으로 출항시킬 때까지 숙식도 제공받을 수 있어.' 그래서 내가 그랬지. '판에이스 공작님, 공작님은 제 구세주이십니다.' 더주트 씨, 우리 럼이 입에 안 맞으시오?"

"속이 안 좋아서요, 흐로터 씨. 하지만 맛은 좋습니다."

흐로터가 다이아몬드 5를 내놓는다. 헤리츠존이 퀸을 낸다.

"조심해!" 바르트가 으뜸패 5를 탁 내놓고 못을 꺼내간다.

야코프는 낮은 패의 하트를 버린다. "그래서 당신의 구세주가요, 흐로터 씨?"

흐로터가 자기 카드를 살펴본다. "그 신사는 나를 형무소 뒤편에 있는 다 쓰러져가는 집으로 데려갔소. 경사진 길에 있는 그의 사무실은 비좁았지만 습하지 않고 따뜻했고, 아래층에서는 베이컨냄새가 감돌았지. 아, 그 냄새가 얼마나 좋던지! 내가 못 참고 베이컨 몇 조각만 얻어먹을 수 없느냐고 물었더니 판에이스가 웃으면서 말하더군. '여기에 이름을 쓰렴, 애야. 오 년 후면 동양에서 훈제돼지로 궁전도 지을 거다!' 그 당시에 나는 내 이름도 읽고 쓸 줄 몰라서 그냥 엄지손가락에 잉크를 묻혀 종이 아래쪽에 찍었소. '훌륭해. 그리고 여기 네가 받을 돈의 선금이다. 내가 약속을 지키는 사람이라는 걸 보여주려는 거야.' 그는 나에게 반짝이는 반 길더짜리 새 동전을 주었소. 나는 기분이 좋아 어쩔 줄 몰랐지. '나머지는 라위터르 제독호에 승선하면 받을 거야. 30일이나 31일에 출항할 거다. 다른 용감하고 의욕 있는 젊은이, 미래의 동료 선원이자 부를 누릴 파트너 몇 명과 방을 같이 써도 괜찮겠지?' 나는 방만으로도 감지덕지인 처지니까 돈을 주머니에 넣고 당연히 괜찮다고 했지."

투미가 쓸모없는 다이아몬드 카드를 버린다. 이보 오스트가 스페이드 4를 낸다.

흐로터가 자기 손을 들여다본다. "그래서 하인 두 명이 나를 아래층으로 데려갔는데, 나는 등뒤에서 문이 잠길 때까지 무슨 일이 벌어지고 있는지 짐작도 못했어. 이 방 정도 크기의 지하실에 내 또래거나 조금 더 나이 먹은 애들 스물네 명이 있는 거야. 그중에는 거기 온 지 몇 주나 된 아이들도 있었고, 해골처럼 비쩍 말라서

기침을 하고 피를 토하는 아이들도 있었지…… 아, 내가 문을 쾅쾅 두드리며 내보내달라고 하는데 온몸에 옴이 오른 놈이 다가와서 이러는 거야. '반 길더 이리 내. 내가 잘 보관해줄 테니까.' '반 길더라니?' 내가 되물었더니 그놈이 곱게 내놓지 않으면 나를 손봐주고 돈을 가져가겠다는 거야. 내가 언제 바람을 쐬고 운동을 하도록 내보내주느냐고 물었더니 이러더라고. '배가 출항할 때까진 내보내주지 않아. 하지만 죽으면 내보내주지. 자, 돈.' 내가 꿋꿋이 버텼다고 말할 수 있으면 좋겠지만, 아리 흐로터는 거짓말쟁이가 아니니까. 손봐주겠다던 그놈 말은 농담이 아니었소. 죽으면 나갈 수 있다는 말도 진짜였지. '용감하고 의욕 있는 젊은이' 가운데 여덟 명이 일어나지 못했는데, 관 하나에 둘씩 구겨넣어졌소. 지상 높이에 공기와 빛이 들어오는 쇠 격자창이 겨우 하나 있고, 똥인지 수프인지 모를 정도로 끔찍한 음식을 주었지."

"문을 부수고 도망가지 그랬어?" 투미가 묻는다.

"철문인데다 못박은 몽둥이를 든 놈들이 지키고 있었으니까." 흐로터가 머리에서 이를 잡아낸다. "아, 난 결국 살아서 이야기를 들려줄 방법을 찾았어. 내 주특기가 살아남는 기술이거든. 하지만 죄수처럼 밧줄에 묶여 라위터르 제독호로 끌려가면서 마음속으로 세 가지 맹세를 했지. 첫째, '우리는 당신의 이익을 중요하게 생각합니다'라고 말하는 회사의 신사는 절대 믿지 않는다." 그가 야코프에게 윙크를 한다. "둘째, 다시는 가난뱅이가 되지 않는다. 판에이스 같은 인간쓰레기가 나를 노예처럼 사고파는 일은 절대 없을 것이다. 셋째? 퀴라소섬에 닿기 전에 옴이 잔뜩 오른 그놈한테서 내 반 길더를 되찾는다. 첫번째 맹세는 오늘까지 잘 지키고 있소.

두번째 맹세는, 아리 흐로터가 이승을 뜰 때 절대 거지꼴은 아니리라는 정도는 기대할 수 있지. 그리고 세번째 맹세는…… 아, 그래, 내 반 길더를 바로 그날 밤 되찾았소."

비보 헤리츠존이 코를 후비며 묻는다. "어떻게?"

흐로터가 카드를 섞는다. "이번 판은 내가 카드를 돌리지, 친구."

선반 위에 럼주 다섯 병이 대기하고 있다. 일꾼들이 사무원보다 더 많이 마시지만, 야코프는 취해서 다리가 풀리는 느낌이다. 오늘 밤 카르뇌펠로 부자가 되지는 못하겠군. 그는 확신한다. 이보 오스트가 말한다. "고아원에서 글을 가르쳐주었어. 산수랑 성경도. 예배당을 하루에 두 번씩 갔으니 성경 공부야 엄청 했지. 찬송가를 한 소절 한 소절씩 배웠는데, 하나라도 틀렸다가는 지팡이로 얻어맞았다니까. 목사 다 됐지 뭐! 하지만 '아비가 누군지도 모르는 사생아'한테서 십계명의 교훈을 얻을 사람이 누가 있겠어?" 그는 카드를 일곱 장씩 나누어준다. 오스트가 나머지 카드 더미에서 맨 윗장을 뒤집는다. "다이아몬드가 으뜸패야."

"내가 듣기로," 흐로터가 클로버 8을 내면서 말한다. "회사에서 굴뚝청소부처럼 새까만 야만인을 배에 태워 레이던의 목사 학교로 보냈다더군. 그 녀석이 고향인 정글로 돌아가 식인종들에게 주님의 빛을 보여주면 그놈들이 더 양순해질 거라는 생각에서 시작한 일이라나. 성경이 총보다 싸게 먹히니까."

"아, 하지만 스포츠로는 총이 더 나은데. 빵빵빵." 헤리츠존의 말이다.

"총구멍이 뻥뻥 뚫린 노예를 어디다 쓸 건데?" 흐로터가 묻는다.

바르트가 자기 카드에 입맞추고 클로버 퀸을 내놓는다.

"자네가 그런 짓을 하게 만드는 건 세상에 그 잡년 하나밖에 없을 거야." 헤리츠존이 말한다.

"오늘밤 이기면 황금빛 피부의 아가씨를 사야지." 바르트가 대꾸한다.

"그럼 당신 이름도 바타비아의 고아원에서 지어줬나요, 오스트씨?" 이렇게 취하지 않았으면 이런 질문은 절대 안 할 텐데. 야코프는 자책한다.

그러나 흐로터의 럼주 덕분에 너그러워진 오스트는 전혀 기분 상해하지 않는다. "아, 그랬죠. '오스트Oost'는 고아원을 세운 '오스트-인디아 회사Oost-Indische Compagnie'에서 따온 거요.* 내 핏속에 '동양'이 있다는 거야 뻔하잖소? '이보'는 내가 성 이보의 축일인 5월 20일에 고아원 계단에 버려졌기 때문이고. 드레이버르 고아원장은 어찌나 자상한지 잊어먹을 만하면 한 번씩 '이보'가 '이브'의 남성형이니까 내 출생의 원죄를 잊지 않게 해주기에 딱 좋은 이름이라고 일깨워주곤 했지."

"하느님은 인간의 품행을 보시지, 출생 환경을 따지시지 않아요." 야코프가 장담한다.

"불행히도 나를 키운 건 하느님이 아니라 드레이버르 같은 늑대 놈들이었거든."

"더주트 씨, 당신 차례요." 투미가 채근한다.

---

* '오스트'는 네덜란드어로 '동양'이라는 뜻이고, '오스트-인디아 회사'는 동인도회사를 뜻한다.

야코프는 하트 5를 내놓는다. 투미가 하트 4를 낸다.

오스트가 카드 귀퉁이로 자신의 자바인 입술을 톡 친다. "다락방 창문으로 기어나가 자카란다나무 위로 올라가면 올드포트 너머 북쪽으로 길게 푸른색…… 때로는 녹색…… 혹은 회색 띠가 이어졌지…… 그리고 운하의 악취를 뚫고 소금물냄새가 풍겨왔어. 온 러스트섬 주위에는 배들이 떠 있었어. 살아 있는 것 같은 배, 부풀어오른 돛…… '여기는 내 집이 아니야.' 나는 고아원에 대고 말했지. '그리고 당신은 내 주인이 아니야.' 늑대들한테도 말해주었어. '당신이 내 집이니까.' 바다를 향해 말했지. 어떤 때는 바다가 내 말을 듣고 대답해주는 것 같았어. '그래, 맞아. 언젠가 너를 부르러 갈 거야.' 이제는 바다가 아무 말도 하지 않았다는 걸 알지만…… 되도록 십자가를 가지고 다니라고, 알겠지? 나는 그 덕분에 그 세월을 견디고 늑대들이 내 잘못을 바로잡아준답시고 나를 두들겨팰 때에도 참을 수 있었거든…… 파도와 너울은 본 적도 없었지만 내가 꿈꾼 것은 바다였어…… 아, 평생 배에 발을 올려본 적도 없었지만……" 그는 클로버 5를 놓는다.

바르트가 한 점을 딴다. "밤을 보낼 황금빛 피부의 쌍둥이 아가씨들을 데려와야지……"

헤리츠존이 다이아몬드 7을 내놓으며 선언한다. "데블."

"이런 망할." 바르트가 클로버 10을 잃고 내뱉는다. "망할 놈 같으니라고."

"그러니까 그게, 바다가 당신을 불렀다 이 말이야, 이보?" 투미가 묻는다.

"열두 살이 되면─그러니까 원장이 우리가 열두 살이라고 결정하면—우리는 언제든지 '수입 좋은 산업'으로 보내지게 되어 있었어. 여자아이들은 바느질, 베짜기, 세탁부 일을 하게 되지. 우리 남자아이들은 궤짝이나 통 만드는 일을 하거나, 막사의 장교에게 고용되거나, 아니면 부두 일꾼이 되지. 나는 낡은 밧줄에 타르 칠을 해서 뱃밥을 만드는 밧줄 장인한테 보내졌어. 우리는 하인보다 싸고, 노예보다도 쌌지. 드레이버르는 제 표현을 빌리면 '사례금'을 챙기고 우리를 백 명도 넘게 보냈으니, 그에게는 과연 '수입 좋은 산업'이었겠지. 하지만 그 덕에 우리도 고아원 밖으로 나갈 수 있었어. 우리를 지키는 사람은 없었지. 도망간들 우리가 어디로 가겠어? 정글로? 나는 바타비아의 지리라고는 고아원에서 교회 오가는 길 외에는 전혀 몰랐는걸. 그러니 이제 먼길로 돌아 일하러 가고, 밧줄 장인의 심부름으로 중국인 상점가를 가고, 부둣가 주변을 돌아다니며 먼 곳에서 온 선원들을 보면서 그저 곡물 창고의 생쥐처럼 행복했지……" 이보 오스트가 다이아몬드 잭을 내놓고 한 점을 딴다. "데블이 교황은 이기지만 잭은 못 당하지."

"충치 때문에 아파." 바르트가 말한다. "아파 죽겠어."

"멋진 수로군." 흐로터가 중요하지 않은 카드 한 장을 잃으며 칭찬한다.

오스트가 이야기를 계속한다. "열네 살 때였나, 어느 날 선구상에게 밧줄 한 다발을 갖다주러 가는데 조그만 쌍돛대 범선 한 척이 들어와 있더라고. 참한 여자의 선수상을 단 작고 예쁜 배였어. 이름이 사라 마리아호였는데, 웬 목소리가 들려왔지. 진짜 소리가 나진 않았는데, 암튼 목소리 같은 거였어. '바로 저 배이고 오늘이 그날이다.'"

"흠, 그건 프랑스놈들 요강만큼이나 확실하군." 헤리츠존이 중얼거린다.

"내면의 목소리 같은 것을 들은 걸까요?" 야코프가 말한다.

"그게 뭐였건 난 그 말대로 해치우기로 했지. 나는 지시를 내리고 고함을 지르는 덩치 큰 남자가 나를 볼 때까지 기다렸어. 하지만 도무지 내 쪽을 보지 않아서 내가 용기를 내어 말했지. '실례합니다, 선생님.' 그제야 그가 나를 뜯어보더니 소리를 지르더군. '누가 이런 거지새끼를 배에 들였어?' 나는 죄송하다고 빌고 바다로 나가고 싶으니 선장한테 말 좀 해줄 수 없겠느냐고 부탁했지. 그 말에 웃음이 터지리라고는 꿈에도 생각 못 했는데 남자가 막 웃는 거야. 그래서 죄송하지만 농담이 아니라고 했지. 그가 말하더군. '허락도 없이 너를 몰래 데려가면 네 부모님이 나를 어떻게 보시겠냐? 그리고 왜 고통과 추위와 더위와 화물 주인의 횡포를 견뎌야 하는 선원이 되려 하지? 배에 탄 사람이라면 누구나 화물 주인이야말로 악마라는 데 동의한다고.' 나는 고아원에서 자랐으니까 우리 엄마 아빠는 아무 말 안 할 테고, 그런 걸 견디고 살아남는 것쯤이야 아무것도 아니고, 바다나 화물 주인의 횡포는 두렵지 않다고 했어…… 그랬더니 그는 비웃거나 비아냥거리지 않고 이렇게만 묻더라고. '그러면 네 보호자는 네가 바다에서 삶을 꾸리려 하는 것을 아니?' 나는 드레이버르가 산 채로 내 가죽을 벗길 거라고 사실대로 말했지. 그랬더니 그가 마음을 정하고 이렇게 말하더라고. '내 이름은 다니엘 스닛커르고, 사라 마리아호의 화물 주인이다. 내 사환이 발진티푸스로 죽었지.' 그들은 다음날 육두구를 가지러 반다해로 출항할 예정이었는데, 그가 선장에게 말해 나를 선원 명부에 올려주겠다고 약속했어. 하지만 사라 마리아호가 출항할 때까지는 다른 아이들과 함께 조타실에 숨어 있으라고 하더군. 나는 잽싸게 그 말을 따랐지만, 내가 배에 오르는 걸 누가 본 거야. 그래서 원장이 '도둑맞은 재산'을 되찾아오라고 덩치 큰 못된 늑대 셋을 보냈지. 스닛커르 씨와 선원들이 그놈들을 항구에 내던졌어."

야코프는 부러진 코를 쓰다듬는다. 내가 저 친구 아버지에게 유죄 선고를 내린 셈이군.

헤리츠존은 쓸모없게 된 클로버 5를 내버린다.

바르트가 지갑을 꼭 쥔다. "화장실 좀 갔다 올게."

"딴 돈은 뭐하러 가져가?" 헤리츠존이 묻는다. "우리 못 믿어?"

"당신들을 믿느니 내 간을 크림이랑 양파랑 같이 튀기겠다." 바르트가 대답한다.

럼주 두 병이 선반에 놓여 있지만 그 밤을 넘길 성싶지는 않다. "내 주머니에 든 결혼반지로, 내가……" 핏 바르트가 코를 쿵쿵거린다.

헤리츠존이 침을 뱉는다. "그만 좀 징징거려. 이 재수없는 놈아!"

바르트의 얼굴이 굳어진다. "네놈은 아무한테도 사랑받아본 적 없는 더러운 돼지새끼니까 그런 소리를 하지만, 내 진짜 사랑은 나랑 얼마나 결혼하고 싶어했는지 모른다고. 드디어 내 악운도 이제 끝이 나는구나, 싶었지. 네일티어의 아버지가 축복해주기만 하면 당장 결혼할 거였어. 그녀의 아버지는 맥주 운반꾼이었는데, 생폴쉬르메르에 살아서 내가 그날 밤 그리로 가는 길이었지. 그런데 됭케르크는 이상한 동네더라고. 비가 계속 퍼붓고 밤이 될 때까지 아무리

길을 헤매도 제자리로 되돌아오는 거야. 여관에 들러 길을 물었더니, 새끼 돼지 같은 젖퉁이가 대롱대롱 매달린 술집 여자가 마녀처럼 불을 환히 밝히고는 이러더군. '이런이런, 길을 완전히 잘못 들었어요, 딱한 우리 귀염둥이.' 그래서 내가 말했지. '제발, 아가씨, 생폴쉬르메르에 가야 해요.' 그러니까 여자가 말하더군. '뭘 그렇게 서둘러요? 우리집이 마음에 들지 않아요?' 그러고는 그 새끼 돼지들을 나한테 떠안겼어. 내가 말했지. '당신 집은 좋아요, 하지만 제가 정말로 사랑하는 네일티어가 아버지와 함께 기다리고 있어요. 그녀에게 청혼한 다음 저는 바다로 떠날 거예요.' 그 술집 여자가 말했어. '그럼 당신 선원이에요?' 내가 대답했지. '아, 예전에는 선원이었지만 이제는 아니에요.' 그러자 여자가 온 집안에 다 들리게 소리질렀어. '플랑드르에서 제일 운좋은 아가씨인 네일티어를 위해 한잔할 사람?' 그러고는 내 손에 진이 든 잔을 쥐여주면서 이러더군. '몸 좀 덥히게 한잔해요.' 그러고는 어두워지면 별의별 악당이 됭케르크를 돌아다니니까 자기 오빠한테 부탁해서 나를 생폴쉬르메르까지 데려다주겠다고 약속했어. 그래서 난 생각했어. 오, 진짜로 내 악운이 드디어 끝났나봐, 드디어. 그래서 잔을 쭉 들이켰지."

"그 여자가 문제였구먼." 아리 흐로터가 말한다. "그런데 그 여관 이름은 뭐였나?"

"내가 됭케르크를 다시 떠나기 전까지는 '스모킹 신더스'였어. 그 진을 마셨더니 머리가 핑 돌고 램프 불빛이 침침해지더라고. 나쁜 꿈을 꾸다가 깨어났는데, 꼭 바다 위에 있는 것처럼 몸이 막 이리저리 휘청거리는 거야. 포도주 착즙기 속 포도처럼 남들 몸에 막 눌려 있었어. 아직도 꿈속인가보다 했지만, 차갑게 식은 토사물이 귓

구멍을 덮고 있는 것을 보니까 꿈이 아니더라고. 그래서 소리질렀지. '주님, 제가 죽은 건가요?' 그러니까 낄낄대는 악마의 웃음소리가 들리더라고. '잡힌 고기가 아무리 몸부림쳐봐야 그렇게 간단히는 도망 못 가지!' 그리고 더 음침한 목소리가 들렸어. '자네는 유괴당했어, 친구. 우리는 방죄르 뒤 푀플호에 있고, 영국해협에서 서쪽으로 항해중이야.' 내가 외쳤지. '방죄르 뭐?' 그제야 네일티어가 기억나서 나는 소리질렀어. '하지만 난 오늘밤에 사랑하는 사람과 약혼하기로 되어 있다고!' 그러자 그 악마가 말했어. '친구, 자네가 여기에서 보게 될 약혼은 딱 하나뿐이야, 바로 바다와의 약혼이지.' 하느님 맙소사, 네일티어의 반지는, 하고 생각이 나서 재킷 속에 반지가 그대로 있나 확인해보았더니 없는 거야. 나는 절망했지. 울었어. 이를 벅벅 갈았어. 하지만 아무 소용 없었지. 아침이 되자 우리를 갑판 위로 끌고 가서 뱃전을 따라 한 줄로 세웠어. 우리 남부 네덜란드인은 십여 명쯤 됐어. 그때 선장이 나타났어. 파리 출신인 선장은 악마 같은 족제비였고, 일등항해사는 텁수룩한 수염에 덩치 큰 바스크인이었지. '나는 르노댕 선장이고 여러분은 나의 영광스러운 자원자들이다. 우리가 받은 명령은 북아메리카에서 곡물을 가져오는 수송선과 만나 공화국 땅까지 그 배를 호위하는 것이다. 영국인이 우리를 막아설 것이다. 우리는 그놈들을 분쇄해버려야 한다. 질문 있는 사람?' 스위스인 한 명이 잽싸게 지껄이기 시작했어. '르노댕 선장님, 저는 메노파교도인데, 저희 종교에서는 살인을 금합니다.' 르노댕이 일등항해사에게 말하더군. '형제애가 넘치는 저자를 더이상 괴롭혀서는 안 되겠지.' 그랬더니 그 덩치가 나서서 스위스인을 배 밖으로 집어던지지 뭐야. 그자가 도와달라고 소리지르는 게 들렸어. 제발 도와달라고 애걸복걸하더군. 그러다가 애원하는 소리가 더는 들리지 않게 되었어. 선장이 물었어. '또 질문 있는 사람?' 뭐, 나는 선원 생활에 금세 다시 익숙해졌어. 이주 후 6월 1일 영국 함대가 나타났을 때 나는 24파운드 포에 탄약을 장전하고 있었지. 나중에 프랑스인이 웨상섬 3차 해전이라고 부르고 영국인은 영광의 6월 1일이라고 부른 전투였지. 조니 로스트 비프 경한테야 서로의 군함 포문에서 10피트 떨어진 곳으로 날아가는 포탄이 '영광스러웠을지' 몰라도 나에게는 영광스럽지 않았어. 갈기갈기 찢어진 사람들이 연기 속에서 몸부림쳤지. 아, 헤리츠존 당신보다 더 덩치 크고 거친 사람들이 목에 너덜너덜한 구멍이 뚫린 채 엄마를 찾으며 애원했다니까…… 의사한테서 가져온 통에 가득……" 바르트는 잔을 채운다. "아니, 브런즈윅호가 우리 흘수선에 구멍을 내서 우리가 가라앉고 있다는 것을 알았을 때, 방죄르호는 더는 전함도 아니었어. 우리는 도살장에 있었어…… 도살장……" 바르트는 자기 럼주를 들여다보다가 야코프에게로 눈길을 돌린다. "그 무시무시한 날에 뭐가 나를 구했게? 내 쪽으로 둥둥 떠온 빈 치즈 통이었어. 밤새도록 거기 매달려 있었지. 너무 춥고 기진맥진해서 상어가 무서운 줄도 몰랐다니까. 날이 밝자 영국 국기를 단 작은 군함이 나타났어. 나를 배로 끌어올려놓고는 저희들이 쓰는 갈까마귀 꽥꽥거리는 듯한 언어로 나한테 떠들어대더군. 기분 나빠하지는 마, 투미……"

목수가 어깨를 으쓱한다. "이제 내 모국어는 아일랜드어요, 바르트 씨."

"늙은 수병이 나를 위해 통역을 해주었지. '부사관이 어디 출신이냐고 묻는구면.' 내가 대답했지. '안트베르펜입니다. 프랑스놈들에게 핍박을 받아서 그놈들을 미워합니다.' 수병이 그 말을 옮기니 부사관이 그보다 더 길게 떠들었어. 요지는 나는 프랑스놈이 아니니까 포로가 아니라는 거였어. 얼마나 고마운지 그 녀석 신발에 입이라도 맞추고 싶었다니까! 내가 평범한 수병으로 영국 해군에 자원하면 적당한 보수와 거의 새것이나 다름없는 침구 한 벌을 받게 될 거라더군. 하지만 자원하지 않는다면 압력을 좀 받게 될 거고 풋내기 선원으로서 보수를 못 받을 거라는 거야. 나는 절망하지 않기 위해 배가 어디로 향하는지 물었어. 그레이브젠드나 포츠머스라면 슬쩍 도망가서 됭케르크로 돌아갈 길을 찾을 수도 있을 것 같았거든. 그러면 일이 주 내로 사랑스러운 네일티어를 만날 수 있을 거고…… 그런데 늙은 수병이 대답했지. '우리가 다음에 도착할 항구는 어센션섬이다. 식량을 싣기 위해서지―그러니까 뭍에는 오를 수 없어―그리고 거기에서 벵골만으로 간다……' 나는 다 큰 어른이었지만 울지 않을 수 없었어……"

럼주가 한 방울도 남지 않았다. "행운의 여신이 오늘밤에는 당신한테 관심이 없구면요, 더주트 씨." 흐로터가 촛불을 두 개만 남기고 다 불어서 끈다. "하지만 오늘만 날은 아니니까, 응?"

"관심이 없다고요?" 야코프는 다른 이들이 문 닫는 소리를 듣는다. "그 정도가 아니었어요."

"아, 수은으로 번 돈으로 꽤 오랫동안 기근과 역병은 면할 거요, 응? 거래를 하면서 당신이 취했던 태도는 좀 위험했지만, 당신이 제멋대로 구는 걸 승정이 봐주는 동안에는 마지막 남은 두 상자로 더 많은 돈을 벌 수도 있을 거요. 고작 여덟 상자가 아니라 팔십 상자면 얼마만큼의 부를 얻게 될지 생각해보시오……"

야코프는 취기로 머리에서 김이 난다. "그 정도 양은 규칙에 어긋날걸요……"

"사무역 때문에 회사 규칙을 어기는 거다 이거지. 하지만 거친 바람에 살아남는 나무는 휘어지는 놈이라고, 그렇지 않소?"

"그럴듯한 비유를 든다고 해서 잘못된 것이 옳은 것이 되지는 않아요."

흐로터는 귀중한 유리병을 다시 선반에 얹어둔다. "오백 퍼센트나 수익을 올렸어요. 곧 소문이 퍼질 테고, 기껏해야 두 철이 지나기도 전에 중국인이 이 시장에 물밀듯 흘러들어올 거요. 판클레이프 차석 상관장과 레이시 선장 둘 다 바타비아에 자금이 있고, 그들은 '이것참, 내 할당량은 여덟 상자뿐이니 안 되겠군'이라고 말할 사람들이 아니에요. 아니면 상관장 본인이 나설 수도 있고."

"포르스텐보스 상관장님은 부패를 거들기 위해서가 아니라 일소하려고 여기 와 있는 겁니다."

"포르스텐보스 상관장도 전쟁으로 남들 못지않게 큰 손해를 보고 있어요."

"포르스텐보스 상관장님은 정직한 분이라 회사에 해를 입히고 자기 잇속을 차리지는 않을 겁니다."

"다 제 눈에는 자기가 제일 정직한 사람 아니겠소?" 흐로터의 둥그런 얼굴이 어둠 속에서 청동 달처럼 보인다. "중요한 건 실제로 어떻게 행동하느냐지. 그렇지 않으면 다 제 변명일 뿐이오. 자, 정직한 녀석들 얘기가 나왔으니 말인데, 오늘밤 여기서 같이 어울린 진짜 이유가 뭡니까?"

경비병들이 방파제 길을 따라 오가며 나무 딱따기로 시간을 알린다.

야코프는 생각한다. 교묘하게 빠져나가기엔 술이 너무 취했어. "두 가지 민감한 문제 때문에 왔습니다."

"머나먼 곳에 있는 사랑하는 우리 아버지 무덤에 걸고 맹세하는데, 봉한 듯이 입다물고 있겠소."

"사실은, 상관장님이…… 횡령이 이루어지고 있지 않나 의심합니다……"

"맙소사! 횡령이 없을 리가 있나, 더주트 씨. 데지마에!"

"……매일 아침 당신의 주방을 찾아오는 공급업자와 관련되어 있다고……"

"아침마다 공급업자 여럿이 내 주방을 찾아와요, 더주트 씨."

"……올 때나 떠날 때나 작은 자루가 불룩하다던데요."

"오해를 풀 수 있게 되어 기쁘군요, 응? 상관장님께 그 답은 '양파'라고 말씀드리세요. 아, 양파 말이오. 썩어서 냄새나는 양파. 그 공급업자는 누구보다도 못돼 처먹은 개새끼요. 아침마다 수작을 부리려 하는데, 어떤 불한당들은 아무리 '썩 꺼져, 이 뻔뻔한 악당놈아!' 하고 쫓아내도 들은 척도 않거든. 나도 그게 영 걱정이라오."

어부들의 목소리가 따스하고 짭조름한 밤공기를 타고 퍼져나간다.

내가 취하기는 했어도 주도면밀하게 건방 떠는 걸 놓칠 정도는 아니지. 야코프는 생각한다.

"자, 그러면 더 성가시게 해드리지 않아도 되겠군요." 사무원이 일어선다.

"그렇죠?" 아리 호로터는 의심스러운 기색이다. "그래요."

"예. 내일 계량장에서 또 긴 하루를 보낼 테니 이만 가봐야겠습니다."

호로터가 얼굴을 찌푸린다. "그런데 민감한 문제가 두 개라 하지 않았소, 더주트 씨?"

"양파 얘기를 하셨지요." 야코프가 들보 아래에서 고개를 숙인다. "그러면 두번째 얘기는 헤리츠존 씨와 하면 됩니다. 내일 날이 밝으면 그와 얘기해보기로 하지요. 그 소식이 반갑잖은 폭로가 될까 우려스럽습니다."

호로터가 문을 반쯤 막는다. "그 두번째 문제는 뭐에 관한 거요?"

"카드놀이 말입니다, 호로터 씨. 카르뇌펠 서른여섯 라운드, 그 서른여섯 라운드에서 열두 라운드를 당신이 패를 돌렸고, 그 열두 라운드 중에서 당신이 열 라운드를 이겼지요. 있을 수 없는 결과입니다! 바르트와 오스트는 문제가 있다고 생각되는 카드를 살펴보지 않을지 몰라도, 투미와 헤리츠존은 살펴볼 겁니다. 오래된 수법이라고 무시했네요. 우리 뒤에는 거울이 없지요. 당신에게 눈짓을 해줄 하인도 없고…… 영문을 알 수 없었지요."

"의심도 많구먼." 호로터의 어조가 싸늘해진다.

"회계장부 담당자는 의심하는 자세를 가져야 합니다, 호로터 씨. 당신의 우승을 설명할 길이 없어 당혹했다가, 당신이 카드를 돌릴 때 카드 위쪽 가장자리를 쓰다듬는 것을 알아차렸습니다. 그래서 나도 똑같이 해봤더니 과연 표시를 해둔 것이 느껴지더군요―조그만 자국들이요. 잭, 세븐, 킹, 퀸은 모두 가치에 따라 귀퉁이에서 더 멀리 혹은 가까이 표시를 해놓았어요. 선원이나 창고 인부, 목수의 손은 굳은살이 너무 많지요. 하지만 요리사나 사무원의 집게손가락이라면 얘기가 다릅니다."

흐로터가 침을 꿀꺽 삼킨다. "그건 관례요. 장소를 제공하는 데 대한 수고비 조라고."

"아침이 되면 헤리츠존도 같은 의견인지 알게 되겠지요. 자, 이제 정말로……"

"정말 유쾌한 저녁이구먼. 당신이 저녁에 잃은 돈을 내가 벌충해주면 어떻겠습니까?"

"중요한 건 진실입니다, 흐로터 씨. 단 한 가지 진실요."

"당신을 부자로 만들어주었는데 이런 식으로 빚을 갚는 거요? 협박으로?"

"그 양파 자루에 대해 좀더 얘기해주겠습니까?"

흐로터가 한숨을 두 번 내쉰다. "당신 정말 성가신 사람이구먼, 더주트 씨."

야코프는 그 반어적인 칭찬을 음미하며 기다린다.

"당신도 인삼 구근에 대해 알겠죠?" 요리사가 말을 시작한다.

"일본 약제사들이 아주 귀하게 여기는 상품이라는 건 압니다."

"바타비아의 한 중국인─아주 신사요─이 나에게 해마다 배로 상자를 하나 보내요. 그건 아무 문제 없소. 문제는, 경매일에 부교쇼에서 그 물건에 세금을 매긴다는 거지. 열 개 중에 여섯 개는 잃을 판이었는데, 어느 날 마리뉘스 박사가 여기 만에서 별 가치가 없는 토종 인삼을 재배한다는 얘기를 하더군요. 그래서……"

"그래서 그 토종 인삼을 자루에 넣어 가져오는군요……"

"……그리고 떠나지요." 흐로터가 살짝 자부심을 내비친다. "중국인의 자루를 가지고."

"육지 문의 경비병과 몸수색꾼이 눈치 못 채나요?"

"돈을 찔러준다오. 자, 이제 당신한테 내가 좀 물어봅시다. 상관장이 이 일에 대해 어떻게 나올 것 같소? 이것과, 그 밖에 당신이 냄새 맡은 모든 것에 대해 말이오. 왜냐하면 데지마는 다 이런 식으로 돌아가거든. 이런 소소한 부수입이 나올 구멍을 다 막아버린다면 데지마 자체가 멈춰버릴 거요—아, '그건 포르스텐보스 씨가 알아서 하실 문제입니다'라는 말로 피하려 들지 마시오."

"하지만 포르스텐보스 상관장님이 알아서 하실 문제입니다." 야코프가 빗장을 들어올린다.

"그건 옳지 않아요." 흐로터가 빗장을 건다. "정당하지 않다고. 지금은 '사무역은 회사에 큰 해를 끼친다' 이랬다가, 나중에는 '나는 내 사람들을 가볍게 여기는 사람이 아니다' 이런다고. 당신은 포도주로 가득한 저장고를 가져보지 못할 거고 당신 마누라는 술이 떡이 되도록 취해보지 못할 거라고요."

"정직하게 거래를 하세요. 그러면 문제 생길 일이 없습니다."

"거래를 '정직하게' 하면 내 수입은 감자 껍질이 전부일걸!"

"회사 규칙을 만드는 사람은 제가 아닙니다, 흐로터 씨."

"아, 하지만 당신도 더러운 일을 꽤나 하고 있지 않나요?"

"저는 명령을 충실히 따를 뿐입니다. 자, 직원을 가둬놓을 셈이 아니라면 이 문 열어주세요."

"충성하는 건 간단해 보이지만, 실은 그렇지 않소."

IX
톨 하우스, 사무원 더주트의 방

✦

1799년 9월 15일 일요일 아침

야코프는 마룻장 밑에서 더주트 집안의 시편을 다시 꺼내 매일 밤 무릎 꿇고 기도하는 방 한구석에서 무릎을 꿇는다. 책등과 표지 사이의 가느다란 틈새에 코를 대고 돔뷔르흐 목사관의 축축한 향기를 들이마신다. 그 냄새를 맡자, 마을 사람들이 1월의 돌풍과 씨름하며 자갈이 깔린 큰길을 따라 교회까지 걸어가던 일요일들이 떠오른다. 마음 한켠으로 죄책감을 느끼며 호숫가에서 빈둥거리는 아이들의 창백한 등을 햇살이 데워주던 부활절 일요일, 교회지기가 바다 안개를 뚫고 종탑에 올라가 종을 울리던 가을의 일요일, 미델뷔르흐의 모자상에게서 새 시즌 모자들이 도착하는 제일란트의 짧은 여름의 일요일, 단 한 사람만이 돔뷔르흐의 더주트 목사이면서 헤이르티어와 나의 숙부이자 어머니의 형제가 될 수 있듯이, 성부와 성자와 성령만이 보이지 않는 삼위일체라고 야코프가 숙부에게 말했던 성령강림절이 떠오른다. 보상으로 숙부는 그에게 이

전에도 없었고 앞으로도 없을 입맞춤을 해주었다. 그의 이마에, 말 없이, 경의를 표하며.

향수병에 걸린 여행자가 기도한다. 제가 집에 돌아갈 때까지 모두 몸 성히 잘 지내게 해주소서.

네덜란드 회사는 네덜란드 개혁교회에 충성을 공언하지만, 직원 들의 정신적 안녕을 위해 해주는 것은 거의 없다. 데지마의 상관장 포르스텐보스와 차석 상관장 판클레이프, 이보 오스트, 호로터, 헤 리츠존도 네덜란드 개혁교회에 충성한다고는 하지만, 조직적으로 예배 같은 걸 올리도록 일본인이 용인해주지는 않을 것이다. 레이 시 선장은 영국성공회교도이고, 폰커 아우베한트는 루터교도, 핏 바르트와 콘 투미는 가톨릭교도다. 투미는 일요일마다 '성스러운 미사를 성스럽지 못하게 엉망으로' 올리고 있다며 신부님의 돌봄 없이 죽게 될까봐 두렵다고 털어놓았다. 마리뉘스 선생은 볼테르, 디드로, 허셜이나 스코틀랜드 의사들에 대해 논할 때와 같은 어조 로 조물주에 대해 말한다. 존경하지만 숭배하는 정도까지는 아니 라는 식이다.

야코프는 궁금하다. 일본인 산파는 어느 신에게 기도할까?

야코프는 '폭풍의 기도'로 알려진 시편 93편을 펼친다.

물결소리 높습니다! 야훼여, 강물소리 술렁댑니다. 서로 부딪치며 광 란합니다……

제일란트인은 플리싱언과 브레스컨스 사이의 베스테르스헐트를 그려본다.

……그러나 높은 데 계신 야훼는 더 세십니다……

야코프에게 성경의 폭풍은 태양조차 물속에 가라앉는 북해의 폭풍이다.

……몸부림치는 바다 소리보다 세시고 많고 많은 물결 소리보다 더 세십니다……

야코프는 아나의 손, 그녀의 따듯한 손, 그녀의 살아 있는 손을 생각한다. 그는 표지에 박힌 총알을 손가락으로 만져보고 150편을 편다.

나팔소리 우렁차게 그를 찬미하여라…… 살터리*와 하프 타며 찬미하여라.

하프 연주자의 가느다란 손가락과 낫 모양의 눈은 아이바가와 양의 것이다.

북 치고 춤추며 그를 찬미하여라. 다윗왕의 무희는 한쪽 뺨에 화상 흉터가 있다.

눈이 퀭한 모토키 통역관이 조합 차양 아래에서 기다리고 있다가 초대받은 사무원이 바로 자기 앞까지 왔을 때에야 야코프와 한자부로를 알아본다. "아! 더주트 상…… 경고 없이 호출하여 큰 곤란을 초래합니다."

모토키의 인사에 야코프도 고개 숙여 인사한다. "곤란이라니요, 영광입니다, 모토키 씨……"

쿨리가 장뇌 한 상자를 떨어뜨리자 상인이 그를 발로 걷어찬다.

---

* 12~15세기 유럽에서 사용된 현악기의 일종.

"……포르스텐보스 상관장님이 필요하다면 오전 내내 자리를 비워도 된다고 양해해주셨습니다."

모토키는 신발을 벗고 들어가는 조합 안으로 그를 안내한다.

야코프는 무릎 높이의 마루에 올라 아직 한 번도 발을 들여본 적 없는 널따란 안쪽 사무실로 간다. 교실처럼 배치해놓은 책상에 여섯 사람이 앉아 있다. 일급 통역관 호리와 고바야시가 있고, 이급 통역관으로 마맛자국이 있는 나라자키와 카리스마가 있지만 의뭉스러워 보이는 나무라가 있다. 삼급 통역관 고토가 서기 역할을 맡았다. 그리고 눈빛이 신중한 남자가 앉아 있는데, 자신을 의사 마에노라 소개하며 야코프에게 이 자리에 참석해줘서 감사하다고 말한다. "당신이 저의 네덜란드어를 바로잡아줄 수도 있겠지요." 한 자부로는 구석에 앉아 집중하는 척한다. 고바야시는 공작 깃털 부채 건에 아무런 유감도 없다는 것을 보여주려 애쓰면서 야코프를 '제일란트의 사무원 더주트 님'이자 '학식이 깊은 분'으로 소개한다.

그 학식 깊은 인물이 그러한 찬사를 사양하자 그의 겸손함에 박수가 쏟아진다.

모토키는 통역 일을 하다보면 통역관들이 의미가 불분명한 단어를 맞닥뜨리는 경우가 많은데, 이를 분명히 밝혀보고자 야코프를 초청했노라고 설명한다. 보통은 마리뉘스 선생이 이 비공식적인 개별 지도를 이끄는데, 오늘은 바빠서 사무원 더주트를 대리인으로 지명한 것이다.

각 통역관은 조합원 모두가 이해하지 못한 단어 목록을 가지고 있다. 모토키가 이를 하나씩 읽으면 야코프가 예시와 몸짓과 동의어를 동원해 힘닿는 데까지 분명하게 설명해준다. 모두가 납득할 때까지 적절한 일본어 대체 어휘를 토론하고, 때로는 야코프에게 시험해보기도 한다. '바싹 마른' '풍부함' '초석' 같은 간단한 단어는 시간을 그리 오래 끌지 않는다. '직유' '허구' '시차' 같은 추상적인 단어는 훨씬 까다롭다. '사생활' '비장병의' 같은 단어나 동사 '~할 만하다'처럼 일본어에 해당되는 말이 없는 경우엔 십 분에서 십오 분 정도 걸린다. '한자동맹의'나 '신경 말단' '가정법'과 같이 전문적인 지식이 요구되는 표현도 마찬가지다. 야코프는 네덜란드 학생이라면 '무슨 말인지 모르겠다'고 말할 법한 경우에도 통역관들은 눈을 내리깔기만 한다는 걸 알아챘다. 따라서 교사는 단순히 설명하는 것에 그치지 않고 학생들이 정말로 이해했는지 판단해야 한다.

두 시간이 한 시간처럼 지나갔지만 지친 야코프에게는 네 시간처럼 느껴진다. 녹차가 나오고 짧은 휴식 시간이 주어지자 그는 반가운 마음이 든다. 한자부로는 말도 없이 쓱 빠져나간다. 후반부 수업에서 나라자키가 '그는 에도에 가고 없다'와 '그는 에도에 가 본 적이 있다'가 어떻게 다른지 묻는다. 마에노 선생은 '그런다고 내 호주머니가 털리는 것도, 내 다리가 부러지는 것도 아니다'*라는 말을 언제 쓰는지 궁금해한다. 나무라는 '내가 본다면' '내가 보았다면' '내가 보았었더라면'의 차이를 묻는다. 야코프는 지겨웠던 학생 시절 문법 수업에 감사하고픈 심정이다. 오전 수업의 마지막 질문들은 고바야시 통역관이 던진다. "더주트 씨께서 이 단어, '영

---

* 토머스 제퍼슨이 '이웃이 스무 종류의 신을 믿거나 신을 아예 믿지 않는다고 해서 나에게 해될 것은 없다'라는 뜻으로 한 말. 개인의 종교적 믿음에 간섭할 수 없다는 의미다.

향'을 설명해주시길 부탁드립니다."

야코프가 대답한다. "결과라는 뜻입니다. 어떤 행동의 결과요. 돈을 써버리면 그 영향으로 가난해지지요. 과식을 하면 그 영향으로"─그는 배가 부풀어오른 시늉을 해 보인다─"뚱뚱해집니다."

고바야시가 '백주 대낮에'를 묻는다. "한 단어씩은 이해할 수 있습니다만, 전체 의미가 잘 이해되지 않습니다. '친구 다나카 씨를 백주 대낮에 방문한다'고 할 수 있습니까? 제 생각에는 아닌 것 같은데……"

야코프는 범죄에 대한 암시가 있다고 말한다. "특히 악한─나쁜 사람을 말합니다─이 수치심이나 두려움 없이 범죄를 저질렀을 때 씁니다. '내 친구 모토키 씨는 백주 대낮에 강도를 당했다.'"

"'포르스텐보스 씨의 찻주전자가 백주 대낮에 도난당했다'는요?" 고바야시가 묻는다.

"적절한 예입니다." 야코프는 상관장이 그 자리에 없는 것을 다행으로 여기며 대답한다.

통역관들은 다양한 일본어의 등가어를 놓고 토론을 한다.

고바야시가 또 말한다. "다음 단어는 간단할 것 같습니다…… '무력한'입니다."

"'무력한'은 '유력한' 또는 '강한'의 반대말입니다. 그러니까 '약한'입니다."

마에노 선생이 제안한다. "사자는 강하다. 하지만 생쥐는 무력하다."

고바야시가 고개를 끄덕이고 목록을 살핀다. "다음은 '속 편하게도 모르다'입니다."

"불운에 대해 알지 못하는 상태입니다. 모르는 동안에는 '속 편히', 즉 만족하고 있을 수 있지요. 하지만 일단 알게 되면 불행해집니다."

"남편은 아내가 다른 남자를 사랑하는 것을 '속 편하게도 모른다'는 어떻습니까?" 호리가 말한다.

"좋습니다, 호리 씨." 야코프가 미소를 지으며 저려오는 다리를 쭉 뻗는다.

"마지막 단어는 법에 대한 책에서 본 것입니다. '확증 부족.'"고 바야시가 말한다.

네덜란드인이 입을 열기 전에 엄숙한 얼굴의 고스기 도신이 문가에 나타난다. 겁먹은 한자부로가 그 뒤에 있다. 고스기는 방해한 것을 사과하고는 한자부로와 야코프가 관련된 심각한 이야기를 전한다. 야코프가 보기에, 이야기는 점점 더 불안감을 고조시킨다. 어느 대목에선가 통역관들이 깜짝 놀라 헉하고 숨을 들이마시며 당황한 네덜란드인을 쳐다본다. '도둑'을 뜻하는 '도로보'라는 단어가 여러 차례 나온다. 모토키가 도신에게 자세한 사항을 확인하고는 알린다. "더주트 씨, 고스기 도신이 나쁜 소식을 가져왔습니다. 톨 하우스에 도둑이 들었답니다."

"뭐라고요?" 야코프가 외친다. "하지만 언제? 어떻게 들어왔단 말입니까? 왜요?"

"통역이 '지금 이때'라고 합니다." 모토키가 확인해준다.

"뭘 훔쳐갔나?" 야코프가 한자부로에게 묻는다. 한자부로는 야단맞을까봐 걱정하는 얼굴이다. "훔쳐갈 만한 게 뭐가 있지?"

톨 하우스의 계단이 평소보다 덜 어둑어둑하다. 위층 야코프의
처소로 들어가는 문짝 경첩이 떨어져 있다. 안으로 들어가니 그의
사물함도 똑같은 꼴을 당했다. 여섯 면에 모두 둥근 구멍을 뚫은
것으로 보아 도둑들은 비밀 칸을 찾으려 했던 모양이다. 책과 스케
치북이 복원할 수 없을 만큼 망가진 채 바닥에 널브러진 모습을 보
니 마음이 아파 야코프는 제일 먼저 그것들을 정리한다. 고토 통역
관이 도와주며 묻는다. "책을 가져갔습니까?"

"잘 모르겠군요. 일단 다 모아봐야……"

……하지만 그런 것 같지는 않다. 그의 귀중한 사전은 긁혀 흠
이 나기는 했어도 도둑맞지는 않았다.

하지만 혼자 남게 될 때까지 내 시편은 확인해볼 수 없어. 야코프는
생각한다.

혼자 남아 시편을 확인할 기회가 금방 올 것 같지 않다. 그가 몇
안 되는 개인 소지품을 수습하고 있을 때 포르스텐보스와 판클레
이프, 페터 피셔가 계단을 올라온다. 이제 그의 작은 방은 열 명도
넘는 사람들로 북적댄다.

"처음에는 내 찻주전자더니, 이제는 이런 일이 터지는구먼." 상
관장이 소리친다.

"반드시 도둑을 찾아내도록 모든 노력을 다하겠습니다." 고바야
시가 말한다.

"도둑이 들었을 때 담당 통역은 어디 있었소?" 페터 피셔가 야
코프에게 묻는다.

모토키 통역관이 한자부로에게 질문하자 그가 멋쩍게 대답한다.
"한자부로는 많이 아픈 어머니를 방문하러 한 시간 정도 상륙합니

다." 모토키가 말한다.

피셔가 조롱 섞인 콧방귀를 뀐다. "어디서부터 수사를 시작해야 할지 알겠군."

판클레이프가 묻는다. "도둑이 가져간 물건이 뭔가, 더주트 군?"

"다행히도, 아마 도둑의 표적이었을 제 남은 수은은 삼중 자물쇠를 건 에이크 창고에 있습니다. 회중시계도 다행히 안경과 같이 몸에 지니고 있었습니다. 그래서 우선 살펴본 바로는……"

포르스텐보스가 고바야시에게 벌컥 화를 낸다. "정규 교역을 하면서 당신네 정부에 뜯기는 것으로도 모자라 우리 신변과 재산을 위협하는 이런 절도 행위까지 반복된단 말인가? 한 시간 후에 긴 방으로 와 보고하게. 도난당한 물품 목록을 전부 포함해 부교에게 전달할 공식 항의 서한 내용을 말할 테니……"

"끝났수다." 콘 투미가 문을 다시 달아주고는 아일랜드식 영어로 말한다. "망할 것들이 또 들어오려면 벽을 뜯어야 할 거요."

야코프가 톱밥을 쓸어낸다. "그 망할 것들이 누굴까요?"

목수가 문틀을 두드린다. "사물함은 내일 고쳐드리지. 새것처럼 말짱하게. 참 안된 일이오—백주 대낮에, 안 그러오?"

"몸 안 다친 것을 다행으로 여겨야지요." 야코프는 시편이 걱정되어 죽을 지경이다.

만약 책이 없어졌다면 도둑들이 협박해올 텐데……

"그건 그렇지." 투미는 기름천에 연장을 싼다. "저녁 먹을 때 봅시다."

아일랜드인이 계단을 내려가자 야코프는 문을 닫고 빗장을 지른다음 침대를 몇 인치 옮긴다……

흐로터가 인삼 건으로 내게 복수하려고 침입하도록 시켰을까?

야코프는 마룻장을 들어올리고 바닥에 누워 자루로 싼 책을 향해 손을 뻗는다……

손끝이 시편에 닿자 그는 안도의 한숨을 내쉰다. "주님은 그를 사랑하는 모든 이를 지켜주신다." 그는 마룻장을 원래대로 돌려놓고 침대에 앉는다. 그는 안전하다. 오가와도 안전하다. 그렇다면 뭐가 문제지? 야코프는 뭔가 중요한 것을 놓치고 있다는 느낌이 든다. 총액이 맞아떨어지는 듯 보여도 장부에 분명히 거짓이나 오류가 숨겨져 있을 때처럼……

깃발광장 너머에서 망치질이 시작된다. 오늘은 목수들이 느지막이 일한다.

확실히 뭔가 숨겨져 있어. 야코프는 생각한다. '백주 대낮에.' 진실이 벽돌 지게처럼 그를 강타한다. 고바야시의 질문은 암호를 떠벌린 거였어. 침입은 메시지였다. 그것은 이런 뜻이다. "네가 나를 화나게 하고 속 편하게도 모르고 있다니, 그 영향으로 지금 백주 대낮에 일이 벌어지고 있다. 너는 복수하기에는 무력하다. 확증 부족일 테니까." 고바야시는 도둑질이 자기가 꾸민 짓이라 주장하면서도 혐의는 피해가게 꾸며놓았다. 도둑이 든 바로 그 시간에 어떻게 도둑과 피해자가 한자리에 있을 수 있겠는가? 야코프가 암호 같은 그 말들을 다른 이들에게 알려봤자 헛소리로 들릴 것이다.

무덥던 날이 시원해지고 있다. 소음도 잦아들었다. 야코프는 구역질이 날 것 같다.

복수하고 싶겠지, 그래. 야코프는 추측한다. 하지만 고소하려면 뭔가 얻어간 게 있어야 할 텐데.

도둑맞으면 시편 다음으로 타격이 큰 물건이 무엇일까?

선선하던 날이 무더워진다. 소음이 심해진다. 야코프는 두통을 느낀다.

베개 밑에 둔 제일 최근에 쓴 스케치북의 마지막 페이지에…… 그는 번뜩 깨닫는다.

야코프는 덜덜 떨면서 베개를 내던지고 스케치북을 낚아채 묶은 끈을 더듬더듬 풀고 마지막 페이지를 펼쳐보고는 숨도 쉬지 못한다. 페이지가 뜯겨나가고 지저분한 가장자리만 남았다. 그 페이지엔 아이바가와 양의 얼굴과 손, 눈을 드로잉한 그림이 가득했다. 근처 어딘가에서 고바야시가 악의어린 기쁨에 차서 그 그림을 들여다보고 있으리라……

꾹 감은 눈 앞에 그림이 점점 더 선명하게 떠오른다.

이게 사실이 아니기를. 야코프는 기도해보지만 응답을 받을 것 같지는 않다.

거리로 난 문이 열린다. 다리를 끄는 느린 발소리가 계단을 올라온다.

마리뉘스가 야코프를 찾아왔다는 놀라운 사실도 야코프의 견고한 불행엔 흠집조차 내지 못한다. 아이바가와 양이 데지마에서 공부해도 좋다고 허가받았던 게 취소되면 어떡하나? 묵직한 지팡이가 문을 쿵쿵 두드린다. "돔뷔르흐인."

"오늘 이미 반갑지 않은 손님이 너무 많이 찾아왔습니다, 선생님."

"이 문 열게, 바보 같은 촌놈."

야코프가 따르기 가장 쉬운 명령이다. "비웃어주러 오셨습니까?"

마리뉘스는 사무원의 방 안을 휘둘러보더니 창턱에 자리를 잡고 유리와 종이창 너머로 롱 스트리트와 정원을 바라본다. 그는 윤기 흐르는 흰머리를 풀었다가 다시 묶는다.

"놈들이 뭘 가져갔던가?"

"아무것도……" 그는 포르스텐보스의 거짓말을 떠올린다. "값나가는 것은 아무것도 안 가져갔습니다."

마리뉘스가 기침을 한다. "나는 도둑맞은 사람한테는 당구를 한 판 처방하지."

"선생님, 오늘 제가 하지 않을 일이 있다면," 야코프가 단언한다. "바로 당구입니다."

야코프의 당구공이 당구대 위를 굴러가다 풋쿠션에 부딪혀 방향을 바꿔 헤드쿠션에서 2인치 정도 떨어진 곳, 마리뉘스의 공보다 손 한 뼘쯤 더 가까운 곳에 멈춘다. "먼저 치세요, 선생님. 몇 점까지로 할까요?"

"혜메이하고는 501점까지 따면 끝냈지."

에일라튀가 얼룩덜룩한 유리잔에 레몬을 짜 넣는다. 레몬향이 공기를 노란색으로 물들인다.

산들바람이 가든 하우스의 당구장으로 불어들어온다.

마리뉘스는 게임 첫 타에 집중한다……

왜 이렇게 갑자기 유난스럽게 친절을 베푸는 걸까. 야코프는 궁금하지 않을 수 없다.

……하지만 의사의 타격은 빗나가서 야코프의 공이 아니라 붉은 공을 친다.

야코프는 손쉽게 자기 공과 붉은 공을 둘 다 포켓에 넣는다. "제가 점수를 기록할까요?"

"자네가 기록 담당이네. 에일라튀, 오후 시간은 자유다."

에일라튀는 선생에게 감사 인사를 하고 나간다. 사무원은 대포알을 쏘듯 연달아 공을 힘껏 쳐내 순식간에 50점까지 점수를 올린다. 당구공들이 굴러가는 둔탁한 소리가 헝클어진 그의 신경을 달래준다. 그는 절반쯤 스스로를 납득시킨다. 집에 도둑이 든 충격으로 내가 잠시 이성을 잃었어. 아무리 여기에서라도 외국인이 아이바가와 양을 그린 게 처벌을 받을 만한 일은 아닐 텐데. 아이바가와 양이 나를 위해 몰래 포즈를 취해준 것도 아니고. 60점을 따고 나서 야코프는 마리뉘스에게 순서를 넘긴다. 그리고 생각한다. 스케치 한 장 정도가 내가 그 여자에게 홀딱 반했다는 증거가 될 리도 없고.

의사의 당구 실력이 그저 그런 아마추어 수준인 것에 야코프는 놀란다.

'홀딱 반했다'가 정확한 표현도 아니야…… 그는 고쳐 생각한다.

"선생님, 일단 배가 바타비아에서 출항하면 여기에서는 시간이 잘 안 가나보죠?"

"대개는 그렇지. 남자들은 그로그주, 담배, 음모, 이 나라에 대한 증오심, 그리고 섹스에서 위안을 구하지. 나는……" 그는 쉬운 공을 놓친다. "……식물학과 연구, 가르치는 일을 벗삼는 편이지. 물론 내 하프시코드도."

야코프가 큐대에 초크를 바른다. "스카를라티 소나타는 어떻습니까?"

마리뉘스가 덮개를 새로 씌운 의자에 앉는다. "고맙다는 인사가 듣고 싶은 건가?"

"절대 아닙니다, 선생님. 선생님이 이곳 과학 학술원 소속이라고 알고 있습니다."

"지란당 말인가? 거기는 정부 후원을 받는 곳이 아니야. 에도는 외국의 것이라면 죄다 불신하는 '애국자들'이 지배하고 있어서, 공식적으로 우리는 그저 사설 교육기관일 뿐이네. 비공식적으로는 란가쿠샤蘭學者, 그러니까 유럽의 과학과 예술을 연구하는 학자들이 사상을 교환하는 거래소지. 원장인 오쓰키 몬주로는 나를 매달 초청하도록 부교쇼에 영향력을 발휘할 수 있는 인물이네."

"아이바가와 선생도……" 야코프는 멀리 있는 붉은 공을 포켓에 넣는다. "……일원인가요?"

마리뉘스는 자신의 젊은 상대를 의미심장한 눈길로 살펴본다.

"그냥 궁금해서 여쭤본 겁니다, 선생님."

"아이바가와 선생은 열정적인 천문학자이고 건강이 허락하는 한 참석한다네. 사실 엄청난 비용을 들여 여기에서 주문한 망원경으로 허셜의 새 행성을 관찰한 최초의 일본인이지. 나는 그와 의학보다는 광학에 대해 더 많이 토론한다네."

야코프는 붉은 공을 보크라인으로 다시 보내면서 화제를 유지할 방법을 궁리한다.

"아내와 아들들을 잃은 후, 아이바가와 선생은 아들이 딸린 젊은 과부와 결혼해 그 아들을 네덜란드 의학에 입문시켜 아이바가와 집안의 의술을 잇도록 하려 했지. 그런데 그 젊은이는 나태하고 실망스러운 작자였어."

"그러면 아이바가와 양도⋯⋯" 젊은이는 치기 힘든 공을 노린다. "⋯⋯지란당에 참석하도록 허락을 받았습니까?"

"자네도 알다시피 자네에게 걸림돌이 되는 법이 있다네. 구애를 해봤자 가망이 없어."

"법이라." 야코프가 친 공이 포켓 입구에 부딪혀 덜그럭거린다. "의사의 딸은 외국인의 아내가 되면 안 된다는 법이라도 있습니까?"

"그런 법이 아니네. 현실을 지배하는 법을 말하는 거지. 불문율 말일세."

"그러니까 아이바가와 양은 지란당에 참석하지 않는다는 말씀이시죠?"

"실은 그녀는 학술원에 수련의로 참석하고 있어. 하지만 내가 자네한테 누누이 말하는 건⋯⋯" 마리뉘스가 치기 쉬운 붉은 공을 포켓에 넣지만 큐볼을 다시 되돌아오게 하는 데는 실패한다. "⋯⋯그녀와 같은 계급의 여자들은 데지마의 처가 되지 않는다는 거야. 그녀가 설령 자네의 애정을 받아준들, 붉은 머리 악마가 건드린 후에 제대로 시집을 갈 수 있겠나? 자네가 그녀를 진심으로 사랑한다면, 그녀를 피하는 것이 자네의 진심을 나타내는 길일세."

그 말이 맞아. 야코프는 그렇게 생각하며 묻는다. "저도 지란당에 함께 가도 될까요?"

"당찮은 말일세." 마리뉘스는 자기 공과 야코프의 공을 둘 다 포켓에 넣으려 하지만 빗나간다.

이렇게 예상치 않게 관계가 좋아졌어도 한계는 있군. 야코프는 깨닫는다.

"자네는 학자가 아니잖나." 의사가 설명한다. "나도 자네의 뚜쟁이가 아니고."

"특권을 갖지 못한 자들이 계집질하고, 담배 피우고, 술 마신다고 질책하시면서……" 야코프가 마리뉘스의 큐볼을 포켓에 넣는다. "……자기 계발을 하는 데 도움을 안 주신다면 그게 공정한 겁니까?"

"나는 대중 개선 협회가 아니야. 내가 누리는 특권이 있다면 그건 다 내 힘으로 얻은 거네."

큐피도인지 필란더르인지가 비올라다감바를 연주한다.

염소와 개가 매애 멍멍 짖으며 싸운다.

"선생님과 헤메이 씨가……" 야코프가 공을 잘못 친다 "……어떻게 돈을 걸고 내기를 하곤 했는지 말씀하셨지요?"

"자네는 절대로 안식일에 도박을 제안하지는 않겠지?" 의사가 조롱하듯 속삭인다.

"제가 먼저 501점을 따면 지란당을 한 번 방문하도록 허락해주십시오."

마리뉘스는 의심스러운 표정으로 공을 겨눈다. "내가 이기면?"

내 제안을 딱 잘라 거절하지는 않는군. 야코프는 알아챈다. "뭐든 말씀만 하십시오."

"내 정원에서 여섯 시간 일하게. 자, 브리지 좀 쥐보게."

"자네 질문의 의도와 목적에 답하자면……" 마리뉘스는 다음에 칠 공을 모든 각도에서 따져본다. "……태어나 첫번째 기억은 1757년 비에 푹 젖은 여름 하를럼의 한 다락방에서 시작되지. 여섯 살 때 나는 포목상이었던 우리 집안 전체를 다 끝장낸 지독한 열병으로 죽음의 문턱까지 갔다네."

당신도 그랬군, 야코프는 생각한다. "정말 안타깝습니다, 선생님. 짐작도 못했습니다."

"세상은 눈물의 골짜기야. 나는 친척들 손에서 손으로 넘겨졌고, 다들 유산 한 조각이라도 기대했지만 실은 이미 빚으로 다 넘어간 뒤였어. 내 병 탓에." 그는 불구인 다리를 토닥거린다. "아무도 나를 기꺼이 맡아 기르려 하지 않았지. 마지막으로 코르넬리스라는 나이를 알 수 없는 종조부가 내 한쪽 눈은 악마의 눈이고 다른 한 쪽 눈은 괴상한 눈이라면서, 나를 레이던으로 데려가 운하 둑의 어느 집 문 앞 계단에 내려놓았지. '어떻게 보자면 이모라고도 할 수 있는 사람'인 리데베이더가 나를 들여보내줄 거라고 하고는 도랑으로 도망치는 쥐새끼처럼 사라져버리더군. 달리 수가 없어서 초인종을 울렸지. 아무도 대답이 없더군. 절룩거리며 종조부를 따라가려 해본들 소용이 없어서 그냥 문 앞에서 기다렸어……"

마리뉘스의 다음 공이 붉은 공과 야코프의 공을 모두 빗나간다.

"……친근해 뵈는 경찰이," 마리뉘스가 레몬주스를 마신다. "부랑자는 매질로 다스린다고 협박을 할 때까지 말이네. 나는 사촌이 입다 버린 헌옷을 입고 있어서 부랑자가 아니라고 해봤자 소용이 없었지. 그저 몸을 덥히려고 라펜뷔르흐를 이리저리 걸었어……" 마리뉘스는 중국 상관 쪽 바다를 내다본다. "……해도 없고, 문은 다 잠겼고, 기진맥진한 오후였어. 군밤장수들도 보이지 않고 들개 같은 거리의 부랑아들이 먹잇감 냄새를 맡고 나를 지켜보고 있었지. 운하 건너편에서 단풍나무들이 여자들이 편지를 찢어버리듯 낙엽을 떨구고 있었고…… 공을 칠 건가 말 건가, 돔뷔르흐인?"

야코프는 치기 힘든 더블 캐넌 샷을 성공해 12점을 딴다.

"그 집으로 돌아갔더니 아직도 불이 꺼져 있었어. 내가 아는 모든 신의 도움을 바라며 초인종을 누르니 웬 노처녀의 늙은 하녀 같은 여자가 문을 홱 열더군. 맹세하건대 그 여자가 안주인이었다면 나는 바로 내쫓겼을 거야. 그 여자에게는 굼뜬 것이야말로 죄였거든. 하지만 그녀가 안주인이 아니었던 덕분에 뒷마당에 있던 클라스가 나를 본 거야. 그렇지만 나는 계단 아래 소매상들이 드나드는 문을 이용해야 했지. 그녀가 문을 쾅 닫았어. 나는 내려가서 문을 두드렸다네. 그랬더니 페티코트 차림의 분기탱천한 케르베로스*가 다시 나타나 내 지팡이를 보고는 나를 우중충한 지하실 복도를 지나 아름다운 정원으로 데려갔어. 자네 공을 치게. 그러다가는 오밤중까지 여기 있겠구먼."

야코프는 공 두 개를 포켓에 넣고 붉은 공을 겨눈다.

"늙은 정원사가 흐드러진 라일락 뒤에서 나타나더니 나에게 손을 내밀어보라고 했어. 당혹스럽게도 그는 나에게 정원사로 하루라도 일해본 적이 있느냐고 물었어. 나는 없다고 대답했지. '어디 한번 일을 해보자꾸나.' 정원사 클라스가 말했어. 그러고는 긴 하루 내내 거의 입을 떼지 않았지. 우리는 서어나무 낙엽을 말똥과 섞었어. 장미 뿌리 주위에 톱밥을 뿌렸고. 작은 사과 과수원에서 낙엽을 갈퀴로 긁었다네…… 이 일은 오랫동안 나에게 처음으로 즐거웠던 시간으로 남았어. 우리는 긁어모은 낙엽에 불을 붙이고

---

* 지옥을 지키는 개.

감자를 구웠지. 울새 한 마리가 내 삽―그건 이미 내 삽이었어―
위에 앉아 노래를 불렀어." 마리뉘스는 울새 우는 소리를 흉내낸
다. "날이 저물어갈 무렵 짧은 흰머리에 페르시아 총독이 걸칠 법
한 가운을 입은 부인이 잔디밭을 걸어왔어. '내 이름은 리데베이더
모스타르트란다. 하지만 네가 누구인지는 모르겠구나.' 부인은 정
원사의 진짜 조수가 그날 오후에 다리가 부러졌다는 말을 막 들은
참이었네. 그래서 나는 내가 누구인지, 그리고 종조부 코르넬리스
에 대해 설명해드렸지……"

150점을 넘기고 야코프가 공을 빗맞혀 마리뉘스의 차례가 된다.
정원에서 노예 샤코가 잎채소에서 진딧물을 털어내고 있다.

마리뉘스는 창밖으로 몸을 내밀고 그에게 유창한 말레이어로 뭐
라 말한다. 샤코가 대답하자 마리뉘스는 재미있어하며 다시 게임
으로 돌아온다. "알고 보니 우리 어머니가 리데베이더 모스타르트
의 육촌이었어. 서로 만난 적은 없었지만. 늙은 하녀 아비하일이
씩씩거리며 내가 걸친 누더기를 보면 누구라도 나를 새 정원사 조
수로 착각할 거라고 불평했지. 클라스는 내가 정원사가 될 자질을
갖추었다고 말하고는 창고로 물러갔어. 나는 모스타르트 부인에
게 여기 머물며 클라스의 조수로 일하게 해달라고 부탁했어. 그녀
는 자기가 '부인'이 아니라 '양'이고, 나는 '이모'라 불러야 한다고
말하고는 나를 집안으로 데려가 엘리사베트를 소개해주었지. 나는
회향 수프를 먹으며 그들의 질문에 대답했어. 아침이 되자 그들은
내가 있고 싶을 때까지 자기들과 같이 살아도 된다고 했네. 내 헌
옷은 다 난로의 신에게 제물로 바쳐졌고."

매미가 소나무에서 운다. 얇은 팬에 지방을 튀기는 듯한 소리다.

마리뉘스는 사이드포켓을 놓치고 실수로 자기 큐볼을 넣는다.

"운이 없으시군요." 야코프가 자기 점수에 파울 점수를 더하며 위로를 전한다.

"기술로 하는 게임에서 그런 게 어딨나. 레이던에는 애서가가 드물지 않지만, 독서로 현명해진 애서광은 어디서나 그렇듯 레이던에서도 보기 드물지. 리데베이더 이모와 엘리사베트는 둘 다 바로 그런 독서가였어. 그들은 탐욕스럽게 단어들을 먹어치울 만큼 현명했지. 리데베이더 이모는 젊은 시절 빈과 나폴리에서 무대와 '유대'를 가진 적이 있었지. 엘리사베트는 요즘 말로 블루스타킹*이었고. 그들의 집은 책의 보고였어. 나는 그 인쇄된 정원에 들어갈 열쇠를 받은 거야. 게다가 리데베이더 이모는 나에게 하프시코드를 가르쳐주었고, 엘리사베트는 프랑스어와 자신의 모국어인 스웨덴어를 가르쳐주었지. 정원사 클라스는 글은 모르지만 폭넓은 지식을 가진 내 첫번째 식물학 선생이었고. 그뿐인가, 이모들의 친구 중에는 레이던에서 가장 자유로운 사상을 지닌, 말하자면 '당대의' 학자들이 있었지. 나 자신의 개인적인 계몽시대가 그렇게 시작된 거야. 나를 거기에 버려준 코르넬리스 종조부에게 지금까지도 축복을 빈다네."

야코프는 마리뉘스의 공과 붉은 공을 서너 차례 번갈아 포켓에 넣는다.

민들레 홀씨가 당구대의 녹색 천 위에 내려앉는다.

"민들레속," 마리뉘스가 그것을 떼어내 창밖으로 날린다. "국화

---

* 18세기 영국에서 문학을 좋아하는 여성 혹은 여성 문학인을 경멸적으로 이르던 말.

과지. 하지만 박학다식한 것만으로는 배도, 지갑도 채우지 못해. 이모들은 얼마 안 되는 연금으로 근검절약하며 살아가고 있었지. 그래서 나는 성년이 되자 과학 연구를 할 돈을 벌기 위해 의학을 공부하기로 했네. 스웨덴 웁살라의 의대에 입학했어. 물론 그 선택은 우연이 아니었지. 소년 시절 많은 시간을 『식물의 종』과 『자연의 체계』*에 쏟아부었으니까. 일단 웁살라에 정착한 나는 그 유명한 린네 교수의 제자가 되었어."

야코프가 파리를 잡는다. "숙부님 말씀이 그분은 우리 시대 위인 중 한 분이라더군요."

"위인은 엄청나게 복잡한 존재야. 린네 분류학이 식물학의 근저를 이루는 것은 사실이지만, 그는 또한 제비가 호수 속에서 동면하고, 키가 12피트인 거인이 파타고니아에서 쿵쿵대며 돌아다니고, 호텐토트족은 고환이 하나밖에 없는 단고환증이라고 가르쳤어. 실은 두 개 다 있는데. 내가 봤거든. 그의 모토는 '신은 창조하셨고, 린네는 분류했다'였어. 반대자들은 이단 취급을 받고 경력이 끝장났지. 하지만 그는 내 운명에 직접적으로 영향을 미쳤네. 나에게 자기 '사도' 중 한 명으로 동양에 가서 동인도제도의 식물군 지도를 만들고 일본으로 들어갈 길을 찾아내 교수직을 얻으라고 충고해주었거든."

"선생님은 이제 오십대이지 않습니까?"

"린네 자신도 몰랐지만, 그의 마지막 가르침은 교수직이 학자를 죽인다는 것이었어. 아, 나에게도 언젠가는 점점 내용이 쌓여가는

* 둘 다 스웨덴 식물학자 린네가 저술한 책.

나의 『일본 식물지』를 출간하기를 바랄 정도의 허영심은 있다네. 인류의 지식에 바치는 봉헌물로 말일세. 하지만 웁살라고 레이던이고 케임브리지고, 어느 자리도 탐나지 않아. 이번 생에서는 동양에 내 마음을 바쳤네. 올해로 나가사키에서 삼 년째인데, 앞으로도 삼 년, 아니 육 년은 충분히 할일이 있네. 사절단으로 에도에 다녀올 때에는 유럽의 어떤 식물학자도 일찍이 본 적 없는 풍경을 볼 수 있다네. 내 학생들은 예리한 젊은이들이고—젊은 여성도 한 명 있지—찾아오는 학자들은 제국 도처에서 표본을 가져다준다네."

"하지만 여기에서 죽는 것이 두렵지 않으십니까, 이렇게 멀리 떨어진 곳에서……?"

"누구든 어딘가에서는 죽어야 한다네, 돔뷔르흐인. 몇 점인가?"

"91점 따셨습니다. 선생님. 제 점수는 306점이고요."

"1000점에서 끝내기로 하고 상을 두 배로 올리는 건 어떤가?"

"저를 지란당에 두 번 데려가주시겠다는 겁니까?"

그곳에서 아이바가와 양의 눈에 띈다면, 그녀도 나를 새로운 시각으로 보게 되겠지. 그는 생각한다.

"자네가 비트밭에 말똥 거름 치는 일을 열두 시간 동안 기꺼이 하겠다면야."

"아주 좋습니다, 선생님……" 사무원은 판클레이프에게서 손이 빠른 웨를 빌려 자신의 제일 좋은 레이스 셔츠의 주름 장식을 수선할 수 있을지 생각해본다. "……선생님의 조건을 받아들이겠습니다."

X
데지마, 정원

✦

1799년 9월 16일 늦은 오후

야코프는 그날 나온 마지막 말똥을 비트밭에 치고 타르 칠한 통에서 늙은 오이에 줄 물을 퍼온다. 그는 오늘 아침 한 시간 일찍 사무 일을 시작해 네시에 끝내고 의사에게 빚진 열두 시간의 정원 일을 갚기 시작했다. 마리뉘스는 악당이야. 야코프는 생각한다. 당구 실력을 숨기다니. 하지만 내기는 내기니까. 그는 오이 줄기 주위에 있는 지푸라기를 치우고, 박 두 개를 비우고, 마른 땅에서 습기가 날아가지 않도록 뿌리 덮개를 교체해준다. 가끔가다 한 번씩 롱 스트리트 쪽 담 위로 호기심에 찬 머리가 불쑥 나타난다. 네덜란드 사무원이 농부처럼 잡초를 뽑는 광경은 놓치기 아까운 구경거리다. 한 자부로에게 도와달라고 했지만, 그는 웃기만 하다가 야코프가 진심이라는 것을 알고는 등이 아프다는 시늉을 하며 정원 문 옆의 라벤더 꽃을 한 움큼 호주머니에 넣고 가버렸다. 아리 흐로터는 야코프에게 상어가죽 모자를 팔려던 참이어서, '취미로 농사를 짓는 상

224

류충처럼 우아하게' 일을 거들어주었다. 핏 바르트는 야코프에게 돈을 내면 당구 과외를 해주겠다고 제안했다. 폰커 아우베한트는 고맙게도 잡초를 손가락으로 가리켜주었다. 정원 일은 야코프가 하는 사무 일보다 힘든 노동이지만 나름대로 즐길 만하다고 그는 인정한다. 지친 눈이 생생한 초록빛에서 휴식을 얻는다. 양진새가 쌓아놓은 흙무더기에서 벌레를 쪼아먹는다. 검은 복면을 쓴 듯한 멧새는 텅 빈 수조에 앉아 포크 부딪는 듯한 소리로 지저귀면서 구경하고 있다. 포르스텐보스 상관장과 판클레이프 차석 상관장은 쇼군의 장인이라는 사쓰마 번 영주의 나가사키 처소에 더 많은 구리를 요청하러 갔다. 그래서 데지마는 눈치볼 것 없이 한가로운 분위기다. 의학도들은 병원에 있다. 야코프는 괭이로 콩밭을 매면서 수술실 창 너머로 들려오는 마리뉘스의 목소리를 듣는다. 아이바가와 양도 거기 있다. 야코프는 그녀에게 그림을 그린 부채를 대담하게 건넨 이후로 그녀와 말을 해보기는커녕 얼굴도 한 번 보지 못했다. 의사가 그에게 슬쩍 보여준 친절이 만남을 주선해주는 데까지 이어지지는 않을 것이다. 야코프는 그녀에게 편지를 전해달라고 오가와 우자에몬에게 부탁할까 생각도 해보았지만, 발각되는 날에는 통역관과 아이바가와 양 모두 외국인과 비밀리에 모의한 죄로 고발당할지 모른다.

그건 둘째 치고, 그런 편지에 과연 무슨 얘기를 쓸 수 있을까?

젓가락으로 양배추에서 민달팽이를 집어내다가 야코프는 오른손에 앉은 무당벌레를 본다. 그가 왼손으로 다리를 만들어주자 벌레는 그것을 건너간다. 야코프는 몇 차례 그렇게 반복한다. 그리고 생각한다. 무당벌레는 자기가 중요한 여행을 하고 있다고 생각하겠지. 하지만 실은 어디로도 가고 있지 않다. 그는 피부로 뒤덮인 섬들 사이에 끝없이 놓인 허공에 뜬 다리들을 그려보며, 보이지 않는 힘이 자신에게도 똑같은 장난을 치고 있는 것은 아닐까 생각한다……

……여인의 목소리가 그의 몽상을 흩어버린다. "다즈토 씨?"

야코프는 대나무 모자를 벗고 벌떡 일어선다.

아이바가와 양의 얼굴이 해를 가리고 있다. "방해가 되었다면 죄송해요."

놀람, 죄책감, 긴장…… 야코프는 한꺼번에 여러 감정을 느낀다.

그녀는 그의 엄지손가락에 앉은 무당벌레를 본다. "덴토무시."

그는 알아들으려 애쓰지만 잘못 듣는다. "벤토무시요?"

"벤토무시는 '점심 도시락 벌레'예요." 그녀가 미소 짓는다. "이건," 무당벌레를 가리킨다. "덴토무시고요."

"덴토무시." 야코프가 말하자 그녀가 맞는다는 의미로 교사처럼 고개를 끄덕인다.

진파랑 유카타와 하얀 머릿수건 때문에 그녀는 수녀 같은 분위기를 풍긴다.

그들 둘만 있는 것은 아니다. 어디에나 있는 경비병이 정원 문옆에 서 있다.

야코프는 그를 무시하려 한다. "'무당벌레'. 정원사의 벗이지요……"

아나는 당신을 좋아할 거야. 그는 그녀의 얼굴을 들여다보며 생각한다. 아나는 당신을 좋아할 거야.

"……무당벌레는 진딧물을 잡아먹거든요." 야코프는 엄지손가

226

락을 입술께로 들어올려 훅 분다.

무당벌레는 3피트 떨어진 허수아비의 얼굴 쪽으로 날아간다.

그녀는 허수아비의 모자를 마치 아내가 그러듯 바로잡아준다.

"이걸 뭐라고 부르나요?"

"허수아비scarecrow요. '새crows를 겁주어scare 쫓아버린다'는 의미지만, 그의 이름은 로베스피에르예요."

"에이크 창고는 '떡갈나무 창고'지요. 원숭이는 '윌리엄'이고요. 왜 허수아비는 '로베스피에르'인가요?"

"바람이 불면 머리가 떨어져나가거든요. 우울한 농담이지요."

"농담은 비밀스러운 언어예요." 그녀가 얼굴을 찡그린다. "말 속에 감춰진."

야코프는 그녀가 먼저 말을 꺼낼 때까지 부채 얘기는 하지 않기로 한다. 적어도 그녀는 기분 상하거나 화난 것 같지는 않다. "제가 뭐 도와드릴 일이 있나요?"

"예, 마리뉘스 선생님이 저더러 당신에게 가서 로즈메리에 대해 물어보라고 하셨어요. 선생님 말씀이……"

마리뉘스는 알면 알수록 속을 모르겠군. 야코프는 생각한다.

"……이러셨어요. '돔바가한테 당신에게 여섯 개의 신선한 로즈메리…… "가주"를 주라고 말해놓았소.'"

"여기 허브 정원에 있어요." 그는 그녀를 이끌면서 친근한 말을 생각해보지만 그 어떤 말도 결국은 다 바보같이 들릴 것 같다.

"왜 다즈토 씨 오늘 데지마 정원사로 일하나요?" 그녀가 묻는다.

목사의 아들은 입에 침도 안 바르고 거짓말을 술술 늘어놓는다. "제가 정원 일을 좋아해서요. 어릴 때," 그는 거짓말에 조금은 진실을 섞는다. "친척집 과수원에서 일했어요. 우리 마을에서 제일 먼저 자두를 길렀지요."

"제일란트주 돔뷔르흐 마을에서 말이지요."

"기억해주다니 참으로 친절하시네요." 야코프는 어린 가지 여섯 개를 꺾는다. "여기 있습니다." 헤아릴 수 없이 귀한 찰나의 순간, 붉은 오렌지빛 해바라기 십여 그루가 지켜보는 가운데, 그들의 손이 쓴 허브를 건네며 맞닿는다.

나는 돈을 주고 사는 기녀는 원치 않아, 그는 생각한다. 당신을 얻고 싶어.

"고맙습니다." 그녀가 허브 냄새를 맡는다. "'로즈메리'는 뜻이 있나요?"

야코프는 입냄새가 지독하고 엄격했던 미델뷔르흐의 라틴어 선생에게 감사한다. "라틴어 이름이 로스 마리뉘스인데, '로스'는 '이슬'이라는 뜻이지요. '이슬'이라는 말은 알죠?"

그녀가 눈살을 찌푸리며 고개를 가볍게 젓자 양산이 천천히 빙글 돌아간다.

"이슬은 햇빛에 증발하기 전 이른아침에 볼 수 있는 물입니다."

산파가 이해한다. "'이슬'…… 우리말로 '아사쓰유'군요."

야코프는 자신이 죽는 날까지 '아사쓰유'라는 단어를 기억하게 되리라 생각한다. "'로스'는 이슬이고, '마리뉘스'는 '바다'입니다. 그러니까 로스 마리뉘스는 '바다의 이슬'이지요. 옛날 사람들은 로즈메리가 바닷소리를 들을 수 있을 때만 번성한다—잘 자란다—고 했습니다."

그 이야기가 그녀의 흥미를 자극한다. "진실한 이야기인가요?"

"어쩌면……" 시간이 멈추었으면, 야코프는 바란다. "……진실보다 더 매력적인 이야기일 수도 있지요."

"'마리뉘스'가 '바다'라는 뜻이라고요? 그러면 선생님은 '바다 선생님'인가요?"

"그렇게 말할 수도 있겠네요. '아이바가와'에도 뜻이 있나요?"

"'아이바'는 '남빛'이에요." 이름에 대한 그녀의 자부심이 분명히 드러난다. "'가와'는 '강'이고요."

"그러니까 당신은 남빛 강이군요. 시처럼 들리네요." 그리고 네 말투는 경박한 호색한처럼 들리고. 야코프는 스스로에게 말한다. "로즈메리는 여자들이 쓰는 세례명이기도 해요. 이름 말이에요. 제 이름은," 그는 편하게 말하려 애쓴다. "야코프예요."

"그게……" 그녀는 곤혹스러운 듯 고개를 가로젓는다. "……야-코-부?"

"부모님이 지어주신 이름이에요. 야코프. 야코프 더주트예요."

그녀는 신중하게 고개를 끄덕인다. "야코부 다즈토."

당신의 입에서 나온 단어를 붙잡아 로켓 속에 넣어둘 수 있다면. 그는 생각한다.

"제 발음이 좋지 않지요?" 아이바가와 양이 묻는다.

"아뇨, 절대 아니에요. 모든 면에서 완벽해요. 당신의 발음은 완벽합니다."

귀뚜라미가 정원의 낮은 돌담에서 울고 있다.

야코프는 침을 꿀꺽 삼킨다. "아이바가와 양은 이름이 뭔가요?"

그녀는 잠시 뜸을 들인다. "부모님이 주신 이름은 오리토예요."

산들바람이 그녀의 틀어올린 머리를 헝클어뜨린다.

그녀가 시선을 떨군다. "선생님이 기다리고 계세요. 로즈메리 감사해요."

야코프가 말한다. "천만에요." 감히 더는 말을 잇지 못한다.

그녀는 서너 발짝 가다가 뒤돌아본다. "잊은 게 있어요." 그녀가 소맷자락에 손을 넣어 과일 하나를 꺼낸다. 빛깔이나 크기는 오렌지 같지만 털 없는 피부처럼 매끄럽다. "제 정원에서 딴 거예요. 마리뉘스 선생님께 여러 개 갖다드렸더니 다즈토 씨에게도 하나 주라고 하셔서요. 가키예요."

"그러면 일본어로 감이 개키인가요?"

"가-키요." 그녀는 허수아비 어깨의 오목한 부분에 감을 놓는다.

"가-키. 로베스피에르하고 나중에 먹을게요, 고마워요."

그녀가 길을 따라 걸어가자 나막신이 푸석푸석한 흙바닥에서 뽀드득 소리를 낸다.

미래의 후회라는 유령이 애원한다. 행동해. 기회를 한번 더 주지는 않을 테니.

야코프가 급하게 토마토를 지나쳐 달려가 문 가까이에서 그녀를 따라잡는다.

"아이바가와 양? 아이바가와 양. 용서를 구하고 싶습니다."

한 손을 문에 올린 그녀가 돌아선다. "왜 용서요?"

"제가 지금 하는 말에 대해서요." 천수국이 녹아내린다. "당신은 아름답습니다."

그녀는 이해한다. 그녀의 입이 벌어졌다 닫힌다. 그녀가 한 발짝 뒤로 물러선다……

……쪽문 쪽으로. 문이 여전히 닫혀 있어서 달가닥 소리가 난다.

경비병이 문을 열어준다.

바보 같으니라고. 현재의 후회라는 악마가 탄식한다. 무슨 짓을 한 거야?

구겨졌다가, 타올랐다가, 얼어붙은 야코프는 뒤돌아 걷는다. 하지만 정원이 네 배나 길어져, 그는 방랑하는 유대인처럼 영원의 시간이 걸려 오이밭까지 돌아온다. 그곳에서 무성한 잎사귀 뒤에 숨어 무릎을 꿇는다. 달팽이가 통 위에서 뭉툭한 뿔을 움찔거린다. 개미들은 괭이자루를 따라 루바브 잎을 나른다. 그리고 그는 지구가 거꾸로 돌아서 그녀가 나타나 로즈메리를 부탁했던 때로 되돌아갔으면 좋겠다고 바란다. 그러면 전부 다시 할 수 있을 것이다. 완전히 다르게 할 것이다.

암사슴이 사쓰마 번의 영주를 위해 도살당한 새끼를 찾아 울부짖는다.

저녁 점호 시간이 되기 전에 야코프는 망루에 올라 재킷 호주머니에서 감을 꺼낸다. 아이바가와 오리토의 손가락이 그녀의 잘 익은 선물에 옴폭 팬 자국들을 남겨놓았다. 그는 그 자리에 제 손가락을 대고 과일을 코끝으로 가져가 달콤한 냄새를 맡으며 갈라진 입술을 따라 둥그런 과일을 굴린다. 고백은 하지 말 걸 그랬어. 그는 생각한다. 하지만 달리 무슨 수가 있었을까? 그는 그녀의 감으로 해를 가려본다. 감이 핼러윈 호박초롱처럼 오렌지색 빛을 발한다. 나무처럼 거무스름한 감꼭지와 줄기 주위로 먼지가 묻어 있다. 칼도 숟가락도 없어서 매끄러운 껍질을 앞니로 한입 베어 문다. 갈라진 틈에서 과즙이 새어나온다. 그는 달콤한 즙을 핥고 물이 뚝뚝 떨어지는 과육을 빨아먹는다. 그 과육을 부드럽게, 부드럽게 입천장에 대자 과육이 발효된 재스민, 반지르르한 계피, 향 좋은 멜론, 몰캉한 자두로 흩어진다…… 과일 속에서 열 개 내지 열다섯 개쯤 되는 납작한 씨앗을 찾아낸다. 아시아인의 눈 같은 갈색에 모양도 그렇다. 이제 해는 졌고 매미도 잠잠해졌다. 라일락색과 청록빛 황혼은 회색과 더 어두운 회색으로 흐릿해지고 옅어졌다. 박쥐 한 마리가 오싹한 난기류에 쫓겨 몇 피트 앞에서 날아간다. 바람 한 점 없다. 셰넌도어호의 조리실 굴뚝에서 연기가 피어올라 뱃머리 주위를 감싼다. 배의 포문이 열려 있어, 식당에 있는 백여 명의 선원들 소리가 물위로 울려퍼진다. 누군가가 두드려대는 소리굽쇠가 된 듯 야코프는 오리토의 부분과 전체, 그녀의 모든 그녀다움으로 몸이 울린다. 아나에게 했던 약속이 숫돌처럼 그의 양심을 문지른다. 그는 불편한 마음으로 생각한다. 하지만 아나는 멀리 있고 언제 다시 만날지 몰라. 아나는 승낙해주었어, 승낙해준 것이나 다름없다고. 또 아나는 절대 모를 거야. 야코프의 뱃속으로 오리토의 미끈미끈한 선물이 내려간다. 창조는 여섯째 날 저녁에 멈춘 것이 아니야. 그의 머릿속에 문득 떠오른다. 창조는 우리 주위에서 우리도 모르는 사이에 우리를 통해 낮과 밤의 속도로 펼쳐지는 거야. 우리는 그것을 '사랑'이라 부르고 싶어하지.

"보루-스덴-보슈 상관장님." 십오 분 후 통역관 세키타가 깃대 발치에서 외친다. 보통 하루에 두 번 있는 점호는 고스기 도신이 하는데, 그는 모든 외국인의 이름과 얼굴을 알고 있기에 시간이 얼마 걸리지 않는다. 그러나 오늘 저녁 도신은 기분 상한 얼굴로 옆에 비켜서 있고, 통역관 세키타가 점호를 맡아 자신의 권위를 세우기로 했다. 세키타가 명단을 힐끗 본다. "보루-스덴-보슈 상관장님은 어디 계십니까?"

세키타의 서기가 상사에게 포르스텐보스 상관장은 오늘 저녁 사쓰마 번 영주를 만나러 갔다고 일러준다. 세키타는 서기를 나무라고 다음 이름을 본다. "반쿠-레이-후?"

세키타의 서기가 상사에게 판클레이프 차석 상관장도 상관장과 함께 갔다고 알려준다.

고스기 도신이 쓸데없이 큰 소리로 헛기침을 한다.

통역관은 점호 명단을 계속 읽어내려간다. "마-리-아-수······"

마리뉘스는 재킷 호주머니에 손을 찌르고 서 있다. "마리뉘스 박사요."

세키타가 깜짝 놀라 고개를 든다. "마리뉘스한테 박사가 필요합니까?"

헤리츠존과 바르트가 재미있어하며 콧방귀를 뀐다. 세키타는 실수를 저질렀음을 깨닫고 말한다. "어려울 때 친구가 진짜 친구지요." 그가 다음 이름을 힐끔거린다. "후이······ 샤······"

"그건 아마 나일 거요." 페터 피셔가 대답한다. "하지만 내 이름은 '피셔'요."

"예, 예, 후이샤." 세키타가 다음 이름을 가지고 씨름한다. "오에-한도."

"여기 있소." 아우베한트가 손에 묻은 잉크 자국을 문지르며 대답한다.

세키타가 손수건으로 이마를 훔친다. "다즈토……"

"여기요." 야코프가 대답한다. 명단을 만들어 이름을 부르는 건 사람들을 지배하려는 것인데.

점호를 하면서 세키타는 직원들의 이름을 엉망진창으로 만들어놓는다. 헤리츠존과 바르트는 냉소적으로 빈정거렸지만, 그래도 그들이 반드시 대답해야 하고 또 대답했다는 사실은 바뀌지 않는다. 백인들을 부른 다음 세키타는 주인들의 왼쪽과 오른쪽에 두 무리로 나뉘어 서 있는 네 명의 하인과 네 명의 노예를 부른다. 통역관은 먼저 하인들의 이름을 부른다. 에일라튀, 웨, 큐피도, 필란더르, 그리고 점호 명단에 있는 첫번째 노예 이름을 흘깃 본다. "스-야-코."

대답이 없자 야코프는 사라진 말레이인을 찾아 두리번거린다.

세키타가 음절을 또박또박 발음한다. "스-야-코." 그러나 대답은 없다.

그가 서기를 잡아먹을 듯 노려보자 서기가 고스기에게 묻는다.

고스기가 세키타에게 뭐라 말한다. 야코프는 짐작해본다. "이건 당신의 점호이니 사라진 이름도 당신의 문제요." 세키타가 마리뉘스에게 묻는다. "스-야-코는 어디 있습니까?"

의사는 저음으로 콧노래를 흥얼거리고 있다. 노래가 끝나고 세키타가 화를 내자 마리뉘스는 하인과 노예 쪽을 돌아본다. "누가 샤코를 찾아서 점호에 늦었다고 말 좀 해주겠나?"

일곱 남자가 샤코의 행방을 의논하며 롱 스트리트로 서둘러 달려간다.

페터 피셔가 마리뉘스에게 말한다. "그 개가 어디에서 농땡이 치고 있는지 저 시커먼 놈들보다 내가 먼저 찾아낼 겁니다. 같이 가지, 헤리츠존 씨. 자네야말로 이 일에 적격이니."

페터 피셔가 오 분도 채 지나지 않아 오른손이 피투성이가 된 채 플래그 앨리에서 나타난다. 뒤이어 도착한 몇몇 개인 담당 통역들이 고스기 도신과 세키타 통역관에게 한꺼번에 떠들어댄다. 곧 에일라튀가 나타나 마리뉘스에게 실론어로 보고한다. 피셔가 다른 네덜란드인들에게 말한다. "그 쇠똥구리 같은 놈을 도른 창고 옆 보니 앨리의 궤짝 창고에서 찾아냈어. 아까 그놈이 거기로 들어가는 것을 보았거든."

"점호에 데려오지 그러셨습니까?" 야코프가 묻는다.

피셔가 씩 웃는다. "그놈 한동안은 못 걸을 거요."

아우베한트가 묻는다. "그에게 대체 무슨 짓을 한 겁니까?"

"노예한테는 과분하게 대접해주었지. 그놈이 훔친 술을 마시고 있다가 나한테 같은 계급 사람이라도 용서할 수 없을 만큼 모욕적인 태도로 말을 하더라고. 냄새 구린 말레이놈 주제에 말이오. 헤리츠존 씨가 기다란 등나무 가지로 그런 건방진 태도를 고쳐주려 했더니 이 깜둥이가 미쳐 날뛰지 뭐요. 피에 굶주린 늑대처럼 울부짖으면서 쇠지렛대로 우리 머리통을 부수려 했소."

"그렇다면 어째서 우리 중에는 그 피에 굶주린 울부짖음을 들은 사람이 없습니까?" 야코프가 따져 묻는다.

"그놈이 먼저 문을 닫았기 때문이오, 더주트 사무원!" 피셔가 대꾸한다.

"내가 알기로 샤코는 개미 한 마리 못 죽일 녀석인데." 이보 오스트가 말한다.

"자네는 그놈하고 너무 가까워서 공정하게 못 본 건지도 모르지." 피셔가 오스트의 혈통을 가리켜 한 말이다.

아리 흐로터가 오스트의 손에서 나무 깎는 칼을 부드럽게 빼낸다. 마리뉘스가 에일라튀에게 실론어로 명령을 내리자 하인이 병원 쪽으로 달려간다. 의사는 절룩이는 다리로 가능한 한 빨리 플래그 앨리로 걸어간다. 야코프는 세키타가 뭐라 하건 말건 무시하고 고스기 도신과 경비병들보다 앞서 의사를 뒤따라간다.

저녁 불빛에 롱 스트리트의 회칠한 창고들이 흐릿한 청동색으로 바뀐다. 야코프는 마리뉘스를 따라잡는다. 네거리에서 그들은 보니 앨리로 접어들어 도른 창고를 지나 후끈하고 어둑한 비좁은 궤짝 창고로 들어선다.

"아, 빨리도 오십니다그려." 헤리츠존이 자루 위에 앉아 말한다.

"어디……" 야코프는 물어보려다 답을 찾는다.

그 자루가 샤코다. 잘생겼던 얼굴이 바닥의 피웅덩이 속에 놓여 있다. 입술은 약간 벌어져 있고 한쪽 눈은 반쯤 보이지 않는다. 살아 있는 기미가 전혀 없다. 부서진 궤짝, 깨진 병, 망가진 의자가 널려 있다. 헤리츠존이 샤코의 등을 무릎으로 찍어 누르고 노예의 손목을 묶는다.

다른 이들이 야코프와 의사를 따라 궤짝 창고로 들어온다.

콘 투미가 외친다. "하느님 맙소사, 세상에 저런 꼴을 봤나!"

일본인 목격자들은 자기네 말로 놀란 심경을 표현한다.

"그를 풀어주고 내 손이 닿지 않는 곳으로 물러나게." 마리뉘스가 헤리츠존에게 말한다.

"아, 당신이 상관장도 아니고 차석 상관장도 아니고, 내가 맹세하건대⋯⋯"

"지금 당장 그를 풀어줘." 의사가 명령한다. "그렇지 않으면 네놈의 방광결석이 너무 커져 피오줌을 누다가 쇄석술을 받게 되어 겁에 질린 어린아이처럼 울부짖을 때, 신께 맹세하건대 내 손이 안타깝게도 미끄러져 느리고 고통스러운 결과를 맛보게 될 거다."

"저놈한테서 악마를 빼내주는 게 우리 의무였다고요." 헤리츠존이 투덜거린다.

그는 뒤로 물러선다. 이보 오스트가 말한다. "자네가 빼낸 건 그의 생명이야."

마리뉘스가 야코프에게 자기 지팡이를 건네고 노예 옆에 무릎을 꿇고 앉는다.

"가만히 손 놓고 앉아서 저놈이 우리를 죽이게 놔뒀어야 했단 말입니까?" 피셔가 묻는다.

마리뉘스가 끈을 푼다. 그는 야코프의 도움을 받아 샤코의 몸을 뒤집으려 애쓴다.

"흠, 회사 재산을 이런 식으로 다룬 것을 보면 상관장님이 좋아하지 않을걸." 아리 흐로터가 콧방귀를 뀐다.

샤코의 가슴에서 터져나온 고통스러운 비명이 점점 커지더니 다시 사그라진다.

마리뉘스는 샤코의 머리 밑에 자기 외투를 뭉쳐서 받쳐주고 말레이인에게 그 나라 말로 뭐라 웅얼거리며 깨진 두개골을 살펴본다. 노예가 몸서리를 치자 마리뉘스가 얼굴을 찌푸리며 묻는다. "어째서 이 머리 상처에 유릿조각이 있나?"

"말했다시피, 선생님도 들으셨겠지만 그놈이 훔친 럼주를 마시고 있었다니까요." 피셔가 대답한다.

"그래서 제 손에 들린 병으로 제 머리를 쳤단 말인가?" 마리뉘스가 묻는다.

"그놈한테서 내가 빼앗아 때려준 겁니다." 헤리츠존이 대답한다.

"저 검은 개가 우리를 죽이려 했다고! 망치로!" 피셔가 고함을 지른다.

"망치? 쇠지렛대? 병? 자네 이야기를 그보다는 앞뒤가 맞게 만드는 게 좋겠군."

"그런 식으로 비꼬면 참지 않겠소, 의사 선생." 피셔가 을러댄다.

에일라튀가 들것을 들고 들어온다. 마리뉘스가 야코프에게 말한다. "도와주게, 돔뷔르흐인."

세키타는 부채로 개인 담당 통역들을 툭툭 치면서 혐오스럽게 그 장면을 바라본다. "저게 스-야-코인가?"

직원들의 저녁식사 첫 코스는 프랑스 양파로 만든 달콤한 수프다. 포르스텐보스는 성난 침묵 속에서 수프를 마신다. 그와 판클레이프는 들뜬 기분으로 데지마로 돌아왔으나 샤코가 두들겨맞았다는 소식에 기분을 확 잡쳤다. 마리뉘스는 아직도 병원에서 말레이인이 입은 숱한 상처를 돌보고 있다. 상관장은 음악을 즐길 기분이 아니라며 큐피도와 필란더르가 늘 하던 음악 연주마저 그만두게 했다. 사쓰마 번 영주와 그 식솔들의 나가사키 거처에 대한 인상을 들려줘 직원들을 즐겁게 해주는 일은 판클레이프와 레이시 선장의 몫이 되었다. 야코프가 보기에 그의 후견인이 궤짝 창고에서 있었던 일의 경위에 대한 피셔와 헤리츠존의 설명을 다 믿지는 않는 듯했지만, 그런 말을 입 밖으로 낸다면 백인 직원과 일꾼의 말보다 흑인 노예의 말을 더 중시하는 셈이 될 것이다. 야코프는 포르스텐보스의 속마음을 짐작해본다. '다른 노예와 하인들에게 그게 어떤 선례로 남겠는가?' 피셔는 수석 사무원 자리를 차지할 희망이 위태로워졌음을 감지하고 조심스럽게 행동을 삼가고 있다. 아리 흐로터와 주방 보조가 사슴고기 파이를 내오자 레이시 선장이 보리 당화액 여섯 병을 가져오라고 하인을 보내지만 포르스텐보스는 알아채지 못한다. 그가 중얼거린다. "대체 마리뉘스 선생은 왜 이렇게 안 오는 거지?" 그러고는 의사를 모셔오라고 큐피도를 보낸다. 큐피도는 한참이 지나도 돌아오지 않는다. 레이시가 벙커힐 전투에서 조지 워싱턴과 함께 싸운 무용담을 그럴듯하게 늘어놓으며 살구 푸딩을 세 번이나 먹어치우고 나서야 마리뉘스가 다리를 절며 식당으로 들어선다.

포르스텐보스가 말한다. "선생이 오지 않으시려나 체념하던 차였소."

마리뉘스가 자리에 앉는다. "쇄골에 금이 가고, 팔이 골절됐소.

턱이 부서지고, 갈비뼈가 부러지고, 이 세 대가 나갔고요. 온몸에 심한 타박상도 입었소. 특히 얼굴과 성기에. 슬개골 일부가 대퇴골에서 분리되었소. 다시 걷게 되면 나처럼 제대로 절룩거리게 될 겁니다. 보았다시피 얼굴은 영영 망가졌고."

피셔가 자기하고는 아무 상관도 없는 얘기라는 듯한 태도로 미국산 보리 당화액을 마신다.

판클레이프가 묻는다. "생명에는 지장이 없습니까?"

"지금으로서는 그렇지만 감염과 열병의 위험을 무시할 수 없소."

포르스텐보스가 이쑤시개를 뚝 부러뜨린다. "얼마 동안이나 요양을 해야겠소?"

"완치될 때까지요. 그후에도 가벼운 일만 맡기는 게 좋을 거요."

레이시가 콧방귀를 뀐다. "여기서 노예가 하는 일은 다 가벼워요. 데지마는 꽃밭이거든."

"그 노예는 사건 경위에 대해 뭐라고 합니까?" 포르스텐보스가 묻는다.

"제 생각에," 피셔가 끼어든다. "헤리츠존 씨와 저의 증언은 단순한 '사건 경위' 이상입니다."

"회사 재산에 피해가 갔다면 조사를 해야 하네, 피셔."

레이시 선장이 모자로 바람을 부친다. "캘리포니아에서라면 피셔 씨가 노예 주인한테 어떤 보상을 받을지 의논해야 할걸요."

"일단은 사실을 확인해야 믿을 수 있지. 마리뉘스 선생, 왜 그 노예가 점호에 나오지 않았습니까? 여기에 꽤 오래 있었던 노예라 규칙은 알 텐데."

"그 '꽤 오래'가 문제요." 마리뉘스가 수저로 푸딩을 뜬다. "오랫

동안 너무 시달려서 신경쇠약이 되었어요."

"의사 선생, 당신은"—레이시가 껄껄 웃다가 숨이 막힌다—"당신은 정말 못 당하겠군요! '신경쇠약'이라고요? 그다음에는 뭐요? 너무 우울해서 짐을 끌 수 없게 된 노새? 걸핏하면 찔찔거려서 알을 낳을 수 없게 된 암탉?"

"샤코는 바타비아에 아내와 아들이 있소." 마리뉘스가 말한다. "헤이스버르트 헤메이가 칠 년 전 데지마로 그를 데려오면서 가족과 떨어지게 되었지. 헤메이는 샤코에게 자기가 자바로 돌아갈 때까지 충실히 일하면 보답으로 그를 자유롭게 해주겠다고 약속했소."

"경솔하게 해방해준다고 약속해서 버릇을 망친 깜둥이 한 명당 1달러씩 받으면 플로리다도 통째로 살 거요!" 레이시가 소리친다.

"하지만 헤메이 상관장님이 돌아가시면서 그 약속도 끝났지요." 판클레이프가 나선다.

"올봄에 다니엘 스닛커르가 샤코에게 교역 철이 끝나면 약속을 이행해주겠노라고 했소. 샤코는 그 말을 믿었지." 마리뉘스는 파이프에 담배를 채운다. "몇 주만 있으면 자유의 몸이 되어 배를 타고 바타비아로 가게 되리라 믿고, 셰넌도어호가 도착한 후 가족의 자유를 위해 일하는 데에만 온 마음을 쏟았소."

"스닛커르의 말은 아무짝에도 소용이 없소." 레이시가 말한다.

"바로 어제," 마리뉘스는 양초의 불을 불붙이개로 옮겨 붙이고 파이프를 빤다. "샤코가 그 약속은 무효가 되었고 자신의 자유는 날아가버렸다는 사실을 알게 되었소."

"그 노예는 내 근무 기간 동안 여기 있어야 하오. 데지마에는 일손이 부족합니다." 상관장이 말한다.

"그러니 그의 속이 어떨지 뻔하지 않소?" 의사는 담배 연기를 내뿜는다. "7에 5를 더하면 12요. 십이 년이라고. 샤코는 열일곱 살에 여기 왔소. 스물아홉 살이 되어야 여길 떠날 수 있는 거요. 그의 아들은 그전에 팔려갈 테고, 아내는 다른 놈한테 가겠지."

"내가 한 적도 없는 약속을 어떻게 내가 '무효'로 만들 수 있겠소?" 포르스텐보스가 항변한다.

"예리하고 논리적인 말씀이십니다." 페터 피셔가 말한다.

"나는 내 아내와 딸들을 보지 못한 지 팔 년이나 되었어요!" 판클레이프의 말이다.

"당신은 차석 상관장이잖소." 마리뉘스가 소맷부리에서 피딱지를 떼어낸다. "여기 있으면 부자가 될 수 있지. 샤코는 노예요, 주인의 안락을 위해 여기 있는."

"노예는 노예의 일을 하니까 노예인 겁니다!" 페터 피셔가 열을 올린다.

레이시가 포크 끝으로 귀를 긁는다. "노예의 기운을 북돋워주기 위해 연극이라도 한 편 올릴까요? 〈오셀로〉라면 될 것도 같은데?"

"우리가 중요한 점을 놓치고 있는 거 아닙니까? 노예가 오늘 우리 동료 두 명을 죽이려 했는데?" 판클레이프가 묻는다.

"그것도 훌륭하신 지적입니다. 제가 그렇게 말씀드릴 수 있다면요." 피셔가 말한다.

마리뉘스가 엄지손가락을 한데 모은다. "샤코는 자신을 폭행한 이들을 공격했다는 사실을 부인하고 있소."

피셔가 의자에 등을 기대며 샹들리에를 향해 탄성을 내지른다. "하!"

"백인 주인 두 명이 난데없이 자신을 공격했다더군요."

"앞으로 살인자가 될 게 뻔한 그놈은 시커먼 거짓말쟁이예요." 피셔가 말한다.

"흑인은 거짓말을 잘하지." 레이시가 코담뱃갑을 연다. "물똥을 갈기는 거위처럼."

마리뉘스가 파이프를 거치대에 내려놓는다. "왜 샤코가 당신들을 공격하겠소?"

"야만인한테는 동기 따위 필요치 않아요!" 피셔가 타구에 침을 뱉는다. "마리뉘스 선생, 당신 같은 인간들은 당신네 모임에 앉아, 가발을 쓰고 조끼를 차려입은 '개선된 흑인'들이 늘어놓는 '우리 차에 넣은 설탕의 진짜 가격'에 대한 횡소리에도 현명한 척 고개를 끄덕이겠지요. 나는, 나는 스웨덴 정원에서 만들어진 사람이 아니라 흑인을 본래 서식지에서 볼 수 있는 수리남 정글에서 만들어진 사람입니다. 어디 당신도 이런 것을 얻어보고"—페터 피셔가 셔츠 단추를 풀고 쇄골뼈에서 3인치 정도 위에 난 흉터를 내보인다—"그러고 나서 나한테 야만인도 앵무새처럼 주기도문을 외울 수 있으니 영혼이 있네 따위의 말을 해보시라고요."

레이시가 깊은 인상을 받은 듯 자세히 살펴본다. "이런 기념품은 어떻게 얻었나?"

피셔가 의사를 노려보며 대답한다. "파라마리보에서 상류 쪽으로 이틀 거리인 코메비나의 대농장 후트 아코르트에서 몸을 회복하던 중이었어요. 저희 부대는 무리 지어 공격하는 도망 노예가 있는 분지를 소탕하러 그곳에 간 거였습니다. 식민지 개척자들은 그들을 '반역자 무리'라 불러요. 저는 '해충'이라 부르고요. 우리는 그들의 소굴과 참마밭 여러 곳을 불태웠는데, 지옥 못지않게 끔찍한 건기가 닥쳤지요. 우리 부대원 중 각기병이나 백선을 앓지 않은 사람이 한 명도 없었습니다. 후트 아코르트의 흑인 하인들이 우리 약점을 누설했고, 사흘째 되는 날 새벽에 그들이 숙소를 덮쳤습니다. 수백의 독사가 말라붙은 진흙탕에서 기어나오고 나무에서 내려왔습니다. 부대원들과 함께 머스킷 총과 총검, 맨손으로 용맹하게 맞섰지만, 저는 곤봉을 머리에 맞고 쓰러졌지요. 몇 시간이 흘렀는지 모릅니다. 깨어나보니 손발이 묶여 있더라고요. 턱은—어떻게 말해야 할까요?—어긋났고요. 저는 다른 부상당한 대원들과 함께 거실에 한 줄로 누워 있었습니다. 어떤 이들은 자비를 호소했지만 검둥이들은 자비를 몰랐습니다. 노예 우두머리가 도착해서 도살자들에게 승리의 축제를 위해 심장을 끄집어내라고 명령했어요. 놈들은 그 짓을 했습니다." 피셔는 잔에 든 당화액을 꿀꺽꿀꺽 들이켠다. "천천히, 산 채로요."

"그렇게 잔인하고 사악하다니, 믿을 수가 없구먼!" 판클레이프가 말한다.

포르스텐보스는 라인산 와인을 가져오라고 필란더르와 웨를 아래층으로 보낸다.

"운이 나빴던 동료들, 스위스인 푸르고드, 데요네터, 그리고 제 절친한 친구 톰 이스베르흐, 그들은 끔찍한 고통을 맛보았습니다. 죽을 때까지 그들의 비명소리를 잊지 못할 겁니다. 흑인들의 웃음소리도요. 그들은 제가 누워 있는 곳 바로 옆에 놓인 요강에 심장을 넣었습니다. 방은 도살장의 악취로 가득했고 파리떼가 주위를 온통 시커멓게 뒤덮었습니다. 제 차례가 왔을 때 날은 이미 어두워져 있었습니다. 제가 끝에서 두번째였지요. 그들은 저를 탁자 위에 내던졌습니다. 저는 두려웠지만 죽은 척하고 제 영혼을 빨리 거두어달라고 하느님께 기도했습니다. 그때 한 놈이 말했습니다. '해가 지고 있다, 나머지 "개" 두 마리는 내일 몫으로 남겨놓자.' 북이 울리고 축제가 열리며 우상숭배 의식이 이미 시작되었으니 도살자들도 그 재미를 놓치고 싶지 않았던 거지요. 그래서 한 도살자가 나비 수집가의 핀처럼 총검으로 저를 탁자에 꽂아놓았고, 저는 경비 하나 없이 홀로 남겨졌습니다."

벌레들이 촛대 주위에 악의적인 광배光背처럼 모여들어 공기를 더럽힌다.

녹슨 빛깔의 도마뱀이 야코프의 버터칼 위에 앉아 있다.

"이제 저는 하느님께 힘을 달라고 기도했습니다. 고개를 들어 이로 총검의 날을 물고 천천히 뽑아냈습니다. 피를 많이 흘리긴 했지만 나약함에 굴복하지 않았습니다. 결국 저는 자유를 얻었지요. 탁자 밑에는 제 부대의 마지막 생존자인 요서가 있었습니다. 요서는 더주트 사무원처럼 제일란트인이었지요……"

흠, 이건 또 웬 시의적절한 우연의 일치람. 야코프는 생각한다.

"……이런 말 하긴 미안하지만 요서는 겁쟁이였습니다. 그는 너무 겁을 먹어 움직이지도 못했지만 제 이성이 그의 두려움을 정복했지요. 밤의 어둠을 틈타 우리는 후트 아코르트를 빠져나왔습니다. 이레 동안 맨손으로 정글의 역병을 헤치고 길을 냈습니다. 우리 상처에서 자란 구더기 외에는 먹을 것도 없었습니다. 요서는 몇 번이나 죽게 해달라고 애원했지요. 하지만 명예를 중시하는 저는 그 나약한 제일란트인을 죽음으로부터 지켜주어야 했습니다. 결국

하느님이 도우사, 코메비나가 코티카와 만나는 소멜스디크 요새에 다다랐습니다. 저희는 산 사람이라기보다 죽은 사람에 가까웠어요. 나중에 제 상관이 고백하길 제가 몇 시간 안에 죽을 줄 알았다더군요. '다시는 프로이센인을 과소평가하지 마십시오.' 저는 말했습니다. 수리남 총독이 저에게 훈장을 내렸습니다. 한 달 반 후 저는 이백 명의 군인을 이끌고 후트 아코르트로 돌아갔어요. 해충들에게 영광스러운 복수를 했지만, 저는 자기 성취를 떠벌리는 사람은 아니라서요."

웨와 필란더르가 라인산 와인을 가지고 들어온다.

"이렇게 유익한 역사라니, 자네의 용기에 경의를 표하네, 피셔." 레이시가 말한다.

"구더기를 먹었다는 대목은 다소 과장된 듯하군." 마리뉘스가 한마디한다.

"이렇게 말해서 대단히 죄송하지만, 선생의 불신은 야만인에 대한 감상적인 태도 탓입니다." 피셔가 상관들을 향해 말한다.

"의사의 불신은 자만심에 넘친 허튼소리에 대한 자연스러운 반응일세." 마리뉘스가 와인의 라벨을 살펴본다.

"그런 비난에는 답할 가치도 없습니다." 피셔가 반격한다.

야코프는 손에서 열도처럼 이어진 모기 물린 자국을 발견한다.

"노예제는 어떤 이들에게는 부당하게 보일지 몰라도, 모든 제국이 그 제도 위에 세워졌다는 점은 아무도 부인할 수 없을 겁니다." 판클레이프가 말한다.

"그렇다면 부디 악마가 모든 제국을 다 가져가기를." 마리뉘스가 코르크스크루를 돌린다.

"식민지 관료 입에서 별소리를 다 듣겠군!" 레이시가 말한다.

"자코뱅주의까지는 아니더라도, 별스럽고 속보입니다." 피셔가 맞장구를 친다.

"나는 '식민지 관료'가 아니오. 의사이자 학자이자 여행가지."

"선생도 네덜란드제국의 호의로 한몫 챙기고 있지 않소." 레이시가 대꾸한다.

"내 보물은 식물학이오." 코르크가 뽐힌다. "재물은 선장 몫으로 남겨드리지."

"아주 '계몽적이고' 기괴하고 프랑스적이십니다그려. 그런데 그 프랑스도 노예제 폐지의 위험성을 깨달았잖소. 무정부 상태가 카리브해에 불을 붙였지. 대농장들이 약탈당하고, 사람들이 나무에 목매달리고. 파리는 검둥이들을 다시 사슬에 묶어놓았지만 히스파니올라섬은 잃고 말았소."

"하지만 영국은 노예제 폐지를 받아들이고 있습니다." 야코프가 말한다.

포르스텐보스가 평가하듯 한때의 피후견인을 바라본다.

레이시가 경고한다. "영국인이 뭔가 사기 비슷한 것에 휘말린 게야. 시간이 지나면 알겠지."

"당신네 나라 북부 주들의 시민들도 깨닫고 있지 않소……" 마리뉘스가 말한다.

"그 양키 거머리들," 레이시 선장이 나이프를 휘두른다. "우리 세금으로 배 불리고 있는 주제에!"

"동물의 왕국에서 패자는 자연의 호의를 더 많이 받는 자에게 잡아먹힙니다." 판클레이프가 말한다. "노예제는 그에 비하면 자비로운 거지요. 더 못한 종족도 노동을 제공한 대가로 생명은 부지하니까."

"노예를 잡아먹어 무엇하겠소?" 의사가 자기 잔에 와인을 따른다.

접견실의 괘종시계가 열 번 울린다.

"궤짝 창고에서 일어난 사건은 썩 유쾌하진 않지만, 피셔 자네와 헤리츠존의 정당방위였다는 주장을 받아들이겠네." 포르스텐보스가 결론을 내린다.

"맹세합니다. 저희로서는 어쩔 수가 없었습니다." 피셔가 고개를 숙인다.

마리뉘스가 와인잔을 보며 얼굴을 찌푸린다. "뒷맛이 형편없군."

레이시가 콧수염을 쓰다듬는다. "당신 노예는 어떻소, 선생?"

"에일라튀는 당신의 일등항해사와 마찬가지로 자유로운 몸이오. 오 년 전에 자프나에서 포르투갈 고래잡이배 선원들에게 죽도록 두들겨맞고 내버려진 에일라튀를 내가 발견했소. 회복되는 중에 그 소년의 머리가 기민하다는 데 마음이 움직여, 수술실 조수가 되면 내 사비로 보수를 주겠다고 제안했소. 그는 원한다면 언제든 일을 그만둘 수 있소. 셰넌도어호에서 어떤 사람이 그 정도라 할 수 있겠소?"

"인디언들이," 레이시가 요강 쪽으로 간다. "문명화된 관습을 제법 잘 흉내낸다는 건 내 인정하지. 셰넌도어호에 태평양 섬나라 사람과 중국인을 태워본 적이 있어서 나도 웬만큼 알아요. 하지만 아프리카인은……" 선장은 바지 단추를 풀고 요강에 소변을 본다. "……노예로 사는 게 최선이오. 그놈들은 풀어놓으면 한 주가 가기도 전에 굶어죽고 말 거요. 식품저장실을 노리고 백인 가족을 살해하지 않는 한 말이오. 그놈들은 지금 이 순간밖에 몰라. 계획을 세우지도, 농사를 짓지도, 발명을 하지도, 상상하지도 못해요." 그는 오줌 방울을 끝까지 다 털어내고 바지 속으로 셔츠 자락을 쑤셔 넣는다. "게다가 노예제를 비난하는 건," 레이시 선장은 칼라 밑을 긁는다. "성경을 비난하는 거나 다름없소. 흑인은 노아의 짐승 같은 아들 함의 자손이란 말이오. 함은 제 어미와 관계를 맺었고, 그래서 그 자손들이 저주를 받았소. 창세기 9장에 분명히 나와 있소. '가나안은 저주를 받아 형제들에게 천대받는 종이 되어라.' 하지만 백인은 야벳의 자손이오. '하느님께서 야벳을 흥하게 하시니, 가나안은 그의 종이 되어라.' 내 말이 거짓인가, 더주트 씨?"

그 자리에 모인 모든 이의 눈이 목사관의 조카에게로 쏠린다.

"그 특정 구절은 문제가 있습니다." 야코프가 말한다.

"사무원이 하느님의 말씀에 '문제가 있다'고 하는 거요?" 페터 피셔가 비웃는다.

"노예제가 없다면 세상은 더 행복해질 것입니다." 야코프가 대답한다. "그리고……"

"나무에서 황금 사과가 자란다면 세상은 더 행복해지겠지." 판 클레이프가 코웃음을 친다.

"친애하는 포르스텐보스 씨," 레이시 선장이 잔을 든다. "이 와인은 최상급이로군요. 뒷맛이 가장 순수한 꿀맛입니다."

XI
에이크 창고
✦
1799년 10월 19일 태풍 오기 전

　창고 문 너머에서 널을 대고, 못을 박고, 짐승을 모는 소음이 요란스럽다. 한자부로는 문지방에 서서 어두워져가는 하늘을 보고 있다. 오가와 우자에몬은 책상에 앉아 1797년 교역 철의 선적서류 가운데 장뇌 결정의 탁송과 관련된 서류 99b의 일본측 기록을 번역하는 중이다. 야코프는 그것과 네덜란드측 기록 간의 가격과 수량 차이를 기록한다. 그 문서가 '정직하고 진실한 탁송 기록'이라고 입증하는 서명은 차석 상관장 대리 멜히오르 판클레이프가 했다. 지금까지 그가 허위 기재한 항목을 스물일곱 건 찾아냈다. 사무원은 포르스텐보스에게 이 늘어나는 목록에 대해 알렸지만, 데지마의 개혁자로서 상관장의 열정은 나날이 희미해져가고 있다. 포르스텐보스의 비유는 '부패라는 암을 절제하는 것'에서 '우리가 다뤄야 하는 도구가 무엇이든 최대한 잘 이용하는 것'으로 바뀌었다. 어쩌면 흐로터가 나날이 분주해지고 활기를 더해간다는 사실이 상관장의 태도를 가장 잘 보여주는 예인지도 모른다.

"곧 날이 어두워져 잘 보이지 않을 겁니다." 오가와 우자에몬이 말한다.

"얼마나 더 일할 수 있을까요?" 야코프가 묻는다.

"등을 밝히면 한 시간 더입니다. 그러면 저는 가야 합니다."

야코프는 아우베한트에게 사무실 창고에서 한자부로에게 기름한 단지를 내주라고 부탁하는 짧은 쪽지를 쓴다. 오가와가 그에게 일본어로 지시한다. 소년은 바람에 옷자락을 날리며 떠난다.

"마지막 태풍이 히젠에 최악의 공격을 가할 수도 있습니다." 오가와가 말한다. "올해는 신들이 나가사키를 나쁜 태풍에서 구해주시는 구나 생각하는 그때에……" 오가와가 손으로 성벽을 부수는 커다란 망치 흉내를 낸다.

"제일란트의 가을 돌풍 역시 악명이 높습니다."

"죄송합니다만," 오가와가 공책을 펼친다. "'악명이 높다'가 무슨 뜻이지요?"

"악명이 높다는 것은 '나쁜 일로 유명하다'는 의미입니다."

"더주트 씨 고향 섬은 해수면보다 낮다고 했지요." 오가와가 떠올린다.

"발헤런섬 말입니까? 네, 그래요. 우리 네덜란드인은 물고기들 밑에서 산답니다."

"바닷물이 땅으로 범람하지 못하게 막는 것이 고대의 전쟁이지요." 오가와가 상상한다.

"'전쟁', 그 말이 딱 맞습니다. 그리고 우리는 가끔 전투에서 패하고……" 오늘 아침 마리뉘스 선생의 정원에서 마지막으로 일하며 엄지손톱 밑에 낀 흙이 야코프의 눈에 들어온다. "……제방은 무너지지요. 하지만 바다는 네덜란드인의 적인 한편, 공급자이자 창의력을 '형성해준 자'이기도 하지요. 자연이 이웃들에게처럼 우리에게도 높고 비옥한 땅을 내려주었다면, 암스테르담 증권거래소며 합자회사, 중개인들의 제국을 만들어낼 필요가 있었겠습니까?"

목수들이 반쯤 지은 렐리 창고의 목재를 단단히 묶는다.

야코프는 한자부로가 돌아오기 전에 민감한 화제를 끄집어내보기로 한다. "오가와 씨, 제가 처음 도착한 날 아침에 제 책을 수색하면서 제 사전을 보셨지요?"

"신 네덜란드어 사전 말이군요. 아주 훌륭하고 귀한 책이지요."

"네덜란드를 연구하는 일본 학자에게 소용이 될까요?"

"네덜란드어 사전은 수많은 잠긴 문을 열 수 있는 마법의 열쇠입니다."

"저기……" 야코프는 망설인다. "……그 책을 아이바가와 양에게 선물하고 싶은데요."

바람에 흩어진 목소리들이 깊은 우물 속에서 흘러나오는 메아리처럼 그들에게 들려온다.

오가와의 표정이 워낙 근엄해서 마음을 읽을 수가 없다.

야코프가 캐묻는다. "그 선물에 아이바가와 양이 어떻게 반응할 거라 생각하십니까?"

오가와의 손가락이 자기 허리띠의 매듭을 잡아당긴다. "크게 놀라겠지요."

"불쾌한 놀라움은 아니겠지요?"

"일본에 이런 속담이 있습니다." 통역관이 차를 따른다. "'가격이 없는 것보다 더 비싼 것은 없다.' 그런 선물을 받으면 아이바가와 양은 걱정이 될 겁니다. '받아들인다면, 이것의 진짜 가격은 얼마일까?'"

"하지만 아무런 의무도 없습니다. 맹세코, 아무것도 없습니다."

"그러면……" 오가와가 여전히 야코프의 시선을 피하면서 차를 홀짝인다. "왜 더주트 씨가 줍니까?"

이건 정원에서 오리토와 이야기하는 것보다도 더 나쁜데. 야코프는 생각한다.

사무원이 팔을 휘젓는다. "왜냐하면, 저, 제가 선물을 주고 싶은 이유는, 그러니까, 그런 마음이 든 까닭은, 말하자면, 마리뉘스 선생님이라면 이렇게 말씀하셨을 텐데, 그러니까…… 헤아릴 수 없는 것 중 하나입니다."

무슨 말 같지도 않은 헛소리를 내뱉는 겁니까? 오가와의 표정이 이렇게 답하고 있다.

야코프는 안경을 벗고 밖을 내다본다. 한쪽 다리를 치켜든 개 한 마리가 보인다.

"책은……" 오가와가 보이지 않는 안경테 너머로 야코프를 빤히 쳐다본다. "……사랑의 선물인가요?"

"저도 압니다……" 야코프는 대본 구경도 못해보고 무대로 나가야 하는 배우가 된 기분이다. "……그녀―아이바가와 양―는 기녀가 아니라는 것을요. 그리고 네덜란드인은 이상적인 남편감이 아니라는 것도요. 하지만 수은 덕분에 저는 거지가 아닙니다―그러나 그런 건 전혀 중요하지 않지요. 틀림없이 누군가는 저를 세계에서 제일가는 바보라 여길 겁니다……"

오가와의 눈 밑에서 뒤틀린 근육이 미세하게 떨린다.

"예, 어쩌면 그것을 사랑의 선물이라 부를 수도 있겠지요. 하지만 아이바가와 양이 저한테 전혀 마음이 없어도 상관없습니다. 책은 받을 수 있겠지요. 아이바가와 양이 그 책을 쓴다고 생각하면……" 저는 행복할 겁니다. 야코프는 이 말은 덧붙이지 못한다. "제가 책을 주면 첩자, 검사관, 그녀의 동급생 들이 눈치챌 겁니다. 저녁에 그녀의 집으로 찾아갈 수도 없고요. 하지만 지위가 있는 통역관이 사전을 가져가는 거야 아무런 문제도 되지 않겠지요…… 밀수를 하는 것도 아니고요. 그냥 선물일 뿐이니까요. 그러니까…… 저 대신 그 책을 전해주면 좋겠습니다."

투미와 노예 도르사이가 계량장에서 거대한 삼각대를 해체한다.

오가와의 무덤덤한 얼굴은 이런 부탁을 예상하고 있었던 사람 같다.

"당신 말고는 데지마에서 제가 신뢰할 수 있는 사람이 아무도 없습니다." 야코프가 말한다.

아, 정말로, 오가와의 꼭 다문 입술이 음 소리를 내며 동의한다. 아무도 없지.

"사전 속에, 제가…… 저, 짧은 편지를 넣었습니다."

오가와가 고개를 들고 의심스러운 눈초리로 그 말을 곱씹어본다.

"편지는…… 사전은 언제나 그녀의 것이라는 내용입니다. 하지만 만약"─이제 내 말은 시장에서 달콤한 말로 아낙네들을 구슬리는 행상의 말처럼 들리겠지─"그녀가…… 저를 후견인으로 생각해준다면, 아니면 보호자라든가, 아니면…… 아니면……"

"편지는," 오가와의 어조가 퉁명스럽다. "청혼하는 겁니까?"

"예. 아뇨. 그게 아니라……" 아예 시작하지 말 것을 그랬다고 후회하며 야코프는 범포로 싸서 삼실로 묶은 사전을 책상 밑에서 꺼낸다. "예, 젠장. 청혼입니다. 부탁드립니다, 오가와 씨. 제 불행을 이만 끝내고 그냥 이 망할 것을 그녀에게 전해주십시오."

바람은 험악해지고 천둥소리가 간간이 들려온다. 야코프는 창고를 잠그고 흙먼지와 모래를 막으려 눈을 가린 채 깃발광장을 지난다. 오가와와 한자부로는 밖에 나다니기 위험해지기 전에 집으로 돌아갔다. 깃대 발치에서 판클레이프가 깃대를 기어오르느라 애먹고 있는 도르사이에게 고함을 지르고 있다. "코코넛 따려는 잘도 오르면서 우리 깃발을 위해서는 그것도 못한단 말이냐!"

상급 통역관의 가마가 지나간다. 창이 닫혀 있다.

판클레이프가 야코프를 알아차린다. "빌어먹을 깃발이 엉켜서 내릴 수가 없군—하지만 저 게으름뱅이가 너무 겁을 먹어 깃발을 풀지 못한다고 해서 깃발이 갈기갈기 찢어지게 놔둘 수는 없지!"

노예가 꼭대기까지 올라가 양다리로 기둥을 꽉 붙잡고 구# 네덜란드 연합공화국의 삼색기를 풀어서 머리카락을 휘날리며 들고 내려와 판클레이프에게 건네준다.

"이제 투미 씨에게 가서 네 망할 목숨을 어디 써먹을 데가 있나 알아보거라."

도르사이는 차석 상관장과 상관장의 집 사이로 달려간다.

"접호는 취소되었네." 판클레이프가 깃발을 접어 재킷에 넣고 지붕 아래로 몸을 피한다. "흐로터가 요리한 거 아무거나 한 사발 들고 집으로 가게. 태풍의 눈이 지나가기 전에는 바람이 이보다 배는 더 거세질 거라고 내 제일 최근 처가 예상하더군."

야코프가 망루를 가리킨다. "주위를 좀 둘러볼까 합니다."

"관광은 간단히 하게! 캄차카까지 날아갈걸!"

판클레이프는 골목길을 따라 어기적거리며 집 앞까지 걸어올라간다.

야코프는 한 번에 두 계단씩 뛰어올라간다. 지붕보다 더 높은 곳에 다다르자 바람이 그를 후려친다. 그는 난간을 꽉 잡고 단의 널빤지에 몸을 납작 엎드린다. 돔뷔르흐 교회 탑에서 스칸디나비아로부터 불어오는 돌풍을 많이도 보았지만, 동양의 태풍에는 감각적이고 위협적인 느낌이 있다. 햇빛이 멍든 듯 얼룩덜룩하다. 때이르게 어슴푸레해진 산에서 나무들이 바람에 휘둘리고 있다. 검은 만에는 거친 파도가 미친듯이 몰아친다. 바닷물이 데지마의 지붕들 위로 흩뿌려진다. 목재 기둥이 으르렁거리고 신음한다. 셰넌도어호 선원들이 세번째 닻을 내리고 있다. 일등항해사는 뒤쪽 갑판에서 알아들을 수 없는 고함을 지르고 있다. 동쪽을 보니 중국 상인과 선원들이 마찬가지로 자기네 자산을 방비하느라 분주하다. 통역관의 가마가 텅 빈 에도광장을 지나간다. 줄지어 선 플라타너스들이 채찍질을 하듯 휘어진다. 새 한 마리 날지 않는다. 어부들의 배는 물가로 끌어올려져 함께 묶여 있다. 나가사키가 나쁜, 나쁜 밤을 맞아 숨고 있다.

저 많은 웅크린 지붕 중 어느 것이 당신의 집일까? 그는 궁금하다.

네거리에서 고스기 도신이 종 치는 줄을 묶고 있다.

오가와가 오늘밤에는 사전을 전해주지 않겠구나. 야코프는 깨닫는다.

투미와 바르트가 가든 하우스의 문과 여닫이창을 닫는다.

내 선물과 편지는 어설프고 경솔해. 야코프는 인정한다. 하지만 그렇다고 교묘한 방법으로 구애를 할 수도 없잖아.

정원에서 뭔가가 금이 가고 부서진다······

적어도 이제 나 자신을 비겁하다고 비난하지는 않을 수 있게 되었어.

마리뉘스와 에일라튀가 화분의 나무와 손수레를 가지고 씨름하고 있다······

······이십 분 후, 스무 개의 사과 묘목이 병원 복도에 안전히 자리잡는다.

"나는—우리는······" 의사가 숨을 헐떡이며 어린 묘목들을 가리킨다. "······자네에게 빚을 졌네."

에일라튀가 어둠을 뚫고 올라가 접이식 문으로 사라진다.

"저도 그 묘목에 물을 주었습니다." 야코프가 숨을 고른다. "저도 묘목을 지키고 싶어요."

"에일라튀가 그 문제를 일깨워주기 전까지 염풍해는 생각지도 못했네. 내가 하코네에서 가져온 묘목이라네. 라틴어 이름으로 세례받지도 못하고 다 죽어버릴 뻔했어. 이래서 늙으면 죽어야 한다니까."

"아무도 몰랐을 겁니다." 야코프가 장담한다. "클라스조차."

마리뉘스가 얼굴을 찡그리고 생각하더니 묻는다. "클라스?"

"정원사 말입니다." 야코프가 외투를 쓸어내린다. "선생님 이모님 댁에 있던 분요."

"아, 클라스! 친애하는 클라스는 오래전 비료가 되었다네."

태풍이 천 마리 늑대처럼 울부짖는다. 다락의 등이 켜진다.

"그럼 저는 아직 나다닐 수 있을 때 빨리 톨 하우스로 돌아가는 게 좋겠습니다." 야코프가 말한다.

"부디 하느님께서 아침까지 그 집이 그대로 있도록 보살펴주시기를."

야코프는 병원 문을 밀어 연다. 몰아치는 거센 바람의 타격에 사무원은 도로 안으로 떠밀린다. 야코프와 의사가 밖을 내다보니 통하나가 롱 스트리트를 따라 가든 하우스 쪽으로 굴러내려가 박살이 난다.

"태풍이 부는 동안 자네는 위층에 피해 있는 게 낫겠네." 마리뉘스가 제안한다.

"폐를 끼치기 싫습니다. 사생활을 중시하시잖아요." 야코프가 대답한다.

"자네 몸이 저 통과 같은 운명이 된다면 내 학생들한테 자네 시체가 무슨 소용이 되겠는가? 먼저 앞장서 위층으로 올라가게나, 내가 떨어져서 우리 둘 다 뭉개지는 일이 없도록⋯⋯"

쌕쌕거리는 등의 불빛에 마리뉘스의 책장에 꽂힌 아직 파묻히지 않은 보물이 드러난다. 야코프는 고개를 기울여 실눈을 뜨고 제목을 읽는다. 프랜시스 베이컨의 『노붐 오르가눔』, 괴테의 『식물 변태론』, 앙투안 갈랑의 『천일야화』 번역판. "인쇄된 말은 식량이지." 마리뉘스의 말이다. "자네는 굶주려 보이는구먼, 돔뷔르흐인." 장바티스트 드 미라보의 『자연의 체계』, 네덜란드인 목사의 조카가 알기로 무신론자 돌바크 남작의 필명이다. 볼테르의 『캉디드 혹은 낙관주의』. 마리뉘스가 말한다. "종교재판관의 흉곽을 부순 것만으로도 충분히 이단이지." 야코프는 아무 대답도 하지 않고 뉴턴의 『자연철학의 수학적 원리』, 유베날리스의 『풍자』, 단테의 『지옥편』 이탈리아어 원전을 본다. 그들과 동향인 크리스티안 하위헌스의 냉철한 『우주 이론』도 있다. 다락방 너비에 꼭 맞는 선반 하나에 이삼십 권이 꽂혀 있다. 마리뉘스의 책상 위에 2절판 책이 한 권 놓여 있다. 윌리엄 체슬던의 『해부학』이다.

"안에 누가 있는지 보게나." 의사가 말한다.

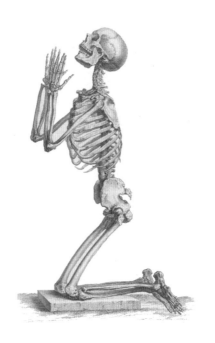

야코프는 세세히 들여다본다. 악마가 씨앗 하나를 뿌린다.

씨앗이 싹튼다. 이런 뼈들로 이루어진 기관이 인간의 전부라면……

바람이 십여 그루의 나무둥치도 뽑아버릴 기세로 벽을 후려친다.

……신성한 사랑은 뼈로 된 기관에서 아기를 얻어내는 수단에 불과한 것인가?

야코프는 에노모토 승정과 만났을 때 승정이 던졌던 질문에 대해 생각한다. "선생님은 영혼의 존재를 믿으십니까?"

마리뉘스가 심원하고 불가해한 답을 준비하고, 사무원도 그런 답을 기대한다. "믿네."

"그럼 어디에……" 야코프는 경건하면서 불경스러운 해골을 가리킨다. "……그것이 있습니까?"

"영혼은 동사라네." 그가 불 켜진 양초를 촛대에 꽂는다. "명사가 아니고."

에일라튀가 비터 맥주 두 잔과 달콤한 말린 무화과를 가져온다……

야코프는 바람이 점점 더 거세게 몰아칠 때마다 이보다 더 심한 광풍이 몰아닥치면 지붕이 뜯겨 날아갈 거라 확신하지만, 지붕은 아직까지 버티고 있다. 마룻바닥 밑 장선과 천장 들보가 팽팽히 당겨지고, 쿵쿵대고, 덜거덕거리며 맹렬히 돌아가는 풍차처럼 덜덜 떨린다. 야코프는 생각한다. 무시무시한 밤이로군. 하지만 공포조차 계속 겪다보면 단조로워질 수 있어. 의사가 고인이 된 상관장 헤메이와 전 수석 사무원 판클레이프와 함께했던 에도 여행을 추억하는 동안 에일라튀는 양말을 깁는다. "그들은 산피에트로나 노트르담

대성당에 비할 만한 건축물이 없다면서 불만스러워했어. 하지만 일본 종족의 천재성은 길을 보면 잘 알 수 있지. 도카이도 대로는 오사카에서 에도까지 뻗어 있어―제국의 배꼽에서 머리까지 말이네. 장담하건대, 자네도 그걸 본다면 지구상의 그 어느 곳에도, 현재에도 과거에도 견줄 것이 없다는 것을 알게 될 거야. 그 도로 자체가 도시야. 폭은 15피트지만 길이는 300독일마일에 배수가 잘되고 유지 관리도 잘되는데다 잘 정돈되어 있지. 그리고 여행자들이 짐꾼을 고용하고, 말을 바꾸고, 쉬거나 하룻밤 흥청대고 놀 수 있는 중간 기착지가 쉰세 곳이라네. 그중에서 가장 단순하고도 상식적이어서 반가운 것이 뭔지 아나? 무조건 좌측통행을 하게 되어 있어서 유럽의 대동맥들을 꽉 막고 있는 그 숱한 충돌이며 일촉즉발의 상황, 오도 가도 못하는 교착상태가 여기에서는 전혀 없단 것일세. 사람이 덜 붐비는 도로에서 슬쩍 가마 밖으로 빠져나가 길가의 식물을 채집해 검사관들을 놀라게 한 적도 있지. 내 『일본 식물지』를 위해 툰베리*나 켐퍼**가 놓친 새로운 종을 서른 가지도 넘게 찾아냈네. 그러다보니 에도에 도착했더군."

"살아 있는 유럽인 중 에도를 본 사람은 불과…… 십여 명뿐이겠지요?"

"그보다도 적지. 삼 년 안에 수석 사무원 자리를 꿰차면 자네도 직접 볼 수 있을걸세."

그때 저는 여기 없을걸요. 야코프는 그러기를 바라다 문득 불편한

---

* 스웨덴 동식물학자이자 의사. 1775년부터 1776년까지 데지마의 의사로 근무하며 다양한 식물을 채집해 『일본 식물지』를 발표했다.
** 독일 박물학자 겸 의사. 1690년부터 1692년까지 데지마에서 의사로 근무했다.

마음으로 오리토를 떠올린다.

에일라튀가 실을 끊는다. 겨우 거리 하나, 벽 하나 너머에서 바다가 날뛰고 있다.

"에도에는 눈 닿는 곳 끝까지 쭉 뻗은 격자 모양 거리에 백만 명이 살고 있다네. 에도는 나막신소리, 베틀소리, 고함소리, 짖는 소리, 비명소리, 속삭임으로 귀가 떨어질 듯 시끌벅적하지. 에도는 모든 인간의 요구를 담은 필사본이면서 그 요구를 채워주는 수단이야. 모든 다이묘*는 에도에 후계자와 본처를 위한 거처를 두어야 한다네. 그런 거처들 가운데 가장 규모가 큰 것은 사실상 벽을 두른 소읍이지. 니혼바시 다리—일본의 모든 이정표에 나와 있는 다리일세—는 길이가 이백 보나 되네. 현지인의 거죽을 뒤집어쓰고 그 미로 속을 거닐어볼 수 있었다면 좋았겠지만, 당연하게도 헤메이와 판클레이프와 나는 '우리를 보호한다'는 명목하에 쇼군을 접견하는 날까지 숙소 밖으로 한 발짝도 나갈 수 없었다네. 끊임없이 밀려드는 학자와 구경꾼들이 그나마 지루함을 달래주었지. 특히 식물이나 구근, 씨앗을 가져온 자들 말일세."

"어떤 문제를 논하셨습니까?"

"의학적인 문제라든가 학술적인 화제, 유치한 상담에 이르기까지 다양했지. '전기는 액체입니까?' '외국인은 발목이 없어서 장화를 신는 건가요?' '오일러 공식은 어떤 실수에 대해서든 복소지수 함수가 '$e^{ix} = \cos x + i \sin x$'라는 식을 만족시킨다는 것을 일반적으로 보증합니까?' '몽골피에식 열기구는 어떻게 만들 수 있나요?'

---

* 헤이안시대에 등장해 19세기 말까지 각 지방을 다스렸던 유력자.

'환자를 죽이지 않고도 유방암을 제거할 수 있습니까?' 한번은 이런 질문도 받았네. '노아의 홍수가 일본을 침몰시키지 않았다는 것을 고려한다면, 일본이 다른 나라들보다 더 고상한 나라라고 결론 내려도 되지 않을까요?' 통역관, 관리, 여관 주인 모두 델피의 신탁에 입장료를 물렸지. 하지만 내가 말했다시피……"

지진이라도 난 듯 건물이 흔들리고 목재가 삐걱거린다.

"……나는 인류의 무력함에서 어떤 위안을 찾는다네." 마리뉘스가 고백하듯 말한다.

야코프는 동의할 수 없다. "쇼군과의 만남은 어떠셨습니까?"

"우리는 화려하지만 백오십 년 묵어 좀이 슨 옷을 입었어. 진주 단추를 단 재킷과 무어인풍의 조끼를 차려입고 타조 깃털을 단 모자를 쓰고 발등에 흰색 천을 씌운 구두를 신은 헤메이와 아무렇게나 되는대로 차려입은 판클레이프와 나, 우리 셋은 썩은 프랑스제 페이스트리 같은 꼴이었어. 우리는 가마를 타고 성문까지 간 다음, 거기서부터 세 시간 동안 걸어서 여러 복도와 안뜰과 문을 통과해 몇몇 대기실에 닿았지. 그때마다 관리, 고문관, 왕자 들과 형식적인 인사치례를 주고받고, 드디어 알현실에 들어갔다네. 그 자리에서 우리는 어디까지나 사절단일 뿐, 아부 떨며 공물을 바치러 두 달 반을 온 순례자들이 아닌 척해봐야 다 소용없어. 쇼군은 가림막에 반쯤 가려진 채 방 안쪽의 높은 자리에 앉아 있었네. 대화를 맡은 자가 '오란다 카피탄'이라고 알리자, 헤메이는 게처럼 허둥지둥 쇼군 쪽으로 다가가 정해진 자리에 무릎을 꿇고 앉았지. 높으신 지체를 감히 보는 것조차 금지되었고, 세이타이 쇼군이 손가락을 들어올릴 때까지 침묵 속에 기다려야 했네. 대신이 1660년대 이래로 고친 적이 없는 문서를 낭독했지. 사악한 기독교의 믿음으로 개종시키려 하거나, 중국인이나 류큐섬 사람들의 범선에 다가가 말을 거는 것을 금하고, 일본을 거스르려는 음모가 귀에 들어온다면 즉시 알릴 것을 명하는 내용이었어. 헤메이는 뒤로 물러났고 의식은 끝났지. 그날 저녁 나는 일지를 썼고 헤메이는 배가 아프다고 툴툴거렸는데 이질에 걸린 것으로 귀향길에 밝혀졌지. 하지만 솔직히 말하자면 진단이 확실치는 않아."

에일라튀가 바느질을 끝냈다. 그는 침구를 편다.

"더러운 죽음이었어. 비가 멈추지를 않았지. 가케가와라는 곳이었어. '여기서는 안 돼, 마리뉘스. 이렇게는 싫어.' 그는 신음을 하다가 죽었지……"

야코프는 이교도의 땅에 있는 무덤을 상상한다. 자신의 몸이 거기 내려져 있다.

"……마치 모든 사람들 중에서 내게 신께 기도드릴 힘이 있기라도 한 것처럼."

그들은 태풍의 울부짖음에서 변화를 눈치챘다.

"태풍의 눈이," 마리뉘스가 시선을 위로 든다. "우리 위에 있어……"

XII
데지마, 상관장의 집 접견실

✦

1799년 10월 23일 열시 조금 지난 시각

"우리 다들 바쁜 사람이네." 위니코 포르스텐보스가 고바야시 통역관을 접견실 탁자 너머로 노려본다. "이번만큼은 제발 쓸데없는 소리는 다 빼버리고 숫자를 말해주게."

가랑비가 지붕을 두드린다. 야코프는 잉크병에 펜촉을 적신다.

이와세 통역관이 도미네 대신을 위해 통역한다. 도미네는 오늘 아침 에도에서 도착한 접시꽃 문장이 새겨진 두루마리 통을 가지고 왔다.

고바야시가 에도의 전갈을 네덜란드어로 옮긴 것이 반쯤 펼쳐진다. "숫자는?"

포르스텐보스가 애써 참고 있다는 티를 낸다. "쇼군의 제안이 뭐냐 말이야."

"최상급 구리 9600피컬입니다." 고바야시가 말한다.

야코프의 펜촉이 종이를 긁는다. 구리 9600피컬.

"이 정도 제안이면 많이 늘어난 겁니다." 이와세 반리가 확인한다.

암양이 매애 하고 운다. 야코프는 자신의 후견인이 무슨 생각을 하고 있는지 짐작할 수 없다.

"우리가 요구한 것은 2만 피컬이네. 그런데 1만 피컬도 안 되는 양을 준다고? 쇼군이 판오베르스트라턴 총독을 모욕하는 건가?"

"단 일 년 동안 할당량을 세 배로 늘렸는데 모욕이라 할 수는 없지요." 이와세도 바보는 아니다.

"이렇게 관대한 조치는 전례가 없습니다! 이 결과를 얻기 위해 저는 여러 주 동안 열심히 노력합니다." 고바야시도 공세를 펼친다.

야코프를 향한 포르스텐보스의 시선이 말한다. 이건 기록하지 마.

"답변을 보내면 구리는 이삼일 안에 도착할 수 있습니다." 고바야시가 말한다.

"창고는 사가에 있습니다." 이와세가 덧붙인다. "히젠의 성읍인데, 가깝습니다. 에도가 이 정도로 많은 구리를 방출하다니 놀랍습니다. 최고 의원이 전갈에서 말하듯이," 그가 두루마리를 가리킨다. "대부분의 창고는 비어 있습니다."

포르스텐보스는 심드렁한 얼굴로 네덜란드어 번역본을 집어들고 읽는다.

시계추가 무덤 파는 이의 삽처럼 시간을 긁는다.

침묵공 빌럼이 아주 오래전에 지나가버린 미래를 들여다본다.

"왜 이 편지에 데지마의 임박한 폐쇄에 대한 언급은 전혀 없나?" 포르스텐보스가 반달 모양 안경 너머로 고바야시에게 묻는다.

"답장이 쓰일 때 저는 에도에 없었습니다." 고바야시가 순진하게 대답한다.

"판오베르스트라턴 총독의 원래 편지를 당신이 악명 높은 공작 깃털 부채 번역하듯 해놓지 않았으리라는 보장이 있나?"

고바야시는 이렇게 말하는 듯한 표정으로 이와세를 본다. 무슨 소린지 알아듣겠나?

"번역에는 상급 통역관 네 명의 도장이 있습니다." 이와세가 힘주어 말한다.

"알리바바에게는 마흔 명의 도적이 있었지. 그들 덕분에 그가 정직해졌나?" 레이시가 중얼거린다.

"우리가 묻고 싶은 것은 이걸세." 포르스텐보스가 일어선다. "9600피컬로 데지마가 폐쇄되지 않고 열두 달을 버틸 수 있을 것 같나?"

이와세가 도미네 대신을 위해 이를 통역해준다.

처마에서 빗방울이 떨어진다. 개들이 짖는다. 야코프의 양말 속 독 오른 발진이 따끔거린다.

"셰넌도어호에는 데지마의 비축분을 실을 공간이 있소." 레이시가 재킷을 뒤져 보석 박힌 코담뱃갑을 찾는다. "오늘 오후 선적을 시작할 수 있소."

포르스텐보스가 기압계를 톡톡 두드린다. "우리가 이렇게 보잘것없는 증량을 받아들여 바타비아의 우리 상사들의 분노를 사면서까지 데지마를 계속 열어두어야겠나? 아니면……" 포르스텐보스가 괘종시계 쪽으로 천천히 걸음을 옮기며 고풍스러운 문자반을 살펴본다. "……이 수익도 안 나는 상관을 버리고 아시아의 후진적인 섬에서 유일한 유럽 동맹을 빼앗아야겠나?"

레이시가 코담배를 한 움큼 집어 킁킁대며 냄새를 맡는다. "하느님 자비를 베푸소서. 멋진 한방이군!"

고바야시는 포르스텐보스가 앉아 있던 의자에서 시선을 떼지 않는다.

"9600피컬이면 일 년간은 데지마에 유예기간을 주겠네. 에도에 전하게. 구리를 가지러 사가에 사람을 보내라고."

도미네에게 이를 알리는 이와세는 안심하는 기색이 역력하다.

부교의 대신은 다른 결정은 있을 수 없다는 듯 고개를 끄덕인다.

고바야시는 악의어린 냉소를 띠고 고개 숙여 인사한다.

야코프는 이렇게 적는다. "상관장 위니코 포르스텐보스는 이 제안을 받아들였다……"

"그러나 판오베르스트라턴 총독이 두 번 당하시지는 않을 거네." 상관장이 경고한다.

"……그러나 통역관들에게 이 결정이 최종적인 것은 아니라고 경고하였다." 사무원의 펜이 덧붙인다.

"엄청난 위험을 감수하고 이 상관의 불어난 비용을 감당할 돈을 회사에 벌어다주려면 우리는 두 배로 노력해야 하네. 하지만 오늘은 이만하지."

"잠깐만요, 상관장님. 더 좋은 소식이 있습니다." 고바야시가 말한다.

야코프는 뭔가 악의적인 것이 접견실로 들어오는 것을 느낀다.

포르스텐보스가 의자에 등을 기댄다. "오?"

"저는 부교님께 도둑맞은 찻주전자에 대해 아주 많이 권고합니다. '우리가 찻주전자를 찾지 못하면 큰 불명예가 나라에 떨어진다'고요. 그래서 대신께서 많은……" 그는 이와세에게 도움을 청

268

한다. "……예, '도신'을 보냅니다. 찻주전자를 찾으러, 많은 도신을요. 오늘 조합에서, 제가 일 끝냈을 때"—고바야시가 쇼군의 답신 번역본 쪽을 손짓으로 가리킨다—"부교쇼에서 사신이 도착합니다. 숭정제의 옥주전자를 찾았다고요."

"오? 잘되었군. 그러면……" 포르스텐보스가 함정이 아닌지 살핀다. "……상태가 어떤가?"

"완벽한 상태입니다. 도둑 두 명이 죄를 자백했습니다."

"도둑 한 명이," 이와세가 이어서 말한다. "고스기 도신의 가마 속에 상자를 만듭니다. 다른 도둑이 가마 속 상자에 찻주전자를 넣습니다. 그렇게 해서 육지 문을 몰래 빠져나갑니다."

"도둑을 어떻게 잡았나?" 판클레이프가 묻는다.

이와세가 대신에게 지금 얘기중인 문제를 설명하는 동안 고바야시가 말한다. "오마쓰 부교님이 현상금을 내놓아서 도둑들이 배신당했습니다. 제 계획이 통했습니다. 찻주전자는 오늘 늦게 올 것입니다. 더 좋은 소식이 있습니다. 오마쓰 부교님께서 도둑들을 깃발광장에서 처형해도 좋다고 허가하셨습니다."

"여기에서?" 기뻐하던 포르스텐보스의 얼굴이 어두워진다. "데지마에서? 언제?"

"셰넌도어호가 떠나기 전, 아침 점호 끝난 다음입니다." 이와세가 대답한다.

고바야시가 성자 같은 미소를 띤다. "그러니까 모든 네덜란드인은 일본의 정의를 보게 될 것입니다."

대담한 쥐의 그림자가 기름 먹인 종이창을 따라 움직인다.

당신이 피를 요구한 거야. 당신의 그 귀중한 찻주전자 때문에…… 이건 고바야시의 도전이다.

세넌도어호에서 종소리가 울린다.

……자, 당신은 이런 것을 받아들일 수 있는 사람인가? 통역관이 기다린다.

렐리 창고 지붕에서 망치질하던 소리가 멎는다.

"좋네." 포르스텐보스가 말한다. "오마쓰 부교님께 감사하다고 전해주게."

도른 창고에서 야코프는 잉크병에 펜촉을 적셔 텅 빈 페이지에 제목을 적는다. '헤이스버르트 헤메이와 다니엘 스닛커르의 체재 기간 중 상기 인물들이 제출한 가짜 장부의 교정을 포함한 데지마의 실정에 대한 진실하고 완전한 조사보고서.' 그는 잠시 자기 이름을 덧붙일까 생각하지만 경솔한 생각이라 넘긴다. 포르스텐보스는 그의 후견인으로서 아랫사람이 한 일을 자신이 한 일이라 할 수 있는 권리가 있다. 야코프는 생각한다. 그리고 아마도 그편이 더 안전할 거야. 야코프의 조사보고서로 인해 불법적인 이익이 줄어들 수도 있는 바타비아의 위원이라면 누구라도 낮은 지위의 사무원쯤은 펜 한 번 놀려서 끝장낼 수 있다. 야코프는 페이지 위에 압지를 놓고 꾹 누른다.

지친 눈의 사무원은 생각한다. 끝났다.

코가 빨개진 한자부로가 재채기를 하고는 지푸라기 한줌을 쥐어 코를 닦는다.

비둘기가 높은 창틀 위에 앉아 지저귄다.

아우베한트의 날카로운 목소리가 보니 앨리를 따라 급히 지나 간다.

데지마가 폐쇄될 지경에 이르렀다고 믿건 안 믿건, 오전의 소식은 상관을 무기력 상태에서 깨웠다. 구리 수백 상자가 나흘 안에 도착할 것이다. 레이시 선장은 엿새 안에 셰넌도어호의 짐칸에 구리를 싣고, 일주일 후에는 나가사키를 출발하고 싶어한다. 겨울이 와서 동중국해가 거칠어지기 전에 말이다. 포르스텐보스가 여름 내내 얼버무렸던 문제들이 앞으로 며칠 후면 해결될 것이다. 셰넌도어호에 개인 상품을 보잘것없는 공식 할당량만큼만 싣게 해줄 것인가, 아니면 포르스텐보스의 선임자들이 있던 때의 관행만큼 싣게 해줄 것인가? 상인들과의 거래는 급박하게 협상이 진행되고 있다. 페터 피셔나 야코프 더주트 중 한 명이 차기 수석 사무원이 되어 많은 봉급을 받고 선적 담당 부서를 맡게 될 것인가? 그리고 포르스텐보스가 나의 조사보고서를 이용하여 다니엘 스닛커르에게만 죄를 물을까, 아니면 다른 이들에게도 죄를 물을까. 야코프는 보고서를 여행가방에 넣으면서 궁금해한다. 바타비아의 창고에서 일하는 밀수업자 무리는 동인도제도 위원회만큼이나 지체 높은 친구들을 갖고 있겠지만, 개혁에 뜻을 둔 총독에게 야코프의 보고서는 그들을 내칠 충분한 증거가 될 것이다.

불현듯 마음이 동한 야코프는 궤짝을 쌓은 탑을 기어오른다.

한자부로가 어? 하고는 다시 재채기를 한다.

윌리엄 피트의 보금자리에서 야코프는 지친 산의 타는 듯한 단풍을 바라본다.

오리토는 어제 병원 수업에 출석하지 않았다……

오가와도 태풍이 분 날 이후로 데지마에 오지 않았다.

하지만 작은 선물일 뿐인걸. 그는 스스로를 다독인다. 그것 때문에 그녀가 자취를 감췄을 리는 없어⋯⋯

야코프는 덧문을 잘 닫아놓고 내려와 여행가방을 들고 한자부로를 재촉해 창고 문을 잠근 후 보니 앨리로 나선다.

야코프는 네거리에서 쇼트 스트리트를 걸어오는 에일라튀와 마주친다. 에일라튀는 수척한 젊은이를 부축하고 있는데, 젊은이는 장인들이 입는 헐렁한 바지를 발목에서 묶어 입고, 솜을 댄 재킷에 오십 년 전 스타일의 유럽 모자를 썼다. 야코프는 젊은이의 퀭한 눈과 창백한 안색, 기운 없는 걸음걸이를 보고 생각한다. 결핵이군. 에일라튀는 야코프에게 아침 인사를 건네지만 동행을 소개해주지는 않는다. 사무원은 그제야 그가 일본인이 아니라, 검은색보다는 갈색에 가까운 머리카락에 자기처럼 눈이 동그란 유럽인과 아시아인의 혼혈이라는 것을 알아차린다. 환자는 골목 초입에 선 야코프를 알아보지 못하고 병원 쪽을 향해 롱 스트리트를 계속 걸어간다.

가느다란 빗줄기가 벽으로 둘러싸인 데지마에 흩뿌려진다.

"우리는 삶의 한가운데에 있어도 결국 죽음 속에 있지 않습니까?"

한자부로가 펄쩍 뛰고 야코프는 가방을 떨어뜨린다.

"놀라게 했다면 미안하오, 더주트 씨." 아리 흐로터는 별로 미안한 표정이 아니다.

어깨에 큼직한 자루를 멘 핏 바르트가 흐로터 옆에 나타난다.

"괜찮습니다, 흐로터 씨." 야코프가 가방을 든다. "괜찮아질 거예요."

"저 딱한 튀기는 그렇게 말할 수 없을 겁니다." 바르트가 유라시아인을 향해 고개를 까딱한다. 마치 그게 신호인 양 발을 끌며 걷던 젊은이가 결핵에 걸린 게 분명해 보이는 기침을 한다.

한자부로가 거리 건너편에서 빈둥거리던 검사관에게 불려간다.

야코프는 웅크리고 기침을 하는 유라시아인을 지켜본다. "저자는 누굽니까?"

호로터가 침을 뱉는다. "슌스케 툰베리, 그 질문을 풀어보자면, '누구의 자식이냐?'겠지요. 그러니까 내가 들은 바로, 아비는 스웨덴 출신 칼 툰베리요. 이십 년 전에 여기 와서 두어 철을 지낸 돌팔이지요. 사람들 말에 따르면 마리뉘스 선생처럼 그 사람도 교육받은 신사로 식물학자였지만, 보다시피 여기에 자기 씨를 뿌려놓고 거두지 않은 겁니다."

다리가 셋뿐인 개 한 마리가 대머리 요리사의 가래침을 핥는다.

"툰베리 씨는 아들의 장래를 위해 아무런 대비도 해놓지 않았습니까?"

"하긴 뭘 했겠소." 호로터는 이를 핥는다. "'대비'를 하려면 양육비가 필요한데 스웨덴은 토성만큼이나 멀지 않소? 회사는 직원들의 사생아를 동정적으로 대하지만 허가 없이는 나가사키 밖으로 나가지 못하게 해요. 그들의 생활이나 결혼에 대한 최종 허가권도 부교한테 있고. 여자애들 같으면 그래도 외모가 한물가기 전까지는 벌어먹고 살 길이 있지요. 포주들은 그런 애들을 '마루야마의 산호'라고 부른답니다. 하지만 남자아이들은 더 힘들어요. 내가 듣기로 툰베리의 아들은 금붕어 사육을 하지만, 머지않아 구더기를 기르게 될 거요. 틀림없다고."

마리뉘스와 더 나이든 일본인 학자가 병원에서 나온다.

야코프는 통역관 조합에서 보았던 마에노 선생을 알아본다.

슌스케 툰베리의 기침 발작이 드디어 잦아든다.

야코프는 생각한다. 내가 도와줬어야 했는데. "저 딱한 사람은 네 덜란드어를 할 줄 압니까?"

"아니요. 아버지가 배를 타고 훌쩍 떠났을 때 아직 아기였소."

"어머니는 어떻습니까? 아마 기녀였겠지요."

"오래전에 죽었어요. 이제 실례해야겠소. 셰년도어호에 실을 서른 마리가 넘는 닭이 세관에서 검사를 받으려고 기다리고 있어서. 작년에는 닭이 절반은 반쯤 죽어 있고, 절반은 아예 죽고, 세 마리는 식량 담당이 '희귀종 일본 닭'이라고 부르는 비둘기였거든요."

"구더기를 기른다고!" 바르트가 웃기 시작한다. "이제야 무슨 말인지 알아들었어, 흐로터!"

바르트의 자루 속에서 뭔가가 발차기를 하자 흐로터는 걱정스러운 얼굴로 자리를 뜬다. "그럼 이만 가보겠습니다." 그들은 발길을 재촉해 롱 스트리트로 멀어진다.

야코프는 슌스케 툰베리가 도움을 받아 병원으로 들어가는 모습을 지켜본다.

새들이 낮게 깔린 하늘에 눈금을 새기듯 날고 있다. 가을이 깊어간다.

야코프는 상관장 사택의 계단을 반쯤 올라가다가 내려오던 오가와 우자에몬의 아버지 오가와 미마사쿠와 마주친다.

"안녕하십니까," 야코프가 옆으로 비켜선다. "오가와 통역관님."

노인의 손은 소매 속에 숨겨져 있다. "더주트 씨."

"아드님을 못 본 지가…… 나흘쯤 되었습니다."

오가와 미마사쿠의 얼굴은 아들의 얼굴과 달리 오만하고 냉랭하다.

그의 귀 옆에 검은 혹이 튀어나와 있다.

"제 아들은 요즘 데지마 밖의 일로 아주 바쁩니다." 통역관이 말한다.

"언제 조합에 돌아오는지 아십니까?"

"아뇨, 모릅니다." 딱 잘라 부인하는 어투가 의도적이다.

야코프는 의아하다. 내가 당신 아들에게 어떤 부탁을 했는지 아는 겁니까?

세관에서 성난 닭들의 시끄러운 소리가 들려온다.

그는 조마조마해진다. 경솔하게 던진 돌멩이 하나가 바위를 굴려 떨어뜨리는 수도 있지.

"병이 나거나…… 어디가 안 좋은 건 아닌지 걱정했습니다."

오가와 미마사쿠의 하인들이 못마땅한 눈길로 네덜란드인을 쏘아본다.

"잘 있습니다." 노인이 말한다. "당신의 친절한 마음 전하겠습니다. 그럼 안녕히."

"나는……" 포르스텐보스가 표본병 속의 부풀어오른 수수두꺼비를 보고 있다. "……고바야시 통역관과 조용히 담소를 즐기는 중이었네."

야코프는 주위를 둘러보고 나서야 상관장이 두꺼비를 가리켜 한 말이라는 것을 깨닫는다. "오늘 아침에는 제 유머감각을 침대에 놔두고 왔습니다."

"하지만 내가 보기에," 포르스텐보스가 야코프의 가방을 쳐다본다. "자네의 보고서는 잊지 않은 것 같군."

'우리의'에서 '자네의'로 바뀐 것은 무얼 의미할까. 야코프는 궁금해한다.

"지난번 정기 회의 때도 말씀드렸듯이 요점은……"

"법은 세부사항을 요구하네, 요점이 아니라." 상관장이 검은 책을 달라며 손을 내민다. "세부사항이 사실을 낳고, 사려 깊게 내보낸 사실은 자객이 되지."

야코프는 조사보고서를 꺼내 상관장에게 건넨다.

포르스텐보스는 그것을 손에 들고 무게를 가늠해보는 것처럼 균형을 잡는다.

"죄송합니다만 궁금한 것이……"

"……자네가 내년에 맡게 될 직위, 그렇겠지. 하지만 기다려야 하네, 젊은 더주트, 다른 이들과 함께, 오늘밤 직원 회식 때까지 말이야. 구리 할당량이 내 미래 계획의 끝에서 두번째 수였고, 이것이"—그는 검은 책을 들어올린다—"이것이 마지막 수라네."

오후 동안 야코프는 사무실에서 아우베한트와 함께 기록보관소에 보관할 이번 철의 선하증권을 필사한다. 페터 피셔가 평소보다 훨씬 더 적대심을 드러내며 안절부절못하고 들락거린다. 아우베한트가 야코프에게 말한다. "수석 사무원 자리가 당신 거나 다름없다고 생각하는 겁니다." 저녁이 되자 비가 꾸준히 내린다. 이번 계절 들어 가장 서늘한 날씨다. 야코프는 저녁식사 전에 목욕을 하기로 한다. 데지마의 작은 목욕탕이 조합의 주방에 붙어 있다. 물을 담은 냄비가 돌벽에서 튀어나온, 구리판이 깔린 벽난로 위에서 데워지고 있다. 석탄과 장작 값으로 회사가 터무니없는 돈을 내야 하지만, 관례상 등급이 높은 통역관은 이 시설을 자유롭게 이용할 수 있다. 야코프는 바깥의 탈의실에서 옷을 벗고 몸을 웅크린 채 김이 가득한, 큰 벽장 정도 크기의 방으로 들어간다. 삼나무 냄새가 난다. 축축한 열기가 야코프의 폐를 가득 채우고 막혔던 얼굴 모공을 열어준다. 김이 잔뜩 서린 방풍 랜턴 하나가 비추는 빛으로 욕조 두 개 중 하나에 몸을 담그고 있는 콘 투미를 알아본다. "그러니까 이게 바로 장 칼뱅의 유황지옥이지요." 아일랜드인이 영어로 말한다. "콧구멍이 뜨거워 죽겠소."

야코프가 바가지로 미지근한 물을 퍼서 몸에 끼얹는다. "이런, 목욕탕에 가톨릭 이단자가 또 제일 먼저 와 있었군요. 일이 별로 없으신가봅니다."

"내가 바랄 수 있는 것은 태풍이 전부 주었지요. 모자라는 것은 햇빛뿐이오."

야코프는 범포 뭉치로 몸을 문지른다. "당신 첩자는 어디 있습니까?"

"내 살찐 엉덩이 밑에서 익사했지요. 당신 한자부로는 어디 있소?"

"조합 주방에서 배 터지게 먹고 있지요."

"흠, 다음주에 셰넌도어호가 떠나니, 그 녀석도 할 수 있을 때 배를 채워야 할 거요." 투미는 듀공처럼 턱까지 몸을 푹 담근다. "열두 달이 지나면, 내 오 년간의 근무도 끝나요……"

야코프가 사타구니를 닦기 위해 몸을 돌린다. "고향으로 돌아가기로 정했습니까?"

통역관 조합에서 요리사들이 주고받는 말소리가 들려온다.

"신세계에서 새 출발 하는 편이 더 맞을 것 같소."

야코프는 욕조의 나무 뚜껑을 들어올린다.

"레이시가 그러는데, 루이지애나 서쪽에서 인디언을 싹 다 몰아내고 있다더군요……" 투미가 말한다.

온기가 야코프의 몸 구석구석까지 퍼진다.

"……몸 사리지 않는 사람이라면 가볼 만하다던데. 정착자들이 거기까지 가려면 수레가 필요하고, 일단 도착하면 집이 필요할 테지요. 레이시 선장이, 내가 배의 목수로 일해준다면 뱃삯을 받지 않고 바타비아에서 찰스턴까지 태워주겠다더군요. 나는 전쟁에 끌렸던 적도 없고, 영국놈들을 위해 싸우기도 싫소. 당신이라면 지금 같은 분위기에 네덜란드로 돌아갈 거요?"

야코프는 비 내리는 창을 보며 아나의 얼굴을 떠올린다. "모르겠어요. 정말 모르겠어요."

"당신은 보이텐조르히에서 플랜테이션을 운영하는 커피왕이 될 겁니다. 아니면 칠리웡강을 따라 새 창고들을 거느린 대상인이 되든가……"

"수은으로 그렇게 많은 돈을 벌지는 못했어요, 콘 투미."

"아, 하지만 위니코 포르스텐보스 위원이 당신 뒤에 있으니……"

야코프는 조사보고서를 떠올리며 두번째 욕조로 들어간다.

그는 말하고 싶다. 위니코 포르스텐보스는 변덕스러운 후견인이라고요.

열기가 관절 속까지 스며드니 머릿속의 생각을 소리 내어 말하고 싶은 충동이 사라진다.

"우리한테 필요한 건, 더주트 씨, 담배예요. 내가 파이프를 두 대 가져오지요."

콘 투미가 땅딸막한 바다의 신처럼 일어선다. 야코프는 입술과 콧구멍, 눈만 물 밖으로 내놓은 채 물속 깊이 들어간다.

투미가 돌아왔을 때 야코프는 온기 속에서 눈을 감고 무아지경에 빠져 있다. 그는 목수가 몸을 헹구고 다시 물속으로 들어오는 소리를 듣는다. 투미는 담배 얘기는 하지 않는다. 야코프가 웅얼거린다. "담뱃잎이 하나도 없던가요?"

이웃이 헛기침을 한다. "저 오가와입니다, 더주트 씨."

야코프가 갑자기 몸을 홱 틀자 물이 넘친다. "오가와 씨! 저, 저는……"

"아주 평화로워 보여서, 방해하고 싶지 않습니다." 오가와 우자에몬의 말이다.

"아까 아버님을 뵈었습니다만……" 야코프는 눈을 비벼보지만 수증기가 찬 어둠과 원시 탓에 눈앞이 여전히 흐릿하다. "태풍이 온 날 이후로 당신을 보지 못했어요."

"죄송하지만 올 수가 없었습니다. 아주 많은 일이 있어요."

"사전에 관해서, 제 부탁을 들어줄 수 있었나요?"

"태풍 다음날 아이바가와 댁에 하인을 보냅니다."

"그럼 직접 전하지는 않았군요?"

"제일 믿을 만한 하인이 사전을 갖다주었습니다. 그는 '네덜란드인 더주트가 보내는 꾸러미입니다' 하지 않고 이렇게 설명했습니다. '데지마 병원에서 온 꾸러미입니다.' 아시겠지만 제가 가는 것은 부적절했습니다. 아이바가와 선생은 몸이 편찮으셨습니다. 그런 때 방문하는 건 나쁜…… 가정교육이지요?"

"그거 안됐군요. 이제 회복하셨습니까?"

"그저께 장례식을 치렀습니다."

"아." 야코프는 생각한다. 이제 사정을 다 알겠군. "아, 그럼 아이바가와 양은……"

오가와는 주저한다. "나쁜 소식이 있습니다. 아이바가와 양은 나가사키를 떠나야 합니다……"

야코프는 다음 말을 기다리면서 수증기가 응결한 물방울이 떨어지는 소리에 귀를 기울인다.

"……오래, 몇 년 동안 떠나 있어야 합니다. 다시는 데지마로 돌아오지 않을 겁니다. 당신의 사전에 대해, 당신의 편지에 대해 그녀가 어떻게 생각하는지 아무 소식도 없습니다. 미안합니다."

"사전 따위야 뭐―하지만…… 어디로 가는 겁니까, 왜 가는 거죠?"

"에노모토 승정의 영지입니다. 당신의 수은을 산 사람……"

마법으로 뱀을 죽이는 사람. 야코프의 기억 속에 승정이 희미하게 떠오른다.

"……승정은 아이바가와 양이…… 여승들의……" 그가 말을 더듬는다. "신사에 들어가기를 바랍니다. 어떻게 말하면 되지요?"

"수녀 말입니까? 제발 아이바가와 양이 수녀원에 들어간다는 말은 마십시오."

"수녀원 비슷한 겁니다, 맞아요…… 시라누이산에 있어요. 거기로 갑니다."

"산파가 수녀들한테 무슨 소용이랍니까? 그녀가 가고 싶어합니까?"

"아이바가와 선생은 망원경 따위를 사느라 고리대금업자한테 빚을 많이 졌어요." 괴로운 듯 오가와의 목소리에 힘이 들어간다. "학자가 되는 데에는 돈이 많이 들지요. 그의 부인은 이제 그 빚을 갚아야 합니다. 에노모토가 부인과 계약인가, 거래를 합니다. 그가 빚을 갚아줍니다. 부인은 아이바가와 양을 수녀원에 줍니다."

"하지만 이건 그녀를 노예로 파는 것이나 다름없어요!" 야코프가 항의한다.

"일본 관습은 네덜란드와는 다릅니다……" 오가와의 목소리가 공허하게 울린다.

"지란당에 있는 그녀의 돌아가신 아버지 친구들은 뭐라고 한답니까? 재능 있는 학자가 노새처럼 팔려가 황량한 산에서 노예의 삶을 살게 될 텐데, 그들은 팔짱 끼고 구경만 할 거랍니까? 아들도 그런 식으로 수도원에 팔아넘기나요? 에노모토도 학자이지 않습니까?"

통역관 조합 요리사들의 웃음소리가 벽 너머에서 들려온다.

야코프는 또다른 암시를 인지한다. "하지만 제가 여기에 그녀의 안식처를 제안하지 않았습니까?"

"할 수 있는 일은 아무것도 없습니다." 오가와가 일어난다. "이제 가봐야겠습니다."

"그래서…… 그녀는 여기 데지마에서 사는 것보다 유폐되어 사는 편이 더 좋답니까?"

오가와가 욕조 밖으로 나간다. 그의 침묵은 무뚝뚝하고 나무라는 듯하다.

야코프는 자신이 통역관의 눈에 얼마나 상스럽게 비쳤을지 깨닫는다. 오가와는 적지 않은 위험을 무릅쓰고 상사병에 걸린 외국인을 도와주려 했는데, 이제 보답으로 분노만 돌아온 것이다. "용서하세요, 오가와 씨. 하지만 분명히 만약에……"

바깥문이 열리고 활기찬 휘파람소리가 들려온다.

그림자가 커튼을 들추고 네덜란드어로 묻는다. "거기 누구 들어갔소?"

"오가와입니다, 투미 씨."

"안녕하쇼, 오가와 씨. 더주트 씨, 우리 파이프는 기다려야겠어요. 포르스텐보스 상관장님이 집무실에서 당신과 중요한 문제를 의논하고 싶다시네요. 바로 가보세요. 내 짐작으로는 틀림없이 좋은 소식이 기다리고 있을 테니까."

"왜 그리 표정이 시무룩한가, 더주트?" '데지마의 실정에 대한 조사보고서'가 위니코 포르스텐보스 앞에 놓여 있다. "실연이라도 당했나?"

야코프는 자신의 비밀이 후견인한테까지 알려졌나 싶어 질겁한다.

"농담일세, 더주트! 그저 농담해본 거라고. 투미 말로는 내가 자네 목욕을 방해했다던데?"

"막 끝내려던 참이었습니다."

"청결은 신심 다음으로 중요하지."

"신심을 내세울 정도는 못 됩니다만, 목욕은 이가 안 생기게 해주지요. 이제는 저녁 날씨가 조금 더 서늘해지기도 했고요."

"자네 정말로 핼쑥해 보이는군, 더주트. 내가 자네를 너무 오래, 너무 힘들게" — 포르스텐보스가 손가락으로 조사보고서를 두드린다 — "일에 몰아붙였나?"

"힘이 들건 안 들건, 제 일은 제 일입니다."

상관장은 증언을 경청하는 판사처럼 고개를 끄덕인다.

"제 보고서가 상관장님의 기대에 어긋나지 않았기를 바라도 되겠습니까?"

포르스텐보스가 루비색 마데이라 와인이 담긴 디캔터의 마개를 연다.

하인들이 식당에 상을 차리고 있다.

상관장은 자기 잔을 채울 뿐 야코프에게는 권하지 않는다. "우리는 1790년대 데지마의 수치스러운 실정에 대한 부인할 수 없는 증거를 공들여서 훌륭하게 모았네. 전 상관장 대리 다니엘 스닛커르에게 내린 나의 처벌 조치를 충분히 정당화해줄 증거야……"

야코프는 '우리'라는 말, 그리고 판클레이프의 이름이 빠졌음을 눈치챈다.

"……우리의 증거가 판오베르스트라턴 총독에게 강력하게 전달되기만 한다면 말이야." 포르스텐보스가 뒤쪽의 보관장을 열어 잔을 하나 더 꺼낸다.

"레이시 선장이 틀림없이 잘해낼 겁니다." 야코프가 말한다.

"미국인이야 자기 이익만 챙기면 되는데 뭐하러 회사의 부정에 관심을 갖겠나?" 포르스텐보스가 잔을 채워 야코프에게 건네준다. "앤설름 레이시는 십자군이 아니라 고용된 일꾼이야. 바타비아로 돌아가면 우리 조사보고서를 총독의 보좌관에게 의무적으로 전달하고 나서는 뒤 한 번 돌아보지 않을 걸세. 보좌관은 보나마나 그것을 조용한 운하 속에 처박아놓고 자네가 지목한 자들에게—그리고 스닛커르의 친구들에게—경고해줄 걸세. 그러면 그들은 우리가 돌아오기를 기다리며 긴 칼을 갈겠지. 그렇게 되어서는 안 돼. 데지마의 위기의 이유와 원인, 그 개선책과 다니엘 스닛커르에게 내린 처벌의 정당성은 자신의 미래가 회사의 미래와 하나로 묶인 사람이 설명해야 해. 그래서 더주트, 나는"—대명사를 의미심장하게 발음한다—"셰넌도어호를 타고 홀로 바타비아로 돌아가서 우리 사건을 기소하겠네."

가랑비 내리는 소리와 램프가 쉭쉭대는 소리를 밀어내며 알멜로 시계가 크게 울린다.

야코프는 차분하고 침착한 목소리를 애써 유지하며 말한다. "그러면 저는 어쩌실 참입니까?"

"자네는 다음 교역 철까지 나가사키에서 나의 눈과 귀가 되어주게."

보호막이 없으면 나는 일주일 안에 산 채로 잡아먹힐 텐데…… 야코프는 생각한다.

"그래서 나는 페터 피셔를 새로운 수석 사무원으로 임명하려 하네."

그 결과가 요란스럽게 울리며 알멜로 시계 소리를 뭉개버린다.

지위마저 없으면 나는 정말로 곰 소굴에 던져진 애완견 꼴이 될 텐데. 야코프는 생각한다.

"유일한 상관장 후보는," 포르스텐보스가 말하고 있다. "판클레이프 씨지……"

데지마는 바타비아에서 멀고도 멀어. 야코프는 두렵다.

"……하지만 차석 상관장 야코프 더주트는 어떤가?"

XIII
데지마, 깃발광장
✦
1799년 10월 마지막날 오전 점호

"작은 기적이군." 핏 바르트가 하늘을 쳐다본다. "비가 걷히다 니……"

"사십 일 동안 밤낮으로 비가 올 것 같더니만." 이보 오스트가 말한다.

"강에서 시체들이 떠내려왔지." 비보 헤리츠존이 말을 받는다. "장대 끝에 달린 큰 갈고리로 배에서 시체를 건지는 걸 봤어."

"고바야시 씨?" 멜히오르 판클레이프가 더 크게 외친다. "고바 야시 씨?"

고바야시가 돌아서서 판클레이프가 가리키는 쪽을 본다.

"셰년도어호에 짐을 싣기 전에 할일이 태산이오. 왜 이렇게 꾸물 대는 거요?"

"홍수가 도시의 편리한 다리들을 망가뜨렸습니다. 오늘은 늦음 이 많습니다."

"그러면 왜 그 무리가 감옥에서 더 일찍 출발하지 않은 거요?"
페터 피셔가 묻는다.

그러나 고바야시 통역관은 등을 돌려 깃발광장을 바라본다. 처형장으로 개조된 그곳에는 야코프가 일본에서 여태껏 본 것 중에서 가장 많은 사람이 모여 있다. 네덜란드인들은 깃대를 등지고 반달 모양으로 서 있다. 찻주전자 도둑들이 참수를 당할 흙바닥에 직사각형이 하나 그려져 있다. 반대편에는 차양 아래 세 단으로 된 특별관람석이 마련되어 있다. 제일 윗단에는 도미네 대신과 부교의 상급 관리 십여 명이 앉아 있다. 중간 단에는 나가사키의 다른 명사들이 가득 앉아 있다. 제일 아랫단에는 고바야시를 제외한 직위 있는 통역관 열여섯 명이 전부 앉아 있다. 고바야시는 포르스텐보스 옆에서 일하는 중이다. 목욕탕에서 본 이후로 야코프가 만나지 못했던 오가와 우자에몬은 피곤해 보인다. 흰옷을 입고 머리장식을 한 신도* 승려 셋이 독경을 하고 소금을 뿌리며 정화 의식을 거행하고 있다. 단 왼쪽과 오른쪽에는 하인, 팔구십 명의 직위가 없는 통역, 쿨리, 일용 노동자 들이 서서 회삿돈으로 오락을 즐기게 되어 기뻐하고 있다. 온갖 경비병, 몸수색꾼, 사공, 목수 들도 있다. 누더기 차림의 남자 넷이 손수레 옆에서 기다린다. 처형집행인은 매의 눈을 한 사무라이로, 북을 든 그의 조수와 함께 있다. 마리뉘스 선생이 남학생 넷과 함께 한쪽에 서 있다.

오리토는 열병 같은 것이었어. 야코프는 스스로에게 상기시킨다. 이제 그 열병도 끝났어.

---

* 일본 고유의 민족 종교.

"안트베르펜에서는 교수형을 집행하면 여기보다 더 축제 분위기였는데." 바르트의 말이다.

레이시 선장이 바람과 조수를 가늠하며 깃발을 쳐다본다.

포르스텐보스가 묻는다. "나중에 예인선이 필요할까요, 선장?"

레이시가 고개를 가로젓는다. "이 정도 바람이면 충분할 겁니다."

판클레이프가 경고한다. "그러거나 말거나 예인선의 선장들은 밧줄을 걸려고 나설 겁니다."

"그 해적놈들, 그러면 그놈들한텐 교체해야 할 끊어진 밧줄만 늘어나겠지. 특히 만약에……"

육지 문 쪽에 있는 군중이 동요하더니 더 큰 소리로 웅성대며 양쪽으로 갈라진다.

죄수들이 커다란 밧줄 그물에 한 명씩 갇혀 있고, 네 사람이 그물 하나씩을 장대에 매달아 운반한다. 죄수들은 특별관람석 앞을 지나 직사각형 안에 부려지고, 그물이 열린다. 둘 중 어린 쪽은 열여섯이나 열일곱 살밖에 안 되었다. 체포되기 전까지는 잘생긴 얼굴이었을 것이다. 나이가 더 많은 공범은 기죽은 모습으로 벌벌 떨고 있다. 허리에 긴 천만 두른 그들의 몸에 피딱지와 매질 자국, 갈라진 상처가 가득하다. 손가락과 발가락 몇 개는 울퉁불퉁한 적갈색 덩어리 같다. 오늘 이 소름 끼치는 의식의 엄격한 주재자인 고스기 도신이 두루마리를 펼친다. 군중이 조용해진다. 고스기가 일본어로 된 글을 읽어나간다.

고바야시가 네덜란드인들에게 설명한다. "죄상과 자백 내용을 읽고 있습니다."

고스기가 다 읽고 나서 차양 쪽으로 가 도미네 대신에게 진술문을 전달하며 절을 한다. 다음으로 고스기는 위니코 포르스텐보스에게 걸어가 대신의 메시지를 전한다. 고바야시가 극히 간결하게 통역한다. "네덜란드 상관장은 특사령을 내리겠습니까?"

사오백 개의 눈이 위니코 포르스텐보스에게 꽂힌다.

자비를 보여주세요. 차석 상관장 예정자 더주트는 기도한다. 자비를.

포르스텐보스가 고바야시에게 지시한다. "도둑들에게 자기들이 지은 죄에 어떤 처벌을 받게 될지 알고 있었는지 물어봐주게."

고바야시가 무릎을 꿇고 앉은 두 죄수에게 물어본다.

나이든 도둑은 말을 하지 못한다. 반항적인 어린 쪽이 대답한다. "하이."

"그러면 왜 내가 일본의 정의에 간섭하겠나? 답은 '아니요'라네."

고바야시가 고스기 도신에게 그 의견을 전하자 고스기는 도미네 대신에게로 되돌아간다. 판결이 전해지자 군중은 웅얼웅얼 불만을 토해낸다. 어린 도둑이 포르스텐보스에게 뭐라 말하자 고바야시가 묻는다. "제가 통역해드리기를 바라십니까?"

"그자가 한 말을 옮겨주게." 상관장이 말한다.

"범인이 말합니다. '차를 마실 때마다 내 얼굴을 기억하라.'"

포르스텐보스가 팔짱을 낀다. "저놈에게 이십 분 후면 나는 저 얼굴을 영영 잊어버릴 거라고 말해주게. 이십 일 후면 저놈 친구들 중에도 저놈 생김새를 또렷이 기억하는 놈이 거의 없을 거네. 스무 달이 지나면 저놈 어미조차 제 아들이 어떻게 생겼는지 가물가물할 거야."

고바야시가 그 말을 엄격한 어조로 통역한다.

근처의 구경꾼들이 그 말을 엿듣고 네덜란드인을 이전보다 훨씬 더 적의어린 눈으로 노려본다.

"나는 아주 충실하게 통역합니다." 고바야시가 포르스텐보스에게 말한다.

고스기 도신이 처형집행인에게 처형 준비를 하라고 이르는 동안 포르스텐보스가 네덜란드인들에게 말한다. "우리를 초대한 자들 중에 우리가 이 정당한 복수의 요리를 먹다 목이 막히는 꼴을 보고 싶어하는 자들이 있네. 자네들이 그들한테서 그런 즐거움을 빼앗아주기를 바라네."

"죄송합니다만, 무슨 뜻인지 잘 모르겠습니다." 바르트가 말한다.

"저 노란둥이들 앞에서 토하거나 기절하지 말라 이 말이야." 아리 흐로터가 말한다.

"바로 그걸세, 흐로터. 우리는 우리 종족의 사절이라고." 포르스텐보스가 대꾸한다.

나이든 도둑이 먼저다. 그의 머리에 복면을 씌운다. 그는 꿇어앉아 있다.

조수가 건조한 리듬으로 북을 친다. 처형집행인이 칼을 뽑는다.

덜덜 떠는 희생자 밑으로 오줌이 시커멓게 땅을 적신다.

야코프 옆에서 이보 오스트가 신발 끝으로 흙 위에 십자가를 그린다.

에도광장 건너편에서 두세 마리 개가 미친듯이 짖어댄다.

헤리츠존이 중얼거린다. "자, 지금이다, 우리 예쁜이가……"

처형집행인이 쳐든 칼은 광을 내서 번쩍거리면서도 기름으로 시커멓다.

야코프는 늘 존재하지만 거의 들리지 않는 화음을 듣는다.

조수가 네번째인가 다섯번째로 북을 친다.

삽이 땅을 가르는 듯한 소리가 들린다……

……도둑의 머리가 복면에 싸인 채로 땅에 쿵 떨어진다.

쉬익 하는 가느다란 소리와 함께 잘린 목에서 피가 솟구친다.

모가지가 잘린 몸뚱이가 피를 토해내며 앞으로 쿵 쓰러진다.

헤리츠존이 중얼거린다. "잘했다, 우리 예쁜이!"

야코프는 눈을 감고 암송한다. 물이 잦아들듯 맥이 빠지고, 혀는 입천장에 달라붙었습니다. 이 몸은 죽음의 먼지 속에 던져졌습니다.

마리뉘스가 지시한다. "제군들, 대동맥과 경정맥, 척수를 잘 관찰하게. 정맥혈은 진한 자두색인 데 반해 동맥혈은 활짝 핀 히비스커스 같은 진홍색이지. 게다가 맛도 다르다네. 동맥혈은 금속성의 톡 쏘는 맛이 나지만 정맥혈은 더 달짝지근하지."

"맙소사, 선생, 꼭 그렇게까지 해야겠습니까?" 판클레이프가 불만을 토한다.

"이런 무익한 야만 행위에서 누구라도 덕을 보는 사람이 있는 게 낫지요."

야코프는 계속 냉담한 태도를 보이는 위니코 포르스텐보스를 지켜본다. 페터 피셔가 코를 킁킁거린다. "회사 재산을 지키는 게 '무익한 야만 행위'라고요? 도둑맞은 물건이 선생의 귀중한 하프시코드라면 어떡하겠습니까?"

"하프시코드에 작별을 고하고 말지." 머리 잃은 몸이 수레에 실린다. "뿌려진 피가 레버를 막아서 다시는 제 음색을 못 찾을 거요."

폰커 아우베한트가 묻는다. "저 시체는 어떻게 합니까, 선생님?"

"담즙은 약제사한테 팔고 나머지는 돈을 낸 관객들을 즐겁게 해주기 위해 갈기갈기 찢는다네. 바로 이런 연유로 이 나라 학자들이 수술과 해부학을 발전시키는 데 어려움을 겪는 거지⋯⋯"

어린 도둑이 복면을 거부한 모양이다.

그는 동료가 참수당한 시커먼 얼룩 쪽으로 끌려온다.

조수가 첫번째로 북을 친다⋯⋯

"보기 드문 기술이군." 헤리츠존이 딱히 누구에게랄 것도 없이 말한다. "목 베는 거 말이야. 집행인은 처형당하는 이의 체중과 계절을 염두에 둬야 할 거야. 여름이면 늦겨울 무렵보다 목에 살이 붙을 테니까. 비에 피부가 젖기라도 하면⋯⋯"

조수가 두번째로 북을 친다⋯⋯

의사가 학생들에게 말한다. "파리의 한 철학자가 최근 공포정치 시기에 단두대 형을 받았지⋯⋯"

조수가 세번째로 북을 친다⋯⋯

"⋯⋯그는 아주 흥미로운 실험을 했어. 칼날이 떨어질 때 눈을 깜박이기 시작하기로 조수와 약속을 해두었지⋯⋯"

조수가 네번째로 북을 친다.

"⋯⋯그래서 그는 할 수 있는 데까지 계속 눈을 깜박인 거야. 조수가 깜박이는 횟수를 세어서 잘린 목의 짧은 수명을 잴 수 있었지."

큐피도가 저주의 눈초리를 피하려는 듯 말레이어로 무슨 말인가 웅얼거린다.

헤리츠존이 돌아보고 말한다. "깜둥이 헛소리는 집어치워."

차석 상관장 예정자 야코프 더주트는 그 광경을 차마 다시 볼 수가 없다.

신발을 살펴보니 한쪽 신발 끝에 피가 튀어 있다.

긴 옷자락처럼 부드러운 바람이 깃발광장에 불어온다.

✦

"이제 슬슬 끝나가는군……" 포르스텐보스가 말한다.

알멜로 시계가 떠나는 상관장의 집무실에서 열한시를 알린다.

포르스텐보스는 마지막 작업 문서 더미를 옆으로 밀어놓고 임명
장을 작성한다. 잉크병에 펜을 찍어 첫번째 서류에 서명한다. "당
신의 재임 기간에 행운의 여신이 미소를 보내주기를, 데지마 상관
장 멜히오르 판클레이프……"

판클레이프의 턱수염이 주인의 미소에 따라 으쓱한다. "감사합
니다."

"……그리고 마지막으로, 그러나 앞의 임명자와 마찬가지로 중
요한." 포르스텐보스가 두번째 서류에 서명한다. "차석 상관장 야
코프 더주트." 그가 펜을 바꾼다. "생각해보게나, 더주트. 4월만 해
도 자네는 할마헤라섬의 늪지로 향하는 일개 사무원에 불과했어."

"그곳은 뚜껑 없는 무덤이지." 판클레이프가 숨을 훅 불어낸다.
"악어를 피한다 해도 말라리아에 당할 거야. 말라리아를 피하면 독
화살에 목숨을 잃겠지. 자네는 포르스텐보스 상관장님께 밝은 미
래 정도가 아니라 목숨을 빚진 거라고."

그러는 당신, 야코프는 생각한다. 횡령자인 당신은 스닛커르처럼 될
운명에서 벗어나 당신의 자유를 그에게 빚졌지. "포르스텐보스 상관
님께 더할 나위 없이 진심으로 깊은 감사를 드립니다."

"잠깐 축배 들 시간은 있지. 필란더르!"

필란더르가 은쟁반에 조심스레 잔 세 개를 받쳐들고 들어온다.

셋은 대가 긴 잔을 하나씩 들고 잔 가장자리를 맞부딪친다.

잔을 비우고 포르스텐보스는 멜히오르 판클레이프에게 에이크와 도른 창고, 쇼군이 백오십 년 전 내준 교역허가증을 보관한 금고의 열쇠 뭉치를 내민다. "데지마가 당신의 관리 아래 번성하기를, 판클레이프 상관장. 나는 당신에게 능력 있고 유망한 차석 상관장을 내드렸소. 내년에는 당신 둘이 내가 이룬 업적을 뛰어넘어 우리의 눈 째진 인색한 일본인으로부터 구리 2만 피컬을 얻어내길 바라오."

"그게 인력으로 가능하다면 해내겠습니다." 판클레이프가 약속한다.

"안전하게 항해하시기를 기도드리겠습니다." 야코프가 말한다.

"고맙네. 승계 문제는 해결되었고……" 포르스텐보스가 외투에서 봉투 하나를 꺼내 서류를 펼친다. "……이제 판오베르스트라턴 총독이 우리에게 명한 대로 데지마의 관리자 세 명이 수출 품목 분류표에 서명하면 되네." 세년도어호의 짐칸에 실린 회사 상품은 세 장에 걸쳐 '구리' '장뇌' '기타'로 분류되어 있고, 또 개수, 양, 질에 따라 세분되어 있다. 포르스텐보스는 분류표의 맨 아래 빈칸에 자기 이름을 써넣는다.

판클레이프는 다시 보지도 않고 자신이 만든 기록에 서명한다.

펜을 건네받은 야코프는 직업상의 습관 탓에 숫자를 자세히 살펴본다. 그날 아침 유일하게 자기 손으로 준비하지 않은 서류다.

"차석 상관장, 포르스텐보스 상관장님을 기다리게 해서야 되겠는가." 판클레이프가 꾸짖는다.

"회사에서는 제가 모든 일을 철저히 하기를 바랍니다."

야코프는 자신의 말에 싸늘한 침묵이 깔리는 것을 느낀다.

"오늘은 해가 쨍쨍하겠군요." 판클레이프가 말한다.

"그렇소." 포르스텐보스가 와인을 다 마신다. "고바야시가 오늘 아침의 처형으로 불운이 닥쳐오기를 바랐다면, 그의 계획은 또다시 실패한 거요."

야코프는 놀랄 만한 오류를 발견한다. 구리 수출 총량: 2600피컬.

판클레이프가 헛기침을 한다. "뭐 잘못된 거라도 있나, 차석 상관장?"

"상관장님…… 여기, 총량 말입니다. '9'가 '2'처럼 보입니다."

포르스텐보스가 말한다. "총량은 전혀 문제가 없네, 더주트."

"하지만 우리는 9600피컬을 수출할 예정입니다."

판클레이프의 심상한 태도에 위협적인 어조가 섞여든다. "그냥 서류에 서명하게, 더주트."

야코프가 판클레이프를 보니, 야코프를 노려보던 그는 포르스텐보스에게로 고개를 돌린다. "상관장님, 청렴하다는 상관장님의 평판을 잘 모르는 사람이라면 이 총량을 보고……" 야코프는 완곡한 표현을 찾으려 애쓴다. "……구리 7000피컬을 기록에서 고의로 누락했다고 생각할지도 모릅니다."

포르스텐보스는 더이상 아들이 체스에서 자기를 이기도록 놔두지 않겠다고 결심한 사람의 표정이다.

"이 구리를 훔칠 작정이십니까?" 야코프의 목소리가 살짝 떨린다.

"'훔친다'는 건 스닛커르한테나 해당되는 말이지. 나는 정당한 내 특권을 요구하는 거네."

"하지만 '정당한 특권'이야말로 스닛커르가 만들어낸 표현이 아
닙니까!" 야코프가 불쑥 내뱉는다.

"자네 경력을 생각한다면 나를 그 선창의 쥐새끼와 비교하는 건
삼가주게."

"제가 그러는 게 아닙니다, 상관장님." 야코프는 수출 총량을 톡
톡 친다. "여기를 보면 그렇다는 말입니다."

"오늘 아침 구경한 끔찍한 참수형 탓에 자네 판단이 흐려졌군,
더주트 군." 판클레이프가 말한다. "다행히도 포르스텐보스 상관
장님은 앙심을 품는 사람이 아니니, 자네의 격한 행동에 대해 사과
하고 이 서류에 서명하게. 그리고 이런 잡음은 잊기로 하지."

포르스텐보스는 여전히 불쾌한 기색이지만 판클레이프의 말에
토를 달지는 않는다. 약한 햇빛이 집무실 창에 바른 종이를 비춘다.

돔뷔르흐의 더주트 가문 사람이 양심을 판 적이 있던가? 야코프는 생
각한다.

멜히오르 판클레이프에게서 오드콜로뉴와 돼지기름 냄새가 난다.

판클레이프가 말한다. "무슨 일이 있었건, '포르스텐보스 상관장
님께 더할 나위 없이 진심으로 깊은 감사를 드립니다', 그렇지?"

그의 와인에 청파리 한 마리가 빠져 있다. 야코프는 총량이 적힌
서류를 둘로 찢는다⋯⋯

⋯⋯그리고 다시 반으로 찢는다. 살인을 저지르고 난 살인자처
럼 가슴이 쿵쾅거린다.

죽을 때까지 내 귓가에 이 종이 찢는 소리가 들릴 거야. 야코프는 알
고 있다.

알멜로 시계가 작은 망치로 시간을 알린다.

"나는 더주트가 올바른 판단력을 지닌 젊은이인 줄 알았소." 포르스텐보스가 판클레이프에게 말한다.

"저는 당신이 본받을 만한 사람인 줄 알았습니다." 야코프가 포르스텐보스에게 말한다.

포르스텐보스가 야코프의 임명장을 들어 반으로 찢는다.

······그리고 다시 반으로 찢는다. "데지마 생활이 자네 마음에 들었으면 좋겠네, 더주트. 오 년 동안 다른 생활은 모르고 살게 될 테니까. 판클레이프 씨, 피셔와 아우베한트 중에서 누구를 당신의 차석 상관장으로 하시겠소?"

"둘 다 별로군요. 다 싫지만, 피셔로 하지요."

접견실에서 필란더르가 말한다. "죄송합니다만 주인님들은 모두 바쁘십니다."

"꺼져." 포르스텐보스가 야코프를 쳐다보지도 않고 말한다.

"판오베르스트라턴 총독님이 이 일을 아신다면······" 야코프가 큰 소리로 말한다.

"어디 나를 협박해보게, 이 경건한 제일란트 족제비새끼." 포르스텐보스가 차분하게 대답한다. "스닛커르는 털을 뽑힌 정도였지만 자넨 뼈도 못 추릴 거야. 말해보시오, 판클레이프 상관장. 네덜란드 동인도제도 총독 각하의 편지를 위조한 벌이 뭐요?"

야코프는 갑자기 다리에 힘이 탁 풀리는 것을 느낀다.

"동기와 정황에 따라 달라지겠지요."

"다른 누구도 아닌 일본 쇼군에게 위조 편지를 보내 구리 2만 피컬을 나가사키로 보내지 않으면 회사의 유서 깊은 전초기지를 폐쇄

하겠다고 협박한 비양심적인 사무원은 어떻소? 틀림없이 구리를
자기가 되팔 속셈이었겠지 ─ 그렇지 않다면 왜 동료들한테 자신의
부정을 감췄겠소?"

"가장 관대한 형을 받아도 감옥에서 이십 년을 보내야 할 겁니
다." 판클레이프의 말이다.

"이런 덫을…… 7월부터 준비해두었던 겁니까?" 야코프가 노
려본다.

"실망할 일이 생길지 모르니 대비를 해두어야지. 꺼지라고 말했
을 텐데."

떠나올 때나 다름없는 빈털터리로 유럽으로 돌아가게 되겠군. 야코프
는 생각한다.

야코프가 집무실 문을 여는데 포르스텐보스가 외친다. "필란더
르!"

말레이인이 열쇠 구멍으로 듣고 있지 않았던 척한다. "주인님?"

"당장 피셔를 데려오게. 그에게 좋은 소식이 있네."

"제가 피셔에게 말하겠습니다!" 야코프가 뒤돌아보며 외친다.
"아, 그가 제 와인을 마저 마시면 되겠군요!"

"악한 자가 잘된다고 불평하지 말며 불의한 자가 잘산다고 부러
워 말라." 야코프는 시편 37편을 읽는다. "풀처럼 삽시간에 그들은
시들고 푸성귀처럼 금방 스러지리니 야훼만 믿고 살아라. 땅 위에
서 네가 걱정 없이 먹고 살리라……"

햇살이 톨 하우스의 위층 방을 녹슨 빛깔로 물들인다.

바다 문은 이제 다음 교역 철까지 폐쇄된다.

페터 피셔는 곧 차석 상관장의 널찍한 처소로 옮겨갈 것이다.

정박한 지 십오 주 만에 셰넌도어호는 돛을 활짝 펼치고, 선원들은 열린 바다와 바타비아의 두둑한 지갑을 그리며 떠날 것이다.

스스로를 동정하지 마. 야코프는 생각한다. 적어도 품위는 지켜야지.

한자부로가 계단을 올라오는 발소리가 들린다. 야코프는 시편을 덮는다.

다니엘 스닛커르조차 항해가 시작되기를 고대하고 있을 것이다……

……적어도 바타비아의 감옥에서는 친구들과 아내라도 볼 수 있을 테니.

한자부로가 비좁은 곁방에서 부산스럽게 움직인다.

오리토는 신사에 유폐되는 쪽을 택했어. 그의 외로움이 속삭인다……

월계수에서 새 한 마리가 느릿느릿 노래하듯 지저귄다.

……나의 데지마 처가 되느니. 한자부로가 계단을 내려가는 소리가 들린다.

야코프는 아나와 여동생, 숙부에게 보낸 편지들이 걱정이다.

포르스텐보스가 셰넌도어호의 변소에 편지를 버려버릴 거야. 그는 두려워진다.

일개 사무원은 한자부로가 작별인사 한마디 없이 가버렸다는 것을 깨닫는다.

야코프가 불명예를 당했다는 일방적인 소식이 전해질 것이다. 먼저 바타비아에, 그다음에는 로테르담에.

아나의 아버지는 이렇게 논평할 것이다. "동양이야말로 사람의 참된 성품을 시험하는 곳이지."

야코프는 1801년 1월까지는 아나가 자기 소식을 듣지 못하리라고 계산한다.

그때까지 로테르담의 모든 부유하고, 매력적이고, 결혼 상대로 어울리는 집안의 아들들이 그녀의 환심을 사려고 할 것이다……

야코프는 시편을 다시 펼치지만 마음이 너무 심란해서 다윗의 시편조차 읽을 수가 없다.

나는 올바른 사람이야. 그는 생각한다. 하지만 올바른 게 다 무슨 소용이란 말인가.

밖으로 나가는 것도 견딜 수 없다. 안에 있는 것도 견딜 수 없다.

남들은 네가 얼굴 보이기 겁나서 그러는 줄 알 거야. 그는 재킷을 입는다.

맨 아래 계단에서 뭔가 미끄러운 것을 밟고 뒤로 넘어진다……

……계단 가장자리에 꼬리뼈를 세게 부딪힌다. 눈으로 보고 냄새를 맡은 바로는 큼직한 인분 때문에 일어난 사고다.

롱 스트리트는 쿨리 두 명을 제외하고는 텅 비어 있다. 그들은 붉은 머리 외국인에게 씩 웃어주면서 프랑스인이 오쟁이 진 남자에게 하듯이 머리에 도깨비 뿔 모양을 만들어 보인다.

축축한 흙과 가을 햇살로 인해 허공에 벌레들이 잔뜩 날아다닌다.

아리 호로터가 판클레이프 상관장의 집 계단을 빠르게 내려온다. "더주트 씨가 포르스텐보스 씨를 환송하는 자리에 없다는 게 눈에 확 띄더군요."

"인사는 이미 했어요." 야코프는 그가 길을 막고 선 것을 깨닫는다. "일찌감치."

"그 소식을 듣고 내 턱이 이만큼"—흐로터가 입을 떡 벌려 보인다—"벌어졌소!"

"제가 보기에 당신 턱은 원래대로 돌아와 있는데요."

"그래서 당신은 차석 상관장 거처가 아니라 톨 하우스에서 징역을 살게 되었군요…… '차석 상관장의 역할에 대한 의견 차이', 맞나요, 응?"

야코프는 벽과 도랑 아니면 아리 흐로터의 얼굴 말고는 시선을 둘 곳이 없다.

"쥐새끼들한테 들은 바로는, 당신이 거짓으로 쓴 총량에 서명하지 않았다지요? 정직은 돈이 많이 드는 습관이라니까. 충성은 간단한 문제가 아니에요. 내가 경고하지 않았소? 당신도 이제는 알겠지요, 더주트 씨. 심술궂은 사람이라면, 특히 친목을 다지며 카드놀이를 하다 입은 손해에 속이 쓰린 사람이라면, 음, 자기 적대자의 불운에 고소해할 수도 있겠지요."

샤코가 큰부리새가 든 새장을 들고 절룩거리며 지나간다.

"……하지만 그 고소해하는 마음은 피셔를 위해 남겨두겠소."
요리사는 제 가슴에 손을 얹는다. "끝이 좋으면 다 좋은 거요. 포르스텐보스 씨는 수수료 10퍼센트에 내 물건 전부를 배에 실어 보내도 좋다고 했어요. 작년에 스닛커르는 옥타비아호의 곰팡내나는 구석에 내 물건을 실어주는 대가로 5대 5를 요구했는데 말이오. 그 욕심도 많은 놈—그 배가 맞이한 운명을 생각하면 거기 동의하지 않은 것이 축복이었지! 믿음직한 셰년도어호는"—흐로터는 바다

1부 신부를 위한 춤 301

문을 향해 고개를 끄덕인다―"삼 년 꼬박 정직하게 일한 수확을 싣고 떠날 거요. 포르스텐보스 상관장은 중개수수료 조로 아리타 도자기상 4그로스에서 5분의 1을 나한테 떼어주기까지 했어요."

똥지게꾼의 들통이 장대 끝에서 흔들리며 공기를 더럽힌다.

"몸수색꾼들이 얼마나 꼼꼼히 그것들을 뒤질지 궁금하네." 흐로터가 중얼거린다.

"도자기상 4그로스라." 야코프가 숫자를 되새긴다. "2그로스가 아니고요?"

"48다스, 맞아요. 잘 포장해서 경매에 부칠 거요. 그건 왜 묻소?"

"그냥요." 포르스텐보스가 처음부터 거짓말을 했군. "이제 저한테 용건이 없으면……"

"실은 말이오, 내가……" 흐로터가 윗도리에서 꾸러미 하나를 꺼낸다.

야코프는 오리토가 윌리엄 피트에게 주었던 자신의 담배 주머니를 알아본다.

"……내가 당신한테 해줄 수 있는 건 이것뿐이오. 이 꼼꼼히 바느질한 물건, 당신 것 맞지요?"

"제 담배 주머니에 돈을 내라는 말인가요?"

"원래 주인에게 돌려주는 것뿐이오, 더주트 씨. 아무 대가 없이……"

야코프는 흐로터가 진짜 대가를 말하기를 기다린다.

"……현명한 자라면 지금이야말로 우리한테 남은 마지막 수은 두 상자를 에노모토에게 조만간 팔아야 한다는 것을 당신에게 일깨워줘야겠지요. 중국 정크선들이 자기네, 에, 상업 영역 안에 있는 수은이란 수은은 모조리 싣고 돌아올 거요. 우리끼리 얘기인데, 에, 레이시 씨랑 포르스텐보스 씨도 내년에 수은을 보내올 거고, 시장에 물건이 넘치면 가격이 안 좋아질 거예요."

"에노모토에게는 팔지 않을 겁니다. 다른 구매자를 찾아봐주세요. 아무라도 좋아요."

"더주트 사무원!" 페터 피셔가 백 앨리에서 롱 스트리트로 당당히 걸어온다. 그는 복수심으로 불타오르고 있다. "더주트 사무원, 이건 뭐지?"

"네덜란드어로 '엄지손가락'이라고 부르죠." 야코프는 아직은 그를 차석 상관장님이라고 부를 수가 없다.

"그래, 나도 엄지손가락인 건 알아. 하지만 내 엄지손가락에 이게 뭐냐고?"

"더러운 얼룩이겠군요." 야코프는 아리 흐로터가 사라진 것을 눈치챈다.

"사무원과 일꾼들은 나를 '피셔 차석 상관장님'이라고 불러야 하네. 알겠나?" 피셔가 나란히 선다.

그가 상관장이 되기라도 하면 이런 취급을 이 년이 아니라 오 년간 받게 되겠군. 야코프는 따져본다.

"잘 알겠습니다, 피셔 차석 상관장님."

피셔는 승리에 찬 미소를 짓는다. "얼룩이라! 맞아. 얼룩. 사무원 사무실 선반에서 묻은 거지. 그러니까 자네가 깨끗이 닦게."

"보통은," 야코프는 침을 꿀꺽 삼킨다. "차석 상관장님, 그건 하인들이……"

"아, 그래, 하지만 내가 자네에게 명령하는 거야"—피셔는 야코프의 가슴팍을 더러운 엄지로 쿡 찌른다—"지금 선반을 청소하라고. 자네는 노예, 하인, 불평등을 싫어하니까."

우리에서 빠져나온 암양 한 마리가 롱 스트리트를 느릿느릿 걸어간다.

내가 자기를 한 대 쳐주길 원하는 거야. 야코프는 생각한다. "나중에 청소하겠습니다."

"항상 피셔 차석 상관장님이라고 부르란 말이야."

앞으로 몇 년을 이렇게 보내야 한다니. "나중에 청소하겠습니다, 피셔 차석 상관장님."

주인공과 적대자는 서로를 노려본다. 암양이 웅크리고 앉아 오줌을 싼다.

"지금 선반을 청소하라고 명령했네, 더주트 사무원, 그러지 않으면……"

야코프는 억누를 수 없는 분노로 숨조차 쉴 수 없다. 그는 그 자리를 뜬다.

"판클레이프 상관장과 내가 자네의 무례함을 문제삼겠네!" 피셔가 뒤에서 소리친다.

이보 오스트가 문간에서 담배를 피우고 있다. "바닥까지는 아직도 멀었어요……"

피셔가 그의 뒤에서 외친다. "내 서명 없이는 네놈이 봉급을 못 받는다고!"

야코프는 아무도 없기를 빌며 망루에 오른다.

분노와 자기 연민이 생선 가시처럼 목구멍에 걸려 있다.

적어도 이번 한 번만큼은 기도에 응답을 받았군. 그는 아무도 없는 망루를 차지한다.

셰넌도어호가 나가사키만에서 반 마일쯤 떠나 있다. 예인선들이 어미가 원치 않는 거위 새끼처럼 그 뒤를 따른다. 좁아지는 만, 쏟아져내리는 듯한 구름, 쌍돛대 범선의 부풀어오른 돛이 모형 배가 병목으로 끌려나오는 모습을 연상시킨다.

왜 망루에 아무도 없는지 이제야 알겠군. 야코프는 생각한다.

셰넌도어호가 감시초소에 경의를 표하는 뜻에서 예포를 발사한다.

어떤 죄수가 감옥 문이 쾅 닫히는 것을 보고 싶어하겠어?

셰넌도어호의 포문에서 바람을 타고 연기가 흩어진다……

……발포 소리가 울려퍼지다 하프시코드의 뚜껑을 닫을 때처럼 탁 끊어진다.

원시인 사무원은 더 잘 보려고 안경을 벗는다.

뒤쪽 갑판의 버건디색 반점은 틀림없이 레이시 선장이다……

……그러면 저 올리브색 반점은 청렴결백한 위니코 포르스텐보스겠군. 야코프는 그의 예전 후견인이 '실정에 대한 조사보고서'를 이용해 회사 관료들을 협박하리라 상상한다. 포르스텐보스는 이제 아주 설득력 있게 주장을 펼칠 수 있을 것이다. "회사 조폐국에는 저와 같이 경험과 신중함을 지닌 국장이 필요합니다."

육지 쪽에서는 나가사키 시민들이 지붕 위에 올라앉아 네덜란드 배가 떠나는 것을 구경하며 배가 다다를 곳들을 꿈꾸고 있다. 야코프는 바타비아의 동료들, 그곳에서 함께 배를 탔던 사람들, 선적 사무원으로 일하던 시절 여러 사무실에서 같이 일했던 동료들, 미델뷔르흐의 동급생들과 돔뷔르흐의 어린 시절 친구들을 생각한다.

그들이 저 넓은 세상에서 자기 길을 찾고 선량한 아내를 얻을 동안, 나는 스물여섯, 스물일곱, 스물여덟, 스물아홉, 그리고 서른 살—마지막 남은 내 제일 좋은 시절—을 바닷물에 밀려오는 온갖 쓰레기와 더불어 망해가는 상관에 갇혀서 보내겠구나.

보이지 않는 저 아래에 보기도 싫은 차석 상관장의 집 창문이 열려 있다.

"그 가구는 조심하란 말이다, 이 멍청한 놈아……" 피셔가 명령하고 있다.

야코프는 담배 주머니 속을 뒤져보지만 아무것도 없다.

"조심하지 않으면 네놈의 시커먼 피부로 가구를 수리할 테다. 알아들어?"

야코프는 돔뷔르흐로 돌아가보니 목사관에 낯선 사람만 있는 상상을 한다.

깃발광장의 처형장에서 승려들이 정화 의식을 치르고 있다.

어제 야코프의 미래가 금빛까지는 아니라도 은빛이었을 때, 고바야시가 판클레이프에게 경고했다. "승려에게 돈을 치르지 않으면 도둑들의 유령이 편히 쉬지 못하고 악귀가 되어 어떤 일본인도 다시는 데지마에 들어오지 않을 겁니다."

부리가 구부러진 갈매기들이 그물을 끌어당기는 낚싯배 위에서 다투고 있다.

시간이 흘러간다. 야코프가 만을 내려다보니 때마침 셰넌도어호 뱃머리의 제1사장이 사원 뒤로 사라지는 모습이 보인다……

선원 선실이 바위투성이 곶에 가려 보이지 않게 되더니, 돛대 세 개도 사라진다……

……마침내 병목이 창조의 셋째 날처럼 푸르고 텅 비었다.

야코프는 반쯤 졸다가 여자의 큰 목소리에 정신이 든다. 멀지 않은 곳인데, 여자는 화가 났는지 겁에 질렸는지 둘 다인지 알 수 없다. 야코프는 호기심이 동해 소동의 근원을 찾아 주위를 둘러본다. 깃발광장에서는 승려들이 아직도 처형당한 사람들을 위해 독경을 하고 있다.

육지 문은 물장수의 황소가 데지마를 빠져나가느라 열려 있다.

문밖에서 아이바가와 오리토가 경비병들과 말다툼을 벌이고 있다.

망루가 휘청인다. 야코프는 자기도 모르게 그녀의 눈에 띄지 않도록 바닥에 딱 붙어 엎드린다.

그녀는 나무로 된 통행증을 휘두르며 쇼트 스트리트 쪽을 가리킨다.

경비병이 의심스럽다는 듯 그녀의 통행증을 조사한다. 그녀가 뒤를 돌아본다.

양쪽 어깨에 텅 빈 단지를 멘 황소가 주인에게 이끌려 네덜란드 다리를 건너간다.

그녀는 열병 같은 것이었어. 야코프는 눈을 감는다. 이제 그 열병도 끝났어.

그는 다시 내다본다. 경비대장이 통행증을 조사하고 있다.

에노모토로부터 피할 곳을 찾아 여기에 온 걸까? 그는 궁금해진다.

그의 청혼이 부활한 골렘처럼 되돌아온다.

그녀를 정말로 갖고 싶었어, 맞아. 그는 두려워진다. 그녀를 결코 가질 수 없으리라는 것을 알았을 때는.

물장수가 소의 느릿느릿 움직이는 정강이를 회초리로 내리친다.

어쩌면 그저 병원에 들르려고 왔을지도 몰라. 야코프는 애써 마음을 가라앉힌다.

잘 보니 그녀의 매무새가 엉망진창이다. 나막신 한 짝은 없어졌고 단정하던 머리도 산발이다.

하지만 다른 학생들은 어디 있는 걸까? 왜 경비병들이 그녀를 들여보내주지 않지?

경비대장이 날카로운 어조로 오리토에게 질문하고 있다.

명석하던 오리토가 흐트러지고 그녀의 절망감이 커져간다. 이건 평범한 방문이 아니다.

움직여! 야코프는 자신에게 명령한다. 경비병들한테 그녀가 원래 오기로 되어 있었다고 하자. 마리뉘스 선생님을 데려가면 돼. 통역도 한 명 데려가자. 아직 그 정도는 할 수 있어.

승려 세 명이 피로 얼룩진 흙 주위를 천천히 원을 그리며 돌고 있다.

그녀가 원하는 건 네가 아니잖아. 자존심이 속삭인다. 그녀는 유폐당하는 것을 피하고 싶을 뿐이라고.

30피트 밖에서 경비대장이 무덤덤하게 오리토의 통행증을 뒤집어본다.

그녀가 제일란트에서 몸 피할 곳을 찾는 헤이르티어라고 생각해봐. 연민이 말한다.

경비대장의 입에서 울려퍼지는 단어 가운데 야코프는 '에노모토'라는 이름을 알아듣는다.

에도광장 건너편에서 하늘색 승복 차림의 민머리 인물이 나타난다.

그는 오리토를 보더니 어깨 너머로 소리치며 서두르라는 듯한 몸짓을 한다.

바다의 회색빛을 띤 가마가 나타난다. 가마꾼이 여덟인 것으로 보아 주인은 최고 신분이다.

야코프는 연극이 종막으로 접어드는 극장으로 들어가는 느낌이다.

나는 그녀를 사랑해. 햇빛처럼 진실하게 그 생각이 떠오른다.

야코프는 날듯이 계단을 달려내려가다 모서리 기둥에 정강이를 긁힌다.

그는 마지막 여섯 개인가 여덟 개 계단을 펄쩍 뛰어내려 깃발광장을 가로질러 달려간다.

모든 일이 너무 느리면서 동시에 너무 빠르게 일어나고 있다.

야코프는 놀란 승려를 지나쳐 닫히고 있는 육지 문까지 달려간다.

경비대장이 야코프에게 한 발짝도 더 다가오지 말라고 경고하는 뜻으로 창을 휘두른다.

문이 닫히는 동안 직사각형이던 야코프의 시야가 점점 좁아진다.

그는 오리토가 네덜란드 다리 건너로 끌려가는 뒷모습을 본다.

야코프는 그녀의 이름을 부르려고 입을 연다……

……그러나 육지 문이 쾅 닫힌다.

기름칠을 한 빗장이 질러진다.

2부

산채

ㅣ

간세이 11년 시월

XIV
교가 번, 구로자네 마을 산속
✦
시월 스무이틀 늦은 시각

해질녘이 되니 눈이 내릴 듯 춥다. 숲 가장자리가 부옇고 흐릿하다. 검은 개 한 마리가 바위 위에서 기다리고 있다. 개는 여우의 더운 악취를 맡는다.

머리가 허옇게 센 개의 여주인이 꼬불꼬불한 길을 힘겹게 걸어 올라간다.

시끄럽게 흐르는 시내 건너편, 사슴의 발굽 아래에서 죽은 가지가 뚝 부러진다.

부엉이 한 마리가 이쪽 삼나무인가 저쪽 전나무인가에서 운다…… 한 번, 두 번, 가까이 있는가 싶더니 사라지고 없다.

오타네는 쌀 반 말을 지고 있다. 한 달 치로 충분한 양이다.

그녀의 막내 조카딸은 그녀가 마을에서 겨울을 나도록 설득하느라 무던히도 애를 썼다.

그 딱한 애한테는 시어머니에게 맞서줄 제 편이 있어야 하는데. 오타네는 생각한다.

"그애는 또 애를 뺐단다, 너도 알았니?" 그녀가 자기 개에게 묻는다.

조카딸은 온 가족이 이모가 잘 지내는지 걱정하게 만든다며 그녀를 나무랐다. "하지만 난 잘 지내는걸." 노파는 울퉁불퉁 튀어나온 나무뿌리가 이룬 계단에 대고 대답을 되풀이한다. "나는 너무 가난해서 살인자도 피해가고, 너무 시들어빠져서 강도한테 당하지도 않아."

그러자 조카딸은 마을에 있으면 환자들이 그녀에게 상담하기가 더 편할 거라고 주장한다. "누가 한겨울에 시라누이산을 절반이나 오르고 싶어하겠어요?"

"내 오두막은 산을 '절반'이나 오르지 않아도 돼! 4리도 안 된다고."

마가목에 앉은 노래지빠귀를 보니 거의 다 왔다.

오타네도 인정한다. 자식 없는 노파로서는 자기를 거두어줄 친척이 있으면 운좋은 거지······

그러나 그녀는 한번 오두막을 떠나면 다시 돌아오기 어려우리라는 것 또한 알고 있다.

"봄이 오면 이렇게 말하겠지. '저 폐허 같은 오두막으로 이모를 돌려보낼 수 없어요.'" 그녀가 중얼거린다.

더 높은 곳에서 너구리 한 쌍이 위협하듯 으르렁거린다.

구로자네의 약초상은 한 발짝 뗄 때마다 점점 더 무거워지는 자루를 메고 산을 오른다.

오타네는 자신의 오두막과 밭이 있는 절벽 끝에 다다른다. 깊은 처마 아래 양파가 매달려 있다. 그 아래에는 장작을 쌓아놓았다. 그녀는 댓돌에 쌀자루를 내려놓는다. 몸이 쑤신다. 우리의 염소들을 확인하고 건초를 좀 준다. 마지막으로 닭장을 살핀다. "오늘은 누가 아주머니를 위해 알을 낳았나?"

어두운 구석에서 아직 온기가 남은 달걀 하나를 찾아낸다. "고맙다, 애들아."

그녀는 밤에 대비해 오두막 빗장을 지르고, 부싯깃 통을 들고 바닥 화로 앞에 무릎을 꿇고 앉아 냄비를 데울 불씨를 살린다. 냄비에 우엉 뿌리와 참마를 넣고 국을 끓인다. 국이 뜨거워지자 달걀을 넣는다.

그녀는 약장을 살피러 뒷방으로 간다.

환자와 손님들은 그녀의 초라한 오두막 천장까지 거의 닿아 있는 근사한 약장을 보고 놀란다. 어렸을 때는 약장이 오래된 나무처럼 그냥 거기에서 자란 것이라고 믿었지만, 그녀의 고조할아버지 때에 예닐곱 명의 장정이 마을에서 옮겨다놓은 것이다. 그녀는 밀랍을 바른 약장 서랍을 하나씩 빼내어 안에 든 것의 냄새를 맡는다. 이것은 배앓이를 하는 어린아이한테 좋은 당귀이고, 이것은 뜸 뜰 때 쓰려고 가루로 갈아놓은 매캐한 쑥이다. 이 줄의 마지막 서랍에는 구역질을 누그러뜨려주는 어성초나 삼백초 열매가 들어 있다. 약장은 그녀의 생계 수단이자 지식의 보고다. 그녀는 미끈미끈한 뽕나무 잎의 냄새를 맡으며 아버지의 목소리를 듣는다. "눈병에 좋다…… 궤양과 기생충, 종기에 삼지구엽초와 함께 쓴다……" 오타네는 쓰디쓴 익모초 열매에 손을 뻗는다.

그녀는 아이바가와 양을 떠올리며 불가로 간다.

그녀는 두꺼운 장작을 약한 불 속에 넣는다. "나가사키에서 이틀 걸려 와서는, '구로자네의 오타네를 뵙기를 청합니다' 하고 아이바가와 아씨가 말했지. 어느 날 호박밭에 퇴비를 뿌리고 있는데……"

불꽃이 개의 맑은 눈동자에 비친다.

"……내 울타리에 아씨가 마을 촌장이랑 스님하고 함께 나타나서는 말이지."

노파는 끈적이는 우엉 뿌리를 씹으며 화상 흉터가 있는 얼굴을 회상한다.

"정말로 그게 삼 년이나 지난 일이라니? 불과 몇 달 전 같은데."

개가 여주인의 발을 베개 삼아 등을 대고 몸을 둥글게 만다.

이 개는 그 이야기를 잘 알고 있어. 오타네는 생각한다. 하지만 내가 또 이야기해도 개의치 않겠지.

"아씨의 화상을 보고 치료를 하러 왔나보다 했지만, 촌장은 그녀를 '고명하신 아이바가와 선생의 따님'이자 '네덜란드식 산파술을 시행하는 의사'라고 소개했지─마치 자기가 하는 말이 무슨 뜻인지 아는 것처럼 굴더구나! 그런데 그때 아씨가 나에게 출산을 위한 약초 요법에 대해 조언을 해줄 수 있는지 물었어. 내가 잘못 들었나 했단다."

오타네는 삶은 달걀을 나무접시에 놓고 앞뒤로 굴린다.

"아씨가 나가사키의 약제사와 학자들 사이에 '구로자네의 오타네'라는 이름은 믿어도 좋다는 소문이 자자하다고 해서, 나는 그런 높으신 분들이 나 같은 천한 것의 이름을 안다니 겁이 더럭 났지……"

노파는 과일 물이 든 손톱으로 달걀 껍질 조각을 집어내면서 아이바가와 양이 촌장과 스님을 우아하게 물리치고 오타네의 의견을 주의깊게 기록하던 모습을 떠올린다. "아씨는 여느 남자 못지않게 글씨를 잘 썼어. 익모초에 관심을 보였지. '으깨서 찢어진 음부에 붙여요.' 내가 말해줬지. '그러면 열이 나지 않고 피부가 치유되지요. 젖을 먹이느라 화끈거리는 젖꼭지를 진정시켜주기도 하고요⋯⋯'" 오타네는 아이바가와 양이 데리고 온 하인 둘이 염소 우리를 다시 짓고 벽을 수리할 동안 이 평민의 오두막에서 편안히 행동하던 사무라이의 딸에 대한 기억으로 따스해진 삶은 달걀을 베어 문다. "촌장의 맏아들이 점심식사를 가져왔던 거 너도 기억하지." 그녀는 개에게 말한다. "윤기가 자르르한 쌀밥에 메추리알, 질경이 잎에 싸서 찐 도미⋯⋯ 아, 가구야 히메*의 궁전에 있는 것 같았다니까!" 오타네는 주전자 뚜껑을 들추고 엽차를 한 주먹 넣는다. "그날 오후 동안 나는 일 년 내내 말한 것보다 더 많이 말했어. 아이바가와 아씨는 나에게 '수업료'를 주고 싶어했지―하지만 내가 어떻게 한푼이라도 받을 수 있겠어? 그러자 아씨는 내 익모초를 사줬는데 보통 값의 세 배나 되는 돈을 두고 갔단다⋯⋯"

건너편의 어둠이 흔들리더니 금세 고양이의 형태로 변한다.

"너 어디 숨어 있었니? 우리는 아이바가와 아씨가 처음 찾아왔던 때 얘기를 하고 있었단다. 아씨가 이듬해 설에 말린 도미를 보내왔지. 아씨의 하인이 도시에서 날라온 거였어." 검댕투성이가 주전

---

* 일본에서 가장 오래된 설화인 〈다케토리 이야기〉의 주인공으로. 대나무에서 태어나 달세계로 승천해 돌아간다.

자가 쌕쌕 소리를 내기 시작하고 오타네는 이듬해 유월에 있었던 두번째 방문을 생각한다. 머위가 꽃을 피울 무렵이었다. "아씨는 그해 여름에 사랑에 빠졌어. 아, 물어보지는 않았지만 아씨가 참지 못하고 오가와라는 좋은 집안의 젊은 네덜란드어 통역관 얘기를 꺼내더라고. 그분의 이름을 말할 때면 아씨의 목소리가"—고양이가 올려다본다—"바뀌었어." 바깥에서 밤이 끽끽거리는 나무들을 흔든다. 물이 끓자 오타네는 찻잎에서 쓴맛이 우러나기 전에 차를 따른다. "나는 두 분이 결혼하더라도 아씨가 계속 교가 번에 들를 수 있도록 오가와 사마가 허락해줘서 내 마음을 기쁘게 해주었으면 좋겠다고, 두번째 방문이 마지막이 되지는 않게 해달라고 빌었지."

그녀는 차를 홀짝이며 오가와 집안의 가장이 아들과 아이바가와 선생 딸의 결혼을 허락하지 않았다는 소식이 친척과 하인들을 통해 구로자네까지 전해진 날을 떠올린다. 설에 오타네는 오가와 통역관이 다른 신부를 맞았다는 얘기를 들었다. "일이 그렇게 잘 안되었어도," 오타네는 불을 들쑤신다. "아이바가와 아씨는 나를 잊지 않았어. 새해 선물로 아주 따듯한 외국산 양모로 짠 목도리를 보내주었지."

개가 등을 문대며 벼룩에 물린 자리를 긁는다.

오타네는 아이바가와 양이 구로자네에 왔던 세 번의 방문 중에서 가장 이상했던 올여름의 방문을 회상한다. 그 방문이 있기 이주 전, 진달래가 한창이던 때에 소금장수가 하루바야시 여관에 아이바가와 선생의 딸이 '네덜란드식 기적'을 행하여 시로야마 부교의 사산한 아이를 살려냈다는 소식을 전했다. 그래서 그녀가 찾아왔을 때 마을 사람 절반이 더 많은 네덜란드식 기적을 볼까 하고 오타네의 오두막으로 몰려왔다. "의학은 마법이 아니라 지식이에요." 아이바가와 양이 마을 사람들에게 말했다. 그녀는 몇몇 사람들에게 조언을 해주었고, 그들은 감사를 표했지만 실망한 채 자리를 떴다. 단둘이 남게 되자 젊은 여인은 힘든 한 해였다고 털어놓았다. 그녀의 아버지는 병환이 깊어졌다. 그리고 오가와 통역관에 대해 어떤 언급도 삼가는 조심스러운 태도로 보아 그녀가 마음에 상처를 입었다는 걸 알 수 있었다. 그러나 부교가 감사의 뜻으로 그녀가 데지마의 네덜란드 의사 밑에서 공부하도록 허락해주었다는 기쁜 소식도 있었다. "내가 걱정스러운 표정을 했던가봐." 오타네는 고양이를 쓰다듬는다. "외국인에 대한 이런저런 얘기가 들려오잖니. 하지만 아씨는 나에게 그 네덜란드 의사는 에노모토 승정님까지 알 정도로 훌륭한 선생이라고 나를 안심시켰지."

굴뚝 연통에 날개가 부딪힌다. 부엉이가 사냥하러 나온 것이다.

그리고 육 주 전, 오타네가 최근 들은 것 중에서 가장 충격적인 소식이 들려왔다.

아이바가와 양이 시라누이 산사의 비구니가 된다는 것이었다.

오타네는 아이바가와 양이 산에 들어가기 전날 밤 하루바야시 여관에서 아씨를 만나려 했으나, 그들의 우정도, 오타네가 연중 두 번씩 산사에 약을 날라다준다는 사실도 금지령을 깨뜨리지는 못했다. 오타네는 편지조차 남길 수 없었다. 산사에 막 들어온 비구니는 이십 년간 속세와 인연을 끊어야 한다고 들었다. 오타네는 생각한다. 그런 곳에서 아씨가 어떤 삶을 살게 될까? 그녀는 혼잣말로 중얼거린다. "아무도 모르지. 그게 바로 문제야."

그녀는 시라누이 산사에 관해 알려진 몇 가지 사실을 되짚어본다.

그곳은 교가 번의 영주인 에노모토 승정의 영적 본거지다.

산사의 여신은 교가의 시내에 물이 마르지 않게 해주고 논을 비옥하게 해준다.

승려와 교단 사미승들 말고는 아무도 드나들 수 없다.

이런 남자들의 숫자가 도합 예순 명쯤 되고, 비구니는 열 명쯤 된다. 비구니들은 산사 담장 안의 비구니 처소에 사는데, 비구니 주지가 이들을 감독한다. 하루바야시 여관의 하인들 말에 따르면, 비구니들은 흠이나 결함이 있어 대부분 매음굴에서 괴물로 살 팔자를 타고난 소녀들이며, 에노모토 승정은 그런 불행한 여자들에게 더 나은 삶을 제공해준다고 칭송받는다고 한다……

……하지만 사무라이이자 의사의 딸은 당연히 그런 경우가 아니잖아. 오타네는 애가 탄다.

"화상 입은 얼굴 때문에 결혼할 때 어려움을 겪긴 하겠지만 아예 못할 것은 아닌데……" 그녀는 중얼거린다.

워낙 알려진 사실이 별로 없다보니 온갖 소문이 난무한다. 마을 사람 대부분이 시라누이에서 살다가 나온 비구니는 여생 동안 머물 곳과 먹고살 돈을 받는다고 들었지만, 은퇴한 비구니는 절대 구로자네에 머물지 않기 때문에 마을 사람 중에서 직접 그들과 얼굴을 맞대고 이야기해본 사람은 아무도 없었다. 메쿠라 협곡 중문에서 일하는 대장장이네 아들 분타로는 긴텐 스님이 승려들을 자객으로 훈련시키고 있어서 산사가 그렇게 비밀에 싸여 있는 거라고 주장한다. 시시덕거리기 좋아하는 여관의 한 하녀는 어떤 사냥꾼에게서 날개 달린 여자 괴물들이 비구니 옷을 입고 시라누이산 정상의 봉우리 주위를 나는 것을 보았다는 말을 들었다. 바로 그날 오후, 구로자네에 사는 오타네 조카딸의 시어머니가 승려의 씨도 다른 여느 남자 못지않게 실하다면서 산사에서 '천사를 만드는' 약초를 몇 부대나 주문했느냐고 물었다. 오타네는 스자쿠 스님에게 낙태약을 공급한 적이 없다고 정직하게 말했고, 이를 알아내는 것이 그 시어머니의 목적이었음을 깨달았다.

마을 사람들은 이런저런 추측을 하지만 굳이 진실을 알아내려 할 만큼 어리석지는 않다. 그들은 은둔한 신사와 맺는 관계를 자랑스러워하며, 신사에 필요한 물품을 대주고 돈을 받는다. 꼬치꼬치 캐묻는 것은 관대한 기부자의 손을 물어뜯는 것이나 다름없다. 오타네는 바란다. 승려야 승려겠지. 여승은 여승답게 살 테고……

그녀는 눈 내리는 태곳적의 고요한 소리를 듣는다.

오타네가 고양이에게 말한다. "우리가 할 수 있는 것은 성모님께 아씨를 지켜달라고 비는 것뿐이야."

진흙과 대나무로 된 벽의 나무상자가 놓인 자리는 여느 오두막의 불단이 차려진 벽감과 비슷하다. 거기에는 오타네의 돌아가신 부모의 이름을 적은 명패와 초록 가지 몇 개를 꽂은 이 빠진 꽃병이 놓여 있다. 그러나 오타네는 문에 건 빗장을 두 번이나 확인하고 나서 꽃병을 치우고 뒷벽을 옆으로 밀어 연다. 그 작은 비밀 공간에는 오타네의 집안에 대대로 내려오는, 오두막의 진짜 보물이 들어 있다. 그것은 파란 베일을 쓰고 하얗게 빛나는 예수 사마의 어머니, 성모이신 마리아 사마의 금이 간 조각상으로, 오래전 관음

보살을 본떠 만든 것이다. 마리아상은 팔에 아기를 안고 있다. 오타네의 할아버지의 할아버지가 금빛 백조들이 끄는 하늘을 나는 마법의 배를 타고 천국에서 온 사비에르*라는 성인에게서 받은 것이라고 전해진다.

오타네는 손에 도토리 묵주를 들고 아픈 무릎을 꿇는다.

"성스러우신 마리아 사마, 데우스 도노**의 신성한 감을 훔친 아단과 에와의 어머니시여, 여섯 아들을 데리고 여섯 척의 배를 타고 온 세상을 깨끗이 씻어낸 대홍수에서 살아남으신 아버지 마루지***의 어머니 마리아 사마시여, 은전 400냥에 십자가에 매달리신 예수 사마의 어머니이신 마리아시여, 마리아 사마, 들어주소서, 저의……"

잔가지가 부러지는 소리였나? 오타네는 숨을 멈춘다.

구로자네에서 가장 오랫동안 살아온 열두어 집안은 대부분 오타네처럼 숨겨진 가톨릭 신자이지만 경계를 늦춰서는 안 된다. 신앙이 발각된다면 그녀 같은 노인이라도 관용을 바랄 수 없을 것이다. 배교를 하고 다른 신도의 이름을 대면 죽음을 면하고 추방으로 감형되지만, 성 페이토로와 성 파우로에게 천국의 문에서 내쳐질 것이고, 바닷물이 기름이 되어 온 세상이 불타오를 때 벤보라 불리는 지옥에 떨어질 것이다.

약초상은 밖에 아무도 없다고 확신한다. "성모님, 구로자네의 오

---

* 프란시스코 사비에르. 스페인의 가톨릭 선교사로, 일본에 최초로 그리스도교를 전했다.
** '데우스'는 라틴어로 '신' '하느님'을 의미하고, '도노'는 일본어 존칭이다.
*** 옛 일본 성경에서 '노아'를 이르던 말.

타네입니다. 다시 한번 이 늙은이가 성모님께 시라누이 산사의 아이바가와 아씨를 굽어살펴주시기를, 몸 건강히 지내게 해주시고 악령과…… 위험한 남자들을 쫓아주시기를 비옵니다. 부디 아씨가 빼앗긴 것들을 되찾게 해주시옵소서."

젊은 비구니가 자유의 몸이 되었다는 소문은 한 번도 들은 적이 없어. 오타네는 생각한다.

"하지만 이 노인네가 마리아 사마께 빌고 또 빌면……"

뻣뻣한 느낌이 무릎에서 엉덩이와 발목으로 번져간다.

"……제발 아이바가와 아씨에게 아씨의 벗인 구로자네의 오타네가 아씨를 생각하고 있다고 전해……"

뭔가가 문을 쿵 친다. 오타네는 헉하고 숨을 멈춘다. 개가 벌떡 일어나 으르렁거린다……

오타네가 나무 덧문을 내려 닫는데 두번째로 쿵 소리가 울린다.

이제 개가 짖어댄다. 남자의 목소리가 들린다. 그녀는 벽감을 수습한다.

세번째로 문을 치는 소리에 오타네는 문으로 달려가 외친다. "여기에는 훔쳐갈 것이 아무것도 없어요."

남자의 가느다란 목소리가 대답한다. "여기가 약초상 오타네의 집입니까?"

"이런 늦은 시각에 찾아오신 분이 뉘신지요?"

"시라누이 산사의 지리쓰입니다." 방문객이 대답한다.

오타네는 스자쿠 스님의 사미승 이름을 듣고 놀란다.

마리아 사마가 이 일에 손을 쓰신 것일까?

목소리가 말한다. "일 년에 두 번 산사의 초소에서 뵀었지요."

문을 열자 두꺼운 등산용 옷을 입고 대나무 삿갓을 쓴 사람이 눈에 덮인 채 서 있다. 그가 문지방에서 휘청하자 눈발이 몰아쳐 들어온다. "불가에 앉으세요, 사미스님." 오타네가 문을 닫는다. "날씨가 궂은 밤이네요." 그녀는 그를 통나무 의자로 안내한다.

그는 힘들게 삿갓과 두건을 벗고 설피의 끈을 푼다.

지친 모습에 팽팽하게 긴장한 얼굴이다. 눈은 이 세상 사람의 것 같지가 않다.

질문은 나중에 하자. 우선 저 사람은 몸을 좀 덥혀야 해. 오타네는 생각한다.

그녀는 차를 좀 따라 그의 얼어붙은 손가락에 찻잔을 쥐여준다.

그녀는 승려의 젖은 승복을 벗기고 자신의 양모 목도리로 몸을 감싸준다.

차를 마시면서 그의 목 근육이 끝도 없이 계속 소리를 낸다.

아마 약초를 캐거나 동굴에서 명상을 하던 중이었을 거야. 오타네는 생각한다.

그녀는 남은 국을 덥히기 시작한다. 둘 다 말이 없다.

"저는 시라누이산에서 도망쳤습니다." 지리쓰가 불쑥 말한다. "서약을 깨뜨렸어요."

오타네는 놀랐지만 엉뚱한 말을 했다가 그가 입을 다물까봐 아무 말도 하지 않는다.

"제 손, 이 손, 제 붓, 그것들은 알았습니다. 제가 알아채기도 전에요."

그녀는 쑥 뿌리를 갈면서 좀더 알아들을 수 있는 다음 말이 나오기를 기다린다.

"저는…… 불사不死의 도를 받아들였습니다. 그러나 그 진짜 이름은 '악'입니다."

불꽃이 탁탁 소리를 내면서 튀고 짐승들이 색색거리고 눈이 내린다.

지리쓰는 숨쉬기가 힘든 듯 기침을 한다. "여신님은 아주 멀리까지 보고 있어요. 아주, 아주 멀리…… 제 아버지는 사카이의 담배 행상이었는데, 도박꾼이었지요. 우리는 천민보다 약간 나은 정도였어요…… 그러던 어느 날 밤 아버지가 노름에 져서 저를 무두장이한테 팔았습니다. 천민이었지요. 저는 제 이름을 잃고 도살장에서 자는 신세가 되었습니다. 오랜 세월 동안 먹고살려고 말의 목을 베었습니다. 베고…… 베고…… 또 베었어요. 무두장이 아들들이 저한테 한 짓은, 저는…… 전…… 저는…… 누군가가 제 목을 베어주기를 간절히 바랐지요. 겨울이 오면 뼈를 끓여 풀을 만드는 열이 유일한 온기였습니다. 여름이 오면 파리가 눈과 입으로 달려들었습니다. 우리는 말라붙은 피와 끈적거리는 똥을 긁어내 에조에서 나는 해초와 섞어 퇴비를 만들었어요. 냄새가 얼마나 지독한지……"

오두막 천장 목재가 삐걱거리는 소리를 낸다. 눈이 쌓이고 있다.

"어느 설날 저는 천민 마을을 둘러싼 담을 타넘어 오사카로 도망 갔지만 무두장이가 저를 도로 끌고 오라고 사람 둘을 보냈습니다. 그들은 제 칼 쓰는 기술을 얕잡아봤어요. 아무도 보지 못했지만 여신님은 보았지요. 여신님은 저를 내몰았어요…… 날마다 소문으로 갈림길로 꿈으로 달마다 수단 방법을 가리지 않고, 여신님은 저를 서쪽으로, 서쪽으로, 서쪽으로 내몰았습니다…… 해협을 건너 히젠 번으로, 교가 번으로, 그리고 위로……" 지리쓰는 산 정상을 향하는 듯 천장으로 눈을 든다.

오타네가 막자를 놀린다. "사미스님은 신사의 누군가를 얘기하시는 건가요?"

지리쓰가 그녀를 꿰뚫어보듯이 응시한다. "그들 모두는 목수의 톱과 같습니다."

"이런 어리석은 할망구는 '여신님'이 누군지 알 수가 없답니다."

지리쓰의 눈에서 눈물이 솟아오른다. "결국 우리가 한 행동이 쌓여 우리 자신이 되는 것 아닙니까?"

오타네는 터놓고 얘기하기로 마음먹는다. "사미스님, 시라누이 산사에서 아이바가와 아씨를 보셨나요?"

그는 눈을 깜박여 눈물을 걷어낸다. "제일 최근에 온 비구니 말이군요. 예."

이제 오타네는 무엇을 물어봐야 할지 모르겠다. "그…… 아씨는 잘 지내고 있나요?"

그는 깊고 슬픈 탄식을 토해낸다. "말들은 제가 자기들을 죽일 거라는 걸 알고 있었어요."

"아이바가와 아씨는…… 어떤 대접을 받고 있나요?" 오타네의 절구와 막자가 멎는다.

지리쓰의 눈길이 다시 이리저리 헤맨다. "여신님이 들으신다면, 그의 손가락으로 제 가슴을 후벼팔 겁니다…… 내일, 저는 그곳에 대해…… 말할 겁니다―하지만 여신님은 밤에 더 귀가 예민합니다. 그러고 나서 저는 나가사키로 떠날 겁니다. 저는…… 저는…… 저는……"

혈액순환이 되도록 생강을 줘야겠어. 오타네는 약장으로 간다. 섬망에는 화란국화지.

"제 손, 제 붓, 제가 알아채기도 전에 그것들은 알았습니다." 지리쓰의 지친 목소리가 그녀의 뒤를 따른다. "사흘 밤 전의 일이지만 세 세대는 지난 것 같아요. 저는 필사실에서 '선물'로부터 온 편지를 베껴 쓰고 있었습니다. 겐무 스님의 표현으로는 편지는 좀 가벼운 잘못, '자비의 행위'입니다…… 그런데…… 그런데 제가 정신을 놓았다가 되돌아오면 제 손, 제 붓이 계속 쓰고 있었습니다…… 쓰고 있었어요……" 그는 속삭이며 움찔한다. "……저는 12계율을 썼습니다. 흰 종이에 검은 먹으로! 겐무 스님과 승정님을 빼고는 계율을 입 밖에 내기만 해도 불경인데 기록을 했으니 평신도 눈에 띄기라도 하면…… 여신님이 어딘가 다른 데 있었던 게 틀림없어요. 그렇지 않았으면 그 자리에서 저를 죽였을 테니까요. 요텐 스님이 제 바로 옆을 지나갔지요…… 저는 움직이지도 않고 12계율을 읽었습니다. 처음으로 깨달았어요…… 사카이의 도살장은 이곳에 비하면 낙원이라는 걸요."

오타네가 무슨 말인지 거의 알아듣지 못한 채 생강을 가는데 가슴속이 싸늘해진다.

지리쓰가 옷 속에서 층층나무로 만든 두루마리 통을 꺼낸다. "나가사키의 힘있는 자들 중에서 에노모토의 손이 닿지 않는 사람도 몇 명은 있을 겁니다. 시로야마 부교님은 양심이 바른 분일지도 모릅니다…… 경쟁 교단의 주지들은 최악의 것을 알아내고 싶어 안달할 겁니다. 그리고 이것은……" 그는 두루마리 통을 보며 눈살을 찌푸린다. "……최악보다도 더 나쁜 것입니다."

"그러면 사미스님은 나가사키에 가실 생각인가요?" 오타네가 묻는다.

"동쪽으로 갈 겁니다." 나이들어 보이는 젊은이가 애써 그녀에게로 정신을 돌린다. "긴텐이 뒤쫓아올 겁니다.

"사미스님이 산사로 돌아가도록 설득하기 위해서요?"

지리쓰가 고개를 가로젓는다. "떠난 자들에게…… 길은 분명합니다."

오타네는 불 꺼진 그녀의 불단 벽감을 힐끗 본다. "여기 숨어 있으세요."

사미승 지리쓰가 불빛에 자기 손을 비춰본다. "눈 속에서 구르며 생각했습니다. 구로자네의 오타네가 나를 숨겨줄 거야……"

지붕에 얹은 짚 속에서 쥐들이 갉작거린다. "그렇게 생각해주시다니…… 이 노인네는 기쁩니다."

"……하룻밤은 괜찮겠지요. 하지만 여기 이틀을 묵으면 긴텐이 우리 둘 다 죽일 겁니다."

그는 누구나 다 아는 뻔한 사실이라는 듯 무덤덤하게 말한다.

불이 나무를 먹어치우듯 시간이 우리를 먹어버리지. 오타네는 생각한다.

"아버지는 저를 '얘야'라고 부르셨습니다." 그가 말한다. "무두장이는 저를 '개'라고 불렀지요. 겐무 스님은 자신의 새 사미승에게 '지리쓰'라는 이름을 붙여주셨고요. 이제 제 이름은 무엇일까요?"

"어머니가 뭐라고 부르셨는지는 기억이 안 나요?" 그녀가 묻는다.

"도살장에서 어머니 같은 여인이 저를 모헤이라고 부르는 꿈을 꾸었습니다."

"그분이 어머니가 맞을 거예요." 오타네는 차에 가루를 섞는다. "드세요."

도망자가 잔을 받아든다. "엔마*가 지옥의 명부에 적을 제 이름을 물으면, 이렇게 대답하겠습니다. '배교자 모헤이'라고."

오타네의 꿈에 비늘로 뒤덮인 날개와 포효하는 어둠이 나오고, 멀리서 문 두드리는 소리가 들린다. 그녀는 지푸라기와 깃털을 넣고 바느질한 삼베 이부자리에서 깨어난다. 밖으로 드러난 뺨과 코가 추위로 얼얼하다. 눈처럼 파르란 햇살에, 꺼져가는 불가에 웅크리고 누운 모헤이의 모습이 보이자 모든 것이 기억난다. 그녀는 그가 자고 있는지 깨어 있는지 확실치가 않아 잠시 살펴본다. 고양이가 목도리 속에서 나와 오타네에게로 다가온다. 오타네는 섬망과 환각, 실마리, 진실을 가려내려고 그들이 나눈 대화를 더듬는다. 아이바가와 아씨를 위협하는 무언가 때문에 그가 도망친 거야……

그것은 층층나무 두루마리 통 속에 쓰여 있다. 그것은 여전히 그의 손에 있다.

……그리고 아마도 그는 내 기도에 대한 마리아 사마의 응답일 거야. 오타네는 생각한다.

그를 설득해 추적자들이 포기할 때까지 며칠간 머물게 할 수 있을 것이다.

---

* '염라대왕'을 가리키는 일본어.

천장 밑에 숨을 곳이 있어. 누가 온다면……

그녀는 찬 공기 속으로 하얀 입김을 내뱉는다. 고양이는 더 작은 구름을 뿜어낸다.

"이 새로운 하루를 위해 하늘에 계신 데우스께 기도합시다." 그녀가 소리 없이 암송한다.

꿈꾸는 개의 젖은 코에서도 희미한 구름이 올라온다.

그러나 따뜻한 외국산 목도리를 두른 모헤이는 꼼짝도 하지 않는다.

오타네는 그가 숨을 쉬지 않는다는 것을 깨닫는다.

XV
시라누이 산사, 비구니 처소
✦
시월 스무사흘 해뜰참

하루의 시작을 알리는 청동 종 소리가 지붕 위로 세 번 울려퍼지면서 비둘기들이 날아가고, 경내 주위로 퍼지는 메아리를 좇아 신참 비구니의 방문 아래로 흘러들어와 오리토에게까지 닿는다. 그녀는 눈을 감고 기도하고 있다. 다른 곳에 있다고 조금만 더 상상하게 해줘…… 그러나 시큼한 다다미 냄새, 수지 양초와 찌든 연기 냄새 때문에 그런 환상에 빠질 수가 없다. 탁, 탁, 탁, 여자들이 담뱃대 치는 소리가 들려온다.

밤새 벼룩인지 이인지가 그녀의 목과 가슴, 배에서 잔치를 벌였다.

동쪽으로 이틀만 가면 되는 나가사키에는 아직 단풍이 붉을 텐데…… 그녀는 생각한다.

붉고 흰 꽃들이 피고, 꽁치는 통통하게 살이 올라 한창 제철일 거야.

이틀 거리인데 이십 년 거리는 되는 것 같구나……

가게로 보살이 방을 지나간다. 그녀의 목소리가 찌르는 듯하다.

"추워! 추워! 추워!"

오리토는 눈을 뜨고 다다미 다섯 장짜리 방의 천장을 살펴본다.

마지막으로 왔던 신참 비구니가 어느 대들보에 목을 맸는지 궁금하다.

불은 꺼졌고, 두 번 걸러진 빛이 새로이 파르스름한 빛을 내뿜는다.

첫눈이구나. 오리토는 생각한다. 구로자네로 가는 골짜기는 길이 막혔을지도 몰라.

오리토는 엄지손톱으로 굽도리널에 조그맣게 손톱자국을 낸다.

이곳이 나를 가질 수 있을지는 몰라도, 시간까지 가질 수는 없어.

그녀는 눈금을 세어본다. 하루, 이틀, 사흘……

……마흔이레, 마흔여드레, 마흔아흐레……

오늘 아침은 그녀가 끌려온 지 쉰 날째 되는 날이다.

"금을 만 개 새겨도 너는 여전히 여기 있을 거야." 살찐 쥐가 비웃는다.

흑진주 같은 쥐의 눈이 털 속으로 흐릿하게 사라진다.

오리토는 생각한다. 쥐가 있다 해도 말했을 리는 없어. 쥐는 말을 하지 않으니까.

그녀는 어머니가 여느 아침처럼 복도에서 흥얼거리는 콧노래 소리를 듣는다.

하녀 아야메가 깨에 굴린 주먹밥을 굽는 냄새가 난다.

"아야메도 여기 없어." 오리토가 중얼거린다. "새어머니가 내쫓았잖아."

이렇게 시간과 감각이 '어긋나는' 것은 스자쿠 스님이 저녁 먹기 전에 비구니들에게 조제해주는 약 탓일 거라 확신한다. 그는 그녀들의 약을 '위안'이라 부른다. 오리토는 그 약이 가져다주는 쾌감이 해로우며 중독성이 있다는 걸 알지만, 마시지 않으면 저녁을 주지 않을 것이다. 한겨울에 산사에서 도망친 굶주린 여인에게 무슨 희망이 있겠는가? 먹는 편이 낫다.

새어머니와 그녀의 아들은 나가사키의 아이바가와 저택에서 잠을 깨겠지 생각하면 더 참기 힘들다. 오리토는 자신과 아버지의 물건 중 무엇을 남기고 무엇을 팔아치웠을까 궁금하다. 망원경, 기구, 책과 약품, 어머니의 기모노와 보석…… 이제는 모두 새어머니의 소유이니 가장 높은 값을 부르는 자에게 팔아치울 것이다.

나를 팔아치운 것처럼. 오리토는 뱃속에서 치미는 분노를 느끼며 생각한다……

……옆방에서 야요이가 토하고 신음하고 다시 토하는 소리가 들려온다.

오리토는 잠자리에서 빠져나와 누비 기모노를 걸친다.

머릿수건으로 화상을 가리고 서둘러 복도로 나온다.

그녀는 생각한다. 나는 이제 딸이 아니지만, 여전히 산파야……

……내가 어디로 가는 중이었더라? 오리토는 죽 늘어선 나무 장지문으로 회랑과 구분해놓은 퀴퀴한 복도에 서 있다. 천장 모서리를 따라 나 있는 격자창을 통해 햇살이 들어온다. 오리토는 몸을 덜덜 떨고 입김을 바라보면서 자신이 어디론가 가던 중이었음을 깨닫는다. 하지만 어디로? 망각 또한 스자쿠의 위안이 치는 장난이다. 그녀는 실마리를 찾아 주위를 둘러본다. 변소 옆 한쪽 구석에 놓인

등은 꺼져 있다. 오리토는 무수한 겨울을 나느라 거무스름해진 나무 장지문에 손바닥을 얹는다. 그녀가 밀자 장지문이 간신히 아주 약간 움직인다. 그 틈새로 회랑의 처마밑에 매달린 고드름이 보인다.

늙은 소나무 가지가 눈의 무게로 축 처져 있다. 돌 위에도 눈이 쌓여 있다.

사각형 연못에 얇게 얼음이 덮여 있다. 민둥산 줄기를 따라 눈이 쌓여 있다.

기리쓰보 보살이 소나무 뒤에서 나타나 쇠약한 팔과 유착된 손가락으로 장지문을 훑으며 맞은편 회랑을 따라 걸어간다. 그녀는 안뜰을 백팔 번 돌고 있다. 열린 문에 다다르자 그녀가 말한다. "오늘 아침에는 일찍 일어났군요."

오리토는 기리쓰보 보살에게 할 말이 아무것도 없다.

셋째 비구니 우메가에가 안쪽 복도로 다가온다. "교가의 겨울은 이제 막 시작일 뿐이에요. 새로 오신 보살님." 눈에 반사된 빛 속에서 우메가에의 얼룩덜룩한 반점이 자줏빛으로 보인다. "뱃속에 선물을 넣고 있으면 호주머니에 따듯한 돌을 넣은 기분이랍니다."

오리토는 우메가에가 자신을 겁주려고 하는 말인 줄 안다. 과연 효과가 있다.

끌려온 산파는 토하는 소리를 들으며 야요이를 떠올린다……

열여섯 살인 여자가 나무 양동이 위로 허리를 숙이고 있다. 입술에 위액이 늘어져 있고 방금 토한 덩어리가 쏟아져나와 있다. 오리토는 국자로 물그릇의 얼음을 깬 뒤 그녀에게 가져간다. 야요이는 멀건 눈으로 이렇게 말하듯 고개를 끄덕인다. 최악은 지나갔어요.
오리토는 야요이의 입을 종이로 닦아주고 얼얼할 만큼 차가운 물
을 건넨다. "오늘 아침엔 그나마 대부분 양동이에 들어갔어요." 야
요이가 머리띠로 여우 귀처럼 생긴 귀를 숨긴다.

오리토가 튄 토사물을 닦는다. "연습하면 정말로 나아진답니다."

야요이가 소맷자락으로 눈을 닦는다. "저는 아직도 왜 이렇게 자
주 아플까요?"

"출산 때까지 구토가 계속되기도 해요……"

"지난번에는 경단이 너무 당겼어요. 이번에는 그 생각만 해
도……"

"임신 때마다 달라요. 이제 좀 누우세요."

야요이는 누워서 불룩한 배 위에 손을 얹고 근심에 잠긴다.

오리토는 그녀의 생각을 읽는다. "아직도 아기가 발로 차는 게
느껴지는군요, 그렇죠?"

"예. 제 선물……" 그녀는 배를 쓰다듬는다. "……당신 목소리
를 들으면 좋아해요…… 하지만…… 하지만 작년에 호타루 보살
님이 오 개월이 될 때까지 입덧을 하더니 유산했어요. 선물은 벌써
몇 주 전에 죽은 상태였고요. 저도 거기 있었는데 악취가……"

"호타루 보살님은 그때 아이가 차는 것을 느끼지 못한 지 몇 주
나 되지 않았나요?"

야요이는 그 말에 동의하길 꺼리면서도 간절히 동의하고 싶다.
"제 생각에는…… 맞아요."

"하지만 당신 아기는 발차기를 하잖아요. 그게 무슨 뜻이겠어요?"

야요이는 얼굴을 찌푸리면서도 오리토의 논리에 마음이 평온해

지고 기운이 난다. "당신을 여기 보내주신 여신님께 감사드려요."

에노모토가 나를 샀지. 오리토는 이를 악문다. 내 새어머니가 나를 팔았고……

그녀는 야요이의 부풀어오른 배에 염소 기름을 문지르기 시작한다.

……나는 그 둘을 다 저주해. 기회가 오면 그들에게 말해줄 거야.

야요이의 튀어나온 배꼽 아래에서 발차기가 느껴진다. 제일 아래 갈비뼈 밑에서 쿵 하고……

……흉골 근처에서도 발차기를 한다. 왼쪽으로 또 한번 꿈틀한다.

오리토가 야요이에게 말하기로 마음먹는다. "쌍둥이를 낳을지도 몰라요."

야요이는 그 위험을 알 만큼은 세상 물정을 안다. "얼마나 확신하세요?"

"상당히. 입덧이 길어지는 것도 그 때문일 거예요."

"하쓰네 보살님은 두번째 출산에서 쌍둥이를 낳았어요. 한 번에 두 계급을 올라갔어요. 여신님이 저에게 쌍둥이를 내려주신다면……"

오리토가 말을 자른다. "그런 나무토막 따위가 인간의 고통에 대해 뭘 알겠어요?"

"세상에, 보살님!" 야요이가 두려움에 떨며 애원한다. "당신 어머니를 모욕하는 거나 마찬가지예요!"

오리토의 뱃속에서 새로운 경련이 일어난다. 숨을 못 쉴 정도다.

"알겠지요, 보살님? 여신님이 다 듣고 계세요. 잘못했다고 말하세요, 보살님. 그러면 여신님도 봐주실 거예요."

내 몸이 위안을 흡수하면 할수록 더 많이 원하는구나. 오리토는 깨닫는다.

그녀는 악취나는 야요이의 양동이를 들고 회랑을 돌아 오물통으로 간다.

까마귀들이 경사진 지붕 끝에 앉아 죄수를 주시하고 있다.

그녀는 에노모토에게 묻고 싶다. "당신이 손에 넣을 수 있는 그하고많은 여자 중에 왜 하필 나한테서 내 삶을 빼앗은 거죠?"

그러나 시라누이 산사의 승정이 신사를 찾지 않은 지 벌써 오십일째다.

비구니 주지인 이즈가 오리토의 모든 질문과 애원에 대답해준다. "때가 되면 알 거예요, 때가 되면."

부엌에서 아사가오 보살이 씩씩거리는 불에 올려진 국을 젓고 있다. 아사가오의 보기 흉한 얼굴은 비구니 처소에서도 유달리 시선을 끈다. 그녀는 입술이 동그랗게 유착되어 말도 제대로 하지 못한다. 그녀의 친구인 사다이에는 두개골이 선천적으로 기형이라 머리 모양이 고양이 같고 눈은 부자연스럽게 커 보인다. 그녀는 오리토를 보더니 하던 말을 멈춘다.

저 둘은 어째서 다람쥐가 굶주린 고양이를 보는 듯한 눈으로 나를 보는 걸까? 오리토는 궁금하다.

그들의 표정을 보고 오리토는 자신이 속마음을 입 밖으로 소리 내어 말했음을 깨닫는다.

이것은 위안과 이곳의 또다른 굴욕스러운 수작이다.

"야요이 보살님이 아파요." 오리토가 말한다. "차를 좀 가져다주고 싶은데요."

사다이에가 눈짓으로 주전자를 가리킨다. 한쪽 눈은 갈색이고,
한쪽 눈은 회색이다.

옷자락 밑으로 사다이에의 임신한 배가 눈에 띄게 부풀어올라
있다.

딸이구나. 의사의 딸은 떫은 차를 따르며 생각한다.

사미승 자노가 코 막힌 목소리로 "문 열립니다, 보살님들!" 하고
외치는 소리가 울려퍼지자, 오리토는 이즈 비구니 주지와 식모 사
쓰키의 방 사이 안쪽 복도의 한 지점으로 서둘러 가서 나무 장지문
을 밀어 연다. 여기 온 첫 주에 딱 한 번 이 자리에서 문 사이로 경
내를 내다보았다. 계단과 단풍나무, 푸른 승복을 입은 스님, 물들
이지 않은 삼베옷 차림의 사미승 들이 보였다⋯⋯

⋯⋯그러나 오늘 아침은 평소처럼 보초 근무를 서는 사미승이
더 신중을 기하고 있다. 오리토는 닫힌 바깥 대문과 손수레로 그날
의 양식을 실어오는 사미승 두 사람 말고는 아무것도 볼 수가 없다.

사와라비 보살이 방에서 달려내려온다. "주아이 사미스님! 마보
로시 사미스님! 눈 때문에 뼛속까지 얼지 않았나요? 겐무 주지스
님은 무정도 하지. 젊은 말들이 이렇게 굶주리는데."

마보로시가 맞장구를 치며 시시덕거린다. "따듯하게 할 방법을
찾아야지요, 아홉째 보살님."

"아, 깜빡할 뻔했네요." 사와라비가 제 가슴팍을 손끝으로 쓸어

내린다. "이번주는 그 뻔뻔한 게으름뱅이 지리쓰가 우리 양식을 갖다줄 차례 아닌가요?"

마보로시의 경박한 태도가 싹 사라진다. "그 사미승은 몸이 아파요."

"저런, 저런. 병이라니. 그냥…… 초겨울 감기 정도가 아니고요?"

마보로시와 주아이가 부엌으로 양식을 나르기 시작한다. "상태가 심각한 것 같던데요."

언청이 비구니 호타루가 방에서 나타난다. "부디 그 딱한 지리쓰 사미스님이 위독한 건 아니었으면 좋겠네요."

마보로시가 무뚝뚝하게 대꾸한다. "상태가 심각해요. 최악의 상황을 대비해야 해요."

"저, 새로 온 보살님이 속세에서 유명한 의사의 딸이었대요. 그러니까 스자쿠 스님이 한번 그 보살님에게 부탁해보셔도 좋을 텐데요. 기꺼이 갈 거예요. 왜냐하면……" 사와라비가 양손을 동그랗게 모아 입에 대고 안뜰 너머 오리토가 숨어 있는 곳을 향해 외친다. "……그 보살님은 경내를 보고 싶어 죽을 지경이거든요. 도망갈 계획을 짜려고요. 그렇지 않아요, 오리토 보살님?"

속내를 들킨 관찰자는 얼굴이 붉어져서 눈물이 그렁그렁한 채 자기 방으로 서둘러 물러간다.

야요이를 제외한 모든 비구니와 이즈 주지, 식모 사쓰키는 긴 방의 낮은 탁자 앞에 무릎을 꿇고 앉아 있다. 임신한 여신의 금박 상이 모셔진 기도실 문이 열려 있다. 여신은 통 모양의 종을 치는 이즈 주지의 머리 위로 비구니들을 굽어보고 있다. 감사의 경을 암송하기 시작한다.

"우리의 영적 안내자이신," 여자들이 합창한다. "에노모토 승정님께……"

오리토는 돌아가신 아버지의 고명한 동료에게 침을 뱉는 상상을 한다.

"……그 현명함으로 시라누이 산사를 이끄시며……"

이즈 주지와 식모 사쓰키는 오리토의 입술이 움직이지 않는 것을 눈치챈다.

"……저희 이자나조의 딸들이 돌봄 받는 아이들의 감사를 드리나이다."

수동적이고 헛된 저항이지만 오리토는 더 적극적으로 반항할 수단이 없다.

"겐무 주지스님께, 그의 지혜로 비구니 처소를 지켜주시고……"

오리토가 식모 사쓰키를 쏘아보자 그녀가 당황해서 눈길을 피한다.

"……저희 이자나조의 딸들을 올바르게 이끌어주시는 데 감사드리나이다."

오리토가 이즈 주지를 쏘아보자 그녀는 오리토의 도전을 기꺼이 받아들인다.

"시라누이의 여신, 생명의 근원이시며 선물을 내려주시는 어머니……"

오리토는 벽에 걸린 두루마리 맞은편 비구니들의 머리를 살펴본다.

"……우리 시라누이의 비구니들은 우리 자궁의 결실을 드리오니……"

두루마리에는 사계를 그린 그림과 경문이 적혀 있다.

"……교가에 비옥함이 넘치도록, 기근과 가뭄이 사라지도록……"

가운데에는 출산한 아기 숫자로 계급이 매겨진 비구니들의 선례가 실려 있다.

스모 선수를 키우는 곳이랑 똑같아. 오리토는 혐오감을 느끼며 생각한다.

"……그리하여 생명의 수레바퀴가 영원히 돌도록……"

'오리토'라고 새겨진 나무 팻말이 오른쪽 끝에 놓여 있다.

"……최후의 별이 불타 없어지고 시간의 수레바퀴가 부서질 때까지."

이즈 주지가 종을 한 번 쳐서 독경이 끝났음을 알린다. 식모 사쓰키가 기도실 문을 닫을 동안 아사가오와 사다이에가 바로 옆에 있는 부엌에서 밥과 된장국을 가져온다.

이즈 주지가 다시 종을 치자 비구니들은 아침식사를 시작한다.

말하거나 눈을 맞추는 것은 금지되어 있지만, 동료들은 서로에게 물을 따라준다.

열네 개의 입—야요이는 오늘 빠졌다—이 씹고, 소리 내어 마시고, 삼킨다.

오늘 새어머니는 어떤 좋은 음식을 먹고 있을까? 오리토의 마음속에서 증오심이 소용돌이친다.

모든 비구니는 조상에게 바치는 밥알 몇 개를 남긴다.

오리토도 어쨌든 이곳에 자기편이 필요하다는 판단에 똑같이 한다.

이즈 주지가 통 모양 종을 쳐서 식사가 끝났음을 알린다. 사다이에와 아사가오가 접시를 치우자, 눈이 충혈된 하시히메가 이즈 주지에게 아픈 사미승 지리쓰에 대해 묻는다.

주지가 대답한다. "자기 방에서 간호를 받고 있어요. 오한이 오는 열병에 걸렸어요."

비구니 여럿이 놀라서 입을 가리고 소곤거린다.

당신들을 붙잡아온 사람 중 한 명인데 어째서 동정하는 거야? 오리토는 묻고 싶다.

"구로자네에서 짐꾼 한 명이 그 병으로 죽었어요. 불쌍한 지리쓰도 같은 병이 옮았을지 몰라요. 스자쿠 스님이 우리에게 그 사미승이 회복되도록 기도해달라고 부탁했어요."

대부분의 비구니는 진지하게 고개를 끄덕이며 그렇게 하겠다고 약속한다.

이즈 주지는 그날의 할일을 배정한다. "하쓰네와 하시히메 보살님은 어제 하던 베짜기를 계속해요. 기리쓰보 보살님은 회랑을 청소하고. 우메가에 보살님은 미노리와 유기리 보살님과 함께 창고에서 아마를 꼬아 실을 만들고. 오시에 대웅전에 가서 바닥에 광을 내도록 해요. 유기리 보살님은 선물이 있으니 내키지 않으면 그 일은 안 해도 돼요."

일그러진 생각에 어울리는 추하고 뒤틀린 말이군. 오리토는 생각한다.

방의 모든 이가 오리토를 쳐다본다. 그녀가 또 소리 내어 말한 것이다.

주지가 계속 말한다. "호타루와 사와라비 보살님은 기도실 먼지를 떨고 변소 청소를 해요. 아사가오와 사다이에 보살님은 물론 부엌일을 해야지. 가게로 보살님과 우리 새로 온 보살님은," 더 잔인한 눈빛이 오리토를 향한 채 말한다. 저 양갓집 규수 꼴 좀 봐, 자기가 부리던 늙은 하인들처럼 일하네. "세탁실에서 일하도록 해요. 야요이 보살님도 몸이 나아지면 같이 하고."

부엌에 붙은 긴 곁방인 세탁실에는 물을 데우는 아궁이 두 개와 이불보를 빠는 큰 통 두 개, 빨래를 너는 대나무 장대가 있다. 오리토와 가게로는 안뜰의 연못에서 양동이로 물을 길어온다. 통 한 개를 채우려면 사오십 번을 오가야 하는데 둘은 아무 얘기도 나누지 않는다. 처음 왔을 때 사무라이의 딸은 일을 하다 진이 다 빠졌지만 이제는 다리와 팔이 튼튼해졌고 물집이 잡혔던 손바닥에는 굳은살이 박였다. 야요이는 물을 데우려고 불을 피운다.

살찐 쥐가 오물통 위에서 균형을 잡는다. "곧 네 배도 저들처럼 될 거야."

"난 그 개들이 내 몸에 손도 대지 못하게 할 거야. 나는 여기 없을 거야." 오리토가 중얼거린다.

살찐 쥐가 히죽거린다. "이제 네 몸은 네 것이 아니야. 여신의 것이지."

오리토는 부엌 계단에서 발을 헛디뎌 물을 쏟는다.

가게로가 차갑게 쏘아붙인다. "당신 없이 전에는 어떻게 했는지 모르겠네요."

"어차피 바닥을 좀 닦아야 했어요." 야요이가 오리토를 도와 쏟아진 물을 닦는다.

물이 덥혀지자 야요이는 이불과 잠옷을 넣고 젓는다. 오리토가 물이 뚝뚝 떨어지는 무거운 빨랫감을 나무집게로 집어, 여닫이문이 달린 기울어진 탁자로 만든 탈수대에 옮겨놓는다. 가게로가 빨랫감을 꽉 눌러 물을 짜낸다. 그런 다음 대나무 장대에 젖은 빨랫감을 넌다. 부엌문을 통해 사다이에가 야요이에게 간밤의 꿈 이야기를 해준다. "대문 두드리는 소리가 들렸어요. 방에서 나왔는데…… 여름이었지요—하지만 여름 같지가 않았어요. 밤인지, 낮인지도 알 수 없었고요…… 처소는 적막했어요. 하지만 문 두드리는 소리가 계속 들려와서 내가 물었지요. '누구세요?' 그랬더니 웬 남자 목소리가 들리지 뭐예요. '저예요, 이와이.'"

"사다이에 보살님은 작년에 첫 선물을 낳았어요." 야요이가 오리토에게 말한다.

"오월 닷샛날이었지요. 남자아이의 날 말이에요."* 사다이에가 말한다.

그 날짜를 들은 여자들은 잉어 모양 깃발과 축제의 천진함을 떠올린다.

사다이에가 계속 말한다. "그래서 겐무 주지스님이 아이에게 이

---

* 일본에서 음력 5월 5일은 단오이자 남자아이의 날로, 잉어 모양 깃발인 고이노보리를 만들어 건다.

와이라는 이름을 붙여주었어요. '축하'의 뜻으로."

"다카이시라는 다카마쓰의 양조장집에서 그애를 입양했다던데요." 야요이가 말한다.

오리토는 구름 같은 김에 가려진다. "그렇게 알고 있어요."

아사가오가 말한다. "꿈 얘기나 계속해봐요, 보살님."

사다이에가 눌어붙은 누룽지를 긁어낸다. "이와이가 그렇게 빨리 자랐다니 놀랐어요. 선물이 시라누이산에 오면 안 된다는 규칙을 깨서 그애가 곤란에 빠지면 어떡하나 걱정도 되었고요. 하지만," 그녀는 기도실 쪽을 쳐다보고 목소리를 낮춘다. "문의 빗장을 열지 않을 수가 없었어요."

"그러니까 안쪽 문의 빗장 말이지요?" 아사가오가 묻는다.

"예, 그래요. 그때는 그 생각이 떠오르지 않았어요. 그래서 문을 열었더니……"

야요이는 마음이 급해 외친다. "뭘 봤어요, 보살님?"

"마른 나뭇잎이요. 선물은 없었어요. 이와이는 없고, 마른 낙엽뿐이었어요. 바람에 낙엽이 날아갔어요."

가게로가 몸의 무게를 실어 탈수대 손잡이를 누른다. "그건 나쁜 징조예요."

사다이에는 가게로의 단호한 말투에 불안해진다. "정말로 그렇게 생각해요, 보살님?"

"당신의 선물이 죽은 낙엽으로 변한 게 어떻게 좋은 징조일 수 있겠어요?"

"가게로 보살님, 사다이에 보살님을 심란하게 만들지 마요." 야요이가 가마솥을 젓는다.

"난 아는 대로 사실을 말했을 뿐이에요." 가게로가 물을 짜낸다.

아사가오가 사다이에에게 묻는다. "그의 목소리가 아버지 목소리 같지는 않았어요?"

"바로 그거예요. 당신 꿈은 이와이의 아버지에 대한 실마리였어요." 야요이의 말이다.

가게로조차 그 이론에는 흥미를 보인다. "어느 스님이 당신에게 선물을 줬나요?"

식모 사쓰키가 세탁실로 새 무환자나무 열매* 상자를 들고 들어온다.

산줄기에 눈이 쌓인 민둥산에 이 세상 것 같지 않은 석양이 비쳐 피처럼 붉게 물들고, 바늘처럼 날카로운 금성이 뜬다. 부엌에서 연기와 요리하는 냄새가 새어나온다. 여자들은 그 주의 식사 당번 둘을 제외하고는 스자쿠 스님이 저녁식사에 앞서 도착할 때까지 자기 시간을 가질 수 있다. 오리토는 위안을 갈망하는 몸을 잊기 위해 회랑을 시계 반대 방향으로 돌며 걷는다. 비구니 여럿이 긴 방에 모여 서로의 얼굴을 하얗게 칠해주거나 이를 검게 칠해주고 있다. 야요이는 자기 방에서 쉬고 있다. 눈먼 비구니 미노리는 사다이에에게 고토**로 〈산길을 지나 30리〉를 연주하는 법을 가르쳐주

---

* 비누 대용으로 쓰인다.
** 일본의 현악기로 거문고와 비슷하다.

고 있다. 우메가에, 하시히메, 가게로도 시계 방향으로 회랑을 돌며 운동을 한다. 그들이 지나갈 때면 오리토는 옆으로 비켜서야 한다. 납치되어 온 후 오리토는 필기구가 있었으면 하고 수천 번은 바랐다. 허락 없이 바깥으로 편지를 보내는 것은 금지되어 있고, 그녀의 생각이 드러날까 두려워 썼던 것은 죄다 불태워버렸다. 하지만 붓은 죄수의 마음을 여는 곁쇠지. 그녀는 생각한다. 이즈 주지는 그녀에게 첫번째 선물을 하사받은 것이 확인되면 필기구를 주겠다고 약속했다.

오리토는 몸서리를 친다. 내가 어떻게 그런 짓을 겪고도 살아갈 수 있겠어?

다음 모퉁이를 돌자 이제 민둥산은 분홍색이 아니라 회색이다.

그녀는 그런 짓을 견뎌내고 있는 비구니 처소의 열두 여인을 생각한다.

제일 최근에 왔던 목을 맨 비구니를 생각한다.

언젠가 오리토의 아버지가 그녀에게 말했다. "금성은 궤도를 따라 시계 방향으로 움직인다. 금성의 모든 형제자매 행성은 시계 반대 방향으로 태양 주위를 돌지……"

……하지만 아버지의 기억은 조롱하는 듯한 '만약에'로 흩어진다.

우메가에, 하시히메, 가게로의 누비 기모노가 나풀거리는 벽을 이룬다.

만약에 에노모토가 나를 한 번도 본 적이 없었더라면, 아니면 자기 수집품에 나를 넣기로 마음먹지 않았더라면……

부엌에서 탁탁탁 칼질하는 소리가 들려온다.

만약에 새어머니가 예전에 그런 척했던 것처럼 동정심이 있는 여자였더라면……

오리토는 그들이 지나가도록 나무 장지문에 바짝 붙어 선다.

만약에 에노모토가 고리대금업자와 아버지의 빚보증을 서지 않았더라면……

"우리 중에는 아주 좋은 집안 출신도 있어요. 쌀이 나무에서 자라는 줄 알지요." 가게로의 말이다.

아니면 만약에 야코프 더주트가 내가 마지막날에 데지마 육지 문에 갔다는 사실을 알았더라면……

세 여자가 나무 장지문 옆을 터벅터벅 걸어 지나간다.

기러기들이 네덜란드어 알파벳 V자를 그리며 하늘을 날아간다. 산 원숭이가 날카롭게 소리지른다.

오리토는 생각한다. 도망가지 못할 경우 선물을 내리는 주에 나에게 닥칠 일에 비한다면……

산새가 옹이가 잔뜩 박힌 늙은 소나무에 앉아 지저귄다.

……외국인의 돈으로 보호받는 데지마의 처가 낫지.

둑을 친 시냇물이 안뜰로 흘러들어와 지면보다 높은 마루 밑을 지나 연못에 물을 채우고 흘러나간다. 오리토는 나무 장지문에 붙어 선다.

"저 보살님은 마법의 구름이 자기를 휘감아 데려갈 줄 아나 봐……" 하시히메가 말한다.

하늘의 강둑에 뿌려진 별들이 싹이 트고 자라기 시작한다.

유럽인은 저것을 '은하수'라 부른단다. 오리토는 떠올린다. 부드럽게 말하던 아버지의 기억이 되돌아온다. "여기는 바다뱀인 우미헤비, 저기는 시계인 도케이, 저쪽으로는 궁수 이테……" 아버지의 따듯한 냄새가 느껴지는 듯하다. "……그리고 저 위쪽으로 컴퍼스라신반……"

안쪽 문의 빗장이 삐걱삐걱 소리를 내며 열린다. "문이 열립니다!"

모든 비구니가 듣는다. 다들 생각한다. 스자쿠 스님이시구나.

아직 저녁식사 준비를 하고 있는 사다이에와 아사가오를 제외한 비구니들은 제일 좋은 옷을 차려입고 긴 방으로 모인다. 오리토는 납치되었을 때 입고 있던, 일할 때 입는 기모노와 따듯하게 누빈 한텐, 머릿수건 두 개밖에 없다. 야요이처럼 가장 지위가 낮은 비구니조차 벌써 꽤 질 좋은 기모노 두세 벌—아이를 낳을 때마다 받은 것이다—과 수수한 목걸이, 대나무 참빗을 갖고 있다. 하쓰네와 하시히메 같은 고참 비구니는 오랜 세월에 걸쳐 부유한 상인의 아내 못지않게 많은 옷가지를 얻었다.

이제 위안에 대한 갈증이 끊임없이 몰아치지만, 오리토는 또한 가장 오래 기다려야 한다. 비구니들은 순서에 따라 한 명씩 스자쿠가 상담을 하고 약을 주는 방으로 불려간다. 스자쿠는 환자 한 명당 이삼 분을 할애한다. 어떤 비구니에게는 자신의 병에 대해 시시콜콜 늘어놓고 그에 대한 스님의 의견을 듣는 것이 신년 편지에 버금가는 낙이다. 첫째 비구니 하쓰네가 상담을 마치고, 사미승 지리쓰의 열병이 악화되고 있어서 스자쿠 스님이 보기에 오늘밤을 넘길 수 있을지 의심스럽다는 소식을 가지고 돌아온다.

대부분의 비구니가 충격과 경악을 표한다.

"우리 스님과 사미스님들은 웬만해서는 거의 앓는 일이 없는데……" 하쓰네가 말한다.

오리토는 어떤 해열제를 처방했는지 물으려다 참는다. 내가 관심 가질 일이 아니야.

여자들은 지리쓰에 대한 기억을 과거의 일처럼 이야기한다.

예상했던 것보다 빨리 야요이가 오리토의 어깨에 손을 얹는다. "보살님 차례예요."

"오늘 저녁에는 신참 보살님이 좀 어떻습니까?" 스자쿠 스님은 곧 웃음을 터뜨릴 것 같지만 절대 웃지는 않을 듯한 인상을 준다. 불길해 보이는 인상이다. 이즈 주지가 한쪽 구석에, 사미승 한 명이 다른 쪽 구석에 앉아 있다.

오리토는 늘 하던 대로 대답한다. "보시다시피 살아 있습니다."

스자쿠가 젊은이 쪽을 가리킨다. "주아이 사미승 알지요?"

가게로와 성질 못된 비구니들은 주아이를 '부어오른 두꺼비'라는 별명으로 부른다.

"당연히 모릅니다." 오리토는 그 사미승 쪽을 쳐다보지도 않는다.

"첫눈이 우리 체질을 약하게 만들지는 않지요?" 스자쿠가 혀 차는 소리를 낸다.

위안을 달라고 애걸하지 마. 그녀가 말한다. "그렇습니다." 그는 내가 애원하길 원해.

"그럼 전할 만한 증상은 없나요? 통증이라든가, 출혈은?"

그녀는 짐작해본다. 세상이 그에게는 거대한 개인적 농담이겠지. "전혀 없습니다."

"변비는? 설사라든가? 치질? 구창? 편두통은?"

"저에게 괴로운 건 유폐 생활입니다." 오리토가 마지못해 말한다.

스자쿠는 사미승 주아이와 주지를 향해 미소 짓는다. "속세와의 끈이 우리를 갈라놓고 있어요. 그 끈을 끊어버리세요. 그러면 당신의 사랑하는 보살님들처럼 행복해질 수 있어요."

"나의 '사랑하는' 보살님들은 매음굴과 장터의 구경거리 신세에서 구출된 이들입니다. 그러니 그들에게는 이곳의 삶이 더 나을 수도 있겠지요. 저는 더 많은 것을 잃었습니다. 그리고 에노모토는"—이즈 주지와 사미승 주아이가 승정의 이름을 이렇게 경멸조로 부르는 것을 듣고 움찔한다—"저를 사온 후로 한 번도 저와 대면한 적이 없습니다"—오리토는 성난 네덜란드인처럼 스자쿠에게 손가락질하지 않으려고 자제한다—"그리고 감히 운명이니 신성한 균형이니 하는 스님의 진부한 이야기를 쏟아놓지 마세요. 저에게 위안이나 주세요. 제발요. 여자들은 저녁식사를 원해요."

"신참 보살님이 그분을 그렇게 부르는 것은 옳지 않……" 주지가 말하려 한다.

스자쿠가 정중히 손을 들어 그녀의 말을 막는다. "신참 보살님을 조금은 받아주기로 합시다. 스님. 그럴 만한 가치가 없다 하더라도요. 고집쟁이라도 친절히 대해주면 꺾이는 경우가 종종 있으니까요." 승려는 탁한 액체를 골무만한 크기의 돌로 된 잔에 따른다.

내 갈망을 더 심하게 하려고 저자가 얼마나 천천히 움직이는지 봐…… 그녀는 생각한다.

오리토는 내밀어진 쟁반에서 허겁지겁 잔을 낚아채려다 손을 멈춘다.

그녀는 약을 마시는 천박한 행동을 소매로 감추려고 몸을 돌린다.

"일단 선물을 받게 되면 소속감도 커질 겁니다……" 스자쿠가 약속한다.

절대, 죽어도 그건 안 돼. 오리토는 생각한다. 그녀의 혀가 끈적한 액체를 빨아들인다……

……그녀의 피가 더 요란하게 맥박 치고, 동맥이 확장되고, 행복감이 관절을 녹인다.

"여신님이 당신을 선택한 게 아니에요. 당신이 여신님을 선택했어요." 이즈 주지의 말이다.

따스한 눈발이 오리토의 피부에 닿아 녹으면서 속삭인다.

매일 저녁 의사의 딸은 스자쿠에게 위안의 성분을 물어보고 싶다. 저녁마다 하고 싶은 말을 참는다. 그녀는 알고 있다. 그 질문을 하면 대화가 시작될 텐데, 대화는 순응의 전 단계지……

"몸에 좋은 것이 영혼에도 좋은 법이지요." 스자쿠가 오리토에게 말한다.

저녁식사는 아침식사에 비하면 잔치 분위기다. 짧은 기도를 올린 후 식모 사쓰키와 비구니들은 반죽을 입혀 마늘과 함께 튀겨서 깨를 묻힌 두부, 가지절임, 정어리와 쌀밥을 먹는다. 아주 거만한 비구니들조차 이렇게 좋은 음식은 꿈에서나 보았던 평민 시절을 떠올리며 한입 한입 음미한다. 주지는 겐무 주지스님과 함께 저녁을 먹으러 스자쿠 스님과 자리를 뜬 터라 긴 방의 분위기는 여유롭다. 상을 치우고 접시와 젓가락 설거지를 마치자 비구니들은 탁자 주위에 모여앉아 담배를 피우고, 잡담을 나누고, 마작을 하고, 신년 편지를 다시 읽고, 하쓰네가 켜는 고토 소리에 귀를 기울인다. 오리토는 위안의 효과가 매일 밤 조금씩 더 일찍 사라진다는 것을 알아차린다. 그녀는 평소처럼 잘 자라는 인사도 않고 자리를 뜬다. 저 보살님이 선물을 받을 때까지 어디 기다려보자. 오리토는 여자들의 생각을 읽는다. 배가 남산만하게 부풀어오를 때까지 기다려보자고. 그러면 걸레질을 하고 물건을 옮길 때 우리더러 도와달라고 하지 않을 수 없을 테니.

오리토가 자기 방으로 돌아와보니 누가 불을 켜놓았다. 야요이 구나.

우메가에의 악의나 가게로의 적대감 때문에 오리토는 비구니 처소를 더욱 거부하게 된다.

그러나 야요이의 친절은, 그녀는 두렵다. 여기에서의 삶을 견딜 만하게 해줘……

……그리고 시라누이산이 그녀의 집이 될 날을 재촉한다.

야요이가 겐무의 명령을 받아 행동하고 있을지 누가 알아? 그녀는 의심한다.

오리토는 얼음장 같은 공기에 괴로워하면서 천으로 몸을 닦는다. 이불 속에 모로 누워 불꽃의 정원을 응시한다.

감나무 가지가 잘 익은 감들로 휘어져 있다. 감들은 어스름 속에서 빛을 낸다.

하늘에서 속눈썹이 점점 커지더니 왜가리가 된다. 새가 흐느적거리며 내려온다……

새의 눈은 초록색이고 머리는 빨갛다. 오리토는 왜가리의 서툴러 보이는 부리가 무섭다.

왜가리가 네덜란드어로 말한다. 당신은 아름다워요.

오리토는 그에게 희망을 주고 싶지 않지만, 그렇다고 그의 감정을 다치게 하기도 싫다.

그녀는 비구니 처소 안뜰에 있다. 야요이의 신음소리가 들린다.

낙엽이 박쥐처럼 날아다닌다. 박쥐가 낙엽처럼 날아다닌다.

어떡하면 도망칠 수 있을까? 그녀는 머리가 혼란해져 누구에게랄 것도 없이 대답한다. 문이 잠겨 있어.

언제부터 고양이한테 열쇠가 필요했대? 회색 달빛을 닮은 고양이가 비웃는다.

수수께끼 놀이를 할 시간이 없어. 그녀는 분노로 몸이 뻣뻣해진다.

우선 여기에서 네가 행복하다고 그들을 설득해. 고양이가 말한다.

어째서 그들에게 가짜 만족감을 줘야 하지? 그녀가 묻는다.

그래야 그들이 더는 너를 감시하지 않을 테니까. 고양이가 대답한다.

XVI
나가사키의 오쓰키 가문 저택,
지란당

시월 스무나흘 해질녘

"저의 결론은," 지구의 진짜 나이에 관한 학문적인 논문의 저자인 젊은 학자 요시다 하야토가 팔구십 명쯤 되는 학자로 이루어진 청중을 둘러본다. "일본이 난공불락의 성채라는 믿음이 널리 퍼져있는데, 이는 해로운 환상이라는 것입니다. 존경하는 학자 여러분, 우리는 벽이 허물어지고 지붕은 내려앉고 욕심 많은 이웃들에 둘러싸인 위태로운 농가와 같습니다." 요시다는 뼈 질환을 앓고 있어 다다미 60장이 깔린 큰 방에 다 들리도록 말하려니 기력이 딸린다. "우리 북서쪽으로는 쓰시마섬에서 배로 아침나절이면 닿을 거리에 자만심 강한 조선인이 삽니다. 지난번 조선통신사가 과시했던 그 도발적인 깃발들을 누가 잊을 수 있겠습니까? '일본을 돌아본다'느니 '길을 치우라'느니, 그게 우리 일본을 무시하는 게 아니고 뭐겠습니까!"

학자들 일부가 동의한다는 뜻으로 웅성거린다.

"북동쪽으로는 야만족 아이누의 본거지인 광활한 에조치가 있고, 우리 해안선의 지도를 만들고 가라후토를 제 것이라 주장하는 러시아인도 있습니다. 그들은 그곳을 사할린이라 부릅니다. 프랑스인……" 요시다가 말을 고른다. "……라페루즈가 에조와 가라후토 사이의 해협에 자기 이름을 붙인 게 불과 십이 년 전입니다! 프랑스인이 자기네 해협 근처에 요시다해협이 있는 걸 참아줄 것 같습니까?" 요령 있게 잘 말하고, 잘 전달된다. "최근 베뇨브스키 선장과 락스만 선장의 침입은 머지않아 길 잃은 유럽인이 우리에게 식량을 청하는 정도에 그치지 않고 교역과 부두, 창고, 요새화된 항구, 불평등한 조약을 요구하는 날이 오리라는 경고입니다. 식민지들이 엉겅퀴나 잡초처럼 뿌리를 내릴 것입니다. 그러면 우리는 '난공불락의 성채'가 눈속임에 불과했음을, 우리 바다 '아무도 지나갈 수 없는 해자'가 아니라 선견지명이 있는 제 동료 하야시 시헤이가 썼듯 '중국과 네덜란드, 에도의 니혼바시 다리를 잇는 경계선 없는 바닷길'이라는 사실을 알게 될 것입니다."

몇몇 청중은 동의한다는 듯 고개를 끄덕이고 다른 이들은 걱정스러운 표정이다.

오가와 우자에몬은 기억을 더듬는다. 하야시 시헤이는 그가 쓴 글 때문에 칩거 명령을 받고 얼마 후 죽었지.

요시다가 허리 숙여 인사한다. "제 강의는 이것으로 끝입니다. 자비로운 관심을 보여주신 지란당에 감사드립니다."

학술원 원장인 수염을 기른 오쓰키 몬주로가 질문을 할까 망설이는데 마에노 선생이 헛기침을 하고 부채를 든다. "우선, 매우 흥미로운 생각을 들려준 요시다 상에게 감사드리오. 두번째로, 어떻게 하면 위협에 가장 잘 맞설 수 있다고 보는지 묻고 싶소."

요시다는 따뜻한 물을 한 모금 마시고 심호흡을 한다.

모호하게 얼버무리는 답변이 가장 안전하겠지. 우자에몬은 생각한다.

"일본 해군을 창설하고, 대규모 조선소를 두 곳 건립하고, 학교를 설립해 외국 교사들이 일본의 조선공, 병기와 총포 기술자, 장교와 선원을 훈련시키게 하면 됩니다."

청중은 요시다가 이렇게 대담한 구상을 제시할 거라고 미처 예상하지 못했다.

대수학자인 아와쓰가 제일 먼저 정신을 차린다. "그게 다입니까?"

요시다는 아와쓰의 비아냥에 미소 짓는다. "당연히 아니지요. 프랑스식 군대에 기초한 일본군이 있어야 합니다. 최신식 프로이센 소총을 생산할 병기 공장도 있어야겠고요. 바다 건너에 일본의 힘이 미치는 땅도 있어야 합니다. 유럽의 식민지가 되지 않으려면 우리에게도 식민지가 있어야 합니다."

"하지만 요시다 상의 제안을 실현하려면……" 마에노 선생이 반박하고 나선다.

막부의 쇄신이 필요하다. 우자에몬은 생각한다. 일본 전체의 쇄신이 필요해.

우자에몬은 잘 모르는 화학자가 제안한다. "바타비아에 교역 사절단을 보내는 건 어떻습니까?"

요시다가 고개를 가로젓는다. "바타비아는 수렁입니다. 네덜란드인이 우리에게 뭐라고 말하건, 네덜란드는 장기판의 '졸'에 불과합니다. 프랑스, 영국, 프로이센이나 위세를 떨치는 미국이 우리의 스승이 되어야 합니다. 이백 명의 영민하고 강건한 학자를 이런 나라에 보내 산업 기술을 익히게 해야 합니다. 저는 거기 포함되지 않겠지만요." 그는 서글프게 웃는다. "그리고 그들이 돌아오면 계급을 가리지 않고 매우 유능한 이들에게 자유로이 지식을 전하게 해야 합니다. 그래야 진정한 '난공불락의 성채'를 건설할 수 있습니다."

"하지만," 원숭이 코를 닮은 약제사 하가가 반대의 뜻을 분명히 밝힌다. "쇄국령은 어떤 일본인도 일본을 떠나면 사형에 처한다고 명하고 있습니다."

요시다 하야토도 감히 그 훈령이 폐지되어야 한다고 말하지는 못하겠지. 우자에몬은 생각한다.

요시다 하야토는 겉보기에는 침착하다. "그러므로 그 훈령은 마땅히 폐지되어야 합니다."

그 말에 두려움에 찬 반대 의견이 쏟아지고 일부는 불안하게 동의한다.

누가 그를 좀 말려야 하지 않을까? 아라시야마 통역관이 우자에몬을 힐끗 본다.

그는 죽어가고 있어. 선택은 그가 하는 거지. 젊은 통역관은 생각한다.

"요시다 상은 3대 쇼군을 거역하는 겁니다……" 약제사 하가가 외친다.

"……쇼군은 토론할 상대가 아닙니다." 화학자도 동의한다. "신입니다!"

"요시다 사마는," 네덜란드풍 화가인 오모리가 반박한다. "선견지명이 있는 애국자이니 그의 말을 귀담아들어야 합니다!"

하가가 벌떡 일어선다. "우리 학자들 모임은 자연철학을 논하는 곳입니다……"

"국정을 논하는 자리가 아닙니다. 그러니……" 야금학자 에도가 동의한다.

"철학의 범주에 들지 않는 것은 아무것도 없습니다. 두려움 때문에 부인하지만 않는다면요." 오모리가 주장한다.

"그래서 당신 의견에 동의하지 않는 자는 다 겁쟁이라는 겁니까?" 하가가 묻는다.

"3대 쇼군은 기독교도의 반란을 막기 위해 나라를 닫았습니다." 역사학자 아오도가 주장한다. "하지만 그 결과 일본은 표본병에 든 신세가 되었습니다!"

장내가 떠들썩해지자 오쓰키 원장이 막대기 두 개를 부딪쳐 소란을 가라앉힌다.

어느 정도 다시 조용해지자 요시다는 허락을 구하고 반대자들에게 발언한다. "쇄국령은 3대 쇼군 시대에는 필요한 조치였습니다. 그러나 지금은 새로운 힘을 가진 기계들이 세계를 변화시키고 있습니다. 네덜란드 보고서와 중국 쪽 정보에는 엄중한 경고가 들어 있습니다. 이러한 힘있는 기계를 얻지 못한 민족은 잘해야 인도인처럼 정복당하는 신세가 됩니다. 최악의 경우에는 판디먼스 랜드*의 원주민처럼 절멸당합니다."

"요시다 상의 충성심이야 당연히 믿습니다." 하가가 동의한다. "제가 미심쩍은 것은 에도나 나가사키로 유럽 함대가 들어올 가능

---

* 오스트레일리아 태즈메이니아의 옛 이름으로, 1642년 유럽인 가운데 처음 이곳으로 탐험대를 보낸 네덜란드령 동인도제도 총독 판디먼의 이름을 땄다.

성입니다. 요시다 상은 일본에 혁명적인 변화가 필요하다고 말하는데, 그 이유가 뭡니까? 허깨비에 맞서는 셈입니다. '만약에'라는 가정하에 말하는 게 아닙니까?"

"현재는 전쟁터입니다." 요시다가 최대한 등을 곧게 편다. "경쟁하는 만약의 가능성들이 '확실한' 미래가 되기 위해 경합을 벌이고 있습니다. 하나의 만약이 그 적수들을 어떻게 제압하겠습니까? 그 답은"—병든 그는 기침을 한다—"그 답은 '당연히 군사력과 정치력!'일 테지만 그 얘긴 일단 미뤄두겠습니다. 힘있는 자들의 정신을 지배하는 것이 무엇이겠습니까? 그 답은 바로 '신념'입니다. 비열하거나 이상주의적인 신념, 민주주의나 유교적인 신념, 서양적이거나 동양적인 신념, 소심하거나 대담한 신념, 명석하거나 망상적인 신념 말입니다. 저 길이 아니라 이 길을 따라가야 한다는 것을 신념이 힘에게 알려줍니다. 그러면 무엇이 어디에서 이런 신념을 낳을까요? 무엇이 어디에서 이데올로기의 도가니가 될까요? 지란당 학자 여러분, 저는 바로 우리가 그러한 도가니라고 말씀드리고 싶습니다. 우리가 그 자궁입니다."

첫번째 휴식시간 동안 등불이 켜지고, 추위를 막을 불이 화로에 지펴지고, 대화가 꽃핀다. 통역관 우자에몬과 아라시야마, 고토 신파치는 대여섯 명의 다른 학자와 함께 앉아 있다. 대수학자 아와쓰가 우자에몬에게 방해해서 미안하다며 말한다. "하지만 아버님의 건강이 어떠신지 궁금해서요……"

우자에몬이 대답한다. "아버님은 아직 병석에 계십니다만 여전히 뜻을 펼칠 방법을 강구하고 계십니다."

최고참 일급 통역관 오가와를 아는 이들이 고개를 숙이고 웃는다.

"어디가 편찮으시오?" 구마모토 출신 의사인 야나오카는 술에 취해 얼굴이 불그레하다.

"마에노 선생님은 아버님이 암이라고 생각하십니다……"

"어렵기로 악명 높은 진단이로군! 내일 진찰하러 들르겠소."

"야나오카 선생님의 친절은 감사합니다만, 아버님이 워낙 까다로우셔서……"

"아, 내가 아버님과 알고 지낸 지가 이십 년째요."

그렇지. 우자에몬은 생각한다. 그리고 아버님이 당신을 경멸한 지는 사십 년째고.

"'사공이 많으면 배가 산으로 간다'고 하지 않습니까." 아와쓰가 인용한다. "마에노 선생님이 틀림없이 잘하고 계시겠지요. 저는 빠른 쾌유나 빌어드리겠습니다."

나머지 사람들도 그러겠다고 한다. 우자에몬은 감사를 표한다.

"아이바가와 선생의 화상 입은 따님도 안 보이는군." 야나오카가 말한다.

아라시야마 통역관이 말한다. "그 처자의 행복한 결말에 대해 듣지 못하셨나보군요? 작고한 선생의 재정 상태가 너무나 위태로워서, 부인이 집을 잃을 거라는 얘기가 있었답니다. 그런데 에노모토 승정이 그 집안의 곤궁을 알고 빚을 전부 갚아주었을 뿐 아니라 따님이 시라누이산의 자기 신사에서 지내도록 자리까지 마련해주었다지요."

"그게 어째서 '행복한 결말'입니까?" 우자에몬은 말하고 나서 후회한다.

"경 두어 번 암송하고 매일 쌀밥을 먹을 수 있지 않습니까?" 땅딸막한 화학자 오조노가 말한다. "흠이 있어 시집을 갈 수 없는 여자로서는 더할 나위 없는 결말이지요! 아, 아이바가와 선생이 딸에게 학자 놀음을 권한 것은 알지만, 다들 부인을 동정해야 마땅합니다. 산파 일이나 조금 해보고 땀내나는 네덜란드인과 어울린 사무라이 딸이 뭘 하겠습니까?"

우자에몬은 하고 싶은 말을 간신히 참는다.

반다는 늪지가 많은 센다이의 토목기사다. "이사하야에 머물 때 에노모토 승정의 신사에 대해 이상한 소문을 들었어요."

아와쓰가 반다에게 쾌활하게 경고한다. "마쓰다이라 사다노부의 절친한 친구이자 지란당의 고참 회원을 부도덕하다고 비난하려는 뜻이 아니라면, 에노모토 승정의 신사에 대한 소문은 어떤 것이라도 못 들은 척하셔야 합니다. 승려는 승려로서 자기 삶을 살고, 비구니는 비구니로서 자기 삶을 살아가는 겁니다."

우자에몬은 반다가 말하는 소문을 듣고 싶기도, 듣고 싶지 않기도 하다.

"그건 그렇고, 오늘밤 에노모토 승정은 어디 계시오?" 야나오카가 묻는다.

"신사에 복잡한 문제가 있어서 미야코에 가셨답니다." 아와쓰가 말한다.

아라시야마도 한마디 거든다. "저는 가시마의 부교쇼에서 판결을 내리고 있다고 들었습니다."

오조노가 말한다. "저는 쓰시마섬에 가셨다고 들었는데요. 조선 상인들을 만나러요."

미닫이문이 열리자 환영이라도 하듯 왁자지껄한 소리가 방안에 퍼진다.

마리뉘스 선생과 생존해 있는 가장 저명한 네덜란드 학자 중 한 명인 스기타 겐파쿠가 문지방에 서 있다. 다리를 저는 마리뉘스는 지팡이에 몸을 기대고, 노령의 스기타는 하인에게 기대고 있다. 둘은 서로 먼저 들어가라며 즐거운 입씨름을 하다, 가위바위보로 그 문제를 해결한다. 마리뉘스가 이겼지만, 자신이 이겼으니 스기타가 먼저 들어가야 한다고 우긴다.

야나오카가 목을 쭉 빼고 말한다. "저 외국인의 머리카락 좀 보시오!"

오가와 우자에몬은 야코프 더주트가 문틀에 정수리를 부딪히는 것을 본다.

스기타 겐파쿠가 강의자를 위한 낮은 상좌에 앉는다. "불과 삼십 년 전만 해도 일본 전체를 통틀어 네덜란드 학자는 우리 셋뿐이었고, 책은 딱 한 권뿐이었소. 여러분이 지금 보고 있는 이 노인과 나카가와 준안 선생, 내 친구인 마에노 선생이오. 선생의 최근 발견에는 불사의 영약도 있는 게 틀림없소. 단 하루도 나이를 먹지 않은 걸 보니 말이오." 스기타의 손가락이 엉킨 흰 수염을 감는다.

마에노 선생은 당황하고 기뻐하며 고개를 젓는다.

스기타가 고개를 기울인다. "그 책은 네덜란드어로 인쇄된 쿨무스의 『타펠 아나토미아』였소. 내가 나가사키를 처음 방문했을 때 접한 책이지. 나는 그 책을 무슨 짓을 해서라도 갖고 싶었지만, 부르는 값을 치르는 것은 나한테 달까지 헤엄쳐 가는 것이나 진배없는 일이었소. 우리 문중에서 나 대신 그 책을 구입해주었고, 그 일이 내 운명을 결정했소." 스기타는 잠시 말을 멈추고 시즈키 통역관이 자기 말을 마리뉘스와 더주트에게 통역해주는 것을 전문가다운 관심을 갖고 듣는다.

우자에몬은 셰년도어호가 떠난 후로 데지마를 피했고, 지금은 더주트의 눈을 피하고 있다. 그 네덜란드인을 보면 오리토에 대한 죄책감이 드는 것을 피할 수가 없다.

스기타가 계속 말한다. "마에노와 나는 『타펠 아나토미아』를 에도의 처형장으로 가져갔소. 죄인은 아오차바바라는 여인으로, 데리고 온 아이들 여럿을 죽인 죄로 교수형 판결을 받았소." 통역관 시즈키는 '교수형'이라는 단어를 통역하다 막혀 동작을 흉내낸다. "우리는 협상을 했소. 형을 고통이 적은 참수형으로 바꿔주는 대신, 그녀는 우리가 그녀의 시체를 활용해 일본 역사상 최초로 인체 해부를 할 수 있도록 동의해주었소. 그리고 우리에게 원념을 품지 않겠다는 서약도 했고…… 죄인의 내부 장기를 책의 삽화와 비교하면서, 우리는 놀랍게도 우리의 지식을 지배했던 중국 자료들이 매우 부정확하다는 것을 알았소. '폐의 귀'도, '신장의 칠엽'도 없었소. 내장은 고대 현인들이 묘사한 것과 완전히 달랐소……"

스기타는 시즈키가 통역을 마치기를 기다린다.

더주트가 가을에 만났을 때보다 수척해 보이는군. 우자에몬은 생각한다.

"하지만 『타펠 아나토미아』는 우리가 해부한 시체와 너무나 정확하게 일치해서, 마에노 선생과 나카가와 선생과 나는 한마음으로 유럽의 의학이 중국을 뛰어넘는다고 생각했소. 네덜란드 의학교가 도시마다 있는 요즘에야 그것이 자명한 진실이지. 하지만 삼십 년 전에 그런 의견은 부친 살해나 다름없는 패륜이었소. 그럼에도 우리는, 각자 아는 네덜란드어를 합쳐도 불과 몇백 단어밖에 되지 않지만, 『타펠 아나토미아』를 일본어로 번역하기로 결심했소. 여러분 중 몇은 우리의 『해체신서』를 들어봤을 게요."

자신을 한껏 낮춘 스기타의 말에 청중은 미소 짓는다.

시즈키는 '부친 살해'를 네덜란드어로 '무거운 범죄'라고 옮긴다.

스기타 겐파쿠가 듬성듬성한 흰 눈썹에 힘을 준다. "우리의 과업은 엄청난 것이었소. 단어 하나하나를 좇느라 몇 시간을 들이고도 일본어에는 대신할 만한 적절한 말이 없다는 사실을 깨닫기가 일쑤였소. 우리는 우리 민족이 사용할 단어들을 만들어냈다오." 노인도 자만을 피할 수는 없다. "영원히 말이오. 예를 들면 저녁으로 굴을 먹다가 네덜란드어 '신경'을 대신할 단어 '신케이'를 고안했소. 우리는 '개 한 마리가 짖기 시작하면 다른 개 천 마리가 따라 짖는다'는 속담을 자주 인용했는데……"

마지막 휴식시간 중 우자에몬은 더주트와 행여나 마주칠까 싶어 아직 완전히 겨울이 오지 않은 정원 안뜰로 피한다. 방에서 울부짖는 듯한 소리와 기분 나쁜 웃음소리가 함께 들려온다. 오쓰키가 아리 흐로터한테서 올해 초 얻은 백파이프를 시연해 보이고 있다. 우자에몬은 거대한 목련나무 아래 앉는다. 하늘에는 별 하나 없고, 젊은이의 마음은 아버지에게 아이바가와 오리토를 신부로 맞아도 좋겠는지 의향을 물었던 일 년 반 전 오후를 회상한다. "아이바가와 선생은 유명한 학자이지만, 내가 알기로 그의 빚만큼 유명하지는 않다. 설상가상으로, 내 손자들이 그 딸의 화상 입은 얼굴을 물려받기라도 하면 어쩌느냐? 답은 절대 안 된다다. 너와 그 딸 사이에 어떤 감정이 있었다면," 아버지의 표현은 나쁜 기운을 암시했다. "지체 없이 끊어버리도록 해라." 우자에몬은 아버지에게 적어도 시간을 조금만 더 두고 약혼을 고려해달라고 애걸했으나, 오가와 노인은 오리토의 아버지에게 모욕적인 편지를 써서 보냈다. 하인은 선생으로부터 주제 모르는 딸아이가 폐를 끼친 것을 사과하고, 그 문제는 확실하게 매듭지었다는 내용의 짧은 서신을 받아서 돌아왔다. 그 암울했던 날들은 우자에몬이 오리토로부터 받은 마지막 비밀 서신으로 끝났다. 그들이 은밀히 주고받은 편지 중에서 가장 짧은 것이었다. 편지는 이렇게 끝났다. "당신의 아버지가 당신을 입양한 것을 후회하게 만들 수는 없습니다."

'아이바가와 사건' 때문에 우자에몬의 부모는 서둘러 아들의 짝을 찾았다. 중매쟁이가 지위는 낮지만 염색으로 사업이 번창한, 가라쓰의 부유한 집안을 알고 있었다. 그들은 데지마에 들어오는 다목 염료를 취급할 수 있는 사위를 얻기를 바랐다. 맞선을 보았고, 우자에몬은 아버지로부터 그 집 딸을 오가와 집안의 며느리로 받아들여도 좋겠다는 말을 들었다. 그들은 새해 첫날, 가문의 점성술사가 길하다고 정해준 시각에 혼인했다. 하지만 길함은 아직 나타나지 않았지. 우자에몬은 생각한다. 아내는 며칠 전 두번째 유산을 했는데, 시부모는 이를 각각 '고의적인 부주의함'과 '정신의 해이함' 탓으로 돌렸다. 우자에몬의 어머니는 자신이 새댁 시절 오가와 집안에서 겪었던 것과 똑같은 방식으로 며느리를 괴롭히는 것을 자신의 의무로 알았다. 아내가 안됐어. 우자에몬은 인정한다. 하지만 내 안의 비열한 부분은 그녀가 오리토가 아니라는 이유로 그녀를 용서하지 못하고 있어. 그러나 오리토가 시라누이산에서 어떤 일을 겪을지 우자에몬은 그저 추측만 할 따름이다. 고립, 고된 일, 추위, 아버지를 잃고 자신의 삶을 빼앗긴 슬픔, 그리고 틀림없이 지란당의 학자들이 그녀를 억류하는 자를 대단한 은인처럼 보는 데 대한 분노도 있을 것이다. 우자에몬이 지란당의 가장 저명한 후원자인 에노모토에게 그의 신사에 새로 들어간 비구니에 대해 묻는다면 추문에 가까운 결례가 될 것이다. 에노모토가 악행을 저지르고 있다고 비난하는 뜻을 암시하는 게 될 것이다. 일본이 외부 세계로부터 차단되어 있듯 시라누이산은 외부로부터의 질문에 문을 닫고 있다. 그녀가 잘 지내는지 알 수 없는 상황에서 우자에몬의 상상력은 양심만큼이나 그를 괴롭힌다. 아이바가와 선생의 죽음이 가까워졌을 때, 우자에몬은 야코프 더주트가 오리토를 데지마의 처로 맞이하도록 부추기거나, 아니면 적어도 방해하지는 않음으로써 오리토가 반드시 데지마에 남을 수 있기를 바랐다. 길게 보면 더주트가 일본을 떠나거나, 외국인이 대개 그러듯 손에 넣은 것에 싫증을 내는 때가 올 것이고, 그러면 오리토는 첩으로서 우자에몬의 후원을 기꺼이 받아들였을 것이다. 우자에몬은 목련나무에 대고 중얼거린다. "저능아, 닭대가리, 비뚤어진 놈……"

"누가 비뚤어졌어요?" 자갈을 밟는 아라시야마의 발소리가 들린다.

"요시다 사마의 도발이요. 위험한 얘기였어요."

아라시야마가 추위를 막으려 제 몸을 양팔로 감싼다. "산에는 눈이 온다더군요."

오리토에 대한 죄책감이 남은 평생 동안 나를 괴롭힐 거야. 우자에몬은 두렵다.

"오쓰키 사마가 당신을 찾아오라고 했어요. 마리뉘스 선생이 준비가 되었으니, 저희도 답례를 해야지요." 아라시야마가 말한다.

마리뉘스는 불편한 다리로 어색하게 앉아 있다. "고대 아시리아인은 불을 피우기 위해 둥근 유리를 사용했습니다. 그리스의 아르키메데스는 시라쿠사에서 거대한 볼록렌즈로 마르쿠스 아우렐리우스의 로마 함대를 물리쳤다고 하지요. 네로 황제는 근시를 교정하기 위해 렌즈를 썼다고 전해집니다."

우자에몬은 '아시리아인'을 설명하고 '시라쿠사' 뒤에 '섬'을 넣는다.

선생이 계속 말한다. "라틴어 번역자들이 알하젠이라 부르는 아랍의 이븐알하이삼은 『광학의 서』를 팔백 년 전에 썼습니다. 이탈리아인 갈릴레이와 네덜란드인 리페르스헤이는 알하이삼의 발견을 이용하여 오늘날 우리가 현미경과 망원경이라 부르는 것을 발명했습니다."

아라시야마는 아랍어 이름을 확인하고 자신만만하게 통역한다.

"렌즈와 그 비슷한 종류인 연마한 거울, 그것들의 수학적 원리는 시간과 공간을 거쳐 오랫동안 진화해왔습니다. 연이은 진보에 힘입어 천문학자는 이제 맨눈으로는 볼 수 없는 토성, 천왕성 너머 새롭게 발견된 행성들까지 볼 수 있게 되었습니다. 동물학자는 인간의 가장 충성스러운 동반자의 진짜 모습을 감탄하며 바라볼 수 있게 되었고요……

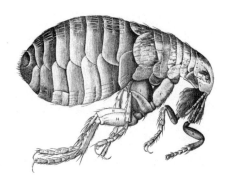

……사람벼룩입니다." 고토가 통역할 동안 마리뉘스의 학생 중 한 명이 훅의 『미크로그라피아』에 나온 삽화를 천천히 원을 그리며 보여준다. 학자들은 고토가 '연이은 진보'를 빠뜨렸음을 눈치채지 못한다. 우자에몬은 알아챘지만 어떻게 번역해야 할지는 역시 알지 못한다.

더주트가 불과 몇 발짝 떨어진 옆에서 지켜보고 있다. 우자에몬이 상좌에 자리를 잡을 때 그들은 눈인사를 주고받았으나, 용의주도한 네덜란드인은 통역관이 입조심하는 낌새를 눈치채고 더는 나서지 않았다. 저 사람이라면 오리토에게 괜찮은 남편이 될 수 있었을 텐데. 우자에몬의 너그러운 생각은 질투와 후회로 얼룩진다.

마리뉘스는 등불에 비친 연기를 뚫어지게 본다. 우자에몬은 마리뉘스의 강의가 미리 준비된 것인지 즉석에서 엮어내는 것인지 궁금하다. "현미경과 망원경은 과학의 산물입니다. 남자, 그리고 허용되는 곳에서는 여자도 이를 이용한다면 그 이상의 과학이 탄생할 것이고, 한때는 꿈도 꾸지 못했던 방식으로 창조의 신비가 풀릴 것입니다. 이런 식으로 과학은 그 자체를 넓히고, 깊이를 더하고, 전파합니다—인쇄술의 발명을 통해 과학의 포자와 씨가 이 폐쇄된 제국 안에서조차 발아할지 모릅니다.”

우자에몬은 최선을 다해 통역하지만 쉽지 않다. 당연히 네덜란드어 ‘정액’은 이 미지의 동사인 ‘전파하다’와 관련이 있을 리 없다. 고토 신파치가 동료의 어려움을 짐작하고 ‘분배하다’를 제안한다. 우자에몬은 ‘발아하다’가 ‘받아들여지다’라는 뜻이리라 짐작하지만 지란당 청중들의 의혹에 찬 시선이 그에게 경고를 보낸다. 강연자의 말이 이해되지 않는다면 그건 통역 탓이다.

“과학은 진보합니다.” 마리뉘스가 굵은 목을 긁는다. “해가 갈수록 존재의 새로운 상태를 향해 나아갑니다. 과거에는 인간이 주체였고 과학은 인간의 대상이었으나, 저는 이러한 관계가 역전되고 있다고 봅니다. 여러분, 과학 자체가 지각을 갖추어가는 초기 단계에 있습니다.”

고토는 ‘지각’을 보초처럼 ‘경계함’으로 옮기는 안전한 도박을 한다. 그의 일본어 통역은 군데군데 뜻이 애매하지만 원문도 역시 그렇다.

“과학은 장군처럼 자신의 적을 알아봅니다. 사회적 통념과 검증되지 않은 가정, 미신과 돌팔이 의술, 교육받은 평민에 대한 폭군의 공포가 그것입니다. 그리고 무엇보다도 가장 해로운 것은 인간의 자기기만적인 마음입니다. 영국인 베이컨은 이렇게 적절하게 표현했습니다. ‘인간의 이해는 흠 있는 거울과 같아서, 고르지 못하게 빛을 받아들여 제 본질을 그것과 뒤섞어버림으로써 사물의 본질을 왜곡하고 변색시킨다.’ 우리의 존경하는 동료 다카키 씨는 이 구절을 알지도 모르겠는데요?"

아라시야마는 '돌팔이 의술'을 생략하고 폭군과 평민에 대한 구절을 검열하여 삭제한 후, 불평하는 목소리로 인용문을 번역하는 베이컨 번역자 다카키에게로 주의를 돌린다.

"과학은 여전히 말하는 법과 걷는 법을 배우고 있습니다. 그러나 과학이 인간 존재가 무엇이어야 하는가를 바꾸어놓을 날이 곧 올 겁니다. 지란당 같은 학술원은, 여러분, 바로 그 온상이고 그 학교입니다. 몇 년 전 벤저민 프랭클린이라는 현명한 미국인이 런던 위를 나는 비행 풍선을 보고 놀란 적이 있었습니다. 그의 친구가 풍선을 노리개 같은 경박한 것이라 치부하며 프랭클린에게 따져 물었습니다. '그래, 저게 대체 무슨 소용인가?' 그러자 프랭클린이 대꾸했습니다. '갓난아기는 무슨 소용인가?'"

우자에몬은 스스로 생각하기에도 그럴듯하게 통역을 했으나, '노리개'와 '경박한 것'에서 막힌다. 고토와 아라시야마가 자기들도 도울 수 없다는 듯 미안한 표정을 짓는다. 청중이 비판의 눈초리로 그를 주시한다. 야코프 더주트가 나지막이 '아이들 장난감'이라고 일러준다. 그 표현을 쓰니 일화가 말이 된다. 백여 명의 학자는 프랭클린의 일화에 찬동하며 고개를 끄덕인다.

마리뉘스가 예측한다. "이백 년 전 잠에 빠졌던 사람이 오늘 아침 깨어난다면, 자신의 세계가 본질적으로는 변한 것이 없다고 여길 것입니다. 배는 여전히 나무로 만들어졌고, 질병은 여전히 만연해 있지요. 아무도 달리는 말보다 더 빨리 갈 수 없고, 가시거리 밖에 있는 사람을 죽일 수도 없습니다. 그러나 똑같은 사람이 오늘밤 잠들었다가 백 년, 아니면 팔십 년, 아니 육십 년 후에 깨어난다면 과학이 일으킨 변모에 이 행성을 알아보지 못할 것입니다."

고토가 '만연하다'를 '치명적이다'로 옮긴 바람에 마지막 구절을 재구성해야 한다.

그럴 동안 마리뉘스의 시선이 학자들의 머리 위를 떠돈다.

요시다 하야토가 헛기침으로 질문이 있음을 알린다.

오쓰키 몬주로가 여전히 멍한 마리뉘스를 본 다음 고개를 끄덕인다.

요시다는 대부분의 통역관보다 네덜란드어를 더 유창하게 할 수 있지만, 이 지리학자는 사람들 앞에서 실수를 할까 두려워 고토 신파치에게 일본어로 묻는다. "마리뉘스 선생님께 좀 물어봐주십시오. 과학에 지각이 있다면, 그것의 궁극적인 욕망은 무엇입니까? 또는, 이 질문을 다른 식으로 표현하자면, 선생님이 상상하신 대로 잠들었던 사람이 1899년에 깨어난다면, 그 세계는 천국과 지옥 중 어느 쪽에 더 가까울까요?"

일본어를 네덜란드어로 옮기는 역풍으로 고토의 통역 속도는 더 느려지지만, 마리뉘스는 그 질문에 기뻐한다. 그는 부드럽게 몸을 앞뒤로 흔든다. "제 눈으로 보기 전까지는 알 수 없을 겁니다, 요시다 씨."

XVII
시라누이 산사, 비구니 처소 기도실

✦

동짓달 스무엿새

나를 선택하지 마. 오리토는 기도한다. 나를 선택하지 마. 여신은 아기를 배었음을 알리기 위해 옷을 입지 않았다. 여신의 드러난 가슴은 젖으로 풍만하고, 배꼽이 없는 배는 여자아이를 배어 부풀어 올랐는데, 이즈 주지에 따르면 너무나 생식력이 풍부해서 그 태아의 작은 자궁 속에 훨씬 더 작은 태아가 들어 있고, 그 태아는 또 훨씬 더 작은 딸을 배고 있고…… 그런 식으로 끝없이 이어진다. 주지는 축원의 경을 암송할 동안 선물을 갖지 못한 아홉 명의 비구니를 바라본다. 열흘 동안 오리토는 경내에 접근해 조용히 벽을 넘어 도망갈 수 있기를 바라는 마음에 회개한 척 연기를 했으나, 그녀의 희망은 수포로 돌아갔다. 야요이의 임신한 배를 보고 그것이 뜻하는 바를 알게 된 후로 줄곧 두려워해온 그날이 드디어 닥친 것이다. 다들 여신의 선택을 추측해보느라 바빴다. 오리토는 참기 힘들었다. 우메가에가 잔인한 만족감을 드러내며 말했다. "둘 중 하나는 신참 보살님이 틀림없어. 여신님은 되도록 빨리 오리토 보살님이 이곳을 편안히 느끼기를 바라실 테니." 여기 온 지 십팔 년이 된 눈먼 미노리는 신참 비구니는 늦어도 네번째 달에는 선물을 받게 되지만, 그렇다고 항상 두번째 달에 받게 되지는 않는다고 말한다. 야요이는 가게로와 미노리 둘 다 지난달에 선택을 받았음에도 선물을 잉태하지 못했으니 여신이 그들에게 한번 더 기회를 줄지도 모른다고 말한다. 그러나 오리토는 그게 사실이 아니라 야요이가 그저 자신의 두려움을 진정시켜주기 위해 하는 말이 아닐까 의심스럽다.

기도실이 침묵에 잠긴다. 독경이 끝난 것이다.

나를 선택하지 마. 기다림은 견디기 힘들다. 나를 선택하지 마.

이즈 주지가 통 모양 종을 친다. 종소리가 파도치듯 울려퍼진다.

비구니들은 복종의 뜻으로 다다미에 머리를 조아린다.

사형집행인의 칼날을 기다리는 죄인들 같아. 오리토는 생각한다.

주지의 의례용 의복이 바스락 소리를 낸다. "시라누이산의 보살님들……"

아홉 명의 여자 모두 바닥에 계속 이마를 붙이고 있다.

"여신께서 겐무 주지스님께 이르셨습니다. 동짓달에……"

떨어진 고드름이 회랑에서 산산조각나자 오리토는 깜짝 놀란다.

"……간세이 11년 동짓달에……"

여기는 내가 있을 곳이 아니야. 오리토는 생각한다. 여기는 내가 있을 곳이 아니라고.

"여신의 이름으로 선물을 받을 두 보살님은 가게로와 하시히메입니다."

오리토는 안도의 한숨을 간신히 누르지만 쿵쿵 뛰는 가슴은 진정시킬 수가 없다.

이번달은 봐주었으니 나에게 감사해야지? 여신이 오리토에게 요구한다.

내게는 당신 목소리가 들리지 않아. 오리토는 신중하게 입을 꼭 다문다. 나무토막 주제에.

여신이 오리토의 새어머니처럼 웃는다. 다음달이야, 내 약속하지.

선물을 내리는 날 비구니 처소는 잔칫날 분위기가 된다. 곧바로 가게로와 하시히메는 긴 방에서 축하를 받는다. 오리토는 다른 여자들이 진심으로 부러워하는 모습에 할말을 잊는다. 대화는 여신에게 선택받은 자들이 선물을 내리는 이들을 환영하기 위해 치장하는 옷과 향수, 향유로 넘어간다. 새알심을 넣고 꿀로 단맛을 낸 팥죽이 아침식사로 나온다. 에노모토 승정의 창고에서 보내온 사케와 담배도 있다. 가게로와 하시히메의 방은 종이 장식으로 꾸며진다. 오리토는 이러한 의무적인 수태를 축하하는 의식에 구역질이 난다. 해가 뜨자 이즈 주지가 그녀와 사와라비에게 침구를 걷어 바람을 쐬고 먼지를 떨라고 시킨 것이 고맙다. 짚을 채운 요를 안뜰 장대에 널고 대나무 막대로 재빨리 두들긴다. 싸늘하고 밝은 공기에 먼지와 진드기가 구름처럼 희미하게 피어오른다. 사와라비는 기리시마 고원 출신으로 소작농의 건실한 딸이라, 의사의 딸은 이내 뒤처진다. 사와라비는 친절하게도 오리토에게 이불더미 위에 앉아 좀 쉬라고 권한다. "여신이 이번달에 당신을 지나쳤다고 너무 실망하지는 말았으면 좋겠어요, 신참 보살님."

오리토는 여전히 숨을 고르며 고개를 젓는다.

회랑 건너편에서 아사가오와 호타루가 다람쥐에게 먹이를 주고 있다.

사와라비는 다른 이들의 마음을 잘 읽는다. "선물 받는 것을 겁 내지 마요. 야요이와 유기리가 누리는 특권을 당신도 보았잖아요. 음식도 더 받고, 이부자리도 더 좋고, 석탄도…… 이제 학식 있는 산파의 도움도 받게 되었으니! 어느 공주가 그런 호사를 누리겠어 요? 승려들은 남편보다 친절하고, 매음굴 손님보다 훨씬 깨끗해 요. 딸을 낳은 멍청이라고 구박하면서 정작 아들 상속자를 낳아놓 으면 질투의 화신으로 돌변하는 시어머니도 없고요."

오리토는 동의하는 척한다. "맞아요, 보살님. 나도 알겠어요."

늙은 소나무에서 녹은 눈이 쿵 하고 떨어진다.

살찐 쥐가 회랑 아래에서 지켜보고 있다. 거짓말은 그만해, 싸움은 그만두라고.

사와라비가 주저하다 말을 꺼낸다. "정말로, 보살님, 흠 있는 여 자들이 겪는 괴로움에 비하면……"

살찐 쥐가 뒷발로 일어선다. 여신은 다정하고 인내심 많은 네 어머 니야.

사와라비가 말을 잇는다. "……저 아래에서, 속세에서 겪는 괴 로움에 비하면, 여기는 궁궐이에요."

아사가오와 호타루의 다람쥐가 회랑 기둥을 쏜살같이 타고 올라 간다.

376

민둥산 봉우리는 너무 뾰족해서, 바늘로 유리에 새겨놓은 것 같다.

오리토는 하고 싶은 말을 참는다. 내게 화상 흉터가 있다 해서 나를 유괴한 죄가 줄어들지는 않아.

"남들이 우리보고 빈둥거린다고 하기 전에 이불도 끝내지요." 그녀가 말한다.

일은 오후 중반께 다 끝난다. 삼각형 모양의 햇살이 안뜰 연못 위에 여전히 걸쳐져 있다. 오리토는 긴 방에서 잠옷을 수선하는 식모 사쓰키를 돕는다. 바느질을 하다보니 위안에 대한 갈망을 잊을 수 있다. 경내 건너편의 훈련장에서 승려들이 대나무 칼을 들고 수련하는 소리가 들려온다. 석탄과 솔잎이 화로 속에서 탁탁 소리를 낸다. 이즈 주지는 상석에 앉아 비구니들이 선물을 받을 때 쓸 두건에 경전 말씀을 수놓고 있다. 하시히메와 가게로는 여신의 후의를 나타내는 붉은 핏빛 어깨띠를 두르고 서로의 얼굴에 분을 발라주고 있다. 가장 높은 계급의 비구니에게조차 금지된 몇 가지 물건 중 하나가 거울이다. 우메가에가 적의를 감추지 못한 얼굴로 오리토에게 실망한 마음을 잘 다독였는지 묻는다.

"여신님의 뜻에 따르는 법을 배우고 있어요." 오리토는 겨우 대답한다.

"다음번에는 반드시 여신님이 당신을 택하실 거예요." 가게로가 오리토를 안심시킨다.

"신참 보살님은 이제 새로운 생활에 만족하는 것 같네요." 눈먼 미노리가 말한다.

"물론 제정신이 들기까지 꽤 시간이 걸렸지만요." 우메가에가 말한다.

"이곳에 익숙해지려면 시간이 걸려요." 기리쓰보가 반박한다. "고토섬에서 온 그 딱한 아이 기억 안 나요? 이 년 동안 밤마다 울었잖아요."

비둘기가 회랑 처마에서 실랑이를 하며 지저귄다.

"고토섬 출신 보살님은 건강한 선물 셋을 낳고 기쁨을 찾았어요." 이즈 주지가 말한다.

"하지만 네번째 아이한테서는 아무런 기쁨도 얻지 못했지요. 그 아이 탓에 죽었으니." 우메가에가 탄식한다.

"이유 없이 불행한 얘기를 들춰내 망자를 방해하지 맙시다, 보살님." 주지의 목소리가 날카로워진다.

우메가에의 거무스름한 얼굴색 덕에 붉어진 티는 나지 않지만, 그녀는 동의하고 사과하는 뜻으로 고개를 숙인다.

오리토는 다른 비구니들이 그녀보다 먼저 들어와 그녀의 방에서 목을 맨 여자를 기억할 거라 짐작한다.

눈먼 미노리가 말한다. "신참 보살님에게 이곳을 진짜 집으로 받아들이는 데 도움이 되었던 것이 무엇인지 물어보고 싶어요."

"시간요." 오리토가 바늘에 실을 꿰며 대답한다. "그리고 보살님들의 인내심도요."

거짓말을 하고 있구나, 거짓말을 하고 있어. 찻주전자가 쉭쉭거린다. 나조차 네가 거짓말하는 줄 알겠다……

오리토는 위안이 절박하게 필요할수록 비구니 처소의 농간이 점점 더 심해진다는 것을 알아차린다.

"저는 매일같이 여신님께 감사드려요." 하쓰네가 고토 줄을 다시 맨다. "저를 이곳에 데려다주신 데 대해서요."

"저도 여신님께 감사드려요. 아침식사 전에 백팔 번씩." 가게로가 하시히메의 눈썹을 칠해주며 말한다.

이즈 주지가 말한다. "오리토 보살님, 주전자에 물을 좀더 부어야겠군요……"

오리토가 연못 옆 돌판에 무릎을 꿇고 얼음처럼 차가운 물에 국자를 담그는데, 아주 잠깐이지만 옆으로 비낀 햇살 덕에 연못이 네덜란드산 유리처럼 완벽한 거울이 된다. 오리토는 나가사키의 옛집에서 도망친 후로 한 번도 자기 얼굴을 본 적이 없다. 그녀는 눈에 들어온 모습에 충격을 받는다. 은빛으로 빛나는 연못 속 얼굴은 그녀의 것이지만 서너 살은 더 들어 보인다. 내 눈이 어떻게 된 거지? 그녀의 눈은 멍하고 쑥 꺼져 있다. 이것도 이 집의 장난이야. 확신할 수는 없다. 속세에서 이런 눈을 본 적이 있어.

늙은 소나무에서 개똥지빠귀의 노랫소리가 울려퍼지다 거의 잊힌다.

내가 기억해내려던 것이 뭐였더라? 오리토는 의기소침해진다.

호타루와 아사가오가 회랑에서 그녀에게 인사한다.

오리토도 손을 흔들어주다가 손에 국자가 여전히 들려 있는 것을 깨닫고 심부름을 기억해낸다. 연못을 다시 바라보다 그녀는 나가사키의 중국인 피가 섞인 두 형제 소유의 매음굴에서 자신이 치료해주었던 창녀의 눈을 알아본다. 그 창녀는 매독과 연주창, 폐렴, 그 밖에도 알 수 없는 병을 앓고 있었지만, 그녀의 정신을 파괴한 것은 아편중독이었다.

"하지만 아이바가와 상, 저는 다른 약은 다 필요 없어요……" 그녀가 애원했다.

이곳의 계약을 받아들이는 척한다는 건…… 오리토는 생각한다.

한때는 아름다웠던 창녀의 눈이 검은 구덩이 속에서 내다본다.

……이곳의 계약을 반쯤은 받아들였다는 거야.

오리토는 문 쪽에서 들려오는 스자쿠 스님의 근심 걱정 없는 웃음소리를 듣는다.

그 약을 바라고 구하다보면 결국은 돌이킬 수 없게 돼……

문지기 사미승이 외친다. "안쪽 문이 열립니다, 보살님들!"

……하지만 이미 이렇게 된 판국에 뭐하러 더 저항하지?

연못 속의 여자가 말한다. "정신을 차리지 않으면 당신도 다른 이들처럼 될 거예요." 스자쿠의 약을 받지 말아야 해, 오리토는 결심한다. 내일부터.

시냇물이 이끼에 덮인 쇠살대를 지나 연못에서 흘러나간다.

'내일'이라고 말하는 것이야말로 바로 오늘 그만두어야 한다는 증거야. 그녀는 깨닫는다.

✦

"오늘 저녁에는 우리 신참 보살님이 좀 어떻습니까?" 스자쿠 스님이 묻는다.

이즈 주지가 한쪽 구석에서 지켜보고 있다. 사미승 주아이는 다른 쪽 구석에 앉아 있다.

"건강은 아주 좋습니다, 감사합니다."

"오늘 저녁 하늘은 극락정토의 하늘이었지요. 그렇지 않습니까, 신참 보살님?"

"속세에서는 석양이 이렇게 아름다웠던 적이 없었습니다."

남자는 기쁜 표정으로 그 말의 의미를 헤아린다. "오늘 아침 여신님의 결정에 마음 상하지는 않았습니까?"

내 안도감을 숨겨야 해. 내가 숨기고 있다는 것도 숨겨야 해. "누구나 여신님의 결정을 받아들이는 법을 배웁니다, 그렇지 않습니까?"

"짧은 시간에 아주 먼길을 오셨습니다, 신참 보살님."

"깨우침은 단 한순간에도 올 수 있다는 것을 압니다."

"예, 예, 그렇지요." 스자쿠가 사미승 쪽을 쳐다본다. "오랜 세월을 노력하면요. 깨우침은 심장 한 번 뛰는 사이에 사람을 바꿉니다. 겐무 주지스님이 보살님의 영적 발전을 매우 기뻐하시며 승정님께 보내는 편지에도 적으셨습니다."

나를 감시하며 내가 괴로워한다는 증거를 찾고 있군. 오리토는 의심한다.

"저는 에노모토 승정님의 관심을 받을 가치가 없습니다." 신참 보살이 대답한다.

"자신을 가지세요. 우리 승정님께서는 모든 보살님에게 아버지처럼 관심을 가지십니다."

'아버지처럼'이라는 말에 오리토는 아버지가 떠오르면서 생긴 지 얼마 안 된 상처가 다시 아파온다.

긴 방에서 저녁식사를 차리는 소리와 냄새가 건너온다.

"딱히 알릴 만한 증상은 없습니까? 통증이나 출혈은요?"

"스자쿠 스님, 정말이지 이곳에서는 몸이 아픈 것은 상상도 할 수 없습니다."

"변비나 설사는? 치질은? 가려움은? 두통은요?"

"제가 부탁드릴 것은 제가 매일 먹는 약…… 그뿐입니다."

"얼마든지요." 스자쿠가 골무 크기의 잔에 걸쭉한 액체를 따라 오리토에게 내민다. 오리토는 가정교육을 잘 받은 여자가 그러듯 고개를 돌리고 입을 가린다. 위안이 가져다줄 안도감에 대한 기대로 온몸이 아파온다. 그러나 그녀는 마음이 바뀌기 전에 작은 잔에 든 것을 두껍게 솜을 댄 소매 속에 쏟아붓는다. 검푸른 삼베가 그것을 빨아들인다.

"오늘밤에는 유난히 맛이 달군요. 아니면 제가 그렇게 생각하는 것일까요?" 오리토가 입을 연다.

"몸에 좋은 것이 영혼에도 좋은 법입니다." 스자쿠가 그녀의 입을 보며 말한다.

오리토와 야요이가 설거지를 하는 동안 가게로와 하시히메는 이즈 주지의 인도로 여신에게 기도를 드리러 기도실로 가기 전에 다른 비구니들에게 격려의 말을 듣고 있다. 어떤 비구니는 수줍어하고, 또 어떤 비구니는 웃음소리로 미루어보아 전혀 수줍어하지 않는다. 십오 분 후 주지가 그들을 각자의 방으로 안내하면 여자들은 그곳에서 선물을 줄 사람을 기다린다. 설거지를 마친 오리토는 한 달쯤 후면 자신도 자수를 놓은 두건을 머리에 뒤집어쓰고 스님이나 사미승을 위해 누워 있을지도 모른다는 생각에 홀로 빠져 있기 싫어서 긴 방에 남는다. 그녀의 육체는 위안을 거부한 것에 불평을 토하고 있다. 몸이 국처럼 뜨겁게 달아올랐다가 이내 얼음처럼 차갑게 식는다. 하쓰네가 오리토에게 이제 열일곱 처녀가 된, 첫번째로 태어난 선물로부터 온 작년 신년 편지를 읽어달라고 부탁하자, 오리토는 생각을 돌릴 데가 생겨서 기쁘다.

"'사랑하는 어머니,'" 오리토는 등잔 불빛 아래 여성스러운 필체를 본다. "'길가의 열매는 붉게 익어가고, 믿을 수 없게도 또다시 가을이 오고 있습니다.'"

"말을 제 어머니처럼 기품 있게 하네요." 미노리가 속삭인다. "우리 타로는 노리코 짱에 비하면 아둔패기예요." 기리쓰보가 한숨을 내쉰다.

신년 편지에서는 '선물'들이 제 이름을 다시 찾는구나. 오리토는 깨닫는다.

"하지만 타로처럼 바지런한 양조장집 아이가 가을 열매 따위를 눈여겨볼 틈이 있겠어요? 신참 보살님, 계속 읽어주세요." 겸손한 하쓰네이지만 자랑스럽게 말한다.

오리토가 읽는다. "'멀리 시라누이산에 계신 사랑하는 어머니께 다시 한번 편지를 보낼 때가 되었군요. 지난봄에 어머니의 정월 편지가 흰두루미 공방에 도착했을 때, 우에다 상이……'"

사다이에가 끼어든다. "우에다 상은 노리코 짱을 입양한 분이에요. 미야코에서 유명한 재단사이지요."

"그래요?" 오리토는 그 말을 벌써 열 번은 들었다. "'우에다 상이 저에게 편지가 온 것을 축하한다며 반나절 쉬게 해주었어요. 깜빡 잊기 전에 말씀드리는데, 우에다 상과 부인께서 안부를 전해달라 하세요.'"

"이렇게 훌륭한 집안을 만나다니 정말 행운이에요." 야요이가 말한다.

"'제 서툰 악필이 어머니께 기쁨을 드린다고 다정하게 말씀해주신 만큼이나 어머니의 소식도 저에게 큰 기쁨을 주었어요. 어머니가 또다른 선물을 받으셨다니 정말 잘된 일이에요. 그 아이도 우에다 가족처럼 잘 보살펴주는 가족을 만나게 해달라고 기도할게요. 어머니께서 가슴이 아파 고생하실 때 돌봐주신 아사가오 보살님께도 감사하다고 전해주시고, 스자쿠 스님께 매일 돌봐주셔서 감사하다고 전해주세요.'" 오리토가 읽다가 멈춘다. "가슴이 아프다고요?"

"아, 기침 때문에요! 겐무 주지스님이 지리쓰 사미스님을—그의 영혼이 편히 쉬기를—구로자네로 보내서 약초상한테 신선한 약초를 얻어다주셨어요."

오리토는 마음이 아프다. 까마귀라면 반시간 만에 오타네의 굴뚝에 닿을 수 있을 텐데.

올여름 구로자네를 찾았던 일이 떠오르자 그녀는 울고 싶어진다.

하쓰네가 이를 눈치챘다. "보살님? 왜 그러세요?"

"아무것도 아니에요. '큰 혼례가 오월에 두 건이 있었고, 칠월에는 장례식도 두 건 있어서 흰두루미 공방에 주문이 밀려들었어요. 제 입으로 말하자니 부끄럽지만 어느 모로 보나 올해는 저에게 운좋은 한 해였어요. 어머니. 우에다 상의 단골 비단 상인인 고야마 상이라는 분이 있는데, 두세 달에 한 번씩 네 아들을 데리고 흰두루미 공방을 찾아요. 이 년 동안 그 집 막내아들인 신고 상이 일하고 있는 저에게 인사를 건네곤 했어요. 그런데 지난여름 오봉 축제 때 정원의 정자에 불려갔더니, 놀랍게도 신고 상과 그의 부모님, 우에다 상과 부인께서 차를 마시고 계셨어요.'" 오리토는 편지에 푹 빠진 비구니들을 힐끗 본다. "'어떤 일이 진행중인지 벌써 짐작하셨겠지요, 어머니―하지만 눈치 없는 저는 몰랐답니다.'"

"그애는 눈치가 없지 않아요. 단지 너무 순진해서 그렇지." 아사가오가 하쓰네를 안심시킨다.

오리토가 계속 읽는다. "'신고 상의 여러 재능과 저의 보잘것없는 기량에 대해 잠시 대화가 오갔어요. 저는 너무 나서는 듯 보이지 않으면서도 수줍어하지 않으려고 최선을 다했어요. 나중에……'"

사와라비가 끼어든다. "이 년 전에 보살님이 충고해준 대로 했군요."

오리토는 자부심으로 부풀어오른 비구니를 바라본다. "'나중에 부인께서 저에게 아주 좋은 인상을 주었다며 칭찬해주셨어요. 저는 칭찬을 받고 다시 제 할일로 돌아갔지만, 고야마 집안이 다음번에 흰두루미 공방을 찾을 때까지 그들에 대한 소식을 더 들을 거라고는 기대하지 않았어요. 하지만 제가 틀렸어요. 며칠 후 천황 탄신일에 우에다 상이 강변에서 벌어지는 불꽃놀이 구경을 하자면서 도제들을 모두 공원에 데리고 가셨어요. 밤하늘을 배경으로 잠깐 꽃피고 사라지는 붉고 노란 불꽃들이 얼마나 마법 같던지! 돌아와서 우에다 상이 저를 공방으로 부르셨어요. 거기에서 부인께서 저에게 고야마 집안이 저를 막내아들 신고의 아내로 맞이하고 싶어한다 하셨어요. 저는 그 자리에서 마치 여우가 저에게 마법을 걸기라도 한 듯이 무릎을 꿇었답니다, 어머니! 그러자 우에다 상의 부인께서 그 청혼은 신고가 하는 것이라고 일러주셨어요. 그런 건실한 젊은이가 저를 신부로 원한다니, 제 뺨에 눈물이 흘러내렸지요.'"

야요이는 호타루에게 눈물을 닦을 종이를 건넨다.

오리토는 다 읽은 장을 접고 다음 장을 편다. "'저는 우에다 상께 솔직한 의견을 말씀해달라고 부탁드렸어요. 우에다 상은 저에게 청혼을 받아들이라고 권하셨지요. 저는 제 출신이 고야마 집안에 비해 너무 미천하다고 말씀드렸어요. 제 충실한 마음은 흰두루미 공방에 있다는 말씀도 드렸지요. 만약 고야마 집안의 신부가 된다면, 그런 좋은 신랑감을 꾀어내려고 제가 교활한 술수를 썼다는 소문이 퍼질 거라고도 했어요.'"

술에 좀 취한 유기리가 킥킥거린다. "아, 그런 남자라면 그냥 확 낚아채야지!"

식모 사쓰키가 나무란다. "부끄러운 줄 알아요, 보살님. 신참 보살님이 읽게 두자고요."

"'우에다 상은 고야마 집안이 산사의 딸이라는 제 출신에 대해 잘 알지만 반대하지 않는다고 하셨어요. 그분들은 까다롭고 사치스러운 아가씨가 아니라 착실하고, 정숙하고, 야무지면서도'"—오리토의 목소리에 맞춰 비구니들도 정답게 따라 왼다—"'힘든 일쯤은 아무렇지 않게 여기는 며느리를 원하신대요. 마지막으로 우에다 상은 제가 우에다 집안에 입양된 아이라는 사실을 일깨워주셨어요. 왜 우에다 집안이 고야마 집안보다 한참 아래라고 생각하느냐고요. 저는 얼굴이 빨개져서 제 생각이 짧았다고 사과드렸어요.'"

"하지만 노리코 상은 전혀 그런 뜻이 아니었어요!" 호타루가 항의한다.

하쓰네는 불가에 손을 쬔다. "수줍어하지 말라고 그러는 거야."

"'부인은 저에게, 제가 꺼리는 것은 크게 칭찬받을 일이지만, 집 안끼리 제가 열일곱이 되는 새해까지 약혼 기간을 갖기로 정했다고 하셨어요……'"

"이번 새해가 될 거예요." 하쓰네가 오리토에게 설명한다.

"'……신고 사마의 마음이 바뀌지 않는다면……'"

"그의 마음이 변치 않게 해달라고 매일 밤 여신님께 기도해요." 사다이에의 말이다.

"'……저희는 정월의 첫번째 길일에 혼례를 올리게 될 거예요. 그러면 우에다 상과 고야마 상이 허리띠 전문 공방을 열 수 있도록 돈을 주셔서 남편과 함께 일하면서 우리 도제들을 훈련시킬 수 있을 거예요.'"

"세상에!" 기리쓰보가 탄성을 지른다. "하쓰네 보살님의 선물이 자기 도제들을 거느리게 된다니."

"자기 자식도 갖고 말예요." 유기리도 맞장구를 친다. "젊은 신고가 뜻대로 죽 밀고 나간다면."

"'글을 써놓고 보니 제가 하는 말이 꿈꾸는 여자아이가 쓴 것 같네요. 어머니, 어쩌면 이건 서신 교환이 우리에게 주는 가장 큰 선물인지도 모르겠어요. 우리가 꿈꿀 수 있는 공간 말이에요. 어머니는 늘 제 마음속에 계세요. 당신의 선물, 노리코.'"

여자들은 편지를 보거나 불을 쳐다본다. 그들의 마음은 어딘가 먼 곳에 있다.

오리토는 신년 편지가 비구니들에게 가장 순수한 위안이라는 것을 이해한다.

해시가 되자 곧 선물 증여자 두 사람을 맞기 위해 대문이 열린다. 긴 방에 있는 비구니 모두 빗장 열리는 소리를 듣는다. 이즈 주지의 발소리가 그녀의 방을 떠나 대문 앞에서 멎는다. 오리토는 세 사람이 말없이 맞인사하는 모습을 상상한다. 주지가 두 남자의 발소리를 실내 복도를 따라 가게로의 방 쪽으로, 그다음에는 하시히메의 방 쪽으로 이끈다. 잠시 후 주지의 발소리가 긴 방을 지나 되돌아간다. 촛불이 쉭쉭 소리를 낸다. 오리토는 유기리나 사와라비가 불 꺼진 복도에서 선택받은 선물 증여자들을 엿보려 할지 모른다고 생각했지만, 그들은 호타루와 아사가오와 함께 진지하게 마작을 하고 있다. 다들 스님과 사미승이 선택된 비구니들의 방에 왔다는 것을 알은척도 하지 않는다. 하쓰네는 고토 반주에 맞춰 아주 부드럽게 〈달빛 비치는 성〉을 부르고 있다. 식모 사쓰키는 양말을 깁고 있다. 비구니 처소에서 '선물 증여'라 부르는 그 육욕의 협상이 실제로 일어나는 동안, 오리토는 모든 농담과 잡담이 뚝 끊어지는 것을 본다. 또한 경박스러움과 음탕함은 비구니들의 난소와 자궁이 여신의 것임을 부인하는 것이 아니라, 그들의 노예 상태를 참을 만하게 만드는 수단이라는 것도 알게 된다……

방으로 돌아온 오리토는 이불을 뒤집어쓰고 틈 사이로 불빛을 지켜본다. 남자의 발소리가 좀전에 가게로의 방을 떠났지만, 하시히메의 선물 증여자는 양쪽이 내킬 때면 그렇듯 조금 더 오래 머물고 있다. 정사에 대해 오리토가 아는 것은 의학 서적과 그녀가 치료해주었던 나가사키 매음굴의 여자들에게서 얻은 지식이 전부다. 그녀는 이불 속에 누워 꼼짝도 않고 지금부터 한 달 동안의 짧은 시간만이라도 남자 생각은 하지 않으려 한다. 내가 사라져버리게 해줘. 그녀는 불을 보며 빈다. 내 존재가 네 속으로 녹아들 수 있기를. 그녀는 어둠에 빈다. 문득 자신의 얼굴이 젖어 있음을 깨닫는다. 다시 한번 탈출할 방법이 없나 비구니 처소를 마음속으로 샅샅이 살펴본다. 바깥으로 난 창이 하나도 없다. 바닥은 돌이라서 팔 수도 없다. 두 개의 문은 경내 쪽에서 빗장이 질러져 있고 문 사이에는 초소가 있다. 회랑의 처마는 안뜰 위로 멀리 뻗어 있어서 처마까지 기어올라가거나 타고 오를 수도 없다.

가망이 없다. 그녀는 대들보를 쳐다보며 밧줄을 상상해본다.

문 두드리는 소리가 들린다. 야요이가 속삭인다. "저예요, 보살님."

오리토는 이부자리에서 뛰어나와 문을 연다. "양수가 터졌어요?"

야요이의 임신한 배는 담요를 둘러싸서 더 부풀어 보인다. "잠이 안 와요."

오리토는 어둠 속에서 남자가 튀어나올까 두려워하며 그녀를 안으로 들인다.

야요이는 오리토의 머리카락을 손가락으로 감는다. "제가 듣기로는요, 제가 이렇게 태어났을 때"—야요이가 자기의 뾰족한 귀를 톡톡 두드린다—"스님을 불러왔대요. 스님의 설명으로는 악귀가 어머니의 자궁 속으로 기어들어가서 뻐꾸기처럼 거기에 알을 낳았다는 거예요. 저를 그날 밤에 바로 버리지 않으면 악귀가 자손을 찾으러 와서 축하연을 벌여 가족을 다 도륙할 거라고 경고했어요. 아버지는 그 말을 듣고 안도하셨지요. 어디서나 농부들은 원치 않는 딸을 떼어내기 위해 '묘목을 솎아내는' 법이거든요. 우리 마을에는 그걸 위한 특별한 장소까지 있었어요. 마른 개울 바닥을 지나 나무가 자랄 수 없는 곳까지 높이 올라가면 뾰족한 바위들이 둥글게 에워싼 곳이 나와요. 칠월이라 추위로 얼어죽지는 않겠지만 들개나 먹이를 찾는 곰, 굶주린 혼령 따위가 틀림없이 아침까지 제 할일을 하겠지요. 아버지는 저를 거기에 남겨둔 채 두 번 생각하지도 않고 집으로 돌아갔어요……"

야요이는 친구의 손을 잡아 자기 배 위에 올려놓는다.

오리토는 배가 울룩불룩 움직이는 것을 느낀다. 그녀가 말한다. "틀림없이 쌍둥이예요."

야요이가 목소리를 낮추며 익살스럽게 말한다. "그런데 이야기에 따르면, 바로 그날 밤 요벤이라는 점술가가 마을에 도착했다고 해요. 이레 밤 이레 낮 동안 흰 여우가 그분을 인도했어요. 별처럼 빛나는 그분의 후광이 산 아래와 호수 너머로 길을 밝혀주었고요. 그러다 이름도 알기 힘든 어느 마을의 초라한 농가 지붕 위로 여우가 펄쩍 뛰어올랐을 때 드디어 긴 여행이 끝난 거예요. 요벤이 문을 두드리자 성스러운 그 모습에 아버지는 무릎을 꿇었어요. 요벤은 제 출생에 대해 듣고 이렇게 말씀하셨지요." 야요이는 목소리를 바꾼다. "'그 아기의 여우 귀는 저주가 아니라 우리 관음보살께서 내리신 축복이오.' 나를 버렸으니 아버지는 관음보살님의 은총을 저버리고 분노를 사게 된 거예요. 재앙이 닥치기 전에 무슨 수를 써서라도 아기를 되찾아와야 했어요……"

복도의 문이 열렸다가 닫힌다.

"아버지와 요벤 점술가가 아기를 버린 곳까지 거의 갔을 때," 야요이가 이야기를 계속한다. "죽은 아기들이 제 어머니를 찾아 울부짖는 소리가 들려왔어요. 신선한 고기를 찾아 울부짖는, 말보다 더 큰 늑대들의 소리도 들렸어요. 아버지는 겁에 질려 덜덜 떨었지만 요벤이 성스러운 주문을 외워서 두 사람은 귀신과 늑대 무리를 무사히 지나 뾰족한 바위들의 원 속으로 들어갈 수 있었어요. 거기는 사위가 고요하고 봄의 첫날처럼 따뜻했어요. 그곳에서 관음보살님이 흰 여우와 함께 앉아서 마법의 아이 야요이에게 젖을 먹여주고 계셨어요. 요벤과 아버지는 무릎을 꿇었어요. 관음보살님은 호수의 물결 같은 목소리로 요벤에게 저를 데리고 온 나라를 돌면서 보살님의 신성한 이름으로 병자들을 고쳐주라고 하셨어요. 요벤은 자기는 그럴 자격이 없다고 했지만, 태어난 지 하루 만에 말을 할 수 있었던 아기가 그에게 말했어요. '절망이 있는 곳에 희망을 가져다주어요. 죽음이 있는 곳에 우리가 생명을 불어넣어주어요.' 그가 어떻게 보살님 말씀을 따르지 않을 수 있었겠어요?" 야요이는 한숨을 내쉬고 팽팽해진 배를 더 편안하게 만들려 애쓴다. "그래서 요벤은 마법의 여우 소녀와 새로운 마을에 도착할 때마다 관심을 끌기 위해 그 이야기를 퍼뜨렸어요."

오리토가 옆으로 눕는다. "요벤이 당신의 진짜 아버지인지 물어봐도 돼요?"

"아마 저는 '아니'라고 할 거예요. 그게 사실이기를 바라지 않으니까요……"

밤바람이 초짜 연주자가 샤쿠하치*를 불듯 덜컹거리는 연통을 흔들어댄다.

"……하지만 물론 가장 어린 시절 기억은 병자들에 대한 것이에요. 제가 그들의 썩은 내 나는 입과 죽어가는 눈에 숨을 불어줄 때 제 귀를 잡고 '나를 고쳐주세요'라고 말하던 병자들, 말할 수 없이 더러운 여인숙, 시장통에 서서 대단한 가문들로부터 받은 제 능력에 대한 '추천서'를 읽던 요벤."

오리토는 학자들과 책에 둘러싸여 보낸 자신의 어린 시절을 생각한다.

"요벤은 궁궐의 관객들을 꿈꾸었어요. 우리는 에도에서 일 년을 보냈지만 그는 장돌뱅이에 불과했고…… 굶주림의 냄새를 너무 많이 풍겼어요. 그야말로 냄새가 너무 많이 났어요. 육칠 년을 떠도는 동안 우리 숙소는 조금도 나아지지 않았어요. 물론 그의 불행은 모두 내 탓이었죠. 특히 그가 취했을 때는요. 어느 날, 거의 막다른 지경에 몰렸을 때, 어느 마을에서 쫓겨난 후 우리 같은 돌팔이 치료사가 그에게 마법의 여우 소녀라면 희망을 잃고 죽어가는 이들한테서 돈을 짜낼 수 있을지 몰라도, 마법의 여우 여인은 소용이 없다고 말했어요. 그 말에 요벤은 생각을 달리하고 그달이 다 가기도 전에 저를 오사카의 매음굴에 팔아버렸답니다." 야요이는 자기 손을 바라본다. "거기에서의 생활을 잊으려고 무진 애를 써요. 요벤은 작별인사조차 하지 않았어요. 어쩌면 저를 마주볼 수가

---

* 일본의 전통 악기로, 대나무로 만든 피리다.

없었는지도 몰라요. 어쩌면 그가 제 아버지였는지도 모르고요."

오리토는 야요이가 원한을 전혀 품지 않는 데 놀란다.

"보살님들이 당신에게 '여기가 매음굴보다 훨씬 더 나은 곳이야'라고 말하는 건, 못되게 굴려는 뜻이 아니에요. 한둘은 그럴지도 모르지만, 다른 사람들은 그렇지 않아요. 부유한 단골들이 환심을 사려고 안달하는 잘나가는 게이샤 한 명 뒤에는 잘근잘근 씹히고 뱉어내지다가 매음굴의 병으로 죽어가는 여자 오백 명이 있답니다. 당신 같은 계급의 여자에게는 차디찬 위로겠지요. 당신이 우리보다 더 나은 삶을 잃어버렸다는 거 알아요. 하지만 당신이 마음을 바꾸지 않는다면 이곳은 지옥이고 감옥일 뿐이에요. 스님들과 사미승들은 우리에게 친절하게 대해줘요. 선물 증여는 특이한 의무지만 여느 남편들이 아내에게 요구하는 의무와 뭐가 다른가요? 게다가 결혼은 당연히 의무에 따르는 보답도 더 적고요."

오리토는 야요이의 논리에 경악한다. "하지만 이십 년을!"

"세월은 흘러가요. 하쓰네 보살님은 이 년 후면 떠나요. 급료를 받으며 자기 선물 중 한 명과 같은 마을에 정착할 수 있어요. 떠난 보살님들이 이즈 주지스님께 편지를 보내와요. 다정하고 감사에 넘치는 편지예요."

그림자가 흔들리다가 낮은 대들보 사이에서 서로 엉긴다.

"마지막으로 온 신참 보살님은 어째서 목을 맸어요?"

"선물을 떠나보내고 너무 마음 아파했거든요."

오리토는 잠시 가만히 있는다. "당신은 그게 견디기 힘들지 않나요?"

"물론 힘들지요. 하지만 아이들은 죽지 않았어요. 속세에서 잘

먹고 보살핌을 받으면서 우리를 생각해주고 있어요. 하산한 후에
는 원하면 그들을 만날 수도 있어요. 이건…… 이상한 삶이지요,
아니라고는 않겠어요. 하지만 겐무 주지스님의 신뢰를 얻으세요,
이즈 주지스님의 신뢰를 얻으세요. 결코 고된 삶도, 버려지는 삶도
아니에요……"

　내가 그걸 믿게 되는 날이 바로 시라누이 산사가 나를 차지하는 날이
겠지. 오리토는 생각한다.

　"……그리고 여기 당신 옆에 제가 있잖아요." 야요이가 말한다.
"소용이 있건 없건."

XVIII
데지마에서의 외과수술

동짓달 스무아흐레 저녁식사 한 시간 전

"쇄석술lithotomy, '돌'을 뜻하는 그리스어 'lithos'와 '자르다'는 뜻의 'tomos'에서 온 말이지." 마리뉘스가 네 제자에게 말한다. "그게 무엇인지 한번 말해보겠나, 무라모토 군."

"방광, 신장, 담낭에서 돌을 제거하는 것입니다, 선생님."

"'주의 왕국이 올 때까지……'" 술에 취해 인사불성이 된 비보 헤리츠존이 젖꼭지에서 양말 위까지 헐벗은 채 해부대 위의 개구리처럼 뒤로 기울어진 수술대에 묶여 있다. "'효모를 넣지 않은 빵과 같은 자……'"

우자에몬은 환자의 말을 기독교 경전을 외는 것으로 받아들인다.

화로에서 석탄이 덜그럭 소리를 낸다. 간밤에 눈이 내렸다.

마리뉘스가 양손을 비빈다. "방광결석의 증상은, 가지와키 군?"

"소변에 피가 섞여 나옵니다, 선생님. 소변볼 때 통증이 있고 소변을 보고 싶은데 볼 수가 없습니다."

"그렇지. 추가적인 증상은 수술에 대한 공포라네. 고통을 참으며 소변을 보지 않고서는 누워 있을 수조차 없게 될 때까지 돌을 제거하겠다는 결정을 미루는 거지. 그나마도 간신히 몇 방울 나오는 정도인데도 말이야." 마리뉘스가 견본 접시에 담긴 헤리츠존의 분홍색 소변을 힐끗 본다. "돌의 현재 위치가…… 어디인가, 야노 군?"

"'그대의 매일의 낙원에 인사를……'" 헤리츠존이 트림을 한다. "안녕하시오?"

야노가 주먹으로 꽉 쥐어짜는 흉내를 낸다. "돌이…… 물을…… 막습니다."

"그러니까," 마리뉘스가 코를 벌름거린다. "돌이 요도를 막고 있는 거지. 소변을 내보내지 못하면 환자는 어떤 운명을 맞이하게 되나, 이케마쓰 군?"

우자에몬은 이케마쓰가 '소변' '못하면' '운명' 같은 부분으로부터 전체를 추론하는 모습을 지켜본다. "소변을 내보내지 못하는 몸은 피를 맑게 만들 수 없습니다, 선생님. 몸은 더러운 피로 죽습니다."

"맞아, 죽네." 마리뉘스가 고개를 끄덕인다. "위대한 히포크라테스가 경고하기를……"

"이 망할 돌팔이가 무슨 망할 짓을 하려고……"

선생을 돕기 위해 와 있는 야코프 더주트와 콘 투미가 시선을 교환한다.

마리뉘스가 에일라튀에게서 긴 붕대를 받아들고 헤리츠존에게 말한다. "자, 입 벌리게." 그러고는 그의 입에 재갈을 물린다. "위대한 히포크라테스가 의사에게 경고하기를, '돌을 잘라내지 말고'

그런 일은 하찮은 외과의에게 맡기라 했네. 로마인 암모니우스 리소토무스, 힌두인 수스루타, 아랍인 아부 알카심 알자라위를 잠시 언급하자면, 이들은 이것의 조상을 발명한 인물이지"―마리뉘스는 피가 말라붙은 양날 메스를 흔들어 보인다―"이들이라면 회음부를 절개할 걸세"―의사는 소란을 피우는 네덜란드인의 페니스를 쳐들고 그 뿌리와 항문 사이를 가리킨다―"여기, 치골 결합을 따라서 말이지." 마리뉘스는 페니스를 내려놓는다. "과거 암울했던 시절에는 절반 이상의 환자가 죽었다네…… 고통스러워하다가."

헤리츠존이 갑자기 몸부림을 뚝 멈춘다.

"재능 있는 프랑스 돌팔이 자크 형제는 치골 위쪽, 즉 치골체 위를 절개할 것을 제안했지." 마리뉘스가 잉크병에 손가락을 찍어 헤리츠존의 배꼽 왼쪽으로 둥근 선을 긋는다. "그리고 옆으로 해서 방광으로 들어가는 거야. 영국인 체슬던은 돌팔이 자크의 옛날 방식에 회음부의 측면을 절개하는 선구적인 쇄석술을 결합해 사망자를 환자 열 명 중 한 명 이하로 줄였지. 나는 지금까지 오십 건 이상의 쇄석술을 집도했고, 네 건을 실패했네. 두 건은 내 잘못이 아니었어. 나머지 두 건은…… 자, 우리는 살아 있고 배우고 있네. 우리의 죽은 환자들은 똑같이 말할 수 없다 해도 말이야, 음, 헤리츠존? 체슬던은 이삼 분짜리 수술에 500파운드를 받았네. 하지만 다행히도," 의사는 묶인 환자의 엉덩이를 탁 친다. "체슬던은 존 헌터라는 학생을 가르쳤지. 헌터의 학생 중에 네덜란드인 하르드베이커가 있었고, 하르드베이커가 마리뉘스를 가르쳐서, 내가 오늘날 이 수술을 거저 해주게 되었지. 자, 그럼 시작해볼까?"

비보 헤리츠존의 직장이 무서울 정도로 뜨거운 방귀를 쏟아낸다.

"나왔다." 마리뉘스가 다리를 한 짝씩 꼭 잡고 있는 더주트와 투미에게 고개를 끄덕인다. "움직임이 적을수록 우발적인 피해도 적어지지." 우자에몬은 학생들이 그 말을 잘 알아듣지 못하자 통역을 해준다. 에일라튀가 무릎을 꿇고 환자의 몸통 위로 걸터앉아 헤리츠존의 축 늘어진 페니스를 뒤로 젖혀 쥐고 환자가 칼을 보지 못하게 시야를 가린다. 이제 마리뉘스 선생이 마에노 선생에게 환자의 사타구니에 가까이 램프를 들어달라고 부탁하고는 메스를 든다. 그의 얼굴이 검술사의 얼굴로 바뀐다.

마리뉘스가 헤리츠존의 회음부에 메스를 푹 꽂는다.

환자의 몸 전체가 하나의 근육처럼 팽팽해진다. 우자에몬은 몸서리를 친다.

네 학생은 얼어붙은 채 뚫어져라 본다.

"지방과 근육의 두께는 사람마다 다르지만," 마리뉘스가 말한다. "방광은……"

재갈이 물린 헤리츠존은 오르가슴에 빠진 남자의 비명과 다르지 않은 괴성을 질러댄다.

"……방광은," 마리뉘스가 계속 말한다. "엄지손가락 너비 정도야."

의사가 메스로 피가 뿜어져나오는 절개 부위를 길게 자른다. 헤리츠존은 고통에 비명을 질러댄다.

우자에몬은 억지로 지켜본다. 쇄석술이 데지마 밖에는 알려져 있지 않아서 마에노가 학술원에 보고할 때 도와주기로 약속했던 것이다.

헤리츠존은 황소처럼 코를 힝힝거리고 눈에는 눈물이 차오른다.

그는 신음한다.

마리뉘스는 왼손 집게손가락에 평지씨 기름을 바르고 헤리츠존의 항문 속으로 손가락을 끝까지 집어넣는다. "이래서 환자가 미리 장을 비워두어야 하는 거네." 썩어가는 고기와 달큰한 사과 냄새가 퍼진다. "직장 팽대부를 통해 돌의 위치를 찾아낼 수 있지……" 마리뉘스는 피가 흘러나오는 절개 부위로 오른손에 든 핀셋을 집어넣는다. "……그리고 기저부에서 절개 부위 쪽으로 밀어올리는 거야." 물똥이 환자의 직장에서 의사의 손 주위로 새어나온다. "핀셋으로 적게 뒤질수록 더 낫지…… 구멍 하나로 충분해. 아! 거의 됐어…… 아하! 여기 있다!" 그는 돌을 꺼내고 헤리츠존의 항문에서 손가락도 빼내 앞치마에 둘 다 닦는다. 돌은 도토리만한 크기에 썩어가는 이처럼 누렇다. "우리 환자가 출혈로 죽기 전에 상처 부위의 출혈을 멎게 해야지. 돔뷔르흐인, 코크인, 옆으로 비켜나게." 마리뉘스가 절개 부위에 또다른 기름을 붓자 에일라퉈가 그곳을 피딱지가 엉겨붙은 붕대로 덮는다.

재갈을 문 헤리츠존은 고통이 참을 수 없는 지경에서 아주 힘든 정도까지 줄어들자 한숨을 내쉰다.

마에노 선생이 묻는다. "선생님, 그건 무슨 기름입니까?"

"내가 하마메리스 자포니카라고 이름 붙인 나무의 껍질과 잎에서 추출한 겁니다. 풍년화의 재래종인데, 열병의 위험을 줄여주지요. 아주 오래전 어느 무학無學의 노파한테서 배웠습니다."

우자에몬은 기억해낸다. 오리토도 산에 사는 늙은 약초상한테서 배웠는데.

에일라퉈가 붕대를 바꾸어 헤리츠존의 허리에 감는다. "환자는 사흘 동안 누워 지내면서 먹고 마시는 것을 자제해야 하네. 방광벽의 상처로 소변이 새어나올 걸세. 열이 오르고 부어오를 수도 있어. 하지만 이삼 주면 평소처럼 소변을 볼 수 있을 거야." 마리뉘스가 이제 헤리츠존의 재갈을 풀고 말해준다. "지난 9월에 자네가 샤코를 두들겨패고 그가 다시 걷게 되기까지 딱 그만큼 시간이 걸렸지, 안 그런가?"

헤리츠존이 눈을 간신히 뜬다. "이 망할, 당신, 당신…… 망할, 망할……"

"땅에는 평화를," 마리뉘스는 입병이 나 얼룩덜룩한 환자의 입술에 손가락을 대고 말한다. "모든 이에게 호의를."

판클레이프 상관장의 식당은 여섯 혹은 여덟 무리가 일본어와 네덜란드어로 제각기 떠들어대는 통에 왁자지껄하다. 최고급 식기에 은제 나이프와 포크가 부딪혀 쨍그랑 소리를 낸다. 아직 저녁이 되지 않았지만 나뭇가지 모양 촛대에 밝힌 초가 염소 뼈, 생선 등뼈, 빵 부스러기, 게 집게발, 랍스터 껍질, 블랑망제 조각, 천장에서 떨어진 호랑가시나무 잎과 열매로 어지러운 전장을 비추고 있다. 식당과 전망 방 사이의 벽판을 치워서, 우자에몬은 탁 트인 바다의 먼 항구 어귀까지 한눈에 다 볼 수 있다. 바다는 검푸른색이고, 산은 간밤의 눈이 녹으면서 뚝뚝 떨어지는 물로 반쯤 가려져 있다.

상관장의 말레이인 하인들이 플루트와 비올라다감바로 노래 한

곡을 끝내고 다른 곡을 시작한다. 우자에몬은 작년 연회에서 그 곡을 들었던 기억이 난다. 지위가 높은 통역관들은 12월 25일 '네덜란드 새해'가 예수그리스도의 탄생일이라는 것을 알지만, 행여나 야심에 찬 첩자가 어느 날 그들에게 기독교 숭배를 받아들였다는 죄목을 씌울까봐 절대 인정하지 않는다. 우자에몬이 보기에 크리스마스는 네덜란드인에게 기묘한 방식으로 영향을 미친다. 그들은 종종 견딜 수 없을 만큼 심한 향수병에 빠지면서도 동시에 난폭할 정도로 흥에 취하고 감상에 젖을 수도 있다. 아리 흐로터가 자두 푸딩을 내올 때쯤 판클레이프 상관장, 피셔 차석 상관장, 아우베한트, 바르트, 젊은 오스트는 거의 만취한 상태다. 덜 취한 마리뉘스와 더주트, 투미만이 일본인 연회객들과 대화를 나누고 있다.

"오가와 상?" 고토 신파치가 걱정스레 쳐다본다. "어디 불편합니까?"

"아뇨, 아닙니다…… 죄송합니다, 고토 상. 저에게 뭔가 물어봤나요?"

"음악이 아름답다는 말을 했습니다."

"전 차라리 돼지 잡는 소리를 듣겠습니다." 세키타 통역관의 말이다.

"아니면 방광결석을 빼낼 때 나는 비명소리나." 아라시야마도 거든다. "안 그렇습니까, 오가와 상?"

"여러분의 얘기를 들으니 식욕이 뚝 떨어졌습니다." 세키타가 데블드에그를 한 개 더 통째로 입안에 밀어넣으며 말한다. "이 달걀은 정말 맛있군요."

"저라면 중국 약초를 먼저 써보겠습니다." 나가사키에서 대대로 통역관을 역임해온 유력한 가문의 자손으로, 얼굴이 원숭이 같은 니시가 말한다. "네덜란드인의 칼에 의지하기 전에요."

"제 사촌도 방광결석에 중국 약초를 썼습니다." 아라시야마가 말한다.

피셔 차석 상관장이 식탁을 두드려가며 껄껄 웃는다.

"……그랬다가 진짜로 식욕이 떨어질 만한 방식으로 죽었지요."

판클레이프 상관장의 데지마 처가 눈송이 무늬가 그려진 기모노를 입고 쟁그랑거리는 팔찌를 낀 채 미닫이문을 밀어 열고 얌전하게 방 쪽으로 고개 숙여 인사한다. 대화 소리가 잠잠해지고 더 예의바른 손님들은 알아서 힐끔거리기를 멈춘다. 그녀가 판클레이프의 귀에 대고 뭐라 소곤거리자 그의 얼굴이 밝아진다. 그는 그녀에게 소곤소곤 대답하고 농부가 황소한테 하듯 그녀의 엉덩이를 철썩 친다. 그녀는 짐짓 애교스럽게 화난 척하고는 판클레이프의 사실로 돌아간다.

우자에몬은 판클레이프가 자신의 소유를 과시하기 위해 일부러 그런 장면을 보여준 게 아닐까 생각한다.

"저 여자는 메뉴에 없다니 안타깝군요." 세키타가 속삭인다.

더주트가 자기 뜻대로 했더라면 오리토 역시 데지마의 처가 되었을 텐데…… 우자에몬은 생각한다.

노예 큐피도가 이십여 명의 손님에게 병을 하나씩 나눠준다.

……여럿에게 몸을 내주는 대신 한 명에게만 주고. 우자에몬은 입술을 깨문다.

"저들이 이렇게 즐거운 관습을 포기할까 걱정했습니다." 세키타가 말한다.

그건 네 죄책감이 하는 소리지. 우자에몬은 생각한다. 하지만 내 죄책감이 옳다면?

말레이인 하인 필란더르가 뒤이어 병을 따준다.

판클레이프가 일어서서 식탁에 앉은 모두가 주목할 때까지 숟가락으로 유리잔을 가볍게 두드린다. "여러분 중 헤메이 상관장과 스닛커르가 있을 때 네덜란드 새해를 축하해봤던 분들은 히드라 머리 건배를 알 겁니다……"

아라시야마가 우자에몬에게 살짝 묻는다. "히드라가 뭡니까?"

우자에몬은 뭔지 알면서도 판클레이프의 말을 놓칠까봐 어깨만 으쓱한다.

"한 명씩 돌아가며 건배를 합니다." 고토 신파치가 말한다. "그리고……"

"……점점 더 취하는 거죠." 세키타가 트림을 한다. "시간이 갈수록."

"……우리의 소망이 한데 모여 더 밝은 미래를 만들어낼 것입니다." 판클레이프가 몸을 좌우로 흔든다.

관습에 따라 손님들은 옆 사람의 잔을 채워준다.

판클레이프가 잔을 높이 쳐든다. "그러면 자, 여러분, 19세기를 위하여!"

일본 달력과는 무관하지만 어쨌든 방안에 건배 소리가 울린다.

우자에몬은 새삼 자신이 얼마나 기분이 안 좋은지 깨닫는다.

피서 차석 상관장이 말한다. "유럽과 동양 사이의 우정을 여러분께 드립니다!"

이런 똑같은 공허한 말을 몇 번이나 들어야 한단 말인가? 우자에몬은 생각한다.

고바야시 통역관이 우자에몬을 쳐다본다. "친애하는 벗 오가와 미마사쿠와 헤리츠존 상의 빠른 회복을 위하여." 오가와의 아버지가 어쩔 수 없는 상황임을 받아들이고 누구나 선망하는 자리에서 물러난 후, 고바야시는 우자에몬을 제치고 자기 아들을 이급 통역관으로 진급시키려고 통역관 조합에 손을 쓰고 있다. 우자에몬은 그런 사정을 알면서도 일어서서 연장자인 그에게 인사를 하는 수밖에 없다.

마리뉘스 선생이 다음 차례다. "진실의 탐구자들을 위하여."

요시오 통역관은 검사관들을 위해 일본어로 건배 제안을 한다. "만인이 경모하는 우리 현명하신 부교님의 건강을 위하여." 요시오의 아들 역시 삼급에서 다음 공석을 노리고 있다. 이번에는 그가 네덜란드어로 말한다. "우리의 지도자들을 위하여."

이건 누구나 다 해야 하는 게임이야. 우자에몬은 생각한다. 조합에서 올라가기 위해서는.

야코프 더주트가 자기 와인을 빙빙 돌린다. "가까이 있건 멀리 있건, 우리 모두의 사랑하는 사람들을 위하여."

네덜란드인과 우자에몬의 눈이 우연히 마주친다. 건배사를 따라 할 동안 그들은 서로 시선을 돌린다. 통역관이 우울한 마음으로 냅킨 고리를 돌리고 있는데 고토가 헛기침을 한다. "오가와 상?"

우자에몬이 고개를 들자 모든 이들이 그를 쳐다보고 있다.

"죄송합니다, 여러분, 와인 탓에 혀가 굳었습니다."

도깨비의 웃음소리가 방안에 왁자하게 퍼진다. 손님들의 얼굴이 커졌다가 작아진다. 입술이 흐릿하게 들려오는 말과 따로 논다. 우자에몬은 의식이 멀어져가는 것을 느끼며 생각한다. 내가 죽어가나?

히가시자카 거리의 계단은 진창이 된 눈으로 미끄럽고 뼈다귀, 넝마, 썩어가는 낙엽과 분뇨로 온통 뒤덮여 있다. 우자에몬과 밭장다리 요헤이는 군밤장수를 지나쳐 걸어올라간다. 통역관은 냄새에 속이 뒤집힐 것 같다. 앞쪽에는 다가오는 사무라이를 보지 못한 거지가 벽에 대고 오줌을 누고 있다. 야윈 개, 솔개, 까마귀가 거리의 보잘것없는 먹잇감을 두고 투닥거린다.

어느 집 문간에서 장례식 독경소리와 향 연기가 새어나온다.

슈자이 스승님이 검술 연습을 하려고 나를 기다리고 있을 텐데. 우자에몬은 기억해낸다······

만삭인 여자가 갈림길에서 돼지기름 양초를 팔고 있다.

······하지만 하루에 두 번이나 기절하면 좋지 않은 소문이 퍼질 거야.

우자에몬은 요헤이에게 여자한테서 양초를 열 개 사오라고 한다. 여자는 양쪽 눈에 백내장이 있다.

양초장수가 손님에게 고맙다고 인사한다. 주인과 하인은 계속 올라간다.

창문 너머로 한 남자가 소리친다. "너랑 결혼한 날을 저주한다!"

"사무라이 사마?" 입술이 없는 점쟁이가 반쯤 열린 문 밖으로 외친다. "천상에 당신을 구제하고 싶어하는 분이 계십니다, 사무라이 사마."

우자에몬은 그녀의 뻔뻔스러움에 짜증이 나서 계속 걷는다.

"나리, 또 상태가 좋지 않으신 듯한데, 제가……" 요헤이가 말한다.

"계집애처럼 소란 떨지 말거라. 외국 포도주가 나와 맞지 않았을 뿐이다."

수술에다가 외국 포도주까지. 우자에몬은 생각한다.

"내가 잠시 정신을 잃었다는 얘기를 아버님이 들으시면 걱정하실 게다." 그는 요헤이에게 말한다.

"절대 발설하지 않겠습니다, 나리."

그들은 동네로 들어가는 문을 지난다. 관리인 아들이 동네에서 제일 지체 높은 주민 중 한 명에게 인사한다. 우자에몬도 짧게 목례를 하고는 생각한다. 집에 다 왔군. 하지만 그다지 위안이 되지는 않는다.

"오가와 사마가 시간을 좀 내주실 수 있을까요?"

문이 열리기를 기다리는 우자에몬의 귀에 노인의 목소리가 들려온다.

산사람 차림을 한 허리가 굽은 노파가 개울가의 덤불숲에서 올라온다.

요헤이가 노파를 막는다. "네가 뭐라고 우리 나리 이름을 함부로 부르는 것이냐?"

하인 기요시치가 안에서 대문을 연다. 그는 노파를 보더니 설명한다. "나리, 이 모자라는 것이 좀전에 옆문을 두드리며 젊은 통역관 오가와 님과 이야기하게 해달라고 청했습니다. 이 미친 노파한테 썩 꺼지라고 했지만 나리께서 보시다시피……"

삿갓과 도롱이에 감싸인 세월에 찌든 얼굴에는 닳아빠진 사람 특유의 교활한 기색이 없다. "우리 둘 다 아는 분이 있어요, 오가와 사마."

"이제 됐다고, 할망구." 기요시치가 노파의 팔을 잡는다. "이제 그만 집에나 가봐."

그 순간 우자에몬이 입을 연다. "살살 해라."

"동네 출입문은 이쪽이야."

"하지만 구로자네에서 사흘을 왔네, 젊은이. 이 늙은 다리로 말이야. 그리고……"

"그럼 집으로 빨리 출발할수록 좋겠네, 안 그래?"

우자에몬은 오가와 저택의 대문을 지나 시든 관목 위에 이끼만 무성한, 햇빛이 들지 않는 수석 정원을 가로지른다. 요헤이가 바깥에서 안채로 들어가는 문을 열기 한 박자 앞서서, 수척하고 두상이 새를 닮은 아버지의 하인 사이지가 안에서 문을 밀어 연다. "오셨습니까, 나리." 하인들은 그들의 주인이 오가와 미마사쿠에서 오가와 우자에몬으로 바뀌기 전에 미리 자리를 다투고 있다. "주인 나리께서는 방에서 주무시고 계십니다. 작은마님께서는 두통으로 고생하고 계십니다. 큰마님이 간호중이십니다."

그러니까 아내는 혼자 있고 싶어하는데 어머니가 내버려두지 않으시는군. 우자에몬은 생각한다.

새로 온 하녀가 버선과 따뜻한 물, 수건을 가지고 나타난다.

"서재에 불을 피워두거라." 그는 쇄석술에 관한 글을 쓸 생각으로 하녀에게 이른다. 일하고 있으면 어머니와 아내가 가까이 오지 않겠지.

"나리께서 드실 차를 준비해라." 요헤이가 하녀에게 이른다. "너무 진하게 우리지 말고."

사이지와 요헤이가 장차 주인이 될 분이 시중들 사람으로 누구를 선택할지 기다린다.

"뭐든 다른 일이 있으면 처리하거라. 너희 둘 다." 우자에몬이 한숨을 쉰다.

그는 요헤이와 사이지가 주인의 기분을 상하게 한 책임을 서로에게 미루며 다투는 소리를 뒤로한 채 밀랍으로 광을 낸 싸늘한 복도를 걸어간다. 그들의 다툼에는 어쩐지 부부 같은 친근함이 있어서, 우자에몬은 그들이 밤에 방을 같이 쓰는 정도가 아닐지도 모른다고 짐작한다. 성역인 서재에 들어선 우자에몬은 생기 없는 가정, 산에서 온 미친 노파, 시끌벅적한 크리스마스 연회, 자신의 수치스러운 퇴장을 떨쳐내듯 문을 탁 닫고 책상 앞에 앉는다. 종아리가 쑤신다. 그는 벼루에 먹을 갈고 물을 몇 방울 섞은 뒤 붓을 찍는 과정을 좋아한다. 참나무 선반 위에 귀한 책과 중국 두루마리가 놓여 있다. 그는 십오 년 전 오가와 미마사쿠의 서재에 들어섰을 때 느꼈던 경외감을 기억하고 있다. 그때만 해도 언젠가 자신이 그 서재의 주인에게 입양되리라고는 꿈에도 생각지 못했다. 하물며 그 서재의 주인이 될 줄이야.

야심을 줄이고 더 만족할 줄 알아야 해. 그는 어린 시절의 우자에몬에게 경고한다.

그의 눈길이 가장 가까운 선반에 놓인 더주트의 『국부론』에서 멎는다.

우자에몬은 쇄석술에 대해 기억나는 내용을 정리한다.

문 두드리는 소리가 들린다. 하인 기요시치가 문을 연다.

"그 모자란 것이 다시는 저희를 성가시게 하지 않을 겁니다, 나리."

우자에몬은 그 말을 이해하는 데 약간 시간이 걸린다. "그래. 그 가족에게 노인이 민폐를 끼치지 않게 해달라고 일러둬야겠군."

"관리인 아들에게 그렇게 일렀지만 그 노파를 모른답니다."

"어디에서 왔다고 했지…… 구로자카였던가?"

"'구로자네', 그렇게 말했습니다. 제가 알기로는 교가 번 아리아케 해안 길에 있는 작은 마을입니다."

그 이름이 귀에 익다. 어쩌면 에노모토 승정에게서 들은 적이 있는지도 모른다.

"나에게 무슨 볼일이 있다고 하던가?"

"'개인적인 일'이라고만 했습니다. 그리고 자기가 약초상이라고 했고요."

"정신이 온전치 않은 노파도 회향만 달일 줄 알면 다 약초상이라고 하지."

"맞습니다요, 나리. 아마 이 집에 병자가 있다는 소문을 듣고 뭔가 기적의 치료법 따위로 푼돈이라도 벌어볼 속셈이었나봅니다. 정말 매질을 당해도 싼 노파이지만 나이가 있으니……"

새로 온 하녀가 석탄이 든 양동이를 들고 들어온다. 오후의 추위 탓인지 하얀 머릿수건을 썼다. 오리토의 아홉번째인가 열번째 편지에 쓰여 있던 한 구절이 우자에몬의 기억 속에 떠오른다. 이렇게 적혀 있었다. "구로자네의 약초상은 시라누이산 기슭의 오래된 오두막에서 염소와 닭, 개와 함께 살고 있어요……"

마루가 기울어진다. "노파를 데려오너라." 우자에몬은 자신이

내는 목소리가 낯설다.

기요시치와 하녀가 깜짝 놀라 주인을 쳐다보고는 서로 마주본다.

"구로자네의 약초상을 쫓아가―그 산에서 온 노파 말이다. 그 여자를 데려와라."

놀란 하인은 자기 귀를 의심한다.

우자에몬은 자신의 행동이 얼마나 이상하게 보일지 깨닫는다. 데지마에서 기절을 하더니 이제는 거지를 놓고 변덕을 부리고 있으니. "절에서 아버님을 위해 기도드릴 때 어떤 스님이 그 병은 오가와 집안에서 자선을 많이 베풀지 않은 탓일 수도 있다면서, 부처님이 만회할 기회를 주실 거라고 하셨다."

기요시치는 부처님이 그런 악취나는 사자를 쓰셨을까 의심스럽다.

우자에몬이 손뼉을 친다. "두 번 말하게 하지 마라, 기요시치!"

"당신이 오타네군요." 우자에몬은 그녀에게 경칭을 써야 할지 망설이며 입을 연다. "오타네 상, 구로자네의 약초상. 아까 바깥에서는 제가 미처……"

노파는 굴뚝새처럼 몸을 웅크리고 앉아 있다. 그녀의 눈빛은 날카롭고 맑다.

우자에몬은 하인들을 물리친다. "말씀을 제대로 듣지 않은 것을 사과드립니다."

오타네는 사과를 받아주지만 아직 아무 말도 하지 않는다.

"교가 번에서 여기까지는 이틀 거리지요. 여인숙에서 주무셨습니까?"

"꼭 와야 하는 일이었고, 그래서 지금 여기 있습니다."

"아이바가와 양이 항상 깊은 존경심을 담아 오타네 상에 대한 이야기를 했습니다."

노인의 교가 사투리는 촌스럽지만 기품이 있다. "아이바가와 아씨가 구로자네를 두번째로 찾아왔을 때 오가와 통역관님에 대해서도 똑같은 식으로 얘기했답니다."

우자에몬은 생각한다. 발은 아플지 몰라도 차는 법만큼은 잘 알고 있군. "마음 가는 대로 결혼할 수 있는 신랑은 드물지요. 저는 집안의 명에 따라 혼인을 해야만 했습니다. 그게 세상 이치니까요."

"아이바가와 아씨의 방문은 제 인생에서 세 가지 보물입니다. 지위가 그렇게 다른데도 그분은 저한테 귀한 딸이었고 언제나 그렇습니다."

"구로자네가 시라누이산을 오르는 길목에 있다고 알고 있습니다." 우자에몬은 더는 희망을 견딜 수가 없다. "아이바가와 양이 산사에 들어간 후로 만나신 적이 있습니까?"

오타네의 표정이 아니라는 뜻으로 쓸쓸하게 변한다. "모든 접촉이 금지되어 있습니다. 저는 일 년에 두 번씩 산사의 의사인 스자쿠 스님에게 산사 초소로 약을 가져다줍니다. 하지만 평신도는 겐무 주지스님이나 에노모토 승정님의 초대를 받지 않은 이상 그 안까지 들어갈 수 없습니다. 특히……"

문이 열리고 우자에몬 어머니의 하녀가 차를 날라온다.

어머니가 지체 없이 첩자를 보내셨군. 우자에몬은 알아챈다.

오타네가 호두나무 쟁반에서 차를 받아들며 인사한다.

하녀는 철저한 심문을 받으러 간다.

"특히," 오타네가 이야기를 계속한다. "약초나 캐는 늙은이는 더욱 그렇습니다." 그녀는 약초 물이 든 앙상한 손가락으로 찻잔을 감싸쥔다. "아뇨, 아이바가와 아씨의 전갈을 가져온 건 아닙니다……바로 시작하지요. 몇 주 전, 첫눈 오던 날 밤 한 방문객이 제 오두막에 와 몸 피할 곳을 찾았습니다. 시라누이 산사에서 온 젊은 사미승이었지요. 도망쳐나왔던 거예요."

눈빛으로 밝은 종이창 뒤로 요헤이의 흐릿한 윤곽이 지나간다.

"그가 뭐라고 했습니까?" 우자에몬은 입이 마른다. "그녀는……아이바가와 양은 잘 있습니까?"

"아씨는 살아 있습니다만, 그 사미승은 교단에서 비구니에게 저지르는 잔인한 짓에 대해 이야기해주었습니다. 그런 학대 행위가 널리 알려지면 승정님이 에도에 연줄이 있다 해도 신사를 지킬 수 없을 거라 했습니다. 그게 그 사미승의 계획이었지요―나가사키에 가서 시라누이산 교단을 부교님과 부교님의 법정에 고발하는 것 말입니다."

누군가가 안뜰의 눈을 솔이 뻣뻣한 빗자루로 쓸고 있다.

불이 피워져 있음에도 우자에몬은 한기를 느낀다. "그 도망자는 어디 있습니까?"

"그다음날 제 앞뜰의 벚나무 두 그루 사이에 묻어주었습니다."

뭔가가 우자에몬의 시야 밖으로 급히 사라진다. "그는 어떻게 죽었습니까?"

"일단 소화되면 매일 해독제를 먹는 한 몸속에 아무 탈 없이 남아 있는 일군의 독이 있습니다. 하지만 해독제를 먹지 않으면 독이 숙주를 죽입니다. 제가 추측하기로는 그렇습니다……"

"그러면 그 사미승은 산사를 떠난 순간 죽을 운명이었군요."

복도 아래쪽에서 우자에몬의 어머니가 하녀를 야단치고 있다.

"그 사미승이 죽기 전에 교단이 하는 짓에 대해 말했습니까?"

"아뇨." 오타네는 고개를 더 바짝 기울인다. "하지만 교단의 계율을 적은 두루마리가 있습니다."

"그 계율이 비구니들이 당하고 있는 '잔인한 짓'과 같은 것입니까?"

"저는 농군 출신 늙은이입니다, 통역관님. 글을 모릅니다."

"그 두루마리." 그의 목소리도 속삭이듯 작아진다. "그것이······ 나가사키에 있습니까?"

오타네는 인간으로 만들어진 시간 그 자체인 것처럼 그를 응시한다. 그녀는 소매 속에서 층층나무 두루마리 통을 꺼낸다.

우자에몬이 가까스로 묻는다. "비구니들이 그 남자들과 잠자리를 해야 합니까? 그것이 그 사미승이 말한 학대 행위입니까?"

어머니의 것이 분명한 발소리가 삐걱거리는 복도를 따라 점점 다가온다.

"진실은 그보다 더 나쁘다고 두려워할 만한 근거가 있습니다." 오타네가 두루마리 통을 우자에몬에게 건넨다.

우자에몬이 층층나무 통을 소매에 막 숨기는 순간 문이 열린다.

"어머나, 미안하다!" 어머니가 문가에 나타난다. "손님이 있는 줄 몰랐구나. 네······" 어머니가 잠시 말을 멈춘다. "······네 손님이 저녁도 드시고 갈 거니?"

오타네는 머리를 깊이 조아린다. "저 같은 늙은이한테 그런 후의는 과분합니다. 감사합니다, 마님. 하지만 일 분도 더 마님 집안의 후의에 기대려 하지 않겠습니다······"

XIX
시라누이 산사, 비구니 처소

✦

선달 아흐레 해질녘

오늘 같은 오후에 회랑을 빗질하기란 짜증나는 일이다. 낙엽과 솔잎 더미를 모아놓기가 무섭게 바람이 다시 흩어버린다. 민둥산에는 구름이 퍼져 있고 차디찬 이슬비가 내린다. 오리토는 올 굵은 삼베 조각으로 널빤지에서 끈끈이 덫을 닦아낸다. 오늘이 그녀가 잡혀온 지 아흔닷새째 되는 날이다. 스자쿠와 비구니 주지의 눈을 피해 위안을 소매에 털어버린 지는 열사흘째다. 네댓새는 경련과 열로 괴로웠지만 이제는 다시 본래 상태로 돌아왔다. 쥐가 더는 말을 걸지 않고 이 처소가 치는 못된 장난질도 줄어들었다. 그러나 그녀의 승리는 거기까지만이다. 아직도 경내를 탐색해도 된다는 허락은 받지 못했다. 선물 증여를 한번 더 피하기는 했지만 신참 비구니가 네번째에도 그렇게 운이 좋을 확률은 희박하고, 다섯 번을 피한다면 전례없는 일이 될 것이다.

우메가에가 옻칠한 나막신을 끌고 딱딱 소리를 내며 다가온다.

우메가에는 바보 같은 농담을 하지 않고는 못 배길 거야. 오리토는 예상한다.

"참말로 부지런하네요, 신참 보살님! 손에 빗자루를 들고 태어났나봐요?"

대답을 기대하지도 않았고, 대답하는 이도 없다. 우메가에는 부엌으로 걸어간다. 그녀의 모욕적인 말에 오리토는 아버지가 쓰레기가 썩어가고 쥐가 들끓는 중국 상관과는 반대로 청결한 데지마를 칭찬했던 것이 떠오른다. 그녀는 마리뉘스가 자신을 보고 싶어할지 궁금하다. 등나무집 출신 여자가 야코프 더주트의 침대를 따뜻이 데워주며 그의 이국적인 눈을 황홀하게 바라보고 있을지 궁금하다. 더주트가 잃어버린 사전이 필요할 때를 제외하고는 이제 자기를 기억이라도 할지 궁금하다.

오가와 우자에몬에 대해서도 똑같은 생각을 한다.

더주트는 오리토가 그를 받아들이기로 마음먹었다는 사실을 영영 모른 채 일본을 떠날 것이다.

자기 연민이야말로 대들보에 매달린 올가미야. 오리토는 다시 자신에게 상기시킨다.

문지기가 소리친다. "문 열립니다. 보살님들!"

사미승 둘이 통나무와 불쏘시개를 실은 수레를 밀고 온다.

문이 막 닫힐 때 오리토는 고양이 한 마리가 문틈으로 미끄러져 들어온 것을 알아챈다. 흐린 저녁의 달처럼 밝은 회색이다. 고양이는 안뜰을 가로지른다. 다람쥐 한 마리가 늙은 소나무 위로 달려올라가지만, 두 발 달린 생물이 네 발 달린 생물보다 더 나은 먹을거리를 준다는 것을 아는 회색 고양이는 회랑으로 팔짝 뛰어올라와 오리토에게 제 운을 시험해보려 한다. "여기에서 너를 보기는 처음이구나." 그녀가 고양이에게 말한다.

고양이가 그녀를 쳐다보고 야옹 하고 운다. 먹을 것을 줘요, 나 예쁘잖아.

오리토가 검지와 엄지로 말린 정어리를 집어 내민다.

회색 고양이가 무심하게 생선을 살펴본다.

"누군가가 이 산 위까지 힘들게 가져다준 생선이라고." 오리토가 꾸짖는다.

고양이는 생선을 받아 땅으로 펄쩍 내려와 회랑 밑으로 간다.

오리토가 몸을 굽혀 안뜰을 보지만 고양이는 사라지고 없다.

그녀는 비구니 처소의 토대에 뚫린 좁은 직사각형 구멍을 본다……

……회랑에서 목소리가 묻는다. "잃어버린 거라도 있나요, 신참 보살님?"

오리토가 죄지은 사람처럼 위를 올려다보니 식모가 옷더미를 나르고 있다. "고양이가 먹을 것을 달라 하더니 원하는 것을 얻고는 빠져나가버렸네요."

"수컷이 틀림없어요." 식모는 허리를 수그리고 재채기를 한다.

오리토는 식모가 빨랫감을 모아 세탁실로 가져가는 것을 돕는다. 신참 비구니는 식모 사쓰키에게 동정심을 느낀다. 비구니 주지의 지위는 명확하다―스님 아래, 사미승 위. 하지만 식모 사쓰키는 누리는 특권보다 더 많은 의무를 지고 있다. 속세의 논리대로라면 그녀는 외모에 흠이 없고 선물을 증여받을 의무가 없으니 다들 그녀의 지위를 부러워해야겠지만, 비구니 처소에는 그곳만의 논리가 있다. 우메가에와 하시히메는 식모에게 그녀의 자리는 어디까지나 비구니들의 편의를 위해 존재한다는 사실을 일깨워줄 수단을 하루에도 십여 가지는 고안해낸다. 그녀는 일찍 일어나서 늦게 잠자리에 들고, 비구니끼리 나누는 친밀함도 함께 나누지 못한다. 오리토는 식모의 눈이 얼마나 붉은지, 혈색이 얼마나 안 좋은지 알아챈다. "실례가 안 된다면 좀 묻고 싶은 게 있는데," 의사의 딸이 말을 건다. "몸이 안 좋나요?"

"제 건강 말인가요, 보살님? 건강은…… 아주 좋아요, 고맙습니다."

오리토는 식모가 뭔가 숨기고 있다고 확신한다.

"정말이에요, 보살님. 저는 아주 건강해요. 겨울이고 산속이라 몸이 좀 굼떠진 것뿐이에요……"

"시라누이산에 온 지 몇 년이나 되었어요?"

"올해로 오 년째예요." 그녀는 대화를 나눌 수 있어 기쁜 듯하다. "산사에서 일한 지요."

"야요이 보살님 말로는 사쓰마 번의 큰 섬 출신이라고요."

"아, 잘 안 알려진 곳이에요. 야쿠시마라는 곳인데, 가고시마항에서 배 타고 꼬박 하루를 들어가야 해요. 아무도 들어본 적이 없을 거예요. 섬의 남자들 몇몇은 사쓰마 영주님 밑에서 보졸로 복무해요—그들은 남은 평생 부풀려서 떠벌릴 이야기를 가지고 돌아오지요. 하지만 대부분의 섬사람은 섬 밖으로 나가보지도 못해요. 섬 안은 온통 산이고, 길도 없답니다. 신중한 나무꾼이나 어리석은 사냥꾼, 길 잃은 순례자나 거기 들어가지요. 섬의 신은 인간에게는 소용이 없어요. 항구에서 이틀 거리인 미우라산 중턱에 유명한 신사가 딱 하나 있는데, 시라누이 산사보다 작은 암자랍니다."

미노리가 세탁실 문을 지나가며 손에 입김을 분다.

"어떻게 해서 여기에 식모로 오게 되었어요?" 오리토가 묻는다.

유기리가 양동이를 흔들며 반대 방향으로 지나간다.

식모는 이불보를 펼쳤다 다시 접는다. "뱃코 스님이 순례차 야쿠시마를 찾으신 적이 있어요. 미야케 일족에서 분가해 나온 집안의 다섯째 아들인 저희 아버지는 이름뿐인 사무라이셨어요—쌀과 기장 장사를 하셨고 낚싯배도 한 척 갖고 계셨지요. 아버지는 미우라 산사에 쌀을 대셨는데, 뱃코 스님께 산에 올라가는 길을 안내해주겠다고 하셨어요. 저도 짐을 들고 따라가서 밥을 했지요. 우리 야쿠시마의 딸들은 강하게 크거든요." 식모는 용기를 내어 보기 드문 미소를 수줍게 짓는다. "돌아오는 길에 뱃코 스님이 제 아버지에게 시라누이산에 있는 작은 비구니 절에 몸 사리지 않고 힘든 일도 잘하는 식모가 한 명 필요하다고 하셨어요. 아버지는 그 기회를 놓치지 않으셨지요. 저희 집에는 딸이 넷이었고, 스님의 제안은 한 명분의 지참금을 덜 수 있다는 의미였거든요."

"수평선 너머로 떠나게 되었을 때 무슨 생각을 했어요?"

"불안하면서도 내 눈으로 우리 섬을 볼 수 있다는 생각에 흥분되기도 했어요. 이틀 후 저는 배에 올라 고향 섬이 마침내 골무 속에 들어갈 만큼 작아질 때까지 지켜보았지요…… 그리고 다시는 돌아가지 못했어요."

사와라비의 가시 돋친 웃음소리가 부엌에서 들려온다.

식모 사쓰키는 지난날을 되돌아보고 있다. 그녀의 호흡이 밭다.

당신은 인정하려 하지 않지만 실은 많이 아파요…… 오리토는 추측한다.

"아이참, 무슨 수다람! 도와줘서 고마워요, 보살님. 하지만 저 때문에 하던 일을 못하면 안 돼요. 옷 개는 일은 저 혼자 끝낼 수 있어요, 고맙습니다."

오리토는 회랑으로 돌아와 다시 빗자루를 든다.

사미승이 경내로 돌아가려고 대문을 두드린다.

문이 열리자 회색 고양이가 그들의 다리 사이로 잽싸게 들어온다. 고양이는 안뜰을 가로지른다. 다람쥐가 늙은 소나무 위로 올라간다. 고양이는 곧장 오리토를 향해 다가와 그녀의 정강이에 몸을 비비며 의미심장하게 올려다본다.

"생선을 더 얻으려고 돌아온 거라면 이젠 없어, 요 못된 것아."

고양이가 오리토에게 그쪽이야말로 멍청하고 가엾은 생물이라고 말한다.

밤바람이 산사로 불어오자 첫째 비구니 하쓰네가 언제나 닫혀 있는 눈꺼풀을 문지른다. "비젠 번에는 산요도 대로에서 북쪽으로, 빗추 성읍까지 올라가는 협곡이 있어요. 오사카에서 온 행상 두 명이 그 협곡의 좁고 굽은 길을 가다가 발도 아프고 밤도 늦어서, 이끼 덮인 고령의 호두나무 밑에 있는 여우 신 이나리의 버려진 사당에서 노숙을 하기로 했지요. 활달한 성격의 첫번째 행상은 장식띠와 빗 등을 팔았지요. 그는 여자아이들을 잘 홀리고 젊은 남자들의 환심을 살 줄 알아서 장사가 잘되었어요. 그는 노래를 불렀어

요. '모든 젊은 아가씨에게 입맞춤을 받는 장식띠요!' 두번째 행상
은 칼장수였지요. 온 세상이 자기를 먹여 살릴 의무가 있다고 믿는
음침한 남자로, 그의 손수레에는 팔지 못한 물건이 가득했어요. 이
이야기는 밤에 시작돼요. 그들은 불을 피워 몸을 덥히며 오사카에
돌아가면 뭘 할지 이야기를 나누었어요. 장식띠장수는 어린 시절
부터의 정인과 혼례를 치를 예정이었고, 칼장수는 힘은 가장 덜 들
면서 돈은 아주 많이 벌 수 있는 전당포를 열 생각이었어요."

사와라비의 가위가 무명천을 사각사각 자른다.

"잠들기 전에 칼장수가 이렇게 인적 없는 곳에서 무사히 밤을 보
내도록 지켜달라고 이나리 사마에게 기도하자고 했어요. 띠장수도
좋다고 했지요. 그런데 띠장수가 버려진 제단 앞에 무릎을 꿇은 순
간 칼장수가 팔리지 않은 도끼 중 제일 큰 것을 휘둘러 단번에 그
의 목을 댕강 베어버렸지요."

비구니 여럿이 헉하고 숨을 멈추고 사다이에가 작게 비명을 지
른다. "안 돼!"

"보살님, 그 둘은 친구 사이라고 했잖아요." 아사가오가 말한다.

"그 딱한 띠장수는 그런 줄 알았지요, 보살님. 하지만 이제 칼장
수는 친구의 돈을 빼앗고 시체를 묻고는 단잠에 빠졌어요. 악몽이
나 이상한 신음소리가 그를 괴롭혔을까요? 천만에요. 칼장수는 상
쾌한 기분으로 잠에서 깨어 아침으로 희생자의 음식을 먹고 오사카
까지 무사히 돌아왔어요. 자기가 살해한 남자의 돈으로 가게를 차
려서 잘나가는 전당포 주인이 되었지요. 그리고 곧 안감을 댄 옷을
입고 은젓가락으로 산해진미를 먹게 되었답니다. 네 번의 봄이 오
고 네 번의 가을이 갔어요. 그러던 어느 오후, 갈색 하오리 차림의

420

말쑥하고 머리숱이 많은 손님이 전당포로 들어와 호두나무 상자 하나를 내놓았어요. 그는 상자 안에서 반질반질한 사람 해골을 꺼냈어요. 전당포 주인이 말했지요. '그 상자라면 동전 몇 푼 값어치는 있을지 모르지만, 그런 오래된 뼈다귀는 왜 나한테 보여주는 게요?' 그러자 낯선 사람이 전당포 주인을 향해 가지런한 하얀 이를 드러내며 웃고는 해골에게 명령했어요. '노래해라!' 그러자 세상에 보살님들, 해골이 노래를 하지 뭐예요. 바로 이런 노래를요.

'미인과 함께 잠을 자고, 산해진미를 즐기게 되리,
두루미와 거북과 잣나무로……'"

화로에서 통나무가 쩍 소리를 내며 갈라지자 여자들이 화들짝 놀란다.
"세 가지 행운의 표시네요." 눈먼 미노리가 말한다.
하쓰네가 이야기를 계속한다. "전당포 주인도 그렇게 생각했어요. 하지만 그는 말쑥하고 머리숱이 많은 손님에게 시장에 가면 네덜란드에서 온 이런 신기한 것들이 넘쳐난다고 툴툴댔지요. 그는 해골이 아무한테나 노래를 불러주는지 아니면 그 손님한테만 불러주는지 물었어요. 그러자 손님은 부드러운 목소리로 진짜 주인을 위해서만 노래한다고 설명해주었지요. 전당포 주인이 퉁명스레 말했어요. '그럼 여기 3고방 있소. 한푼이라도 더 요구하면 받지 않겠소.' 손님은 아무 말 없이 인사를 하고는 상자 위에 해골을 놓고 돈을 받아들고 나갔어요. 전당포 주인은 지체 없이 이 마법의 물건을 돈으로 바꿀 제일 좋은 방법을 결정했어요. 그는 가마를 불러 타고

모시는 이가 없는 어느 사무라이의 집으로 갔어요. 이상한 내기를
즐기곤 하는 방탕한 낭인이었지요. 전당포 주인은 신중한 사람이
어서, 가는 길에 새로 산 물건을 시험해보려고 해골에게 명령했어
요. '노래해라!' 그러자 과연 해골이 노래를 불렀어요.

'나무는 생명이고 불은 시간이라,
두루미와 거북과 잣나무로!'

사무라이를 만나자마자 전당포 주인은 새로 얻은 물건을 내놓
고 새 친구인 해골이 부르는 노래 값으로 1000고방을 불렀지요.
사무라이는 칼날처럼 잽싸게 전당포 주인에게 만약 해골이 노래하
지 않으면 남을 잘 믿는 자신의 성격을 모욕한 죄로 머리를 베겠다
고 을러댔어요. 당연히 이런 반응이 나오리라 예상했던 전당포 주
인은 해골이 정말로 노래를 한다면 사무라이의 재산 절반을 달라고
내기를 걸었지요. 자, 교활한 사무라이는 전당포 주인이 정신이 나
갔다고 생각했어요⋯⋯ 그리고 이제 손쉽게 한몫 잡겠다 싶었지
요. 그는 전당포 주인의 목은 아무 값어치가 없으니 그의 전 재산
을 걸어야 한다고 우겼어요. 전당포 주인은 사무라이가 미끼를 덥
석 물자 신이 나서 다시 판돈을 올렸어요. 해골이 노래를 하면 상
대방도 전 재산을 내놓아야 한다고⋯⋯ 물론 그가 겁을 먹지 않는
다면 말이지요. 대답으로 사무라이는 이런 칙칙한 뒷거래에 아주
익숙한 썩어빠진 쇼야*를 증인으로 세우고 자신의 서기에게 내기

* 마을의 정사를 맡아 보던 사람으로, 지금의 촌장에 해당한다.

의 내용을 피의 서약으로 쓰게 했어요. 그러고 나자 욕심 많은 전 당포 주인이 상자 위에 해골을 놓고 명령했지요. '노래해라!'"

여자들의 그림자가 비스듬히 기울어진 거인들이 드리운 불안한 그늘 같다.

호타루가 제일 먼저 침묵을 깬다. "어떻게 되었어요, 하쓰네 보살님?"

"아무 일도 일어나지 않았어요. 해골은 찍소리도 내지 않았어요. 그러자 전당포 주인이 다시 목소리를 높였지요. '노래해라. 내가 명령한다. 노래해!'"

식모 사쓰키의 분주하던 바늘이 뚝 멎는다.

"해골은 한마디도 하지 않았어요. 전당포 주인의 얼굴에서 핏기가 가셨지요. '노래해! 노래하라고!' 하지만 여전히 해골은 잠잠했어요. 피로 쓴 서약은 아직 마르지 않은 채 탁자 위에 그대로 놓여 있었지요. 전당포 주인은 절망에 빠져 해골에게 소리를 질렀어요─'노래해!' 전혀, 아무 소리도 나지 않았어요. 전당포 주인은 자비를 기대할 수 없었고, 자비를 받지도 못했지요. 사무라이는 전당포 주인이 무릎을 꿇고 애원하려 하자 제일 날카로운 칼을 가져오라 했어요. 전당포 주인의 목이 떨어졌지요."

사와라비가 골무를 떨어뜨린다. 골무가 오리토에게로 굴러가자 그녀는 그것을 집어 돌려준다.

하쓰네는 무겁게 고개를 끄덕인다. "이제 너무 늦었지만 해골이 노래를 부르기 시작했어요……

'모든 젊은 아가씨에게 입맞춤을 받는 장식띠요!

모든 젊은 아가씨에게 입맞춤을 받는 장식띠요!'"

　호타루와 아사가오가 눈을 휘둥그레 뜬다. 우메가에의 비웃는 듯한 미소도 사라진다.

　하쓰네가 무릎을 털며 뒤로 기댄다. "사무라이는 그것이 저주라는 사실을 알았어요. 그는 전당포 주인의 돈을 산주산겐도에 기부했답니다. 그 말쑥하고 머리숱이 많은 손님의 소식은 다시는 듣지 못했어요. 그가 자신의 사당에서 일어난 사악한 짓에 복수하러 온 이나리 사마는 아닌지 누가 알겠어요? 장식띠장수의 해골—만약 그게 그의 것이었다면—은 아직도 산주산겐도의 찾는 이 드문 후미진 곳 깊숙이 보관되어 있답니다. 노승 중 한 명이 해마다 망자의 날에 위령기도를 올리지요. 하산한 후에 그쪽을 지날 일이 생긴다면, 보살님들도 한번 가서 직접 보셔도 좋을 거예요……"

　비가 좌우로 움직이는 뱀처럼 쉭쉭 소리를 내며 내리고, 도랑에 물이 콸콸 흐른다. 오리토는 야요이의 목에서 맥박 치는 혈관을 관찰한다. 그녀는 생각한다. 배는 먹을 것을 갈망하고, 혀는 물을 갈망하고, 가슴은 사랑을 갈망하고, 마음은 이야기를 갈망하지. 그녀는 그나마 비구니 처소에서의 삶을 견딜 만하게 해주는 것이 바로 이야기라고 믿는다. 선물들의 편지, 남의 뒷이야기, 회상, 하쓰네의 노래하는 해골 같은 꾸며낸 이야기 등 온갖 형태의 이야기. 그녀는 신, 이자나미와 이자나기, 부처와 예수의 신화를 생각한다. 어쩌면 시라누이산의 여신도 신화가 있을지 모른다. 오리토는 똑같은 원칙이 다 통하지는 않는 것일까 궁금하다. 오리토는 인간의 마음은 베틀과 같다고, 믿음과 기억, 이야기라는 각기 다른 실로 하나의 실체를 엮어내는 거라고 생각한다. 그 실체는 보통 자아라고 불리고 때로는 자각이라고도 불린다.

야요이가 중얼거린다. "그 여자 생각이 자꾸만 나요."

오리토가 야요이의 머리카락을 손가락에 감는다. "어떤 여자 말이에요, 잠꾸러기 보살님?"

"장식띠장수의 정인이요. 결혼하기로 했던 여자."

넌 이곳을 떠나고 야요이를 떠나야 해. 오리토는 스스로에게 일깨운다. 곧.

"너무 슬퍼요." 야요이가 하품을 한다. "그 여자는 끝내 진실을 모른 채 나이를 먹고 죽겠지요."

외풍이 세졌다 약해졌다 할 때마다 불빛이 빛났다 어두워졌다 한다.

화로 위에 비 새는 곳이 있다. 빗방울이 쉭쉭 탁탁 소리를 낸다.

바람이 광란하는 죄수처럼 회랑의 장지문을 덜컹대며 흔든다.

야요이가 뜬금없이 질문을 한다. "남자의 손길을 받아본 적 있어요, 보살님?"

오리토는 친구의 솔직함에 익숙하지만 이런 화제에는 아니다. "아니요."

그 '아니요'는 내 의붓남동생의 승리지. 그녀는 생각한다. "나가사키의 새어머니한테는 아들이 하나 있어요. 이름은 말하지 않을게요. 아버지와 새어머니의 혼담이 오가면서 그 아들은 의사이자 학자가 되는 교육을 받기로 정해졌어요. 하지만 곧 그에게 소질이 없다는 사실이 드러났지요. 책을 싫어했고, 네덜란드어라면 치를 떨었어요. 피를 보는 것도 끔찍해했고요. 사가 번에 사는 숙부님 댁에 가 있었는데 아버지의 장례식 때문에 나가사키로 돌아왔어요. 그 말수 적은 아이는 세상 물정에 밝은 열일곱 살이었어요. '야, 목욕!' '야, 차!' 이런 식으로 말했어요. 나를 남자들이 보는 눈길로, 무시하는 눈으로 쳐다보았지요."

오리토는 복도를 오가는 발소리에 말을 멈춘다.

"새어머니는 자기 아들의 변한 태도를 눈치챘지만 당시에는 아무 말도 하지 않았어요. 아버지가 돌아가실 때까지는 의사의 충실한 아내 노릇을 했지만, 장례식이 끝나자 돌변했지요…… 아니, 본색을 드러냈달까요. 자기 허락 없이는 내가 집밖으로 나가지 못하게 했는데, 그 허락을 좀처럼 해주지 않았지요. 새어머니는 나한테 말했어요. '이제 네가 학자 행세를 하고 다니던 시절은 끝났어.' 아버지의 옛친구들도 계속 돌려보내서 결국 더는 찾아오지 않게 되었어요. 유일하게 내 어머니 때부터 있었던 하인인 아야메마저 내보냈지요. 그녀가 하던 일을 내가 대신해야 했어요. 흰쌀밥은 하루아침에 현미밥으로 바뀌었지요. 이런 얘길 들으면 다들 나를 응석받이로 여기겠지만 말이에요."

야요이는 뱃속에서 태아가 발차기를 하자 가볍게 숨을 들이켠다. "아기들이 듣고 있어요. 우리 중에 당신을 응석받이라고 생각하는 사람은 아무도 없어요."

"그러다 의붓동생이 내게 고난은 아직 시작되지도 않았다는 것을 가르쳐주었어요. 나는 아야메의 낡은 방에서 잠을 잤어요—다다미 두 장짜리 방. 그러니까 벽장보다 약간 큰 정도였지요. 그러던 어느 밤, 아버지의 장례식이 있고 며칠 안 되었을 때, 온 집안이 잠들어 있는데 동생이 나타났어요. 나는 그에게 무슨 일이냐고 물었지요. 그러자 그가 나더러 다 알면서 그런다는 거예요. 나는 그 애에게 나가라고 했어요. 그랬더니 이러더군요. '규칙이 바뀌었어, 의붓누나.' 그는 나가사키 아이바가와 집안의 가장으로서"—오리토는 입에서 쇠맛을 느낀다—"집안의 재산은 모두 자기 것이라고 했어요. '이것도.' 그가 말하면서 나를 만졌어요."

야요이가 얼굴을 찡그린다. "내가 괜히 물었네요. 말하지 않아도 돼요."

그건 그의 죄였어. 오리토는 생각한다. 내 죄가 아니라. "못하게 하려고 했어요…… 하지만 그가 나를 때렸어요. 태어나서 그렇게 맞아보기는 처음이었어요. 그는 내 입을 막고 말했어요……" 그녀는 기억해낸다. 자기를 오가와로 상상하라고 했지. "그는 내가 저항하면 내 얼굴 오른쪽을 왼쪽과 어울리게 불로 지져주고, 어쨌든 자기 하고 싶은 대로 뭐든 하겠다고 했어요." 오리토는 목소리를 가다듬느라 잠시 말을 멈춘다. "겁먹은 척하기는 쉬웠지요. 고분고분하게 굴기는 더 어려웠고요. 그래서 말했어요. '알았어.' 그는 내 얼굴을 개처럼 핥으며 제 옷을 풀었어요. 그리고…… 나는 그의 다리 사이 깊숙이 손가락을 넣어 거기에서 찾은 것을 온 힘을 다해 레몬 쥐어짜듯 꽉 움켜잡았어요."

야요이는 전혀 새로운 눈길로 친구를 바라본다.

"그의 비명소리에 온 집안이 다 깨어났어요. 그의 어머니가 달려와 하인들에게 물러서라고 명령했어요. 나는 그녀에게 그녀의 아들이 무슨 짓을 하려 했는지 말했어요. 그는 내가 자기를 잠자리로 끌어들이려 했다고 말했고요. 그녀는 거짓말을 했다고 나가사키 아이바가와 집안의 가장을 한 대 때렸어요. 멍청한 짓을 한 벌로는 두 대, 그리고 집에서 팔아먹을 수 있는 가장 귀한 자산을 써버릴 뻔한 벌로는 열 대를 때렸지요. 새어머니는 아들에게 말했어요. '에노모토 승정은 네 누이가 말짱한 상태로 괴물들의 신사에 오기를 바란단 말이다.' 그렇게 해서 나도 에노모토의 집달리가 왜 찾아왔는지 알게 된 거예요. 그리고 나흘 후 여기에 있게 되었고요."

비바람이 지붕을 두드리고 불이 이글거리며 타오른다.

오리토는 집에서 도망나온 날 밤 아버지의 친구 중 누구도 그녀를 보호해주려 하지 않았던 일을 떠올린다.

등나무집에서 온갖 소리를 들으며 밤새 숨어 있던 일을 떠올린다.

고통스럽지만 더주트의 청혼을 받아들이기로 결심했던 일을 떠올린다.

데지마의 육지 문에서 마지막으로 수치를 당하고 붙잡혔던 일을 떠올린다.

야요이가 말한다. "스님들은 당신의 의붓동생과는 달라요. 그들은 온화해요."

"그렇게 온화하다면, 내가 '싫어요'라고 하면 멈추고 내 방을 나갈까요?"

"여신님이 선물 증여자를 선택해요. 우리를 선택하듯이."

믿는 이를 지배하려면 믿음을 심어줘야 하지. 오리토는 생각한다.

"처음으로 선물을 받던 날, 예전에 내가 좋아했던 남자애를 상상했어요." 야요이가 털어놓는다.

그래서 두건으로 남자의 얼굴을 가리는 거구나, 우리 얼굴이 아니라. 오리토는 깨닫는다.

"당신도 아는 남자가 있다면 누구를……?" 야요이가 주저하며 말한다.

오가와 우자에몬에게는 이제 관심 없어. 산파는 생각한다.

오리토는 야코프 더주트에 대한 생각을 모두 쫓아버리지만, 야코프 더주트가 다시 떠오른다.

"아, 오늘밤에는 내가 하시히메처럼 꼬치꼬치 캐묻고 있네요. 신경쓰지 마요." 야요이가 말한다.

그러나 신참 비구니는 따스한 이불 속에서 빠져나와 이즈 주지에게서 받은 사물함으로 가서 오동나무와 종이로 만든 부채를 꺼낸다. 야요이가 호기심에 일어나 앉는다. 오리토는 촛불을 켜고 부채를 펼친다.

야요이가 자세히 들여다본다. "화가였나요? 아니면 학자?"

"책을 읽기는 했지만 그냥 평범한 창고 사무원이었어요."

"당신을 사랑했군요." 야요이는 부챗살을 만져본다. "당신을 사랑했어요."

"그는 다른…… 지역에서 온 이방인이었어요. 나에 대해 거의 아는 게 없었고요."

야요이가 딱하다는 눈으로 오리토를 쳐다보며 한숨을 내쉰다. "그래서요?"

회색 고양이가 말을 하는 것으로 보아 꿈을 꾸는 게 분명하다. "누군가가 이 산 위까지 힘들게 가져다준 생선이라고." 고양이는 정어리를 받아 땅으로 펄쩍 내려와 회랑 밑으로 사라진다. 꿈꾸는 사람은 몸을 굽혀 안뜰을 보지만 고양이는 사라지고 없다. 그녀는 비구니 처소의 토대에 뚫린 좁은 직사각형 구멍을 본다……

……그 숨결은 따스하다. 그녀는 아이들과 여름벌레들이 내는 소리를 듣는다.

회랑에서 목소리가 묻는다. "잃어버린 거라도 있나요, 신참 보살님?"

회색 고양이가 앞발을 핥으며 아버지의 목소리로 말한다.

"네가 사자使者라는 거 알아." 꿈꾸는 사람이 말한다. "그런데 네가 가져온 전갈이 뭐니?"

고양이는 그녀를 딱하다는 눈으로 쳐다보며 한숨을 내쉰다. "나는 우리 아래에 있는 이 구멍으로 나갔다가……"

어두운 우주가 천천히 열리는 작은 상자를 꽉 채우고 있다.

"……곧 비구니 처소 대문에 다시 나타났어. 그게 무슨 뜻이겠
어?"

잠자던 사람이 싸늘한 어둠 속에서 깨어난다. 야요이는 깊이 잠
들어 있다.

오리토는 머릿속을 더듬고 고심한 끝에 깨닫는다. 도랑…… 아니
면 굴일지도.

XX
나가사키, 류가지 신사로 가는
이백 계단

간세이 12년 정월 초하루

명절 인파가 모여들어 북적거린다. 남자아이들이 소나무에 새
장을 매달아놓고 휘파람새를 팔고 있다. 중풍으로 손이 마비된 할
머니가 연기가 피어오르는 번철 위로 외친다. "오오오오오징어 꼬치
요, 오오오오징어 꼬치, 오오오오오징어 꼬치 사려!" 우자에몬은 가마
안에서 기요시치가 "길을 비켜라, 길을 비켜!" 하고 외치는 소리를
듣는다. 정말 길을 비키기를 바라고 외친다기보다는 게으르다고
주인어른께 꾸지람을 듣지 않기 위해 그러는 거다. "깜짝 놀랄 그림
이오! 기가 막힌 그림이 있어요!" 판화장수가 외친다. 우자에몬의
가마 창살 사이로 남자의 얼굴이 보인다. 그는 벌거벗은 도깨비가
그려진 춘화를 쳐들고 있는데, 도깨비의 얼굴이 멜히오르 판클레
이프와 꼭 닮았다. 도깨비는 제 몸만한 거대한 성기가 달렸다. "나
리를 즐겁게 해드릴 〈데지마의 밤〉 견본을 보여드릴깝쇼?" 우자에
몬이 성을 내며 "필요 없네!" 하고 말하자 남자는 물러서며 우렁차

게 외친다. "집밖으로 나가지 않고도 가와하라가 그린 〈제국의 백
팔 가지 경이〉를 볼 수 있습니다!" 이야기꾼이 시마바라의 난*에
대한 이야기 그림판을 가리킨다. "자, 여러분, 여기 로마의 왕에게
우리 영혼을 팔려 했던 기독교인 아마쿠사 시로가 있습니다!" 연
희꾼이 관객을 능란하게 다룬다. 야유와 욕설이 쏟아진다. "위대한
쇼군께서 외국의 악마들을 쫓아내셨습니다. 그리고 우리 젖통을 빨
아먹으려는 이 이교도들을 뿌리 뽑기 위해 오늘날까지 후미에** 의
식을 매년 계속하는 겁니다!" 병마에 시든 여자가 우자에몬이 털을
다 민 강아지로 착각했을 만큼 괴상하게 생긴 아기에게 젖을 먹이
면서 애걸한다. "자비를 베풀어 동전 한 닢만, 동전 한 닢만……"
그가 창을 밀어 여는 순간 계단이 열 개쯤 남은 지점에서 가마가
앞으로 휘청하며 멈춘다. 우자에몬은 웃고 담배를 피우고 농지거
리를 하는 행인들 한가운데에 동전 한 닢을 든 채로 우두커니 앉아
있다. 그들은 즐거워서 어쩔 줄을 모른다. 우자에몬은 생각한다. 나
는 삶을 탐하고 근심 걱정 없는 산 자들을 지켜보기만 해야 하는 오봉 날
의 죽은 망령 같군. 가마가 기운 통에 몸이 뒤로 미끄러져서 그는 옻
칠한 손잡이를 꽉 잡아야 한다. 신사 계단 맨 위쯤에서 이제 처녀
티가 나는 소녀들 한 무리가 팽이를 돌리고 있다. 그는 생각한다.
시라누이산의 비밀을 알게 된 자는 이 세계에서 추방되는 거야.

느릿느릿 움직이는 황소가 그의 시야에서 소녀들을 밀어낸다.

에노모토 교단의 계율은 모든 것에 어둠을 비추지.

---

* 에도시대에 종교 탄압에 대항해 일어난 난.

** 에도시대에 기독교도를 색출하기 위해 예수나 성모마리아가 새겨진 목재나 청동
판을 밟고 지나가게 한 일, 또는 목재나 청동판 그 자체를 가리킨다.

황소가 지나갔을 때 소녀들은 사라지고 없다.

　가마는 사무라이 가문을 위해 마련된 옥색 작약 안뜰에 선다. 우
자에몬은 가마에서 나와 허리에 칼을 찬다. 아내는 어머니 뒤에 서
있고, 요즘 들어 달려들어 사람을 무는 거북과 비슷해진 아버지
는 기요시치를 사납게 나무란다. "우리를 저런 데다 산 채로 묻을
셈이냐." 그는 지팡이로 사람들이 모여 있는 계단 쪽을 가리킨다.
"저런 사람 수렁에?"

　기요시치가 허리를 깊숙이 숙인다. "용서받지 못할 실수를 저질
렀습니다, 주인 나리."

　"하지만 이 늙은 바보는 어쨌거나 너를 용서해야 한단 거겠지?"
늙은 오가와가 으르렁거린다.

　우자에몬이 끼어들려 한다. "대단히 죄송합니다만, 아버님, 제가
보기에⋯⋯"

　"'대단히 죄송합니다만'은 무뢰한 같은 놈들이 반대하고 나설 때
쓰는 말이다!"

　"정말로 대단히 죄송합니다만, 아버님, 기요시치가 인파를 사라
지게 할 수는 없습니다."

　"이제는 아들놈이 제 아비에 맞서 하인 편을 든단 말이냐?"

　우자에몬은 애원한다. 관음보살님, 인내심을 주소서. "아버님, 편
을 드는 것이 아니라⋯⋯"

　"흠, 이 어리석은 늙은 바보가 시대에 완전히 뒤떨어졌다고 생각
하는 것이렷다."

　난 당신의 아들이 아니야. 예상치도 못했던 생각이 번득 떠오른다.

"사람들이 오가와 집안이 후미에 의식에 의심을 품고 있나 하겠어요." 우자에몬의 어머니가 분 바른 손등으로 입을 가리고 말한다.

우자에몬이 오가와 미마사쿠를 돌아본다. "그러면 들어가실까요…… 네?"

"하인들과 먼저 상의하지 그러냐?" 오가와 미마사쿠가 중문을 향해 걸어간다. 그는 불과 며칠 전에 조금 회복되어 병상에서 일어난 참이지만, 후미에 의식에 참석하지 않는다면 죽음을 알리는 것이나 마찬가지다. 그는 사이지가 내민 도움의 손길을 뿌리친다. "내 지팡이를 더 믿겠다."

오가와 집안 사람들은 류가지 신사의 청동 용 입에서 피어오르는 향 연기를 맡으려 줄을 서서 기다리는 신혼부부들을 지나친다. 이 지역의 전설에 따르면 건강한 사내아이를 낳게 해준다고 한다. 우자에몬은 아내도 그 틈에 끼고 싶지만 두 번이나 유산한 것이 너무 부끄러워 그러지 못함을 눈치챈다. 동굴 같은 신사 입구에 새롭게 밝은 원숭이의 해를 축하하는 흰 종이를 묶어놓은 줄들이 늘어뜨려져 있다. 하인들이 신발 벗는 걸 도와주고 이름이 적힌 선반에 신을 보관해둔다. 신참 승려 한 명이 긴장된 모습으로 그들을 맞이하며 오가와 가족이 낮은 계급 사람들의 호기심어린 시선을 피해 후미에 의식을 치르도록 오동나무실로 안내하려 한다. "오가와 집안은 주지스님이 안내해주시는데." 우자에몬의 아버지가 지적한다.

신참 승려가 사과한다. "주지스님께서는 시-시-신사의 일로……"

오가와 미마사쿠는 한숨을 내쉬고 옆으로 시선을 돌린다.

"……신사의 일로 바쁘셔서," 말더듬이 승려는 당황해 말이 빨라진다. "지금은 좀."

"바쁜 일이 뭐가 되었건, 그 사람한테는 중요한 일이겠지. 중요한 사람이든가."

신참이 그들을 삼사십 명이 줄을 서 있는 곳으로 데려간다. "오-오-오-오래." 그가 심호흡을 한다. "기다리시지 않아도 될 겁니다."

우자에몬의 아버지가 묻는다. "스님은 경문은 어떻게 읽소?"

얼굴이 새빨개진 신참은 얼굴을 찌푸리며 인사를 하고는 왔던 길로 되돌아간다.

오가와 미마사쿠는 며칠 만에 처음으로 슬며시 웃는다.

그사이에 우자에몬의 어머니는 앞쪽의 가족과 인사를 나눈다. "나베시마 상!"

통통한 안주인이 몸을 돌린다. "오가와 상!"

우자에몬의 어머니가 노래하듯 말한다. "눈 깜짝할 사이에 또 일 년이 지나갔군요!"

오가와의 아버지와 다이칸쇼*에서 연공을 징수하는 나베시마 집안의 가장도 인사를 나눈다. 우자에몬은 자신과 비슷한 또래로 아버지 밑에서 일하는 나베시마의 세 아들과 인사한다.

"눈 깜박할 사이에 새 손주가 둘이나 생겼지 뭐예요……" 나베시마 집안 안주인이 탄식한다.

우자에몬이 아내를 힐끗 보니 부끄러움에 움츠러들고 있다.

"진심으로 축하드려요." 그의 어머니가 말한다.

---

* 에도시대 연공 징수와 지방 행정을 보던 관청.

나베시마 부인이 한숨을 내쉰다. "내가 며느리한테 그랬어요. 천천히 해라. 이게 무슨 경주냐! 하지만 요즘 젊은 사람들은 귀담아들으려 하지를 않아요, 그렇지 않나요? 이제 둘째는 아기를 또 가진 것 같다고 하지 뭐예요. 우리끼리니까 하는 얘기인데," 그녀는 우자에몬의 어머니에게 몸을 바짝 기울인다. "그애들이 들어왔을 때 제가 너무 관대했어요. 이제는 아주 제멋대로예요. 너희 셋! 예의범절은 어찌된 거냐? 부끄러운 줄을 알아야지!" 그녀는 앞에서 걸어가는 며느리들을 손가락질한다. 저마다 철에 맞는 기모노를 차려입고 우아한 허리띠를 둘렀다. "내가 저 못된 세 며느리처럼 우리 시어머니 진을 뺐더라면 당장 친정으로 쫓겨나고 말았을 거예요." 젊은 세 아내가 땅바닥에 시선을 고정하고 있는 동안 우자에몬의 시선은 한편에서 유모들의 팔에 안겨 있는 그들의 아기들에게로 향한다. 구로자네의 약초상이 왔다 간 후로 그는 오리토가 '선물을 받고' 아홉 달 후 스님들이 여신님의 선물을 '처분하는' 악몽 같은 상상을 수도 없이 했던 터라 마음이 괴롭다. 질문이 맴을 돌기 시작한다. 실제로 어떤 방식으로 갓난아기를 죽일까? 어머니한테서, 세상으로부터 어떻게 비밀을 지키는 것일까? 어떻게 그런 타락한 행위로 죽음을 피할 수 있다고 믿을 수 있을까? 어떻게 그렇게 양심을 버릴 수 있을까?

"아드님의 아내가…… 오키누 상, 맞지요?" 나베시마 부인이 성자 같은 미소를 지으며 도마뱀 같은 눈빛으로 우자에몬을 바라본다. "척 봐도 우리 며느리 셋보다 예의범절이 바르네요. '우리'는 아직"―그녀는 자기 배를 쓰다듬는다―"복을 받지 못했군요, 그렇지요?"

분을 바른 오키누의 얼굴은 붉어진 기가 잘 드러나지 않지만 뺨이 미세하게 떨린다.

"우리 아들은 제 할일을 잘하고 있는데 며느리가 영 성의가 부족해요." 우자에몬의 어머니가 말한다.

"나가사키 생활에는 이제 익숙해졌나요?" 나베시마 부인이 혀를 쯧쯧 찬다.

"저애는 아직도 시모노세키를 못 잊는답니다. 울보 같으니!"

"향수병이 원인일지도 모르지요……" 부인은 자기 배를 다시 쓰다듬는다.

우자에몬은 아내를 변호해주고 싶지만 가식적인 진흙사태에 어떻게 맞서 싸우겠는가?

나베시마 부인이 우자에몬의 어머니에게 묻는다. "오늘 오후에 댁의 바깥양반께서 당신과 오키누 상이 따로 시간을 보내도록 허락해주실 수 있을까요? 집에서 작은 잔치를 하려고 해요. 오키누 상이 자기 또래의 아이 엄마들한테 조언을 얻을 수 있을 거예요. 하지만…… 아!" 그녀는 낙담하여 찡그린 얼굴로 오기와의 아비지를 쳐다본다. "바깥양반의 건강을 생각하면, 이렇게 갑자기 폐를 끼치는 건……"

노인이 끼어든다. "바깥양반의 건강은 아무 문제 없소. 둘이." 그는 자기 아내와 며느리를 비웃는 눈초리로 쳐다본다. "하고 싶은 대로 해요. 나는 히사노부를 위해 독경을 부탁드리러 가야겠소."

나베시마 부인이 고개를 젓는다. "이렇게 독실하신 아버님이야 말로 요즘 젊은이들의 본보기세요. 그럼 다 결정되었네요, 그렇죠, 오가와 부인? 후미에가 끝난 후에……" 그녀는 말을 멈추고 유모를 부른다. "그 앵앵거리는 새끼 돼지 좀 조용히 시켜! 여기가 어디인지 잊었니? 부끄러운 줄도 모르고!" 유모는 돌아서서 아기에게 젖을 물린다.

우자에몬은 오동나무실로 들어가는 줄을 바라보며 얼마나 더 기다려야 할지 가늠해본다.

부동명왕이 촛불을 밝힌 대좌에서 눈을 부릅뜨고 있다. 부동명왕의 성난 모습은 불경한 자들을 겁주려는 것이라고 우자에몬은 배웠다. 오른손의 칼은 그들의 무지를 베고, 왼손의 오라로는 악귀를 묶는다. 그리고 세번째 눈으로 사람의 마음속을 샅샅이 들여다본다. 그가 앉아 있는 돌로 된 대좌는 부동不動을 의미한다. 부동명왕 앞에는 영적 순수성을 감찰하는 관리 여섯이 예복을 차려입고 앉아 있다.

첫번째 관리가 우자에몬의 아버지에게 묻는다. "이름과 지위를 말씀해주시오."

"데지마 일급 통역관이며 히가시자카 마을 오가와가의 가장인 오가와 미마사쿠요."

첫번째 관리가 두번째 관리에게 말한다. "오가와 미마사쿠가 오셨소."

두번째 관리가 명부에서 이름을 찾는다. "오가와 미마사쿠의 이름이 명단에 있소."

세번째 관리가 이름을 적는다. "이로써 오가와 미마사쿠, 참석하신 것으로 기록하오."

네번째 관리가 외친다. "오가와 미마사쿠가 지금 후미에를 수행하오."

오가와 미마사쿠가 반질반질 닳은 예수그리스도의 청동판 위에 올라서서 발뒤꿈치를 문대기까지 한다.

다섯번째 관리가 외친다. "오가와 미마사쿠가 후미에를 수행하였소."

일급 통역관은 우상을 그린 판에서 내려와 기요시치의 도움을 받아 나지막한 의자에 앉는다. 우자에몬은 아버지가 남들 앞에서 통증을 숨기고 있는 것이 아닐까 의심한다.

여섯번째 관리가 명부에 기록한다. "오가와 미마사쿠는 후미에를 수행했다고 기록되었소."

우자에몬은 외국인 더주트의 다윗 시편과, 고바야시가 그 네덜란드인의 방을 몰래 뒤졌을 때 더주트가 아슬아슬하게 빠져나갔던 일을 생각한다. 지난여름에 더주트에게 그의 수수께끼 같은 종교에 대해 물어보았더라면 좋았을 것이다.

옆방에서 평민들이 행하는 의식의 축제 같은 소음이 밀려들어온다.

첫번째 관리가 이제 우자에몬을 부른다. "이름과 지위를 말씀해주시오……"

형식적인 절차가 끝나자, 우자에몬은 후미에에 올라선다.

눈을 내리깔다가 외국 신의 고통에 찬 눈과 마주친다. 우자에몬은 그 청동판을 꾹 밟으며 이와 같은 후미에 위에 섰던 나가사키 오가와 집안 사람들의 긴 줄을 생각한다. 작년 정월 초하루에 우자에몬은 가장 최근에 그 줄의 일원이 된 데 자랑스러움을 느꼈다. 그 조상들 중에는 자신처럼 입양된 이도 있을 것이다. 그러나 오늘 그는 사기꾼이 된 기분이고, 그 이유를 안다.

오리토에 대한 내 마음은 오가와 집안에 대한 충성심보다 더 커.

그는 발바닥 아래에서 예수그리스도의 얼굴을 느낀다.

어떤 대가를 치르더라도 그녀를 자유롭게 해주겠어. 우자에몬은 맹세한다. 하지만 도움이 필요해.

검술사 두 명의 고함소리와 대나무 장대 부딪는 소리가 슈자이의 도장 벽을 울린다. 그들은 공격하고, 쳐내고, 받아치고, 고함을 지른다. 마룻바닥이 그들의 맨발 아래에서 삐걱거린다. 빗물이 떨어지는 곳에 양동이를 받쳐놓았는데, 양동이가 차면 슈자이의 마지막 남은 제자가 비운다. 둘 중 키가 더 작은 쪽이 상대를 오른쪽 팔꿈치로 가격해 우자에몬이 장대를 떨어뜨리면서 연습 대결은 갑자기 끝이 난다. 걱정이 된 승자가 얼굴 가리개를 올리자 코가 납작하고 피부는 햇빛에 그을리고 신중해 보이는 사십대 남자의 얼굴이 드러난다. "부러졌나?"

"제 잘못입니다." 우자에몬은 팔꿈치를 쥐고 있다.

요헤이가 서둘러 주인이 얼굴 가리개를 푸는 것을 돕는다.

스승의 얼굴과 달리 우자에몬의 얼굴은 온통 땀에 젖어 있다. "부러지지는 않았습니다…… 보십시오." 그는 팔꿈치를 굽혔다 폈다 한다. "멍은 좀 들겠군요."

"불빛이 너무 어두웠어. 등을 밝혀놓았어야 했는데."

"저 때문에 기름을 낭비해서는 안 되지요. 여기에서 끝내도록 하지요."

"내가 자네의 너그러운 선물을 혼자 다 마시도록 놔둘 생각은 아니겠지?"

"이런 상서로운 날에 스승님도 예정된 일이 있으실 텐데요……"

슈자이는 텅 빈 도장을 둘러보고 우자에몬에게 어깨를 으쓱한다.

"그럼 스승님의 친절한 초대를 받아들이겠습니다." 통역관이 깊숙이 고개를 숙인다. 슈자이는 제자에게 자기 방에 불을 밝히라고 명한다. 두 남자는 연습복을 벗고 오마쓰 부교가 일전에 발표한 신년의 승진과 좌천에 대해 이야기를 나눈다. 스승의 방으로 들어가면서 우자에몬은 그가 처음 슈자이에게 배우던 시절 여기에서 먹고 자며 훈련했던 열 명도 넘던 젊은 제자들을 회상한다. 그때는 이웃 아낙 두 명이 그들의 시중을 들어주었다. 방은 요즘 들어 더 춥고 한산해졌지만 불이 피워지자 두 사람은 허물없이 편하게 고향인 도사 사투리로 이야기를 나눈다. 우자에몬은 슈자이와 십 년간 나눈 친분에 마음이 따뜻해진다.

슈자이의 제자가 데운 시케를 금이 간 병에 따르고 절을 하고는 사라진다.

우자에몬은 스스로를 재촉한다. 이제 해야 할 말을 할 때야……

사려 깊은 주인과 망설이는 손님이 서로의 잔을 채워준다.

슈자이가 건배를 제안한다. "나가사키 오가와가에 행운이 있기를, 그리고 자네의 훌륭하신 아버님의 쾌유를 빌며."

"원숭이의 해에는 스승님의 도장이 번영하기를!"

두 사람은 첫 잔을 비우고, 슈자이는 만족스럽게 한숨을 내쉰다.

"하지만 걱정스럽게도 번영은 영영 끝나버린 듯하네. 내가 틀렸기를 바라지만 잘 모르겠네. 옛 가치가 쇠퇴해가는 것이 문제야. 쇠퇴의 냄새가 연기처럼 사방에 퍼져 있다네. 아, 사무라이는 용맹스러운 조상들이 그랬듯 결투를 벌인다는 생각을 즐기지만, 창고가 텅 비면 첩과 비단옷이 아니라 검술에 안녕을 고하지. 새로운 것과 잘 맞지 않는 자들이나 옛날 방식을 아끼게 되었다네. 내 제자 중 한 명이 또 지난주에 눈물을 흘리며 그만두었네. 무기고에서 일하는 아버지가 이 년 동안 녹미를 절반밖에 못 받았다더군. 게다가 자기 지위로는 이제 신년 녹봉도 못 받는다는 걸 알게 된 거야. 지난 섣달그믐에 그 사실을 알았는데, 그때는 빚쟁이나 집달리가 점잖은 사람들을 더 들들 볶지 않는가. 막부에서 녹봉을 받지 못한 관리들에게 최근에 했다는 조언 들었는가? '여윳돈이 필요하면 금붕어라도 길러라.' 금붕어라니! 장사꾼 말고 대체 누가 금붕어를 산단 말인가? 이제 상인의 아들이 검을 써도 좋다는 허락만 떨어지면……" 슈자이는 목소리를 낮춘다. "……여기에서 어시장까지 제자들이 줄을 설 거네. 하지만 에도에서 그런 지시가 내려오기를 기다리느니 말똥에 은화를 심는 게 낫지." 그는 자기 잔과 우자에몬의 잔을 다시 채운다. "아, 내 불평은 이쯤 하기로 하지. 검술 연습 중에도 자네 마음은 딴 데 가 있던데."

우자에몬은 슈자이의 통찰에 더는 놀라지도 않는다. "스승님을 끌어들이는 것이 옳은지 잘 모르겠습니다."

"운명을 믿는 사람으로서 말하자면, 나를 끌어들이는 사람은 자네가 아닐세." 슈자이가 대답한다.

약한 불 속에서 젖은 삭정이가 발로 밟힐 때처럼 뚝 부러지는 소리를 낸다.

"며칠 전에 좀 심란한 소식이 제 손에 들어왔습니다……"

옻칠한 듯 반짝이는 바퀴벌레 한 마리가 벽 아래쪽을 따라 기어간다.

"……두루마리 형태로 말입니다. 시라누이 산사의 교단에 관련된 것입니다."

오리토와 우자에몬의 관계를 알고 있는 슈자이는 친구한테서 눈을 떼지 않는다.

"두루마리에 교단의 비밀 계율이 적혀 있는데, 그게…… 심히 충격적입니다."

"시라누이산, 은밀한 곳이지. 자네는 그 두루마리가 진짜라고 확신하나?"

우자에몬은 층층나무 두루마리 통을 소매에서 꺼낸다. "그렇습니다. 차라리 위조된 것이면 좋겠지만, 더는 자기 양심을 묻을 수 없었던 그 교단의 한 사미승이 쓴 것입니다. 그는 도망쳤는데, 두루마리를 읽어보면 이유를 알 수 있지요……"

빗방울이 거리와 지붕을 쉴새없이 때린다.

슈자이는 두루마리 통으로 손을 뻗는다.

"이걸 읽으면 스승님도 연루될 수 있어요. 위험할 수도 있습니다."

슈자이는 두루마리 통으로 손을 뻗는다.

"하지만 이건"—슈자이가 질겁한 목소리로 속삭인다—"이건 미친 짓이야. 이런……" 그는 낮은 상 위의 두루마리를 손으로 가리킨다. "……무시무시한 미친 짓으로 불사不死를 얻을 수 있다니. 이 구절들도 끔찍하지만…… 이 세번째와 네번째 계율—'선물 증여자'가 교단의 신참이고, '선물 전달자'가 비구니이고, 그들의 갓 난아기가 '선물'이라면, 그럼 시라누이 산사는 여자들이 은둔하는 곳이 아니라……"

"농장이지요." 우자에몬은 목이 막힌다. "비구니는 가축이고요."

"이 여섯번째 계율, '손 씻는 그릇에서 선물을 절명시킨다'는……"

"갓 태어난 아기를 원치 않는 강아지처럼 익사시킨다는 것이고 요."

"하지만 익사시키는 자들은…… 그들이 아버지이지 않은가."

"일곱번째 계율은 다섯 명의 '선물 증여자'가 한 명의 '선물 전달 자'와 밤을 지내야 한다고 명령합니다. 그래야 죽이는 아기가 자기 자식인지 아닌지 알 수 없을 테니까요."

"그건…… 그건 자연의 법칙에 어긋나는 짓이야. 여자들은 어떻 게……" 슈자이는 말을 잇지 못한다.

우자에몬이 가장 커다란 두려움을 간신히 입 밖에 내어 말한다. "여자들은 가장 수태가 잘될 때 유린당하고 태어난 아기를 빼앗깁 니다. 제 생각에는 여자들이 동의하는가는 중요하지 않아요. 지옥 이란 그 안에서는 악이 눈에 띄지 않고 넘겨지기 때문에 지옥인 겁 니다."

"하지만 이런 꼴을 당하느니 차라리 죽는 편을 택하는 이도 있을 수 있지 않나?"

"그럴 수도 있겠지요. 하지만 여덟번째 계율 '절명한 선물이 보 낸 편지'를 보십시오. 자기 자식이 양부모 밑에서 잘살고 있다고 믿는다면 자기가 해야 할 일을 견딜 수도 있겠지요—더군다나 '하 산'한 후에 자식을 다시 볼 수 있다는 희망을 품는다면 말입니다.

물론 이러한 재회는 결코 없으리라는 사실을 비구니들은 영영 모를 테지만요."

슈자이는 아무 말 없이 찌푸린 눈으로 두루마리를 본다. "내가 이해할 수 없는 부분은…… 이 마지막 줄일세. '시라누이의 최후의 말은 침묵이다.' 자네가 말한 그 도주한 배교자는 자기 증언을 쉬운 일본어로 옮길 필요가 있어."

"그는 독살당했습니다. 말씀드렸다시피, 계율을 읽는 건 위험한 일입니다."

우자에몬의 하인과 슈자이의 제자는 도장을 닦으며 이야기를 나누고 있다.

슈자이는 믿을 수 없다는 투로 말한다. "하지만 에노모토 승정은 세상에 알려지기로……"

"존경받는 판관이지요. 인자한 영주이고요, 맞습니다. 지란당 회원이며 높은 분들이 마음을 터놓는 친구이고 진기한 약을 거래합니다. 하지만 동시에 피로 불사를 얻을 수 있다고 믿는 기괴한 종교 의례의 신봉자이기도 합니다."

"어떻게 이토록 오랫동안 이런 가증스러운 짓을 비밀로 유지해올 수가 있었을까?"

"고립된 장소, 뛰어난 머리, 권력, 공포…… 이런 것들이 있으면 대부분의 목적을 달성하지요."

밖에서 흥청망청 신년을 즐기는 비에 젖은 사람들이 거리를 따라 바삐 지나간다.

우자에몬은 슈자이의 스승을 모셔놓은 벽감을 쳐다본다. 흰 곰팡이가 핀 족자에 이렇게 적혀 있다. "매는 굶주릴지언정 옥수수를 건드리지 않는다."

"이 두루마리를 쓴 자를 직접 만나보았나?" 슈자이가 신중하게 말한다.

"아니요. 그는 구로자네 부근에 사는 늙은 약초상에게 이 두루마리를 주었습니다. 아이바가와 양이 그 약초상을 두어 번 찾아간 적이 있어서 약초상이 제 이름을 알았던 겁니다. 약초상은 저에게 산사의 신참 비구니를 도울 의지와 수단이 있기를 바라는 마음으로 저를 찾아왔더군요……"

두 사람은 경쾌하게 떨어지는 빗방울소리에 귀를 기울인다.

"의지야 있지요. 하지만 수단은 또다른 문제입니다. 네덜란드어 삼급 통역관이 이런 출처도 알 수 없는 두루마리 외에는 아무것도 없이 교가 번의 영주에게 맞선다면……"

"에노모토라면 자기 평판에 먹칠을 한 죄로 자네를 참수할 수도 있어."

바로 지금이 갈림길이야. 우자에몬은 생각한다. "스승님, 제가 아버지를 설득해 예전에 약속한 대로 아이바가와 양과 혼례를 올렸더라면, 그녀는 이런……" 그가 두루마리를 툭 친다. "농장에서 노예 신세가 되지는 않았을 겁니다. 제가 왜 그녀를 구해야 하는지 아시겠습니까?"

"내가 아는 것은 자네가 홀로 움직였다가는 참치처럼 토막이 나리라는 걸세. 나에게 며칠 말미를 주게. 잠시 다녀올 데가 있네."

XXI
비구니 처소, 오리토의 방

✦

간세이 12년 정월 여드레 밤

오리토는 앞으로의 시간 동안 얼마만큼의 행운이 필요할지 생각해본다. 고양이의 굴은 날씬한 여자 한 명 정도는 들어갈 너비일 테고, 출구도 막혀 있지 않을 것이다. 야요이는 아침까지 오리토가 있는지 확인하지 않고 잘 것이다. 얼음에 덮인 협곡을 무사히 내려가 보초에게 들키지 않고 중문을 통과해야 한다. 새벽녘에는 오타네의 집을 찾아낼 것이고, 오타네가 친구로서 몸 피할 곳을 내줄 것이다. 그 모든 건 시작일 뿐이야. 오리토는 생각한다. 나가사키로 돌아가면 다시 붙잡힐 테니 지쿠고나 구마모토, 가고시마처럼 상대적으로 안전한 곳으로 도망쳐야 할 텐데, 그 말인즉 수중에 땡전 한푼 없고 집도 친구도 없는 여자의 몸으로 낯선 마을에 가야 한다는 뜻이다.

선물 증여가 다음주야. 오리토는 생각한다. 다음주야말로 네 차례야.

오리토는 조심스럽게 문을 조금씩 밀어 연다.

도망자로서의 첫걸음이야. 그녀는 생각하며 야요이의 방을 지나친다. 만삭이라 몸이 무거운 친구는 코를 골고 있다. 오리토가 속삭인다. "미안해요."

오리토가 탈출하면 야요이는 잔인하게 버림받았다고 느낄 것이다. 산파는 스스로에게 상기시킨다. 이런 짓을 하게 만든 것이 바로 여신님이야.

오리토는 복도를 따라 부엌까지 살금살금 걸어간다. 밤중에는 부엌의 장지문이 회랑으로 나가는 출구 구실을 한다. 그곳에서 오리토는 먹신을 발에 꿰어 신는다.

밖으로 나가니 얼음 같은 찬 공기가 누빈 한텐과 산에서 입는 바지 속으로 파고든다.

만월에 가까운 달은 얼룩덜룩하다. 별들은 얼음 속에 갇힌 거품 같다. 옹이투성이인 늙은 소나무는 악의에 찬 듯 보인다. 오리토는 며칠 전 고양이가 보여준 곳을 찾는다. 그림자를 보고 서리 낀 돌에 몸을 바짝 엎드린다. 놀란 비명소리가 들릴지도 모른다는 생각에 마음을 단단히 먹으며 회랑 밑으로 몸을 숙인다……

……그러나 비명소리는 들리지 않는다. 오리토는 복도 밑을 기어가 주춧돌 사이 네모난 구멍을 더듬어 찾아낸다. 회색 고양이가 그곳을 보여준 후로 오리토는 다시 한번 그 구멍을 찾았지만, 그러다 아사가오와 사와라비의 눈에 띄어서 핀을 떨어뜨렸다는 미심쩍은 구실을 꾸며내야 했다. 그후로 아흐레 동안 굴을 다시 찾으려는 위험한 짓은 엄두도 내지 않았다. 그녀는 생각한다. 건물 토대에서 돌덩어리 몇 개가 빠진 것이 아니라 굴이라면. 그녀는 컴컴한 직사각

형 속으로 머리부터 밀어넣고 앞으로 기어간다.

굴 안의 '천장'은 무릎 높이이고 너비는 팔뚝 길이 정도다. 움직이려면 뱀장어처럼 좌우로 꿈틀거려야 한다. 그보다는 덜 우아하지만 그처럼 조용하게. 이내 무릎이 까지고 정강이엔 멍이 들고 얼어붙은 돌을 치우느라 손끝은 벗겨진다. 바닥은 물이 흐르는 것처럼 매끄럽게 느껴진다. 어둠은 거의 칠흑 같다. 앞을 더듬던 손가락 마디가 돌벽에 부딪히자 그녀는 막다른 길인가 싶어 절망한다…… 그러나 굴은 왼쪽으로 휘어져 있다. 굽은 모퉁이에서 몸을 돌리면서 앞으로 나아간다. 걷잡을 수 없이 몸이 떨리고 폐가 아프다. 거대한 쥐가 있다거나 매몰될지 모른다는 생각은 하지 않으려 애쓴다. 우메가에의 방 아래 있는 게 틀림없어. 그녀는 자기 위의 마루청 두 겹, 다다미, 이불 위에 하시히메에게 몸을 꼭 붙이고 누운 우메가에를 그려본다.

앞쪽에 어둠이 좀 가시고 있나? 그녀는 생각한다.

희망이 그녀를 앞으로 밀어붙인다. 또 한번 모퉁이를 만난다.

모퉁이를 돌자 달빛이 비치는 조그만 세모꼴의 돌이 보인다.

비구니 처소의 외벽에 난 구멍이구나. 그녀는 깨닫는다. 제발, 제발 구멍이 컸으면.

그러나 잠시 동안 가까스로 천천히 살펴보니 구멍은 주먹 하나 크기밖에 되지 않는다. 고양이에게나 딱 맞을 크기다. 그녀는 오랜 세월 얼음이 얼고 햇빛이 비치면서 돌멩이 하나가 느슨해졌으리라 짐작한다. 구멍이 좀더 컸다면 밖에서 눈에 띄었겠지. 그녀는 몸을 단단히 고정하고 구멍 옆의 돌을 있는 힘을 다해 손으로 밀어보지만 구부린 목에서 고통스러운 경련이 일어 멈출 수밖에 없다.

어떤 돌은 움직일 가능성이 있을지 몰라도 이건 절대 아니야.

"여기까지로군." 이렇게 중얼거리는 그녀의 입에서 새하얀 입김이 새어나온다. "빠져나갈 길은 없어."

오리토는 앞으로의 이십 년을, 남자들을, 그리고 떨어져 지낼 아이들을 생각한다.

그녀는 두번째 모퉁이까지 되돌아와 힘겹게 몸을 돌려서 발을 먼저 외벽 쪽으로 보내고 몸을 단단히 고정한다. 옆의 돌에 발을 딛고 밀어본다.

차라리 민둥산을 움직이는 편이 낫겠어. 오리토는 숨을 헐떡인다.

그때 선물 증여를 발표하는 이즈 주지의 모습이 떠오른다.

오리토는 무릎을 구부렸다 펴며 힘차게 돌을 찬다.

비구니들이 신이 나서, 악의에 차서, 진심으로 축하하는 모습이 떠오른다.

정강이가 까지는데도 오리토는 몇 번이고 거듭 돌을 찬다……

겐무 주지가 자신을 더듬고 물어뜯는 모습을 생각한다.

이게 무슨 소리지? 오리토가 멈춘다. 삐걱거리는 소리인가?

스자쿠가 그녀의 첫아기를 받는 모습을 상상한다. 세번째, 아홉번째 아기를 받는 모습을……

종아리가 아프고 목이 욱신거릴 때까지 돌을 찬다.

돌가루가 발목에 우수수 쏟아진다—갑자기 돌덩어리 하나가 아니라 두 개가 굴러떨어지고 그녀의 발이 텅 빈 허공으로 쑥 내밀어진다.

돌이 야트막한 비탈을 굴러가다가 쿵 하고 멈추는 소리가 들린다.

얼룩덜룩한 눈이 발밑에서 으드득 소리를 낸다. 방향을 잡아야해. 비구니 처소 밖으로 나오니 오리토는 멍해진다. 그것도 빨리. 비구니 처소의 경사진 토대와 산사의 담 사이 긴 도랑은 다섯 걸음 정도 너비지만 담은 세 사람 키 높이다. 담을 기어오르려면 계단이나 사다리를 찾아야 한다. 북쪽 모퉁이 방향인 왼쪽에 중국식 원형 문이 있다. 오리토는 야요이한테 들어서 그 문이 삼각형 모양 안뜰과 겐무 주지의 처소 쪽으로 이어진다는 것을 알고 있다. 오리토는 반대 방향인 동쪽 모퉁이 쪽으로 급히 움직인다. 비구니 처소가 끝나는 지점을 지나 닭장과 비둘기장, 염소 우리가 있는 작은 울타리 안으로 들어간다. 새들은 그녀가 지나가자 움찔대지만 염소는 잠들어 있다.

동쪽 모퉁이는 지붕 덮인 복도를 통해 승려들의 처소와 연결된다. 작은 창고 옆에 대나무 사다리가 담에 기대 세워져 있다. 조금만 더 가면 탈출할 수 있다는 희망을 감히 품고서 오리토는 사다리를 기어오른다. 산사의 처마 높이까지 올라가자 신성한 안뜰에 우뚝 솟은 오래된 아마노하시라 종탑이 보인다. 기둥의 뾰족한 끝이 달을 꿰뚫고 있다. 이토록 매혹적인 아름다움이라니. 오리토는 생각한다. 이토록 고요한 폭력이라니.

그녀는 대나무 사다리를 끌어올려 바깥벽 쪽으로 내린다……

산사에서 스무 걸음쯤 가면 빽빽한 솔숲이 나온다.

……그러나 사다리 끝이 땅에 닿지 않는다. 어쩌면 물이 마른 해자가 있는지도 모른다.

담 아래에는 짙은 그늘이 드리워져 뭐가 있는지 짐작하기 어렵다.

뛰어내렸다가 다리라도 부러지면 해뜨기 전에 얼어죽고 말 거야.

곱은 손가락이 잡고 있던 사다리를 놓치는 바람에 사다리가 떨어져 박살난다.

밧줄이 필요해. 아니면 밧줄을 만들 무언가가⋯⋯

오리토는 선반 위의 생쥐처럼 무방비로 노출된 기분으로 서둘러 담 위를 따라 남쪽 모퉁이의 대문 쪽으로 향한다. 문지기가 깊이 잠들어 있어서 그의 몸을 뛰어넘어 빠져나갈 수 있을지도 모른다는 희망을 품고. 그녀는 도중에 발견한 다른 사다리를 타고 담과 헛간 크기의 부엌과 식당 사이의 도랑으로 내려간다. 변소와 검댕 냄새가 난다. 호박색 불빛이 부엌 문틈으로 새어나온다. 불면증에 시달리는 요리사가 칼을 갈고 있다. 오리토는 발소리를 감추기 위해 금속을 가는 소리에 맞춰 발을 내디딘다. 다음 원형 문을 지나자 참선실에서 내려다보이는, 후진과 라이진이라고 불리는 거대한 삼나무 두 그루가 있는 남쪽 안뜰이 나온다. 후진은 세상의 바람을 넣은 주머니를 지고 다니는 풍신이고, 라이진은 손으로 치는 북을 줄에 매달아 지고 폭풍우가 몰아칠 동안 배꼽을 훔치는 뇌신이다. 대문은 데지마의 육지 문처럼 가마가 지나갈 수 있게 양쪽으로 열리는 높은 문과 초소를 통과하는 더 작은 문으로 이루어져 있다. 그 문이 약간 열려 있는 것이 보인다⋯⋯

⋯⋯오리토는 담에 바짝 붙어 살금살금 걸어간다. 담배 냄새가 나고 목소리가 들려오자 커다란 나무통의 그림자 속에 웅크린다. "석탄 더 없나?" 목소리가 느릿느릿 말한다. "불알이 다 얼어붙었어."

텅 빈 탄통이 덜거덕 소리를 낸다. "그게 마지막이야." 새된 목소리가 말한다.

"주사위를 던져서 누가 석탄을 더 가져올지 정하자고." 느린 목소리가 말한다.

또다른 세번째 목소리가 말한다. "자네는 이번 선물 증여 기간에 비구니 처소에서 불알 좀 녹일 수 있을 것 같아?"

"글쎄." 느린 목소리가 말한다. "난 석 달 전에 사와라비랑 잤어."

"난 지난달에 가게로랑 했는데." 세번째 목소리의 말이다. "내 순서가 제일 끝이네."

세번째 목소리가 계속 말한다. "신참 비구니가 선택을 받아야 해. 아마 그렇게 될 거야. 그러면 이번엔 우리 같은 사미승한텐 차례가 돌아오지 않겠지. 겐무 주지스님과 스자쿠 스님이 항상 처녀의 땅에 제일 먼저 괭이질을 하잖아."

"승정님이 오시지 않는다면 말이지." 느린 목소리가 말한다. "안네이 스님이 노고로 스님에게 한 얘기로는, 에노모토 사마가 신참 비구니의 아버지에게 도와주겠다고 접근해서 빚보증을 서주었다는군. 그래서 그 노인이 삼도내*를 건넜을 때 부인이 의붓딸을 시라누이산에 넘기는 기혹한 결정을 한 거야. 그러지 않았으면 집과 모든 것을 다 잃었을 테니."

오리토는 그런 생각은 미처 해본 적이 없었다. 지금 와서 보니 구역질나지만 꽤 그럴듯한 얘기다.

세번째 목소리가 감탄하며 혀를 찬다. "우리 승정님 머리 쓰는 건 아무도 못 당하지……"

오리토는 그 남자들을, 그리고 그들이 하는 말을 종잇조각처럼

---

* 불교에서 사람이 죽어 저승으로 가는 길에 있다고 하는 큰 내.

갈기갈기 찢어버리고 싶다……

"온 나라의 어느 매음굴에서든 원하는 대로 골라잡을 수 있는데, 어째서 사무라이의 딸 하나를 얻자고 그런 수고를 했지?" 새된 목소리가 묻는다.

"왜냐하면 그 여자는 산파거든." 느린 목소리가 대답한다. "해산하다가 우리 비구니와 선물이 그토록 많이 죽는 것을 막아줄 수 있어. 듣자하니 나가사키 부교의 갓 태어난 아들이 죽은 것을 그 비구니가 살려놓았다더군. 새파래져서 차갑게 식었는데 오리토가 생명을 도로 불어넣었대……"

그 일 하나 때문에 에노모토가 나를 여기로 데려왔단 말인가? 오리토는 생각한다.

"……그 비구니가 특별 대접을 받는다 해도 놀랍지 않을걸." 느린 목소리가 말한다.

그러자 세번째 목소리가 묻는다. "그 말은 승정님조차 그 여자를 취하지 않을 거란 뜻인가?"

"아무리 그 여자라도 자기 자신이 출산중에 죽지 않게 할 수는 없잖은가?"

저런 추측은 무시해. 오리토는 스스로에게 명령한다. 저자가 틀렸다면 어쩔 거야?

느린 목소리가 말한다. "안됐지, 화상자국만 없으면 꽤 미인인데."

"뭐랄까, 지리쓰를 대신할 사람이 올 때까지는 한 명이 모자라니……" 새된 목소리가 덧붙인다.

느린 목소리가 외친다. "겐무 주지스님이 그 배신자 이름은 입에 올리지도 말라셨잖아."

세번째 목소리가 맞장구를 친다. "맞아. 그러셨지. 벌로 탄통이나 채워."

"하지만 그 일은 주사위를 던지기로 했잖아!"

"아, 그건 네놈이 수치스러운 실수를 하기 전이지. 석탄!"

문이 활짝 열린다. 겁에 질려 공처럼 몸을 웅크린 오리토 쪽으로 성난 발소리가 다가온다. 젊은 승려가 오리토 바로 옆에 있는 나무통 앞에서 발을 멈추고 뚜껑을 연다. 오리토는 그가 이를 맞부딪치는 소리를 듣는다. 그녀는 자기 숨결을 감추려고 어깨에 대고 숨을 쉰다. 그는 석탄을 퍼내 통을 채운다……

지금 당장이라도, 당장이라도…… 그녀는 덜덜 떤다.

……그러나 그는 돌아서서 초소로 돌아간다.

종이 기도문처럼 한 해의 행운이 순식간에 다 타서 없어졌다.

오리토는 문으로 나가려는 작전은 포기한다. 그녀는 생각한다. 밧줄이 필요해……

아직도 겁에 질린 가슴이 두방망이질을 하지만, 오리토는 자줏빛 그림자에서 빠져나와 다음 원형 문을 통해 참선실, 서관, 담으로 둘러싸인 안뜰로 들어간다. 손님용 처소는 거울로 비춘 듯 비구니 처소와 똑같은 구조다. 에노모토 승정이 거처에 있을 때 평신도인 그의 수행원들이 여기 묵는다. 비구니처럼 그들 역시 마음대로 돌아다닐 수 없다. 오리토는 비구니들로부터 생활에 필요한 여러 가지 물품이 서관에 있다고 들었다. 하지만 그곳은 삼사십 명의 사미승이 생활하고 잠자는 곳이기도 하다. 깊이 잠든 이도 있겠지만,

다 그렇지는 않을 것이다. 북서쪽 방이 에노모토의 처소다. 그 건물은 겨울 내내 비어 있었지만, 오리토는 이불장 속의 이불보를 바람에 말려줘야 한다던 식모의 말을 들은 적이 있다. 오리토의 머리에 한 가지 생각이 떠오른다. 이불보를 묶어 밧줄을 만들 수 있겠다.

그녀는 담과 손님용 처소 사이의 도랑을 기어간다……

문틈으로 젊은이의 부드러운 웃음소리가 새어나오다 조용해진다.

고급 자재와 가문의 문장으로 보아 승정의 처소다.

사방에 자신을 드러낸 채 그녀는 박공 구조의 문에 도달한다.

문이 열리게 해주십시오. 그녀는 조상님께 기도한다. 문이 열리게 해주세요……

문은 산속의 겨울에 대비해 굳게 잠겨 있다.

안으로 들어가려면 망치와 끌이 있어야 해. 오리토는 생각한다. 벌써 경내를 거의 한 바퀴 다 돌았지만 탈출할 길은 조금도 가까워지지 않았다. 밧줄 20척이 없어서 이십 년간 첩살이를 해야 하다니.

에노모토의 처소에 딸린 수석 정원 맞은편에 북관이 있다.

오리토는 스자쿠의 처소가 그곳에 있고 바로 옆에 진료소가 있다는 것을 알고 있다……

……진료소라면 환자와 침상, 이불보와 모기장이 있겠지.

건물 중 한 곳에 들어가는 것은 경솔하고 위험한 짓이지만 달리 무슨 수가 있겠는가?

문이 노래하듯 새된 끼이익 소리를 내며 다섯 치 정도 열린다. 오리토는 숨을 참고, 달려나오는 발소리가 들리기를 기다린다……

……그러나 아무 일도 일어나지 않고 끝 모를 밤이 모든 것을

덮는다.

그녀는 문틈으로 비집고 들어간다. 문에 친 휘장이 그녀의 얼굴을 쓰다듬는다.

반사된 달빛에 좁은 복도의 윤곽이 희미하게 드러난다.

장뇌 향으로 오른쪽 문 너머에 진료소가 있음을 알 수 있다.

복도 왼쪽으로 한 단 내려간 곳에 다른 문이 있지만 도망자의 본능이 말한다. 안 돼……

그녀는 오른쪽 문을 밀어 연다.

어둠이 면, 선, 표면으로 분해된다……

짚을 채운 요가 부스럭거리는 소리와 잠든 사람의 숨소리가 들린다.

목소리와 발소리가 들린다. 남자 둘, 아니 셋이다.

환자가 하품을 하며 묻는다. "거기 누구 있소?"

오리토는 복도로 물러나 진료소 문을 닫고 삐걱거리는 문틈으로 엿본다. 열 걸음쯤 앞에 등을 든 사람이 서 있다.

그는 이쪽을 보고 있지만 그가 든 불빛이 그의 시야를 가린다.

금세라도 스자쿠 스님의 목소리가 진료소에서 들려올 것 같다.

도망자는 복도에서 한 단 내려간 곳에 있는 문 말고는 도망칠 곳이 없다.

여기가 끝일지도 몰라. 오리토는 덜덜 떤다. 여기가 끝일지도 몰라……

필사실의 벽은 바닥부터 천장까지 두루마리와 필사본을 쌓아둔 선반으로 빼곡하다. 문밖 복도에서 누군가가 발을 헛디뎠다가 욕설을 내뱉는다. 오리토는 붙잡힐까 두려워 아무도 없는지 미처 확인도 못하고 넓은 필사실로 급히 들어간다. 불이 두 개인 등이 책상 두 개를 비추고 있고, 작은 불꽃이 화로 위에 걸린 찻주전자를 핥고 있다. 그 옆 통로에 숨을 만한 곳이 보인다. 하지만 몸을 숨길 곳은 덫이기도 하지. 오리토는 통로를 따라 다른 문 쪽으로 걸어간다. 아마도 그 문은 겐무 주지의 처소로 이어질 테고 문밖을 나서면 등불이 밝혀져 있을 것이다. 텅 빈 방을 떠나기가 두렵지만, 그대로 있기도 무섭고 되돌아가기도 무섭다. 오리토가 머뭇거리면서 시선을 내리깔자 책상 위에 반쯤 글을 쓰다 만 종이가 보인다. 비구니 처소 벽에 걸린 족자를 제외하면 학자의 딸이 납치되어 온 후로 처음 보는 문자다. 굶주린 눈이 위험도 잊고 글에 빨려들어간다. 경문이나 설교가 아니다. 교육받은 승려의 잔뜩 멋부린 서체가 아니라 더 여성스러운 필체로 반쯤 쓰다 만 편지다. 첫 줄을 읽자 오리토는 다음 줄, 그다음 줄을 계속해서 읽지 않을 수 없다……

사랑하는 어머니, 단풍이 가을빛으로 불타오르고 중추절 보름달이 〈황성의 달〉 가사에 나오듯 등불처럼 떠 있습니다. 에노모토 승정님의 하인이 어머니의 편지를 제게 전해준 장마철이 벌써 까마득한 옛날처럼 느껴집니다. 어머니의 편지는 지금 제 눈앞에, 남편의 책상 위에 놓여 있습니다. 네, 어머니, 지난 칠월 그믐 대길일에 고야마 신고 상이 시모가모 신사에서 저를 아내로 맞았습니다. 저희는 지금 이마데가와 거리에 흰두루미 허리띠 공방을 열고 공방 안쪽의 두 칸짜리 방에 신접살림을 차렸습니다. 혼례가 끝나고 우에다 상과 고야마 상이 함께 비용을 내어 유명한 찻집에서 잔치를 열어주셨습니다. 제 친구 남편 중에는 혼례를 치른 후 못된 도깨비처럼 변한 이도 있지만, 신고 상은 변함없이 저를 다정하게 대해줍니다. 물론 결혼생활이 뱃놀이 같지는 않지요. 삼 년 전 어머니께서 편지에 쓰신 대로, 저는 남편보다 먼저 잠들지 않고, 남편보다 늦게 일어나지 않으며, 늘 남편에게 순종하기를 명심하고 있습니다. 하지만 시간은 늘 부족하기만 해요! 흰두루미 공방이 자리를 잡을 때까지는 돈을 아끼기 위해 식모는 한 명만 두기로 했고, 신고 상도 아버지 공방에서 도제를 두 명만 데리고 왔습니다. 하지만 기쁘게도, 궁궐에 연이 있는 이름난 두 가문이 벌써 단골이 되어주셨습니다. 한 집안은 왕을 근위하는 집안의 방계로……

편지는 거기서 중단됐지만 오리토의 머리는 빙빙 돌기 시작한다. 신년 편지가 모두 승려들이 쓴 거란 말인가? 그러나 그건 말이 안 된다. 어머니들이 하산할 때까지 수십 명의 허구의 아이들을 유지해야 할 것이며, 하산 후에는 속임수가 드러날 것이다. 왜 그런 수고를 한단 말인가? 두 개의 등불이 모르는 게 없는 살찐 쥐의 눈처럼 보인다. 왜냐하면 아이들은 속세로 내려간 적이 없기 때문에 속세에서 신년 편지를 쓸 수 없으니까. 필사실의 그림자들이 그녀가 그 함의에 어떤 반응을 보이는지 지켜보고 있다. 주전자의 주둥이에서 김이 피어오른다. 살찐 쥐가 기다리고 있다. "아냐." 그녀가 말한다. "아냐." 아이들을 죽일 필요까지는 없다. 교단에서 선물을 원치 않는다면, 스자쿠 스님이 유산을 하도록 약초를 처방할 거야. 살찐 쥐가 그녀에게 그들 앞 책상에 놓인 편지를 설명해보라고 조롱하듯 말한다. 오리토는 우선 떠오른 그럴듯한 답에 달려든다. 하쓰네의 딸은 병이나 사고로 죽었어. 딸을 잃은 고통에서 하쓰네를 구해주려고 종단이 신년 편지를 계속 보내기로 한 것이다.

살찐 쥐가 씰룩거리더니 몸을 돌려 사라진다.

그녀가 들어왔던 문이 열린다. 남자 목소리가 들린다. "먼저 들어가십시오, 스님……"

오리토는 급히 반대편 문으로 향한다. 꿈속에서처럼 문은 가까우면서도 멀다.

"이상하지." 지메이 승려의 목소리가 뒤이어 들린다. "밤에 글이 제일 잘 써지니 말이야……"

오리토는 문을 밀어 서너 뼘 정도 연다.

"……하지만 이런 늦은 시간에 자네와 함께하게 되어 기쁘네."

오리토는 문밖으로 나온 다음 지메이 승려가 불빛 쪽으로 성큼성큼 걸어오는 순간 문을 닫는다. 오리토 뒤로 뻗은, 겐무 주지의 처소로 향하는 복도는 짧고 싸늘하며 불빛이 없다. 지메이가 말한다. "이야기는 움직여야 하고, 불행은 이야기를 움직이는 힘이지. 만족하면 타성에 젖게 된다고. 그러니 하쓰네 보살의 딸 노리코 양 이야기에도 적당히 재앙의 씨를 뿌려야 하네. 사이좋은 부부도 고통을 좀 겪어야지. 도둑을 맞거나, 불이 나거나, 병에 걸리거나— 아니면 나약한 성품 같은 내부 요인이 더 나을 수도 있고. 젊은 신고가 아내의 헌신에 싫증이 날 수도 있고, 신고가 새로 온 하녀와 놀아나면서 노리코가 질투하게 될 수도 있지. 기술이 필요해, 알겠지? 이야기꾼은 천상의 세계와 소통하는 승려가 아니라 만두 빚는 사람 같은 장인이야. 더 느릴 따름이지. 자, 그럼 등의 기름이 다 탈 때까지 일해볼까……"

오리토는 겐무 주지의 처소로 가는 복도를 따라 벽에 딱 붙어 마룻바닥에서 소리가 덜 나기만을 바라며 살금살금 발을 옮긴다. 장지문까지 다다른다. 숨을 참고 귀를 기울여보지만 아무 소리도 들리지 않는다. 조그맣게 삐걱 소리를 내며 문을 연다……

방은 비어 있고 불은 꺼져 있다. 벽마다 드리운 사각형 모양 어둠이 문이 있는 곳을 나타낸다.

바닥 한가운데에 자루 같은 것이 놓여 있다.

그녀는 방으로 들어가, 자루를 묶어 밧줄로 쓸 수 있기를 바라며 가까이 다가간다.

불룩한 자루 속으로 손을 넣어보니 남자의 따뜻한 발이 만져진다.

심장이 멎는 듯하다. 발이 움찔한다. 몸을 돌린다. 이불이 움직인다.

겐무 주지가 웅얼거린다. "여기 그대로 있어라, 마보로시, 그러지 않으면 내가……" 위협하던 말을 끝맺지 못한다.

오리토는 웅크린 채 감히 숨도 쉬지 못한다. 하물며 도망치는 것이야……

이불에 덮인 언덕 같은 것은 사미승 마보로시다. 코고는 소리가 그의 목구멍에서 울려나온다.

잠시 후 오리토는 두 남자 모두 잠들었다고 거의 확신한다.

그녀는 천천히 열까지 세고 앞쪽의 문으로 움직인다.

문이 덜그럭거리며 밀리는 소리가 그녀의 귀에는 지진 소리만큼이나 요란하게 들린다……

작고 화려한 기도실의 대좌 위, 자잘한 반점이 있는 은색 목재로 조각한 여신상이 큰 봉헌 양초 불빛 속에서 침입자를 바라본다. 여신은 미소를 띠고 있다. 여신의 눈을 쳐다보면 안 돼. 본능이 오리토에게 경고한다. 그랬다가는 너를 알아볼 거야. 한쪽 벽에 적갈색 비단끈이 달린 검은 승복이 여러 벌 걸려 있다. 다른 벽들은 부유한 네덜란드인의 집처럼 종이를 발랐고, 새것 같은 깔개에서는 송진냄새가 난다. 종이를 바른 맞은편 벽에 있는 문 오른쪽과 왼쪽에 커다란 한자가 진한 먹으로 쓰여 있다. 또박또박한 서체지만 오리토가 촛불빛에 얼핏 본 것으로는 의미가 확실히 파악되지 않는다. 익숙한 요소들이 낯선 조합으로 배열되어 있다.

오리토는 초를 원래 자리에 내려놓고 북쪽 안뜰로 가는 문을 연다.

칠이 벗어진 여신상이 초라한 기도실 한가운데에서 놀란 침입자를 쳐다본다. 오리토는 신사의 담 안에 어떻게 이런 곳이 있을 수 있는지 알 수가 없다. 어쩌면 북쪽 안뜰은 존재하지 않는지도 모른다. 그녀는 뒤로 돌아가 여신상의 등과 목을 바라본다. 촛불이 경계하듯 여신상 앞쪽을 비추고 있다. 여신은 첫번째 기도실의 여신보다 나이를 먹었고 미소도 띠고 있지 않다. 그래도 눈을 마주치면 안 돼. 앞서와 똑같은 본능이 경고한다. 지푸라기 냄새, 짐승과 사람의 냄새가 감돈다. 판자를 댄 벽과 바닥에서는 그럭저럭 살 만한 농가의 분위기가 난다. 저쪽 벽에 백팔 개의 한자가 보이는데, 이번에는 문 양쪽에 걸린 흰 곰팡이 핀 두루마리 열두 개에 쓰여 있다. 다시 한번 오리토는 잠시 멈춰 서서 글자를 읽으려 하지만, 글자들은 해독할 수 없는 불가해함 속으로 물러난다. 그게 무슨 상관이야? 그녀는 자신을 꾸짖는다. 어서 가!

그녀는 북쪽 안뜰로 이어질 것이 틀림없는 문을 연다……

세번째 기도실의 여신상은 반쯤 썩어 있다. 비구니 처소 기도실에 있는 다른 여신상과 같은 것이라고는 볼 수가 없다. 여신의 얼굴은 수은으로도 치료할 수 없는 3기 매독에라도 걸린 것 같다. 한 팔은 바닥에 떨어져 있고, 수지 양초 불빛에 여신상의 머리에 난 구멍에서 꿈틀거리는 바퀴벌레가 보인다. 벽은 대나무와 진흙으로 세웠고, 바닥에는 짚이 깔려 있다. 들큼한 똥냄새가 풍긴다. 방은 가축우리처럼 누추한 농부의 집 같은 느낌이다. 오리토는 그 방들이 민둥산의 산허리를 파내 만든 것이리라 짐작한다. 아니면 세월이 흐르면서 신사가 커짐에 따라, 산을 깎아 일련의 동굴들을 만들었을 것이다. 오리토는 문득 한 가지 생각이 떠오른다. 어쩌면 과거전란이 있을 때부터 사용하던 탈출용 굴일지도 몰라. 그러면 더 좋겠지. 반대편 벽이 뭔가 시커먼 것으로 덮여 있다—아마도 진흙과 짐승의 피인 듯하다. 그 위에 읽을 수 없는 글자들이 흰색으로 쓰여 있다. 오리토는 허술하게 만든 걸쇠를 올리며 자신의 짐작이 맞기만을 기도한다……

추위와 어둠은 사람과 불이 존재하기 이전부터 있었다.
굴의 높이는 사람 키만하고 너비는 팔을 쫙 펼칠 수 있을 정도다.
오리토는 초를 가지러 바로 이전의 동굴로 되돌아간다. 한 시간쯤은 탈 것이다.
그녀는 한 걸음씩 조심스레 내디디며 굴속으로 들어간다.
민둥산이 네 위에 있어. 두려움이 비웃는다. 내리누르고, 내리누르고……

신발이 돌에 부딪혀 딱딱 소리를 낸다. 떨리는 숨소리가 쌕쌕거린다. 그 외에는 조용하다.

흐린 촛불빛은 없는 것보다는 낫지만 크게 도움이 되지는 않는다.

그녀는 잠시 가만히 서 있는다. 불빛도 가만히 멈춘다. 아직 외풍이 없어.

천장은 여전히 사람 키 높이이고 너비도 양팔을 벌린 정도다.

오리토는 계속 걷는다. 삼사십 걸음쯤 가니 굴이 위쪽으로 올라가기 시작한다.

그녀는 은밀한 틈을 통해 별빛 아래로 빠져나가는 상상을 한다……

……그리고 자신이 탈출한 대가로 야요이가 목숨을 잃지는 않을까 걱정이 된다.

그건 에노모토의 죄야. 그녀의 양심이 반박한다. 이즈 주지의 죄이고, 여신의 죄라고.

"진실은 그렇게 단순하지 않아." 그녀의 숨죽인 소리가 울리며 양심에게 말한다.

공기가 점점 따스해지는 건가, 아니면 내가 열이 나는 건가? 오리토는 생각한다.

굴이 넓어지면서 천장이 둥근 방이 나오고, 한가운데에 사람 크기의 서너 배는 됨직한 여신상이 무릎을 꿇고 있다. 실망스럽게도 굴은 거기에서 끝난다. 여신상은 조각가가 밤하늘을 떼어다가 새기기라도 한 것처럼 밝은 가루가 점점이 흩뿌려진 검은 돌로 조각되어 있다. 오리토는 조각상을 어떻게 여기로 가져왔을까 궁금하다. 지구가 생겨난 이래로 바윗돌이 여기 죽 있었고, 굴이 여기까지 닿을 만큼 넓어졌다고 믿는 편이 더 쉬울 것이다. 여신상의 꼿꼿한 등에 붉은 천이 덮여 있고, 동그랗게 모아 쥔 거대한 두 손 사이에는 요람 크기의 구멍이 있다. 갈망하는 눈은 허공을 향하고 있고, 육식동물 같은 입은 크게 벌려져 있다. 시라누이 산사가 질문이라면, 오리토가 그 생각을 생각하는 만큼 그 생각도 오리토를 생각한다. 여기가 바로 그 답이야. 매끄러운 둥그런 벽의 어깨 높이쯤에 더 알 수 없는 한자들이 새겨져 있다. 백팔 문자일 거라고 오리토는 확신한다. 각각이 불교에서 말하는 백팔번뇌를 가리키는. 오리토는 뭔가에 이끌리듯 손가락을 여신상의 허벅지 쪽으로 가져간다. 손가락이 닿은 순간 그녀는 하마터면 초를 떨어뜨릴 뻔한다. 돌이 살아 있는 듯 따뜻하다. 학자는 답을 모색한다. 근처 바위에 온천에서 흘러나오는 수관이 있는 걸까…… 그녀는 추리한다. 여신상의 혀가 있어야 할 곳에서 뭔가가 촛불빛에 반짝인다. 석상의 이가 팔을 물어뜯을 것만 같은 비이성적인 공포를 무시하고 그녀는 손을 뻗어 구멍에 꼭 들어앉아 있는 땅딸막한 병을 찾아낸다. 마개가 닫힌 병은 흐릿한 유리를 불어서 만들었거나, 아니면 색이 흐린 액체가 가득차 있다. 그녀는 마개를 열고 냄새를 맡아본다. 아무 냄새도 나지 않는다. 의사의 딸이자 스자쿠의 환자로서 맛을 보면 안 된다는 것 정도는 알고 있다. 하지만 왜 이런 곳에 보관해두었을까? 그녀는 병을 다시 여신상의 입속에 집어넣고 질문한다. "당신은 누구지? 여기에서 무슨 일이 있었지? 무엇 때문에 여기 있는 거야?"

여신상은 돌로 된 콧구멍을 벌름거릴 수 없다. 악의에 찬 눈을 부릅뜰 수도 없다……

초가 꺼진다. 어둠이 동굴을 집어삼킨다.

오리토는 첫번째 기도실로 돌아와 겐무 주지의 처소를 통과할 준비를 하다가 검은 승복들에 달린 비단 끈을 발견하고는 멍청했던 자신을 욕한다. 끈 열 개를 다 연결하면 담 높이와 맞먹는 튼튼한 밧줄을 만들 수 있을 것이다. 그녀는 확실히 하기 위해 끈 다섯 개를 더 보탠다. 그 줄을 감아서 들고 문을 열고 겐무 주지의 방 가장자리를 돌아 옆문으로 간다. 한쪽에 장지문이 늘어선 복도는 바깥문과 스님의 정원으로 이어지고, 거기에 대나무 사다리가 담에 기대어 세워져 있다. 그녀는 담을 올라가 밧줄 한쪽 끝을 눈에 잘 띄지 않는 튼튼한 돌기에 묶고 다른 끝을 담 너머로 던진다. 그리고 뒤도 돌아보지 않고 유폐자로서의 마지막 숨을 깊이 들이쉬고는 마른 도랑으로 내려간다……

아직은 안전하지 않아. 오리토는 겨울 나뭇가지들 사이로 잽싸게 움직인다.

산사의 담을 오른쪽에 끼고 걸으며 야요이 생각을 몰아낸다.

큰 쌍둥이에 이 주나 늦었어. 골반은 가와세미보다도 좁고……

서쪽 모퉁이를 돌아 늘어선 전나무 사이를 가로지른다.

비구니 처소에서 열에 하나, 열둘에 하나는 아이를 낳다가 죽어.

바위처럼 단단한 빙판 위에 솔잎이 수북이 쌓인 길을 지나 몸을 피할 만한 우묵한 곳을 발견한다.

너의 지식과 기술이면 서른에 하나가 될 텐데. 이것은 자만에 찬 자랑이 아니다.

바람의 빠른 소맷자락이 잎이 뾰족한 나무들을 스친다.

"되돌아가면 남자들이 무슨 짓을 할지 알잖아." 오리토는 스스로에게 경고한다.

그녀는 도리이*가 늘어선 비탈길을 발견한다. 낮에는 선홍색이었을 도리이가 밤하늘을 배경으로 시커멓게 보인다.

아무도 나에게 노예의 삶을 감수하라고 요구할 수 없어. 야요이라도……

오리토는 필사실에서 얻은 무기를 생각한다.

여자들이 신년 편지를 의심하게 되면, 결국 그들 모두를 의심하게 될 거야…… 그녀는 겐무를 협박할 수도 있을 것이다.

자기들의 선물이 살아서 속세에서 잘 지내고 있다는 확신이 없다면 비구니들이 이곳의 조건에 동의할까?

병적인 복수심은 임신에도 좋지 않지.

길이 한쪽으로 홱 꺾여 있다. 오리온자리가 보인다.

아니야. 오리토는 반쯤 떠오른 생각을 물리친다. 절대 돌아가지 않을 거야.

그녀는 가파르고 얼어붙은 길에 정신을 집중한다. 지금 다치면 새벽녘까지 오타네의 오두막에 닿으리라는 희망이 무너질 수도 있다. 오 분쯤 후 오리토는 모퉁이를 돌아 도도로키 다리라 불리는, 나무와 덩굴로 엮은 다리를 내려다보며 숨을 고른다. 메쿠라 협곡이 하늘처럼 광대하게 산허리 아래로 펼쳐져 있다……

---

* 일본 신사 입구에 세우는 문.

……신사에서 종이 울리고 있다. 시간을 알리는 낮은 종소리가 아니라, 여자 중 한 명이 산고에 들어갈 때 울리는 높고 끈질긴 종소리다. 오리토는 야요이가 자신을 부르는 모습을 떠올린다. 자신이 사라졌다는 것을 믿지 못해 미친듯이 경내를 수색한 끝에 밧줄을 찾아내는 모습을 그려본다. 겐무 주지가 깨어나는 모습을 상상한다. 신참 비구니가 사라졌다……

뒤엉킨 쌍둥이 태아가 야요이의 자궁 입구를 막고 있는 모습을 상상한다.

소란스러운 사미승들을 길을 따라 내려보낼 것이다. 중문 초소에 그녀가 사라졌다는 소식이 전해질 것이고, 내일이면 이사하야와 가시마의 성문에까지 전갈이 가겠지만, 교가산은 도망자가 몸을 숨길 수 있는 영원의 숲이다. 오리토는 생각한다. 돌아가는 건 전적으로 너의 선택에 달렸어.

그녀는 야요이의 비명소리가 허공을 가르는 동안 스자쿠 스님이 두 손 놓고 있는 모습을 상상한다.

종소리는 너를 꾀어 불러들이려는 술책일 수도 있어. 그녀는 생각한다.

멀리 아래쪽에서 아리아케해가 달빛을 받아 빛난다……

오늘밤에는 술책일지 몰라도 내일 밤에는, 아니 곧 진짜가 될 거야……

오리토는 큰 소리로 외친다. "아이바가와 오리토의 자유가 야요이와 쌍둥이의 생명보다 더 중요해." 그녀는 그 말이 사실인지 곰곰이 생각해본다.

XXII
나가사키의 도장, 슈자이의 방
✦
정월 열사흘 오후

"나는 일찍 길을 나섰네." 슈자이가 말한다. "불운을 막아달라고 시장에 있는 지장보살 불상에 3엔짜리 초를 켰지. 곧 조심하기를 잘했다 싶었어. 오마고리 다리에서 문제가 생겼거든. 말을 탄 무관이 나를 막아 세우지 뭔가. 내 짚 도롱이 속의 칼집을 본 거야. 칼을 갖고 다녀도 되는 신분인지 확인을 해야겠다고 하더군. '남의 옷을 입은 자에게는 절대 행운이 찾아오지 않는다'면서. 그래서 그에게 내 본명을 댔지. 다행히도 통했다네. 그가 말에서 내리더니 갓을 벗고 나를 '선생님'이라 부르더군. 내가 나가사키에 처음 왔을 때 그의 아들 중 한 명을 가르쳤던 거야. 우리는 잠시 이야기를 나누었고, 나는 그에게 옛 스승의 7주기를 기리기 위해 사가로 가는 중이라고 말했지. 그런 순례길에는 하인을 데려가는 것이 적절치 않다고도 했네. 무관은 가난을 가리려는 나의 이런 시도에 당황하여 그렇다고 맞장구를 쳐주고는 나에게 행운을 빌어주고 가던 길을 계속 갔다네."

도장에서 수련생 네 명이 기합소리를 내며 검술 연습을 하고 있다.

우자에몬은 따끔거리는 목에 싸늘한 것이 툭 걸리는 듯하다.

"어부들의 지저분한 오두막, 조개껍데기, 썩어가는 밧줄이 산재한 굴만灣에서 이사하야를 향해 북쪽으로 갔네. 자네도 알다시피 그곳은 야트막한 구릉지이지. 음산한 정월 오후에 지나기에는 아주 끔찍한 길이라네. 구불구불한 길을 지날 때 덧문을 내린 찻집 뒤에서 가마꾼 네 명이 나타나더군. 한 번도 본 적 없는 교활한 들개 무리 같았네. 부스럼이 난 손에는 묵직한 몽둥이를 하나씩 들고 있었어. 그들이 경고하기를, 나처럼 운나쁘고 친구 없고 무력한 여행자는 산적에게 당할 거라더군. 그러면서 자기들을 고용하면 무사히 이사하야에 도착할 수 있을 거라고 협박했다네. 나는 칼을 뽑아 내가 그들의 생각대로 운나쁘고 친구 없고 무력한 자가 아니라는 것을 보여주었네. 내 용감한 구세주들이 꽁무니를 뺀 후 더는 문제없이 이사하야에 도착했지. 거기에서 크고 눈에 띄는 숙소는 피하고 수다스러운 차 덖는 사람의 다락방에 거처를 정했네. 그 사람 말로는 다른 손님은 에조만큼이나 먼 성스러운 곳에서 가져온 부적을 파는 행상뿐이라더군."

우자에몬은 종이에 재채기를 하고 불속으로 던져넣는다.

슈자이는 불 위에 주전자를 올린다. "주인과 이야기를 하며 그가 교가 번에 대해 아는 것을 좀 캐냈네. '6천만 평쯤 되는 산 근방에는 이름 붙일 만한 마을이라고는 하나도 없어요'라고 하더군. 가시마를 제외하고는 말이지. 에노모토 승정이 그곳 신사들로부터 상납금을 받고 해안가 마을들에서 수확한 쌀도 세금으로 걷고 있지만, 그의 진짜 힘은 에도와 미야코의 동맹들로부터 나온다네. 그는 호위대를 둘만 두어도 충분히 안전하다고 생각하는 모양이야. 그것도 한 부대는 수행단이 움직일 때 모양새를 갖추기 위한 것이고, 다른 한 부대만 가시마에 주둔하며 번내 소란을 진압한다네. 부적 장수는 나에게 시라누이 산사에 한 번 방문하려 한 적이 있다고 얘기해주었네. 메쿠라 협곡이라는 가파른 골짜기를 몇 시간이나 올라갔지만 중문에서 더 들어가지 못하고 되돌아왔다고 하네. 그가 불평하며 말하길, 덩치 큰 마을 불량배 셋이 시라누이 산사에서는 행운의 부적을 팔지 않는다고 그에게 말했다더군. 나는 그 행상에게 돈을 내는 순례객을 마다하는 신사는 거의 없다고 말했네. 행상도 맞장구를 치더니 삼 년 동안 규슈 전역이 흉작이었던 간에이 시절 이야기를 해주었네. 히라도, 하카타, 나가사키까지 모든 마을이 굶주림과 폭동으로 고통을 겪었다더군. 그 기근 탓에 시마바라의 난이 일어나고 막부에서 보낸 첫번째 토벌대가 굴욕을 당한 거라고 했네. 그 아수라장 속에서 한 과묵한 사무라이가 쇼군 이에야스에게 두번째 반란 진압 작전을 펼칠 군대를 이끌 권한과 자금을 달라는 청을 했네. 그는 아주 용감하게 싸워서 마지막 기독교인의 머리까지 끝내 창에 꽂았다네. 불명예를 입은 히젠의 나베시마 가문은 쇼군의 명으로 그 사무라이에게 시라누이산의 어떤 이름 없는 신사는 물론이고 산간 지역 전체를 넘겨주게 되었네. 교가 번은 그 칙령으로 탄생한 곳이야. 과묵한 사무라이의 칭호는 교가의 영주 에노모토 승정이 되었네. 현재의 승정이 바로 그의……" 슈자이가 손가락을 헤아린다. "……4대손이야. 한 세대 정도 차이가 있을지 몰라도."

그는 우자에몬에게 차를 따라주고, 두 남자는 담뱃대에 불을 붙인다.

"이튿날 아침에는 해무가 짙게 끼었네. 4리를 걷고 나서 동쪽으로 향해 이사하야를 북쪽부터 빙 돌아서 아리아케 해안 길로 나아갔지. 내 얼굴을 확인할 성문 보초가 없을 때 교가 번에 들어가는 편이 나을 것 같았네. 오전 중반까지 내내 걸어서, 삿갓을 깊이 눌러쓴 채 여러 마을을 지난 끝에 구로자네 마을이라고 적힌 표지판 앞에 다다랐네. 까마귀가 나무 기둥에 매달린 여인을 뜯어먹느라 바빴지. 그 악취라니! 바다 쪽에서는 흐린 하늘과 갈색 갯벌 사이로 안개가 서서히 걷히고 있었네. 늙은 조개잡이 셋이 바위에 앉아 쉬고 있기에, 여느 여행자가 물어볼 만한 것들을 물었네. 다음 마을인 고나가이까지는 얼마나 더 가야 하는지? 한 명은 15리라 하고, 또 한 명은 그보다는 가깝다 하고, 또다른 한 명은 더 멀다고 했네. 마지막 한 명만 실제로 가본 적이 있는데, 삼십 년 전의 일이었다네. 약초상 오타네 얘기는 꺼내지 않고, 나무 기둥에 매달린 여자에 대해 물어보니 남편에게 삼 년을 꼬박 매맞고 살다가 새해에 망치로 남편 머리통을 부숴버렸다더군. 에노모토 영주의 부교가 처형집행인에게 목을 깨끗이 베어주라고 명령했다 하네. 말 나온 김에 에노모토 승정이 좋은 영주인지 물었네. 그들이 다른 사투리를 쓰는 이방인을 신뢰하지 않았을지도 모르지만, 자기들이 전생에 덕을 쌓아 여기 태어났노라고 입을 모아 말하더군. 한 명이 히젠의 영주는 농부의 아들을 여덟 중 한 명은 군역에 끌고 가고 사람들을 쥐어짜 영주의 가족은 에도에서 사치스러운 생활을 한다고 했네. 그와는 반대로 교가의 영주는 풍작일 때에만 연공을 거두고, 시라누이산에서 쓸 식량과 기름을 마을에 주문하고, 메쿠리 협곡 초소를 지키는 장정 셋 이외에는 젊은이를 요구하지 않는다더군. 그 보답으로 신사는 논에 물을 넉넉히 대주고, 만에 뱀장어와 양동이를 가득 채울 만큼 해초가 풍부하리라고 보장해주고 말이네. 나는 신사에서 일 년에 쌀을 얼마나 먹는지 궁금했네. 그들은 50석, 그러니까 오십 명분이라고 대답했네."

오십 명이라고! 우자에몬은 경악한다. 용병 한 부대는 있어야겠군.

슈자이는 지나치게 근심하는 기색은 내보이지 않는다. "구로자네를 지나니 외관이 멋진 하루바야시 여관이 나왔네. 거기서 언덕을 조금만 올라가면 길은 해안을 벗어나 메쿠라 협곡 입구로 이어지지. 길은 잘 닦여 있었지만 산을 오르는 데 반나절이 걸렸네. 초소의 보초들은 보통 침입자가 있으리라고 예상하지 않을 거라 여겼는데, 과연 그랬네. 보초 한 명만 적소에 배치해두었어도 내가 오는 것을 발견했을 거네. 하지만······" 슈자이는 어려운 일이 아니었다는 뜻으로 입가에 주름을 잡는다. "초소가 좁은 협곡 입구를 막고 있긴 했지만, 그곳을 돌아 산을 올라가기 위해 나처럼 십 년간 닌자 훈련을 할 필요까지는 없네. 더 높이 올라가니 눈과 얼음이 덮여 있고, 저지대의 나무 대신 소나무와 삼나무가 보였네. 두어 시간 더 올라가니 강 위에 높이 걸쳐진 다리가 나왔네. 표석에 도도로키 다리라고 적혀 있었지. 오래지 않아 도리이가 줄지어 선 길고 가파른 비탈길이 나왔고, 거기에서 길을 벗어나 솔숲을 지나 올라가니 민둥산 중턱의 큰 바위에 다다랐네. 이 그림." 슈자이가 접첩에 숨겨둔 종이 한 장을 꺼낸다. "내가 거기에서 대강 그린 것을 토대로 했네."

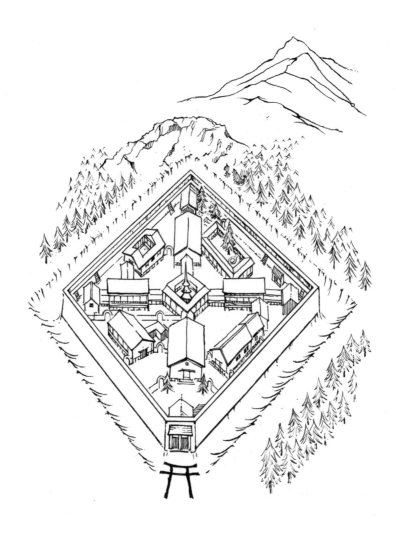

우자에몬은 오리토가 갇힌 곳을 처음으로 살펴본다.

슈자이가 담뱃대에서 다 탄 재를 떨어낸다. "산사는 위쪽의 민둥
산 봉우리와 더 낮은 저 두 개의 산등성이 사이 우묵한 삼각형 모

양 땅에 자리잡고 있네. 내 짐작으로는 전국시대 때부터 이곳에 있던 성이 그 행상의 이야기에 나온 에노모토의 조상 소유가 되었던 듯하네. 방벽과 마른 해자를 보면 알 수 있지. 그곳의 문을 열려면 스무 명의 남자와 성벽을 두들겨 부술 망치가 있어야 할 거네. 하지만 낙담은 말게. 어떤 성벽이든 결국은 그것을 지키는 사람들이 문제인 거니까. 어린애라도 갈고리가 달린 줄만 있으면 순식간에 담을 타넘을 수 있네. 일단 안에 들어가면 길을 잃을 염려는 없어. 바로 이곳이"—슈자이가 활을 당기느라 굳은살이 박인 집게손가락으로 가리킨다—"비구니 처소라네."

우자에몬이 불쑥 묻는다. "오리토 상을 보셨습니까?"

슈자이가 고개를 젓는다. "거리가 너무 멀었어. 해가 떠 있는 동안 메쿠라 협곡 말고 민둥산에서 내려가는 다른 길이 있는지 찾아보았지만 없었다네. 이 북동쪽 산등성이는 수백 척 높이의 급경사를 감추고 있어. 북서쪽으로는 숲이 너무 빽빽해서 앞으로 나아가려면 네 다리와 꼬리가 필요할 지경이네. 저녁 어스름에 나는 골짜기로 다시 발길을 돌려 달이 뜰 때쯤 중문에 닿았네. 낮은 길로 골짜기를 넘어 메쿠라 협곡 입구까지 갔지. 구로자네 뒤쪽의 계단식 논을 가로질러 이사하야로 가는 길에서 낚싯배 한 척을 발견했네. 나는 그 배 아래에서 잠을 청했네. 습하고 추웠지만 누군가가 함께 불을 쬐러 와서 나를 보면 어쩌나 싶었지. 이튿날 저녁 나가사키로 돌아왔지만, 내가 출타중이었던 것과 자네가 찾아온 일 사이에 연관이 있는 것처럼 보이지 않게 하려고 사흘을 기다렸다가 자네에게 연락한 걸세. 자네 하인이 에노모토에게 돈을 받아먹고 있다고 가정하는 게 제일 안전한 길일 거야."

"요헤이는 오가와가에서 저를 입양한 후로 죽 제 하인이었습니다."

"의심을 벗어난 사람만큼 좋은 첩자가 어디 있던가?" 슈자이가 어깨를 으쓱한다.

우자에몬은 시간이 갈수록 더 심한 한기를 느낀다. "요헤이를 의심할 만한 근거라도 있습니까?"

"전혀 없네. 하지만 모든 다이묘는 인접한 번에 정보원을 두고 있고, 이런 정보원은 주요 가문의 하인과 내통하는 사이라네. 자네 아버지는 데지마에 넷밖에 없는 일급 통역관 중 한 명이 아닌가. 오가와가는 가벼이 볼 집안이 아니야. 다이묘의 호의를 잃는다는 것은 위험한 세계로 들어간다는 걸세, 우자에몬. 살아남고 싶으면 요헤이를 의심하고, 자네 친구도 의심하고, 낯선 이도 의심해야 하네. 이 모든 것을 염두에 두고서 대답하게. 그래도 여전히 그녀를 구하고 싶은가?"

"그 어느 때보다도 간절합니다. 하지만"—우자에몬이 지도를 바라본다—"가능할까요?"

"신중하게 계획을 세우고, 적합한 사람들을 고용할 돈이 있다면 가능하지."

"돈은 얼마나 필요하고 사람은 몇이나 있어야 하겠습니까?"

"희소식을 알려주자면 자네 예상보다는 적을 걸세. 조개잡이 늙은이들이 50석이라고 말한 걸 생각하면 좀 벅찰 것 같지만, 그 50석의 상당 부분은 에노모토의 수행원이 먹을 거야. 더군다나 저 건물이"—슈자이가 오른쪽 아래 귀퉁이를 가리킨다—"식당인데, 저녁 식사가 끝나고 나오는 수를 세어봤더니 서른세 명밖에 안 되더군.

여자들은 무시해도 돼. 승려들은 한창때가 지났을 테고, 신체 건강한 사미승은 기껏해야 이십 명 남짓일 거야. 중국 전설에서는 중들이 맨손으로 바위도 산산조각낸다지만, 시라누이의 거위새끼들은 훨씬 더 연약한 알에서 깬 종자야. 신사에는 활쏘기 연습장도, 평신도 보초를 위한 막사도 없고, 무술 훈련을 한다는 증거도 전혀 없네. 내가 보기에는 뛰어난 검객 다섯만 있으면 아이바가와 양을 구할 수 있어. 신중을 기한다면 열 명. 거기다 자네와 나까지."

"우리가 공격하기 전에 에노모토 승정과 호위무사들이 나타나면 어떡합니까?"

"습격을 미루고 흩어져 그가 떠날 때까지 사가에 숨어 있어야지."

힘겹게 타오르는 불에서 연기가 피어오르며 짠내와 쌉쌀한 향을 풍긴다.

"자네가 생각해야 할 건 이거야." 슈자이가 민감한 부분을 건드린다. "아이바가와 양과 함께 나가사키로 돌아오는 건……"

"자살행위나 다름없겠지요. 예, 지난주 내내 거의 그 생각만 했습니다. 지는"―우자에몬이 새채기에 이어 기침을 한다―"여기에서의 제 삶을 버리고 그녀가 가고 싶다는 곳이면 어디든 함께 가서 제게 떠나라고 할 때까지 그녀를 도울 겁니다. 하루가 될지 평생이 될지는 그녀가 정할 일이지요."

검객은 얼굴을 찌푸리고 고개를 끄덕이며 자신의 친구이자 제자를 바라본다.

바깥 거리에서 개가 미친듯이 짖어대며 달려간다.

"이런 일에 휘말려 스승님께 해가 갈까 걱정입니다." 우자에몬이 말한다.

"아, 나도 최악의 경우를 생각하고 있네. 아마 거처를 옮겨야겠지."

"저를 돕기 위해 나가사키에서의 삶을 희생하시겠단 말씀입니까?"

"유난히도 위협적인 나가사키의 빚쟁이 탓을 하는 편이 더 좋겠지."

"우리가 고용할 사람들도 도망자가 되지 않겠습니까?"

"주인 없는 사무라이는 알아서 제 살 길을 찾는 데 익숙하네. 확실한 건 이거야. 잃을 것이 가장 많은 사람은 오가와 우자에몬 자네라는 것. 자네는 경력과 녹봉, 밝은 미래를……" 더 나이든 쪽이 적절한 표현을 찾는다.

"……여자 하나와 맞바꾸는 거야―그것도 십중팔구는 몸을 망치고 임신했을 여자와."

슈자이의 표정이 대답한다. 그래.

"게다가 저를 입양한 아버지께 배은망덕하게도 말 한마디 없이 사라지는 거고요."

적어도 고통받는 내 처는 친정으로 돌아갈 수 있겠지. 우자에몬은 예상한다.

"유학자는 '이단적 행위다!'라고 할 걸세." 슈자이의 시선이 스승의 엄지손가락 뼈를 담은 단지에 머문다. "하지만 불효자가 더 나은 인간인 경우도 있기는 하지."

우자에몬은 자신의 생각을 분명히 표현하려 애쓴다. "제 '임무'는 잘못된 것을 바로잡는 문제라기보다는 역할의 문제입니다. '이게 내가 해야 할 일이다'라는 거지요."

"이제 보니 운명론자는 자네인 것 같구먼."

"습격 준비를 해주십시오. 비용은 얼마가 들건 대겠습니다."

슈자이가 다른 결론은 있을 수 없다는 듯 "알겠네"라고 대답한다.

"팔꿈치를 그 높이로 들어올려." 도장에서 선배 수련생이 날카로운 목소리로 후배에게 말한다. "그리고 잘 겨누어서 한 방에 치면 저게 가루가 될 거다……"

"지리쓰의 두루마리는 지금 어디에 있나?" 슈자이가 화제를 돌린다.

우자에몬은 안주머니에 든 두루마리 통을 만져보고 싶은 충동을 누른다. "숨겨두었습니다……" 그는 생각한다. 우리가 붙잡히게 된다면, 진실을 모르는 편이 더 나아. "……아버지의 서재 바닥 밑에."

"잘했네. 당분간은 거기 그대로 두게." 슈자이는 시라누이 산사를 그린 종이를 만다. "하지만 교가 번으로 떠날 때는 가지고 오게. 일이 다 잘되면 자네와 아이바가와 양은 소리소문 없이 자취를 감출 테지만, 에노모토가 자네 뒤를 쫓는다면 그 필사본만이 자네를 지킬 수단이 될 걸세. 승려들은 기의 위협이 되지 않는다고 앞서 말했지만, 승정의 복수도 그렇다고는 할 수 없네."

"냉철한 조언 고맙습니다." 우자에몬이 몸을 일으킨다.

야코프 더주트는 찻잔에 더운물을 따르고 꿀 한 수저를 넣어 휘젓는다. "저도 지난주에 같은 감기에 걸렸습니다. 목이 아프고, 두통이 나고, 아직도 개구리처럼 목쉰 소리가 나요. 7, 8월 동안 제 몸이 추운 날씨가 어떤 건지 잊어버렸습니다. 제일란트인이 그러기는 쉽지 않은데. 하지만 이제는 저 타는 듯하던 여름 더위가 기억이 안 납니다."

우자에몬은 몇 단어를 놓쳤다. "기억은 장난과 낯섦이지요."

"맞습니다." 더주트가 색이 연한 과즙을 더 넣는다. "이건 라임입니다."

"당신 방이 바뀌었군요." 손님이 말한다. 낮은 탁자와 방석, 새해 장식용 소나무 가지, 펜과 잉크로 꽤 잘 그린 원숭이 그림, 더주트의 침대를 가린 병풍이 방에 새로 더해졌다. 오리토가 저 침대를 같이 쓸 수도 있었지. 우자에몬은 복잡한 아픔을 느낀다. 그랬더라면 더 좋았을 텐데. 수석 사무원은 노예나 하인이 없지만 방은 정갈하고 청소가 잘되어 있다. "방이 안락하고 쾌적합니다……"

"데지마가 앞으로 몇 년간 제 거처가 될 테니까요." 더주트가 꿀차를 젓는다.

"더 안락한 생활을 위해 아내를 얻을 생각은 없습니까?"

"그런 거래를 제 동포들처럼 가볍게 보지는 않습니다."

우자에몬은 기운이 난다. "원숭이 그림이 아주 훌륭합니다."

"저거요? 고맙습니다. 하지만 저는 구제불능의 초보인걸요."

우자에몬은 진심으로 놀란다. "저 원숭이를 당신이 그렸단 말입니까, 더주트 씨?"

더주트는 당황스러운 미소로 답을 대신하고 라임과 꿀을 섞은 차를 내민다. 그러고는 잡담의 규칙을 어긴다. "제가 어떻게 도와드리면 될까요, 오가와 상?"

우자에몬은 찻잔에서 올라오는 김을 바라본다. "중요한 시기에 당신의 일을 방해할까 걱정입니다."

"피서 차석 상관장이 과장하는 겁니다. 할일이 그리 많지는 않아요."

"그럼……" 통역관이 손끝으로 뜨거운 잔을 만진다. "……더주트 씨가 아주 중요한 물건을…… 안전하게 보관해줬으면—숨겨줬으면—합니다."

"저희 창고 중 한 곳을 쓰고 싶다면, 아마 판클레이프 상관장이……"

"아뇨, 아닙니다. 작은 겁니다." 우자에몬이 층층나무 두루마리 통을 내민다.

더주트는 물건을 보고 이마를 찌푸린다. "물론 기꺼이 맡아드리겠습니다."

"더주트 씨가 아주 신중하게 물건을 감춰둘 수 있다는 거 알고 있습니다."

"제 시편과 함께 감춰두겠습니다. 돌려달라 하실 때까지요."

"감사합니다. 저…… 저는 당신이 그렇게 말해주길 바랐습니다." 우자에몬이 외국인의 단순 명쾌한 태도로, 더주트가 묻지 않은 질문을 꺼낸다. "우선 '이 두루마리에 무슨 내용이 적혀 있는가?'에 답해드리자면, 에노모토를 기억하겠지요"—그 이름에 더주트의 얼굴이 어두워진다—"교가 번 신사의 승정 말입니다. 그 신사에…… 아이바가와 양이 있을 겁니다." 네덜란드인이 고개를 끄덕인다. "그 두루마리는—뭐라고 하면 좋을까요?—그 신사에서 법으로 정한 규칙입니다. 그 법은……" 이건 일본어로도 말하기 어려운데. 통역관은 한숨을 쉰다. 네덜란드어로 설명하는 건 바위 깨기

482

나 마찬가지지. "⋯⋯그 규칙은⋯⋯ 나쁩니다, 여자들에게 더 나쁜, 최악의 잘못이에요. 엄청난 고통입니다⋯⋯ 견딜 수 없는 것입니다."

"어떤 규칙입니까? 도대체 그녀가 뭘 견뎌야 하는 겁니까?"

우자에몬은 눈을 감는다. 눈을 감은 채 고개를 젓는다.

더주트의 목소리가 갈라진다. "적어도 두루마리가 에노모토를 공격할 무기가 될 수 있는지, 아니면 그에게 망신을 주어 그녀를 풀어주게 할 수 있는지는 말해주세요. 아니면 부교님을 통해 두루마리로 아이바가와 양을 구할 수는 없습니까?"

"저는 삼급 통역관입니다. 에노모토는 승정이고요. 그는 시라야마 부교보다 더 큰 힘을 가지고 있습니다. 이 나라에서 정의란 힘있는 자의 정의입니다."

"그렇다면 아이바가와 양은 평생 동안 그 '견딜 수 없는 것'을 견뎌야 한단 말입니까?"

우자에몬은 주저한다. "나가사키의 친구가 도와주려고 합니다⋯⋯ 직접적으로요."

더주트는 바보가 아니다. "구출 계획을 세우고 있군요? 성공할 것 같습니까?"

우자에몬은 다시 망설인다. "그와 나만이 아닙니다. 제가⋯⋯ 도울 사람을 고용합니다."

"우리 네덜란드인이 잘 알고 있듯 용병은 위험한 동맹입니다." 더주트의 마음이 암시들을 주판을 놓듯 헤아린다. "하지만 그다음에 데지마로는 어떻게 돌아올 겁니까? 그러면 그녀는 바로 다시 붙잡힐 텐데요. 당신들은 숨어야 할 겁니다―평생. 그리고, 그렇다면 왜…… 이째서 그렇게 엄청난 희생을 하려는—모든 것을 버리려는—겁니까? 만약…… 오."

잠시 두 사람은 서로 눈을 마주치지 못한다.

그러니까 이제 당신도 알겠지. 통역관은 생각한다. 나 역시 그녀를 사랑한다는 것을.

"제가 바보군요." 네덜란드인이 초록색 눈을 비빈다. "코앞밖에 못 보는 바보 천치……"

말레이 노예 두 명이 자기네 말로 떠들며 황급히 롱 스트리트를 지나간다.

"……하지만 당신도 그렇다면, 왜 내가…… 내가 그녀에게 다가가도록 도와주었는지……"

"그녀가 나쁜 결혼에 영원히 갇히거나 나가사키가 아닌 다른 곳으로 보내지는 것보다는, 당신과 함께 여기에서 사는 편이 나으니까요."

"하지만 그런데도 당신은 나를 믿고 이런"—그는 두루마리 통을 만진다—"사용할 수도 없는 증거를 맡긴단 말입니까?"

"당신도 그녀의 자유를 원하지 않습니까. 당신이 나를 에노모토에게 팔아넘기지는 않겠지요."

"물론이지요. 두루마리로 내가 뭘 하겠습니까? 나는 데지마에 갇힌 몸인걸요."

"아무것도 하지 마세요. 구출에 성공하면 그건 필요 없어집니다. 구출에……" 공모자는 꿀과 라임 차를 마신다. "……성공하지 못한다면, 에노모토가 두루마리의 존재를 알게 된다면, 아버지의 집과 친구들의 집을 뒤질 겁니다. 교단의 규칙은 아주, 아주 비밀이에요. 에노모토는 그걸 갖기 위해 사람도 죽입니다. 하지만 데지마에서는 에노모토도 힘이 없습니다. 여기는 수색하지 못할 겁니다."

"당신의 임무가 성공했는지 어떻게 알 수 있지요?"

"성공한다면 할 수 있을 때, 안전한 때에 전갈을 보내겠습니다."

더주트는 우자에몬과 나눈 대화에 마음이 어지럽지만 목소리는 침착하다. "언제나 당신을 위해 기도하겠습니다. 아이바가와 양을 만나거든 전해주세요…… 전해주세요…… 그냥 이 말만 전해주세요. 당신들 두 사람을 위해 기도하겠다고."

XXIII
시라누이 산사,
비구니 처소 야요이의 방

✦

정월 열여드레 해뜨기 직전

식모 사쓰키가 입술에 젖이 묻은 야요이의 딸을 받는다. 불빛과
새벽빛에 사쓰키의 눈물이 보인다. 밤사이 눈이 내리지 않은 덕분
에 메쿠라 협곡을 내려가는 길이 막히지 않아 야요이의 쌍둥이를
오늘 아침 속세로 데려갈 것이다. 이즈 주지가 부드럽게 나무란다.
"부끄러운 줄 알아야지, 사쓰키. 십여 차례나 봉헌을 도왔잖아. 야
요이 보살이 어린 시노부와 비뇨를 잃는 게 아니라 속세로 보내는
거라는 걸 받아들인다면, 당연히 너도 나약한 감정 따윈 다스릴 줄
알아야지. 오늘은 사별의 날이 아니라 이별의 날이야."

당신이 '나약한 감정'이라 부르는 것을 나는 '동정심'이라 부르겠어.
오리토는 생각한다.

"예, 주지스님. 그저…… 아이들이 너무……" 식모 사쓰키가
눈물을 삼킨다.

"선물을 바치지 않으면 교가 번의 강물이 마르고 묘목이 시들고

486

어머니들은 모두 불임이 될 거예요." 야요이가 읊조린다.

탈출했다가 자진해서 돌아오기 전이었다면 오리토는 그런 말을 경멸스럽도록 수동적이라고 여겼을 것이다. 그러나 이제는 생명이 그들의 희생을 요구한다는 믿음만이 이 이별을 견디게 해준다는 사실을 이해한다. 산파는 야요이의 배고픈 아들 비뇨를 어른다. "누이가 다 먹었다. 자, 어머니를 좀 쉬게 해드리자……"

이즈 주지가 오리토를 일깨운다. "우리는 '선물 전달자'라고 불러요, 아이바가와 보살님."

"그러시겠죠, 스님." 오리토는 예상대로 대답한다. "하지만 저는 '우리'가 아니에요……"

사다이에가 불에 석탄을 더 넣는다. 석탄이 타닥 소리를 내며 갈라진다.

……우리 굳게 합의를 했지요, 기억해요? 오리토는 주지의 시선을 받는다.

이즈 주지도 오리토의 시선을 맞받는다. 승정님이 최종 결정을 하실 거예요.

그때까지는, 오리토는 주지의 시선을 마주보면서 되풀이한다. "저는 '우리'가 아니에요."

비뇨의 분홍빛 얼굴은 촉촉하고 우단처럼 보드랍다. 아기는 끈질기게 빽빽 울어댄다.

"보살님?" 야요이가 마지막으로 젖을 먹이려 아기를 받는다.

산파는 야요이의 발갛게 부은 젖꼭지를 살펴본다.

"훨씬 나아졌어요. 익모초가 효험이 있네요." 야요이가 친구에게 말한다.

오리토는 구로자네의 오타네를 떠올린다. 분명 그녀가 약초를 대주었을 것이다. 오리토는 일 년에 한 번 오타네를 만나게 해달라는 조건을 내걸 수 있을까 생각해본다. 신참 비구니는 여전히 신사에서 가장 지위가 낮은 포로이지만, 도도로키 다리에서 탈출을 포기하고 야요이의 쌍둥이를 성공적으로 받아낸 덕에 그녀의 지위는 여러 면에서 미묘하게 올라갔다. 스자쿠의 약을 거부할 권리를 인정받았고, 매일 세 차례 산사의 담 주변을 산책할 수 있게 되었다. 겐무 주지는 오리토가 꾸며낸 편지에 대해 입을 다무는 대가로 여신이 선물 증여를 위해 오리토를 선택하지 않는 데 동의했다. 합의의 도덕적 대가는 비싸다. 이즈 주지와의 사소한 마찰이 매일 일어날 것이고, 에노모토 승정이 이러한 합의를 무효로 할지도 모른다…… 하지만 이건 미래를 위한 싸움이야. 오리토는 생각한다.

아사가오가 야요이의 방문 앞에 나타난다. "스자쿠 스님이 오고 계세요."

오리토는 울지 않으려고 굳게 마음먹은 야요이를 바라본다.

"고마워요, 아사가오." 이즈 주지는 소녀처럼 유연히 일어선다. 사다이에는 기형인 머리에 머릿수건을 다시 둘러쓴다.

주지가 자리를 뜨자 분위기와 대화가 좀더 자유롭게 흐른다.

"진정하렴." 야요이가 악을 쓰고 울어대는 비뇨에게 말한다. "난 아기가 둘이잖니, 요 욕심꾸러기……"

비뇨가 드디어 어머니의 젖꼭지를 찾아 빤다.

식모 사쓰키가 시노부의 얼굴을 빤히 들여다본다. "배불러서 기분이 좋네."

"기저귀에서 냄새가 나요. 아기가 너무 졸려하기 전에 내가 기저귀를 갈까요?" 오리토가 말한다.

"아, 제가 할게요. 괜찮아요." 식모가 시노부를 등에 업는다.

오리토는 더 나이든 여자에게 슬픈 명예를 허락한다. "더운물을 좀 가져올게요."

"겨우 한 주 전만 해도 선물이라면 거미 보듯 하더니!" 사다이에가 말한다.

야요이가 정신없이 젖을 빠는 비뇨를 다시 추슬러 안으며 말한다. "아이바가와 보살님께 감사해야 해요. 이렇게 빨리 봉헌할 수 있을 정도로 아이들이 튼튼하다니."

식모 사쓰키도 말한다. "아이들이 태어난 것부터 아이바가와 보살님께 감사드려야지요."

생후 열흘 된 남자 아기가 꽃잎처럼 부드러운 손을 쥐었다 폈다 한다.

오리토가 주전자의 뜨거운 물을 대야의 찬물과 섞으며 야요이에게 말한다. "보살님이 잘 참아줘서 고맙지요. 젖이 잘 나오는 것도, 어머니로서의 사랑도." 사랑 얘기는 하면 안 돼. 그녀는 스스로에게 경고한다. 오늘은 아니야. "아이들은 태어나고 싶어해요. 산파는 그저 도울 뿐이에요."

"쌍둥이를 준 사람이 지메이 스님인 것 같아요?" 사다이에가 묻는다.

야요이가 비뇨의 머리를 쓰다듬는다. "얘는 통통한 도깨비예요. 지메이 스님은 혈기가 없잖아요."

"그럼 세이류 스님이겠네요." 식모 사쓰키가 속삭인다. "화가 나면 도깨비 왕으로 변하니까……"

병소 같으면 여자들은 이런 말에 웃어주었을 것이다.

"시노부 짱의 눈을 보니 불쌍한 지리쓰 사미스님이 생각나네요." 사다이에가 말한다.

"내 생각에는 그의 아이인 것 같아요. 그의 꿈을 또 꾸었어요." 야요이가 대답한다.

"지리쓰 사미스님이 땅에 묻혔다고 생각하면 이상하지요." 사쓰키가 여자 아기의 엉덩이에서 더러워진 기저귀를 치운다. "하지만 그의 선물의 삶은 이제 시작이에요." 식모는 낡고 해진 천으로 냄새나는 똥을 닦는다. "이상하고 슬퍼요." 그녀는 따뜻한 물로 아기의 엉덩이를 씻겨준다. "시노부와 비뇨가 각각 다른 선물 증여자한테서 나왔을 수도 있을까요?"

"아니. 쌍둥이는 아빠가 하나예요." 오리토는 네덜란드 책을 떠올린다.

스자쿠 스님이 방으로 안내된다. "따뜻한 아침이로군요, 보살님들."

비구니들이 스자쿠에게 일제히 인사한다. "안녕하세요." 오리토는 가볍게 고개만 숙인다.

"올해의 첫번째 봉헌에 딱 어울리는 날씨로군요! 우리 선물들은 어떤가요?"

"둘이 밤새 젖을 빨았답니다, 스님."

"훌륭하군요. 둘에게 수면제를 한 방울씩 주겠어요. 그러면 구로 자네까지 깨지 않고 갈 테니까요. 그곳 여관에서 유모 두 명이 기다리고 있답니다. 한 명은 이 년 전 미노리 보살의 선물을 니가타로 데려갔던 바로 그 유모예요. 아기들은 매우 훌륭한 유모들의 보살핌을 받게 될 겁니다."

"스님이 참 좋은 소식을 가져오셨네요, 야요이 보살님." 이즈 주지가 말한다.

스자쿠는 뾰족한 이를 드러내 보인다. "야요이 보살님의 선물들은 호후 인근 절에서 아이가 없는 스님 부부가 키울 겁니다."

"세상에, 어린 비뇨가 자라서 스님이 된다고 생각해봐요!" 사다이에가 외친다.

"사찰의 자식으로 좋은 교육을 받게 될 거예요." 주지가 말한다.

"그리고 둘이 같이 있을 수 있잖아요. 형제만큼 좋은 선물이 어디 있겠어요." 사쓰키가 덧붙인다.

"승정님께 진심으로 감사드립니다." 야요이의 목소리가 차갑다.

"직접 감사 인사를 드리세요, 보살님." 이즈 주지가 말하자, 오리토가 시노부의 더러워진 배내옷을 빨다가 고개를 든다. "승정님은 내일이나 모레 도착하실 예정입니다."

두려움이 오리토를 엄습한다. "저 역시 승정님과 대화를 나누는 영광을 누리기를 고대하고 있습니다." 그녀는 거짓말을 한다.

이즈 주지가 승리감에 찬 눈으로 오리토를 힐끗 본다.

배가 부른 비뇨의 움직임이 느려진다. 야요이는 아기의 입술을 쓰다듬어 젖을 삼키게 한다.

사쓰키와 사다이에는 여자 아기를 포대기에 싸 떠나보낼 준비를 마친다.

스자쿠 스님이 약상자를 열고 원뿔 모양 병의 마개를 뽑는다.

아마노하시라 종탑의 첫번째 종소리가 야요이의 방 안으로 밀려든다.

아무도 입을 열지 않는다. 문밖에 가마가 기다리고 있을 것이다.

사다이에가 묻는다. "호후가 어디예요, 아이바가와 보살님? 에도만큼 멀어요?"

아마노하시라 종탑의 두번째 종소리가 야요이의 방 안으로 밀려든다.

"훨씬 더 가깝지요." 이즈 주지가 졸음에 겨워하는 깨끗이 씻겨진 시노부를 받아 스자쿠 쪽으로 넘겨준다. "호후는 나가토부터 죽 이어지는 스오 국의 성읍이에요. 해협이 잔잔하기만 하면 대엿새밖에 안 걸려요……"

야요이가 비뇨를 바라보더니 시선을 멀리 돌린다. 오리토는 그녀의 생각을 짐작해본다. 아마도 작년에 하리마의 양초 장인에게 보낸 첫딸 가호를, 혹은 앞으로 십팔 년이나 십구 년 동안, 하산하기 전까지 떠나보내야 할 미래의 선물들을 생각하고 있을 것이다. 아니면 그저 구로자네의 유모 젖이 좋기만을 바라고 있을지도.

봉헌은 사별이나 마찬가지이지만 어머니는 애도조차 할 수 없어. 오리토는 생각한다.

세번째로 울린 아마노하시라 종탑의 종소리가 그 장면을 끝낸다.

스자쿠가 원뿔 모양 병에서 시노부의 입속으로 약을 몇 방울 떨어뜨린다. "좋은 꿈 꾸렴, 작은 선물아." 그가 속삭인다.

아직도 야요이의 팔에 안겨 있는 비뇨가 신음을 하며 트림을 하고 방귀를 뀐다. 그런 모습에도 다들 평소처럼 기뻐하지 못한다. 생기 없고 서글픈 그림이다.

"시간이 됐어요, 야요이 보살님. 보살님은 용감해질 수 있어요." 주지가 말한다.

야요이가 마지막으로 아기의 젖냄새나는 목에 코를 갖다댄다.

"비뇨에게 제가 수면제를 먹이면 안 될까요?"

스자쿠가 고개를 끄덕이고 원뿔 모양 병을 넘겨준다.

야요이는 뾰족한 입구를 비뇨의 입에 대고 누른다. 아기의 작은 혀가 꿀떡 받아 마신다.

"스자쿠 스님의 수면제에는 어떤 성분이 들어 있나요?" 오리토가 묻는다.

"보살님은 산파이고 약제사는 나입니다." 스자쿠가 오리토의 입을 보고 미소 짓는다.

시노부는 벌써 잠들었다. 비뇨는 눈꺼풀을 감았다가 떴다가 감는다……

오리토는 추측해보지 않을 수 없다. 아편제? 천남성? 투구꽃?

"이건 용감한 야요이 보살님을 위한 것입니다." 스자쿠가 골무만한 크기의 돌잔에 걸쭉한 액체를 따른다. "저는 이것을 '불굴의 용기'라 부르지요. 보살님의 지난번 봉헌 때도 도움이 되었습니다." 그는 야요이의 입술에 돌잔을 대준다. 오리토는 잔을 쳐내고 싶은 충동을 간신히 누른다. 액체가 야요이의 목을 타고 넘어가자 스자쿠는 아들을 데려간다.

아이를 빼앗긴 어머니가 중얼거린다. "하지만……" 그러고는 약제사를 멍하니 바라본다.

오리토는 친구의 꺾이는 머리를 받아준다. 정신이 멍해진 어머니를 눕힌다.

이즈 주지와 스자쿠 스님은 빼앗은 아기를 각각 안고 나간다.

XXIV
나가사키, 오가와 가문 저택
오가와 미마사쿠의 방

정월 스무하루 새벽

우자에몬은 아버지의 침상 옆에 무릎을 꿇고 앉아 있다. "오늘은 좀…… 밝아 보이십니다, 아버님."

"그런 듣기 좋은 거짓말은 여자들이나 하라고 해라. 거짓말하는 게 여자의 천성이니."

"정말로 아버님, 제가 들어왔을 때 아버님 안색이……"

"내 얼굴은 네덜란드 병원에 있는 마리뉘스의 해골만도 못하다."

아버지의 하인 사이지가 불을 되살리려 애쓰고 있다. 그는 몸이 막대기처럼 삐쩍 말랐다.

"그러니까, 이런 엄동설한에 시중들 하인도 없이 혼자서 병든 아비를 위해 기도를 드리러 가시마까지 순례를 떠나겠단 말이냐. '시중든다'는 게 오가와가 창고에 붙어사는 멍청이들이 하는 거라면 말이지만. 나가사키가 네 신심에 아주 감동하겠구나."

진실이 밝혀지면 나가사키가 얼마나 분개할까. 우자에몬은 생각한다.

뻣뻣한 빗자루가 앞마당의 포석을 쓸고 있다.

"남들한테 칭찬받으려고 하는 순례가 아닙니다. 아버님."

"네가 언젠가 그랬지. 참된 학자는 '요술과 미신'을 경멸한다고."

"아버님, 요즘은 함부로 판단을 내리지 않으려 합니다."

"오? 그러면 이제 내가……" 긁어대는 듯한 기침소리로 말이 끊어진다. 우자에몬은 판자 위에서 죽어가는 물고기를 생각하며 아버지를 일으켜 앉혀야 하나 고민한다. 그러려면 아버지의 몸에 손을 대야 하는데, 그들과 같은 계급의 부자지간에는 할 수 없는 일이다. 하인 사이지가 도우러 오던 중에 기침 발작이 지나가자 아버지는 하인을 물리친다. "그러면 이제 내가 너의 '경험적 연구'가 되는 거냐? 가시마 치료법의 효능에 대해 학술원에서 강의를 할 셈이냐?"

"통역관 니시가 아팠을 때 그의 아들이 가시마로 순례를 가서 사흘간 단식을 했습니다. 아들이 돌아와서 보니 아버지가 기적같이 회복된 정도가 아니라, 그를 맞이하러 마고메까지 걸어오셨답니다."

"그랬다가 축하 잔치에서 생선뼈에 질식해 죽을 뻔했지."

"앞으로 일 년간은 부디 생선 드실 때 조심하십시오."

화로에서 불이 붙은 갈대가 부풀어오르며 불씨를 날린다.

"신에게 내 수명을 지켜달라고 네 수명을 바치지는 말거라……"

우자에몬은 의아하다. 가시 돋친 아량인가? "그렇게까지는 안 할 겁니다, 아버님."

"혹여 스님이 내가 기운을 되찾을 거라고 장담한다면 모를까. 제 갈비뼈가 감옥 창살이 되어서는 안 되지. 아첨꾼과 여자, 바보와 함께 여기 갇혀 있느니 정토에서 조상님과 히사노부와 함께 있는 편이 낫다." 오가와 미마사쿠는 위패와 솔가지와 함께 친아들을 안치해둔 제단을 바라본다. "상업에 밝은 자에게 데지마는 지금처럼 네덜란드와의 교역 상황이 좋지 않은 때조차 사사로이 돈을 찍어내는 곳이나 다름없다. 하지만 계몽에 눈먼 자에게는"—미마사쿠는 네덜란드어로 '계몽'이라 말한다—"기회도 다 쓸모없지. 아니, 조합은 이와세 일족이 지배하게 될 거다. 그들은 벌써 손자를 다섯이나 두었어."

고맙습니다. 우자에몬은 생각한다. 제가 당신에게 등을 돌리도록 도와주셔서. "제가 실망시켜드렸다면, 아버님, 죄송합니다."

노인이 눈을 감는다. "아무리 공들여 계획을 세워도 살다보면 다 소용이 없게 되니 얼마나 우스우냐."

"일 년 중 가장 나쁜 때예요." 오키누가 툇마루 끝에 무릎을 꿇는다. "산사태에 눈에 천둥에 얼음에……"

"봄이 되면 아버님에게는 너무 늦을 거요, 부인." 우자에몬이 앉아서 발을 싸맨다.

"겨울이면 도적떼가 더 굶주리고, 굶주리면 더 대담해진답니다."

"사가 대로로 갈 거요. 내겐 칼도 있고 가시마는 이틀 거리밖에 안 되오. 호쿠리쿠나 기이처럼 미개한 곳도 아니고 무법자들이 판치는 곳도 아니오."

오키누는 겁에 질린 암사슴처럼 주위를 둘러본다. 우자에몬은 아내의 미소를 본 게 언제인지 기억나지도 않는다. 당신은 나보다 더 나은 남자를 만나야 해. 그는 그 말을 해줄 수 없는 것이 안타깝다. 그의 손이 유포 봇짐을 누른다. 그 속에는 노잣돈이 든 돈주머니가 두 개, 어음 몇 장, 그리고 서로 사모하던 시절 아이바가와 오리토에게 받은 연서 열여섯 통이 들어 있다. 오키누가 속삭인다.

"당신이 없으면 어머님이 저를 달달 볶으실 거예요."

나는 어머니의 아들이자 당신의 남편이지 중재자가 아니야. 우자에몬은 괴롭다는 듯 신음소리를 낸다.

어머니의 하녀이자 첩자인 우타코가 손에 우산을 들고 다가온다.

"약속해주세요." 오키누가 딴전을 피우려 한다. "날씨가 나쁘면 위험하게 오무라만을 건너지 않겠다고요."

우타코가 두 사람에게 인사한다. 그녀는 안뜰로 사라진다.

"그럼 닷새 안에 돌아오는 거지요?" 오키누가 묻는다.

딱한 사람. 유일한 자기편이 나라니. 우자에몬은 생각한다.

"엿새?" 오키누가 그에게 대답을 재촉한다. "이레 이상은 안 걸리는 거지요?"

지금 부인과 갈라서 부인의 불행을 끝낼 수만 있다면 그렇게 할 텐데…… 우자에몬은 생각한다.

"제발, 여드레 이상은 안 돼요. 어머님은 너무…… 너무……"

……하지만 그랬다간 오가와 집안에 달갑지 않은 이목이 쏠릴 테지.

"아버님을 위해 독경하는 데 며칠이 걸릴지 모르겠소."

"가시마에서 아내를 위한 부적을 사다줄래요?"

"흠." 우자에몬은 발 싸매는 일을 끝낸다. "잘 지내시오, 오키누."

죄책감이 동전이라면 나는 데지마를 사버릴 수도 있을 거야.

겨울이라 황량한 작은 앞뜰을 걸어나가며 우자에몬은 하늘을 살핀다. 비가 올 듯한 날씨지만 지면을 적실 정도로 내릴 것 같지는 않다. 앞쪽 대문가에 우자에몬의 어머니가 우타코가 든 우산 아래에 서 있다. "지금이라도 곧 요헤이가 너와 함께 갈 준비를 하고 나설 수 있다."

"말씀드렸듯이 이번 순례는 놀러가는 게 아닙니다, 어머님."

"남들이 오가와 집안이 하인 쓸 여유도 없나보다고 생각하면 어떡하니."

"이 고집 센 아들이 왜 홀로 순례길에 올랐는지 어머님께서 잘 설명해주시리라 믿습니다."

"네 속옷과 버선은 누가 빨아준단 말이냐?"

에노모토의 산중 요새를 습격하려는 마당에 '속옷과 버선'이라니……

"팔구일쯤 지나면 그 문제가 그리 우스워 보이지 않을 게다."

"저는 여관이나 신사의 손님방에서 잘 겁니다. 도랑이 아니고요."

"오가와 집안 사람이라면 떠돌이처럼 산다느니 하는 소리는 농담으로라도 함부로 하지 않는 법이다."

"안으로 들어가시지 그러십니까, 어머님? 감기 걸리십니다."

"실내가 아무리 아늑하더라도 아들이나 남편을 문에서 배웅하는 것이 양갓집 아녀자의 의무이니라." 그녀는 본채 쪽을 쏘아본다. "새파란 며느리는 왜 저리 훌쩍거리는지 남들이 궁금해하겠구나."

하녀 우타코는 동백꽃 봉오리에 맺힌 물방울을 쳐다보고 있다.

"오키누도 어머니처럼 저에게 무사히 잘 다녀오라고 해주었습니다."

"흠, 시모노세키에서는 뭐든 다 하는 방식이 다른가보지."

"제 처는 고향에서 멀리 떠나왔습니다. 힘겨운 한 해였어요."

"나도 고향에서 먼 곳으로 시집왔다. 내가 그애 '고생거리' 중 하나라는 뜻으로 한 말이라면, 분명히 말하는데 그애는 정말 팔자 편하게 지낸 거다! 내 시어머니는 지옥에서 온 마귀할멈이었어—지옥에서. 그렇지 않았니, 우타코?"

우타코는 고개를 살짝 끄덕이며 몸을 반쯤 수그리고 속삭인다. "맞아요, 마님."

"어머니를 '고생거리'라고 한 사람은 아무도 없어요." 우자에몬은 빗장에 손을 올린다.

"오키누는," 어머니도 빗장에 손을 올린다. "영 성에 안 차……"

"어머니, 제발 제 처에게 따듯하게 대해주세요……"

"……우리 모두에게 성에 안 찬다고. 난 그애가 한 번도 마음에 든 적이 없었어. 그렇지 않았니, 우타코?"

우타코는 고개를 살짝 끄덕이며 몸을 반쯤 수그리고 속삭인다. "맞아요, 마님."

"하지만 어머니와 아버지가 원하셨던 사람이 아닙니까. 그러니 제가 어떻게 의심하는 말을 꺼낼 수 있었겠습니까?"

역사를 이런 식으로 다시 쓰다니, 아무리 어머니라 해도 놀라운 일이군요. 우자에몬은 생각한다.

"하지만 순례는 실수를 다시 생각해볼 좋은 기회지." 어머니가 말한다.

회색 고양이가 벽을 따라 걸어가다 우자에몬과 눈이 마주친다.

"결혼은 거래야…… 그렇지 않니?"

회색 고양이는 마치 처음부터 그 자리에 없었던 것처럼 안개 속으로 사라진다.

"어머니 말씀대로 결혼은 거래지요."

"거래, 그렇지. 상인한테서 물건을 샀는데 망가진 물건이었다면 상인은 사과를 하고 돈을 돌려주며 그쯤에서 끝내달라고 사정해야 마땅하지. 나는 오가와 집안에 아들 셋과 딸 둘을 낳아주었다. 히사노부만 빼고 모두 어릴 때 죽었지만, 아무도 나를 망가진 물건이라고 할 수는 없었어. 지금 내가 오키누의 약한 자궁을 탓하는 건 아니다. 그럴 사람도 있겠지만, 나는 공정한 사람이니까―하지만 우리가 물건을 잘못 샀다는 사실은 변함없지. 누구한테 돈을 돌려달라고 하겠니? 우리가 그애를 친정으로 보내지 않는다면 많은 이들은 우리 탓을 하겠지―오가와 일족의 조상님들 말이다."

어머니가 얼굴을 바짝 들이밀자 우자에몬은 시선을 돌린다.

가랑비 속에서 솔개가 급강하한다. 우자에몬은 솔개의 깃털 소리를 듣는다. "두 번 넘게 유산하는 여자는 많아요."

"척박한 땅에 좋은 씨를 허비한다면 생각이 없는 농부이지."

우자에몬은 아직도 어머니가 손을 얹어놓고 있는 빗장을 들어올리고 문을 연다.

"이게 다 의무감에서 하는 말이다, 나쁜 뜻에서가 아니라……" 어머니가 미소를 짓는다.

이제 내 입양 이야기가 나올 때가 되었군. 우자에몬은 생각한다.

"……더 부유하거나 신분 높은 제자가 아니라 너를 상속자로 들이자고 네 아버지에게 조언한 사람이 바로 나였다. 그래서 내가 오가와 가문의 대를 잇는 이 문제에 특히나 책임감을 느끼는 거야."

빗방울이 우자에몬의 목에 떨어져 어깨뼈 사이로 흘러내린다.

"안녕히 계십시오."

우자에몬의 삶에서 절반쯤 된 시점인 열세 살 때, 그는 도사 번의 수석 난학자였던 첫번째 스승 가나마루 모토지와 함께 시코쿠에서 나가사키까지 이 주간 여행한 적이 있었다. 열다섯 살 때 오가와 미마사쿠에게 입양된 후 새아버지와 함께 멀리 구마모토까지 학자들을 방문하러 간 적도 있었지만, 사 년 전 삼급 통역관으로 임명된 후로는 나가사키 밖으로 거의 나가보지 못했다. 소년 시절의 여행은 가능성으로 밝게 빛났지만, 오늘 아침 통역관—내가 아직도 '통역관'이라면 말이지만, 우자에몬은 마지못해 인정한다—은 어두운 감정들로 마음이 괴롭다. 거위들이 쉭쉭거리며 욕을 퍼붓는 거위치기한테서 도망간다. 물소리가 시끄러운 강가에서 거지가 덜덜 떨며 똥을 누고 있다. 안개와 연기 때문에 삿갓을 쓴 자들이, 그리고 가마 격자창 뒤의 얼굴들이 첩자인지 자객인지 제대로 보이지 않는다. 길이 번잡해서 첩자가 숨기에는 딱이겠군. 우자에몬은 후회한다. 하지만 내가 숨을 수 있을 정도는 아니야. 그는 나카시마강의 다리들을 지난다. 잠이 오지 않을 때면 그는 다리들의 이름을 외곤 한다. 위풍당당한 도키와바시 다리, 포목점 창고 옆의 후쿠로바시 다리, 맑은 날에는 두 개의 아치가 물에 비쳐 둥그런 안경처럼 보이는 메가네바시 다리, 아치가 완만한 우오이치바시 다리, 무미건조한 히가시신바시 다리, 상류로 올라가 처형장을 지나면 나오는 이모하라바시 다리, 이름처럼 오래되고 약해 뵈는 후루마치바시 다리, 흔들리는 아미가사바시 다리, 마지막 다리이자 제일 높은 다리인 오이데바시 다리. 우자에몬은 안개에 가려 끝이 보이지 않는 계단 옆에 멈춰 서서 처음 나가사키에 왔던 봄날을 떠올린다.

생쥐 소리만큼 작은 목소리가 말한다. "저기, 준레이* 사마……"

우자에몬이 그 '순례자'가 자신임을 알아차리는 데 시간이 조금 걸린다. 그는 돌아본다……

……한쪽 눈에 깊은 자상을 입은 소년이 오므린 손을 내밀고 있다.

목소리가 우자에몬에게 경고한다. 아이가 동전을 구걸하고 있잖아. 순례자는 자리를 뜬다.

그리고 너는, 목소리가 그를 꾸짖는다. 행운을 구걸하고 있어.

그래서 그는 되돌아가지만 소년은 어디에도 보이지 않는다.

나는 애덤 스미스의 번역자야. 흉조 따윈 믿지 않아. 그는 혼잣말을 한다.

잠시 후 그는 마고메 성문에 도착한다. 삿갓을 깊숙이 눌러쓰지만 경비병이 사무라이인 그를 알아보고 인사하며 통행을 허가한다.

초라하고 냄새나는 장인들의 집이 길을 따라 다닥다닥 붙어 있다.

빌린 베틀이 불 꺼진 방에서 탁-라타-탁 소리를 낸다……

다리 긴 개들과 배고픈 아이들이 지나가는 그를 무심하게 바라본다.

여물을 실은 소달구지가 언덕을 내려오며 바퀴로 진흙을 튀긴다. 짐수레가 황소를 덮치지 않도록 농부와 아들이 필사적으로 뒤에서 수레를 끌어당기고 있다. 우자에몬은 옆으로 비켜서서 은행나무 아래에서 항구를 내려다보지만, 데지마는 짙은 안개에 가려 보이

---

* '순례자'라는 뜻의 일본어.

지 않는다. 나는 두 세계 사이에 있어. 그는 통역관 조합의 권모술수, 검사관과 대다수 네덜란드인의 경멸, 기만과 위조를 뒤로하고 떠나는 길이다. 이제 내 앞엔 어딘지 모를 곳에서 나를 받아줄지 알 수 없는 여인과 함께할 불확실한 삶이 기다리고 있을 뿐이야. 은행나무의 마디진 가지에서 번들거리는 까마귀 한 무리가 모욕하듯 날아간다. 달구지가 지나가고 농부는 균형을 잃지 않는 한에서 최대한 깊이 고개 숙여 인사한다. 가짜 순례자는 행전을 바싹 동여매고 신발을 고쳐신고 다시 길을 떠난다. 슈자이와 만나기로 한 약속을 놓치면 안 된다.

봉황 여관은 나가사키에서 30리쯤 떨어진, 얕은 여울과 채석장 사이의 길이 휘어지는 지점에 있다. 우자에몬은 슈자이를 찾아 안으로 들어서지만, 차가운 가랑비를 피하는 평범한 이들만 눈에 들어올 뿐이다. 가마꾼, 짐꾼, 노새몰이꾼, 탁발승, 창부 셋, 운세를 점쳐주는 원숭이를 데리고 있는 남자, 그리고 하인 무리와 조금 떨어져 앉은, 두껍게 옷을 껴입고 수염을 기른 상인. 사람들 몸에서 축축한 냄새가 풍기고 김이 오르는 밥과 돼지기름 냄새가 나지만 바깥보다는 따뜻하고 건조하다. 우자에몬은 호두 경단 한 접시를 주문하고 슈자이와 그가 고용한 다섯 검객을 걱정하며 실내로 들어선다. 용병 고용을 위해 친구에게 건넨 큰 액수의 돈에 대해서는 걱정하지 않는다. 우자에몬의 생각만큼 슈자이가 정직하지 않다면, 통역관은 벌써 체포되었을 것이다. 그보다는 눈치 빠른 슈자이의 빚쟁이들이 그가 나가사키를 뜨려 한다는 냄새를 맡고 그의 주위에 그물을 쳐두었을 가능성이 있다.

누가 기둥을 두드린다. 그의 음식을 가져온 주인집 딸이다.

그가 그녀에게 묻는다. "벌써 미시가 되었소?"

"정오가 한참 지났으니, 사무라이 사마, 그런 것 같아요……"

쇼군의 병사 다섯이 들어오자 이야기 소리가 잦아든다.

병사들은 시선을 피하는 얼굴들을 둘러본다.

대장과 우자에몬의 눈이 마주친다. 우자에몬은 눈을 내리깐다. 죄지은 사람처럼 굴지 마. 그는 생각한다. 나는 가시마로 가는 순례자야.

"주인?" 병사 하나가 외친다. "여기 주인은 어디 있나?"

"나리!" 주인이 부엌에서 나타나 바닥에 무릎을 꿇는다. "이렇게 행차해주시다니 더없는 영광이올시다."

"우리 말에게 먹일 건초와 여물을 주게. 자네 마구간 소년이 안 보이는군."

"바로 대령하겠습니다요, 나리." 주인은 여물값으로 전표를 받겠지만 그 값어치의 다섯 배 되는 뇌물을 쓰지 않고는 전표를 돈으로 바꾸지 못하리라는 것을 안다. 그가 아내와 아들딸에게 지시를 내리고 병사들은 안쪽의 제일 좋은 방으로 간다. 조심스레 대화가 다시 시작된다.

"어디서 뵌 분 같군요, 사무라이 상." 수염을 기른 상인이 슬그머니 다가온다.

누구랑 마주치는 일은 피하게. 슈자이가 경고했다. 목격자가 있으면 안 돼. "초면인 것 같은데요."

"하지만 틀림없이 전에 뵌 적이 있습니다—정월 초하루에 류가지 신사에서요."

"잘못 보셨습니다, 어르신. 저는 어르신을 뵌 적이 없습니다. 그
럼 이만……"

"하지만 가오리가죽에 대해 얘기를 나누었습니다, 사무라이 상.
칼집 얘기도요……"

우자에몬은 그제야 후줄근한 턱수염을 기르고 기운 외투를 입은
슈자이를 알아본다.

"아, 이제 기억하시는군요! 데구치올시다, 사무라이 상—오사
카의 데구치요. 저, 자리를 함께하겠습니까?"

하녀가 쌀밥과 장아찌를 내온다.

"저는 사람 얼굴을 안 잊어버린다니까요." 슈자이가 누런 이를
드러내고 웃는다. 그의 억양이 달라져 있다.

하녀의 표정이 우자에몬에게 말한다. 이 짜증나는 노인네는 뭐예요.

"절대 안 잊어버려요, 아가씨." 슈자이가 느릿느릿 말한다. "이
름은 잊어버려도 얼굴만은 절대……"

"혼자 다니는 여행자는 눈에 잘 띄지." 가마의 격자창 사이로 슈
자이의 목소리가 흘러나온다. "하지만 이사하야 가도에서 여섯 명
이 한패라면? 눈에 안 보이는 것이나 마찬가지야. 봉황 여관에 있
던 첩자에게 칼을 찬 말없는 순례자는 눈여겨봐야 할 인물이겠지.
하지만 그곳을 떠날 때 자네는 인간 각다귀한테 걸린 불쌍한 잡놈
에 지나지 않게 되었네. 자네를 눈에 띄지 않게 만든 거야."

안개가 농가를 흐릿하게 만들고, 앞의 길을 지우고, 계곡을 숨긴
다……

데구치의 가마꾼과 하인이 바로 슈자이가 고용한 자들이었다.
무기는 가마의 바닥을 개조해 숨겨놓았다. 우자에몬은 그들의 가
짜 이름을 외운다. 다누키, 구마, 이시, 하네, 샤케…… 가마꾼으로
변장한 그들은 역할에 걸맞게 우자에몬에게 거의 말을 걸지 않는
다. 나머지 여섯 명은 내일 메쿠라 협곡으로 올 것이다.

"그건 그렇고, 층층나무 두루마리 통은 가져왔나?" 슈자이가 묻
는다.

안 가져왔다고 하면 스승님을 믿지 못한다고 생각할 거야. 우자에몬
은 걱정이 된다.

그는 슈자이가 볼 수 있도록 허리춤을 탁 친다. "중요한 것은 다
여기 있습니다."

"좋아. 두루마리가 엉뚱한 자의 손에 들어갔다가는 에노모토가
우리가 올 것을 예상하게 될 수도 있어."

성공해야 해. 그러면 지리쓰의 증언은 필요 없게 된다. 우자에몬은
불안하다. 실패한다 해도 붙잡혀서는 안 돼. 더주트가 과연 그 무기를
쓸 수 있을지는 통역관도 대답할 수 없는 문제다.

강 아래쪽에 불쑥 튀어나온 젖은 바위들과 강둑이 있다.

"여기는 우리 고향의 시만토가와강과 닮았군." 슈자이가 말한다.

우자에몬이 대답한다. "제 생각엔 시만토가와강 쪽이 더 온화한
것 같은데요." 그는 고향 도사 번에 돌아가서 궁정직에 다시 지원
해보면 어떨까도 생각해보았다. 나가사키의 오가와 집안에 입양되
면서 친가와의 연은 모두 끊어졌지만—그리고 그들은 찬밥데기인 셋

째 아들이 돈 한푼 없이 얼굴에 화상이 있는 아내를 데리고 돌아가면 반가워하지 않겠지―예전 네덜란드어 스승이 혹시 도와주지 않을까 하는 마음이 있다. 도사는 에노모토가 제일 먼저 우리를 찾을 곳이야.

우자에몬은 불안한 마음이 든다.

위태로운 것은 도망자 비구니만이 아니다. 교가 번 영주의 평판도 위태로워질 것이다.

그의 친구인 마쓰다이라 사다노부 로주가 용모파기*를 내걸겠지……

우자에몬은 자신이 얼마나 엄청난 위험을 무릅쓰려 하는지 어렴풋이 감지한다.

그런 수고를 할까? 아니면 그냥 자객을 보낼까?

우자에몬은 먼 곳을 바라본다. 멈추어 생각하다보면 구출 계획을 실행에 옮기지 못할 것이다.

발들이 웅덩이에서 물을 튀긴다. 갈색 강이 물결친다. 소나무에서 물방울이 떨어진다.

우자에몬이 슈자이에게 묻는다. "오늘밤에는 이사하야에서 묵습니까?"

"아니. 오사카의 데구치가 제일 좋은 곳을 골라냈네. 구로자네의 하루바야시 여관이지."

"에노모토와 수행원들이 묵는 여관은 아니겠지요?"

"바로 거기라네. 시라누이 산사에서 비구니를 훔쳐내려고 작당한 어떤 도적떼가 감히 거기에 묵을 꿈이라도 꾸겠나?"

---

* 범죄자의 용모와 신체 특징을 기록한 것.

꧁

　이사하야의 어느 큰 신사에서 그 지역 신을 기리는 축제를 여는 탓에 거리가 노점상과 수레와 구경꾼으로 떠들썩하다. 덕분에 낯선 사람 여섯 명과 가마 하나는 주목받지 않고 통과한다. 거리의 악사는 손님을 끌려고 경쟁하고, 좀도둑은 휴일 인파를 훑고 다니고, 여관 계집종은 자기네 여관 앞에서 희롱하며 손님을 끈다. 슈자이는 가마에 그대로 앉아 부하들에게 교가 번으로 들어가는 마을 동쪽 문으로 곧장 가라고 명령한다. 관문에는 돼지떼가 모여 있다. 교가 번 특유의 소박한 차림을 한 경비병 한 명이 오사카의 데구치가 내민 통행권을 건성으로 힐끔거리며 상인에게 물품이 없는 까닭을 묻는다. "전부 배로 보냈소." 슈자이가 대답한다. 그의 오사카 사투리는 알아듣기 힘들 정도다. "한 개도 빠짐없이 전부. 서쪽 혼슈의 세관 관리들이 죄다 제 몫을 챙길 때쯤이면 내 손에는 주름마저 남지 않을 테니." 그는 무사히 통과하지만, 눈썰미가 날카로운 또다른 경비병이 우자에몬의 통행권이 데지마에서 발급된 것임을 알아챈다. "외국인을 위한 통역관입니까, 오가와 상?"

　"예, 데지마 통역관 조합의 삼급 통역관입니다."

　"순례자 옷을 입고 있어서 물어본 겁니다."

　"아버님이 많이 편찮으십니다. 아버님을 위해 가시마에 기도를 드리러 가는 길입니다."

　경비병이 꿀꿀대는 새끼 돼지를 발로 걸어찬다. "조사실에 가 계십시오."

　우자에몬은 슈자이를 애써 쳐다보지 않으려 한다. "알겠습니다."

"이 망할 돼지들을 다 처리하고 저도 곧 조사실로 가겠습니다."

통역관은 서기가 앉아 있는 작은 방으로 들어간다.

우자에몬은 자신의 운을 저주한다. 쥐도 새도 모르게 교가 번으로 들어가기는 이제 다 틀렸구나.

"불편을 끼쳐드려 죄송합니다." 경비병이 나타나 서기에게 밖에서 기다리라고 명령한다. "제가 보기에, 오가와 상은 약속을 지키는 분일 것 같습니다."

"그렇게 하려고 노력합니다." 무슨 의도에서 하는 말인지 우자에몬은 불안하다.

"그러면 저······" 경비병이 무릎을 꿇고 머리를 깊이 조아린다. "······도와주십시오. 제 아들의 머리가 자꾸만 커지고 있습니다······ 이상하고 둔해 보이지요. 우리는······ 사람들이 아이를 악귀라고 불러서 밖에 데리고 나가지도 못합니다. 그애는 똑똑하고 책도 잘 읽습니다. 그러니까 아이의 지능에는 문제가 없는 거지요. 하지만······ 두통이 아주 심합니다."

우자에몬은 마음을 놓는다. "의사는 뭐라고 합니까?"

"첫번째 의사는 뇌가 불타는 병이라면서 불을 꺼야 하니 매일 물 세 통을 마시라고 처방했습니다. 두번째 의사는 '물 중독'이라면서 아이의 혀가 시커메질 때까지 물을 못 마시게 했습니다. 세번째 의사는 아이의 머리에서 악귀를 쫓아야 한다면서 금침을 팔았고, 네번째 의사는 하루에 서른세 번 핥으라며 마법의 개구리를 팔았습니다. 다 효험이 없었습니다. 이제 곧 아들은 머리를 들 수도 없게 될 겁니다······"

우자에몬은 최근에 마에노 선생이 상피병에 대해 강의했던 것을 떠올린다.

"그래서 가시마로 기도하러 가는 모든 순례자에게 부탁을 하고 있습니다."

"기꺼이 아드님의 치유를 기원하는 독경을 하겠습니다. 아드님 이름이 뭡니까?"

"감사합니다. 많은 순례자가 그러마고 하지만 제가 믿을 수 있는 분은 명예를 아는 분뿐입니다. 저는 이마다이고, 아들 이름은 우오카쓰입니다." 그는 접은 종이 한 장을 내민다. "여기 이름을 적은 종이와 아들의 머리카락입니다. 그리고 사례금을……"

"돈은 넣어두십시오. 아버님을 위해 기도할 때 이마다 우오카쓰를 위해서도 기도하겠습니다."

쇄국정책 덕분에 쇼군의 권력은 도전받지 않고 지켜지지……

경비병이 다시 한번 고개 숙여 감사를 표한다. "오가와 상도 아들이 있으십니까?"

……하지만 우오카쓰와 다른 수많은 이들은 그 때문에 무지한 채 헛되이 죽어가는 거야.

"제 처와 저는," 우자에몬은 너무 자세히 말하지 않기로 한다. "아직 아들을 얻지 못했습니다."

"관음보살님이 당신의 친절에 보답해주실 겁니다. 자, 이제 더 지체하시면 안 되지요……"

우자에몬은 작은 합에 이름을 적은 종이를 넣는다. "더 도와드리지 못해 죄송합니다."

XXV
시라누이 산사, 승정의 방
✦
정월 스무이틀 밤

흔들리는 불꽃이 밤메꽃처럼 푸른색으로 소리 없이 타오른다.
에노모토는 긴 방의 맨 끝에, 바닥 화로 뒤에 앉아 있다. 아치형 천
장은 윤곽이 분명치 않다. 그는 오리토가 거기 있다는 것을 알지만
아직 고개를 들지 않는다. 바로 가까이에 어린 사미승 둘이 꼼짝도
않고 바둑판을 들여다보고 있다. 목에서 뛰는 맥박이 보이지 않았
다면 청동상인 줄 알았을 것이다. "꼭 자객 같군. 거기서 그렇게 서
성이는 게……" 에노모토의 묵직한 목소리가 그녀의 귀에 들린다.
"가까이 오게, 아이바가와 보살."

그녀는 가까이 다가간다. 오리토는 사그라드는 불을 사이에 두
고 교가 번의 영주와 마주앉는다. 그는 칼날이 없는 칼자루 같은
것의 만듦새를 살펴보고 있다. 기이한 화롯불에 비친 에노모토는
그녀가 기억하는 것보다 십 년은 더 젊어 보인다.

내가 자객이면 당신은 이미 죽은목숨이야. 그녀는 생각한다.

"나의 보호가 없으면 네 비구니들과 그 처소가 어떻게 될 것 같은가?"

그가 읽는 것은 마음이 아니라 얼굴이야. 오리토는 생각한다. "비구니 처소는 감옥이에요."

"네 비구니들은 매음굴에서, 혹은 장터에서 구경거리가 되어 이른 나이에 비참하게 죽을 것이다."

"그렇다고 승려의 노리갯감으로 여기 가둬놓는 것이 정당화됩니까?"

딱. 도전자가 바둑판에 흑돌을 놓는다.

"고명하신 네 아버지 아이바가와 선생은 왜곡된 의견이 아니라 사실을 존중했지."

에노모토의 손에 들린 칼자루는 자세히 보니 권총이다.

"비구니는 '노리갯감'이 아니야. 그들은 여신님에게 이십 년을 헌신하고 하산한 후에 부양을 받는다. 많은 교단이 신자와 비슷한 계약을 맺지만 평생 봉사할 것을 요구하지."

"어떤 '교단'이 당신 종파처럼 비구니에게서 아이를 수확합니까?"

어둠이 풀려나와 오리토의 시야를 돌아 흘러나간다.

"속세의 비옥함은 강이 가져다주는 것이다. 시라누이는 그 근원이야."

오리토는 그의 어조와 말에서 냉소적인 기미를 세심하게 찾아내려 하지만 믿음만 느껴질 뿐이다. "아이작 뉴턴을 번역한 학자가 어떻게 미신을 믿는 농부 같은 말을 할 수 있습니까?"

"계몽은 사람을 눈멀게 할 수도 있다, 오리토. 네가 열망하는 모든 경험적인 방법론을 시간과 인력, 생명에 적용해보거라. 그것들의 발생과 목적은 근본적으로는 알 수 없는 것이다. 지식의 영역은 유한하며 뇌와 영혼은 별개의 실체라고 결론짓는 것은 미신이 아니라 이성이다."

딱. 사미승이 바둑판에 백돌을 놓는다.

"제가 기억하기로 승정님이 지란당에서 그런 통찰을 내놓은 적은 없는데요."

"우리는 제한된 숫자의 교인을 위한 교단이다. 시라누이의 방식은 일반인의 방식과 다르고 마찬가지로 학자의 방식과도 다르지."

"지저분한 진실을 고상한 말로 포장하려 하다니요. 당신은 여자들을 이십 년 동안 가둬놓고 임신을 시키고 품에서 갓난아기를 빼앗습니다—그리고 아이들이 자랐을 때쯤 다 죽은 자식이 어머니에게 보내는 편지를 위조하고요!"

"불쌍하게 죽은 선물 셋의 신년 편지만 대신 쓴다. 서른여섯, 아니 야요이 보살의 쌍둥이까지 포함하면 서른여덟 중에 셋이지. 나머지는 모두 진짜다. 이즈 주지는 그런 허구가 비구니에게 친절을 베푸는 거라고 믿고, 경험으로 보아 그 말은 사실이야."

"하산해서 만나기만 고대하는 아들딸이 십팔 년 전에 이미 죽었다는 사실을 알면 비구니들이 그런 친절에 고마워할 것 같습니까?"

"내가 승정으로 있는 동안 그런 불행한 일은 한 번도 일어난 적 없다."

"하쓰네 보살은 죽은 딸 노리코를 만날 생각입니다."

"하쓰네가 하산하려면 이 년이 남았어. 그때도 마음이 바뀌지 않는다면 내가 설명하지."

아마노하시라의 종이 술시를 알린다.

에노모토가 불 쪽으로 몸을 기울인다. "네가 우리를 간수로 보고 있다니 슬프구나. 아마도 네 지위 탓이겠지. 이 년마다 아이를 낳는 건 속세의 아내 대부분이 견뎌야 하는 것에 비하면 가벼운 의무다. 비구니 대부분에게 승려는 노예의 삶에서 그네들을 지상의 정토로 해방시켜주는 존재야."

"시라누이 산사는 제가 상상하는 정토와는 거리가 멉니다."

"아이바가와 세이안의 딸은 보기 드문 여자로 특별한 경우지."

"당신 입에서 아버지 이름은 듣고 싶지 않습니다."

"아이바가와 세이안은 네 아비이기 이전에 내 신실한 벗이었다."

"고아가 된 딸을 납치하는 것으로 우정을 되갚는단 말입니까?"

"나는 너에게 집을 마련해준 거다, 아이바가와."

"저는 나가사키에 집이 있었습니다."

"그러나 네가 시라누이의 이름을 듣기 전부터 이미 이곳이 너의 집이었다. 나는 네가 산파술에서 네 소명을 찾았음을 알았다. 지란당에서 너를 보고 알았지. 오래전 네 얼굴에서 여신님의 표시를 알아보고……"

"제 얼굴은 뜨거운 기름이 든 냄비에 화상을 입은 겁니다. 그건 사고였다고요!"

에노모토가 자애로운 아버지처럼 미소 짓는다. "여신님이 너를 부르셨다. 진짜 자기 모습을 너에게 드러내셨어, 그렇지 않느냐?"

오리토는 누구에게도, 야요이에게조차 둥그런 동굴과 그 안의 기묘한 거대 여신상에 대해 말한 적이 없다.

딱. 사미승이 바둑판에 흑돌을 놓는다.

굴로 들어가는 문에 비밀 봉인이 있었던 거야. 그녀는 이치에 맞게 추리해본다.

날개가 퍼덕이는 소리가 머리 위에서 들려오지만 오리토가 고개를 들었을 때는 아무것도 보이지 않는다.

"네가 도망쳤을 때 여신님이 너를 다시 부르셨다……" 에노모토가 말한다.

저런 미친 소리를 믿으면 진짜로 시라누이의 죄수가 되는 거야. 오리토는 생각한다.

"……그리고 너의 영혼은, 네 정신이 너무 아는 것이 많아 이해하지 못하는 것을 알기 때문에 복종한 것이다."

"제가 돌아오지 않으면 야요이가 죽을 것이기 때문에 돌아온 겁니다."

"너는 여신님의 동정심의 도구였다. 그 보상을 받게 될 것이다."

선물 증여에 대한 그녀의 두려움이 추한 말을 내뱉게 한다. "저는…… 다른 비구니들이 당하는 짓을 똑같이 당할 수 없어요. 절대로 안 돼요." 오리토는 그 말이 수치스럽고 그 수치가 수치스럽다. 다른 비구니들이 견디는 것을 나에게는 면제해주세요, 그런 뜻의 말이다. 오리토는 덜덜 떨기 시작한다. 화를 내! 그녀는 스스로에게 채근한다. 분노를 터뜨리라고!

딱. 사미승이 바둑판에 백돌을 놓는다.

에노모토의 목소리가 애무하듯 부드럽다. "우리 모두는, 누구보다도 여신님은 네가 여기에 있기 위해 무엇을 희생했는지 알고 있다. 그 현명한 눈으로 나를 보아라, 오리토. 너에게 제안을 하나 하겠다. 너는 의사의 딸로서 식모 사쓰키의 건강이 좋지 않다는 것을 틀림없이 눈치챘을 것이다. 안됐지만 자궁암이다. 고향 섬에서 죽게 해달라고 청하더구나. 며칠 후 내 수하들이 사쓰키를 고향으로 데려다줄 것이다. 원한다면 네가 식모 일을 해도 좋다. 여신님은 오륙 주에 한 번 비구니 처소에 선물을 내려주신다. 앞으로 너는 너의 비구니들을 돕고 지식을 쌓고 산파 노릇을 하며 신사에서 이십 년을 보내게 될 것이다. 내 신사의 그런 귀한 자산은 결코 선물을 받지 않을 것이다. 그뿐 아니라 책도 구해다 주겠다. 네가 원하는 책이라면 어떤 것이든. 그러면 네 아버지의 발자취를 좇아 학자의 길을 갈 수 있겠지. 네가 하산한 뒤에는 나가사키에든 어디에든 집을 한 채 사주고 여생을 편히 보낼 돈을 주겠다."

넉 달 동안 비구니 처소는 공포로 나를 협박해온 거구나…… 오리토는 깨닫는다.

"너는 시라누이의 비구니라기보다는 생명의 비구니가 되는 거다."

……그러니까 이 제안은 사슬이나 올가미가 아니라 물에 빠진 여자에게 내려주는 동아줄이야.

문을 네 번 두드리는 소리가 방안의 공기를 흔든다.

에노모토는 오리토 뒤로 시선을 던지고 고개를 한 번 끄덕인다. "아, 오래 기다렸던 친구가 도둑맞은 물건을 되찾아 가지고 도착했군. 가서 그에게 감사 표시를 해야겠다." 에노모토가 일어서자 진한 푸른색 비단옷이 펼쳐진다. "그동안 우리 제안을 생각해보거라."

XXVI
교가 번, 구로자네 마을 동쪽,
하루바야시 여관 뒤편

✦

정월 스무이틀 아침

뒤쪽 변소에서 나온 우자에몬은 채마밭 건너편을 보다가 대나무 숲에서 누가 자신을 지켜보고 있는 것을 발견한다. 그는 새벽빛 속에서 눈을 가늘게 뜬다. 약초상 오타네인가? 똑같은 검은 두건을 썼고 산에서 입는 옷차림을 하고 있다. 오타네일지도 몰라. 똑같이 허리도 굽었다. 맞아. 우자에몬은 조심스럽게 한 손을 들어올리지만 그 인물은 회색빛 머리를 천천히, 슬프게 저으며 돌아선다.

'아니,' 알은체를 하지 말라는 건가? 혹은 '아니,' 구출 계획이 잘 안 될 거라는 뜻인가?

통역관은 툇마루에 둔 짚신을 신고 채마밭 이랑을 가로질러 대나무숲 쪽으로 간다. 숲속 오솔길은 검은 진흙과 하얀 서리로 덮여 있다.

여관 앞마당에서 수탉이 홰를 친다.

슈자이와 다른 사람들이 내가 어디 갔나 하겠군. 그는 생각한다.

짚신은 책상에서 일하는 사무라이의 부드러운 발을 거의 보호해주지 못한다.

눈높이께 부러진 가지 위에 앉아 있는 여새 한 마리가 부리를 벌린다……

……새는 목을 떨며 듣기 싫은 소리로 울음을 터뜨리고는 날아가버린다……

짧은 호를 그리며 가지에서 가지로, 빽빽한 숲을 헤치고 날아다닌다.

우자에몬은 비스듬한 대나무들 사이의 명암이 조금씩 다른 어둠을 뚫고 걸어간다……

……빽빽한 대숲을 지나는 동안 얇은 얼음이 발밑에서 부서진다.

저 앞에서 여새가 그를 부른다. 계속 오라는 걸까, 한쪽으로 가라는 걸까?

아니면 여새 두 마리가 사람 한 명을 갖고 노는 건가?

"게 누구 있소?" 그는 목소리를 높이지는 못한다. "오타네 사마?"

나뭇잎이 종이처럼 펄럭거린다. 길은 네덜란드인의 차처럼 걸쭉한 갈색인 시끄러운 강에서 끝난다.

건너편 강둑은 울퉁불퉁한 바위벽이다……

……아래로는 벌어진 가지들과 마디진 뿌리들이 솟아 있다.

시라누이산의 발가락이로군. 우자에몬은 생각한다. 산의 머리에서 오리토가 잠을 깨고 있겠지.

상류인지 하류인지에서 누군가가 사투리로 고함을 지르고 있다.

하루바야시 여관 뒤뜰로 돌아오는 길에 우자에몬은 숨겨진 공터를 발견한다. 검은 조약돌이 깔린 바닥에 바닷물에 닳아 매끈해진, 사람 머리통만한 바위 수십 개가 놓여 있고, 그 주위를 무릎 높이의 돌담이 에워싸고 있다. 사당도 없고, 도리이도 없고, 종이를 묶은 새끼줄도 없어서, 통역관은 처음에는 자신이 들어선 곳이 묘지임을 깨닫지 못한다. 추위에 몸을 웅크린 채 담을 넘어 들어가 묘비를 살펴본다. 그의 발밑에서 조약돌이 잘그락거린다.

바위에는 이름이 아니라 숫자가 새겨져 있다. 81까지.

대나무가 묘지 안으로 침범해 들어오지 못하도록 막아놓았고, 바위에는 이끼 하나 없다.

우자에몬은 자신이 오타네로 잘못 본 여인이 관리인인가 싶다.

어쩌면 사무라이가 자기를 쫓아온다고 겁을 먹었는지도……

그러나 어떤 불교 종파가 묘비에 망자의 이름조차 써놓지 않는단 말인가? 어린아이도 다 알다시피, 염라대왕의 명부에 오를 망자의 이름이 없으면 영혼은 내세의 문에서 쫓겨난다. 그들의 혼령은 영원토록 떠돌아다닌다. 우자에몬은 여기 묻힌 자들이 사산아이거나 범죄자, 자살자일지도 모른다고 추측해보지만 확신할 수는 없다. 천민 계급일지라도 이름은 붙여주고 묻는다.

그는 겨울의 새장에 새소리가 없음을 알아차린다.

여관으로 돌아온 우자에몬에게 주인이 말한다. "손님이 보신 건 숯꾼의 딸이 틀림없습니다. 아버지와 오빠와 함께 다 쓰러져가는 오두막에 살지요. 들판을 열두 개 지나면 나오는 오두막인데, 초가 지붕 안에 찌르레기가 엄청 많이 산답니다. 그 여자는 강가를 따라 이리저리 돌아다녀요. 모자라는데다 잘 걷지도 못하지요. 두세 번 아이를 뱄지만 아이 아버지가 그애 아버지이거나 오빠여서 제대로 들어선 적은 한 번도 없어요. 그애는 쓰러져가는 오두막에서 혼자 죽을 거예요. 어느 집안이 저런 불결한 것으로 자기네 피를 더럽히려 하겠습니까?"

"하지만 내가 본 여자는 노파이지 젊은 여인이 아니었소."

"교가 번 암말은 나가사키의 귀한 집 아가씨보다 더 엉덩이가 통통하답니다. 이 동네 처녀는 열셋, 열넷만 돼도 늙은 암말로 보여요. 특히 어스름 속에서라면……"

우자에몬은 의아하다. "그럼 저 비밀 묘지는 뭐요?"

"아, 비밀 같은 건 없답니다. 여관 장사를 하는 사람들은 그걸 '장기 투숙자 방'이라고 부르지요. 길에서, 특히 순례길에서 병이 들어 여관에서 숨을 거두는 손님이 꽤 많은데, 우리 주인들로서는 처리하는 데 몸값이 적잖이 든답니다. '몸값'이 딱 맞는 말이에요. 길가에 시신을 내다버릴 수야 없잖습니까. 친척이 찾으러 오면 어떡합니까? 귀신이라도 나타나 장사를 망치면요? 하지만 장례를 제대로 치러주자면 돈이 필요하지요. 세상일이 다 그렇듯이 말입니다. 스님한테 독경도 해달래야지, 석공한테 비석도 해달래야지, 절에 묻을 땅도 얻어야지……" 주인이 고개를 절레절레 젓는다. "그래서 우리 조상님이 하루바야시에서 숨을 거둔 손님의 시신을 묻을 묘지를 마련하셨답니다. 저기 묻힌 손님 명단을 잘 관리해두고 비석 번호도 제대로 매겨서 손님 이름이 있었다면 이름을 적고, 남자인지 여자인지도 적고, 나이며 뭐 그런 것도 어림해서 적어놓는답니다. 그래서 친척이 찾으러 오면 도와줄 수 있지요."

"죽은 손님 친척이 찾아오는 일이 종종 있소?" 슈자이가 묻는다.

"저는 평생 한 번도 못 봤지만, 하여간 그렇게 합니다. 제 처는 오봉 때마다 비석을 닦아주지요."

"저기에 마지막으로 시신을 묻은 건 언제였소?" 우자에몬이 묻는다.

여관 주인이 입술을 비죽인다. "교가를 혼자 지나는 여행객 수가 줄었고, 이제는 오무라 가도가 아주 좋아져서…… 마지막으로 묻은 건 삼 년 전입니다. 인쇄업자였는데, 잠자리에 들 때만 해도 멀쩡하더니만 아침에 보니 돌처럼 차디차게 굳어 있지 뭡니까. 떠오르는 게 있지 않으신가요?"

우자에몬은 여관 주인의 어조에 마음이 불안해진다. "떠오르긴 뭐가 떠오른단 말이오?"

"죽음이 시키면 가마에 태워가는 게 노약자만은 아니란 말이지요……"

교가 가도는 아리아케해의 개펄을 따라 숲을 지나 내륙으로 이어진다. 숲을 지날 때 고용한 자 중 한 명인 하네는 일행의 뒤로 처져 따라오고 또 한 명인 이시는 앞서 달려간다. 슈자이가 가마 안에서 설명한다. "구로자네에서 우리 뒤를 따라붙거나 앞에서 미리 기다리는 자가 없는지 확인하기 위한 예방 조치일세." 그후 여러 차례 오르막길이 나오고, 그들은 좁은 메쿠라강을 건너 낙엽이 쌓인 길로 접어들어 협곡 입구 쪽으로 올라간다. 이끼가 얼룩덜룩 덮인 도리이 옆에 세워둔 표지판이 무심코 찾아온 방문객을 되돌려보낸다. 여기에서 가마를 내리고 개조한 가마 바닥에서 무기를 꺼낸다. 우자에몬의 눈앞에서 오사카의 데구치와 참을성 있는 그의 하인들이 용병으로 바뀐다. 슈자이가 날카롭게 휘파람을 분다. 우자에몬의 귀에는 나뭇가지가 꺾이는 소리 말고는 아무 소리도 들리지 않는다. 그러나 일행은 만사가 다 잘되어간다는 신호로 듣는다. 그들은 빈 가마를 들고 살짝 굽은 길을 달려올라간다. 통역관은 곧 숨이 차오른다. 폭포 소리가 점점 더 커지고 가까워진다. 일행은 최근에 떨어진 바위 주위를 돌아 메쿠라 협곡의 아래쪽 입구에 도착한다. 사람 키의 여덟아홉 배쯤 되는 낮은 벼랑에 계단 모양으로 홈이 파여 있다. 벼랑은 잎이 긴 양치식물과 덩굴로 뒤덮여 있고, 벼랑을 따라 아래로 차가운 폭포수가 떨어진다. 아래쪽 웅덩이에서 소용돌이가 일며 물보라가 친다.

우자에몬은 영원히 쏟아지는 폭포의 죄수가 된다⋯⋯

그녀도 이 강물을 마시겠지. 그는 생각한다. 여기에서는 이것이 산의 냇물이지.

⋯⋯그때 야생 동백나무에서 개똥지빠귀가 운다. 슈자이가 휘파람으로 답한다. 나뭇잎이 옆으로 젖혀지고 다섯 남자가 나타난다. 평민처럼 옷을 입었지만 얼굴엔 다른 주인 없는 사무라이처럼 무사다운 강인함이 배어 있다. "이것을 보이지 않는 데로 치워버리게." 슈자이가 분해한 가마를 가리킨다.

동백나무숲 안쪽 구덩이에 가마를 묻고 나뭇가지와 낙엽으로 덮는다. 슈자이는 새로운 남자들을 가명으로 소개한다. 우두머리이자 달처럼 얼굴이 둥근 쓰루, 야기, 겐카, 무구치, 바라다. 아직 순례자 복장인 우자에몬의 이름은 '준레이'다. 새로운 남자들은 그를 존중하지만, 이 원정의 지도자는 슈자이라고 여긴다. 용병들이 우자에몬을 정신 빠진 바보로 보는지 존경할 만한 사람으로 보는지—둘 다일지도 모르지, 우자에몬은 생각한다—겉으로 봐서는 알 수가 없다. 다누키라는 사무라이가 사가에서 구로자네까지의 여정을 간단히 설명하고, 통역관은 이 습격단을 모은 작은 발걸음들을 생각한다. 그의 심중을 정확히 짚었던 약초상 오타네, 사미승 지리쓰가 교단의 계율에 느낀 혐오감, 에노모토의 사악함, 그리고 더 많은 발걸음과 더 많은 반전. 알려진 것도 있지만 알려지지 않은 것도 있다. 우자에몬은 베짜는 사람도 없이 움직이는 운명의 베틀에 경탄한다.

"여기가 올라가는 구간 중 첫번째다." 슈자이가 말한다. "두 명씩 여섯 무리로 나누어 오 분 간격으로 출발한다. 쓰루와 야기가 앞장서고, 겐카와 무구치가 두번째다. 세번째는 바라와 다누키, 다음은 구마와 이시, 그다음은 하네와 샤케, 마지막으로 준레이." 그가 우자에몬을 쳐다본다. "그리고 나다. 중문 초소 아래에서 모여 무리를 다시 짓는다." 남자들이 먹으로 그린 산비탈 지도 주위에 모여들자 그들의 숨결이 뒤섞인다. "나는 바라와 다누키, 쓰루, 하네를 이끌고 이 절벽을 올라 오르막 쪽에서 초소를 덮칠 거다—그 방향에서 공격해올 거라곤 예상 못하겠지. 보초가 교대하면 바로 실행한다. 그들을 밧줄로 묶고 재갈을 물리고 자루를 씌운다. 농군 자식들에 불과하니 끝까지 저항하지 않는 한 죽이지는 마라. 민둥산을 꼬박 두 시간은 더 올라야 하니 승려들은 우리가 닿을 때쯤이면 잠자리에 들었을 거다. 구마, 하네, 샤케, 이시가 여기 남서쪽 벽을 타고 안으로 들어가라……" 슈자이는 이제 자기가 그린 신사 지도를 펼친다. "……거기가 숲이 제일 빽빽해. 그러고는 우선 여기 신사 대문으로 가서 우리 나머지를 들여보내주는 거다. 그런 다음 제일 높은 승려를 부른다. 그에게 아이바가와 보살은 우리와 함께 떠날 거라고 알린다. 평화롭게 진행되거나 아니면 살육당한 사미승들이 안뜰에 널리거나. 선택은 그가 하는 거다." 슈자이가 우자에몬을 쳐다본다. "끝까지 할 마음이 없는 협박은 전혀 협박이 아니지."

우자에몬은 고개를 끄덕이지만 속으로는 기도한다. 제발 사람을 해하는 일만은 없기를……

"에노모토는 지란당에서 준레이의 얼굴을 보아서 알고 있다." 슈자이가 다른 이들에게 말한다. "우리의 친절한 여관 주인이 승정은 지금 미야코에 있다고 알려주었지만, 제삼자가 준레이를 알아볼 위험을 무릅쓸 수는 없어. 그래서 자네를 습격에서 제외한 걸세."

여자처럼 밖에 숨어 있는 건 받아들일 수 없어. 우자에몬은 생각한다.

"자네가 무슨 생각 하는지 아네." 슈자이가 말한다. "하지만 자네는 자객이 아니지 않은가."

우자에몬은 하루 동안 슈자이의 마음을 바꿔볼 요량으로 고개를 끄덕인다.

"신사를 떠날 때 승려들에게 뒤쫓아오는 자는 누구든 무자비하게 베어버리겠다고 경고할 거다. 그런 다음 풀려난 죄수를 데리고 물러난다. 내일까지 시간을 벌 수 있도록 도도로키 다리를 끊을 것이다. 축시에 중문 초소를 통과해 협곡을 내려와 묘시까지는 여기로 돌아온다. 여자는 가시마까지 가마로 나른다. 거기에서 흩어져서 기수들이 급파되기 전에 교가 번을 벗어난다. 질문 있나?"

겨울 숲은 이리저리 뒤엉켜 끽끽 소리를 낸다. 시든 낙엽이 두껍게 쌓여 있다. 바늘 끝처럼 날카로운 새소리가 여러 겹의 덤불숲을 깁고 꿴다. 슈자이와 우자에몬은 말없이 산을 오른다. 여기에서 보니 메쿠라강은 콸콸 우렁찬 소리를 내며 소용돌이치고 메아리친다. 화강암 같은 회색 하늘이 계곡을 무덤처럼 에워싸고 있다.

오전 중반이 되자 우자에몬은 물집 잡힌 발의 움푹한 부분이 쑤셔온다.

여기에서는 메쿠라강이 외국산 유리처럼 매끄러운 초록색이다.

슈자이가 우자에몬에게 아픈 종아리와 발목에 바를 기름을 주며 말한다. "검객의 첫째가는 무기는 발이라네."

둥그런 바위 위에서 왜가리가 꼼짝도 않고 물고기를 기다린다.

"스승님이 고용한 자들은 스승님을 전적으로 신뢰하는 것 같더군요." 우자에몬이 말한다.

"우리 중 몇은 이마바리에서 같은 스승님 밑에서 배웠다네. 우리 대부분은 이요 번의 소영주를 섬기면서 몇 차례 이웃한 번과 격렬한 접전을 치렀고. 살아남기 위해 의지했던 사람과는 피보다 더 끈끈한 유대관계를 맺게 되지."

옥색 웅덩이에서 물보라가 치솟는다. 왜가리는 사라지고 없다.

우자에몬은 오래전 물수제비뜨기를 가르쳐주었던 삼촌을 떠올린다. 해뜰참에 보았던 노파를 떠올린다. "마음이 제 나름의 마음을 갖고 있는 게 아닐까 의심되는 때가 있습니다. 그 마음이 우리에게 그림을 보여주지요. 과거의 그림, 그리고 언젠가는 그렇게 될 법도 싶은 그림을요. 이런 마음의 마음 또한 제 의지를 행사하고 제 목소리를 냅니다." 그는 친구를 바라본다. 친구는 그들 위쪽 높이 먹이를 물고 날아가는 새를 바라보고 있다. "제가 술 취한 중 같은 소리를 지껄이는군요."

"아니야, 전혀 그렇지 않아." 슈자이가 중얼거린다.

산비탈을 더 높이 올라가니 석회암 절벽이 협곡을 에워싸고 있다. 비바람에 상한 절벽에서 사람의 얼굴이 부분 부분 우자에몬의 눈에 들어오기 시작한다. 불룩 튀어나온 부분은 이마처럼 보이고, 뾰죽 솟은 산등성이는 코, 벗겨진 곳과 바위 사면은 주름살과 축 늘어진 살처럼 보인다. 산조차 한때는 젊었다가 나이를 먹고 언젠가는 죽겠지. 우자에몬은 생각한다. 관목이 무성하게 덮인 툭 튀어나온 바위 밑 갈라진 검은 틈 하나는 가늘게 뜬 눈일지도 모른다. 그는 굴곡진 천장에 매달린 수만 마리 박쥐를 상상한다……

……모두 작은 가슴에 불을 댕겨줄 어느 봄밤을 기다리고 있겠지.

높이 올라갈수록 생명이 겨울을 피해 더 깊이 숨어버린 것을 알 수 있다. 수액은 뿌리 속으로 가라앉았다. 곰은 잠들어 있다. 내년에 나올 뱀은 아직 알 속에 있다.

나가사키에서의 내 삶은 시코쿠에서의 어린 시절처럼 영영 가버렸구나. 우자에몬은 생각한다.

우자에몬은 양아들이자 남편을 잃어버렸다는 사실을 꿈에도 모른 채 각자 할일을 하고 술책을 꾸미고 옥신각신하고 있을 양부모와 처를 생각한다. 그 과정은 여러 달이 걸릴 것이다.

그는 허리춤에 넣은 오리토의 편지를 만져본다.

이제 곧, 사랑하는 이여, 곧, 몇 시간만 더 있으면…… 그는 생각한다.

교단의 계율은 생각하지 않으려 애쓸수록 자꾸 떠오른다.

그는 자신이 손마디가 하얘지도록 칼자루를 꼭 움켜쥐고 있음을 알아챈다.

나는 그녀를 보살펴주고 아이를 내 자식처럼 기르겠어. 그는 다짐한다.

은빛 자작나무가 떤다. 그녀가 바라는 것이 무엇이건 중요한 건 그뿐이야.

우자에몬은 슈자이에게 한 번도 해본 적이 없는 질문을 한다. "처음 사람을 죽였을 때 어떠셨습니까?" 단풍나무 뿌리가 가파른 둑을 움켜쥐고 있다. 슈자이가 열, 스물, 서른 걸음을 더 걷고 나서야 길이 폭이 넓고 물결이 찰싹거리는 웅덩이에 닿는다. 슈자이는 매복한 자라도 찾는 듯이 가파른 주변을 확인한다……

……그러고는 개처럼 고개를 번쩍 쳐든다. 그는 우자에몬이 듣지 못한 어떤 소리를 듣는다.

검객의 희미한 미소가 말한다. 우리 중 한 명이야. "자네도 예상했겠지만 사람을 죽이는 건 상황에 따라 다르네. 계획에 따른 차가운 살인이냐, 싸움을 하던 중의 뜨거운 죽음이냐, 명예 때문이냐, 아니면 더 수치스러운 동기 때문이냐. 하지만 아무리 여러 번 사람을 죽인다 해도, 중요한 건 첫번째 살인이지. 바로 그 첫번째 피 때문에 평범한 자들의 세상에서 쫓겨나게 되는 거니까." 슈자이는 물가에 무릎을 꿇고 손을 오므려 물을 떠 마신다. 물고기 한 마리가 둥둥 떠 있다. 반짝이는 열매도 떠다닌다. "내가 자네한테 그 경박스러운 이요의 소영주 얘기를 했던가?" 슈자이가 바위 위로 기어오른다. "나는 열여섯 살이었고 그 욕심 많은 얼뜨기를 섬기기로 한 처지였지. 그 반목의 역사를 여기에서 다 설명할 수는 없네만, 유월의 어느 밤에 나는 임무를 수행하다 동료들과 떨어져 이시즈치산의 덤불숲에 혼자 남게 되었네. 개구리 우는 소리가 다른 소리를 다 덮어버리고 한 치 앞도 보이지 않을 만큼 어두웠는데, 갑자기 땅이 꺼지면서 적이 파놓은 참호 속으로 떨어졌네. 참호에 있던 적도 나처럼 준비가 되어 있지 않은 터였고, 참호는 우리 둘의 몸으로 꽉 차서 칼에 손을 뻗을 수도 없는 상황이었네. 우리는 서로를 더듬어 붙잡고 몸부림을 쳤지만 둘 다 도와달라고 소리치지 않았어. 그의 손이 내 목을 찾아서 꽉 죄고 사신처럼 힘주어 눌렀네. 내 마음은 핏빛이 되어 비명을 질러댔고 목구멍은 짜부라지고 있었어. 나는 생각했지. 이제 끝이로구나…… 하지만 운명은 생각이 달랐어. 오래전에 운명은 적의 영주 가문을 상징하는 표지로 초승달을 선택해놓았던 거야. 그 표지가 내 목을 조르는 상대의 투구에 너무 허술하게 붙어 있어서 내 손에 쉽게 부러졌네. 나는 그 날카로운 금속조각을 상대의 투구에 뚫린 눈구멍으로 밀어넣었네. 참마에 칼을 꽂듯 그 뒤의 부드러운 부분까지 계속 밀어넣자 마침내 내 목을 움켜쥔 손아귀에서 힘이 풀렸네."

우자에몬은 웅덩이에 손을 씻고 물을 조금 떠 마신다.

슈자이가 계속 말한다. "그후로 시장에서, 도시에서, 네거리에서, 마을에서……"

얼음같이 차가운 물이 네덜란드 소리굽쇠처럼 우자에몬의 턱뼈를 울린다.

"……나는 생각했네. 나는 이 세상에 있지만 더는 이 세상에 속해 있지 않구나."

살쾡이 한 마리가 길을 가로질러 쓰러진 느릅나무 가지를 따라 걸어간다.

슈자이가 얼굴을 찌푸린다. "속해 있지 않다는 인식, 그것이 우리…… 눈 주위에 드러나 있지."

살쾡이가 그들을 두려운 기색 없이 쳐다보더니 하품을 한다.

살쾡이는 바위로 뛰어내려 물을 첨벙거리며 사라진다.

"가끔 밤에 깨어나보면 그의 손가락이 내 목을 조르고 있다네." 슈자이가 말한다.

우자에몬은 겐카와 무구치라는 이름을 쓰는 용병 두 명과 구불구불 휘어지고 뒤엉킨 뿌리가 길을 덮은, 어금니 자국처럼 비바람에 깎인 깊고 큰 구덩이 속에 숨어 있다. 겐카는 몸을 조금씩 부드럽게 자주 움직이는 유연한 사람인 반면, 무구치는 더 다부지고 말수가 적은 사람이다. 구덩이에서는 화살의 사정거리에 있는 중문 초소가 일부만 보인다. 언덕 위쪽, 절벽에서 슈자이와 무사 넷이 바람을 맞으며 보초 교대 시간을 기다리고 있다. 강 건너편에서 뭔가가 숲을 가로지른다.

"멧돼지야." 겐카가 중얼거린다. "늙고 살찐 덩치 큰 놈 같군."

멀리서 시라누이 산사의 것이 틀림없는 종소리가 희미하게 들려온다.

민둥산이 구깃구깃하고 덩어리진 구름 아래 하늘에 무대 배경막처럼 진짜 같지 않게 걸려 있다.

"비가 와주면 좋을 텐데." 겐카가 말한다. "우리가 일을 끝낼 때까지 기다렸다가 말이지. 그러면 우리 흔적이 씻겨나가고 강물이 불어서 말을 타기가 힘들어질 테니⋯⋯"

"목소리가 들리지 않아?" 무구치가 손을 들어 조용히 시킨다. "들어봐—세 사람이야⋯⋯"

우자에몬은 얼마간 아무 소리도 듣지 못하지만, 곧 아래쪽 길에서 격분한 목소리가 아주 가까이 들려온다. "혼인하기 전에는 '아니, 우리가 혼인하고 나면 네 것이 되겠지만 그전에는 안 돼' 이러더니, 혼례를 치르고 나서는 계속 '아니, 그럴 기분이 아니야' 이러더란 말이야. 하는 수 없이 다른 남편들처럼 버릇을 단단히 가르쳐줬지. 그랬더니 그후로 대장장이 마누라의 악귀가 내 마누라한테 씌워서 이제는 마누라가 나를 보려고도 하지 않아. 하지만 그 독사 같은 여편네랑 헤어질 수도 없어. 그랬다가는 처삼촌이 자기 배를 도로 가져갈 텐데, 그럼 나는 어떡하라고?"

"무일푼 신세 되는 거지 뭐. 별수 있나." 아래쪽을 지나는 두번째 동료의 목소리가 들려온다.

세 사람이 초소 문으로 다가선다. "문 열어, 분타로." 누군가가 외친다. "우리야."

"아, '우리'라고?" 외침이 소리를 죽인다. "'우리'가 누구냐?"

"이치로, 우베이, 도스이야." 한 명이 대답한다. "이치로가 제 아내 때문에 징징대고 있어."

"앞의 세 명은 받아줄 자리가 있지만, 마지막 한 명은 밖에 있어야 해."

십 분 후 근무가 끝난 보초 세 명이 나타난다. "그럼, 분타로." 그들 목소리가 들릴 정도의 거리에서 한 명이 말한다. "하던 얘기 계속해봐."

"이 얘기는 나랑 이치로의 아내랑 그 녀석 이부자리만 아는 거라고."

"조개처럼 입을 꼭 다물겠다 이거지, 너……" 목소리들이 희미해진다.

우자에몬과 겐카, 무구치는 문에서 눈을 떼지 않고 귀를 기울인 채 기다린다.

시간이 흐르고 또 흐른다……

천천히 빛이 사그라질 뿐 석양도 없다.

뭔가 이상한데. 우자에몬의 내면에서 공포가 웢웢거린다.

무구치가 입을 연다. "다 됐다." 초소의 문 하나가 활짝 열린다. 형체 하나가 나타나 손을 흔든다. 우자에몬이 재빨리 움직여 길가로 나갔을 때 다른 사람들은 이미 초소까지 반쯤 가 있다. 통역관이 문에 닿기를 기다려 겐카가 속삭인다. "말하지 마시오." 우자에몬이 안에 들어가 보니 지붕을 얹은 현관과, 강 위에 버팀목과 지주를 세워 지은 긴 방이 있다. 창과 도끼를 늘어놓은 선반이 보이고, 냄비가 뒤집혀 있고, 타다 만 불에서는 연기가 피어오르고, 서까래에 큰 자루 세 개가 밧줄로 매달려 있다. 첫번째 자루와 두번째 자루가 움직인다. 불룩한 자루가 꿈틀대며 팔꿈치나 무릎이 튀어나온다. 하지만 제일 가까이 매달린 자루는 돌을 넣은 듯 꿈쩍도 하지 않는다.

바라가 피 묻은 천조각으로 수리검을 닦고 있다……

아래에서 흐르는 강이 인간의 언어를 말하듯 요란한 소리를 낸다.

당신의 칼이 그를 죽이지는 않았지만 여기 당신의 존재가 그를 죽인 거야. 우자에몬은 강이 이렇게 말했으리라 생각한다.

슈자이가 우자에몬을 뒷문으로 이끈다. "해를 입힐 뜻은 없다고 보초들에게 말했네. 아무도 다치게 하고 싶지 않다고 했지. 사무라이는 항복하지 않는 법이지만, 농부나 어부라면 항복해도 괜찮다고 했어. 보초들은 재갈을 물고 묶이는 데 동의했네만, 한 명이 우리를 속이고 도망치려 했네. 구석에 강으로 빠져나갈 수 있는 작은 문이 있는데 그쪽으로 몸을 날렸네. 하마터면 그자를 놓칠 뻔했지. 그자가 탈출하면 우리는 일을 다 그르치게 돼. 바라가 그의 목에 수리검을 날렸고 쓰루는 시체가 구로자네로 떠내려가지 않게 건졌네."

이치로의 아내는 이제 간통을 한 과부가 되는 건가? 우자에몬은 생각한다.

"고통은 없었어." 슈자이가 그의 팔을 잡는다. "그 자리에서 숨을 거두었네."

밤이 되자 메쿠라 협곡은 원시의 공간으로 변한다. 열두 명의 습격단은 한 줄로 걷는다. 이제 길은 강 위쪽으로, 협곡의 가파른 경사를 따라 올라간다. 너도밤나무와 참나무가 끼익거리는 소리가 상록수의 묵직한 숨소리에 묻힌다. 슈자이는 달 없는 밤을 골랐지만 구름이 흩어져 별빛이 어둠을 밝게 비춘다.

고통은 없었어. 우자에몬은 생각한다. 그 자리에서 숨을 거두었네.

그는 아픈 발을 한 걸음씩 내디디며 애써 생각을 몰아낸다.

우자에몬은 미래를 예상해본다. 어디 조용한 마을에서 선생 노릇이나 하며 조용히 살면……

그는 아픈 발을 한 걸음씩 내디디며 애써 생각을 몰아낸다.

어쩌면 죽은 보초가 바랐던 것도 그저 조용히 사는 것뿐이었을지 모르지……

산사 습격에 참여하겠다던 처음의 열의는 이제 사라지고 없다.

그의 마음의 마음은 바라가 피 묻은 천으로 칼을 닦던 장면을 거듭해서 자꾸 보여주고 일행은 드디어 도도로키 다리에 도착한다.

슈자이와 쓰루가 나중에 다리를 어떻게 망가뜨리는 것이 제일 좋을지 의논한다.

부엉이가 이 삼나무에서인지 저 전나무에서인지 운다…… 한 번, 두 번, 가까이에서…… 사라진다.

산사에서 치는 그날의 마지막 종이 가까이에서 큰 소리로 유시를 알린다. 종이 다시 울리기 전에 오리토는 자유의 몸이 될 거야. 우자에몬은 생각한다. 일행이 눈과 코만 남기고 검은 천으로 얼굴을 싸맨다. 매복이 있을 거라 예상하지는 않지만 혹시 몰라 살금살금 전진한다. 우자에몬이 삭정이를 밟아 부러뜨리자 다들 고개를 돌려 쏘아본다. 경사가 완만해진다. 여우가 운다. 굴처럼 이어진 도리이가 시작된다. 일행은 걸음을 멈추고 슈자이 주위로 모여든다. "산사는 언덕 위로 사백 걸음 정도 더 가야 해……"

슈자이가 우자에몬에게 말한다. "준레이 상, 여기에서 기다리게. 성인의 말을 기억해. '군사를 하루 쓰기 위해 천 일간 양성한다.' 지금이 그날이네. 길에서 벗어나 숨어 있되 몸을 따듯이 하게. 보통 '의뢰인'보다 더 멀리까지 함께 왔으니, 여기에서 기다린다 해도 불명예스러운 일이 아니야. 산사에서 일이 다 잘 끝나면 자네를 부르러 오겠지만, 그때까지는 산사에 가까이 오지 말게. 걱정할 것 없어. 우리는 무사이고 저들은 한 줌의 승려라네."

우자에몬은 단단한 빙판과 두껍게 쌓인 솔잎을 피해가며 위로 조금 올라가 센바람을 막아줄 움푹 파인 곳으로 간다. 다리 근육이 당기지만 다리와 윗몸이 따듯해질 때까지 쪼그려앉았다 일어서기를 반복한다. 밤하늘은 해독할 수 없는 문서다. 우자에몬은 데지마의 망루에서 더주트와 함께 마지막으로 별자리를 익혔던 그 여름 밤을 떠올린다. 그때는 세상이 더 단순했다. 그는 '아이바가와 오리토의 무혈 해방'이라 이름 붙인 연작 그림을 상상해보려 한다. 슈자이와 세 명의 사무라이가 벽을 타고 기어오른다. 초소에 있던 승려 세 명이 깜짝 놀라 항복한다. 주지가 "에노모토 승정님은 달가워하지 않으시겠지만, 달리 무슨 수가 있나?" 하고 중얼거리며 오래된 안뜰을 달려간다. 그는 오리토를 깨워 길 떠날 채비를 하라고 이른다. 그녀는 화상을 입은 아름다운 얼굴에 머릿수건을 두른다. 마지막 그림은 그녀가 자신의 구원자를 알아보았을 때의 표정을 담고 있다. 우자에몬은 덜덜 떨면서 칼을 들고 운동을 해보지만 너무 추워서 정신을 집중할 수가 없다. 그는 새로운 삶에서 사용할 이름을 고민하는 쪽으로 생각을 돌린다. 슈자이는 그의 가명을 부주의하게 골랐다. 순례자 준레이라니. 하지만 성은 어떻게 할까? 오리토와 그 문제를 의논해봐야겠다. 그녀의 성 아이바가와를 그가 써도 좋을 것이다. 그는 스스로에게 경고한다. 운명을 유혹하면 손에 넣은 것을 빼앗길 수도 있어. 그는 추위로 곱은 손을 문지르며 슈자이가 공격을 시작한 후로 시간이 얼마나 흘렀을까 헤아려보지만 전혀 어림할 수가 없다. 십 분? 십오 분? 그들이 도도로키 다리를 건넌 후로는 산사의 종이 울리지 않았지만, 승려들이 밤에 시간을 알릴 이유가 없다. 얼마 동안 기다린 후에 구출이 실패했다는 결론을 내려야 할까? 그렇게 되면 어떡하나? 슈자이의 주인 없는 사무라이들이 무력으로 제압당한다면, 전직 삼급 통역관에게 어떤 기회가 있겠는가?

솔숲 사이로 죽음에 대한 생각이 우자에몬을 향해 기어온다.

그는 사람의 마음이 말아버릴 수 있는 두루마리였으면 좋겠다고 생각한다……

"준레이 상, 우리가……"

우자에몬은 나무가 말을 하자 너무 놀라서 뒤로 나자빠진다.

"놀라셨소?" 바위 그림자는 알고 보니 용병 다누키다.

"예, 조금요." 우자에몬이 가쁜 숨을 진정시킨다.

"여자를 무사히 데려왔습니다." 겐카가 나무 뒤에서 나타난다.

"잘됐군요, 정말 잘됐어요." 우자에몬이 말한다.

굳은살이 박인 손이 우자에몬을 찾아 일으켜세워준다. "누구 다친 사람은 없습니까?" 우자에몬은 이렇게 묻고 싶었다. "오리토는 괜찮습니까?"

"아무도 다치지 않았습니다. 겐무 주지는 온순한 사람이더군요." 다누키가 말한다.

겐카가 덧붙인다. "즉, 자기 신사가 비구니 하나 때문에 피로 더럽혀지는 건 원치 않는다 이 말이지요. 하지만 그자는 교활한 늙은 여우이기도 해요. 데구치 상이 그 온순한 자가 미끼로 우리를 속여 넘기는 게 아닌지 당신이 와서 확인해보라고 합니다. 우리가 떠나고 신사에서 문을 닫아걸기 전에요."

"얼굴에 화상이 있는 비구니가 두 명이에요." 다누키가 작은 병의 마개를 열어 안에 든 것을 마신다. "비구니 처소 안에 들어가봤소. 에노모토가 별 희한한 여자들을 모아놓았더군요! 자, 이거 마셔요. 추위를 막아주고 힘을 북돋워줄 겁니다. 기다리는 게 더 힘든 법이지요."

"충분히 따뜻합니다. 괜찮아요." 우자에몬은 덜덜 떤다.

"교가 번을 벗어난 후에 사흘 동안 400리는 가야 해요. 혼슈까지 가면 더 좋고. 폐에 찬바람이 들어서는 그렇게 멀리까지 못 가요. 마시라니까!"

우자에몬은 용병의 무뚝뚝한 친절을 받아들인다. 술이 그의 목구멍을 뜨겁게 데운다. "고맙습니다."

셋은 길게 늘어선 도리이가 있는 쪽을 향해 내려간다.

"당신이 본 사람이 아이바가와 상이 맞는다면, 상태가 어떻던가요?"

침묵이 길어지자 우자에몬은 최악의 답을 들을까 겁이 난다.

"수척하지만 괜찮습니다. 침착했어요." 다누키가 대답한다.

젠카가 덧붙인다. "아주 영리하더군요. 우리가 누구냐고 묻지 않더이다. 감시자들이 엿들을지도 모른다는 것을 아는 거죠. 과연 이만한 시간과 돈을 들여 찾을 가치가 있는 여자였습니다."

그들은 산길까지 내려와 도리이를 통과하는 마지막 오르막을 올라가기 시작한다.

우자에몬은 다리에 이상하게 탄력이 붙는 것을 느낀다. 긴장하는 것도 당연하지. 그는 생각한다.

그러나 곧 길이 천천히 굽이치는 파도처럼 너울거린다.

마지막 이틀이 힘들었어. 그는 호흡을 다스린다. 최악은 다 지나갔어.

도리이를 지나자 평지가 펼쳐진다. 시라누이 산사가 솟아올라 있다.

높은 벽 뒤에 지붕들이 웅크리고 있다. 희미한 불빛이 대문 틈으로 새어나온다.

마리뉘스의 하프시코드 소리가 들린다. 말도 안 돼. 그는 생각한다.

그의 뺨이 여인의 몸처럼 부드러운, 서리 내린 부엽토를 내리누른다.

의식이 코의 점막에서 깨어나기 시작해 머리 전체로 퍼져나가지만 몸은 움직일 수가 없다. 질문과 대화가 병문안을 온 무리처럼 자기들끼리 오간다. "또 기절했군." 그중 하나가 말한다. "당신은 시라누이 산사 안에 있어요." 다른 목소리가 말한다. 그러더니 모두가 동시에 말한다. "약에 취했소?" "차가운 땅바닥에 똑바로 앉아 있어요." "맞아, 당신은 약에 취했소. 다누키의 술인가?" "손목은 기둥 뒤로 묶이고 발목도 묶였소." "슈자이가 부하 중 일부에게 배신당했나?"

"이제 우리 목소리가 들리는 것 같습니다, 승정님." 처음 듣는 목소리가 말한다.

유리병 입구가 우자에몬의 코끝을 스친다.

"고맙네, 스자쿠." 익숙하지만 아직 누군지는 알 수 없는 목소리가 말한다.

쌀, 사케, 장아찌 냄새로 보아 창고인 듯하다.

오리토의 편지. 허리춤이 허전하다. 사라졌어.

찌르는 듯한 통증이 머릿속을 후벼판다.

"눈을 뜨게, 오가와." 에노모토가 말한다. "우리는 어린애가 아니야."

그는 그 말을 따른다. 교가 번 영주의 얼굴이 등불빛을 받아 어둠 속에 솟아올라 있다.

"자네는 존경할 만한 학자이지. 우스운 도둑이고." 그 얼굴이 말한다.

서너 명의 형체가 창고 가장자리에서 지켜보고 있다.

우자에몬이 자신을 사로잡은 사람에게 말한다. "나는 당신 것을 훔치러 여기 온 게 아닙니다."

"뻔한 사실을 굳이 내가 설명해야겠는가? 시라누이 산사는 교가 번에 속한 신사네. 비구니들은 그 신사에 속해 있고."

"그녀는 새어머니가 팔 수 있는 물건도, 당신이 살 수 있는 물건도 아닙니다."

"아이바가와 보살은 기쁘게 여신님을 섬기고 있다. 떠날 마음이 전혀 없어."

"직접 그 말을 들어야겠습니다."

"안 돼. 예전 생활에서 마음에 밴 습관은 필히……" 에노모토는 적당한 말을 찾는 척한다. "……지져 없애버려야 했네. 그녀의 흥터는 치유되었으나, 미련이 남은 한때의 정인이 흉터를 들쑤시게 놔둔다면 그건 승정의 태만이라 해야지."

다른 사람들, 슈자이와 나머지는 어떻게 되었을까? 우자에몬은 생각한다.

"슈자이는 살아 있다. 내 다른 부하 열 명과 함께 부엌에서 국을 먹고 있지. 너의 음모 때문에 다들 골치를 썩었어."

우자에몬은 믿고 싶지 않다. 슈자이와 알고 지낸 세월이 십 년인데.

"그는 충실한 벗이다." 에노모토는 미소를 애써 누른다. "하지만 너의 충실한 벗은 아니지."

거짓말이야, 우자에몬은 고집을 부린다. 거짓말. 내 마음을 억지로 비틀어 열려고……

"내가 왜 거짓말을 하겠는가?" 에노모토가 더 바싹 다가앉자 암청색의 물결무늬 비단이 흘러내린다. "아니, 오가와 우자에몬에 대한 이야기는 만족할 줄 모르는 자에게 교훈을 주는 이야기가 될 테지. 그는 한때 명망 있는 집안에 입양되어 뛰어난 재능으로 높은 지위에 올라 지란당에서도 존경받고, 안정적인 녹봉에 예쁜 아내, 남들이 다 부러워하는 네덜란드와의 교역 기회까지 얻었지. 누가 그 이상을 바랄 수 있겠는가? 그런데 오가와 우자에몬은 그 이상을 바랐어! 세상이 진실한 사랑이라 부르는 그 병에 걸렸던 거야. 결국은 그 병이 그를 죽이고 말았지."

창고 가장자리의 사람 형체들이 움직인다.

목숨을 구걸하지는 않겠어. 우자에몬은 맹세한다. 하지만 왜, 어떻게 이렇게 됐는지는 알아야겠다. "슈자이에게 나를 배신하라고 돈을 얼마나 주었습니까?"

"허! 교가 번 영주의 환심을 사는 일을 사냥꾼의 포상금에 비하겠는가."

"젊은이가, 보초 하나가 중문에서 죽었는데……"

"사가 번 영주에게 고용된 첩자였다. 네 모험 덕에 그자를 쉽게 처치할 수 있었지."

"어째서 나를 시라누이산까지 데려오는 수고를 한 겁니까?"

"네가 나가사키에서 암살을 당한다면 곤란한 문제를 낳을 수 있지. 게다가 사랑하는 이 바로 옆에서―겨우 방 몇 개를 사이에 두고!―죽는다니 이 얼마나 시적인가."

"그녀를 만나게 해주시오." 우자에몬은 머리가 쑤신다. "그러지 않으면 저승에서라도 당신을 죽일 겁니다."

"기쁘기도 해라. 지란당 학자가 죽어가면서 남기는 저주라니! 아아, 죽어가는 자의 저주가 소용없다는 경험상의 증거는 데카르트나 마리뉘스조차 만족시킬 만큼 잔뜩 갖고 있는데. 오래전부터 수백 명의 남자, 여자, 심지어 어린아이조차 나를 지옥으로 끌고 가겠다고 맹세했지. 하지만 보다시피 나는 멀쩡히 이 아름다운 지구를 걸어다니고 있다네."

이자는 나의 두려움을 맛보고 싶어해. "그래서 당신은 당신 교단의 정신 나간 계율을 믿는 겁니까?"

"아, 그렇지. 자네 몸에서 재미있는 편지들을 찾아냈지만 층층나무 두루마리 통은 없더군. 이제 자네를 살려주려는 척은 더는 하지 않겠네. 자네의 죽음은 약초상이 자네 집 문을 두드린 순간부터 이미 정해진 거야. 하지만 올해 유월에 집을 다 태워버릴 무시무시한 화재에서 오가와 집안의 저택을 구할 수는 있을 걸세. 어떤가?"

우자에몬은 거짓말을 한다. "오가와 미마사쿠에게 오늘 두 통의 편지가 전해졌습니다. 한 통은 나를 오가와 집안의 호적에서 뺀다는 것이고, 또 한 통은 아내와 헤어지겠다는 겁니다. 나와 아무런 연고도 없는 집을 왜 불사르겠다는 겁니까?"

"순전히 악의에서지. 두루마리를 내놓게. 아니면 그들도 죽는다는 것을 알고서 죽든가."

"왜 아이바가와 선생의 딸을 납치했는지 말해주시오."

에노모토는 그의 청을 들어주기로 한다. "그녀를 잃을까 두려웠다. 네 동료 고바야시의 도움으로 네덜란드인의 공책 한 장을 손에 넣었지. 보거라. 내가 가져왔다."

에노모토는 유럽산 종이 한 장을 펼쳐든다.

잘 담아둬. 우자에몬은 자신의 기억을 향해 이른다. 마지막 순간에 나에게 그녀를 보여줘.

"더주트가 제법 닮게 그렸더군." 에노모토가 그림을 접는다. "아이바가와 세이안의 부인이 네덜란드인이 자기 집안 최고의 자산을 노리고 있다고 걱정할 만큼. 자네 하인이 오리토에게 몰래 갖다준 사전이 이 일을 결정지었어. 내 집달리가 부인을 설득해 장례 절차를 무시하고 의붓딸의 미래를 지체 없이 결정하게 했지."

"그 불쌍한 여자에게 당신의 정신 나간 관례도 얘기해주었습니까?"

"지렁이가 코페르니쿠스를 알 리 없듯 자네가 계율을 알 리가 없지."

"당신 중들의 쾌락을 위해 기형인 여자를 모아 매음굴을 만들고……"

"자네 말이 잠자리에 들 시간을 미루려고 애쓰는 어린아이의 말처럼 들리는 거 아냐?"

"학술원에 논문이라도 내지 그러시오……"

"어째서 곧 죽을 운명의 각다귀들은 자신의 불신이 중요하다고 생각하는 걸까?"

"……'수확한 선물'을 살해해서 '그 영혼을 추출하는' 일에 대해……"

"이게 오가와 집안의 저택을 구할 마지막 기회다……"

"그런 다음에는 그것을 향수처럼 병에 담아 약처럼 '마시고', 아이들이 죽었다는 사실을 속이는 건? 당신의 마술 같은 발견을 세상과 나누지 않는 이유가 뭡니까?" 우자에몬은 움직이는 형체들을 노려본다. "내 추측은 이렇습니다. 당신 안에 아직 제정신으로 남아 있는 작은 일부, 내면의 지리쓰가 이렇게 말하고 있기 때문이지요. '이건 악이야.'"

"오, 악. 악이라, 악. 악. 자네는 항상 그 말을 김빠진 비유가 아니라 칼이라도 되는 양 휘두르는군. 달걀노른자를 빨아먹는 게 '악'인가? 생존은 자연의 법칙이고, 나의 교단은 유한한 자들이 살아남는 비밀을 알고 있지. 아니, 교단 그 자체가 불사의 비밀이라고 해야 할까. 갓 태어난 아기는 다루기 성가시지만 없어서는 안 될 재료다. 생후 이 주가 되면 영혼이 육체에 뒤엉켜서 추출할 수 없게 돼─오십 명에 달하는 교단 인원에 꾸준히 공급을 해야 하고 소수 특권층의 호의도 사야 하지. 자네의 애덤 스미스라면 이해할 걸세. 더군다나 교단이 없으면 선물은 애초에 존재하지도 못할 거야. 그들은 우리가 만들어내는 재료이지. 자네가 말하는 '악'이 어디 있단 말인가?"

"아무리 그럴듯하게 말해도 미친 건 미친 겁니다. 에노모토 승정."

"나는 육백 살이 넘었다. 너는 곧 죽을 거고……"

이자는 자기의 계율을 믿고 있다. 우자에몬은 깨닫는다. 글자 그대로 다 믿고 있어.

"……그러니 결국은 어느 쪽이 더 강하겠나? 자네의 이성인가? 아니면 내 그럴듯한 미친 소리인가?"

"나를 풀어주시오." 우자에몬이 말한다. "아이바가와 양을 풀어주시오. 그러면 두루마리가 어디 있는지……"

"아니, 안 돼. 거래는 없다. 교단 바깥의 사람이 계율을 알아서는 안 되고, 그런 자는 살려둘 수 없어. 자네는 죽어야 해. 지리쓰가 그랬듯이. 그리고 그 참견쟁이 늙은 약초상도……"

우자에몬은 비탄에 빠져 신음을 흘린다. "그 노인은 아무 해도 끼치지 않았어."

"그 노파는 내 교단에 해를 입히려 했다. 우리는 우리 스스로를 지킨다. 여기 이것을 보아라―운명이 네덜란드인 포르스텐보스의 모습을 하고 나에게 판 물건이다." 에노모토는 외국제 권총을 우자에몬의 얼굴 앞에 들이댄다. "손잡이에 진주를 박았고, 유럽인에게는 영혼이 없다는 유학자의 주장을 무색하게 할 만큼 정교한 솜씨로 만들었지. 슈자이가 나에게 자네의 영웅적인 계획을 얘기해준 후로 줄곧 이 총이 대기하고 있었다. 보게나―보라고, 오가와, 이 총은 자네한테 관심이 있어―이 '공이치기'를 '반안전 장치'까지 올리면 '총구'에 장전이 되지. 먼저 화약을 넣고 그다음에는 종이에 싼 납탄을 넣는다. 그리고 총열 아랫면에 넣어둔 이 '꽂을대'로 그걸 밀어내지……"

지금이다. 우자에몬의 심장이 피투성이가 된 주먹처럼 쿵쿵거린다. 지금이야, 지금……

"……그리고 나서 여기, '약실'에 약간의 점화약을 채우고 뚜껑을 닫으면 이제 우리 권총은 '쏠 준비가 다 된' 거야. 네덜란드인의 시간으로는 삼십 초면 끝이지. 그래, 최고의 궁수라면 눈 깜박할 사이에 다시 화살을 메길 수 있겠지만, 총은 최고의 궁수보다도 더 빠르게 쏘도록 만들어졌지. 똥지게꾼의 아들이라도 이것을 쓰면 말 탄 사무라이를 쓰러뜨릴 수 있어. 그날이 오고 있다―너는 살아서 보지 못하겠지만, 나는 보게 될 거야―이런 화기가 우리의 폐쇄적인 세계조차 바꾸어놓을 날이. 방아쇠를 당기면 약실 뚜껑이 열리면서 부싯돌이 이 '부시'에 불꽃을 일으키지. 불꽃이 기폭제에 불을 붙여 이 '점화구'를 통해 불꽃을 연소실로 보내고, 주 화약에 소형 대포처럼 불이 붙으면 납탄이 자네의……"

에노모토는 총구를 우자에몬의 뛰는 가슴에 대고 누른다.

우자에몬은 소변이 허벅지를 뜨듯하게 적시는 것이 느껴지지만 너무 겁이 나서 수치를 느낄 틈도 없다.

지금이다, 지금, 지금, 지금, 지금, 지금이야……

"혹은 어쩌면……" 권총의 총구가 우자에몬의 관자놀이에 입맞추듯 닿는다.

지금이다 지금이다 지금이다 지금이다 지금이다

"동물적인 공포가," 중얼거림이 우자에몬의 귓속으로 들어온다. "자네의 마음을 반쯤 녹였으니, 자네에게 한 가지 생각할 거리를 주지. 말하자면 장송곡이랄까. 시라누이산 교단의 사미승은 열두 개의 계율을 기본으로 배우지만, 열세번째 계율은 승려가 되어야만 알 수 있어—자네가 오늘 아침 만난 하루바야시 여관 주인도 그런 승려 중 한 명이지. 열세번째 계율은 깔끔하게 처리되지 않은 문제에 관한 것이야. 우리 비구니들이—그리고 실은 식모들도—속세로 내려가서 자기네 선물, 즉 아이들이 한 명도 살아 있지 않다는 것을, 혹은 아이들에 대해 아는 이가 아무도 없다는 것을 알게 되면 궁금한 것이 생기겠지. 그런 불유쾌한 일을 피하기 위해 스자쿠는 그들의 하산 의식 때 순한 약을 조제해주지. 이 약은 가마가 메쿠라 협곡 아래에 닿기 한참 전에 그들이 꿈도 없이 죽음을 맞게 해준다네. 그러면 자네가 오늘 아침 실수로 들어갔던 바로 그 대나무숲에 묻히는 거야. 그러니까 이게 바로 자네가 마지막으로 할 생각이야. 아이바가와 오리토를 구하려던 유치한 시도가 실패로 돌아간 탓에 그녀는 이십 년간 노예 생활을 하게 되었을 뿐 아니라, 자네의 서투름이 문자 그대로 그녀를 죽이게 되었다는 것."

권총이 우자에몬의 이마에 닿는다……

그는 마지막 순간을 기도에 쏟는다. 나의 복수를 해줘.

틱 소리, 용수철 소리, 억눌린 훌쩍임 외에는 이제 아무것도

지금 지금 지금 지금 지금 지금 지금 지금 지금지금지금……

천둥이 갈라놓은 틈 사이로 햇살이 쏟아져들어온다.

(2권으로 이어집니다)

옮긴이 **송은주**
이화여대 영문학과를 졸업하고 동대학원에서 박사학위를 받았다. 이화여대 인문과학원
HK연구교수를 거쳐 현재 건국대학교 글로컬문화전략연구소 연구원으로 재직중이다. 옮긴
책으로 『클라우드 아틀라스』 『블랙스완그린』 『광대 샬리마르』 『공포의 헬멧』 『술라』 『자비』
『서배스천 나이트의 진짜 인생』 『시스터 캐리』 『겨울 일기』 『선셋 파크』 『시대의 소음』 『동물
을 먹는다는 것에 대하여』 『엄청나게 시끄럽고 믿을 수 없게 가까운』 『모든 것이 밝혀졌다』
등이 있다. 『선셋 파크』로 제8회 유영번역상을 수상했다.

문학동네 세계문학
야코프의 천 번의 가을 1

초판 인쇄 2018년 11월 14일 | 초판 발행 2018년 11월 21일

지은이 데이비드 미첼 | 옮긴이 송은주 | 펴낸이 염현숙

책임편집 윤정민 | 편집 황정숙 류현영 오동규 | 모니터링 이희연
디자인 윤종윤 이원경 | 저작권 한문숙 김지영
마케팅 정민호 정진아 함유지 김혜연 박지영 김수현 | 홍보 김희숙 김상만 이천희
제작 강신은 김동욱 임현식 | 제작처 한영문화사

펴낸곳 (주)문학동네
출판등록 1993년 10월 22일 제406-2003-000045호
주소 10881 경기도 파주시 회동길 210
전자우편 editor@munhak.com | 대표전화 031) 955-8888 | 팩스 031) 955-8855
문의전화 031) 955-8862(마케팅) 031) 955-2634(편집)
문학동네카페 http://cafe.naver.com/mhdn | 트위터 @munhakdongne
북클럽문학동네 http://bookclubmunhak.com

ISBN 978-89-546-5366-4 04840
　　　978-89-546-5365-7 (세트)

www.munhak.com